智囊精粹

[明] 冯梦龙 ◎ 著

贾峰 ◎ 译注

江苏人民出版社

图书在版编目（CIP）数据

智囊精粹 / (明) 冯梦龙著 ; 贾峰译注. — 南京：
江苏人民出版社，2022.9
ISBN 978-7-214-27349-9

Ⅰ.①智… Ⅱ.①冯… ②贾… Ⅲ.①笔记小说 – 小
说集 – 中国 – 明代 Ⅳ.①I242.1

中国版本图书馆 CIP数据核字 (2022) 第 125598号

书　　　名	智囊精粹	
著　　　者	[明] 冯梦龙	
译　　　注	贾峰	
责 任 编 辑	胡海弘	
装 帧 设 计	凤凰含章	
出 版 发 行	江苏人民出版社	
出版社地址	南京市湖南路 1 号 A 楼，邮编：210009	
印　　　刷	文畅阁印刷有限公司	
开　　　本	710 mm×1 000 mm　　1/16	
印　　　张	26.5	
插　　　页	4	
字　　　数	427 000	
版　　　次	2022 年 9 月第 1 版	
印　　　次	2022 年 9 月第 1 次印刷	
标 准 书 号	ISBN 978-7-214-27349-9	
定　　　价	58.00 元	

（江苏人民出版社图书凡印装错误可向承印厂调换）

序言

　　明朝立国以后，随着城市商业经济的繁荣和发展，市民阶层开始对文化生活提出了更高的要求。通俗话本以及文言小说在继承宋元话本和文言小说传统的基础上，又推陈出新，并开始大量涌现，这也极大地鼓舞和推动了明代出版业的发展。

　　这一时期，不仅涌现出大批供文化水平很低的市民欣赏的俗文学，比如《三国演义》《忠义水浒全传》等，同时还涌现出一批供文人士大夫消遣的较"雅"的东西，比如一些文言的笔记文学。而明代著名学者、以通俗文学创作著称于世的冯梦龙所选编的《智囊》，就属于较"雅"的笔记体文学。

　　我们知道，在古代，人们常用"智囊"一词形容足智多谋的俊杰人物。比如，战国时期的樗里子，"滑稽多智，秦人号曰智囊"；西汉时期的晁错，足智多谋，颈下又生有一个赘生物（可能是肉瘤），好像袋子一样，因此汉景帝称他为"智囊"。《智囊》的书名正是撷取此意。

　　《智囊》一书，初编于明熹宗天启六年（1626），此时冯梦龙已届天命之年，还在各地以做馆塾先生过活，兼为书商编书以解无米之忧。此时也是奸党魏忠贤在朝中掌权、特务机关东厂大兴冤狱之际，冯氏编纂这部政治色彩极浓，并且许多篇章直斥阉党乱政的类书，不能不令人对冯氏的胆识表示敬佩。该书初编成以后，又经冯氏数次增补，重刊时改名为《智囊补》，其他刊本也称《智囊全集》《增智囊补》或《增广智囊补》等，内容实则均与《智囊补》无异。

　　《智囊》全书分为上智、明智、察智、胆智、术智、捷智、语智、兵智、闺智、杂智10部28卷，共收录上起先秦、下迄明代的历代智慧故事1238则。其中，上智部、明智部和察智部收录历代政治智慧故事，胆智部、术智部和捷智部收录历代官吏处理政务的智慧故事，语智部收录历代辩才的智慧故事，兵智部收录历代军事将领的智慧故事，闺智部收录历代女子的智慧故事，杂智部收录历代骗术或狡黠小技之类的故事。

这些故事，既有政治、军事、外交方面的大谋略，也有士卒、仆奴、僧道、农夫、画工等小人物日常生活中的奇巧机智。比如，班超"不入虎穴，焉得虎子"的盖世胆量，于谦处理复杂事务的游刃有余，王羲之的灵活机智，东方朔的诙谐机智，红拂女的慧眼识人，凡夫俗子的狡黠，无不收罗其中。其资料来源几乎涵盖了明代以前的正史、笔记、野史，其中大部分故事信而有征、查而有据，这就于无形之中增加了故事的说服力。

《智囊》成书以后，延及清朝初年，已成为一部相当流行的图书，此后历代出版家多有翻刻。近代以来的诸多版本中，当以民国出版家郑振铎先生收藏的版本最为精到。

《智囊精粹》一书，选录了历代《智囊》版本中广为流传、富含哲理与智慧的篇章加以注译，不论是经邦治国的智慧，还是修身齐家的智慧，都有所撷取。总之，作为一般读者，常读此书，可以丰富阅历和见闻，历练谋略和胆识。

目录

上智部

冯子曰：智无常局，以恰肖其局者为上。故愚夫或现其一得，而晓人反失诸千虑。何则？上智无心而合，非千虑所臻也。人取小，我取大；人视近，我视远；人动而愈纷，我静而自正；人束手无策，我游刃有余①。夫是故难事遇之而皆易，巨事遇之而皆细。其斡旋入于无声臭之微②，而其举动出人意想思索之外。或先忤而后合，或似逆而实顺。方其闲闲，豪杰所疑；迄乎断断③，圣人不易④。呜呼！智若此，岂非上哉？上智不可学，意者法上而得中乎？抑语云"下下人有上上智"，庶几有触而现⑤焉？余条列其概，稍分四则，曰见大、曰远犹、曰通简、曰迎刃，而统名之曰上智。

译文

冯梦龙说：智慧的运用没有限制，以正好适合当时的情势为好。所以愚笨的人偶然也会有一得之见，聪明的人思虑再多也难免有失误的地方。为什么呢？因为上等的智慧是出乎自然又合乎事理的，并非只凭千思万虑就能得到。在运用智慧时，一般人多从小的、局部的方面去考虑问题，而智者多从大的、全局的方面来考虑问题；一般人只注重眼前的得与失，而智者则考虑得更加长远；一般人遇事容易急躁忙乱而使事情变得愈加复杂，而智者则镇静自若使事态归于正常；一般人遇事束手无策，而智者处理事情则得心应手、绰绰有余。因此，再困难的事到了智者的手上也变得容易简单，再大的事到了智者手上也成为区区小事。智者可以在别人毫无察觉的情况下把矛盾解决，而他的举动又常常出乎人们的意料。或开始抵触而后来相合，或看似矛盾而实际顺和。看他们开始时那种若无其事的样子，就是豪杰之士也为之疑惑；而一旦做出抉择，连圣贤也难有更好的办法改变它。啊！如此这般，岂不是达到了运用智谋的最高境界吗？上等的智谋，不是每个人都能学到的。有意学习的人大概也只能立志其上而得其中。俗话讲："下下人有上上

智。"这大概是遇到机会触发灵感偶尔表现出来的吧？我把这种智慧实录出来，稍加概括，分为四卷，《见大》《远犹》《通简》《迎刃》，统称其为"上智"。

注释

①游刃有余：《庄子·养生主》讲到一个庖丁解牛，牛的骨节稍有间隙，而他的刀刃很薄，庖丁技艺高超，使刀刃在骨节间游行而绰有余地。后以此比喻人的才力优秀，善于治事。②斡旋入于无声臭之微：斡旋，指对事物各种矛盾的调节、处理。无声臭之微，无声无臭，使人毫无知觉的微妙境界。此句意为，智慧之人可以在他人毫无知觉的情况下把各种矛盾圆满地解决。③断断：果断地对事物采取措施。④圣人不易：谓圣人也难以提出更好的办法，来更替智者的主意。易，更换。⑤有触而现：智慧是因偶然的机遇而呈现出来的。

左侧竖排：智囊精粹

见大卷一

一操一纵①，度越意表②；寻常所惊，豪杰所了。集《见大》。

译文

上等智慧的人处理事情的做法，往往出人意料；这令平常人感到惊讶，豪杰之士却很明了。因此集《见大》卷。

注释

①一操一纵：指处理事情的不同方略。操，把持。纵，释舍。②度越意表：指超出意料之外。

太公望诛杀华士　孔子处死少正卯

太公望①封于齐。齐有华士者，义不臣天子，不友诸侯，人称其贤。太公使人召之三，不至，命诛之。周公②曰："此人齐之高士，奈何诛之？"太公曰："夫不臣天子，不友诸侯，望犹得臣而友之乎？望不得臣而友之，是弃民也；召之三不至，是逆民也。而旌之以为教首，使一国效之，望谁与为君乎？"

译文

太公望被周天子封为齐国国君。齐国有一位名叫华士的人，立志不向周天子称臣，不与各诸侯国君交往，人们都称赞他很贤明。太公望三次派人召请他，他却一直不肯来，所以太公望就命人杀了他。周公问太公望："此人是齐国一位品行高尚的贤士，为什么杀了他呢？"太公望说："不向天子称臣，不与诸侯国君交往的人，难道我还指望他会来向我称臣，并和我交往吗？我不能使他来称臣并与我交往，便一定要把这种人抛弃掉。我三次召请他不来，这种人必定是叛逆之人。如果树立这样的人作为品德高尚的榜样，让国民都来学习他，那还指望谁来拥戴天子呢？"

注释

①太公望：即吕尚，西周初年的军事家、政治家。②周公：姓姬名旦，周武王弟，辅佐成王为政。

梦龙评

齐所以无惰民，所以终不为弱国。韩非《五蠹》之论本此。

少正卯①与孔子同时。孔子之门人三盈三虚。孔子为大司寇②，戮之于两观之下。子贡③进曰："夫少正卯，鲁之闻人。夫子诛之，得无失乎？"孔子曰："人有恶者五，而盗窃不与焉。一曰心达而险，二曰行僻而坚，三曰言伪而辩，四曰记丑而博，五曰顺非而泽。此五者有一于此，则不免于君子之诛，而少正卯兼之。此小人之桀雄也，不可以不诛也！"

译文

少正卯与孔子是同时代的人。孔子弟子数次挤满学堂，却又数次被少正卯的讲学吸引走了。后来孔子担任了大司寇官职，便让人把少正卯抓了起来，推到宫门前的望楼下杀掉。他的弟子子贡向孔子进言道："少正卯是鲁国的大名人，老师您却杀了他，这样做是否不够妥当？"孔子说："人有五种不可饶恕的罪过，即使抢劫和盗窃也不算在其中：第一种是很聪睿，却为人凶险；第二种是举止怪僻反常，却又冥顽不化；第三种是说话诡诈不实，却又巧言善辩；第四种是记写许多阴暗怪诞的事情，却能够旁征博引；第五种是支持别人做坏事，并替他解释、辩白。人假如犯了这五种罪恶中的一种，便不免被君子杀掉。而少正卯兼有这五种罪恶，这是坏人中最凶恶的人，绝不能不杀他！"

注释

①少正卯：春秋末期鲁国学者，聚众讲学，与孔子对立。少正，复姓；一说为官名。②大司寇：春秋时鲁国官名，执掌一国司法、治安。③子贡：孔子的学生，姓端木，名赐，子贡为其字。

梦龙评

小人无过人之才，则不足以乱国。然使小人有才，而肯受君子之驾驭，则又未尝无济于国，而君子亦必不概摈之矣。少正卯能煽惑孔门之弟子，直欲掩孔子而上之，可与同朝共事乎？孔子下狠手，不但为一时辩言乱政故，盖为后世以学术杀人者立防。

华士虚名而无用，少正卯似有大用而实不可用。壬人金士，凡明主能诛之。闻人高士，非大圣人不知其当诛也。唐萧瑶好奉佛，太宗令出家。玄宗开元六年，河南参军郑铣阳、丞郭仙舟投匦献诗。敕曰："观其文理，乃崇道教，于时用不切事情，宜各从所好，罢官度为道士。"此等作用亦与圣人暗合。如使佞佛者尽令出家，谄道者即为道士，则士大夫攻乎异端者息矣。

解评

人的才能不一，用处也就不一。所以作为领导，一定要善于发现员工的优点，合理地做好安排，使人的作用发挥到极佳，做到人尽其才。华士与少正卯的确是人才，但他们的才能没有正确地发挥。其中很重要的原因是他们没有良好的道德，不在其位却想要谋其政，这当然会坏事。

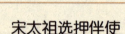

宋太祖选押伴使

　　"三徐"①名著江左，皆以博洽闻中朝，而骑省②铉尤最。会江左使铉来修贡例，差官押伴。朝臣皆以词令不及为惮，宰相亦艰其选，请于艺祖。艺祖曰："姑退，朕自择之。"有顷，左珰③传宣殿前司④，具殿侍中不识字者十人以名入。宸笔⑤点其一，曰："此人可。"在廷皆惊，中书不敢复请，趣使行。殿侍者莫知所以，弗获己⑥，竟往。渡江，始铉词锋如云，旁观骇愕，其人不能答，徒唯唯。铉不测，强聒而与之言。居数日，既无酬复，铉亦倦且默矣。

译文

　　南唐的徐铉、徐锴、徐延休这三个人在江南很有名气，被称为"三徐"，都以学识渊博而闻名于北宋，其中尤其以骑省徐铉的声望最高。一次正赶上江南派徐铉来朝纳贡，按照惯例，宋朝要差遣一位官员作为押伴使去南唐相迎，陪同徐铉前来。满朝大臣都觉得自己的言谈辞令无法和徐铉相比，而害怕担当这一使命。宰相赵普也觉得选押伴使的事很难办，就向宋太祖请示。宋太祖说："你暂且退下，朕亲自来选择这个押伴使。"过了一会儿，太祖令朝中太监传旨宣召殿前司，命令其把殿前侍卫人员中不识字的人选出十人，开列名单交上来。太祖御笔亲点其中一人，说道："这个人就行。"在朝的大臣都大吃一惊，中书也不敢再去请示太祖，便催促此人作为押伴使尽快出发。那位殿前侍卫也不知道为什么会选中他担任押伴使，也没说什么就去南唐迎接徐铉了。过江到南唐后，起初徐铉在和这位押伴使谈话时，总是洋洋洒洒，妙语层出不穷，连旁观的人都听得十分惊讶。而这位使臣不知道如何对答，只是哼哼唧唧地含混应付。徐铉摸不透这人到底有多大学问，就竭力喋喋不休地和他交谈。住了几日，这位使臣还是一直没说什么话来和徐铉应对，徐铉感到疲惫不堪，也就沉默不语了。

注释

　　①三徐：南唐大臣。即徐延休、徐铉、徐锴三人，宋朝初年著名学者。②骑省：即散骑常侍，官名。三国魏置，由汉代散骑和中常侍合并而成。在皇帝左右规谏过失，以备顾问。③左珰（dāng）：珰，即宦官的别称。这里指负责礼仪的宦官。④殿前司：宋代掌管宫殿前禁卫军之名籍的官署。⑤宸笔：对皇帝亲笔的敬称。⑥弗获己：不由己。

梦龙评

　　岳珂云："当陶、窦诸名儒端委在朝，若令角辩骋词，庸讵不若铉？艺祖正以大国

之体不当如此耳。其亦'不战屈人，兵之上策'欤？"孔子之使马围，以愚应愚也。艺祖之遣殿侍者，以愚困智也。以智强愚，愚者不解；以智角智，智者不服。

白沙陈公甫访定山庄孔旸。庄携舟送之。中有一士人，素滑稽，肆谈亵昵，甚无忌惮。定山怒不能忍。白沙则当其谈时，若不闻其声，及其既去，若不识其人。定山大服。此即艺祖屈徐铉之术。

解评

很多时候，当我们不知所措时，沉默可能是最好的武器。因为沉默在此时会为我们的尴尬找到一个合适的理由。即使是能说会道的人，遇上不善言谈、沉默寡言之人，最后也会选择沉默。

庄王绝缨　袁盎赦侍

楚庄王宴群臣，命美人行酒。日暮，酒酣烛灭，有引美人衣者。美人援绝其冠缨，趣火视之。王曰："奈何显妇人之节，而辱士乎！"命曰："今日与寡人饮，不绝缨者不欢。"群臣尽绝缨而火，极欢而罢。及围郑之役，有一臣常在前，五合五获首，却敌，卒得胜。询之，则夜绝缨者也。

盎①先尝为吴相时，盎有从史私盎侍儿。盎知之，弗泄。有人以言恐从史，从史亡。盎亲追反之，竟以侍儿赐，遇之如故。景帝时，盎既入为太常②，复使吴。吴王时谋反，欲杀盎，以五百人围之。盎未觉也。会从史适为守盎校尉司马，乃置二百石醇醪③，尽饮五百人醉卧，辄夜引盎起，曰："君可去矣，旦日王且斩君。"盎曰："公何为者？"司马曰："故从史盗君侍儿者也。"于是盎惊脱去。

译文

一次，楚庄王宴请朝中文武大臣，命令自己身边的美人来斟酒。夜幕降临，大家正喝得酒酣耳热时，照明的蜡烛突然熄灭了，这时，酒席中有一臣子趁黑暗之机拉扯了一下美人的衣裙。美人则扯掉了那人的帽带，并催促楚庄王点明蜡烛寻人。楚庄王想："怎么能为了显扬妇人的贞节，而使臣士当众遭受羞辱呢？于是命令说："今天与朕一起喝酒的臣子，不扯掉帽带的人就是没有尽兴。"于是，群臣都把自己的帽带扯掉，然后再点上蜡烛，尽欢而散。后来，在楚国围攻郑国的战役中，有一个臣子每次都冲锋在前，

五战五胜，斩获众多敌人首级，击败敌人取得胜利。楚庄王询问他，原来他就是那位被美人扯掉帽带的臣子。

汉文帝时，袁盎曾经担任吴王濞的丞相，袁盎的一个侍从与他的侍女私通。袁盎知道这事后，却没有泄露出去。有人用言语恐吓侍从，侍从吓得被迫逃跑，袁盎亲自把侍从追回来，并把侍女赐给他，待他仍像从前一样。汉景帝时，袁盎升任太常，奉命出使吴国，吴王此时正在密谋造反，想要杀掉袁盎，派五百士兵将袁盎的住处围住，袁盎却丝毫没有察觉。这时，正值那个侍从担任看守袁盎的校尉司马，他就买了二百石美酒，将这五百士兵灌得烂醉如泥，卧地不起。到了半夜，他唤醒袁盎说："你赶快离开这儿，明天天亮吴王就要杀你了。"袁盎问："你是谁？为什么救我？"司马说："我就是私通您府上侍女的那个侍从。"袁盎大惊并急忙逃走。

注释

①盎：袁盎，西汉文、景时人，字丝。文帝时为中郎，名重朝廷，曾任吴相。景帝时，与晁错不和，吴楚等七国反时，袁盎请诛错以与吴和。后为梁孝王遣刺客所杀。②太常：汉朝掌管宗庙礼仪的官吏，九卿之一。③醇醪：美酒。

梦龙评

梁之葛周、宋之种世衡，皆用此术克敌讨叛。着张说免祸，可谓转圜之福。凡术不杀小卒小妻，亦胡虏中之杰然者也。

葛周尝与所宠美姬同饮，有侍卒目视姬不辍，失答周问。既自觉，惧罪。周并不言。后与唐师战，失利，周呼此卒奋勇破敌，竟以美姬妻之。胡酋苏慕恩部落最强，种世衡尝夜与饮，出侍姬佐酒。既而世衡起入内，慕恩窃与姬戏。貂蝉事套此。边批：《三国演义》貂蝉事本此。世衡遽出掩之，慕恩惭愧请罪。世衡笑曰："君欲之耶？"即以遗之，由是诸部有贰者，使慕恩讨之，无不克。

张说有门下生盗其宠婢，欲置之法。此生呼曰："相公岂无缓急用人时耶？何惜一婢！"说奇其言，遂以赐而遣之。后杳不闻。及遭姚崇之构，祸且不测。此生夜至，请以夜明帘献九公主，为言于玄宗，得解。

金兀术爱一小卒之妻，杀卒而夺之，宠以专房。一日昼寝，觉忽见此妇持利刃欲向。惊起问之，曰："欲为夫报仇耳。"边批：**此妇亦奇。**术嘿然，麾使去。即日大享将士，召此妇出，谓曰："杀汝则无罪，留汝则不可。任汝于诸将中自择所从。"妇指一人，术即赐之。

解评

人非圣贤，孰能无过。每个人都无法避免犯错误，对别人的错误一定要记恨在心或者追究到底，这样做并不一定能够解决问题，甚至有可能造成情况恶化。如果大家都只想到自己的情况而忽略他人的感受，那么往往会造成大家都吃亏的状况，因此只要不是原则上的事，就不必斤斤计较，患得患失。正所谓"宽则得众"，只有懂得宽容的人才能拥有很多朋友，才能在困境的时候得到大家的帮助。

屠枰石曲全酒色士

屠枰石羲［英］先生为浙中督学，持法严。按湖①时，群小望风搜诸生过失。一生宿娼家，保甲②昧爽两擒抵署门，无敢解者。门开，携以入。保甲大呼言状，屠佯为不见闻者，理文书自如。保甲膝行渐前，离两累③颇远。屠瞬门役，判其臂曰："放秀才去。"边批：**刚正人，却善谑。**门役喻其意，潜趋下引出，保甲不知也。既出，屠昂首曰："秀才安在？"保甲回顾失之，大惊，不能言。与大杖三十，荷枷；娼则逐去。保甲仓惶语人曰："向殆执鬼！"诸生咸唾之，而感先生曲全一酒色士也。边批：**趣甚，快甚！**自是刁风顿息，而此士卒自惩，用贡为教官。

译文

屠羲英先生任浙江提督学道时，执法很严厉。他巡视湖州时，一些小人听到消息，就搜集秀才们的过失。有一个秀才在娼妓家夜宿，地方保甲在第二天清晨就把秀才和妓女抓住送到衙门，没有人敢释放他们。衙门一开，保甲就将二人带入公堂。保甲大声地禀告事情的经过，屠公假装没有听见，照常处理公文。保甲跪着渐渐地向前挪动，离秀才和妓女越来越远。屠公用眼光示意守门的差役，并在差役的臂上批了几个字："放秀才走。"差役明白了他的意思，偷偷地放走了秀才，保甲却一点也不知道。秀才走了以后，屠公抬头问道："秀才在哪里？"保甲一回头见秀才没影了，大吃一惊，吓得一句话也说不出来。屠公下令将他责打三十大杖，带上枷锁示众；妓女也被赶出衙门。保甲神色仓皇地对人说："我刚才逮住的秀才大概是个鬼吧！"秀才们都唾骂他，而感激屠公保全了一个贪恋酒色的秀才。自此以后，湖州刁恶的坏风气顿时平息下来，而那个秀才后来自责改过，由贡生出任了教官之职。

注释

①按湖：巡视湖州。②保甲：封建时代的户籍编制。③两累：两名被系者，指书生和妓女。

梦龙评

李西平携成都妓行，为节使张延赏追还，卒成仇隙。赵清献宰青城而挈妓以归，胡铨浮海生还而恋黎倩。红颜㳚人，贤者不免，以此裁士，士之能全者少矣。宋韩亿性方重，累官尚书左丞，每见诸路有奏拾官吏小过者，辄不怿曰："天下太平，圣主之心，虽昆虫草木皆欲使之得所。今仕者大则望为公卿，次亦望为侍从、职司、二千石，奈何以微瑕薄罪锢人于盛世乎！"屠公颇得此意。

解评

古代书生与妓女是一个很有意思的话题，很多才子佳人的故事都与此有关。上面的这个故事主要说明：人的才能不一，应从大处判别短长，不能以小过错抹杀别人的长处。人的能力有大小，不能用一个标准来衡量所有的人。古人说得好：尺有所短，寸有所长，物有所不足。

杨士奇智保众官

广东布政①徐奇入觐，载岭南藤簟②，将以馈廷臣。逻者③获其单目以进。上视之，无杨士奇名，乃独召之，问故。士奇曰："奇自都给事中受命赴广时，众皆作诗文赠行，故有此馈，臣时有病，无所作，不然，亦不免。今众名虽具，受否未可知。且物甚微，当以无他。"上意解，即以单目付中官令毁之，一无所问。

译文

明初广东布政使徐奇进京觐见皇帝，带了一些岭南出产的藤席，准备用来送给朝中大臣。厂卫特务人员截获了他的送礼名单交给了皇上。皇上见礼单上没有大臣杨士奇的名字，就单独召见他，询问其中的缘故。杨士奇回奏道："徐奇当初在朝中，从都给事中职位上接受诏命，赴广东任新职时，众位朝臣都作诗文为他送行，所以这次来京他才带来这些回赠的礼品。臣当时有病，没有写诗文送他，不然的话，礼单上也免不了有我的名字。现在礼单上虽然有众位朝臣的名字，但接受与否还不知道。况且这些礼品很微薄，应该不会有其他用意。"皇上的疑虑这才打消了，随即把礼单交给了太监，下令烧掉，一概不予追究。

注释

①布政：即布政使，官名。明代分全国为十三布政使司，为管辖一方州府的高级行政机构，其长官为布政使，简称布政。②藤簟（diàn）：即用藤条做的席子。簟，席子。③逻者：即巡逻的锦衣卫。明代设立锦衣卫机构，专门负责侦查官员行为，为皇帝的耳目。最初设立的锦衣卫是皇帝的侍卫，掌管"侍卫、缉捕、刑狱"等事，后来完全成为特务机构，包括永乐年间设立的东厂，成化年间设立的西厂，武宗时设立的内行厂。

梦龙评

此单一焚，而逻者丧气，省缙绅中许多祸，且使人主无疑大臣之心。所全甚大。无智名，实大智也，岂唯厚道！宋真宗时，有上书言官禁事者。上怒，籍其家，得朝士所与往还、占问吉凶之说，欲付御史讯状。王旦自取尝所占问之书进，请并付狱。上意浸解，公遂至中书，悉焚所得书。已而上悔，复驰取之。公对："已焚讫。"乃止。此事与文贞相类，都是舍身救物。

解评

为人处世要有自己的主见，偏听偏信会给自己的前途和事业造成意想不到的损失。有些话，虽然顺耳，却不可轻信，这就要求我们要保持清醒冷静的头脑，不要偏信一面之词，要用自己的理性去全面地看待一切问题。

萧何弃财取书　任氏舍金藏粟

沛公①至咸阳，诸将皆争走金帛财物之府分之，何②独先入收秦丞相、御史律令图书藏之。沛公具知天下阸塞户口多少强弱处、民所疾苦者，以何得秦图书也。

宣曲任氏，其先为督道仓吏③。秦之败也，豪杰④争取金玉，任氏独窖仓粟。楚汉相距荥阳，民不得耕种，米石至万，而豪杰金玉尽归任氏。

译文

沛公刘邦到达秦都咸阳后，他的部将们都争着跑到秦国府库中去瓜分金银财宝，只有萧何去收集秦丞相、御史制订的法律、典章、文书、档案，并妥善收藏好。后来刘邦之所以能全面了解全国的险要关塞、人口的多少、势力的强弱、人民的疾苦，都是得益于萧何所收集的秦朝图书典籍。

秦汉时期宣曲任氏是一个大富商，他的祖先是看管仓库的官吏。秦朝失败后，豪强之人都争着夺取金玉珍宝，只有任氏一家窖藏了许多粮食。楚霸王项羽和汉王刘邦争夺天下，相持于荥阳一带，老百姓无法耕种，一石米价涨至一万钱，从而豪强们的金玉珍宝又都归任氏所有。

注释

①沛公：即汉高宗刘邦。刘邦秦末起事于沛县，杀沛县令，自立为沛公。②何：萧何，汉初沛县人，官至丞相，曾对秦律删改订补，著有《九章律》。③督道仓吏：督道为秦时官府名称，专负责督催四方诸道租赋者，设仓储粮，而有仓吏主之。④豪杰：古时以才过百人曰豪，过千人曰杰。此指拥有一定武装或势力的人。

梦龙评

二人之智无大小，易地则皆然也。又蜀卓氏，其先赵人，用铁冶富。秦破赵，迁卓氏之蜀，夫妻推辇行。诸迁虏少有余财，争与吏求近处，处葭萌。唯卓氏曰："此地陋薄，吾闻

岷山之下沃野，下有蹲鸱（芋也）。至死不饥，民工作布，易贾。"乃求远迁，臻之临邛，即铁山鼓铸，运筹贸易，富至敌国。其识亦有过人者。

解评

人无远虑，必有近忧。所以我们不要只看眼前的利益得失，要有远见。远见，就是目光为常人所不及，睿智为常人所不及，冷静为常人所不及。远见之所以重要，是因为没有远见很容易犯错误。

张飞以礼教马超

先主①一见马超，以为平西将军，封都亭侯。超见先主待之厚也，阔略②无上下礼，与先主言，常呼字③。关羽怒，请杀之，先主不从。张飞曰："如是，当示之以礼。"明日大会诸将，羽、飞并挟刀立直④。超入顾坐席，不见羽、飞座；见其直也，乃大惊。自后乃尊事⑤先主。

译文

刘备初见到马超，就任命他为平西将军，封为都亭侯。马超见刘备对他待遇优厚，就疏忽了君臣之礼，和刘备讲话，常常直呼其名。关羽对此很生气，请求刘备杀掉马超，刘备没有同意。张飞见此说道："既然如此，咱们就做个榜样，让他知道应当遵守礼法。"

第二天，刘备召集全体部将，关羽、张飞带着刀站在刘备身边。马超入席后向两边看了看，不见关羽、张飞在座席上；抬头一看，见他俩侍立刘备身旁，不禁大吃一惊。从此以后，马超对刘备分外恭敬。

注释

①先主：三国时蜀汉创建者昭烈帝刘备，史称先主。②阔略：形容人豪放阔达，头脑简单，不拘小节。③字：字讳，这里指刘备的字。④直：当直，值班，值勤。⑤尊事：即尊敬地对待。

梦龙评

释严颜、诲马超，都是细心作用。后世目飞为粗人，大枉。

解评

不能因为受人尊敬和宠信而失了礼数，失去了做人的原则。任何人在这个社会上，绝不可以恃才傲物，目中无人，应该遵守一些礼节和规矩。请求别人尊重自己的同时要懂得去尊重别人。

吕许公办事思周全

仁宗久病废朝①，一日疾差，思见执政，坐便殿，急召二府②。吕许公③闻命，移刻④方赴，同列赞公速行，公缓步自如。既见，上曰："久病方平，喜与公等相见，何迟迟其来？"公从容奏曰："陛下不豫⑤，中外颇忧。一旦急召近臣，臣等若奔驰以进，恐人惊动。"上以为得辅臣体。

庆历中，石介作《庆历圣德颂》，褒贬甚峻，于夏竦尤极诋斥。未几，党议起，介得罪罢归卒。会山东举子孔直温谋反，或言直温尝从介学，于是竦遂谓介实不死，北走胡矣。诏编管介之子于江淮，出中使，与京东剌史发介棺以验虚实。时吕夷简为京东转运使，谓中使曰："若发棺空，而介果北走，虽斧锧⑥不为酷。万一介真死，朝廷无故剖人冢墓，非所以示后也。"中使曰："然则何以应中旨？"夷简曰："介死，必有棺敛之人，又内外亲族及会葬门生无虑数百，至于举枢室窆棺，必用凶肆⑦之人。今悉檄至劾问，苟无异说，即皆令具军令状以保结之。亦足以应诏也。"中使如其言。及入奏，仁宗亦悟竦之谮，寻有旨，放介妻子还乡。

译文

宋仁宗生病,很久没有上朝理政,有一天,他的病稍好一些,想见一见主持政务的大臣。于是他坐在便殿上,急召中书省和枢密院的两位大臣进宫。吕许公接到诏令,过了一会儿才起身入宫,同行的枢密赞公快步行走,许公却仍慢步而行。见到仁宗以后,仁宗说:"久病刚愈,很高兴和你们见面,你为何姗姗来迟?"吕许公从容地奏道:"陛下身体不适,朝廷内外都很忧虑。一旦突然召见左右亲近的臣子,我等如果慌慌张张前来觐见,恐怕会惊动很多人。"仁宗认为他的表现很得体。

宋仁宗庆历年间,石介作《庆历圣德颂》,对当朝的人褒贬得很严厉,尤其对夏竦更是极尽诋毁斥责。不久,朝中发生党派之争。石介获罪,被免职回家,不久病逝。当时山东恰有一个举子孔直温谋反,有人说孔直温曾是石介的学生,于是夏竦就说石介实际上没有死,而是逃到北方契丹胡人那里去了。仁宗就下召将石介的儿子交由江淮地方管制,又派使者和京东刺史挖开石介的棺材验尸查实。当时吕许公任京东转运使,就对使者说:"如果打开棺材是空的,表示石介真逃到北方胡人那里去了,这样就是将他的子孙斩尽杀绝也不算残酷。万一石介真的死了,朝廷无故挖开人家的坟墓,这是不能以此示范后人的。"使者说:"那又如何?这是皇上的圣旨。"吕许公说:"石介去世后,一定有为他办理殡殓的人,又有内外亲族以及参加丧礼的门生不下数百人,至于抬灵柩埋棺材,必然雇佣殡葬铺的人。现在你发公文去询问他们,如果没有不同的说法,就命令他们立下军令状,写保证书加以证明,这样就可以对皇上有所交代了。"使者照他的话去做。待禀告仁宗后,仁宗也明白这件事是夏竦诬蔑之词,随即降下圣旨,释放石介的妻子儿女回乡。

注释

①废朝:停止百官朝见。②二府:西汉时丞相府和御史大夫府合称为二府。宋代二府指枢密院和中书门下。③吕许公:吕夷简,真宗宰相吕蒙正之侄,多智数,仁宗时官至同平章事,封许国公。④移刻:过了一段时间。⑤不豫:天子有病的讳称。⑥孥戮:为奴隶或判为死刑。一说是诛及子孙。前说释孥为奴,后说释孥为子。⑦凶肆:即古代出售丧葬用品并承办丧事的场所。

梦龙评

不为介雪,乃深于雪。当介作颂时,正吕许公罢相,而晏殊、章得象同升,许公不念私憾而念国体,真宰相度也!

李太后服未除,而夷简即劝仁宗立曹后。范仲淹进曰:"吕夷简又教陛下做一不好事矣。"他日夷简语韩琦曰:"此事外人不知,上春秋高,郭后、尚美人皆以失宠废,后宫以色进者不可胜数,不亟立后,无以正之。"每事自有深意,多此类也。

解评

　　为人处世不能只顾自己的感受而恣意妄为，应该适当想想会不会给别人，甚至是一些无辜的人带来不便。要想做到不给别人添麻烦，就要思虑周全。思虑周全就如同行军打仗，如何选点、如何驻军、如何指挥，"谋定而后动"，这样才能使事情向好的方向发展。

冯煖为孟尝君买义

　　孟尝君问门下诸客谁习计会，能为收责①于薛者。冯煖署曰"能"。于是约车治装，载券契②而行，辞曰："责毕收，以何市而反？"孟尝君曰："视吾家所寡有者。"煖至薛，召诸民当偿者悉来，既合券，矫令③以责赐诸民，悉焚其券。民称"万岁"。长驱至齐，孟尝君怪其疾也，衣冠而见之，曰："责毕收乎？"曰："收毕矣。""以何市而反？"煖曰："君云视吾家所寡有者，臣窃计君宫中积珍宝，狗马实外厩，美人充下陈④，君家所寡有者，义耳！窃以为君市义。"边批：奇！孟尝君曰："市义奈何？"曰："今君有区区之薛，不拊爱其民，因而贾利之。臣窃矫君命以责赐诸民，因焚其券，民称万岁。乃臣所以为君市义也！"孟尝君不悦，曰："先生休矣。"后期年，齐王疑孟尝，使就国⑤。未至薛百里，民扶老携幼争趋迎于道。孟尝君谓煖曰："先生所为文市义者，乃今日见之。"

译文

　　孟尝君田文询问门下食客中谁熟悉账目，能替他去薛地讨债。冯煖在他名下写道："能。"于是冯煖准备车辆，整理行装，带上债券契约出发了。临行前冯煖向孟尝君告别时问道："债务收完以后，应买些什么东西带回来？"孟尝君说："你看我家缺少什么就买什么吧。"冯煖到达薛地以后，将债务人全部召来，当他把债券核准以后，便假借孟尝君的指令把欠债全部赐给了百姓，并当场烧毁所有的债券，百姓们高呼"万岁"。冯煖很快就回到了齐国。孟尝君对他如此迅速返回感到奇怪，便穿戴好衣冠接见了他，问道："债务收完了吗？"冯煖答道："收完了。"又问："你买了什么东西回来？"冯煖说："您说应买您家所缺少的东西。我看到您的家中金银珠宝堆积如山，牲畜狗马充实外厩，姬妾美女遍布庭院，您家中缺少的只有'义'罢了，所以我为您买'义'了。"孟尝君说："你是怎样购买'义'的？"冯煖说："如今公子仅仅拥有一个薛地，不但不体恤这里的老百姓，反而放债搜刮他们，因此我就假借公子的名义，把欠债都赏赐给了百姓，并把债券全部焚毁，百姓高呼'万岁'。这就是我为公子所买的仁义。"孟尝

君听后不高兴地说道："好了，你别说了。"一年以后，齐王对孟尝君产生了疑心，便让他回到自己的封地。当孟尝君行到距薛地还有一百里的地方时，百姓们便扶老携幼、争先恐后地前往迎接。孟尝君对冯煖说："先生为我所购买的'义'，今天我才真正见到了。"

注释

①责：同"债"，欠款。②券契：债券。古时以木版书债券，分为两半，各执其一以作凭证，称契，亦称券。偿债时合券而焚之。③矫令：假托命令以行事。④下陈：宾主相接，陈列礼品之处，位于堂下，因称下陈。古时统治者以财务、婢妾充实官府后宫，炫耀权势，称为充下陈。⑤就国：回到自己的封邑去。

梦龙评

煖使齐复相田文，及立宗庙于薛，皆纵横家熟套。唯"市义"一节高出千古，非战国策上所及。保国保家者，皆当取法。

解评

冯煖焚烧的是薛地百姓欠债的券契，而收回的是薛地百姓的人心。或许冯煖已经预料到孟尝君肯定会功高震主，必会遭到贬黜。这种以牺牲小利来换取人心的做法，是很值得称道的。

远犹卷二

谋之不远，是用大简；人我迭居①，吉凶环转；老成借筹②，宁深毋浅③。集《远犹》。

译文

谋划得不够深远，做事就容易轻率；人生的际遇总是在不断地变化，祸福吉凶也会相互转换。老练成熟的人在处理问题时宁可考虑得深远一些，而不是只顾眼前。因此集《远犹》卷。

注释

①人我迭居：富贵贫贱的地位总是互相转换的。②老成借筹：老成，指老练成熟的人。借筹，代指策划形势。③宁深毋浅：推测形势的发展，宁可考虑得深远，不要失之浅近。

宋太祖有远虑

初，太祖谓赵普①曰："自唐季以来数十年，帝王凡十易姓，兵革不息，其故何也？"普曰："由节镇太重，君弱臣强。今唯稍夺其权，制其钱谷，收其精兵，则天下自安矣。"语未毕，上曰："卿勿言，我已谕矣！"边批：聪明。顷之，上与故人石守信②等饮。酒酣，屏左右，谓曰："我非尔曹之力，不得至此，念汝之德，无有穷已。然为天子亦大艰难，殊不若为节度使之乐。吾今终夕未尝安枕而卧也。"守信等曰："何故？"上曰："是不难知：居此位者，谁不欲为之？"守信等皆惶恐顿首，曰："陛下何为出此言？"上曰："不然。汝曹虽无心，其如麾下之人欲富贵何？

一旦以黄袍加汝身，虽欲不为，不可得也。"守信等乃皆顿首泣，曰："臣等愚不及此③，唯陛下哀怜，指示可生之路。"上曰："人生如白驹过隙，所欲富贵者，不过多得金钱，厚自娱乐，使子孙无贫乏耳。汝曹何不释去兵权，择便好田宅市之，为子孙立永久之业；边批：王翦、萧何所以免祸。多置歌儿舞女，日饮酒相欢，以终其天年？君臣之间，两无猜嫌，不亦善乎！"皆再拜曰："陛下念臣及此，所谓生死骨肉也！"明日皆称疾，请解兵权。

译文

　　北宋建立之初，太祖赵匡胤对赵普说："唐亡以后数十年，皇帝换了十多个，且战乱不断，这是什么缘故呢？"赵普说："这是由于节度使的权力太大，君主软弱而臣下太强，现在只要稍微削弱一点他们的权力，限制他们的钱粮，收回他们麾下的精兵，天下自然就安定下来了。"赵普话还没说完，太祖就说："爱卿不必再多说，我已经知道该怎么办了。"没过多久，太祖和老朋友石守信等人饮酒，喝到尽兴时，太祖屏退左右随从，对石守信等人说："若不是你们的鼎力相助，我今日不能达到这样的地位，想到你们的恩德，实在是深厚无穷。可做皇帝也有做皇帝的难处啊，实在不如当节度使快乐，我现在睡不了一天安稳觉。"石守信等人忙问："是什么原因？"太祖说："这不难明白，占据天子之位，谁不想做啊。"石守信等人惶恐不已地叩头说道："陛下为什么说出这样的话？"太祖说："诚然大家并无此心，但你们的部下将领谁不想富贵？有朝一日，他们将黄袍披在你们的身上，即使你们不想做，也是由不得了。"石守信等人连连叩头哭泣着说："臣等愚昧无知，还没想到这一步，只求陛下怜悯，给我们指条生路。"太

祖说："人生一世就如白驹过隙，追求富贵的人，不过是想多得一些金钱，多一些享乐，使子孙不受贫困罢了。你们何不放弃兵权，选择好的田地买下来，给子孙后代留下永久的基业；多多置办一些歌童舞女，每日饮酒作乐，颐养天年。君臣之间互不猜疑，不也是很好吗？"石守信等人再次叩谢太祖说："陛下这样顾念我们，就如同臣等再生父母啊！"第二天，石守信等人都以生病为由，请求解除兵权。

注释

①赵普：字则平，宋朝幽州蓟人，官拜宰相。②石守信：宋朝开封浚仪（今河南开封）人。北宋初期重要将领，开国功臣。官拜中书令，封魏国公。③愚不及此：愚蠢而没想到这些。

梦龙评

或谓宋之弱，由削节镇之权故。夫节镇之强，非宋强也。强干弱枝，自是立国大体。二百年弊穴，谈笑革之，终宋世无强臣之患，岂非转天移日手段！若非君臣偷安，力主和议，则寇准、李纲、赵鼎诸人用之有余，安在为弱乎？

熙宁中，作坊以门巷委狭，请直而宽广之。神宗以太祖创始，当有远虑，不许。既而众工作苦，持兵夺门，欲出为乱。一老卒闭而拒之，遂不得出，捕之皆获。边批：设险守国道只如此。

译文

宋神宗熙宁年间，作坊以门巷弯曲狭窄为由，请求改直拓宽。神宗认为门巷是太祖创始的，必有远虑，没有同意。后来，很多工人因为工作太苦，心生背叛，拿着兵器想夺门出来作乱。一个老兵站在巷口挡住他们，他们才没有出来，全被擒获。

神宗一日行后苑，见牧豭猪者，问："何所用？"牧者曰："自太祖来，尝令畜。自稚养至大，则杀之，更养稚者。累朝不改，亦不知何用。"神宗命革之。月余，忽获妖人于禁中，索猪血浇之，仓卒不得。方悟祖宗远虑。

译文

有一天，神宗在后花园里行走，看见有人养公猪，就问道："养公猪有什么用？"牧养的人说："从太祖以来，就命令养猪。把它从小养到大，再杀掉，然后换养小的。几代都没有改变，也不知道做什么用。"神宗便命令把这件事取消了。一个多月后，宫内忽然捉到施放妖术的人，仓促间要找猪血来浇他却找不到，神宗这才领悟到祖宗的远虑。

解评

人如果没有长远的谋划，忧患来时就会措手不及。所谓人无远虑必有近忧，这就是因果循环，今日因成他日果，今日不为他日打算，等到他日成今日时，必然会有许多忧虑。这个小故事提醒我们：做任何事都需提前做好准备。"不打没把握的仗"用意即在此。

李沆为相

李沆①为相，王旦参知政事，以西北用兵，或至旰食②。旦叹曰："我辈安能坐致太平，得优游无事耶？"沆曰："少有忧勤③，足为警戒。他日四方宁谧，朝廷未必无事。语曰：'外宁必有内忧。'譬人有疾，常在目前，则知忧而治之。沆死，子必为相，遂与虏和亲，一朝疆场无事，恐人主渐生侈心耳！"旦未以为然。沆又日取四方水旱、盗贼及不孝恶逆之事奏闻，上为之变色，惨然不悦。旦以为"细事不足烦上听，且丞相每奏不美之事，拂上意"。沆曰："人主少年，当使知四方艰难，常怀忧惧。不然，血气方刚，不留意声色狗马，则土木、甲兵、祷祠之事作矣，吾老不及见，此参政他日之忧也！"沆没后，真宗以契丹既和，西夏纳款，遂封岱④、祠汾，大营宫殿，搜讲坠典，靡有暇日。旦亲见王钦若、丁谓等所为，欲谏，则业已同之，欲去，则上遇之厚，乃知沆先识之远，叹曰："李文靖真圣人也！"

译文

北宋的李沆担任宰相时，王旦任参知政事。这时因西北边疆战事不断，有时到很晚才吃饭。王旦感叹地对李沆说："我们什么时候能使天下太平，悠闲无事地活着呢？"李沆说："稍微有些忧患和劳苦，可以让人保持警戒之心。如果哪天四方太平，朝廷也未必安然无事，有句话说'外宁必有内忧'。就好像人有了病，常常能看得见，就知道

担心从而给予治疗。我死了以后，你必担任宰相，朝廷很快会与戎狄和亲。一旦边疆无事，君主恐怕就会有奢侈之心。"王旦对此话不以为然。后来，李沆又把四方灾民水旱、盗贼和一些世俗不孝恶逆之事上奏皇上，皇上因为此事大变脸色，非常不高兴。王旦认为不必以这些零碎小事烦扰皇上，而且丞相每次上奏的事，都有违皇上心意。李沆说："如今皇上年轻，应当让他知道天下的艰难，常心怀忧虑、恐惧。如果不这样的话，皇上正是血气方刚的年龄，即使不留意声色犬马，大兴土木、兴兵打仗、立庙祈祷等事也会出现了。我年纪大了，来不及看见这些，这可是你以后所要忧虑的事啊。"李沆去世后，宋真宗因契丹讲和、西夏纳贡称臣，便封禅泰山，往汾水祈祷，大肆营建宫殿，搜讨前代已废止的典籍，没有空闲的日子。王旦亲眼见到王钦若、丁谓等人的所作所为，想去劝谏皇上远离他们，可自己也已经和他们搅在一起了。他想离开皇上，可皇上对他又很宽厚，他这才知道李沆很有先见之明，深有感触地说："李沆先生真是圣人啊！"

注释

①李沆：字太初，宋朝洺州肥乡人。真宗时官拜参知政事，死后谥号文靖。②旰（gàn）食：晚食。指事务繁忙不能按时吃饭。旰，晚，天色晚。③忧勤：此指令人忧愁而劳苦的事。④封岱：景德四年（1007年），真宗用王钦若言，造作天书，准备封禅。次年以"天书"下降，改元大中祥符，真宗封禅泰山，耗资八百余万贯。岱，泰山又称岱岳。

梦龙评

《左传》：晋、楚遇于鄢陵，范文子不欲战，曰："唯圣人能内外无患。自非圣人，外宁必有内忧。盍释楚以为外惧乎？"厉公不听，战楚胜之。归益骄，任嬖臣胥童，诛戮三郤，遂见弑于匠丽。文靖语本此。

解评

人无远虑，必有近忧。人们往往只是看到了眼前的美好，却不顾以后的结果会怎样。原因在于人是"生于忧患，死于安乐"的，人的生活好了，太平无事了，就会生出许多乱七八糟的想法，做一些求近利、图一时之快的事情，忽视了事物发展的规律，最终会面对因无远虑、无远见而带来的后"果"。

姚崇流涕免祸

姚崇①为灵武道大总管。张柬之②等谋诛二张，崇适自屯所还，遂参密议，以功封梁县侯。武后迁上阳宫，中宗率百官问起居。五公相庆，崇独流涕。柬之等曰："今岂流涕时耶？恐公祸由此始。"崇曰："比与讨逆，不足为功，然事天后③久，违旧主而泣，人臣终节也。由此获罪，甘心焉。"后五王被害，而崇独免。

上智部 远犹卷二

译文

唐中宗时，姚崇担任灵武道大总管。当时张柬之等人谋划诛杀张易之和张昌宗二人，适逢姚崇从屯驻处回京，于是就参与了秘密商议，后来因功被封为梁县侯。武则天被迫迁到上阳宫后，中宗李显率领百官去问候武后的日常生活作息，参与密谋的五个人都相互庆祝，只有姚崇痛哭流涕。张柬之等人说："现在难道是你痛哭的时候吗？恐怕你的大祸就会从此开始了。"姚崇说："和你们一起讨伐叛逆，不值得称功。可侍奉旧主久了，一旦背叛旧主就不免有些伤心，这也是身为人臣应有的节义啊！我若以此获罪，也是心甘情愿的。"后来，五王遇害，而唯独姚崇幸免。

注释

①姚崇：本名元崇，字元之，陕州峡石人，他曾三次为相，并兼兵部尚书。②张柬之：字孟将，襄州襄阳人，曾出任宰相，封汉阳郡王。③天后：指被迫下野的武则天。

梦龙评

武后迁，五公相庆，崇独流涕。董卓诛，百姓歌舞，邕独惊叹。事同而祸福相反者，武君而卓臣，崇公而邕私也。然惊叹者，平日感恩之真心；流涕者，一时免祸之权术。崇逆知三思犹在；后将噬脐，而无如五王之不听何也。吁，崇真智矣哉！

解评

事情相同而遭遇的福祸却相反。只因为一个是君，一个是臣；一个为公，一个为私的缘故。为此叹息的人是平日里感恩的真心表现，而流泪的人只是为了免除一时的祸害而使的权术。

高明驳履亩坐税

黄河南徙，民耕汙地，有收。议者欲履亩坐税。高御史明[1]不可，曰："河徙无常，税额不改，平陆忽复巨浸，常税犹按旧籍，民何以堪？"遂报罢。

译文

明朝时，黄河河道向南迁移，老百姓在旧河道上耕种，有了收成。有人提议官府应丈量一下土地，好按田亩收税。御史高明认为不行，他说："黄河南徙没有规律，税收的额度轻易不能改变，假如平地忽然又被河水淹没，日常税赋还是依据登记的田亩数量征收，老百姓怎么承受得了？"于是这个提议就撤销了。

注释

①高御史明：高明，字上达，明景泰间进士，授御史，以敢言著称。

梦龙评

每见沿江之邑，以摊江田赔粮致困，盖沙涨成田，有司喜以升科见功，而不知异日

24

减科之难也。川中之盐井亦然。陈于陛《意见》云："有井方有课，因旧井塌坏，而上司不肯除其课，百姓受累之极，即新井亦不敢开。宜立为法：凡废井，课悉与除之，新井许其开凿，开成日免课，三年后方征收。则民困可苏而利亦兴矣。若山课多，一时不能尽蠲，宜查出另为一籍，有恩典先及之，或缓征，或对支，徐查新涨田，即渐补扣。数年之后，其庶几乎？"查洪武二十八年，户部节奉太祖圣旨："山东、河南民人，除已入额田地照旧征外，新开荒的田地，不问多少，永远不要起科，有气力的尽他种。"按：此可为各边屯田之法。

解评

黄河迁徙没有规律，税收的额度也不可以轻易改变，如果轻易改变，百姓就会无法承受。所以，任何制度的改革，都不能只依据好的方面来评论，而要综合好坏等多方面的意见来做出长远有效的决定。

刘晏高价造船

刘晏于扬子置场造船，艘给千缗。或言所用实不及半，请损之。晏曰："不然，论大计者不可惜小费，凡事必为永久之虑。今始置船场，执事者至多，当先使之私用无窘，则官物坚完矣。若遽与之屑屑较计，安能久行乎？异日必有减之者，减半以下犹可也，过此则不能远矣！"后五十年，有司果减其半。及咸通中，有司计费而给之，无复羡余，船益脆薄易坏，漕运遂废。边批：惜小妨大。

译文

唐代宗时，刘晏在扬州设置了造船厂，每只船拨钱一千缗。有人说造船所花的费用实际不到这个数的一半，便请求减少所拨经费。刘晏说："不可以。干大事的人不可以吝惜一点小费用，凡事一定要从长远考虑。现在才刚开始设置造船厂，管事的人又很多，应先使他们私人的花费不会窘迫，这样所造给公家的船才会坚固完好。如若现在就和他们斤斤计较，又怎能长期办下去呢？他日必有人减少拨款，如果所减不超过一半还可支撑，超过一半，那么造船就不会长久。"五十年后，有关部门果然将费用减少了一半。到了咸通年间，有关部门依实际费用拨款，不再有盈余，造出来的船更加脆薄，极容易损坏，漕运事业从此也就废弃了。

解评

　　世人说：做大事不可吝惜小费。刘晏实行高价造船，是为了让工匠齐心协力，认真做工，"民忘其劳"，质量坚固，既没有民工急急忙忙奔命般地返工劳苦，也没有因返工再浪费钱财，保证了船只正常使用，延长使用年限，社会效益很好。如果没完没了地锱铢必较，不留有余地，无论是工匠还是管理人员断然不会饿着肚子为官家出力做苦工，管理者蛮横地指挥，工匠们鲁莽草率地应付，必然要生出种种弊端，偷工减料，移花接木，简单地把事情凑合着交差了，还动不动以省钱为名去邀功。只顾着小利不作长远打算，层层苟且塞责，质量残次，工程仓促建成又马上毁坏重建，劳民伤财，欲节省而更靡费！

公孙仪不受鱼

　　公孙仪相鲁，而嗜鱼，一国争买鱼献之，公仪子不受。其弟谏曰："夫子嗜鱼而不受者，何也？"对曰："夫唯嗜鱼，故不受也。夫既受鱼，必有下人之色，将枉于法；枉于法，则免于相；免于相，虽嗜鱼其谁给之？无受鱼而不免于相，虽不受鱼，能长自给鱼。此明夫恃人不如自恃也！"

译文

　　春秋时期，公孙仪任鲁国宰相，他很喜欢吃鱼，于是全国的人都抢着买鱼送他，公孙仪却不接受。他的弟弟劝谏他说："你喜欢吃鱼，却又不接受别人送的鱼，这是为什么呢？"公孙仪回答说："正是因为我喜欢吃鱼，所以才不接受别人送的鱼。一旦接受了别人送的鱼，一定会因为受惠而感恩，对他人低声下气，这将违犯法律；违犯了法律，我就会被免去相位；免去相位，即使我喜欢吃鱼，还有谁会送给我呢？不接受别人送来的鱼就不会被免去相位，虽然不接受别人送的鱼，却能长久地自己买鱼吃。这说明依靠别人不如依靠自己的道理啊！"

解评

　　吃人嘴软，拿人手短。公孙仪自己喜欢吃鱼，却不接受别人献给他的鱼，因为他明白，收了人家的鱼，则可能有"下人之色"，很多事情就不能按照法律原则来做，其结果定是罢官免职，那时候即使想吃鱼也没有了。另外，此时人们给你送鱼，是有求于你，一旦你败落了，就不会有这样的好事了。可惜很多人只见眼前的小利，却不顾严重的后果。

下岩院主僧弃碗

巴东下岩院主僧，得一青磁①碗，携归，折花供佛前，明日花满其中。更置少米，经宿，米亦满；钱及金银皆然。自是院中富盛。院主年老，一日过江简田②，怀中取碗掷于中流。弟子惊愕，师曰："吾死，汝辈宁能谨饬自守乎？弃之，不欲使汝增罪也。"出吴淑《秘阁闲谈》。淑，宋初人。

译文

巴东县下岩院的住持僧人得到一个青瓷碗，带回寺中，他折了些花插在碗中，供奉在佛像前，第二天碗中便开满鲜花。他又换了一点米放在碗中，过了一夜，米也成了满满一碗，再改放钱及金银也都一样。自此以后，寺院越来越富裕。住持僧人日渐年老，有一天，他过江去查视寺院的田地，到江中时从怀中取出青瓷碗扔入河中。弟子们都惊愕不已，住持僧人说："我死后，你们还能这样谨慎自守吗？把碗丢弃，是不想让你们增加罪过啊。"

注释

①磁：通"瓷"。②简田：查视寺院所属的田地。

梦龙评

沈万三家有聚宝盆，类此。高皇取试之，无验，仍还沈。后筑京城，复取此盆镇南门下，因名聚宝门云。

解评

　　下岩院住持是明智的，聚宝盆虽好，但它容易让人产生贪欲，腐蚀人的灵魂，所以古人提出了"防患于未然"的思想。这个故事告诉我们：在顺利的时候，不要忘记后面潜藏的危机；在成功的时候，要警惕困难和挫折；在做计划时，要留有充分的余地。只有时刻保持着危机意识，你才能从容面对出现的任何困难和危机，才能时刻有着清醒的头脑。

阿豺以折箭示理

　　吐谷浑阿豺疾，有子二十人，召母弟①慕利延曰："汝取一只箭折之。"慕利延折之。又曰："汝取十九箭折之。"慕利延不能折。阿豺曰："汝曹知乎？单者易折，众者难摧，戮力同心，然后社稷可固！"

译文

　　吐谷浑首领阿豺得了重病，他有二十个儿子，一天，他召来同母所生的弟弟慕利延说："你拿一支箭来把它折断。"慕利延一下子就把箭折断了。阿豺又说："你再拿十九支箭来把它折断。"慕利延折不断。阿豺说："你们都明白了吗？一支箭容易折断，很多箭在一起就很难折断，你们同心协力，国家才能稳固！"

注释

　　①母弟：同母之弟。别于庶弟。

梦龙评

　　周大封同姓，枝叶扶疏，相依至久。六朝猜忌，庇焉寻斧，覆亡相继。不谓北狄中乃有如此晓人！

解评

　　折箭的道理告诉我们：团结就是力量，只有团结起来，才会产生巨大的力量和智慧。道理虽然简单，但在现实中，我们却难以做得很好。

通简卷三

世本无事，庸人自扰。唯通则简，冰消日皎。集《通简》。

译文

世上本来没什么事情，只是一些庸人喜欢徒自烦扰。通达了事理，为人处世自然就简单顺当了，就像太阳出来就会冰消雪化一样。因此集《通简》卷。

曹参治国

曹参被召，将行，属其后相："以齐狱市为寄。"后相曰："治无大此者乎？"参曰："狱市所以并容也，今扰之，奸人何所容乎？"参既入相，一遵何约束，唯日夜饮醇酒，无所事事。宾客来者皆欲有言，至，则参辄饮以醇酒；间有言，又饮之，醉而后已，终莫能开说。惠帝怪参不治事，嘱其子中大夫窋私以意叩之。窋以休沐归，谏参。参怒，笞之二百。帝让参曰："与窋何治乎？乃者吾使谏君耳。"参免冠谢曰："陛下自察圣武孰与高帝？"上曰："朕安敢望先帝？"又曰："视臣能孰与萧何？"帝曰："君似不及也。"参曰："陛下言是也。高帝与何定天下，法令既明。今陛下垂拱，参等守职，遵而勿失，不亦可乎？"帝曰："君休矣。"

译文

汉朝时，曹参奉召入京，临行前，他嘱咐继他任齐丞相的人说："要特别注意齐国的狱政和市场的管理。"继任的丞相说："治理国家，难道没有比这更重要的工作吗？"曹参说："监狱、市场都是安排坏人的地方，你现在如果处理不好二者的平衡关系，把坏人安置到什么地方去呢？"后来曹参当上宰相，一切事务都遵照萧何的制度行事，只是他日夜畅饮美酒，无所事事。凡是宾客来访有进言的，一到相府，曹参就只是请他们喝酒；只要宾客想说话，曹参就又请他们喝酒，一直喝到酒醉为止，宾客始终没有机会开口说话。汉惠帝责怪曹参不理政事，就嘱咐曹参的儿子中大夫曹窋私下去问他的父亲是何用意。一日曹窋休息回家，就劝谏曹参。曹参很生气，打了曹窋两百鞭。惠帝责备曹参说："这件事和曹窋有什么关系？是我要他去劝你的。"曹参脱下冠冕谢罪说："陛下自认为您和高皇帝相比，哪一个更英明圣武？"惠帝说："我怎么敢与先帝相比？"曹参又说："陛下再看我和萧何相比谁的能力更大些？"惠帝说："你好像不如他。"曹参说："陛下说得很对。高祖皇帝和萧何平定天下，法令已经非常严明，如今陛下无所事事，臣等守职尽责，遵循着既定的法令而没有脱离，不也是很好吗？"惠帝说："不必多说了。"

梦龙评

不是覆短，适以见长。

吏廨邻相国园。群吏日欢呼饮酒，声达于外。左右幸相国游园中，闻而治之。参闻，乃布席取酒，亦欢呼相应。左右乃不复言。

译文

丞相曹参的衙门和相府的后花园相邻，衙门中的官吏们整天在那里饮酒作乐，声音传到墙外。侍从们于是希望相国能到花园里来游览，听到这个声音后管治他们。曹参听说后，就命人在花园里设宴，也饮酒欢呼，和衙中属吏们相应和，于是侍从们就不再说此事了。

梦龙评

极绘太平之景，阴消近习之谗。

解评

曹参沉湎于酒的真正目的，是实现其"清静无为"的主张，让老百姓过上太平的日子。曹参的以酒治国，达到了老子所说的最高境界："太上，下知有之"。曹参用无为的方式处世，推行不言的教化，实际上是要人们遵循规律，客观地去做事，让社会在和谐中发展。

诸葛亮不设汉吏

丞相既平南中，皆即其渠率而用之。或谏曰："公天威所加，南人率服。然夷情叵测，今日服，明日复叛。宜乘其来降，立汉官分统其众，使归约束，渐染政教。十年之内，羱首可化为编氓，此上计也。"公曰："若立汉官，则当留兵，兵留则口无所食，一不易也；夷新伤破，父兄死丧，立汉官而无兵者，必成祸患，二不易也；又夷累有废杀之罪，自嫌衅重，若立汉官，终不相信，三不易也。今吾不留兵，不运粮，纲纪粗定，夷汉相安。"

译文

诸葛孔明平定南中之后，就任用了当地的一批首领为官吏。有人进谏说："丞相威震四方，蛮夷都已臣服。然而蛮夷人难以预测，今天顺服，明天再叛变，反复无常。应该乘他们归降之际，设立汉人官吏来治理这些蛮人，才能使他们归顺，逐渐听从汉人的政令教化。十年之内，蛮夷人就可以成为蜀国良民，这才是上策。"孔明说："如果设立汉人官吏，就须留下军队，军队留下来没有粮食，这是困难之一；蛮夷刚经历战乱，许多人失去了父兄，设立汉人官吏而没有军队防守，必然引起祸患，这是困难之二；蛮夷经常有废职或杀人的罪行，相互之间仇恨颇多，如果再设立汉人官吏，最终仍不能取

信于蛮夷，这是困难之三。现在我不留军队，不必运粮食，纲纪法规也大略制定，夷汉之间相安无事，这就足够了。"

梦龙评

《晋史》：桓温伐蜀，诸葛孔明小史犹存，时年一百七十岁。温问曰："诸葛公有何过人？"史对曰："亦未有过人处。"温便有自矜之色，史良久曰："但自诸葛公以后，更未见有妥当如公者。"温乃惭服。凡事只难得"妥当"，知此二字，是孔明知己。

解评

凡事最难的是办得妥当，只有办得妥当，才能解去后顾之忧。诸葛孔明抱着汉、夷相安无事的态度，免去了一场战争，足以见得其中的妥当之处。

高拱论平叛之略

隆庆中，贵州土官安国亨、安智各起兵仇杀，抚臣以叛逆闻。动兵征剿，弗获，且将成乱。新抚阮文中将行，谒高相拱。拱语曰："安国亨本为群奸拨置，仇杀安信，致信母疏穷、兄安智怀恨报复。其交恶互讦，总出仇口，难凭。抚台偏信智，故国亨疑畏，不服拘提，而遂奏以叛逆。夫叛逆者，谓敢犯朝廷，今夷族自相仇杀，于朝廷何与？纵拘提不出，亦只违拗而已，乃遂奏轻兵掩杀，夷民肯束手就戮乎？虽各有残伤，亦

未闻国亨有领兵拒战之迹也。而必以叛逆主之，甚矣！人臣务为欺蔽者，地方有事，匿不以闻。乃生事幸功者，又以小为大，以虚为实。始则甚言之，以为邀功张本；终则激成之，以实己之前说，是岂为国之忠乎！边批：说尽时弊。君廉得其实，宜虚心平气处之，去其叛逆之名，而止正其仇杀与违拗之罪，则彼必出身听理；一出身听理，而不叛之情自明，乃是止坐以本罪，当无不服。斯国法之正，天理之公也。今之仕者，每好于前官事务有增加，以见风采。此乃小丈夫事，非有道所为，君其勉之！"阮至贵密访，果如拱言，乃开以五事：一责令国亨献出拨置人犯；一照夷俗令赔偿安信等人命；一令分地安插疏穷母子；一削夺宣慰职衔，与伊男权替；一从重罚，以惩其恶。而国亨见安智居省中，益疑畏，恐军门诱而杀之，边批：真情。拥兵如故，终不赴勘，而上疏辨冤。阮狃于浮议，复上疏请剿，拱念剿则非计，不剿则损威，乃授意于兵部，题覆得请，以吏科给事贾三近往勘。边批：赖有此活法。国亨闻科官奉命来勘，喜曰："吾系听勘人，军门必不敢杀我，我乃可以自明矣。"于是出群奸而赴省听审，五事皆如命，愿罚银三万五千两自赎。安智犹不从，阮治其用事拨置之人，始伏。智亦革管事，随母安插。科官未至，而事已定矣。

译文

明穆宗隆庆年间，贵州土官安国亨、安智互相起兵仇杀，当地巡抚以叛逆的罪名奏报朝廷。于是朝廷出兵征伐，没有抓获，眼看就要造成大祸。新巡抚阮文中上任前，去拜见丞相高拱。高拱说："安国亨本来是被奸臣挑拨，杀害了安信，致使安信的母亲穷困不堪，安信的哥哥安智怀恨在心起兵报仇。他们之间互相攻讦，出口都是仇恨的话，很难判断谁是谁非。但巡抚偏向安信、安智，所以国亨疑虑恐惧，不服拘捕，于是巡抚以叛逆的罪名奏报朝廷。所谓叛逆，是指敢于侵犯朝廷，如今夷狄自相仇杀，和朝廷有什么关系？纵然不服拘捕，也只是违逆而已，却奏报朝廷派军队轻易去镇压他们，夷民怎么肯束手就死呢？虽然各有伤残，然而从未听说安国亨有领兵抵抗的事，一定要以叛乱来加罪于他，也太过分了。一些官员专门欺骗、蒙蔽朝廷，地方上有事隐匿不报。还有一些无端生事、以侥幸取功的人，经常把小事说成大事，把虚无说为事实，开始的时候把事态说得很严重，以便邀功，同时为将来预留余地，最后极力促成其事，以证实自己先前所说的话，这难道就是对国家尽忠吗？你这次去调查到真实情况后，应平心静气地去处理，为他们除去叛逆的罪名，只判他们仇杀和违逆的罪名，那他们一定会站出来听候审理。只要出来听候审理，那么是不是叛变的情形自然就清楚了。如果只判处他们仇杀和违逆的罪，一定没有不服的。这才体现了国法和天理的公平公正。如今一些做官的人，往往喜欢在前任官员遗留的事务上多增加些名堂，以此来显示自己的风度和才干，这是小丈夫的作为，不是正道人士所该做的。希望你好好自勉吧！"阮文中到贵州以后，私下探访，果然如高拱说的一样。于是公布五项决定：一、责令安国亨交出挑拨的人犯；二、依照夷人的习俗，赔偿安信等人的性命损失；三、命令划分土地，安置穷困的安智母子；四、罢免安国亨贵州宣慰使的职衔，而由他儿子安权接替；五、从重处罚安国亨，以严惩恶行。决定公布后，安国亨见安智还住在巡抚官府，心中更加疑惧，怕巡抚将他引诱出来后再把他杀了，于是他还像以前那样统领军队，始终不出来接受审判，并上疏辩解冤屈。阮文中被流言熏染，再次上疏请求用兵征伐。高拱考虑到征伐实在不是好办法，而不征伐却又损害朝廷威严，于是就向兵部授意，批准阮文中的奏请，同时派吏科给事贾三近前往勘察。安国亨听说有官吏奉命来审判，很高兴地说："我是愿意听候勘察的，巡抚一定不敢杀我，我可以辩明自己的是非了。"于是安国亨交出挑拨的奸人，亲自到省府听审。五件事都一一照办，并愿意交罚银三万五千两赎罪。安智还不肯听从，阮文中就处理了那些挑拨离间的奸臣，他才顺服。但安智的管事职务也被罢免了，随母亲被安置在一起。朝廷的官吏还没到，事情就已经被平定了。

梦龙评

国家于土司，以戎索羁縻之耳，原与内地不同。彼世享富贵，无故思叛，理必不然。皆当事者或朘削，或慢残，或处置失当，激而成之。反尚可原，况未必反乎？如安国亨一事，若非高中玄力为主持，势必用兵；即使幸而获捷，而竭数省之兵粮，以胜一自相仇杀之夷人，甚无谓也。呜呼！前事不忘，后事之师。吾今日安得不思中玄乎！

解评

前事不忘，后事之师，提醒我们要记住过去的教训，作为后来的借鉴。

朱博应事之快

博本武吏，不更文法，及为冀州刺史，行部，吏民数百人遮道自言，官寺尽满。从事白请"且留此县，录见诸自言者，事毕乃发"，欲以观试博。博心知之，告外趣驾。既白驾办，博出就车，见自言者，使从事明敕告吏民："欲言县丞尉者，刺史不察黄绶，各自诣郡；欲言二千石墨绶长吏者，使者行部还，诣治所。其民为吏所冤，及言盗贼辞讼事，各使属

其部从事。"博驻车决遣，四五百人皆罢去，如神。吏民大惊，不意博应事变乃至于此。后博徐问，果老从事教民聚会，博杀此吏。

博为左冯翊。有长陵大姓尚方禁，少时尝盗人妻，见斫，创著其颊。府功曹受贿，白除禁调守尉。博闻知，以他事召见，视其面，果有瘢。博辟左右问禁："是何等创也？"禁自知情得，叩头伏状。博笑曰："大丈夫固时有是。冯翊欲洒卿耻，能自效不？"禁且喜且惧，对曰："必死。"博因敕禁："毋得泄语，有便宜，辄记言。"因亲信之，以为耳目。禁晨夜发起部中盗贼及他伏奸，有功效。博擢禁连守县令，久之，召见功曹，闭阁数责以禁等事，与笔札，使自记。"积受取一钱以上，无得有匿，欺谩半言，断头矣！"功曹惶怖，且自疏奸赃，大小不敢隐。博知其实，乃令就席，受敕自改而已。拔刀使削所记，遣出就职。功曹后常战栗，不敢蹉跌。博遂成就之。

译文

汉朝人朱博本来是武官，不熟悉法律条文，后来担任冀州刺史。巡行时，有数百名百姓阻截在路上告状，把官府也挤满了。一位主政官将此事告诉了朱博并请他暂且留在县里，接见这些上诉的人，等事情处理之后再出发。主政官想以此来观察试探朱博的能力。朱博心中明白，告诉随从到外面准备车驾，车驾备好以后，朱博出来走到车旁，看见上诉的人，就命令主政官明白地告诉官吏和百姓：想控告县丞、县尉的，刺史不负责考察这种官吏，必须各自到郡县去上诉；想控告郡守、长史的，待本刺史巡视回去后，请他们到我管辖的处所上诉；被官吏冤枉的百姓，及有关盗贼诉讼的事，都请他们到自己所属的主政官那里反映。朱博停车一一做了安排，四五百人都迅速地离去，真是办事如神。官吏、百姓大惊，想不到朱博应变事情的能力如此强。朱博后来慢慢了解到，果然是老主政官教唆百姓聚众闹事，于是朱博就将这个官吏处死了。

朱博任左冯诩时，有个长陵县的大族尚方禁，年轻时曾和别人的妻子通奸，被砍伤的痕迹还留在脸上。功曹收受贿赂，就让尚方禁担任守尉。朱博知道以后，就以其他事召见他，见他脸上果然有疤痕。朱博屏退左右的人问尚方禁："这是怎么弄伤的？"尚方禁心知自己的事情无法隐瞒，就叩头认罪。朱博笑着说："大丈夫难免有时会发生这样的错误。现在冯翊想为你洗清这个耻辱，你能为我效力吗？"尚方禁又高兴又害怕，回答说："一定尽死力报效大人。"于是朱博命令尚方禁："千万不要泄露今天的谈话，见到该报告的事，就随时用笔记下上报。"此后朱博就以他为亲信，把他当作耳目。尚方禁每天早晚都会揭发一些盗贼、奸细及各种坏人，功绩显著，朱博就升他为连守县令。过了很久，朱博召见功曹，关起门来责备他有关接受尚方禁贿赂的事，并给他笔和纸，让他自己记录接受的贿赂，一文钱都不能隐匿，只要有一点欺瞒就砍头。功曹非常惶恐，就自己记下所做过的各种坏事和贪污受贿所得的财物，一点都不敢遗漏。朱博了解实情后，让他坐下，命令他改过自新，并拔刀毁掉刚才的记录，让他回去就任原职。功曹后来行事战战兢兢，自此不敢再有过失，朱博也继续提拔他。

解评

迅速的应变能力是指面对意外事件时能够迅速做出反应，果断采取正确、适当的措施和方法，使事件得以妥善解决的能力。应变能力是一个人素质的一项重要内容。在一般的情况下，良好的应变能力可以使你迅速抓住问题的主要矛盾，然后采取对策进行解决；可以使你牢牢掌握事态发展的主动权，并将其导向自己的控制范围；可以使你及时化解突然出现的不利形势，变被动为主动。

智囊精粹

郭子仪精于黄老之术

汾阳王宅在亲仁里，大启其第，任人出入不问。麾下将吏出镇来辞，王夫人及爱女方临妆，令持巾兑汲水，役之不异仆隶。他日子弟列谏，不听，继之以泣，曰："大人功业隆赫，而不自崇重，贵贱皆游卧内，某等以为虽伊、霍不当如此。"公笑谓曰："尔曹固非所料。且吾马食官粟者五百匹，官饩者一千人，进无所往，退无所据。向使崇垣扃户，不通内外，一怨将起，构以不臣，其有贪功害能之徒成就其事，则九族齑粉，噬脐莫追。今荡荡无间，四门洞开，虽谗毁欲兴，无所加也！"诸子拜服。

译文

汾阳王郭子仪的府第在亲仁里，大开门户，任人进出而不过问。郭子仪属下有位将军要离开京师去镇守边疆，前来向他告辞，当时郭子仪的夫人和女儿正在梳妆，就让郭子仪拿毛巾，端洗脸水，就像使唤仆役一样。过后子弟们前来规劝郭子仪，郭子仪不听，他们就哭着说："大人的功业显赫，但如果自己不尊重自己，不论地位高低，谁都可以在内室里走动，我们认为即使是伊尹、霍光那样的贤德之臣也不应如此。"郭子仪笑着说："还真不是你们想的那样，我有五百匹马吃公家的草料，一千人吃公家的米粮，往前走，再没我的位置；往后退，也没有可仗恃的途径。假使我围起高墙，关闭大门，与内外不相往来。一旦与他们结下怨仇，就会有人诬陷我怀有二心，再加上那些贪功邀赏、陷害贤能的人借此来促成其事，那时我们家族的人将化为齑粉，到时后悔都来不及。现在让它空荡荡没有阻隔，四门大开，即使有人想进谗言诋毁，也找不到什么理由！"子弟们听了，都拜伏在地，心中钦佩不已。

梦龙评

德宗以山陵近禁屠宰。郭子仪之隶人犯禁，金吾将军裴谞奏之。或谓曰："君独不为郭公地乎？"谞曰："此乃所以为之地也。郭公望重，上新即位，必谓党附者众，故我发其小过，以明郭公之不足畏，不亦可乎？"若谞者，可谓郭公之益友矣。看郭汾阳，觉王翦、萧何家数便小。王、萧事见"委蛇"部。

> 鱼朝恩阴使人发郭氏墓，盗未得。子仪自泾阳来朝，帝唁之，即号泣曰："臣久主兵，不能禁士残人之墓。人今亦发先臣墓，此天谴，非人患也！"朝恩又尝修具邀公，或言将不利公，其下愿裹甲以从。子仪不许，但以家僮数人往。朝恩曰："何车骑之寡？"子仪告以所闻。朝恩惶恐曰："非公长者，得无致疑。"

译文

鱼朝恩暗中派人掘开郭氏祖宗的坟墓，没有盗得任何东西。郭子仪从泾阳来朝见皇上，皇上安慰他，郭子仪就哭着说："臣长期带兵，不能禁止部下摧毁他人的坟墓，现在别人也掘了我家祖坟，这是上天对我的谴责，并非人为的祸患。"鱼朝恩又曾备下酒席宴请郭子仪，有人说他打算对郭公不利，部下们愿意穿戴铠甲陪郭公前往。郭子仪不答应，只带着几个家僮前往赴宴。鱼朝恩对郭子仪说："为何随从的车马如此少呀？"郭子仪便将听到的告诉他，鱼朝恩惶恐地说："如果不是郭公这样的长者，不可能不怀疑我。"

梦龙评

精于黄老之术，虽朝恩亦不得不为盛德所化矣。子不幸而遇小人，切不可与一般见识。

解评

官场中，趋利避害的关键是自己的行为要光明磊落，不给别人陷害、中伤自己的机会。郭子仪为官几十年，深知官场险恶，虽然已经贵为郡王，但是难免有和自己结仇的人伺机报复，躲避暗箭最好的办法就是不给别人以口实。将家门敞开，表明自己没有什么见不得人的地方。这种办法看似委屈了自己，实则是保全自己最好的办法。

吴履和事化仇恨　　叶南岩调停平讼

国初，吴履字德基，兰溪人为南康丞。民王琼辉仇里豪罗玉成，执其家人笞辱之。玉成兄子玉汝不胜恚，集少年千余人，围琼辉家，夺之归。缚琼辉，道捶之，濒死，乃释去。琼辉兄弟五人庭诉，断指出血，誓与罗俱死。履念狱成当连千余人，势不便，乃召琼辉，语之曰："独罗氏围尔家耶？"对曰："千余人。"曰："千余人皆辱尔耶？"曰："数人耳。"曰："汝憾数人，而累千余人，可乎？且众怒难犯，倘不顾死，尽杀尔家，虽尽捕伏法，亦何益于尔？"琼辉悟，顿首唯命。履乃捕捶者四人，于琼辉前杖数十，流血至踵。命罗氏对琼辉引罪拜之。事遂解。

译文

明朝初年，吴履任南康丞。有个名叫王琼辉的百姓仇视里中的豪族罗玉成，竟捉住他的家人加以鞭打羞辱。罗玉成的侄子罗玉汝非常愤怒，聚集了一千多个少年，包围王琼辉家，把他捉走，绑在路上鞭打，直到性命垂危才放了他。王琼辉的兄弟五人一起跑到衙门控告，他们切断手指，流血发誓要和罗家拼个死活。吴履想到如果讼案成立，将连累一千多人，实在不好办，就召来王琼辉对他说："只有姓罗的人包围你家吗？"王

琼辉回答说："一千多人。"吴履又问："一千多人都羞辱你吗？"王琼辉回答说："只有几个人。"吴履又问："你恨几个人，而要连累一千多人，好吗？况且众怒难犯，如果他们也不顾性命，杀光你全家人，即使把他们捉来全部处死，对你又有什么好处？"王琼辉领悟了，叩头从命。吴履就把动手鞭打王琼辉的四个人抓来，在王琼辉面前杖打数十下，直到血流到脚后跟，又命令罗氏向王琼辉谢罪道歉，事情才得到解决。

梦龙评

此等和事佬该做，以所全者大也。

叶公南岩刺蒲时，有群斗者诉于州。一人流血被面，经重创，胸几裂，命且尽。公见之恻然，时家有刀疮药，公即起入内，自捣药，令舁至幕廨，委一谨厚廨子及幕官，曰："宜善视之，勿令伤风。此人死，汝辈责也，其家人不令前。"乃略加审核，收仇家于狱而释其余。一友人问其故，公曰："凡人争斗无好气，此人不即救，死矣。此人死，即偿命一人，寡人之妻，孤人之子，又干证连系，不止一人破家；此人愈，特一斗殴罪耳。且人情欲讼胜，虽于骨肉，亦甘心焉。吾所以不令其家人相近也。"未几，伤者平而讼遂息。

译文

叶南岩任蒲州刺史时，有一群打群架的人到州府告状。其中一人血流满面，受了重伤，胸膛几乎裂开了，即将死去。叶南岩看后心生怜悯，当时他家中有治刀伤的药，他便起身到屋内，亲自捣药，而后叫人把伤者抬到官舍，委派一个谨慎厚道的差役和幕官看护，对他们说："应好好看护，不要让他受风寒，这人死了，是你们的责任，也不要伤者家人靠近。"于是叶南岩稍加审核，把打人的凶手打入牢狱，释放了其他人。叶南岩的一位朋友问他为何这样处理，叶南岩说："但凡人们斗殴，总没有好气，这个人如果不立即救治，就会死去。这个人一死，就要有一个人偿命，这又会使偿命人的妻子变成寡妇，儿子变成孤儿，而且又会牵连与案件相关的人，那就不止使一人家破人亡。如果受伤的人痊愈了，就只是一件斗殴案件罢了。况且想胜诉是人之常情，即使伤筋动骨也心甘情愿，所以我不让受伤人的家人靠近他。"没过多久，伤者痊愈，官司也就平息了。

梦龙评

略加调停，遂保全数千人、数千家，岂非大智？

解评

两个官员对于斗殴事件，采取的是晓之以理、动之以情的方法，从而保全了很多人，使得事情没有再被激化。这种斗殴的事件，很多时候是因为几个人之间的矛盾引起的，所以找到矛盾的起因，把矛盾解决了，事情往往也就随之而解。

赵豫缓讼

赵豫为松江府太守，每见讼者非急事，则谕之曰："明日来。"始皆笑之，故有"松江太守明日来"之谣。不知讼者来，一时之忿，经宿气平，或众为譬解，因而息者多矣。比之钩钜致人而自为名者，其所存何啻霄壤？

译文

赵豫任松江太守时，每当遇到诉讼的人，只要不是紧急的讼案，就会对诉讼的人说："明天来！"起初大家都笑他，所以就有了"松江太守明日来"的歌谣。殊不知来诉讼的人，往往只是一时的愤怒，经过一夜后怒气就平息了，或被众人劝解，因而停止诉讼的人很多。

比起那些用尽心机置人于罪，为自己博取名声的当官者，赵豫存心的厚道与此辈的阴险狡诈，所差何止是天壤之别呢？

梦龙评

李若谷教一门人云："清勤和缓。"门人曰："清、勤、和，则既闻命矣，缓安可为也？"李公曰："天下甚事不自忙里错的？""明日来"一语，不但自不错，并欲救人之错。按是时周侍郎忱为巡抚，凡有经画，必与赵豫议之，意亦取其详审乎？

陆子静九渊知荆门军，尝夜与僚属坐，吏白老者诉甚急，呼问之，体战言不可解；俾吏状之，谓其子为群卒所杀。陆判"翌日至"。僚属怪之。陆曰："子安知不在？"凌晨追究，其子盖无恙也。此亦能缓之效。然唯能勤而后能缓，不然，则废事耳。

解评

赵太守的"明日来"自然不是一剂"万能汤"，只是一种"冷处理"的"缓冲术"。遇到一些恼火的事，只要能说服自己"等到明天"，"今天"就可以转化成思考的时间，可以重新审视自己，把握事态，即使明天还坚持要去，也可以使今天在匆忙中所做的决定进一步完善。实际上，把自己"拖到明天"与动员自己"只争朝夕"一样，也是一种人生谋略。

迎刃卷四

危峦前厄，洪波后沸。人皆棘手，我独掉臂。动于万全，出于不意。游刃有余，庖丁之技。集《迎刃》。

译文

前面有险恶的山峰挡住了去路，后面有惊涛骇浪席卷。面对这种局面，人人都感到很难应付，唯独我能奋勇直前。在行动时已有充分把握，一行动就会出其不意。行事游刃有余，如庖丁解牛般自如。因此集《迎刃》卷。

王旦善处大事

马军副都指挥使张旻，被旨选兵，下令太峻，兵惧，谋为变。上召二府议之。王旦曰："若罪旻，则自今帅臣何以御众？急捕谋者，则震惊都邑。陛下数欲任旻以枢密，今若擢用，使解兵柄，反侧者当自安矣。"上谓左右曰："旦善处大事，真宰相也！"

译文

北宋真宗年间，马军副都指挥使张旻受旨挑选士兵，他执行命令太过严厉，士兵们都很害怕，便谋划发动兵变。皇上于是召来中书省、枢密院官员来商议对策。宰相王旦说："如果处罚张旻，那以后的将帅要怎么指挥带兵？如果马上逮捕谋变的人，就会震惊全城。陛下几次想任用张旻为枢密使，现在如果提升他，就可以解除他的兵权，同时那些骚乱的人自然就会安定下来。"皇帝对左右说："王旦善于处理大事，是真正的宰相啊！"

梦龙评

借一转以存帅臣之体，而徐议其去留，原非私一旻也。

契丹奏请岁给外别假钱币，真宗以示王旦。公曰："东封甚迫，车驾将出，以此探朝廷之意耳。可于岁给三十万物内各借三万，仍谕次年额内除之。"契丹得之大惭，次年复下有司："契丹所借金帛六万，事属微末，仰依常数与之，今后永不为例。"

译文

契丹奏请朝廷，除了每年给他们进贡外，另外再借些钱币，真宗把事情告诉了王旦。王旦说："皇上东行封禅的日子已近，车驾即将出发，他们不过是想利用这件事来试探朝廷的意图而已。皇上可在每年给他们三十万物品外，再借三万钱给契丹，并说明这些钱币要在次年的定额中扣除。"契丹得到借款后，感到非常惭愧。第二年，王旦告诉主管发放钱财的人说，契丹借我朝的六万两钱物，这对我们来说是微不足道的，还是按往年的数目给他们，不必扣除，但下不为例。

梦龙评

不借则违其意，徒借又无其名，借而不除则无以塞侥幸之望，借而必除又无以明中国之大，如是处分方妥。

西夏赵德明求粮万斛。王旦请敕有司具粟百万于京师，而诏德明来取。德明大惭，曰："朝廷有人。"乃止。

译文

西夏赵德明要求向朝廷借粮食一万斛，王旦请皇上下令有关官吏在京师准备好一百万斛小米，并通知赵德明自己来取。赵德明惭愧地说："大宋朝中有贤人。"于是停止了这些无礼的要求。

解评

解决问题，要注意把握分寸。把握分寸就是阴阳调和，刚柔相济，讲求平衡。平衡是宇宙间的一条普遍规律，我国古人很早就提倡平衡，就是把握各个方面的平衡，失去平衡，过分偏重一方，忽视另一方，矛盾就会激化，就会出毛病。也许有人会觉得这种观点陈旧过时了，总在讲寻求平衡的中庸之道，为什么就不可以偏激一点、极端一点？为什么不可以矫枉过正？当然可以。但极端到底，就会引起强烈的反作用。每一种力量都像弹簧一样，压的力量越大，反弹就越高，反作用力就越大。造成这种现象的原因，不就是破坏了事物内在的平衡吗？王旦的处理方法真是恰到好处。

张忠献密谋诛叛将

叛将范琼拥兵据上流，召之不来，来又不肯释兵，中外汹汹。张忠献与刘子羽密谋诛之。一日遣张俊以千人渡江，若捕他盗者。因召琼、俊及刘光世诣都堂计事，为设饮食。食已，相顾未发。子羽坐庑下，恐琼觉事中变，遽取黄纸，执之趋前，举以麾琼曰："下！有敕，将军可诣大理置对。"琼愕不知所为。子羽顾左右，拥置舆中，以俊兵卫送狱，

使光世出抚其众，且曰："所诛止琼，汝等固天子自将之兵也。"众皆投刀曰"诺"。悉麾隶他军，顷刻而定。琼伏诛。

译文

宋朝时，叛将范琼拥兵占据上流之地，朝廷召他入朝他不来，来了又不肯解散军队，朝廷内外人心惶惶，喧扰不已。张忠献与刘子羽暗地计划要杀掉他。有一天，张忠献命张俊带一千人渡江，假装要来缉捕其他盗贼，乘机请范琼、张俊及刘光世都到都堂来商议缉捕之事，并为他们准备了饮食。饮食完毕，大家相互对看却没有话说。刘子羽坐在走廊下，怕范琼发觉事情有异，立即取出一张黄纸，假作诏书走上前去指挥范琼说："跪下！皇上有旨，将军可以到大理寺申辩。"范琼惊愕不已，不知所措。刘子羽示意左右推拥着范琼上轿，用张俊的军队护送到监狱，派刘光世去安抚范琼的士兵，并说："要诛杀的只是范琼一人，你们是天子自己率领的军队。"众兵都丢下武器，说："遵命。"于是把他们全部编入其他军队，没多久乱事便被平定了。范琼被斩首。

解评

这是个声东击西的计谋，可以使敌方放松警惕，通过使用不攻而示之以攻、欲攻而又示之以不攻等战术，进一步造成对方的错觉，从而一举擒获。

吕夷简以监军自罢

西鄙用兵，大将刘平战死。议者以朝廷委宦者监军，主帅节制有不得专者，故平失利。诏诛监军黄德和，或请罢诸帅监军。仁宗以问吕夷简，夷简对曰："不必罢，但择谨厚者为之。"仁宗委夷简择之。对曰："臣待罪宰相，不当与中贵私交，何由知其贤否？愿诏都知、押班，但举有不称者，与同罪。"仁宗从之。翌日，都知叩头乞罢诸监军宦官。士大夫嘉夷简有谋。

译文

在同西夏赵元昊的战争中，大将刘平战死。议论此事的人认为朝廷委任宦官监督军务，使主帅没有权力调配军队，才导致刘平失利。宋仁宗下诏诛杀监军黄德和。有人请求罢黜其他部队的监军。仁宗以此事询问吕夷简，吕夷简回答说："不必罢黜，只要选忠厚谨慎的人去担任即可。"仁宗委派吕夷简去挑选，吕夷简说："微臣以宰相的身份，不应当与宦官交往，怎么知道他们贤明与否？希望下诏让都知、押班举荐。但只要所举荐的人有不称职的，举荐的人同样治罪。"仁宗听从了吕夷简的建议。第二天，都知、押班都来叩头请求罢黜各路监军宦官。士大夫都赞许吕夷简有谋略。

梦龙评

杀一监军，他监军故在也；自我罢之，异日有失事，彼借为口实，不若使自请罢之为便。文穆称其有宰相才，良然。惜其有才而无度，如忌富弼，忌李迪，皆中之以小人之智，方之古大臣，邈矣！李迪与夷简同相，迪尝有所规画，吕觉其胜，或告曰："李子柬之虑事，过于其父。"夷简因语迪曰："公子柬之才可大用。"边批：奸！即奏除两浙提刑，迪父子皆喜。迪既失柬，事多遗忘，因免去，方知为吕所卖。

解评

一个人有才干而无度量，便只是合乎小人的才智。跟古代大臣的风范相比，还相差甚远啊。

朱胜非不拒而自止

苗、刘之乱，勤王兵向阙。朱胜非从中调护，六龙反正。有诏以二凶为淮南两路制置使，令将部曲之任。时朝廷幸其速去，其党张达为画计，使请铁券，既朝辞，遂造堂袖札以恳。胜非顾吏取笔，判奏行给赐，令所属检详故事，如法制造。二凶大喜。明日将朝，郎官傅宿扣漏院白急事，速命延入。宿曰："昨得堂帖，给赐二将铁券，此非常之典，今可行乎？"胜非取所持帖，顾执政秉烛同阅。忽顾问曰："检详故事，曾检得否？"曰："无可检。"又问："如法制造，其法如何？"曰："不知。"又曰："如此可给乎？"执政皆笑，宿亦笑，曰："已得之矣。"遂退。

译文

宋高宗时，苗傅、刘正彦发动叛乱，各部勤王救援圣驾的军队不断开往京城。朱胜非从中调停，终于说服苗、刘投降。苗傅和刘正彦归顺后，皇帝就下诏封苗、刘为淮南两路制置使，命令他们率领部队前去赴任。当时朝廷正在庆幸他们离去，苗傅、刘正彦的同党张逵却为其出谋划策，让他们请求朝廷赐予免死铁券为证。就在他们离京赴任时，以奏帖恳求此事。朱胜非回头要役吏拿笔，假装所奏已获准，命令属官详细考查以往的事例，如法制造。苗、刘两人非常高兴。第二天将上朝时，郎官傅宿叩待漏院门，说有急事禀报，朱胜非急忙让人请他进来，甫一见面，问朱胜非说："昨天接到您签发的文书，要颁给苗、刘二将铁券。这是朝廷非常的恩典，用在这件事上妥当吗？"朱胜非拿过文书，回头招呼同仁在烛光下一起看，看着看着忽然问道："你们有没有详细考查以往的事例？"众大臣说："没有事例可以考查。"朱胜非又问："既然没有借鉴，怎么如法制造呢？"众大臣说"不知道。"朱胜非又说："这样可以赐给他们铁券吗？"众大臣都笑了。傅宿也笑着说："我已经知道怎么处理了。"随即告退。

梦龙评

妙在不拒而自止。若腐儒，必出一段道理相格，激成小人之怒；怒而惧，即破例奉之不辞矣！

解评

为了实现最终的目标，在敌我力量悬殊的时候，不必逞强，也不必硬拼，只需要用缓兵之计避开锋芒，蜷缩起身子，夹起尾巴倒退几步，同时寻找起身直腰时怎么行动，瞄准更远的地方，寻思怎么冲过去。在卑贱让步、诚恳憨厚和虔诚友好等的背后，隐藏的是极其紧张的谋划报复、反击的活动。

蒋恭靖巧拒索贿

蒋恭靖瑶，正德时守维扬。大驾南巡，六师俱发，所须夫役，计宝应、高邮站程凡六，每站万人。议者欲悉集于扬，人情汹汹。公唯站设二千，更番迭遣以迎，计初议减五分之四，其他类皆递减。卒之上供不缺，民亦不扰。时江彬与太监等挟势要索，公不为动。会上出观鱼，得巨鱼一，戏言直五百金。彬从旁言："请以畀守。"促值甚急，公即脱夫人簪珥及绨绢服以进，曰："臣府库绝无缗钱，不能多具。"上目为酸儒，弗较也。一日中贵出揭帖，索胡椒、苏木、奇香异品若干，因以所无，冀获厚赂。时抚臣邀公他求以应，公曰："古任土作贡；出于殊方，而故取于扬，守臣不知也！"抚臣厉声令公自覆，公即具揭帖，详注其下曰："某物产某处。扬州系中土偏方，无以应命。"上亦不责。又中贵说上选宫女数百，以备行在，抚臣欲选之民间。公曰："必欲称旨，止臣一女以进。"上知其不可夺，即诏罢之。

译文

蒋恭靖在明武宗正德年间担任维扬太守。正好武宗南巡，六军一起跟随出发，所需征调的夫役，估计在宝应、高邮等六站，每站都要一万人。议事的人想先将他们聚集在扬州，百姓得知喧扰不已。结果蒋恭靖只在每站设置了两千人，轮番派出去迎接，共计比初步决议的人数减少了五分之四，其他的事务也依照这种情形递减。这样夫役供应既不缺乏，也不会骚扰百姓。当时江彬与太监仗势索求财物，蒋恭靖一点都不理会。有一天，武宗外出观鱼，捕得一条大鱼，武宗开玩笑地说这鱼值五百两。江彬便附和说："请卖给太守。"并催着给钱。蒋恭靖当即拿下夫人的发簪、耳环以及丝绢衣物进呈给武宗，道："微臣的府库中没有钱，不能多献。"武宗认为他是头脑迂腐的儒士，不与他计较。又有一天，宦官拿出一份没有署名的文件，索求胡椒、苏木、奇香异品若干，故意以没有的东西来

刁难蒋恭靖，希望可以得到丰厚的贿赂。当时的巡抚找蒋恭靖商议，想答应他的要求。蒋恭靖说："自古以来都是用当地的土特产来进贡皇上，而现在要的土特产出产在别的地方，却故意在扬州索取这些东西，守臣不知道如何处理。"巡抚很生气，大声地命令蒋恭靖自己去回复太监。蒋恭靖拿了那份文件，在各种异品下详细注明说："某物出产于某地，扬州属于中原偏僻之地，没有办法从命。"武宗看了也没有责怪他。又有一次，太监又说武宗要在当地选数百名宫女，供应行宫。巡抚想从民间挑选，蒋恭靖却说："如果一定要遵从圣旨，只有将微臣家中一个女儿献给皇上了。"武宗知道他志不可夺，就下诏停止挑选宫女。

解评

拒绝也是一门艺术，如果拒绝得当，不仅可以轻松拒绝他人的无礼要求，也避免了自己再次受到勒索。不懂得拒绝会使自己因被迫做一件不感兴趣的事而愤愤不平，更糟糕的是有时这样反而使别人误会，导致两败俱伤。

范槚迎藩王

景藩役兴，王舟涉淮。从彭城达于宝应，供顿千里，舳舻万余艘，兵卫夹途，锦缆而牵者五万人。两淮各除道五丈，值民庐则撤之。槚傍庐置敝船，覆土板上，望如平地，居者以安。时诸郡括丁夫俟役，呼召甚棘。槚略不为储待，漕抚大忧之，召为语，槚谩曰："明公在，何虑耶？"漕抚怫然曰："乃欲委罪于我，我一老夫，何济？"曰："非敢然也，独仰明公，斯易集耳。"曰："奈何？"槚曰："今王船方出，粮船必不敢入闸，比次坐候，日费为难，今以旗甲守船，而用其十人为夫，彼利得倛直，趋役必喜，第须一纸牌耳！"曰："如不足何？"曰："今凤阳以夫数万协济于徐，役毕必道淮而反，若乘归途之便，资而役之，无不乐应者，则数具矣。"都御史大喜称服。槚进曰："然而无用也。"复愕然起曰："何故？"曰："方今上流蓄水，以济王舟。比入黄，则各闸皆泄，势若建瓴，安用众为？"曰："是固然矣，彼肯恬然自去乎？"曰："更计之，公无忧。"都御史叹曰："君有心计，吾不能及也！"先是光禄寺札沿途郡县具王膳，食品珍异，每顿直数千两。槚袖《大明会典》争于抚院曰："王舟所过州县，止供鸡鹅柴炭，此明证也，且光禄备万方玉食以办，此穷州僻县，何缘应奉乎？"抚按然之，为咨礼部。部更奏，令第具膳直每顿二十两，妃十两。省供费巨万计。边批，具直则宵小无所容其诈矣。比至，楫遣人持锭金逆于途，遗王左右曰："水悍难泊，唯留意。"于是王舟皆穷日行，水漂疾如激箭。三泊供止千三百。比至仪真，而一夕五万矣。

译文

明朝景王出藩时，沿淮河航行，要从彭城航行到宝应。沿途需要预备酒食长达千里，随行船只万余艘。兵卒护卫布满路途，牵船缆的役夫有五万人。两淮之间要开路五丈宽，遇到民房就拆除。范楫在民房边放置破船，上面加板，然后再覆盖上泥土，这样看上去就和平地一样，百姓都能安居。当时各郡都急着寻求役夫，范楫却不储备等待，巡抚非常担忧，便召范楫来问。范楫不在意地说："既有大人在此，有什么可忧虑的？"巡抚愤怒地说："你想把责任推给我吗？我一个老头子，有什么用处？"范楫说："不敢。但必须仰赖大人才容易招集。"巡抚问："怎么办？"范楫说："现在景王的船刚出发，运粮船必定不敢进入水闸，只能在那里排队等候，每天费用繁多。现在我们用旗帜和士兵为他们守护粮船，而征用他们十人为役夫。他们还可以得到佣金，一定很喜欢去做，只是必须大人下一道告示。"巡抚问："如果人数不够怎么办？"范楫说："目前凤阳县的役夫有好几万人在徐州协助船运，工作结束后一定会取道淮河回去。如果利用他们归途之便，雇用他们服役，没有人不乐于接受的，这样人数就可以齐全了。"巡抚听了既高兴又佩服。范楫又说："但是这样做没有什么作用。"巡抚听了，惊愕地站起来问："为什么？"范楫说："现在上游正在蓄水，使景王的船顺利通行，等到船队进入黄河

以后，各水闸打开，水势浩大，航行容易，怎么能用得到了这么多人？"巡抚说："这是必然，但是景王肯如此平静地离去吗？"范槚说："我再想想办法，大人不必担忧。"巡抚说："你足智多谋，我不如你。"先前光禄寺发公函给沿途郡县，吩咐要准备景王的膳食，食品必须是山珍海味，每顿价值数千两。范槚拿着《大明会典》到巡抚院争辩道："景王的船所经过的州县，只供应鸡鹅柴炭，这是明证。而且光禄寺备有各方进贡的珍奇异品，这里穷乡僻壤，哪来此种东西供奉？"巡抚认为很有道理，特地与礼部商议。礼部奏准后，便下令改为郡县只需准备膳食费，景王一顿二十两，后妃一顿十两，这样节省了数万的巨额花费。景王驾临时，范槚派人拿着银两在路上迎接，送给景王左右的人说："水流急，船只很难停靠，希望多多留意。"于是景王的船整日航行，水流急速，船队很快就通过了，三处靠岸只供应一千三百两。后来船队到仪真时，一夜之间便花了五万两。

梦龙评

多少难题目，到此公手，便是一篇绝好文字。

解评

我们一定要记住：事情越乱时越需要清醒，一个一个地解决，也许并没想象中那样糟糕。千万不可自乱阵脚，一定要静心冥思，充分利用可以利用的资源，最终找到解决问题的最佳方案。

韩琦单独谒见

英宗初即位，慈寿一日送密札与韩魏公，谕及上与高后不奉事，有"为媳妇作主"之语，仍敕中贵俟报。公但曰："领圣旨。"一日入札子，以山陵有事，取覆乞晚临后上殿独对，边批：君臣何殊朋友。谓："官家不得惊，有一文字须进呈，说破只莫泄。上今日皆慈寿力，恩不可忘，然既非天属之亲，但加承奉，便自无事。"上曰："谨奉教。"又云："此文字，臣不敢留，幸宫中密烧之；若泄，则谗间乘之矣。"上唯之，自后两宫相欢，人莫窥其迹。

译文

宋英宗即位不久，有一天，慈寿太后暗地送一封信给韩琦，说英宗与高后不侍奉太后，连"为媳妇做主"的话都写了出来，又命令宦官要等候韩琦的回复。韩琦只回答说："领旨。"过了几天，韩琦上奏折，又借着仁宗丧葬之事要取得回复，请求英宗在晚朝哭灵后单独见面。韩琦说："请皇上不必惊讶，有一封信需要对皇上说清楚，只是不能泄露出去。皇上所以有今日，都是得自慈寿太后的协助，这份恩情不能忘记。即使不是亲生母子关系，但只要对太后多加承命奉行，自然会无事。"英宗说："请爱卿指教。"韩琦又说："这封信微臣不敢保留，希望皇上就在宫中秘密烧毁，如果泄露出去，小人就会乘机谗言离间。"英宗也答应了。此后英宗与太后相处愉悦，看不出有任何不愉快的迹象。

梦龙评

宋盛时，贤相得以尽力者，皆以动得面对故。夫面对便则畏忌消而情谊洽，此肺腑所以得罄，而虽宫闱微密之嫌，亦可以潜用其调停也。此岂章奏之可收功者耶？虽然，面对全在因事纳忠，若徒唯唯诺诺一番，不免辜负盛典。此果圣主不能霁威而虚受耶，抑亦实未有奇谋硕画，足以耸九重之听乎？请思之！

解评

现实生活中也一样，能够大胆地跟领导或者上司单独交谈，一来可以消除畏惧、猜忌，二来也可以让情谊自然融洽，表达自己的肺腑之言，对己对彼都有益处。

智囊精粹

明 智 部

冯子曰：自有宇宙以来，只争明、暗二字而已。混沌暗而开辟明，乱世暗而治朝明，小人暗而君子明；水不明则腐，镜不明则锢，人不明则堕于云雾。今夫烛腹极照，不过半砖，朱曦霄驾，洞彻八海；又况夫以夜为昼，盲人瞎马，侥幸深溪之不陨也，得乎？故夫暗者之未然，皆明者之已事；暗者之梦景，皆明者之醒心；暗者之歧途，皆明者之定局；由是可以知人之所不能知，而断人之所不能断，害以之避，利以之集，名以之成，事以之立。明之不可已也如是，而其目为《知微》，为《亿中》，为《剖疑》，为《经务》。吁！明至于能经务也，斯无恶于智矣！

译文

冯梦龙说：从有宇宙以来，就有"明"和"暗"的争执。混沌时期"暗"而开天辟地时"明"，乱世"暗"而治世"明"，小人"暗"而君子"明"；流水不明就会腐臭，镜子不明就无法照影，而人如果不明就如坠入云雾一般。烛光照的最远，也不过是半块砖的距离；太阳在天上运行，它的光芒普照天下。愚昧的人如同以黑夜为白昼的盲人，骑瞎马临近深渊却想侥幸不掉下去，这可能吗？因此，愚昧的人还没有明白是怎么回事，智慧的人已把事情做完；愚昧的人如在梦境之中，智慧的人已经全部明白了；愚昧的人认为是企图，智慧的人已经掌握了定局。因此智慧的人能洞察一般人所无法洞察的，能决断一般人所无法决断的。避开可能的灾祸，获得可能的利益，得到美好的名誉，成就不朽的事业。明智的作用就是这样无穷无尽。本部共有四卷，分别为《知微》《亿中》《剖疑》《经务》。唉！把智慧之明用于经世治国的大事之中，才是善用智慧啊！

知微卷五

圣无死地，贤无败局；缝祸于渺，迎祥于独；彼昏是违，伏机自触。集《知微》。

译文

圣人行事，绝不会让自己陷入绝境；贤者所为，从不让自己面对败局。因为他们善于从细微的征兆中预知福祸，防患于未然，得到圆满的结果。如果昏昧而违背此原则，那么就会触发危机。因此集《知微》卷。

周公论齐鲁之政

太公封于齐，五月而报政。周公曰："何疾也？"曰："吾简其君臣，礼从其俗。"伯禽至鲁，三年而报政。周公曰："何迟也？"曰："变其俗，革其礼，丧三年而后除之。"周公曰："后世其北面事齐乎？夫政不简不易，民不能近；平易近民，民必归之。"周公问太公何以治齐，曰："尊贤而尚功。"周公曰："后世必有篡弑之臣。"太公问周公何以治鲁，曰："尊贤而尚亲。"太公曰："后寖弱矣。"

译文

姜太公受封于齐地，五个月后就来向周公汇报政情。周公说："怎么这么快呀？"太公说："我简化了君臣上下之礼，顺应了当地的风俗，所以很快。"伯禽受封于鲁地，三年后才汇报政情。周公说："为什么这么迟呀？"伯禽说："我改变他们的风俗，革新他们的礼节，丧礼三年后才除去孝服。"周公说："鲁国的后代必将要臣服于齐国了。

政令不简化不易实行，百姓不会亲近；政令平易近人，百姓才会归顺。"周公问太公如何治理齐国，太公说："尊敬贤者而崇尚建功立业的人。"周公说："齐国的后代一定会出现篡位弑君的臣子。"太公问周公如何治理鲁国，周公说："尊敬贤者而重视亲族。"太公说："鲁国以后一定会日渐衰弱。"

梦龙评

二公能断齐、鲁之敝于数百年之后，而不能预为之维；非不欲维也，治道可为者止此耳。虽帝王之法，固未有久而不敝者也；敝而更之，亦俟乎后之人而已。故孔子有"变齐、变鲁"之说。陆葵日曰："使夫子之志行，则姬、吕之言不验。"夫使孔子果行其志，亦不过变今之齐、鲁，为昔之齐、鲁，未必有加于二公也。二公之孙子，苟能日儆惧于二公之言，又岂俟孔子出而始议变乎？

解评

太公治齐，"简其俗，因其礼"；伯禽治鲁，"变其俗，革其礼"。这两种治国的方式，周公说太公的要好，以后鲁国也要弱于齐国。因为一个地方的风俗习惯，并非是一朝一夕形成的，而且政令的制定，在于施行后的效果，而不在于是否符合一定的模式。

管仲之远见

管仲有疾，桓公往问之，曰："仲父病矣，将何以教寡人？"管仲对曰："愿君之远易牙、竖刁、常之巫、卫公子启方。"公曰："易牙烹其子以慊[①]寡人，犹尚可疑耶？"对曰："人之情非不爱其子也。其子之忍，又何有于君？"公又曰："竖刁自宫以近寡人，犹尚可疑耶？"对曰："人之情非不爱其身也，其身之忍，又何有于君。"公又曰："常之巫审于死生，能去苛病，犹尚可疑耶？"对曰："死生，命也；苛病，天也。君不任其命，守其本，而恃常之巫，彼将以此无不为也。"边批：造言惑众。公又曰："卫公子启方事寡人十五年矣，其父死而不敢归哭，犹尚可疑耶？"对曰："人之情非不爱其父也，其父之忍，又何有于君。"公曰："诺。"管仲死，尽逐之。食不甘，宫不治，苛病起，朝不肃，居三年，公曰："仲父不亦过乎？"于是皆复召而反。明年，公有病，常之巫从中出曰："公将以某日薨。"边批：所谓无不为也。易牙、竖刁、常之巫相与作乱。塞宫门，筑高墙，不通人，公求饮不得，卫公子启方以书社四十下卫[2]。公闻乱，慨然叹，涕出，曰："嗟乎！圣人所见岂不远哉？"

译文

管仲生病时，齐桓公去看望他，问道："仲父生病了，关于治国之道有什么可以教导寡人的？"管仲回答说："我希望君王疏远易牙、竖刁、常之巫、卫公子启方四人。"桓公说："易牙把自己的儿子烹煮了来满足寡人，使寡人能够吃到人肉的美味，还有什么可疑的吗？"管仲说："人之常情没有不爱儿子的，能狠得下心杀自己的儿子，对国君又有什么狠不下心的？"桓公又问："竖刁阉割自己，以求亲近寡人，还有什么可疑的吗？"管仲说："人之常情没有不爱惜身体的，能狠得下心残害自己的身体，对国君又有什么狠不下心的？"桓公又问："常之巫能卜知生死，为寡人祛病，还有什么可疑的吗？"管仲说："生死是天命，生病是疏忽。大王不笃信天命，固守本分，而依靠常之巫，他将借此胡作非为。"桓公又问："卫公子启方侍候寡人十五年了，父亲去世都不敢回去奔丧，还有什么可疑的吗？"管仲说："人之常情没有不敬爱自己父亲的，能狠得下心不奔父丧，对国君又有什么狠不下心的？"桓公最后说："好，我答应你。"管仲去世后，桓公就把这四个人全部赶走。但是，从此桓公吃饭无味，没有心思治理朝政，旧病又发作，朝仪也毫不整肃。过了三年，桓公说："仲父说得也有些过分了吧？"于是把这四个人又找了回来。第二年，桓公生病，常之巫出宫宣布说："桓公将于某日去世。"易牙、竖刁、常之巫相继起而作乱，关闭宫门，建筑高墙，不准任何人进出，桓公要求吃饭喝水都得不到。卫公子启方以齐之千户归降于卫国。桓公听说四人作乱，感慨地流着泪说："唉！圣人的见识，难道不远大吗？"

注释

①慊（qiè）：满足，满意。②以书社四十下卫：一社二十五家，四十社凡千家。公子启方以齐之千户归降于卫国。

梦龙评

昔吴起杀妻求将，鲁人潜之；乐羊伐中山，对使者食其子，文侯赏其功而疑其心。夫能为不近人情之事者，其中正不可测也。天顺中，都指挥马良有宠。良妻亡，上每慰问。适数日不出，上问及，左右以新娶对。上怫然曰："此厮夫妇之道尚薄，而能事我耶？"杖而疏之。宣德中，金吾卫指挥傅广自宫，请效用内廷。上曰："此人已三品，更欲何为？

自残希进，下法司问罪。"噫！此亦圣人之远见也。

解评

　　人情，是人与人之间相互联系的一种生存关系。既然人与人之间连基本的人伦都不讲，那么这样的人即使有才也不能重用。人伦人情是人最基本的品质，所以要学做事，先学做人。

齐桓公举动浅薄

　　齐桓公朝而与管仲谋伐卫。退朝而入，卫姬望见君，下堂再拜，请卫君之罪。公问故，对曰："妾望君之入也，足高气强，有伐国之志也。见妾而色动，伐卫也！"明日君朝，揖管仲而进之。管仲曰："君舍卫乎？"公曰："仲父安识之？"管仲曰："君之揖朝也恭，而言也徐，见臣而有惭色。臣是以知之。"

译文

　　齐桓公上朝时与管仲商议讨伐卫国的事。退朝后回到后宫，卫姬看到齐桓公后，立刻走下堂一再跪拜，替卫君请罪。桓公问她什么缘故，她说："妾看见君王进来时，趾高气扬，有讨伐他国的心志。看见妾后，大王脸色改变，一定是要讨伐卫国了。"第二天桓公上朝，引见的人非常谦和地对管仲揖拜，然后将他请上堂。管仲说："君王要取消伐卫的计划了吗？"桓公说："仲父怎么知道的？"管仲说："君王上朝时，态度谦让，语气缓慢，看见微臣时面露愧色，微臣因此知道。"

齐桓公与管仲谋伐莒，谋未发而闻于国。公怪之，以问管仲。仲曰：
"国必有圣人也。"桓公叹曰："嘻！日之役者，有执柘杵而上视者，
意其是耶？"乃令复役，无得相代。少焉，东郭垂至。管仲曰："此必
是也。"乃令傧者延而进之，分级而立。管仲曰："子言伐莒耶？"曰：
"然。"管仲曰："我不言伐莒，子何故曰代莒？"对曰："君子善谋，
小人善意。臣窃意之也！"管仲曰："我不言伐莒，子何以意之？"对曰：
"臣闻君子有三色：优然喜乐者，钟鼓之色；愀然清静者，缞绖之色；
勃然充满者，兵革之色。日者臣望君之在台上也，勃然充满，此兵革之色。
君呀而不吟，所言者伐莒也；君举臂而指，所当者伐莒也。臣窃意小诸
侯之未服者唯莒，故言之。"

译文

　　齐桓公与管仲商议讨伐莒国，计划尚未发布却已在国内传开。桓公觉得奇怪，就问
管仲。管仲说："国内必定有高人。"桓公叹息了一声，说："哎，白天工作的役夫中，
有位拿着木杵一直向上看的，想必就是这个人吧？"于是命令役夫再回来工作，而且不

可找人顶替。不久，那位叫东郭垂的低着头到来。管仲说："一定是这个人了。"就命令傧者请他来晋见，并以接见宾客之礼按等级站立。管仲说："是你说我国要讨伐莒国的吗？"东郭垂说："是的。"管仲说："我不曾说要讨伐莒国，你为什么说我国要讨伐莒国呢？"东郭垂回答说："君子善于策谋，小人善于推测，这是我私下猜测的。"管仲说："我不曾说要伐莒，你从哪里猜测的？"东郭垂回答说："我听说君子有三种脸色：悠然欣喜，是享受庆典音乐的脸色；忧愁清冷，是有丧事的脸色；生气勃勃，是将用兵的脸色。有一天我看见君王站在台上，生机勃勃，这就是将要用兵的脸色。君王叹息而不呻吟，所说的就是讨伐莒国；君王举手所指的也是莒国的方位。我猜测小诸侯中没有归顺的只有莒国，所以我说君王要讨伐莒国。"

梦龙评

桓公一举一动，小臣妇女皆能窥之，殆天下之浅人欤？是故管子亦以浅辅之。

解评

辅佐就是帮助皇帝治理国家的人，而辅佐他人也要找到合适的方法，比如像桓公这样的人，他的一举一动，连小民、妇女都能猜测得到，大概是相当浅薄的人，所以管仲也用浅近的方法辅佐他。

智过更姓　绤疵知情

张孟谈因朝智伯而出，遇智过辕门之外，智过入见智伯曰："二主殆将有变！"君曰："何如？"对曰："臣遇孟谈于辕门之外，其志矜，其行高。"智伯曰："不然。吾与二主约谨矣，破赵，三分其地，必不欺也，子勿出于口。"智过出见二主，入说智伯曰："二主色动而意变，必背君，不如今杀之。"智伯曰："兵著晋阳三年矣，且暮当拔而飨其利，乃有他心，不可。子慎勿复言。"智过曰："不杀，则遂亲之。"智伯曰："亲之奈何？"智过曰："魏桓子之谋臣曰赵葭，韩康子之谋臣曰段规，是皆能移其君之计。君其与二君约：破赵，则封二者各万家之县一。如是，则二主之心可不变，而君得其所欲矣。"智伯曰："破赵而三分其地，又封二子者各万家之县一，则吾所得者少，不可。"智过见君之不用也，言之不听，出更其姓为辅氏，遂去不见。张孟谈边批：正是智过对手。

闻之，入见襄子曰："臣遇智过于辕门之外，其视有疑臣之心；入见智伯，出更其姓。今暮不击，必后之矣。"襄子曰："诺。"使张孟谈见韩、魏之君，夜期杀守堤之吏，而决水灌智伯军。智伯军救水而乱，韩，魏翼而击之。襄子将卒犯其前，大败智伯军而擒智伯。智伯身死、国亡、地分，智氏尽灭，唯辅氏存焉。

译文

张孟谈朝见智伯后出宫，在军营门外遇见智过。智过进去见智伯说："韩、魏两国君恐怕要有变化。"智伯说："怎么看得出来？"智过回答说："微臣在军营门外遇见张孟谈。他面带矜色，步履高昂。"智伯说："不是这样。我和韩、魏两国君主约定很谨密准确，攻占赵国后就三分赵地，他们一定不会欺骗我，你不要说出去。"智过出来后拜见韩、魏两国君主，又进去说服智伯说："韩、魏两国君主神色游移，心志异常，一定会背叛您，不如现在杀了他们。"智伯说："大军驻晋阳已经三年，最近就要攻破赵国，分享利益，现在才说他们有二心，那不太可能，你不要再说了。"智过说："您不杀他们，就要亲近他们。"智伯说："怎么亲近他们呢？"智过说："魏桓子的谋臣叫赵葭，韩康子的谋臣叫段规，都能改变他们君主的计划。您可以和两位君主约定，占领赵国后，就各封赵葭、段规一个万户的县邑。这样，两国君主就不会改变心意，而您也可以实现您的心愿。"智伯说："占领赵国后要三分赵地，又要各封给桓子、康子一个万户的县邑，那我得到的太少，不行。"智过见自己的计谋不被采纳，忠言不被听从，出宫后将姓改为辅氏，立刻离开，不再露面。张孟谈听到这件事后，入宫见赵襄子说："微臣在营门外遇到智过，他显然对微臣有疑心。他入宫见过智伯，出来后就更改姓氏，看来今天晚上我们不出兵就晚了。"赵襄子说："好。"就派张孟谈去拜见韩、魏两国君主，约定晚上杀掉守堤的官吏，然后放水淹智伯的军队。智伯的军队为救水而大乱，韩、魏军队从两侧攻击，襄子带兵从正面进攻，打败智伯的军队，擒住智伯。智伯被杀，国家灭亡，土地被瓜分，智氏全部被消灭，只有辅氏活了下来。

梦龙评

按《纲目》，智过更姓，在智宣子立瑶为后之时，谓瑶"多才而不仁，必灭智宗"，其知更早。

智伯行水，魏桓子、韩康子骖乘。智伯曰："吾乃今知水可以亡人国也。"桓子肘康子，康子履桓子之跗。以汾水可以灌安邑，绛水可以灌平阳也。絺疵谓智伯曰："韩、魏必反矣。"智伯曰："子何以知之？"对曰："以人事知之，夫从韩、魏而攻赵，赵亡，难必及韩、魏矣。今约胜赵而三分其地，城降有日，而二子无喜志，有忧色，是非反而何？"明日，智伯以其言告二子。边批：蠢人。二子曰："此谗臣欲为赵氏游说，使疑二家而懈于攻赵也。不然，二家岂不利朝夕分赵氏之田，而欲为此危难不可成之事乎？"二子出，絺疵入曰："主何以臣之言告二子也？"智伯曰："子何以知之？"对曰："臣见其视臣端而疾趋，知臣得其情故也。"

译文

智伯巡行以后看水势，魏桓子、韩康子乘车同行。智伯说："我现在才知道水可以使一个国家灭亡。"桓子扯康子的手肘，康子踩桓子的脚背，互相示意，因为汾水可以淹没魏都安邑，绛水可以淹没韩都平阳。絺疵于是对智伯说："韩、魏二主一定会反叛。"智伯说："你怎么知道？"絺疵回答说："从人情世故中推想而知。我国同韩、魏两国去攻击赵国，赵国灭亡后，灾难一定会降临韩、魏。现在约定战胜赵国以后三分赵地，现在距离赵国投降的日子近了，而桓子、康子不喜反忧，这不是要反叛是什么？"第二天，智伯将这些话告诉桓子和康子。两人说："这是臣子进谗言想替赵氏游说，使您怀疑我们两家而放弃攻打赵国。不然，我们两家难道不喜欢早日分到赵氏的田地，反而做这种危险困难而又不可能成功的事吗？"两国国君出去后，絺疵进来说："主上为什么把微臣的话告诉两位君主呢？"智伯说："你怎么知道？"絺疵回答："我看到他们望见微臣时，面容严肃，步履急速，可见他们知道微臣已揣测到他们的计划了。"

解评

与人沟通时，有7%效果取自说话人的面部表情，38%取自声音（音量、音调、韵脚等），而有55%取自肢体语言（面部表情、身体姿势等）。所以，解读人心意时，要特别注意他人的肢体语言，因为肢体语言往往比口语沟通更具有可信性。

夏、尤二翁忍事免祸

夏翁，江阴巨族，尝舟行过市桥。一人担粪，倾入其舟，溅及翁衣，其人旧识出。僮辈怒，欲殴之。翁曰："此出不知耳。知我宁肯相犯？"因好语遣之。及归，阅债籍，此人乃负三十金无偿，欲因以求死。翁为之折券。

译文

夏翁是江阴县的豪门大族，一次坐船从市桥经过，有一个人挑粪，不小心将粪倒入夏翁所乘的船中，溅到了夏翁的衣服上，此人还与夏翁是旧相识。僮仆很生气，想打他。夏翁说："这是因为他不知情，如果知道是我，怎会冒犯我呢？"因而用好话把他打发走。回家后，夏翁翻阅债务账册查索，原来这个人欠了他家三十两银子无法偿还，想借此求死。夏翁因此撕毁他的契券。

长洲尤翁开钱典，岁底，闻外哄声，出视，则邻人也。司典者前诉曰："某将衣质钱，今空手来取，反出詈语，有是理乎？"其人悍然不逊。翁徐谕之曰："我知汝意，不过为过新年计耳。此小事，何以争为？"命检原质，得衣幛四五事，翁指絮衣曰："此御寒不可少。"又指道袍曰："与汝为拜年用，他物非所急，自可留也。"其人得二件，嘿然而去。是夜竟死于他家，涉讼经年。盖此人因负债多，已服毒，知尤富可诈，既不获，则移于他家耳。或问尤翁："何以预知而忍之？"翁曰："凡非理相加，其中必有所恃，小不忍则祸立至矣。"边批：名言！可以喻大。人服其识。

译文

长洲尤翁开典当铺营生，年终时听到门外有吵闹声，出门一看，原来是邻居。一柜台伙计上前对尤翁说："此人拿衣服来典押借钱，现在却空手前来赎取，而且出口骂人，哪有这种道理？"此人蛮不讲理。尤翁慢慢地对他说："我知道你的心意，不过是为新年打算而已。这种小事，何必争吵？"于是尤翁就命家人检查他原来抵押的物品，共有四五件衣服，尤翁指着棉衣道："这件是御寒不可少的。"又指着长袍道："这件给你拜年用，其他不是急需，自然可以留在这里。"这个人拿了这两件衣服，默默地离去，

当夜竟然死在别人家中，官司打了一年。原来这个人负债太多，已经服毒，知道尤翁有钱，想欺诈一笔钱，后来欺诈不成，又转移到别人家。有人问尤翁："你怎么会事先知道而有意忍耐呢？"尤翁说："凡是别人无礼挑衅，一定有所仗恃，小事不能忍，灾祸就会立刻降临。"人们都佩服他的见识。

梦龙评

吕文懿公初辞相位，归故里，海内仰之如山斗。有乡人醉而詈之，公戒仆者勿与较。逾年，其人犯死刑入狱，吕始悔之，曰："使当时稍与计较，送公家责治，可以小惩而大戒，吾但欲存厚，不谓养成其恶，陷人于有过之地也。"议者以为仁人之言，或疑此事与夏、尤二翁相反，子犹曰：不然，醉詈者恶习，理之所有，故可创之使改；若理外之事，亦当以理外容之，智如活水，岂可拘一辙乎？

解评

夏翁、尤翁不去计较一些小事，可以说很有见识，尤翁因此还免除了一场官司。所以说，小不忍则祸立至，不过也要分什么事情，如果是人本身的品德问题，则要对他进行惩治，以告诫他改过，在这种情况下，怜悯和不计较就是纵容。

二人识董卓

孙坚尝参张温军事。温以诏书召董卓，卓良久乃至，而词对颇傲。坚前耳语温曰："卓负大罪而敢鸱张大言，其中不测。宜以'召不时至'，按军法斩之。"温不从。卓后果横不能制。

译文

孙坚曾参与张温的军事策划，张温用诏书召见董卓，董卓过了很久才到，而且在说话中言词过于傲慢。孙坚上前在张温耳边低声道："董卓身负大罪还敢口出狂言，一定心怀不轨，应该以召见时不能按时赶到的罪名，依军法处斩。"张温不听。董卓后来果然蛮横得不能控制。

中平二年，董卓拜并州牧，诏使以兵委皇甫嵩，卓不从。时嵩从子郦在军中，说嵩曰："本朝失政，天下倒悬。能安危定倾，唯大人耳。今卓被诏委兵，而上书自请，是逆命也；又以京师昏乱，踌躇不进，此怀奸也；且其凶戾无亲，将士不附。大人今为元帅，仗国威以讨之，上显忠义，下除凶害，此桓、文之事也。"嵩曰："专命虽有罪，专诛亦有责。不如显奏其事，使朝廷自裁。"于是上书以闻。帝让卓，卓愈增怨嵩。及卓秉政，嵩几不免。

译文

　　东汉灵帝中平二年（185 年），董卓任并州太守，皇上下诏书命令他将军队交给皇甫嵩，董卓不服从。当时皇甫嵩的侄子皇甫郦在军中，对皇甫嵩说："本朝政治混乱，天下百姓处于困苦危急的境地，能使这种危险的局面安定下来的，只有大人您。现在董卓接到诏书要他交出军队，他还上书自请保留军队，这是违抗君命。他又以京城混乱为由，有意使军队徘徊不前，这是心怀奸诈。而且他暴戾不可亲近，将士们都不愿服从。大人现在为元帅，可以仗着国威来讨伐他，如此对君上显示忠义，为士卒除去凶恶，这是类似齐桓公、晋文公的事业！"皇甫嵩说："董卓专擅，不听命令，固然有罪，如果我擅自杀他，也要承担责任。不如向朝廷禀奏这件事，让皇上自己裁定。"于是上书禀奏。皇帝下诏责备董卓，董卓更加憎恨皇甫嵩。后来董卓掌握朝政，皇甫嵩差点性命不保。

梦龙评

观此两条，方知哥舒翰诛张擢、李光弼斩崔众是大手段、大见识。事见《威克部》。

解评

坚韧果断之人必能成大事，任何善意的欺骗和心怀二心的妥协都会埋下不安全因素。对于心怀二心之人，千万不要迁就，要果断地做出决定，犹疑只会错过最佳的处理时机。

曹玮以画识元昊

河西首领赵元昊反。上问边备，辅臣皆不能对。明日，枢密四人皆罢。王鬷谪虢州。翰林学士苏公仪与鬷善，出城见之。鬷谓公仪曰："鬷之此行，前十年已有人言之。"公仪曰："此术士也。"鬷曰："非也。昔时为三司盐铁副使，疏决狱囚——至河北，是时曹南院自陕西谪官，初起为定帅。鬷至定，治事毕，玮谓鬷曰：'公事已毕，自此当还。明日愿少留一日，欲有所言。'鬷既爱其雄材，又闻欲有所言，遂为之留。明日，具馔甚简俭，食罢，屏左右，曰：'公满面权骨，不为枢辅即边帅，或谓公当作相，则不能也。不十年，必总枢于此，时西方当有警，公宜预讲边备，搜阅人材，不然无以应猝。'鬷曰：'四境之事，唯公知之，何以见教？'曹曰：'玮在陕西日，河西赵德明尝使以马易于中国，怒其息微，欲杀之，莫可谏止。德明有一子，年方十余岁，极谏不已："以战马资邻国已是失计，今更以资杀边人，则谁肯为我用者？"玮闻其言，私念之曰："此子欲用其人矣，是必有异志！闻其常往来于市中，玮欲一识之，屡使人诱致之，不可得。乃使善画者图其貌，既至观之，真英物也！此子必为边患，计其时节，正在公秉政之日。公其勉之！'鬷是时殊未以为然。今知其所画，乃元昊也。"

译文

宋朝时，河西首领赵元昊反叛，皇帝问起边境上的守备情况，辅佐的大臣都回答不出来。第二天，枢密院的四个人都被罢了官。王鬷被贬到虢州。翰林学士苏公仪与王鬷交情很好，出城送他。王畿对苏公仪说："我这次贬官之行，十年前就有人预言过了。"苏公仪说："那是江湖术士胡说吧！"王畿说："不是的。我从前担任三司盐铁副使，到河北监狱巡视囚犯。当时曹玮从陕西贬官到河北担任定州主帅。我办完事以后，曹玮对我说：'公事已经办完了，当然应该回去，但希望您明天再多留一天，我有话要和您说。'我既爱惜他的雄才，又听他说有话要讲，就留了下来。第二天，他准备简单的饭菜，吃完后，屏退左右的人，说：'您生有一副权贵的相貌，日后不是当枢密使就是当边帅，有人说您会当宰相，我看不可能。但不到十年，您一定在这里总揽军事。那时西方会有外敌，您应预先研究边境的守备，广征人才，不然将无法应付突变。'我说：'边境上的事，只有您最清楚，请问有何指教？'曹玮说：'我在陕西的时候，河西的首领赵德明曾经派使者带着马匹来中原做买卖，他因所得的利润微薄而生气，要杀做生意的人，当时没有人可以劝止他。德明有一个儿子，才十多岁，极力地劝谏，认为用马匹去资助邻国已是失策，现在更要为钱杀守边人，那以后还有谁为国效力？我听了他的话，心中暗想：这个孩子想使用自己的族人，一定有不凡的心志。听说他常往来于市集，我很想认识他，一再派人诱使他来都没有办法做到，就找个擅长画像的人去画他的容貌，画好拿回来一看，真是英俊豪气的人物。这个孩子一定成为我们边地的祸患，算一算时节，正是您主持政务的时候，希望您好好注意。'我当时还特别不以为然，现在才知道，他所画的人就是赵元昊。"

梦龙评

李温陵曰："对王畿谈兵，如对假道学谈学也。对耳不相闻，况能用之于掌本兵之后乎？既失官矣，乃更思前语，滔滔者天下皆是也！"

解评

"不听老人言，吃亏在眼前"。现实生活中，总是有许多人等事情发生了才会想起别人的劝告，为当初不听劝告而后悔不已，那么当初为什么就不能听从他人的劝告，提前做好准备呢？

列子不受粟

子列子穷，貌有饥色。客有言之于郑子阳者，曰："列御寇，有道之士也。居君之国而穷，君毋乃不好士乎？"郑子阳令官遗之粟数十秉。子列子出见使者，再拜而辞。使者去，子列子入。其妻望而拊心曰："闻为有道者，妻子皆得逸乐。今妻子有饥色矣，君过而遗先生食，先生又弗受也，岂非命哉？"子列子笑而谓之曰："君非自知我也，以人之言

而遗我粟也。夫以人言而粟我，至其罪我也，亦且以人言，此吾所以不受也。"其后民果作难，杀子阳。受人之养而不死其难，不义；死其难，则死无道也。死无道，逆也。子列子除不义去逆也，岂不远哉！

译文

列御寇很穷，面有饥色。有位客人告诉郑国子阳说："列御寇是个有道之士，住在贵国却生活穷困，您难道不喜欢有道之士吗？"子阳就派官吏送数十秉粟米给列御寇。列御寇出门见使者，一再推辞不要。使者走后，列御寇进入屋里，他的妻子望着他抚着心说："听说凡是有道之士，妻子和儿女都可以过得很安乐，现在你的妻子和儿女都面有饥色，国君派人送你食物，你又不接受，难道是我命该如此吗？"列御寇笑着对妻子说："国君不是自己了解我，而是因为别人的话才送我粟米。如果会因别人的话而送我粟米，也可能会因别人的话而加罪于我，这就是我不接受的原因。"后来果然有百姓作乱，子阳因此被杀。接受别人的供养而不为其拼命，是不义；要去拼命，就是死得不合正道。死得不合正道，就有叛逆之名。列御寇除去不义与叛逆之名，见识岂不是很远大吗？

梦龙评

魏相公叔痤病且死，谓惠王曰："公孙鞅年少有奇才，愿王举国而听之。即不听，必杀之，勿令出境。"边批：言杀之者，所以果其用也。王许诺而去。公叔召鞅谢曰："吾先君而后臣，故先为君谋，后以告子，子必速行矣！"鞅曰："君不能用子之言任臣，又安能用子之言杀臣乎？"卒不去。鞅语正堪与列子语对照。

解评

接受不义之人的恩赐，等于为不义之人所绑架，祸患降临，只是迟早的事情。有智之人是不会让自己陷入这种境地的。

韩侂胄宾客

韩平原〔名侂胄〕为南海尉，延一士人作馆客，甚贤，既别，杳不通问。平原当国，尝思其人。一日忽来上谒，则已改名登第数年矣。一见欢甚，馆遇甚厚。尝夜阑酒罢，平原屏左右，促膝问曰："某谬当国秉，外间议论如何？"其人太息曰："平章家族危如累卵，尚复何言？"平原愕然问故，对曰："是不难知也！椒殿之立，非出平章，则椒殿怨矣；皇子之立，非出平章，则皇子怨矣。贤人君子，自朱熹、彭龟年、赵汝愚而下，斥逐贬死，不可胜数，则士大夫怨矣。边衅既开，三军暴骨，孤儿寡妇，哭声相闻，则三军怨矣。边民死于杀掠，内地死于科需，则四海万姓皆怨矣。丛此众怨，平章何以当之？"平原默然久之，曰："何以教我？"其人辞谢。再三固问，乃曰："仅有一策，第恐平章不能用耳。主上非心黄屋，若急建青宫，开陈三圣家法，为揖逊之举，边批：此举甚难。余则可为，即无此举亦可为。则皇子之怨，可变而为恩；而椒殿退居德寿，虽怨无能为矣。于是辅佐新君，焕然与海内更始，曩时诸贤，死者赠恤，生者召擢；遣使聘贤，释怨请和，以安边境；优犒诸军，厚恤死士；除苛解慝，尽去军兴无名之赋，使百姓有更生之乐。然后选择名儒，逊以相位，乞身告老，为绿野之游，则易危为安，转祸为福，或者其庶乎？"平原犹豫不决，欲留其人，处以掌故。其人力辞，竟去。未几，祸作。

译文

韩平原任南海尉时，曾请一个士人做他的门客，此人非常贤明，但分别后就不再互通音讯。韩平原主持国政时，还曾经想起过这个人。有一天，这个人忽然来拜见平原，原来他已经改名考中进士数年了。韩平原一见到他，非常高兴，并以厚礼相待。有一次，两人在夜深喝完酒后，屏退左右，促膝而坐，韩平原问道："我才疏学浅而主持国政，

68

外界是怎样议论我的？"此人叹息道："大人的家族，危险得就如叠起来的蛋，还有什么好说的？"韩平原惊讶地问他其中的缘故，他说："这不难了解。立皇后的事，不是大人的主意，那么皇后就会怨恨您；立皇子的事，也不是大人的主意，那么皇子就会怨恨您；贤人君子，从朱熹、彭龟年、赵汝愚以下，被贬官、流放处死的，不可胜数，那么士大夫就会怨恨您；边境发生战事，三军战死疆场，孤儿寡妇哭声相闻，那么三军就会怨恨您；边境上的百姓死于杀伤掠夺，内地的百姓死于征调劳役，那么全国的百姓都会怨恨您。这么多怨恨，大人要怎么应付呢？"韩平原沉默了很久，最后说："你教我该怎么做？"此人再三推辞，平原坚持要他说，他才说："只有一个方法，怕大人不肯采用。国君早已无心做皇上，如果赶紧立东宫太子，陈述三圣家法，做禅让的准备，则皇子的抱怨可转变为感恩；那么皇后就退居德寿宫为太后，虽然怨恨也无计可施。于是大人可以辅佐新君，使国内外焕然一新。以往的贤明人士，死了的追赠抚恤，活着的召回来任职，并派使者到各地聘请贤明人士，以释清怨恨，安定边境；重重地犒赏军士，给战死的士兵优厚的抚恤；除去严苛的法令，以化解百姓内心的怨恨；把战后一些没有名目的赋税废除，使百姓有重生的乐趣。然后选择有名的儒者，把相位让给他，乞求告老还乡，云游四方，这样便可以转危为安，转祸为福，或许还可以免祸。"韩平原犹疑不决，想留下此人，给他官职。此人极力推辞离去。不久灾祸就发生了，韩平原被杀。

解评

但凡权贵之人都惯于因循苟且，不肯锐意进取，明察之士若不远离他们，迟早会祸及自身。

陈良谟论冒越之利

陈进士良谟，湖之安吉州人，居某村。正德二年，州大旱，各乡颗粒无收，独是村赖堰水大稔。州官概申灾，得蠲租。明年又大水，各乡田禾淹没殆尽，是村颇高阜，又独稔。州官又概申灾，租又得免，且得买各乡所鬻产及器皿诸物，价廉，获利三倍，于是大小户冒越宴乐，无日不尔。公语族人曰："吾村当有奇祸。"问："何也？"答曰："无福消受耳，吾家与郁、与张根基稍厚，犹或小可；彼俞、费、芮、李四小姓，恐不免也。"其叔兄殊不以为然。未几，村大疫，四家男妇，死无孑遗，唯费氏仅存五六丁耳。叔兄忆公前言，动念，问公："三家毕竟何如？"公曰："虽无彼四家之甚，损耗终恐有之。"越一年，果陆续俱罹回禄。

译文

明朝进士陈良谟，居住在湖州府安吉州某村。明武宗正德二年（1507年），安吉州发生大旱，各乡颗粒无收，只有这个村子依赖水坝的水而获得大丰收，州官却一样接受灾害申请而免除该村租税。第二年，又发生大水灾，各乡的禾苗全被淹没，这个村子又因为地势颇高获得大丰收，州官照样接受申请灾害，租税又得以免除，而且他们又买到各乡所卖的产物及器皿等物品，价钱低廉，获利三倍。于是大小户人家没有一天不大吃大喝。陈良谟对族人说："我们村子将要大祸临头。"族人问："为什么？"陈良谟说："无福消受罢了。我们家与郁、张两家，根基稍厚，勉强还可以度过。俞、费、芮、李四个小姓，恐怕无法度过。"他的叔父、兄弟很不以为然，不久，村子发生瘟疫，那四家男女全都病死，只有费家还剩五六个男子。叔父、兄弟们想起陈良谟先前说过的话，就问他陈、郁、张三家究竟会如何？陈良谟说："虽然没有他们四家那么惨重，最后恐怕还是会有损失的。"经过一年，三家果然陆续发生火灾。

梦龙评

大抵冒越之利，鬼神所忌；而祸福倚伏，亦乘除之数。况又暴殄天物，宜其及也！

解评

这个村子因为地利的原因，获得了许多粮食和财物，但他们就此挥霍无度。后来这个村遭到了瘟疫和火灾的打击。这给我们的启示是：即使因机会好而有所收获，也应好好珍惜。

亿中卷六

镜物之情，揆事之本；福始祸先，验不回瞬；藏钩射覆，莫予能隐。集《亿中》。

译文

明察事物的内情，才能看清事物的本质。不论是福是祸，都能在瞬间预测到。暗算和欺骗也都瞒不了我。因此集《亿中》卷。

范蠡之灼见

朱公居陶，生少子。少子壮，而朱公中男杀人，囚楚，朱公曰："杀人而死，职也，然吾闻'千金之子，不死于市'。"乃治千金装，将遣其少子往视之。长男固请行，不听。以公不遣长子而遣少弟，"是吾不肖"，欲自杀。其母强为言，公不得已，遣长子。为书遣故所善庄生，因语长子曰："至，则进千金于庄生所，听其所为，慎无与争事。"长男行，如父言。庄生曰："疾去毋留，即弟出，勿问所以然。"长男阳去，不过庄生而私留楚贵人所。庄生故贫，然以廉直重，楚王以下皆师事之。朱公进金，未有意受也，欲事成复归之以为信耳。而朱公长男不解其意，以为殊无短长。庄生以间入见楚王，言"某星某宿不利楚，独为德可除之"。王素信生，即使使封三钱之府，贵人惊告公长男曰："王且赦，每赦，必封三钱之府。"长男以为赦，弟固当出，千金虚弃，乃复见庄生。生惊曰："若不去耶？"长男曰："固也，弟今且赦，故辞去。"生知其意，令自入室取金去。庄生羞为孺子所卖，乃入见楚王曰："王欲以修德襄星，乃道路喧传陶之富人朱公子杀人囚楚，其家多持金钱赂王左右，故王赦，非能恤楚国之众也，特以朱公子故。"王大怒，令论杀朱公子，明日下赦令。于是朱公长男竟持弟丧归，其母及邑人尽哀之，朱公独笑曰："吾固知必杀其弟也，彼非不爱弟，顾少与我俱，见苦为生难，故重弃财。至如少弟者，生而见我富，乘坚策肥，岂知财所从来哉！吾遣少子，独为其能弃财也，而长者不能，卒以杀其弟。事之理也，无足怪者，吾日夜固以望其丧之来也！"

译文

陶朱公范蠡住在陶地时，生了小儿子。小儿子长大以后，陶朱公的次子杀了人，被囚禁在楚国。陶朱公说："杀人者死，这是天经地义的。然而我听说'有钱人家的孩子可以不在大庭广众之下被处决'。"于是准备千两黄金，要派小儿子前往探视。长子一再请求前往，陶朱公不肯，长子认为父亲不派长子而派小弟，"一定是认为我不成器"，便想自杀。母亲极力劝阻，陶朱公不得已，只好派长子带信去找老朋友庄生，并告诉长子说："到了以后，把这一千两黄金送给庄生，一切听从他的安排，千万不要和他争执。"长子前往，照父亲的话做。庄生说："你赶快离开，不要停留，即使令弟被放出来，也不要问他原因。"长子假装离去，没有告诉庄生，而私下留在楚国一个贵族的家里。庄生一向贫穷，但以廉洁正直被人尊重，楚王以下的人都以老师的礼数来尊敬他，陶朱公送的金子，他无意接受，想在事成后归还以表诚信，而陶朱公的长子不了解庄生，以为他根本没什么救人的方法。庄生利用机会进见楚王，说某某星宿不利于楚国，只有修德才可以解除。楚王向来信任庄生，立刻派人封闭钱府。楚国贵人很惊奇地告诉陶朱公的长子说："楚王将要大赦。因为每次大赦一定封闭钱府。"长子认为遇到大赦，弟弟本来就应当出狱，那一千两黄金就白花了，于是又去见庄生。庄生惊讶地说："你没有离开吗？"长子说："是啊。我弟弟很幸运碰上楚王大赦，所以来辞行。"庄生知道他的意思，便叫他自己进去拿黄金离开。庄生因受到朱公长子的戏弄而感到羞愧，就入宫见楚王说："大王想修德除灾，但外面老百姓传言，陶朱公的次子杀了人被囚困在楚国，他的家人拿了很多钱来贿赂大王左右的人，所以大王这次大赦，并非真正怜恤楚国的民众，只是为了释放朱公子而已。"楚王很生气，立即下令杀了朱公子，第二天才下大赦令。于是陶朱公的长子最后只有运弟弟的尸体回家，他的母亲及乡人都很哀伤。只有陶朱公笑着说："我本来就知道他一定会害死自己的弟弟。他并不是不爱弟弟，只是从小和我在一起，见到了生活的艰苦，所以特别重视花费钱财的事。至于小弟，生下来就见到我富贵，乘坚车，驰肥马，哪会知道钱财是怎么来的！我派小儿子去，只因为他能丢得开财物，而长子做不到，最后害死自己的弟弟。这是很正常的，一点也不觉得奇怪，我本来就料定他会带着丧事回来啊！"

梦龙评

朱公既有灼见，不宜移于妇言，所以改遣者，惧杀长子故也。"听其所为，勿与争事"，已明明道破，长子自不奉教耳。庄生纵横之才不下朱公，生人杀人，在其鼓掌。然宁负好友，而必欲伸气于孺子，何德宇之不宽也？噫，其所以为纵横之才也与！

解评

范蠡的大儿子不舍千金，而使得范蠡的二儿子被杀。其实这倒也怪不得大儿子，大儿子从小受苦，因此重财，而小儿子生来富有，也就不很在乎钱财。钱财本是身外之物，如果以钱财换取生命的话，还是舍弃钱财的好。挥金如土不是什么好品德，但贪财如命更会坏事。

荀息一计攻两国

晋献公谋于荀息曰："我欲攻虞，而虢救之；攻虢，则虞救之。如之何？"荀息曰："虞公贪而好宝，请以屈产之乘与垂棘之璧，假道于虞以伐虢。"公曰："宫之奇存焉，必谏。"息曰："宫之奇之为人也，达心而懦，又少长于君。达心则其言略，懦则不能强谏，少长于君，则君轻之。且夫玩好在耳目之前，而患在一国之后，唯中智以上乃能虑之。臣料虞公，中智以下也。"晋使至虞，宫之奇果谏曰："语云：'唇亡则齿寒'，虞、虢之相蔽，非相为赐。晋今日取虢，则明日虞从而亡矣。"虞公不听，卒假晋道。行既灭虢，返戈向虞，虞公抱璧牵马而至。

译文

晋献公和荀息商议说："我想攻打虞国，而虢国一定会出兵救援；攻打虢国，则虞国也会救援。这要怎么办才好？"荀息说："虞公贪婪而爱好宝物，请您用屈地的名马和垂棘的宝玉作为礼物，向虞公借路攻打虢国。"献公说："宫之奇还在，一定会劝谏虞公。"荀息说："宫之奇的为人，内心明达而性格柔弱，又是虞公从小在宫中养大的。内心明达则说话简练概括，个性柔弱就不能强力劝谏，从小在宫中养大，虞公肯定会轻视他。况且爱好的玩物都摆在眼前，而祸患则远在虢国灭亡之后，只有才智中上的人才会想到如此久远的事。微臣猜想虞公是个才智中等以下的君王。"晋国使者到了虞国，宫之奇果然劝谏虞公说："俗语说：'唇亡则齿寒'，虞、虢两国互为屏障，而不应把对方当成礼物送给别人。晋国今天灭了虢国，明天虞国也会跟着灭亡。"虞公不听，终于借路给晋国。晋国灭了虢国之后，返回来攻打虞国，虞公只好抱着宝玉、牵着名马来投降。

解评

"假道伐虢"之计，后来被历代军事家所沿用；现实生活中许多事物也是相互依赖、共存共亡的关系，如果片面地看待问题，没有考虑相互的关联，结果是会吃大亏的。所以我们做事应从大处着眼，如果贪图小利而忽视了互助、互存的道理，必定不会有好结果。

李晟料吐蕃

唐德宗时，吐蕃尚结赞请和，欲得浑瑊为会盟使，谬曰："浑侍中信厚闻于异域，必使主盟。"瑊发长安，李晟深戒之，以盟所为备不可不严。张延赏言于上曰："晟不欲盟好之成，故戒瑊以严备；我有疑彼之形，则彼亦疑我矣，盟何由成？"上乃召瑊，戒以"推诚待虏，勿为猜疑"。已而瑊奏："吐蕃决以辛未盟。"延赏集百官，以瑊表示之，晟私泣曰："吾生长西陲，备谙虏情，所以论奏，但耻朝廷为犬戎所侮耳。"将盟，吐蕃伏精骑数万于坛西，瑊等皆不知。入幕易礼服，虏伐鼓三声，大噪而至。瑊自幕后出，偶得他马乘之，唐将卒皆东走。虏纵兵追击，或杀或擒之。是日，上谓诸相曰："今日和戎息兵，社稷之福。"马燧曰："然。"柳浑曰："戎狄豺狼，非盟誓可结，今日之事，臣窃忧之。"李晟曰："诚如浑言。"上变色曰："柳浑书生，不知边计，大臣亦为此言耶？"皆伏地顿首谢，因罢朝。是日虏劫盟信至，上大惊，明日谓浑曰："卿书生，乃能料敌如此之审耶！"

译文

唐德宗时，吐蕃尚结赞请求议和，想让浑瑊担任会盟使者，他假意说："浑侍中诚信忠厚，闻名于异域，一定要让他主持会盟。"浑瑊从长安出发时，李晟深深地警告他，会盟处所的戒备必须严密。而张延赏却对德宗说："李晟是不想让会盟圆满完成，所以告诫浑瑊要严加戒备。我方露出怀疑吐蕃的形迹，吐蕃也一定会怀疑我，这样会盟怎么可能成功呢？"德宗于是召来浑瑊，告诫他"要以诚意对待吐蕃，不要使对方猜疑"。不久，浑瑊奏报德宗说："吐蕃决定于辛未当天结盟。"张延赏召集百官，将浑瑊上奏的表章出示给大家看。李晟私下哭道："我生长在西部边境，非常熟悉吐蕃的情况，所

以奏请皇上要戒备吐蕃，是怕朝廷被这些狡猾的外族所欺骗罢了。"会盟之前，吐蕃埋伏几万精锐的骑兵在盟坛的西边，浑瑊等人完全不知情。浑瑊进入帐幕更换礼服，忽然听到蕃兵击鼓三声，大声呼喊着到来。浑瑊从帐幕后逃出来，偶然找到一匹马骑着逃走了，唐军将卒都向东奔逃，吐蕃纵兵追击，唐兵不是被杀，就是被擒。当天，德宗对群臣说："今天和吐蕃讲和停战，是国家的福祉。"马燧说："是的。"柳浑却说："吐蕃有如豺狼，不是盟誓可以结纳的，今天的事，微臣很担忧。"李晟赞同地说："微臣也和柳浑一样担忧。"德宗脸色一变，生气地说："柳浑是一名书生，不了解边境大计也就罢了，大臣怎么也说这种话？"二人都伏地叩头谢罪，因而罢朝。这天稍晚，吐蕃在会盟变动攻击的消息送到，德宗大惊。第二天，德宗对柳浑说："你是一名书生，可料敌还能如此精确啊！"

梦龙评

初，吐蕃尚结赞恶李晟、马燧、浑瑊，曰："去三人则唐可图也。"于是离间李晟，因马燧以求和，欲执浑瑊以卖燧，使并获罪，因纵兵直犯长安，会失瑊而止。尚结赞又归燧之兄子弇，曰："河曲之役，春草未生，吾马饥，公若渡河，我无种矣，赖公许和，谨释弇以报。"帝闻之，夺燧兵权。尚结赞之谲智，亦虏中之仅见者。

解评

"江山易改，本性难移"，意思是人的本性的改变，比江山的变迁还要难。与生俱来的东西是很难随着时间改变的，我们千万不要被他们伪装出来的善良所迷惑，而应该厘清自己的思路，辨清友与敌。

曹操有知事之智

何进与袁绍谋诛宦官，何太后不听，进乃召董卓，欲以兵胁太后。曹操闻而笑之，曰："阉竖之官，古今宜有，但世主不当假之以权宠，使至于此。既治其罪，当诛元恶，一狱吏足矣，何必纷纷召外将乎？欲尽诛之，事必宣露，吾见其败也。"卓未至而进见杀。

译文

东汉末年，何进与袁绍计划诛杀宦官，何太后不同意，何进就召董卓带兵进京，想利用董卓的兵力胁迫太后同意。曹操听了，笑着说："宦官古今各朝各代都有，只是国

君不应过于宠幸，赋予他们太多权力，使他们发展到这种地步。如果要治他们的罪，只要诛杀元凶就行了，如此，一名狱吏也就足够了，何必纷纷请外地的军将来呢？若想把宦官赶尽杀绝，事情一定提前泄露出去，我可以预见他们会失败。"果然，董卓还没到，何进就被杀了。

袁尚、袁熙奔辽东，尚有数千骑。初，辽东太守公孙康恃远不服，及操破乌丸，或说操遂征之，尚兄弟可擒也。操曰："吾方使康斩送尚、熙首来，不烦兵矣。"九月，操引兵自柳城还，康即斩尚、熙，传其首。诸将问其故，操曰："彼素畏尚等，吾急之则并力，缓之则相图，其势然也。"

译文

东汉末年，官渡之战以后，袁熙、袁尚两兄弟投奔辽东，手下还有几千名骑兵。起初，辽东太守公孙康仗着地盘远离京师，不听朝廷辖治。等曹操攻下乌丸，有人劝曹操征讨公孙康，顺便可以擒住袁尚兄弟。曹操说："我正准备让公孙康自己斩袁尚兄弟的脑袋来献，不必劳烦兵力。"九月，曹操带兵从柳城回来，果然，公孙康就斩杀了袁尚、袁熙，将首级送来。诸将问曹操是何缘故，曹操说："公孙康向来畏惧袁尚等人，我逼急了他们就会联合起来抵抗，我放缓，他们就会互相争斗，这是必然的。"

曹公之东征也，议者惧军出，袁绍袭其后，进不得战而退失所据。公曰："绍性迟而多疑，来必不速；刘备新起，众心未附，急击之，必败，此存亡之机，不可失也。"卒东击备。田丰果说绍曰："虎方捕鹿，熊据其穴而啖其子，虎进不得鹿，而退不得其子。今操自征备，空国而去，将军长戟百万，胡骑千群，直指许都，捣其巢穴，百万之师自天而下，若举炎火以焦飞蓬，覆沧海而沃漂炭，有不消灭者哉？兵机变在斯须，军情捷于桴鼓。操闻，必舍备还许，我据其内，备攻其外，逆操之头必悬麾下矣！失此不图，操得归国，休兵息民，积谷养士。方今汉道陵迟，纲纪弛绝。而操以枭雄之资，乘跋扈之势，恣虎狼之欲，成篡逆之谋，虽百道攻击，不可图也。"绍辞以子疾，不许。边批：奴才不出操所料。丰举杖击地曰："夫遭此难遇之机，而以婴儿之故失其会，惜哉！"

译文

曹操东征时，众人担心军队出发之后，袁绍会从后面袭击，如此一来，即使前进也无法放手一战，后退又会失去根据地。曹操说："袁绍个性迟缓而多疑，一定不会很快就来；刘备刚兴起，民心还没有完全归附，此刻立即去攻击，他一定会失败，这是生死存亡的机会，不可失去。"于是向东攻击刘备。田丰果然劝袁绍说："老虎正在捕鹿，熊去占有虎穴而吃掉虎子，老虎向前得不到鹿，退后又失去虎子。现在曹操亲自去征讨刘备，军队尽出，将军您有兵卒百万，骑兵千群，可直接攻进许都，捣毁他的巢穴，百万雄师从天而下，就像点一把大火来烧野草，倒大海的水来冲熄漂浮的火炭，哪有不被消灭的？用兵的时机稍纵即逝，军事情况的变化要比鼓槌敲击鼓面还要迅速。曹操听说后，一定会放弃攻击刘备，回守许都。那时我们已经占领他的巢穴，刘备又在外面夹攻，曹操的脑袋一定会高悬于将军您的旗下。如果失去这个机会，曹操回国，就可以休养生息，储备粮草，招纳贤士。如今汉室日渐衰微，法度松弛。而曹操若以他枭雄的本领、飞扬跋扈的势力、虎狼般的贪欲达成篡逆的阴谋，即使再用各种方法攻击，也没有办法挽回了。"袁绍却以儿子生病为由推辞，不答应。田丰气得举起手杖敲地说："你得到这种千载难逢的机会，却为了一个婴儿而失去，真是可惜啊！"

梦龙评

操明于翦备，而汉中之役，志盈得陇，纵备得蜀，不用司马懿、刘晔之计，何也？或者有天意焉？［操既克张鲁，司马懿曰："刘备以诈力虏刘璋，蜀人未附；今破汉中，益州震动。因而压之，势必瓦解。"刘晔亦以为言，操不从。居七日，蜀降者言："蜀中一日数十惊，守将虽斩之而不能安也。"操问晔曰："今可击否？"晔曰："今已小定，未可犯矣。"操退，备遂并有汉中。]

安定与羌胡密迩，太守毌丘兴将之官，公戒之曰："羌胡欲与中国通，自当遣人来，慎勿遣人往！善人难得，必且教羌人妄有请求，因以自利。不从，便为失异俗意，从之则无益。"兴佯诺去。及抵郡，辄遣校尉范陵至羌，陵果教羌使自请为属国都尉。公笑曰："吾预知当尔，非圣也，但更事多耳。"

译文

安定郡和羌人很接近，太守毌丘兴到安定上任时，曹操警告他说："羌人想与我们交往，自应派人前来，你千万不要派人去。因为好使者不容易找到，派去的人一定会为了个人的私利，教羌人提出种种不当的请求。如果不答应，就会让他们感到不满，如果答应又对我们没有益处。"毌丘兴假装答应而去，到了安定郡，就派遣校尉范陵到羌，范陵果然教羌人使者自己请求当属国都尉。曹操笑着说："我预测到会是这样，我不是圣人，只是经历的事情多而已。"

解评

任何事物经历多了势必会掌握规律，而不是所谓的"神机妙算"所能得来的。

以势知天命

孙策既尽有江东，转斗千里，闻曹公与袁绍相持官渡，将议袭许。众闻之，皆惧。郭嘉独曰："策新并江东，所诛皆英杰，能得人死力者也。然策轻而无备，虽有百万众，无异于独行中原。若刺客伏起，一人之敌耳。以吾观之，必死于匹夫之手。"虞翻〔字仲翔〕亦以策好驰骋游猎，谏曰："明府用乌集之众，驱散附之士，皆能得其死力，此汉高之略也。至于轻出微行，吏卒尝忧之。夫白龙鱼服，困于豫且①；白蛇自放，刘季害之。愿少留意。"策曰："君言是也！"然终不能悛②，至是临江未济，果为许贡家客所杀。

译文

三国时，孙策占领整个江东地区之后，又转战千里，听说曹操和袁绍在官渡相持不下，就打算偷袭许都。曹操部属听了，都很害怕，只有郭嘉说："孙策刚刚兼并了整个江东，被他诛杀的都是些英雄豪杰，而这些人都是能让人为他效命的人物。而孙策却很大意而不加防备，虽有百万大军，却和孤身一人独行中原没什么两样。如果有埋伏的刺客突然出现，一个人就可以对付他。依我看，他一定会死在匹夫手中。"虞翻也因为孙策爱好驰骋打猎，劝孙策说："官府所用都是一些乌合之众，散兵游勇都能为您效死命，这正是汉高祖刘邦经营天下的策略。但您常轻率地私下外出，将士们都为您担忧。白龙化为鱼形出游，被渔夫豫且捉住，白蛇挡路，刘邦一剑就把它杀了。希望您稍微留意一些。"孙策说："你的话很对。"但终不改正，孙策来到江边还没有渡江，就被许贡的家客所杀。

注释

①豫且：春秋时宋国渔人。②悛：悔改。

梦龙评

孙伯符不死，曹瞒不安枕矣。天意三分，何预人事？

解评

为事者应注重天时、地利、人和，天时指现行的政策、法规和相应的当地的规定；

地利指环境、条件；人和指上下左右的人际关系。所处的环境不同，为事的结果必定也会有所不同。

乔寿朋预见许国败亡

嘉定间，山东忠义李全跋扈日甚，朝廷择人帅山阳，一时文臣无可使，遂用许国。国，武夫也，特换文资，除太府卿以重其行。乔寿朋以书抵史丞相曰："祖宗朝，制置使多用名将。绍兴间，不独张、韩、刘、岳为之，杨沂中、吴玠、吴璘、刘锜、王燮、成闵诸人亦为之，岂必尽文臣哉？至于文臣在边事，固有反以观察使授之者，如韩忠献、范文正、陈尧咨是也。今若就加本分之官，以重制帅之选，初无不可，乃使之处非其据，遽易以清班，彼修饰边幅，强自标置，求以称此，人心固未易服，恐反使人有轻视不平之心，此不可不虑也。"史不能从。国至山阳，偃然自大，受全庭参。全军忿怒，囚而杀之。自此遂叛。

译文

宋宁宗嘉定年间，山东忠义军首领李全跋扈的情况日趋严重，朝廷要选人去镇守山阳，一时没有文臣可以派遣，于是就任用许国。许国是武人出身，朝廷特别以文官资格让他担任太府卿的职位，以加重他此次出任的分量。乔寿朋写信给史丞相说："祖宗设立制置使，多用名将。高宗绍兴年间，不只张浚、韩世忠、刘光世、岳飞担任过，杨沂中、吴玠、吴璘、刘锜、王燮、成闵等人也担任过，难道一定得用文臣吗？至于文臣担任边帅的事，大概都以观察使的身份出任，如韩忠献、范文正、陈尧咨就是这样。现在如果在他本来就有的武职上加官，表示注重边帅的选派，本来也没有什么不可以的，只是使他的外表和本质有些不符，仓促之间从武将转为显贵的文官，他就会尽力改装自己，勉强让自己的言行举止和官位相符。但是一般人本来就对许国的改授文职不满，再强加矫饰，恐怕更让人生出轻视不平的心理，这不能不仔细考虑。"史丞相不肯听。许国到山阳以后，果然摆出一副朝廷重臣的架子，要求全体部属大礼参见。全军愤怒不已，把他关押起来杀了。从此忠义军反叛朝廷，暴乱久久难平。

解评

工作性质的改变，必然会导致很长时间的磨合期，在这磨合期中，一定要谦虚行事，千万不要骄傲，以免引起下属的不满，严重的甚至会招来杀身之祸。

剖疑卷七

讹口如波，俗肠如锢。触日迷津，弥天毒雾。不有明眼，孰为先路？太阳当空，妖魑匿步。集《剖疑》。

译文

散布谣言的嘴能掀起波涛，庸人的心肠像铁石一样坚固。满眼都是迷茫之路，有如弥漫天空的毒物。没有明亮的眼睛，又怎么知道去向何处？太阳当空照耀，妖魔自然匿影消踪。因此集《剖疑》卷。

寇准设计废太子

楚王元佐，太宗长子也，因申救廷美不获，遂感心疾，习为残忍；左右微过，辄弯弓射之。帝屡诲不悛。重阳，帝宴诸王，元佐以病新起，不得预，中夜发愤，遂闭媵妾，纵火焚宫。帝怒，欲废之。会寇准通判郓州，得召见，太宗谓曰："卿试与朕决一事，东宫所为不法，他日必为桀、纣之行，欲废之，则宫中亦有甲兵，恐因而招乱。"准曰："请某月日，令东宫于某处摄行礼，其左右侍从皆令从之，陛下搜其宫中，果有不法之事，俟还而示之；废太子，一黄门力耳。"太宗从其策，及东宫出，得淫刑之器，有剜目、挑筋、摘舌等物，还而示之，东宫服罪，遂废之。

译文

楚王赵元佐是宋太宗的长子，因为替赵廷美申冤并帮助他没有成功，于是得了心理疾病，性情变得很残忍；左右的人稍有过失，马上弯弓搭箭就射。太宗屡次教诲，他都没有改过。

重阳节时，太宗宴请诸王，赵元佐因为生病初愈没能参加，半夜发泄愤怒，把姬妾关于宫中，并纵火焚宫。太宗很生气，打算废除他太子的身份。正好寇准那时在郓州任通判，太宗特别召见他，对他说："你试着和朕一起决断一件事。太子所为不合王法，将来一定会做出像桀、纣那样的恶劣行为。朕想废掉他，但东宫里有他自己的军队，恐怕因此招致祸端。"寇准说："请皇上于某月某日举行一次国事大典，命令太子亲自去主持，让太子的左右侍从也都跟着去，陛下再趁机派人去搜查东宫，如果真有不法的证物，等太子回来再当面公布出来，如此罪证确凿，要废太子，只需派个黄门侍郎宣布一下就行了。"太宗采用了寇准的计策，等太子离去后，果然搜得一些残酷的刑具，包括挖眼、挑筋、割舌等刑具。太子回来后，太宗把从他宫中搜到的刑具当场展示出来，太子服罪，于是很快被废。

梦龙评

搜其宫中，如无不法之事，东宫之位如故矣。不然，亦使心服无冤耳。江充、李林甫，岂可共商此事？

解评

要想找出别人做坏事的证据，就要转移别人的注意力，趁机找出罪证。

二王破谣言

汉成帝建始中，关内大雨四十余日。京师民无故相惊，言"大水至"。百姓奔走相蹂躏，老弱号呼，长安中大乱。大将军王凤以为太后与上及后宫可御船，令吏民上城以避水。群臣皆从凤议，右将军王商独曰："自古无道之国，水犹不冒城郭，今何因当有大水一日暴至？此必讹言也。不宜令上城，重惊百姓。"上乃止。有顷稍定，问之，果讹言，于是美商之固守。

译文

汉成帝建始年间，关内下了四十多天大雨，京师里的百姓无故地互相惊扰，说"马上有洪水要来"，百姓急着逃难，导致互相践踏，老弱喊叫之声不绝于耳，长安城里大乱。大将军王凤提议太后、成帝及后宫嫔妃立刻登船，再命令官吏百姓上城避水。群臣都赞同王凤的建议，只有右将军王商说："自古以来，再无道的国君当政，洪水尚且不会泛滥到越过城墙，今天为什么会有洪水在一天之间就暴涨而来？这一定是谣言，不该命令官吏百姓上城，以免他们更加惊恐。"成帝于是没有下诏。不久，混乱稍微平定，派人查问，果然是谣言。大家都赞美王商的镇定。

天圣中尝大雨，传言汴口决，水且大至。都人恐，欲东奔。帝以问王曾，曾曰："河决奏未至，必讹言耳。不足虑。"已而果然。

译文

宋仁宗天圣年间曾经下大雨，传说汴口溃决，洪水将到，京都人非常恐惧，想向东逃。仁宗问王曾，王曾说："如果汴河溃决，为何奏本还没到。一定是谣言，不值得忧虑。"后来才知道果然是谣言。

梦龙评

嘉靖间，东南倭乱，苏城戒严。忽传寇从西来，已过浒墅。太守率众登城，急令闭门。乡民避寇者万数，腾踊门外，号呼震天。任同知环愤然曰："未见寇而先弃良民，谓牧守何！

明智部 剖疑卷七

有事，环请当之！"乃分遣县僚洞开六门，纳百姓，而自仗剑帅兵，坐接官亭以遏西路。乡民毕入，良久，而倭始至，所全活甚众。吴民至今尸祝之。

又万历戊午间，无锡某乡构台作戏娱神。有哄于台者，优人不脱衣，仓皇趋避。观剧者亦雨散，口中戏云："倭子至矣！"此语须臾传遍，且云"亲见锦衣倭贼"，由是城门昼闭，城外人填涌，践踏死者百余人，迄夜始定。此虽近妖，亦有司不练事之过也。大抵兵火之际，但当远其侦探，虽寇果临城，犹当静以镇之，使人心不乱，而后可以议战守；若讹言，又当直以理却之矣。

开元初，民间讹言"上采女子以充掖庭"。上闻之，令选后宫无用者，载还其家，讹言乃息。语曰："止谤莫如自修。"此又善于止讹者。

天启初，吴中讹言"中官来采绣女"，民间若狂，一时婚嫁殆尽。此皆恶少无妻者之所为，有司不加禁缉，男女之失所者多矣。

解评

人们往往有从众心理，很多事情尽管没有亲眼看到，但别人都那么说，也就相信了。所以我们一定不要轻信传言，凡事自有它的道理，关键看能不能明白这个道理，而不被众人的盲从左右。

西门豹治邺

魏文侯时，西门豹为邺令，会长老问民疾苦。长老曰："苦为河伯娶妇。"豹问其故，对曰："邺三老、廷掾①常岁赋民钱数百万，用二三十万为河伯娶妇，与祝巫共分其余。当其时，巫行视人家女好者，云'是当为河伯妇'，即令洗沐，易新衣。治斋宫于河上，设绛帷床席，居女其中。卜日，浮之河，行数十里乃灭。俗语曰：'即不为河伯娶妇，水来漂溺。'人家多持女远窜，故城中益空。"豹曰："及此时幸来告，吾亦欲往送。"至期，豹往会之河上，三老、官属、豪长者、里长、父老皆会，聚观者数千人。其大巫，老女子也，女弟子十人从其后。豹曰："呼河伯妇来。"既见，顾谓三老、巫祝、父老曰："是女不佳，烦大巫妪为入报河伯：更求好女，后日送之。"即使吏卒共抱大巫妪投之河。有顷，曰："妪何久也？弟子趣之。"复投弟子一人河中。有顷，曰：

"弟子何久也？"复使一人趣之。凡投三弟子。豹曰："是皆女子，不能白事。烦三老为入白之。"复投三老。豹簪笔磬折[2]，向河立待，良久，旁观者皆惊恐。豹顾曰："巫妪、三老不还报，奈何？"复欲使廷掾与豪长者一人入趣之，皆叩头流血，色如死灰。豹曰："且俟须臾。"须臾，豹曰："廷掾起矣。河伯不娶妇也。"邺吏民大惊恐，自是不敢复言河伯娶妇。

译文

魏文侯时，西门豹任邺县的县令，他会见地方上的长者，询问民间的疾苦。长老说："最苦的是为河伯娶亲。"西门豹询问其中的缘故，长老说："邺县的三老、廷掾每年向百姓收取赋税几百万钱，用二三十万为河伯娶亲，再和巫婆分享其余的钱。为河伯娶亲时，巫婆到每户人家去查看，看到谁家有漂亮的姑娘，就说她应当做河伯的妻子，立即命令她沐浴，更换新衣，在河边搭建斋宫，布置红色的帐幕和床席，把姑娘安置在里面。选好日子，将床及姑娘一起漂浮于河中，漂流几十里就沉没了。地方上传言：'如果不为河伯娶亲，河水就会泛滥成灾，淹没百姓。'为此，很多人家都带着女儿逃到远处去，所以城里越来越空。"西门豹说："到河伯娶亲的日子，希望你来告诉我，我也想去为河伯送亲。"到了河伯娶亲的日子，西门豹来到河边，三老、官吏、富豪、里长、父老都到了，围观的有几千人。主持的大巫婆是个老女人，她有女弟子十人，跟随在她身后。西门豹说："叫河伯的新娘子过来。"西门豹看过以后，回头对三老、巫婆及父老说："这个女子不漂亮，麻烦大巫婆去河里报告河伯，我们要再找更漂亮的女子，后天送来。"说完就派吏卒抱起大巫婆投入河里。过了一会儿，西门豹说："老太婆为什么去这么久不回来？派个弟子去催她。"又投一个弟子入河。又过了一会儿，西门豹说："怎么这个弟子也一去这么久？"于是西门豹又下令再派一名弟子去催她。前后总共投了三个弟子入河。西门豹说："这些人都是女子，不能把事情说清楚，麻烦三老前去说明。"又把三老投入河中。西门豹头上插着笔，弯着腰恭敬地站在河边等了很久，旁观的人都很害怕。西门豹回头说："巫婆、三老都不回报，怎么办？"又准备派廷掾和一个富豪前去催促。两人都立刻跪下叩头，叩得头破血流，面如死灰。西门豹说："那就再等一会儿。"不久，西门豹才说："廷掾起来吧，河伯不娶亲了。"邺县官民都非常害怕，从此不敢再提河伯娶亲的事。

注释

①三老、廷掾：三老，古代官名。乡县郡都有设置，掌管教化，由年老的长者担任，十亭一乡，乡有三老。廷掾，县令的属吏。②簪笔磬折：簪笔，谓插笔于冠或笏，以备书写。古代帝王近臣、书吏及士大夫均有此装束。磬折，弯腰如磬状，表示恭敬。

梦龙评

娶妇以免溺，题目甚大。愚民相安于惑也久矣，直斥其妄，人必不信。唯身自往会，簪笔磬折，使众著于河伯之无灵，而向之行诈者计穷于畏死，虽驱之娶妇，犹不为也，然后弊可永革。

解评

在官场和生意场中，用恶毒手段来对付恶毒手段，是以其人之道，还治其人之身。不要小看了这种手法，也不要非议它的残忍。因为它往往收到拔本塞源、真正根治的效果，非正面整治所能及。如果用之有道，"以毒攻毒"也就不"毒"了。所以宋人罗泌说："以毒攻毒，有至仁焉。"

林俊宪焚活佛

滇俗崇释信鬼。鹤庆玄化寺称有活佛，岁时士女会集，动数万人，争以金泥其面。林俊按鹤庆，命焚之。父老争言"犯之者，能致雹损稼"，俊命积薪举火："果雹即止！"火发，无他，遂焚之。得金数百两，悉输之官。代民偿逋。

译文

云南一带崇尚佛教，迷信鬼神。鹤庆的玄化寺声称有活佛，每逢过年过节，男女聚集，常常有数万人，争着用金粉涂饰佛像的脸。司寇林俊任职云南，巡视鹤庆时，下令烧毁活佛像。父老争着说"冒犯活佛会招致冰雹损伤庄稼"。林俊命人堆积木柴用火点燃，说："如果下冰雹我就立即停火！"大火燃烧起来，也没有其他事情发生，于是佛像就被烧毁了。由此获得黄金数百两，并全部捐给官府，代替百姓偿还积欠的税金。

梦龙评

五斗米、白莲教之祸，皆以烧香聚众为端，有地方之责者，不得不防其渐，非徒醒愚救俗而已。夫佛以清净为宗，寂灭为教，万无活理，且言"犯者致雹"，此山鬼伎俩，佛若有灵，肯受人诬乎？即果能致雹，亦必异物凭之，非佛所致也！况邪不胜正，异物必不能致雹乎？火举而雹不至，大众亦何说之辞哉？至金悉输官，佛亦谅其无私矣。近世有佛面刮金，致恶疮溃面以死，夫此墨吏，亦佛法所不容也。不然，苟有益生民，佛虽舍身犹可也。

解评

林俊为了纠正百姓对活佛的迷信，下令将活佛给烧了，却没有因此遭到惩罚。用事实告诉百姓，活佛是不存在的。佛法本来以救世济民为重任，却被一些别有用心的人用来迷惑百姓，招摇撞骗。佛教里有"舍身饲虎""割肉喂鹰"的传说，说明了佛的精神，所以佛给百姓带来幸福是不需要报答的。

张昺不疑惧巫术

成化中，铅山有娶妇及门而揭幕只空舆者。姻家谓娅欺己，诉于县；娅家又以戕其女互讼。媒从诸人皆云："女实升舆，不知何以失去？"官不能决。慈溪张进士昺新任，偶以勘田均税出郊，行至邑界。有树大数十抱，荫占二十余亩，其下不堪禾黍。公欲伐之以广田，从者咸谏，以为"此树乃神所栖，百姓稍失瞻敬，便至死病，不可忽视也"。公不听，移文邻邑，约共伐之。邻令惧祸，不从。父老吏卒复交口谏沮，而公执愈坚。期日率数十夫戎服鼓吹而往，未至数百步，公独见衣冠者三人拜谒道左，曰："我等树神也。栖息此有年矣，幸公垂仁相舍。"公叱之，忽不见。命夫运斤，树有血出，众惧欲止。公乃手自斧之，众不敢逆。创三百，方断其树。树颠有巨巢，巢中有三妇人，堕地，冥然欲绝。命扶而灌之以汤，良久始苏。问："何以在此？"答曰："昔年为暴风吹至，身在高楼，与三少年欢宴，所食皆美馔。时时俯瞰楼下，城市历历在目，而无阶可下。少年往来，率自空中飞腾，不知乃居树巢也。"公悉访其家还之。中一人，正舆中摄去者，讼始解。公以其木修公廨数处，而所荫地复为良田。

译文

明宪宗成化年间，铅山有人娶亲到家后，揭开轿帘一看，只有空轿子。男方认为女方骗婚，就告到县府；女方又认为女儿被男方所害，于是互相诉讼。媒婆及随嫁的人都说："女子确实上了轿，不知道为什么不见了。"县官无法决断。慈溪进士张昺新上任，偶然为了勘察田赋到郊外，一直走到县界，看见一棵大树，树身约十人环抱，树荫占了二十多亩地，栽什么作物都不生长，不能作为耕地。张昺想砍了这棵树以增加耕地，随从都劝他，说这棵树有神明降临，百姓稍有不敬，便会生病死亡，不可忽视。张昺不听，发公文给邻县县令，约定一起砍伐大树。邻县县令怕有灾祸降临，不肯依从。父老吏卒又一再劝阻，张昺的心意却更加坚定。到了预定日期，张昺率领数十名壮丁，穿着军服，吹奏鼓乐前往。离大树还有数百步远，张昺看见三位穿戴官服的人在路边拜见，并说道："我们是树神，已经在这棵树上栖息很多年了，希望大人仁慈为怀，放过我们吧。"张昺大声叱喝，三人忽然不见。于是张昺命令壮丁用斧砍伐，树身有血流出来，众人害怕，要停下来。张昺就亲自砍伐，众人不敢阻止，砍了三百斧才把它砍断。树顶有一个很大的巢，巢中有三个妇人，坠落地面，昏死过去，张昺命人将她们扶起，灌以热汤，很久才醒过来。问她们为什么会在树上，她们回答说："以前被暴风吹到上面，身处高楼之上，和三个少年一起饮酒作乐，吃的都是山珍海味，常常向楼下俯瞰，城市历历在目，却没有楼梯可下。少年往来，都从空中飞翔，所以不知道是住在树巢。"张昺问清楚她们住哪里，便把她们都送回去，其中一人正是在轿子中失去踪影的人，这件讼案因而得到解决。张昺用这些木材修了好几处官府，而树荫底下那块地也变为良田。

梦龙评

《田居乙记》载，桂阳太守张辽家居买田，田中有大树十余围，扶疏盖以数亩地，播不生谷。遣客伐之，血出，客惊怖，归白辽。辽大怒曰："老树汗出，此何等血？"因自行斫之，血大流洒。辽使斫其枝，上有一空处，白头公可长四五尺，忽出往赴辽。

辽乃逆格之，凡杀四头。左右皆怖伏地，而辽恬如也。徐熟视，非人非兽，遂伐其木。其年应司空辟侍御史、兖州刺史。事与此相类。

县有羊角巫者，能咒人死。前令畏祸，每优礼之。共法书人年甲于木橛，取生羊向粪道一击，羊仆人死。晏知之不发。一日有老妇泣诉巫杀其子，晏遣人捕巫，巫在山已觉，谓其徒曰："张公正人，吾不能避，吾命尽矣。"乃束手就缚。至，杖百数，无损，反伤杖者手。晏释其缚，谓之曰："汝能咒杖者死，复咒之生，吾即宥汝。"试之不验，遂收之狱。夜半，烈风飞石，屋瓦索索若崩。晏知巫所为，起正衣冠，焚香肃坐。及旦，取巫至庭，众皆以巫神人，咸请释之。晏不许，厉声叱巫。巫悚惧，忽堕珠一颗，光焰烛庭，又堕法书一帙，如掌大。晏会僚属焚其书，碎其珠，问曰："今欲何如？"巫不答，即仆而死。众请舁出之，晏曰："未也。"躬往瘗于狱中，压以巨石。时暑月，越三日，发视，腐矣。巫患遂息。

译文

铅山县有一个羊角巫师，能诅咒使人死。前任县令害怕招来祸害，一直以礼待他。巫师害人的方法是：将人的生辰年月日写在一根短木上，用短木向活羊的肛门一击，活羊倒地后，人也就死了。张晏知道了而不揭发他。有一天，一个老妇人哭着告发巫师杀了他的儿子。张晏派人去捉巫师，巫师在山上已经察觉，就对他的徒弟们说："张晏是个正人君子，我无法逃避，我的寿命已到尽头了。"于是束手就擒。巫师被带到官府，张晏命人杖打了他数百下他都没受伤，反而伤到拿杖打他的人。张晏把他身上的绳索解开，对他说："你能诅咒杖打你的人死亡，如果又能用诅咒让他复活，我就宽恕你。"巫师尝试作法但不灵验，于是被关入监狱。半夜时，刮起强风，飞沙走石，屋瓦索索作响，好像要崩裂，张晏知道这是巫师所为，就起来穿戴整齐，烧香静坐。等到天亮后，就将巫师带上公堂。众人都说巫师是神仙，请求释放他，张晏不答应，大声叱责巫师。巫师非常恐惧，忽然有一颗珠子掉出来，光芒照亮整个公堂，然后又掉出一卷法书，跟手掌一样大。张晏与属下一起烧掉法书，击碎珠子，再问巫师说："还有什么花样？"巫师不答，立即倒地而死。众人请求将他抬出去，张晏说："还不行。"于是张晏亲自将他埋在监狱中，用大石头压着。当时天气炎热，过了三天，打开来看，尸身已经腐烂了。巫师的祸害于是平息了。

巫之术，亦乘人祸福利害之念而灵。惟绝无疑畏，故邪术自不能入。

有道士善隐形，多淫人妇女。公擒至，痛鞭之，了无所苦，已而并其形不见。公托以他出，径驰诣其居，缚归，用印于背，然后鞭之，乃随声呼嗥，竟死杖下。

译文

有个道士擅长隐形术，经常奸淫人家的妇女。张咏把他捉来，狠狠地鞭打他，他却一点痛苦都没有，不久就施隐形术不见了。张咏假借其他事外出，直接赶到道士居处，将他捆绑回来，在他背上盖上官印，然后鞭打他，才听见他号嗥大叫，最后死于杖下。

解评

"身正不怕影子歪"，只要你坚持的是真理，巫术也会因人的祸福利害的观念不同，而显现灵验与否。只要你不疑虑畏惧，勇敢地去"发掘"邪恶之术，那么巫术对你来说也是行不通的。

戚贤毁木偶

戚贤初授归安县。县有"萧总管"，此淫祠也。豪右欲诅有司，辄先赛庙，庙壮丽特甚。一日过之，值赛期，入庙中，列赛者阶下，谕之曰："天久不雨，若能祷神得雨则善。不尔，庙且毁，罪不赦也。"舁木偶道桥上，竟不雨，遂沉木偶如言。又数日，舟行，忽木偶自水跃入舟中，侍人失色走，曰："萧总管来！萧总管来！"贤笑曰："是未之焚也！"命系之，顾岸傍有社祠，别遣黠隶易服入祠，戒之曰："伺水中人出，械以来。"已而果然，盖策诸赛者心，且贿没人为之也。

译文

戚贤初任归安县令，县中有一座"萧总管"庙，是一座不法的庙宇。地方上有权势的人如果想诅咒官吏，就先在庙中举行祭神大会，并把庙装饰得非常壮丽。一天，戚贤经过萧总管庙，正逢举行祭神大会，他走进庙中，站在台阶下对众人说："很久没下雨了，你们如果能祈神得雨我就放过你们，如果做不到，庙就要被拆毁，你们的罪过也不能赦免。"于是派人把庙里萧总管的神像抬到道桥上，大家祈祷仍然没有下雨，戚贤就按照他说的把神像沉入溪流里。又过了几天，戚贤乘船经过该处，忽然有一神像从水里跳入船中，侍从大惊失色，争相逃避道："萧总管来了！萧总管来了！"戚贤笑着说："这是因为还没有将它烧毁的缘故！"立刻命人把它绑起来。戚贤看见岸边有一土神祠，于是另外派一个灵慧的小吏，换了便衣藏在祠中，吩咐他说："等到水中有人冒出来，就把他捉来。"过了一会儿，果然有一人从水中冒出，原来是因为那些举行祭神的人不想让祭神停止，就指使善于潜水的人将神像扔进船中。

解评

刮风下雨是一种自然现象，怎么会按照人的意志改变呢？人可以改变自己的意志，但却改变不了天象。

苏东坡叱道士

苏东坡知扬州，一夕梦在山林间，见一虎来噬，公方惊怖，一紫袍黄冠以袖障公，叱虎使去。及旦，有道士投谒曰："昨夜不惊畏乎？"公叱曰："鼠子乃敢尔？本欲杖汝脊，吾岂不知汝夜来术邪？"边批：坡聪明过人。道士骇惶而走。

译文

苏东坡任扬州知州时，有一天晚上，梦见在山林间有一头老虎来咬他，苏东坡正紧张恐惧时，有一个人穿着紫袍、戴着黄帽，用袖子保护苏东坡，大声叱喝老虎离开。天亮后，有个道士投递名帖来求见苏东坡，说："昨天晚上你没有受惊吓吧？"苏东坡大骂说："鼠辈竟敢如此？我正打算抓你来杖责你的脊背，我难道不知道是你昨夜来施用邪术的吗？"道士听后吓得惊慌逃走。

解评

　　梦是睡眠时身体内外各种刺激或残留在大脑里的外界刺激引起的景象活动，与人为没有任何关系。梦终究只是梦，不要对梦寄托什么，也不要把现实与梦混为一谈。

范仲淹使儿碎鼓

　　范仲淹一日携子纯仁访民家。民舍有鼓为妖，坐未几，鼓自滚至庭，盘旋不已，见者皆股栗。仲淹徐谓纯仁曰："此鼓久不击，见好客至，故自来庭以寻槌耳。"令纯仁削槌以击之，其鼓立碎。

译文

　　有一天，范仲淹带着儿子纯仁去拜访百姓。百姓房里有一只鼓成妖，没坐多久，鼓自己滚到庭院里，而且不停地打转，看见的人都害怕得腿直发抖。范仲淹却不以为然，对纯仁说："这个鼓很久不敲了，看见贵客来到，所以自己来庭院找鼓槌。"于是就命令纯仁去削支鼓槌打鼓，这个鼓立即被敲碎了。

解评

　　人常说，邪不犯正。一切邪妖之法在刚正之气面前都会失败。要不然这个世界就不存在正、邪两条道了。

经务卷八

中流一壶，千金争挈。宁为铅刀，毋为楮叶。错节盘根，利器斯别。识时务者，呼为俊杰。集《经务》。

译文

一壶酒本来不值钱，但在渡河中卖，大家都会出高价，那酒也就变得千金难买了。宁可做拙钝的刀子，也不要成为中看不中用的楮叶。砍伐盘根错节的树木时，才能分辨工具的利钝。识时务的人，才称得上是俊杰。因此集《经务》卷。

刘晏理财

唐刘晏为转运使时，兵火之余，百费皆倚办于晏。晏有精神，多机智，变通有无，曲尽其妙。尝以厚值募善走者，置递相望，觇报四方物价，虽远方，不数日皆达，使食货轻重之权悉制在掌握。入贱出贵，国家获利，而四方无甚贵甚贱之病。

译文

唐朝人刘晏任转运使的时候，适逢唐朝藩镇割据、内战不断的时节，所有的军事费用都靠刘晏来筹措办理。刘晏精力旺盛，又富机智，善于变通，处理国家的财政事务非常妥当巧妙。他曾经用高价招募擅长跑步的人，到各地去查询物价，互相传递报告，即使是远方的讯息，不过几天也可以传到，因此食品、百货价格的高低，都掌握在他的手中。刘晏低价买进，高价售出，不仅国家获利，而且远近各地的物价也因此控制得很平稳。

晏以王者爱人不在赐与，当使之耕耘织纴，常岁平敛之，荒则蠲①救之。诸道各置知院官，每旬月具州县雨雪丰歉之状。荒歉有端，则计官取赢，先令蠲某物、贷某户，民未及困而奏报已行矣。议者或讥晏不直赈救而多贱出以济民者。则又不然，善治病者，不使至危急；善救灾者，不使至赈给。故赈给少则不足活人，活人多则阙国用，国用阙则复重敛矣！又赈给多侥幸，吏群为奸，强得之多，弱得之少，虽刀锯在前不可禁，以为"二害"。灾沴之乡，所乏粮耳，他产尚在，贱以出之，易以杂货，因人之力，转于丰处，或官自用，则国计不乏；多出菑粟，资之粜运，散入村间，下户力农，不能谙市，转相沿逮，自免阻饥，以为"二胜"。

译文

刘晏认为君王爱护百姓不在于赏赐的多少，而应当使他们安心于耕耘纺织，在税赋方面，正常的年头公平合理地缴纳，饥荒时则加以减免或用国家的财力来济助。刘晏在各道分别设置知院官，每十天或一个月向朝廷详细报告各州县天气及收成情况。歉收如果有正当的理由，则会官在催收赋税时，主动下令哪一类谷物可以免税，哪一些人可向官府借贷，能做到各地的百姓没有因为歉收而遭受贫困，各种救灾的措施已报准朝廷并施行了。有人责怪刘晏不直接救济人民，只贱价出售粮食物品给百姓，这种说法其实并不正确。善于治病的医生，不会让病人的病情拖到危急的地步才来医救，善于救灾的人不会等到百姓需要完全仰赖救助的地步再救助。因为救助得少不足以养活灾民，救助得多就会使国家的财政发生困难，国家的财政一旦出问题又必须征收重税，如此又形成恶性循环！另外，在救济时往往容易藏污纳垢，官吏相互狼狈为奸，有办法的人得的多，真正贫苦需要救济的百姓反而得的很少，即使以严刑峻法来威吓也无法禁止，给国家和百姓造成双重的灾害。发生灾害的地区，所短缺的其实只是粮食而已，其他的产品往往还可维持正常的供应，若能低价将这些产品卖出去，交换其他的货品，借官府的力量转运到丰收的地方，或者由官府自用，这样国家的生计就不会匮乏；由国家卖出囤积的谷物，分交运粮的单位，转运到各个缺粮的地区，使无力到市集购买的贫困农民能经由官府的辗转传送免除饥荒，这对国家、个人都有好处。

注释

①蠲 (juān)：除去，免除。

先是运关东谷入长安者，以河流湍悍，率一斛得八斗，至者则为成劳，受优赏。晏以为江、汴、河、渭，水力不同，各随便宜造运船，江船达扬州，汴船达河阴，河船达渭口，渭船达太仓，其间缘水置仓，转相受给。自是每岁运至百余万斛，无升斗沉覆者。又州县初取富人督漕挽，谓之"船头"；主邮递，谓之"捉驿"；税外横取，谓之"白著"。人不堪命，皆去为盗。晏始以官主船漕，而吏主驿事，罢无名之敛，民困以苏，户口繁息。

译文

在刘晏就任之前，运送关东的谷物进入长安城，因为河水水势急猛，大抵十斗能运到八斗就算成功，负责的官员也就可得到优厚的赏赐。刘晏认为长江、汴水、黄河、渭水等水力各不相同，应该根据不同的河流制造不同的运输船只，长江的船运到扬州，汴水的船运到河阴，黄河的船运到渭口，渭水的船运到太仓。并在河边设置仓库，辗转接送。从此，每年运谷量多达一百多万斛，可以做到没有一升一斗粮食沉入河中。另外，州县起初选富人来监督水陆运输，称之为"船头"；把主持邮递的叫作"捉驿"；在正当的税收之外还强制索取，叫作"白著"。很多人为了逃避这些额外的课征和劳役都逃走群聚为盗贼。于是刘晏就将船运和邮递事务全收归官府负责，并废除不正常的赋税，百姓的困苦才得到解脱，当地的户口和人口也逐渐增加。

明智部·经务卷八

梦龙评

晏常言："户口滋多，则赋税自广。"故其理财常以养民为先，可谓知本之论，其去桑、孔远矣！王荆公但知理财，而实无术以理之；亦自附养民，而反多方以害之。故上不能为刘晏，而下且不逮桑、孔。

> 晏专用榷盐法充军国之用，以为官多则民扰，故但于出盐之乡置盐官，取盐户所煮之盐转鬻于商人，任其所之，自余州县不复置官。其江岭间去盐乡远者，转官盐于彼贮之；或商绝盐贵，则减价鬻之，谓之"常平盐"。官获其利，而民不困弊。

译文

刘晏将盐收归政府专卖，所得税收充作军队与国家费用，他认为官吏多会骚扰百姓。所以只在产盐的地区设置盐官，直接把盐户所煮出的盐卖给商人，任随他们转卖到其他各地去。其余的不产盐州县不再设置盐官。在江岭间离盐乡远的地方，刘晏就将官盐转运到当地贮藏起来。有时没有商人售盐，盐价昂贵，刘晏就将官盐减价卖给人民，叫作"常平盐"，官府得到利益，而百姓也不会因受商人高价盘剥而贫困。

梦龙评

常平盐之法所以善者，代商之匮，主于便民故也。若今日行之，必且与商争鬻矣。

解评

一个善于理财的人总能变废为宝，一个不善于理财的人，即使在他面前放一座金山，他也不会富有，因为他不懂得辨识和修整金石，即便遇到了金山也终究会错过。

周忱苏州治税

　　周文襄公巡抚江南,时苏州逋税七百九十万石。公阅牒大异,询父老,皆言吴中豪富有力者不出耗,并赋之贫民,贫民不能支,尽流徙。公创为平米,官田民田并加耗。苏税额二百九十余万石。公与知府况钟曲算,疏减八十余万。旧例不得团局①收粮,公令县立便民仓水次,每乡图里②推富有力一人名粮长,收本乡图里夏秋两税,加耗不过十一。又于粮长中差力产厚薄为押运,视远近劳逸为上下,酌量支拨,京、通正米一石支三,临清、淮安、南京等仓以次定支,为舟樯剥转诸费。填出销入,支拨羡余,各存积县仓、号"余米"。米有余,减耗,次年十六征,又次年十五,更有羡。正统初,淮、扬灾,盐课亏,公巡视,奏令苏州等府拨剩余米,县拨一二万石,运贮扬州盐场,准为县明年田租,听灶户上私盐给米。时米贵盐贱,官得积盐,民得食米,公私大济。公在江南二十二年,每遇凶荒,辄便宜从事,补以余米,赋外更无科率。凡百上供,及廨舍、学校、贤祠、古墓、桥梁、河道修葺浚治,一切取给余米。

译文

　　周文襄公(周忱,字恂如,吉水人,谥文襄)任江南巡抚时,苏州地方欠缴的租税有七百九十万石。文襄公阅览公文后非常惊异,询问地方百姓,都说是吴郡地方有钱有势的人不肯缴纳运送途中耗费的粮食,转由贫民负担。贫民无力支付,全部都流离四散了。文襄公于是创立平米的方法,官田、民田一律加征运送耗费的数量。苏州的税额有二百九十多万石,文襄公与知府况钟详细计算,上疏宽减八十多万石。依照旧例团局不可征收税粮,文襄公命令各县在水边设立便民仓。每乡在村里推举一位富裕有能力的人,称之为"粮长",负责征收本乡村里夏、秋两季的税粮,加收耗费的米粮比例不得超过征收米粮的十分之一。又在粮长中依财力的多寡选派押运的人,视路途的远近与劳逸程度不同,酌情支付酬劳,运到京师、通州的粮食,一石支付三斗,运到临清、淮安、南京等粮仓的按照各仓远近顺序来确定支付数目,作为舟船转运的各种费用。整顿支出和收入,支付后所剩余的米,分别存积在各县的粮仓,称之为"余米"。剩余的米多了,就减收损耗的粮米,第二年征收原损耗米粮数量的十分之六,第三年就超收十分之五,这样每年米粮剩余更多。正统初年,淮安、扬州闹灾害,盐税亏损。文襄公巡视时奏请朝廷诏令苏州等府拨付余米,每县拨一二万石,运到扬州盐场储藏,可抵这些县第二年的田租,听任制盐人家缴私盐来换取米。当时米价贵,盐价廉,官府可以得到百姓手中积存的盐，而百姓从官府中得到所需要的粮食，于公于私都有益处。文襄公在江南二十二年，每遇凶灾荒年，就相机行事，用剩余的米来补救。除了田赋之外，没有征收任何额外的税，凡是各种进贡，以及官署、学校、祠堂、古墓、桥梁、河道的修理整治，一切费用都从剩余的米中支付。

注释

①团局：为乡里一种组织，又称团户，往往由村中大户控制。②图里：乡下有里，而图即是里，所以称图者，以每里册籍首列一图也。

梦龙评

其后户部言济农余米，失于稽考，奏遣曹属，尽括余米归之于官。于是征需杂然，而逋负日多。夫余米备用，本以宽济，若归于官，官不益多而民遂无所恃矣。试思今日两税，耗果止十一乎？征收只十五、十六乎？昔何以薄征而有余？今何以加派而不足？江南百姓安得不尸祝公而追思不置也。

何良俊曰："周文襄巡抚江南一十八年，常操一小舟，沿村逐巷，随处询访。遇一村朴老农，则携之与俱卧于榻下，咨以地方之事。民情土俗，无不周知。故定为论粮加耗之制，而以金花银、粗细布、轻赍等项，裨补重额之田，斟酌损益，尽善尽美。顾文僖谓'循之则治，紊之则乱'，非虚语也。自欧石冈一变为论田加耗之法，遂亏损国课，遗祸无穷。有地方之责者，可无加意哉！"

解评

其实明代江南地区赋税重，很大原因就是老百姓和大地主所承担的赋税不一致。所以周忱采取措施让官田、农田平摊赋税，并由专门的粮长负责，既不减少国家赋税，又减轻了百姓的负担，又有余米可以用来办其他事情。周忱显示出了古代经济学家的才能和政治家的品格。

陈霁岩救灾

陈霁岩知开州，时万历己巳，大水，无蠲而有赈，府下有司议，公倡议：极贫谷一石，次贫五斗，务沾实惠。放赈时编号执旗，鱼贯而进，虽万人无敢哗者。公自坐仓门小棚，执笔点名，视其衣服容貌，于极贫者暗记之。庚午春，上司行牒再赈极贫者，书吏禀出示另报，公曰："不必也！"第出前点名册中暗记极贫者，径开唤领，乡民咸以为神，盖前领赈时不暇妆点，尽见真态故也。

译文

陈霁岩任开州知府时，明神宗万历己巳年发生大水灾，官府没有减免税赋，而只放粮救济。官府中官吏共同商议救灾方法，陈霁岩建议：最贫穷的发一石谷物，次贫的五斗，一定要让百姓得到真正的救济。发放救济品时都加以编号，让灾民拿着号码旗依次前进，虽然有上万人，但没有人敢吵闹争先。陈霁岩亲自坐在仓库门口的小棚下拿着笔点名，看他们的衣服容貌，特地把最贫困的人记下来。庚午年春天，上级有公文通知再次救济最贫困的人，文书官禀告说需要再出告示寻求这批贫户。陈霁岩说："不必了。"于是便拿出上次点名册中暗记的贫户，直接通知他们来领，乡民都认为陈霁岩是神人，其实是因为上次领救济品的人都来不及装饰，完全可以看出贫户的真实面貌。

陈霁岩在开州。己巳之冬，仓谷几尽，抚台命各州县动支在库银二千两籴谷。此时谷价腾踊，每石银六钱，各县遵行，派大户领籴，给价五钱一石，每石赔己一钱，耗费复一钱，灾伤之余，大户何堪？而入仓谷止四千石，是上下伤两病也。公坚意不行，竟以此被参。以灾年仅免，至庚午秋，州之高乡大熟，邻境则尽熟，谷价减至三钱余。方中抚台动支银二千两，派大户分籴，报价三钱，即如数给之。自后时价益减至二钱五分。大户请扣除余银，公笑应之曰："宁增谷，勿减银也。"比上年所买多谷三千余石，而大户无累赔。报上司外，余谷七百余石，则尽以给流民之复业者。先是本州土城十五，连年大雨灌注，凡崩塌数十处。庚午秋，当议填修，吏请役乡夫，公不许。会有两年被灾，流民闻已蠲荒粮，思还乡井。因遍出示招抚，云："亟归种麦，官当赈尔。"乃出前大户所籴余谷，刻期给散。另出四五小牌于各门一里外，令各将盛谷袋，装土到城上，填崩塌处。总甲于面上用印，仓中验印发谷，再赈而城已修完。

译文

陈霁岩在开州任职时，万历己巳年冬天，仓库中米谷的存量几乎用尽，抚台命令各州县动用公库的存银两千两买谷物。此时谷价大涨，每石要花费银子六钱，其他各县都遵照办理，并且派地方殷实大户负责供应官府所需购买的谷物，统一给价一石谷银子五钱，大户们每石已经赔一钱，正常的损耗又费一钱。在灾害发生已饱受损伤的状况下，又得负担这样的损失，大户怎么能承受得了？因此收购入仓的谷物只有四千石。如此一来，造成官方与百姓同时受害，陈霁岩坚持不肯遵行，最后却因这件事被弹劾，因为正逢荒年才被赦免。到庚午年秋天，开州地势高的乡里大丰收，邻境的收成也都很好，谷价因而降到每石三钱多。陈霁岩此时才上报抚台动用官银两千两收购大户的谷子，报价每石三钱，谷子一到就如数给付。在收购期间谷价又降到每石二钱五，大户请求官府扣回超付的银两，陈霁岩笑着说："宁可多收购谷子，也不会降低价钱。"结果同样的钱，比去年所买的多出三千多石，而大户也不会一再赔钱。除了定额上报外，多余的七百石谷物全数分给流落他乡的贫民回来恢复生产。先前本州的土城有十五座，因连年大雨浇灌崩塌了数十处。庚午年秋天，商议填土修补，官吏请求在乡里征调役夫，陈霁岩不允许。

正逢这两年灾害，流浪他乡的贫民听说已经免除田赋，都想回乡。陈霁岩就到处出告示招抚说："赶快回乡种麦子，官府会给予救济。"于是拨出以前从大户收购中多余的谷物，限期发放给他们。另外，在各城门一里外，挂出四五个小告示牌，命令领谷的人各自用自己装谷的袋子，先装泥土送到城上崩塌处去填补，乡里的总管在袋子上盖过印后，拿到谷仓查验再发谷物。救济贫民的工作完成后，城也修复好了。

明智部 经务卷八

　　北方州县，唯审均徭为治之大端。三年一审，合一州八十八里之民，集庭而校勘之，自极富至极贫，定为九则，赋役皆准此而派。区中首领有里长、老人、书手，官唯据此三等人，三等人因得招权要贿。公莅任，轮审均徭尚在一年后，乃取旧册，查自上上至下上七则户，照名里开填，分作二簿。每日上堂，辄以自随，或放告，或听断，或理杂务，看有晓事且朴实者，出其不意，唤至案前，问"是何里人"，就摘里中大户，问其"家道何如"，"比年间，何户骤富，何户渐消"，随其所答，手注簿内，如此数次，参验之，所答略同。又一日，点查农民，本州概有二百余人。即闭之后堂，各给一纸，令开本里自万金至百金等家，严戒勿欺。又因圣节先扬言齐点各役，至期拜毕，即唤里老、书手到察院，分作三处，各与纸笔，令开大户近年之消乏者，或殷厚如故，不必开也。以上因事采访，编成底册。审时一甲人齐跪下堂，公自临视，择其中二三笃实人，作为公正，与里长同举大户应升应降诸人。因知底册甚明，咸以实举，遂从而酌验之，顷刻编定。一日审四五里，往往州官待百姓，不令百姓待州官也。

译文

　　北方的州县以审核徭役是否与其户的情况相当，当作处理政事的根本。每三年审核一次，聚集一州八十八里的百姓于一处而校勘。从最富到最贫，定为九个等级，赋役都依照这个标准来派定。由于每区的首领有里长、老人与文书，官府就依据这三种人所提供的情况来划分等级，这三种人因此借用权力向老百姓索贿。陈霁岩到任后，徭役的审查工作还有一年，他就把旧的记录拿出来，查出从上上等到下上等七级中，依照每户姓名所在的里名填写好，分成两册。每天上公堂，陈霁岩都随时带在手边。有时开衙受理诉讼，有时审判案子，有时整理杂务，看到有懂事而朴实的人，就出其不意地把他叫到案前，问他"是哪一里的人"，并让他选出那一里中的大户，问他"大户的家境如何"，

"近年来有哪一户骤然富裕，哪一户渐渐没落"，再随手把他的回答记在簿子上。如此这般，经过几次验证之后，所得的答复大致相同。又有一天，陈霁岩查点农民，州内大概有二百多人，就把他们关在后堂，发给每人一张纸，命令他们写出本里中拥有万金到百金的人家，并严厉地警告他们不可欺骗。陈霁岩又借着皇帝的生日，事先宣布要查点徭役。皇帝生日来到，大家行礼完毕，就把里长、老人、文书叫到都察院来，分为三处，分别给他们纸和笔，命令他们写出近年来逐渐没落的大户，依旧富有的不必写。然后把这些采访到的事编成册子，留作以后的根据。等到审查的时候，一甲人都跪在堂下，陈霁岩亲自检视，选择其中两三个忠厚诚实的人作为公证人，与里长等人一起举出大户，哪些人该升级，哪些人该降级，他们都知道陈霁岩的册子里记录得很详细，于是都诚实地举出来，陈霁岩就加以斟酌验证，很快就编定出来。一天之中可以审核四五个里，而且在审核过程中，往往是官府万事齐备等百姓来，而不同于以往百姓苦候官府的状况。

解评

俗话说：天有不测风云。为官一任，很难说不遇上天灾，但怎样对待、如何处理，就是一个官员为官态度和办事能力的体现了。如果勤于政事、体察民情，就会及时发现灾情，周密部署，妥善救助，就会使大灾免于大害，百姓身受其恩。

招抚流移之智

富郑公知青州，河朔大水，民流就食。弼劝所部民出粟，益以官廪，得公私庐室十余区，散处其人，以便薪水。官吏自前资、待缺、寄居者，皆赋以禄，使即民所聚，选老弱病瘠者廪之，仍书其劳，约他日为奏请受赏。率五日，遣人持酒肉饭糗慰籍，出于至诚，边批：要紧。人人为尽力。山林陂泽之利，可资以生者，听流民擅取，死者为大冢埋之，目曰丛冢。明年，麦大熟，民各以远近受粮归，募为兵者万计。帝闻之，遣使褒劳。前此救灾者皆聚民城郭中，为粥食之，蒸为疾疫，或待哺数日，不得粥而仆，名救之而实杀之。弼立法简尽，天下传以为式。

译文

富弼任青州知州时，河朔地方发生水灾，灾民流亡到他乡讨生活。富弼劝导所管辖的民众捐出米粮，加上官府的粮食，找到公家和私人的房屋十多处，分开来安置这些灾民，以维持他们生活所必须的物品。对那些任期年限已满、等待补缺、寄居在此地的官吏，富弼都发给他们薪饷，派他们到那些灾民所住的地方，选老弱病残的人发放食物，富弼

记下他们的功劳，约定将来奏请朝廷赏赐。每过五天，富弼就派人送酒肉米饭去慰劳负责灾民事务的官员，由于富弼心意真诚，因此人人都肯尽力。凡是山林湖泽中可供养活百姓的自然资源，富弼准许灾民随意取用，并对死亡的灾民建筑大坟来埋葬，称之为丛冢。第二年，麦子收成很好，这些来自各地的灾民各依路途远近领取粮食回乡，富弼并从这些灾民中招募了上万名士兵。皇帝听说这件事，派使者来褒扬富弼。以前救灾的官员，都只是把灾民聚集在城里，煮粥给他们吃，还引发了恶性瘟疫，有的人饿了数日，因为吃不到粥而饿死，这名义上是救人，而实际上是杀人。富弼立法简便完善，天下的人都把他当作典范。

梦龙评

能于极贫弱中做出富强来，真经国大手。

> 滕元发知郓州，岁方饥，乞淮南米二十万石为备。边批：有此米便可措手。时淮南、京东皆大饥，元发召城中富民，与约曰："流民且至，无以处之则疾疫起，并及汝矣。吾得城外废营地，欲为席屋以待之。"民曰："诺。"为屋二千五百间，一夕而成。流民至，以次授地，井灶器用皆具。以兵法部勒，少者炊，壮者樵，妇汲，老者休，民至如归。上遣工部郎中王右按视，庐舍道巷，引绳棋布，肃然如营阵。右大惊，图上其事。有诏褒美，盖活万人云。

译文

滕元发任郓州知州时，正逢饥荒岁月，就求得淮南的米粮二十万石做救灾工作的储备。当时淮南和京东一带也都发生大饥荒，滕元发请来城中的富豪，和他们约定说："流离失所的灾民就要来到，如果不安置他们，就会发生瘟疫，也会波及你们。我找到城外废弃的建兵营之地，想用草席搭建屋子来安置他们。"富豪都说："好的。"于是二千五百间席屋一夜之间就搭建完成。灾民来到之后，依次分配给他们一个地方，井、灶、器具都很齐全。滕元发用兵法部署指挥他们，少年人煮饭，壮年人砍柴，妇女汲水，老人休息，灾民都有回到家中的感觉。皇帝派遣工部郎中王右来巡视，只见这里房舍巷道，方正整齐，有如军营一般。王右大惊，绘图将此事禀奏皇帝。皇帝下诏表扬，滕元发此举，救活了上万人。

梦龙评

祁尔光曰："滕达道之处流民，大类富郑公。富散而民不扰，滕聚而能整，皆可为法。"

成化初，陕西至荆、襄、唐、邓一路皆长山大谷，绵亘千里，所至流逋藏聚为梗，刘千斤因之作乱，至李胡子复乱，流民无虑数万。都御史项忠下令有司逐之，道死者不可胜计。祭酒周洪谟悯之，乃著《流民说》，略曰："东晋时，庐、松、滋之民流至荆州，乃侨置滋县于荆江之南。陕西，雍州之民流聚襄阳，乃侨置南雍州于襄水之侧。其后松、滋遂隶于荆州，南雍遂并于襄阳，迄今千载，宁谧如故。此前代处置得宜之效。今若听其近诸县者附籍，远诸县者设州县以抚之，置官吏，编里甲，宽徭役，使安生理，则流民皆齐民矣，何以逐为？"李贤深然其说。至成化十一年，流民复集如前，贤乃援洪谟说上之。边批：贤相自能用言。上命副都原杰往莅其事，杰乃遍历诸郡县深山穷谷，宣上德意，延问流民，父老皆欣然愿附籍为良民。于是大会湖、陕、河南三省抚按，合谋佥议，籍流民得十二万三千余户，皆给与闲旷田亩，令开垦以供赋役，建设州县以统治之。遂割竹山之地置竹溪县，割郧津之地置郧西县，割汉中洵阳之地置白河县，又升西安之商县为商州，而析其地为商南、山阳二县，又析唐县、南阳、汝州之地为桐柏、南台、伊阳三县，使流寓土著参错而居，又即郧阳城置郧阳府，以统郧及竹山、竹溪、郧西、房、上津六县之地，又置湖广行都司及郧阳卫于郧阳，以为保障之计。因妙选贤能，荐为守令，边批：要着。流民遂安。

译文

明宪宗成化初年，陕西到荆州、襄阳，唐、邓一带都是高山深谷，绵延千里，流亡的人往往藏聚在此为盗，刘千斤借机作乱，到李胡子再次作乱，参加的流民人不下几万。都御史项忠下命所管辖的官吏去清剿，流民沿路被杀或饥饿疾病致死者多得数不清。祭酒周洪谟怜悯他们，就著述《流民说》，大概是说："东晋时，庐州、松州、滋州一带的百姓流亡到荆州，官方就在荆江南方重新建滋县。陕西、雍州的百姓流亡到襄阳，就把南雍州建置在襄水边。后来松、滋就隶属于荆州，南雍就隶属于襄阳，到如今已过了一千年，依然安宁无事，这是从前处理得宜的效果。现在如果让流落各县的人在这些县附上户籍，距各县尚远的人，为他们设新州县来安抚他们，派官吏管理，编里甲，宽减徭役，使百姓生活安定，那么流民就可以成为正常的平民了，为什么一定要清剿他们呢？"李贤认为他说得很对。到了成化十一年（1475年），流民又像以前一样聚集起来，李贤就引用周洪谟的说法奏报宪宗，宪宗命副都尉原杰前来办理，原杰走遍各郡县，深入山谷，

宣扬宪宗施予流民的恩德，流民都愿意附籍作平民。原杰于是会合湖广、陕西、河南三省的巡抚和按察史，共同商议，将流民十二万三千多户正式编定户籍，分配空旷的土地，命令他们开垦用来给官府缴付赋税、服徭役，建设州县来统治管理他们。于是划分竹山地方设置竹溪县，划分郧津地方设置郧西县，划分汉中洵县地方设置白河县。原杰又升西安的商县为商州，而分一部分土地设商南、山阳二县，又分唐县、南阳、汝州的土地设桐柏、南台、伊阳三县，使流亡寄居的人与当地人掺杂居住，又在郧阳城设置郧阳府，以统治郧县及竹山、竹溪、郧西、房、上津六县，又设湖广行都司及郧阳卫在郧阳，作为军事屏障保证百姓安全。妥善选任贤能的人，推荐其为太守、县令，流民于是安定下来。

梦龙评

今日招抚流移，皆虚文也。即有地，无室庐；即有田，无牛种。民何以归？无怪乎其化为流贼矣。倘以讨贼之费之半，择一实心任事者专管招抚，经理生计，民且庆更生矣，何乐于为贼耶？

解评

富弼真是处理国事的能手，他能在国家经历灾难后最贫弱的状况下，不仅解决贫困的问题，又进一步让国家富强起来。他的立法简便完善，我们应把他当作典范。

董搏霄运粮之法

董搏霄,磁州人,至正十六年建议于朝曰:"海宁一境不通舟楫,军粮唯可陆运。濒海之人,屡经寇乱,且宜曲加存抚,权令军人运送。其陆运之方:每人行十步,三十六人可行一里,三百六十人可行十里,三千六百人可行一百里。每人负米四斗,以夹布囊盛之,用印封识,人不息肩,米不着地,排列成行,日五百回,计路二十八里,轻行一十四里,重行一十四里,日可运米二百石,每运可供二万人——此百里一日运粮之数也。"

译文

董搏霄是磁州人,在元顺帝至正十六年(1356年)建议朝廷说:"海宁一带,无法通行船只,军粮只能由陆路运送。濒临大海的百姓屡次遭逢盗寇的侵扰,应多加安抚,朝廷可暂且下令由军人担任运粮工作。陆运的方法是:每人走十步,三十六人可走一里,三百六十人可走十里,三千六百人可走一百里。每个士兵背米四斗,用夹布袋装米,里郡加封做记号,人人肩不休息,米不着地,排列成行,每个士兵每天五百个来回,总计每日路程二十八里,不背米走十四里,背米走十四里,每天共可运米二百石,每次运米可供养二万人——这是一百里一天运粮的数目。"

梦龙评

按夫长陵北征时,命侍郎师逵督饷。逵以道险车载,民疲粮乏,乃择平坦之地,均其里数,置站堡;每夫一人运米一石,此送彼接,朝往暮来,民不困而食足,亦法此意。

解评

董搏霄的运粮之法,既达到了安抚百姓的目的,也使担任运粮工作的人没有受到劳累。他的这种方法很值得我们现代人借鉴和学习。

陶侃收集木屑

　　陶侃性俭厉，勤于事。作荆州时，敕船官悉录锯木屑，不限多少。咸不解此意，后正会，值积雪始晴，厅事前除雪后犹湿，于是悉用木屑覆之，都无所妨。官用竹，皆令录厚头，积之如山。后桓宣武伐蜀，装船悉以作钉。又尝发所在竹篙，有一官长，连根取之，仍当足，边批：根坚可代铁足。公即超两阶用之。

译文

　　陶侃生性节俭，做事勤快。他在任荆州刺史时，命令船官要收集登记所有的锯木屑，不论数量多少。众人都不了解他的用意，后来正逢积雪溶化之际，官府前虽然已经除雪，地仍湿滑，于是命人用锯木屑撒在地上，可以通行无阻。官用的竹子，陶侃命令要留下粗厚的竹子头，堆积如山。后来桓温攻打蜀国，竹子头都用来当作造船的竹钉。又曾在砍伐竹篙时，有一官吏连着竹根挖起，认为竹根部分非常坚硬，可作为撑船所用竹篙使用。陶侃见了，立刻提升此人两级。

解评

　　节俭是中华民族自古就有的美德，在条件艰苦时，节俭就是取得成绩的重要保证，只有节俭才能积累力量、壮大自己、战胜敌人。现在国家日渐强盛，人民日益富足，节俭精神的提倡更显得必要和迫切。节俭能使我们居安思危，守住来之不易的建设成就；节俭能使我们建设强国的战略目标最终得以实现，圆百年的强国之梦。在这点上，陶侃的勤俭精神是值得我们时时谨记、学习的。

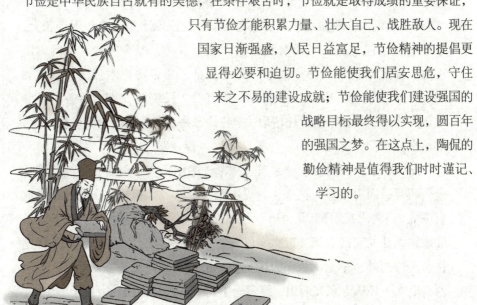

郑晓起用火焦

　　嘉靖丁巳四月，三殿三楼十五门俱灾，文武大臣会议修建。海盐郑公晓时协理戎政，率营军三万人打扫火焦。郑公白黄司礼："砖瓦木石不必尽数发出，如石全者、半者、一尺以上者，各另团围，就便堆积；白玉石烧成石灰者，亦另堆积；砖瓦皆然。"不数日，工部欲改修端门外廊房为六科并各朝房，午门以里欲修补烧柱墙缺，又于谨身殿后、乾清宫前，隆宗、景运二门中砌高墙一道，拦断内外。内监、工部议从外运砖、运灰、运黄土调灰，一时起小车五千辆，民间骚动。公告黄司礼曰："午门外堆积旧砖石并石灰无数，可尽与工部修端门外廊房；其在午门以内者，可与内监修理柱空，并砌乾清宫前墙。"黄甚喜，公又曰："修砌必用黄土，今工部起车五千辆，一时不得集，况长安两门、承天、端门、午门止可容军夫出入，再加车辆，阻塞难行。见今大工动作，两阙门外多空地，可挖黄土，用却，命军搬焦土填上，用黄土盖三尺，岂不两便？"黄曰："善。"公曰："午门以里台基坏石，移出长安两门甚远，今厚载门修砌剥岸，若命军搬出右顺门，由启明门前下北甚近，就以此石作剥岸填堵，不须减工部估料，但省军士劳力亦可。"边批：若减估必有梗者。黄又曰："善。"公曰："旧例，火焦木，军搬送琉璃、黑窑二厂，往回四十里，今焦木皆长大，不唯皇城诸门难出，外面房稠路狭，难行难转，况今灾变，各门内臣小房，非毁即折坏，必须修盖，方可容身，莫若将焦木移出左、右顺门外，东西宝善、思善二门前后，并启明、长庚两长街，听各内臣掌取焦皮作炭，木心可用者任便取去，各修私房，以皇城内物修皇城内房，不出皇城四门，亦省财力。"黄又曰："善。"
　　锦衣赵千户持陆锦衣帖来言："军士搬出火焦，俱置长安两门外，大街两旁，四夷朝贡人往来，看见不雅，边批：体面话。庆寿寺西夹道有深坑，可将火焦填满。"公曰："三殿灾，朝廷已诏天下，如何说不雅？谁敢将朝廷龙文砖石填罪废太平侯故宅？况寿宫灾，九庙灾，火焦皆出在长安两门外。军士从长安大街重去空来，人可并行，官可照管，若从西夹道入，必从寺东夹道出，路多一半，三万人只做得一万五千人生活，

岂有营军为人填坑？且火焦工部还有用处，待木石料完，要取火焦铺路，直从长安坊牌下填至奉天殿前，每加五寸，杵碎平实，又加五寸，至三尺许方可在上行大车，旱船，滚石，不然街道，廊道皆坏矣，见今午门外东西胁下数万担火焦积堆，若搬出，正虑不久又要搬入耳。"赵复语，公径出。

　　会议午门台基及奉天门殿楼等台基、阶级、石柱磉、花板、石面，纷纷不决。公欲言，恐众不肯信，特造大匠徐杲请教，杲虽匠艺，亦心服公，即屏左右，公曰："今有三事，一午门台基，众议将前三面拆去一丈，从新筑土砌石。如此，恐今工作不及国初坚固，万一楼成后旧基不动，新基倾侧，费巨万矣。莫若只将台下龟脚、束腰、墩板等石，除不被火焚坏者留之，其坏者凿出烬余，约深一尺五寸，节做新石补入，内土令坚，仍用木杉板障之，决不圮坏，三面分三工，不过一月可完。唯左右掖门两旁须弥座石最大且厚，难换，必须旁石换齐后，如前凿出，约深二尺五寸，做成新石垫上，与旧石空齐，用铁创肩进，亦易为力。"徐曰："善。"公又曰："奉天门阶沿石，一块三级，殿上柱磉大者方二丈，如此重大，不比往时皇城无门限隔，可拽进，近年九庙灾，木石诸料不能进，拆去承天门东墙方进得，今料比九庙又进三重门，尤难为力，莫若起开焦土，将旧阶沿磉石、地面花板石，逐一番转，尚有坚厚可用，番取下面，加工用之，至于殿上三级台基并楼门台基，俱如午门挖补皆可，公能力主此议，省夫力万万，银粮何至数百万，驴骡车辆又不知几，莫大功德也！"徐甚喜，后三日再议，悉如前说。

译文

　　嘉靖丁巳年四月，宫中内廷以外的全部建筑都被烧毁，文武大臣商议如何修建。海盐人郑晓当时协理军政，率领军营中三万士兵打扫火灾后的破砖烂瓦。郑晓告诉黄司礼说："砖瓦木石不必全部搬出去，如石材有完整的、有一半的、有一尺以上的，可以分别就近找地方堆积起来，白玉石烧成石灰，也另外堆积，其他砖瓦等等也都可以这样处理。数天后，工部想将端门外廊房改修为六科，并各自修建朝房，在午门以内，想修补烧毁的柱子和残缺的墙，又在谨身殿后、乾清宫前的隆宗、景运二门之间砌一道高墙，以隔绝内外。宦官与工部决议要从外面运砖、灰以及调灰的黄土，一时之间需要用小车五千辆，民间为之骚动。郑晓告诉黄司礼说："午门外堆积很多旧砖石和石灰，可全部供给工部改修端门外廊房，午门内的可以给宦官修理墙柱，并砌乾清宫前的墙。"黄司礼听了非常高兴。郑晓又说："修砌一定要用黄土，现在工部要起用五千辆车子，一时之间可能无法凑足，何况长安两门、承天、端门、午门这几座门历来允许兵卒、役夫通行，再加上车辆，必定阻塞难行。如今大工程动工，两阙门外很多空地可以挖黄土，完工后只要命令军士搬运焦土填上，再用黄土覆盖三尺，岂不是两相方便？"黄司礼说："很好。"郑晓又说："午门以内，台基的坏石块要搬出长安两门太远了，现在厚载门正在修补破裂的石阶，如果命令军士将石块搬出右顺门，由启明门前向北走过去很近，就用这些石块填补破裂的石阶，这样做且不说减少工部预估的材料，光是节省军士的劳力就很划算了。"黄司礼又说："很好。"郑晓又说："按照老规定，烧焦的木材由军士搬送到琉璃、黑窑二厂，来回要四十里，如今焦木又长又大，不只皇城各门很难出去，外面房屋稠密，道路狭窄，既难行又难转弯，何况火灾之后，太监们的房屋都毁坏了，必须重新修盖才有容身之处。不如将焦木移出左、右顺门外，放在东西宝善、思善二门前后，以及启明、长庚两条长街，听任太监拿取焦木皮作木炭，可使用的木心，随便拿去修理各人的房间。用皇城内的东西来修理皇城内的房间，不必到皇城外取材，可节省很多财力。"黄司礼又说："这个主意好。"

锦衣卫赵千户拿着陆锦衣卫的帖子前来说："说是军士搬出去的焦土都放置在长安两门外大街两旁，各地前来朝贡的人看了不雅观。庆寿寺西边夹道上有个深坑，可用焦土去填满。"郑晓说："三座宫殿发生火灾，朝廷已经诏告天下，有什么不雅观呢？谁敢将朝廷的龙纹砖石填在因罪被废的太平侯故宅？何况寿宫火灾、祖庙火灾，焦土都运到长安两门外。军士在长安大街运送车辆负重而去，空着回来，人可并行，官吏可以照应管理，如果从庆寿寺西两个夹道进去，一定要从寺东的夹道出来，路程多了一半，三万人只能做一万五千人的工作，再说哪有军士为人填坑的？而且焦土工部还有用处，等木块和石块用完后，要取焦土铺路，从长安门牌楼下，一直填到奉天殿前，每次填五寸厚，都碾碎压平，再加五寸，一直要填三尺厚，才能在上面行走大车子、旱船和压平地面的石碾子，不然街道走廊都会被压坏了，现在午门外东西两侧堆积着数万担焦土，如果搬运出去，不久又得再搬运进来。"赵千户还想说话，郑晓已经走出去了。

官员们商议如何处理午门及奉天门宫殿楼房的台基、阶级、石柱磉、花板、石面，大家纷纷议论，但最终没有决定。郑晓想发表自己的意见，但又害怕众人不肯相信，就特地去拜访大匠徐杲，向他请教。徐杲虽是工程方面的专才，却也对郑晓十分钦佩，两人见面之后，屏退左右。郑晓说："现在我有三件事想请教徐大人。第一件是有关午门台基的问题，有关部门的官员认为应将前三面拆去一丈，重新筑上砌石。这样做，恐怕比不上开国之初兴建得那么牢靠坚固，万一城楼盖好了，旧有的地基屹立不动，新盖的地基却发生倾斜，那又要耗费几万两银子去修建。不如只将门楼台下龟脚东侧腰墩板等石材，除了保留那些未被大火焚坏的部分，其余损坏的地方将余烬挖凿出来，深约一尺五寸，然后订制新的石材，填置到土中令其坚固，再用木杉皮填实，这样绝对不会腐坏，而且只要安排三班人工，不到一个月就可完工。但是左右侧门旁的须弥座石，石材大而且厚，很难置换，必须等其他部分的石料都已换齐后，按照先前的方式凿出深约二尺五寸的窟窿，订制新的座石，往旧的洞穴填进去，工人一起用铁器出力扛上，也很容易就竣工。"徐杲道："这个方法很好。"郑晓又说："第二件是有关奉天门的阶沿石，一

块石头要做成三级阶梯，还有殿上的柱下石，大的有两丈见方。这样的庞然大物，又不比过去皇城没有门限阻隔时那样，可以用合力拖拉的方式拽进去施工。前几年太庙发生火灾，木石等材料无法进入施工，结果拆去承天门的东墙才得以运进去。这次如要施工，又要越过三重宫门，工程更加困难。不如我们在火灾后的焦土中，将旧的阶沿石、柱下石、地面花板石逐一清出，如果还有坚厚可用的石材，就把他翻转过来将原来埋在底下的那面朝上，再进行加工使用。第三件是关于殿上的三级台阶以及楼门的台基，也都像前面讲的挖补一番便可。徐大人如能支持本官的这些意见，除了省下了不少民工、银两、粮食，也可省下数百万两银钱，至于驴骡车辆，就更无法计算了。这是莫大的功德啊！"徐杲一听十分高兴。等到三天后再议此事时，全部按照郑晓以前所说的意见说出。

解评

郑晓的做法其实就是旧物利用的完美体现。旧物利用既可以节省费用，又可以缩短竣工的时间。所以，充分利用这些旧物，将他们变旧为宝，可谓有百利而无一害。

种世衡习射　杨揿习骑

种世衡所置青涧城，逼近虏境，守备单弱，刍粮俱乏。世衡以官钱贷商旅，使致之，不问所出入。未几，仓廪皆实，又教吏民习射，虽僧道、妇人亦习之，以银为的，中的者辄与之。既而中者益多，其银重轻如故，而的渐厚且小矣。或争徭役轻重，亦令射，射中者得优处。或有过失，亦令射，射中则免之。由是人人皆射，富强甲于延州。

译文

种世衡所建的青涧城，靠近蕃族部落，守备的军力薄弱，粮草又缺乏。种世衡于是把官钱借给商人，让他们把粮草运来，完全不过问他们购销之差额多少。不久，城里仓库的粮食都满了，种世衡又教官吏和百姓练习射箭，连僧侣、妇人也要练习，用银子作箭靶，射中银子的就把银子给他。后来射中的人越来越多，就将箭靶改为厚而小，但银子的重量没变。或者争徭役的轻重，也命令他们射箭，射中的可以选择较轻之徭役。有过失的人也命令他射箭，射中的可以免除处罚。从此人人都会射箭，此地百姓的富裕程度和战力之强跃居整个延州第一。

杨揆本书生，初从戎习骑射，每夜用青布藉地，乘生马跃。初不过三尺，次五尺，次至一丈，数闪跌不顾。孟珙尝用其法，称为"小子房"。

译文

杨揆本是书生，刚从军时练习骑马射箭，每天晚上用青布铺在地上，骑着没有驯服过的马跳跃。最初跳不过三尺，后来跳过五尺，最后甚至跳过一丈，屡次摔倒也不顾忌。孟珙曾经采用他的方法，并称杨揆为"小子房"。

梦龙评

按《宋史》，揆尝贷人万缗，游襄、汉间，入娼楼，箧垂尽。夜忽自呼曰："来此何为！"辄弃去。已在军中费官钱数万，贾似道核其数，孟珙以白金六百与偿，揆又费之，终日而饮。似道欲杀之，揆曰："汉祖以黄金四万斤付陈平，不问出入，如公琐琐，何以用豪杰？"似道姑置之，盖奇士也！其参杜杲军幕，能出奇计，解安丰之围，惜乎不尽其用耳。

解评

利用人们的利益追求，通过射箭可以获利的方式，来带动尚武的社会风气，而这正是种世衡的目的——加强人们战斗力。

顾玠论抚黎峒

顾玠《海槎余录》云：儋耳七坊黎峒，山水险恶，其俗闲习弓矢，好战，峒中多可耕之地，额粮八百余石。弘治末，因于征求，土官符蚺蛇者恃勇为寇，屡败官军。后蚺蛇中箭死，余党招抚讫。嘉靖初，从侄符崇仁、符文龙争立，起兵仇杀，因而扇动诸黎，阴助作逆。余适拜官涖其境，士民蹙额道其故。余曰："可徐抚也。"未几，崇仁、文龙弟男相继率所部来见，劳遣之。徐知二人已获系狱，故发问曰："崇仁、文龙何不亲至？"众戚然曰："上司收狱正严。"余答曰："小事，行将保回安生。"众欣然感谢。郡士民闻之骇然，曰："此辈宽假，即鱼肉我民矣！"余不答，既而阅狱，纵系囚二百人，州人咸赏我宽大之度。黎众见之，尽阖首祝天曰："我辈冤业当散矣。"余随查该峒粮，俱无追纳，因黎众告乞保主，余谕之曰："事当徐徐，此番先保各从完粮，次保其主何如？"众曰："诺。"前此土官每石粮征银八九钱，余欲收其心，先申达土司，将该峒黎粮品搭见征无征，均照京价二钱五分征收。示各黎俱亲身赴纳，因其来归，人人抚谕，籍其名氏，编置十甲。办粮除排年外，每排另立知数、协办、小甲各二名，又总置、总甲、黎老各二名，共有百余人，则掌兵头目各有所事，乐于自专，不顾其主矣。日久寝向有司。余密察识其情，却将诸首恶五十余名，解至省狱二千里外，相继牢死，大患潜消。后落窑峒黎闻风向化，亦告编版籍。粮差讫，州仓积存，听征粮斛准作本州官军俸粮敷散，地方平安。

译文

顾玠的《海槎余录》中记载："儋耳七坊黎人居住的地区，山势险恶，当地的百姓闲下来时就练习弓箭，喜好战斗，黎峒有很多可以耕种的田地，每年交税粮八百多石。弘治末年，当地百姓因不堪忍受重税的苛政，于是土官符蚺蛇仗恃勇武率众为寇，屡次打败官军。后来符蚺蛇中箭死亡，余党被朝廷招抚。嘉靖初年，符蚺蛇的侄儿符崇仁、符文龙为争夺官位的继承，起兵互相仇杀，继而煽动各黎族部落，暗中准备叛乱。我正好到当地任知府，当地的读书人、百姓对将要发生的战乱非常忧虑，于是向我报告了这个事情。我说："可以慢慢安抚他们。"不久，符崇仁、符文龙的弟弟及儿子相继率领部落的人来求见，我慰劳他们后打发他们离开，后来才知道符崇仁、符文龙已被捕下狱，就故意问他们："崇仁、文龙为什么不亲自来呢？"众人难过地说："已经被官府抓去关起来了，正在严加审讯呢。"我笑着说："这是小事，我这就去保他们回来。"众人都高兴地道谢。郡里的百姓听了都害怕地说："这些恶人一放出来，马上就会来残害我们百姓了！"我也没有理会。不久我巡视监狱，放了两百名囚犯，州人都称赞我宽宏大量。黎族人见了我全体低着头向上天祈祷说："我们的冤屈终于可以得到平反了。"我随后详查黎峒的粮食，的确都没有缴纳粮税，就借着黎族人来请求我保释他们的首领时，告诉他们说："事情要一步一步来，我们先办好纳粮税的事，再谈保释首领，怎么样？"众人说："好的。"前任官吏每石粮食征收银子八到九钱，我想收笼他们的心，先请求上司将黎峒的各种粮食搭配起来征收，都依照京师的征收金额二钱五分来征收，并要求各黎族百姓亲自缴纳，等他们来缴税时，逐个加以安抚开导。把名氏登录在簿籍上，编成十甲。办理粮务时，除了当年负责的差吏外，每排另外设立了知数、协办、小甲各两名，又设立总置、总甲、黎老各二名，于是共设立了一百多名掌兵头目，这些人都各有事情做，他们都很高兴得到自己的权力，便不再听令于原来的首领了。时间长了，黎族人开始心向着官府了，我仔细明察各种情况，就将五十多名带头作乱的人押送到两千里外的省监狱，这些人都相继死于监狱中，于是大患就在无形中消除了。后来落窑峒黎听到风声也来归顺，也都将他们正式编入户口簿籍里。催收公粮的差事完成后，州仓所积存的粮食，准许分配作本州官军的俸粮，从此那地方得以平安无事。

解评

要想笼络对手，就要先站在对方的立场上为他们排忧解难，这样才能取得他们的信任，进而为你所用。

康伯可中兴十策

建炎中，大驾驻维扬，康伯可上《中兴十策》：一请皇帝设坛，与群臣六军缟素戎服，以必两宫之归；二请移跸关中，治兵积粟，号召两河，为雪耻计，东南不足立事；三请略去常制，为"马上治"，用汉故事，选天下英俊日侍左右，讲究天下利病，通达外情；四请河北未陷州郡，朝廷不复置吏，诏土人自相推择，各保乡社，以两军屯要害为声援，滑州置留府，通接号令；五请删内侍、百司、州县冗员，文书务简，以省财便事；六请大赦，与民更始，前事一切不问，不限文武，不次登用，以收人心；七请北人避胡、挈郡邑南来以从吾君者，其首领皆豪杰，当待之以将帅，不可指为盗贼；八请增损保甲之法，团结山东、京东、两

淮之民，以备不虞；九请讲求汉、唐漕运，江淮道途置使，以馈关中；十请许天下直言便宜，州郡即日交奏，置籍亲览，以广豪杰进用之路。宰相汪、黄辈不能用，惜哉！

译文

南宋建炎年间，天子南迁至扬州，康伯可向皇上进献了《中兴十策》：一、请皇帝设祭坛，和群臣、六军身穿白色军服祈祷，决心北伐金人，救回徽宗、钦宗二帝；二、请皇帝移居关中，整顿军队，囤积粮食，号召两河军民为国雪耻，仅有东南地区不足以建立帝业；三、请简略国家正常的法制，改以战时的军事体制，如汉朝所施行过的"马上治"的办法，并选拔天下杰出的人才，每天陪侍在皇帝身边，积极讨论国家政策的利弊得失，了解全天下的真实情况；四、对黄河以北没有沦陷的州郡，朝廷不再设置官吏，而由当地人自己互相推选，各自保护自己的乡里，再派两支军队屯驻要害地方以作声援，在滑州设置留守府，负责接应北方的州郡，并传达朝廷的号令；五、裁减宫内的内侍人数和州县官府中多余的人员，文书力求简明切实，以节省开支，提高行事效率；六、大赦天下，给予百姓改过自新的机会，以前的事情一律不再过问，不论文武官员，不必依常法任用，以收揽人心；七、凡是逃避金人、带着乡民南来归顺的北方豪杰，应当封以将帅的职位，不可以把他们当作盗贼；八、调整保甲法，团结山东、京东及两淮的人民，以备金人随时可能发动的攻击；九、研究汉唐漕运的方法，在长江、淮河中途设置漕运官员，以运送粮食到关中；十、允许全国官民直言进谏，州郡官员即日起呈上奏本，由皇帝亲自阅览，以扩大豪杰升官入仕的途径。这中兴十策，宰相汪伯彦、黄潜善等人不能采用，真是太可惜了！

梦龙评

按康伯可后来附会贼桧，擢为台郎，两宫宴乐，专应制为歌词，名节扫地矣！然此《十策》正大的确，虽李伯纪、赵元镇未或过也，可以人废言乎？

解评

作为官员，上要为领导考虑，下要体恤黎民百姓，只有兢兢业业、恪尽职守，才能对得起自己的职位。

察智部

冯子曰：智非察不神，察非智不精。子思云："文理密察，必属于至圣。"而孔子亦云："察其所安。"是以知察之为用，神矣广矣。善于相人者，犹能以鉴貌辨色，察人之富贵寿贫贱孤夭，况乎因其事而察其心？则人之忠佞贤奸，有不灼然乎？分其目曰《得情》，曰《诘奸》，即以此为照人之镜而已。

译文

冯梦龙说：不观察、分析，人的智慧就不能显现出神奇的效用，观察、分析如果不以智慧为基础，就不会真正洞悉事物的精微关键之处。子思说："条理清晰、详审明察"，这样的人一定是天下最圣明的人。而孔子也说："要了解一个人安于什么。"这可以让我们认识到善于观察的作用是神奇而广大的。善于看相的人，能从一个人的长相神色，看出一个人的富贵或贫贱、长寿或夭折，更何况是通过一个人的为人处世来观察他的内心呢？那么人的忠直或奸邪、贤能或愚昧不就看清楚了吗？本部分为《得情》《诘奸》两卷，以此作为映照人心的明镜。

梦龙评

冯子曰：语云，"察见渊鱼者不祥"。是以圣人贵夜行，游乎人之所不知也。虽然，人知实难，己知何害？目中无照乘摩尼，又何以夜行而不踬乎？子舆赞舜，明察并举，盖非明不能察，非察不显明；譬之大照当空，容光自领，岂无覆盆，人不憾焉。如察察予好，渊鱼者避之矣。吏治其最显者，得情而天下无冤民，诘奸而天下无戮民，夫是之谓精察。

得情卷九

口变缁素，权移马鹿；山鬼昼舞，愁魂夜哭；如得其情，片言折狱；唯参与由，吾是私淑。集《得情》。

译文

能说善辩的人，可以把黑的说成白的；有权势的人，可以颠倒是非，指鹿为马；坏人光天化日之下为所欲为，含冤的人无处雪耻申冤；如果能够洞察其情，只要只字片语就能判明一桩案子；这一点只有曾参和子路能做到，我虽然不能亲受其教，内心却以他们为榜样。因此集《得情》卷。

张楚金断"反书"

湖州佐史江琛，取刺史裴光书，割取其字，合成文理，诈为与徐敬业反书，以告。差御史往推之，款云："书是光书，语非光语。"前后三使并不能决，则天令张楚金勘之，仍如前款。楚金忧懑，仰卧西窗，日光穿透，因取反书向日视之，其书乃是补葺而成，因唤州官俱集，索一瓮水，令琛取书投水中，字字解散，琛叩头伏罪。

译文

湖州佐使江琛，拿来刺史裴光的书信，剪取信中的文字，拼合成一篇，诈称是裴光与徐敬业共同谋反的书信，并向朝廷告发了裴光。武则天派御史前去调查此事，裴光服罪之辞写着："信是裴光的笔迹，语气却不是裴光的话。"前后派了三个人都不能决断。武则天就命令张楚金再去调查，还是查不出实情。张楚金非常忧虑、烦闷，他仰卧在西窗下，阳光透过窗子射进来，于是拿出信对着阳光看，才发现书信都是修剪缀补而成的。

117

于是就唤来湖州的官员聚集起来，要了一盆水，命令江琛把信投入水中，信纸上的字果然一个一个地散开，江琛才叩头认罪。

解评

这不是靠机智地推测案情所能解决的，只是偶然发现罢了。荀卿说过："如今有人丢了针，找了一天也未找到，后来找到了，并不是因为眼睛变得更加明亮了，而是偶然低下眼睛看到了它。"心对于所思虑的事情也是如此，关键在于有一片诚心，求之不已。

欧阳晔观食断案

欧阳晔治鄂州，民有争舟相殴至死者，狱久不决。晔自临其狱，出囚坐庭中，去其桎梏而饮食。讫，悉劳而还之狱，独留一人于庭，留者色动惶顾。公曰："杀人者，汝也！"囚不知所以，曰："吾观食者皆以右手持匕，而汝独以左；今死者伤在右肋，此汝杀之明验也！"囚涕泣服罪。

译文

欧阳晔治理鄂州政事时,有州民为争船互相殴打而致死,案子审了很久也没有结果。欧阳晔亲自来到监狱,把囚犯带出来,让他们坐在大厅中,除去他们的手铐与脚镣,给他们东西吃。吃完后,又善加慰问再送回监狱,只留一个人在大厅,这个人显得惶恐不安,四面张望。欧阳晔说:"杀人的是你!"这个人不承认,欧阳晔说:"我观察饮食的人都使用右手,只有你是用左手,现在死者的伤在右肋,这就是你杀人的明显证据。"这个人哭着认了罪。

解评

细心观察是发现真相的前提。只有通过细心观察,才能在细微的动作中发现疑点,找到正确的答案。

高子业明察巧断

高子业初任代州守,有诸生江槻与邻人争宅址。将哄,阴刃族人江孜等,匿二尸图诬邻人。邻人知,不敢哄,全畀以宅,槻埋尸室中。数年,槻兄千户槺枉杀其妻,槻喥①妻家讼槺,并诬槺杀孜事,槺拷死,无后,与弟槃重袭槺职。讼上监司台,付子业再鞫。业问槻以孜等尸所在,槻对曰:"槺杀孜埋尸其室,不知所在。"曰:"槺何事杀孜?"槻愕然,对曰:"为槻争宅址。"曰:"尔与同宅居乎?"对曰:"异居。"曰:"为尔争宅址,杀人埋尸己室,有斯理乎?"问吏曰:"搜尸槻室否?"对曰:"未也。"乃命搜槻室,掘地得二尸于槻居所,刃迹宛然,槻服罪。州人曰:"十年冤狱,一旦得雪!"州豪吴世杰诬族人吴世江奸盗,拷掠死二十余命。世江更数冬不死,子业覆狱牍,问曰:"盗赃布裙一,谷数斛。世江有田若庐,富而行劫,何也。"世杰曰:"贼饵色。"即呼奸妇问之曰:"盗奸若何?"对曰:"奸也。""何时?"曰:"夜。"曰:"夜奸何得识贼名?"对曰:"世杰教我贼名。"世杰遂伏诬杀人罪。

译文

高子业初任代州太守时,有秀才江槻和邻人争夺宅地,几乎发生殴斗。江槻暗中杀死族人江孜等两人,把两人的尸体藏匿起来,企图诬害邻人。邻人知情后不敢和他殴斗,把宅地都给了江樨，江樨就将尸体埋在房子里。数年后，江樨任千户的哥哥江楫误杀了妻子，江樨于是唆使江楫妻子的家人去告江楫，并诬陷江楫杀死江孜等两人。江楫被拷打而死，因江楫没有后代，就由弟弟江槃继承他的职位。讼案呈上专管刑狱的监司，交付高子业再审查。高子业问江樨，江孜等人的尸体在哪里，江樨说："江楫杀死江孜后，把尸体埋在房子里，我也不知道确切的地点在哪里。"高子业问："江楫为什么要杀死江孜？"江樨惊慌地说："为我和邻人争宅地的事。"高子业问道："你和江楫住同一幢屋子吗？"江樨说："不住一起。"高子业说："他为你去争宅地，杀人后把尸体埋在自己房子里，有这种道理吗？"又问差役说："在江樨的房子搜查过尸体没有？"差役回答："还没有。"于是高子业命人搜查江樨的房子，在江樨的住所挖到两具尸体，刀刃砍伤的痕迹还很清楚。江樨只得认罪。州人都说："十年的冤狱，如今才洗清！"州中的大族吴世杰，诬害族人吴世江奸淫盗窃。官府审讯拷打致使二十人丧命。吴世江经过数年没有死。高子业重新审查讼案的记录，问吴世杰："窃盗的赃物有布裙一条、谷物数斛，吴世江有房子和田地，家境富裕，为什么要当窃贼？"吴世杰说："是贪图美色。"于是高子业就叫来被奸污的妇女问道："窃贼怎么对你？"妇女说："强奸。"高子业问："什么时候？"妇女说："半夜。"高子业问："半夜强奸，你怎么知道窃贼的名字？"妇女说："是吴世杰告诉我窃贼的名字的。"吴世杰这才承认诬告杀人的罪行。

注释

①嗾（sǒu）：教唆、指使别人做坏事。

解评

做任何事情都应该进行缜密思考，做出合乎发展规律的推断，从而找到解决问题的方法和切入点。

陈骐——讯而狱成

陈骐为江西佥宪。初至，梦一虎带三矢，登其舟，觉而异之。会按问吉安女子谋杀亲夫事，有疑。初，女子许嫁庠生①，女富而夫贫，女家恒周给之。其夫感激，每告其友周彪，彪家亦富，闻其女美，欲求婚而无策，后贫士亲迎时，彪与偕行，谚谓之"伴郎"。途中贫士遇盗杀死，贫士父疑女家嫌其贫，使人故要于路，谋杀其子，意欲他适，不知乃彪所谋，欲得其女也。讼于官。问者按女有奸谋杀夫，骐呼其父问之，但云：

"女与人有奸"，而不得其主名。使稳婆验其女，又处子。乃谓其父曰："汝子交与谁最密？"曰："周彪。"骐因思曰："虎带三矢而登舟，非周彪乎。况彪又伴其亲迎，梦为是矣。"越数日，伪移檄吉安，取有学之士修郡志，而彪名在焉，既至，骐设馔以饮之，酒半，独召彪于后堂，屏左右，引手叹息，阳谓之曰："人言汝杀贫士而取其妻，吾怜汝有学，且此狱一成，不可复反。汝当吐实。吾救汝。"彪错愕战栗。跪而悉陈，骐录其词，潜令人捕同谋者。一讯而狱成，一郡惊以为神。

译文

陈骐出任江西佥都御史时，刚一到任，就梦见一只老虎带着三支箭，登上他乘坐的船。陈骐醒后觉得很奇怪。后来审问到一桩吉安女子谋杀丈夫的案件，颇有可疑的地方。起初，女子许嫁给一名生员，由于女家富有而夫家贫穷，女家常常接济夫家，丈夫心存感激，便把此事告诉了朋友周彪。周彪家也很富有，早就听说该女子很美，想求婚但没有借口，后来生员迎亲时，周彪一同前往，称为"伴郎"。途中，生员遇到强盗被杀害，生员的父亲怀疑女家嫌弃自家贫穷，故意派人在半路拦截，谋杀他的儿子，想将女子另行改嫁，但不知是周彪所谋划，想得到该女子。生员的父亲就到官府去控诉。审问的官吏认为女子是因奸杀夫，陈骐叫来女子的父亲来审问，只说："女子和别人有奸情"，但不知道对方姓名。陈骐派接生婆检验女子身体，仍是处女。于是陈骐就问生员的父亲："你孩子和谁来往最密切？"生员的父亲回答说："周彪。"陈骐因而想道："老虎带三支箭上船，不是周彪吗？况且周彪又伴随生员去迎亲，梦中的情形果然是真的。"过了几天，

陈骐假送一份公文到吉安，说要选有学识的人士编修郡志，而周彪的姓名也在公文上。大家到齐后，陈骐便设宴款待他们，酒喝到一半时，陈骐把周彪单独召到后堂，屏退左右，握着周彪的手叹息，假装说："别人说你杀害生员，想娶他的妻子，我同情你有学问，而且案子一定，就无法平反，你应当说话，我才能救你。"周彪听后惊惧地发抖，跪着陈述事情的经过，陈骐记录他的供词，暗中派人捕捉同谋的人。一次审问就能定案，全郡的人都认为他是神人。

注释

①庠生：明时称府、州、县学的生员为庠生。庠，学校名。府学称府庠，县学称县庠。

解评

都说日有所思，夜有所梦。虽然周公或是弗洛伊德都不会主张通过做梦破案，但这在我国古代却确有其事。当然，若此案发生在今天，就当另有别论了。

范槚以魂断案

范槚为淮安守，时民家子徐柏，及婚而失之。父诉府，槚曰："临婚当不远游，是为人杀耶？"父曰："儿有力，人不能杀也。"久之莫决，一夕秉烛坐，有濡衣者臂系蠡，偻而趋，默诧曰："噫！是柏魂也，而系蠡，水死耳！"明日问左右曰："何池沼最深者？吾欲暂游。"对曰某寺，遂舆以往。指池曰："徐柏尸在是。"网之不得，将还。忽泡起如沸，复于下获焉，召其父视之，柏也。然莫知谁杀，槚念柏有力，杀柏者当勍。一日忽下令曰："今乱初已，吾欲简健者为快手。"选竟，视一人反衻，脱而观之，血渍焉，呵曰："汝何杀人？"曰："前阵上浣耳。"解其里，血渍霑纩。槚曰："倭在夏秋，岂须衻？杀徐柏者汝也！"遂具服，云："以某童子故。"执童子至，曰："初意汝戏言也，果杀之乎？"一时称为神识。

译文

范槚任淮安太守时，当时有一民家子徐柏，在将要举行婚礼时失踪。于是父亲就向官府投诉。范槚说："结婚前不应该远游，难道是被人杀害了吗？"父亲说："我儿子力气很大，别人不太可能杀他。"此案过了很久，一直不能决断。一天晚上，范槚独自坐在烛光下，有个身穿湿衣、手系着砖的人，弯着身子向前走过来，范槚惊异地说道："啊，是徐柏的鬼魂，是双臂被绑在砖上丢进水中淹死的！"第二天，范槚问左右的人说："哪一个池塘最深，我想去游览一下。"左右的人说是在某座寺庙，于是一起前往。范槚指着池塘说："徐柏的尸体在这里。"于是，找人用网捞，却捞不到，就要回去时，池水忽然起泡，如同水沸一般，于是再捞一次，终于找到尸体，召徐父来看，果然是徐柏，然而还是不知道是谁杀的。范槚心想徐柏是有勇力的人，杀害徐柏的人一定是有强力的人。有一天，范槚忽然下令说："现在大乱刚刚平定，我想选一些健壮的人来当衙役。"选完以后，看到一个人反穿棉袄，脱下来一看，里面都是血迹，范槚大声叱喝说："你为什么杀人？"此人说："是以前在战场上沾到的血。"再打开棉里看，血迹已沾到棉絮，范槚说："倭寇之乱是在夏秋之间，哪里需要穿棉袄？杀徐柏的人就是你！"于是认罪，说："是因为某个童子的缘故。"带童子来到后，说："我当初以为你是说着玩的，你果真杀了吗？"一时大家都称赞范槚见识卓越。

解评

善于分析、判断，善于从整体上把握事物，能理解复杂的理论概念，善于从中推断出原则，就能将一层层神秘的面纱揭开，找到隐藏在背后的真相。

袁滋巧破黄金案

李汧公勉镇凤翔，有属邑耕夫得衮蹄金一瓮，送于县宰，宰虑公藏之守不严，置于私室。信宿视之，皆土块耳，瓮金出土之际，乡社悉来观验，遽有变更，莫不骇异，以闻于府。宰不能自明，遂以易金诬服。虽词款具存，莫穷隐用之所，以案上闻。汧公览之甚怒。俄有筵宴，语及斯事，咸共惊异。时袁相国滋在幕中，俯首无所答。汧公诘之，袁曰："某疑此事有枉耳。"汧公曰："当有所见，非判官莫探情伪。"袁曰："诺。"俾移狱府中，阅瓮间，得二百五十余块，遂于列肆索金溶泻与块相等，始称其半，已及三百斤，询其负担人力，乃二农夫以竹担舁至县，计其金数非二人所担可举，明其在路时金已化为土矣，于是群情大豁，宰获清雪。

李勉镇守凤翔府时，所管辖的城邑中有一个农夫在耕田时挖到一瓮马蹄形黄金，就送到县府去。县令担心公库的防守不够严密，因而将瓮放在自己家里。隔了两夜打开一看，都是土块，瓮金出土的时候，乡里的人都来观看证实，现在突然变成土块，大家无不感到惊恐。消息传到凤翔府，县令无法为自己辩白，只好承认将黄金掉包的罪名。虽然供词都有了，却没有办法追究黄金的下落，因而将此案报告李勉。李勉看了案卷后非常生气。不久，李勉在宴席上谈到这件事，大家都很惊异。当时的相国袁滋也在场，低着头不说话。李勉问他为什么不发表意见，袁滋说："我怀疑这件事有冤情。"李勉说："你有特别的见解，此案一定要请你查明真相。"袁滋说："好吧。"于是袁滋将此案的资料证物调到凤翔府，观察瓮中共有二百五十多个土块，于是袁滋就在市场店铺间搜集金子镕成同样多块，才称到一半多，就已经重达三百斤了，讯问挑担子的人，才知道这瓮是两个农夫用竹担抬到县府的。计算金子的全部数量，不是两个人所能抬得动的，这表明在路上的时候，金子就已经被换成土块了，至此案情大白，县令获判无罪，洗清了冤屈。

解评

推理不仅适用于断案，而且在日常生活和工作中也是不可缺少的。它会使人变得细心，头脑会更敏锐，反应迅速，对不寻常现象也会很敏感，发现别人不能发现的问题。

古人巧判遗产

汉沛郡有富翁，家资二十余万，子才年三岁，失其母。有女适人，甚不贤。翁病困，为遗书，悉以财属女，但遗一剑，云："儿年十五，以付还之。"其后又不与剑，儿诣郡陈诉，太守何武录女及婿，省其手书，顾谓掾吏曰："此人因女性强梁①，婿复贪鄙，畏残害其儿。又计小儿得此财不能全护，故且与女，实守之耳，夫剑者，所以决断；限年十五者，度其子智力足以自居，又度此女必复不还其剑，当关州县，得见申转展。其思虑深远如是哉！"悉夺取财与儿。曰："憋女恶婿，温饱十年，亦已幸矣。"论者大服。

译文

汉朝沛郡有个富翁，家产二十多万，儿子才三岁就失去母亲。富翁有个女儿已经嫁人，

极不贤淑。富翁病重时，写遗书将财产全部给了女儿，只留了一把剑，说："儿子十五岁时交给他。"儿子十五岁后，女儿没有把剑给富翁的儿子。儿子就到郡府去控诉，太守何武在审问过富翁的女儿、女婿，又看过遗书后，对属官说："富翁因为女儿个性强横，女婿又卑鄙贪心，怕他们残害他的儿子，又考虑到儿子得到财产后不安全，所以暂且给了女儿，实际是让她保管罢了。至于剑，是决断的意思；约定十五岁，猜测到他儿子依靠自己的智慧和力量已经可以自己生活了，又猜想到女儿一定不会还剑，寄望当时州县官吏能为他儿子伸张正义，他的思虑实在很深远啊！"何武将富翁的全部家产取回，归还给富翁的儿子，对他说："你父亲有这样恶劣的女儿和女婿，你能温饱十几年，已经很幸运了。"谈论的人都非常佩服。

注释

①强梁：指强横。

张咏知杭州，杭有富民，病将死，其子三岁，富民命其婿主家资，而遗以书曰："他日分财，以十之三与子，而七与婿。"其后子讼之官，婿持父书诣府，咏阅之，以酒酹地①曰："汝之妇翁，智人也。时子幼，故以子属汝，不然，子死汝手矣。"乃命三分其财与婿，而子与七。

译文

张泳任杭州太守时，杭州有个富翁病重将死，儿子才三岁，富翁命令他的女婿主管家产，而且留下遗书说："将来分财产，十分之三给儿子，十分之七给女婿。"后来儿子向官府控诉，女婿拿着岳父的遗书给官府看。张泳看过之后，用酒祭地说："你的岳父，是个聪明人。当时儿子年幼，所以把儿子交付给你，不然他的儿子就死在你的手上了。"于是命令把十分之三财产给女婿，而把十分之七给儿子。

注释

①以酒酹地：以酒祭地。以此表示对死者敬意。

解评

越是奇特的事情，它所隐藏的真相就越简单。这个故事有助于我们看清那些不可思议的事情背后隐藏的真相。

奉使者更句读

有富民张老者，妻生一女，无子，赘某甲于家。久之，妾生子，名一飞，育四岁而张老卒。张病时谓婿曰："妾子不足任，吾财当畀汝夫妇，尔但养彼母子，不死沟壑，即汝阴德矣。"于是出券书云："张一非吾子也，家财尽与吾婿，外人不得争夺。"婿乃据有张业不疑。后妾子壮，告官求分，婿以券呈官，遂置不问。他日奉使者至，妾子复诉，婿乃前赴证，奉使者乃更其句读曰："张一非，吾子也，家财尽与，吾婿外人，不得争夺。"曰："尔父翁明谓'吾婿外人'，尔尚敢有其业耶？诡书'飞'作'非'者，虑彼幼为尔害耳。"于是断给妾子，人称快焉。

译文

有一个富翁张老，妻子生了一个女儿，没有儿子，就招赘某甲入家门。后来，张老的妾生了一个儿子，名字叫一飞，一飞四岁时，张老去世了。张老生病时对女婿说："妾生的儿子不够资格继承我的家产，我的家产应该给你们夫妇，你只要养他们母子，不使他们流离失所，就是你的阴德了。"于是拿出契券写上："张一非吾子也，家财尽与吾婿，外人不得争夺。"女婿就毫不怀疑地拥有了张家的产业。后来张一飞长大了，向官

府控告要求分家产，女婿拿契券为证，官府因而不管。一天，奉命出巡的官吏来到，张一飞又去控告，女婿还是拿着契券前去应讯。奉命出巡的官吏就更改断句的读法说："张一非，吾子也，家财尽与，吾婿外人，不得争夺。"然后对女婿说："你岳父明明说'我的女婿是外人'，你还敢拥有他的产业吗？契券上故意将'飞'写作'非'，是担心他儿子幼小会被你伤害而已。"于是将产业判给妾的儿子，众人都拍手称快。

解评

这两个故事都是官员如何断家庭财产案。在这两个故事中，父亲为了给儿子留下财产，的确费了不少心机，从父亲留下的遗嘱中看不出把财产留给儿子的意思，但经过县官的解释和维护，父亲想把财产留给儿子的意思就很明显了。

彦昭断簦　范邵判绢

　　宣彦昭仕元，为平阳州判官。天大雨，民与军争簦①，各认己物。彦昭裂而为二，并驱出，卒踵其后。军忿噪不已，民曰："汝自失簦，于我何与？"卒以闻，彦昭杖民，令买簦偿军。

译文

宣彦昭在元朝时，担任平阳州判官。有一天下大雨，百姓与士卒争伞用，各自认为是自己的，宣彦昭将伞分裂为二，并将二人驱赶出去，接着又派士兵跟随在他们后面，只见那个士卒愤怒地叫嚷不停，而百姓却说："你自己失去伞，与我有什么关系？"跟随的士兵把这个情况告诉宣彦昭，宣彦昭用杖刑处罚百姓，并命令他买伞还给士卒。

注释

①簦（dēng）：古代有柄的笠，像现在的雨伞。

　　范邵为浚仪令，二人挟绢于市互争，令断之，各分一半去，后遣人密察之，有一喜一愠之色，于是擒喜者。

译文

范邵任浚仪令时，有两个人在市场上互相抢夺一匹绢，范邵命令将绢裁断，每人各取一半离去，随后又派人暗中观察，有一个很高兴，一个很生气，于是逮捕了高兴的那个人。

梦龙评

李惠断燕巢事，即此一理所推也。魏雍州厅事有燕争巢，斗已累日。刺史李惠令人掩护，试命纪纲断之，并辞。惠乃使卒以弱竹弹两燕，既而一去一留。惠笑谓属吏曰："此留者，自计为巢，功重；彼去者，既经楚痛，理无固心。"群下服其深察。

解评

宣彦昭之所以用这种很奇特的方式审判此案，主要是他恰当地运用了人的言语、行为和心理之间关系的规律。人的心理是看不见摸不着的，只有通过言语和行为才能表现出来，然后加以推断。一般地说，言语、行为和心理活动应当是一致的。通过一个人的言谈举止不难分析判断其内心深处的秘密。但是，人又是最复杂的社会有机体，出于某种动机，有的人有时可以使言语、行为和心理不相一致，甚至于是相反的表现。他们为了达到不可告人的目的，往往掩盖事实真相，千方百计地在言语上狡赖文饰，在行为上装腔作势，使人们一时难辨真伪。在此情况下如果能恰当地创设一种情境，使他们放松警惕，自然流露出真情实感，就能像宣彦昭那样，迅速果断地判断出真伪，公正地解决各种复杂的矛盾和问题。

李南公巧治绝食者

李南公为河北提刑，有班行①犯罪下狱，案之不服，闭口不食者百余日，狱吏不敢拷讯。南公曰："吾能立使之食。"引出问曰："吾以一物塞汝鼻，汝能终不食乎？"其人惧，即食，因具服罪。盖彼善服气，以物塞鼻则气结，故惧。此亦博物之效也。

译文

李南公任河北提刑时，有个负责官员排列位次的人犯罪下狱，怎么审问他都不肯认罪，一百多天都闭口不吃，以致监狱官不敢再拷问他。李南公说："我能够立刻使他吃饭。"于是就命人带他出来问道："我用一样东西塞住你的鼻子，你能一直不吃饭吗？"那个人一听就怕了，立即吃饭，接着便详细地供出罪行。原来此人精于道家的吐纳术，善于服气，用东西塞住他的鼻子，气就堵住了，所以害怕。这也是见识广博的效果。

注释

①班行：朝班的行列；朝官的位次。

解评

李南公知道犯人精于道家的吐纳术，也知道制服他的方法，所以犯人才会害怕，可见广博的见识对断案也是大有益处的，如果李南公见识浅薄，又怎会知道吐纳术，也就更谈不上制服犯人。

察智部 得情 卷九

诘奸卷十

王轨不端，司寇溺职。吏偷俗弊，竞作淫慝。我思老农，剪彼蟊贼。摘伏发奸，即威即德。集《诘奸》。

译文

朝廷的律法偏离正轨，掌管刑狱的大官就会失职。官吏苟且而不尽职，风俗日益弊坏，邪恶之事就会层出不穷。我要效法老农消灭害虫的精神，揭发那些邪恶之事，纠举那些贪官污吏，弘扬律法的威严和道德的力量。因此集《诘奸》卷。

周忱日记阴晴风雨

周文襄公忱①巡抚江南，有一册历，自记日行事，纤悉不遗，每日阴晴风雨，亦必详记。人初不解。一日某县民告粮船江行失风，公诘其失船为某日午前午后，东风西风，其人所对参错。公案籍以质，其人惊服。始知公之日记非漫书也。

译文

周忱任江南巡抚时，身边随时带有一本记事册，自己亲自记载每日的行事，细微详尽，没有一点遗漏。每日天气的阴晴风雨，他也一定详细记录。刚开始，有许多人对他的做法很是不理解。一天，某县有一个人来报告说一艘载运米谷的粮船突遇暴风沉没了，周忱就询问沉船的日期，沉船时间发生在午前或是午后，当时刮的是东风还是西风，那人所答的全不对。周忱翻开记事本逐一和他对质，那人震惊佩服。这时大家才明白，周忱的记事本可不是随意乱写的。

注释

①周文襄公忱：周忱，字恂如，谥文襄。

梦龙评

蒋颖叔为江淮发运，尝于所居公署前立占风旗，使日候之置籍焉。令诸漕纲吏程亦各记风之便逆。每运至，取而合之，责其稽缓者，纲吏畏服。文襄亦有所本。

解评

周忱记下每天的阴晴风雨的情况，看似无用，却使得别人想撒谎却不可能。可见无论做什么工作，与工作有关的东西，只要有心记录或者学习，肯定会对工作有帮助的。

古人以贼治贼

长安市多偷盗，百贾苦之。张敞既视事，求问长安父老。偷盗酋长数人，居皆温厚，出从童骑，闾里以为长者。敞皆召见责问，因贯其罪，把其宿负，令致诸偷以自赎。偷长曰："今一旦召诣府，恐诸偷惊骇，愿一切受署。"敞皆以为吏，遣归休。置酒，小偷悉来贺，且饮醉，偷长以赭污其衣裾。吏坐里间阅出者，见污赭，辄收缚，一日捕得数百人。穷治所犯，市盗遂绝。

译文

汉代的长安城有很多盗贼，商人们个个苦不堪言。张敞出任京兆尹以后，就对长安父老进行访问。打听出几个盗贼头目，他们平常都显得温良忠厚，外出时还有几名侍从骑马跟随，在城中俨然是一副长者的姿态。于是张敞将他们全部召来责问，还表示愿意赦免他们的罪行，交换条件是必须协助官员清剿盗匪来立功赎罪。盗贼头目说："今天我们被传讯，很可能使我们的手下惊慌，愿担任吏职。"于是张敞分别任命盗贼头目们官职，让他们回去了。盗贼头目们各自在家中举行庆功酒宴，小偷们都前来祝贺，喝到醉醺醺时，盗贼头目们就偷偷在小偷的衣襟上作上红色记号。张敞命令城内衙役坐在闾里之门检验出来的人，凡看到衣襟上有红色记号的就予以逮捕，结果在一日之内逮捕到几百名盗匪。张敞分别照各人所犯罪状的轻重处刑，从此长安城内盗匪便绝迹了。

朝歌贼宁季等数千人攻杀长吏，屯聚连年，州郡不能禁，乃以诩为朝歌长。始到，谒河内太守马棱，愿宽假辔策，勿令有所拘阂。边批：要紧。及到官，设三科以募壮士，自掾史而下，各举所知：其攻劫者为上，伤人偷盗者次之，不事家业者为下。收得百余人，诩为飨会，悉贳其罪，使入贼中，诱令劫掠，乃伏兵以待之，遂杀贼数百人。又潜遣贫人能缝者佣作贼衣，以彩线缝其裾为识，有出市里者，吏辄擒之，贼由是骇散。

译文

朝歌县贼人首领宁季率几千贼人攻杀地方官员，集合人马为害地方数年，州郡却不能镇压，朝廷于是派虞诩出任朝歌县长。虞诩刚到任，就去拜见河内太守马棱，希望马棱能让自己放手剿匪，不要有任何约束、阻挠。虞诩上任后，首先招募壮士，设立上、中、下三种衙役标准，并且通令属官以下各自推荐人选，凡因抢夺财物而置人于死者入选为上役，凡因偷盗而伤人者为中役，凡不事生产而荒废家业者为下役，总共募集了一百多人。虞诩首先设盛宴款待他们，当场宣布赦免他们的罪状，派他们深入到贼人中，诱使贼人出营抢掠，并派官兵在一边埋伏等待，结果剿灭贼匪数百人。另外，他又派会缝制衣服的穷人，受匪徒雇用为他们缝制衣服，用彩线缝在衣襟上作为标记，有穿着此衣出现在街市上的，官兵就擒获他，贼众因此被吓得纷纷逃散。

解评

　　有时从大的方面着手，并不一定能够将问题解决。相反，找准一个突破口，问题就迎刃而解了。

张鷟放驴寻鞍

　　张鷟为河阳县尉日，有一客驴缰断，并鞍失之，三日访不获，告县。鷟推勘急，夜放驴出而藏其鞍，可直五千钱，鷟曰："此可知也。"令将却笼头放之，驴向旧喂处，搜其家，得鞍于草积下。

译文

　　张鷟任河阳县尉时，有位客人被人割断系驴的缰绳，并遗失了驴背上的鞍袋，搜寻三天也没有找到，只好报官处理。张鷟对此事查得很紧，夜里就有人将驴放出来了，而将鞍袋藏了起来，估计鞍袋可值五千钱。张鷟说："有了驴，就知道鞍袋在哪里了。"他命令人将驴的笼头卸下来把驴放出去，驴就回到喂养他的主人家，搜查那人的住处，结果在草堆中找到了鞍袋。

解评

　　条件反射是人出生以后在生活过程中逐渐形成的后天性反射，是在非条件反射的基础上，经过一定的过程，在大脑皮层参与下完成的，是一种高级的神经活动，是高级神经活动的基本方式。它不仅适用于断案，在日常生活中同样可以适用。只要我们正确运用，就可以轻松找到隐藏在背后的真相。

向敏中智雪冤案

向敏中在西京时，有僧暮过村求寄宿，主人不许，于是权寄宿主人外车厢。夜有盗自墙上扶一妇人囊衣而出，僧自念不为主人所纳，今主人家亡其妇人及财，明日必执我。因亡去，误堕眢井，则妇人已为盗所杀，先在井中矣。明日，主人踪迹得之，执诣县，僧自诬服，诱与俱亡，惧追者，因杀之投井中，暮夜不觉失足，亦坠；赃在井旁，不知何人取去。狱成言府，府皆平允，独敏中以赃不获致疑，乃引僧固问，得其实对。敏中密使吏出访，吏食村店，店妪闻自府中来，问曰："僧之狱何如？"吏绐之曰："昨已答死矣。"妪曰："今获贼何如？"曰："已误决此狱，虽获贼亦不问也。"妪曰："言之无伤矣，妇人者，乃村中少年某甲所杀也。"指示其舍，吏就舍中掩捕获之。案问具服，并得其赃，僧乃得出。

译文

向敏中任职西京时，有一和尚傍晚路经一个村落，向一民舍请求留宿，主人不答应，于是和尚只好暂且栖于屋主屋外的车厢里。夜里有一盗贼扶着一位妇人，背着布袋，越墙而逃。和尚心想自己没有被主人留宿，现在主人家丢失了妇人和财物，明天一定会拘捕我送官，因而乘机逃走。不料和尚误坠一口枯井中，而被劫持的妇人已经被盗贼杀害，也抛尸在枯井中。第二天，屋主果然顺着脚印追踪到井边，把和尚扭送到官府，和尚百口莫辩，只好认罪，说自己先诱拐妇人携带财物与自己逃跑，但因害怕主人派人追捕，只好杀了妇人再投尸井中，而自己也因夜黑不小心落井，财物放在井边，不知是何人拿走。就此结案后报到府台，府台认为审判公平妥当，只有向敏中认为赃物遗失得非常可疑，于是单独审问和尚，终于得知实情。向敏中暗派密探到处访查，一天，密探走进村落中一家小店吃饭，老板娘听说他从府城来，就问他："和尚杀人的案子现在怎么样了？"密探故意骗她说："昨天已被鞭打而死。"老板娘问："如果现在抓到真凶会怎么样呢？"密探说："已经错误地结案，即使抓到真凶也不会再追究了。"老板娘说："现在这话说了也没有关系了，那妇人是我们村子里一个叫某甲的年轻人杀的。"接着把某甲的住处指给密探看，密探于是按照老板娘所指的方向将某甲逮捕，某甲坦承罪状，并取出了赃物，和尚才被释放。

梦龙评

前代明察之官，其成事往往得吏力。吏出自公举，故多可用之才。今出钱纳吏，以吏为市耳，令访狱，便鬻狱矣；况官之心犹吏也，民安得不冤？

解评

明察事理的好官，他们之所以能顺利办案，不仅得之于自己的才能，还得之于自己的敬业精神，为官一任，要时时牢记自己的职责，将自己分内的事情争取做到最好，千万不要在自己的任期中造成冤假错案，遗留骂名。

刘宰一芦断金钗

宰为泰兴令，民有亡金钗者，唯二仆妇在，讯之，莫肯承。宰命各持一芦去，曰："不盗者，明日芦自若；果盗，明旦则必长二寸。"明视之，则一自若，一去芦二寸矣，盖虑其长也。盗遂服。

译文

刘宰为泰兴县令时，当地有一百姓报案遗失金钗，当时只有主人的两名女仆在，经过审讯，两人都不承认行窃。刘宰命两人各拿一支芦苇离开，对她们说："没有偷取金钗的人，明天芦苇还是现在这个样子；如果偷了金钗，明天早上芦苇就会长长两寸。"第二天刘宰拿来芦苇检视，其中一只还是原先的样子，另外一只却少了两寸，原来那偷金钗的女仆害怕芦苇会长长，所以事先切去两寸。于是偷金钗的女仆认罪。

解评

刘宰巧妙地运用了犯罪心理学。犯罪心理学是一门研究犯人的意志、思想、意图及反应的学科，和犯罪人类学相关联。这一门学科主要深入研究的是有关"什么导致人犯罪"的问题，但也包含人犯罪后的反应，比如在逃跑中或在法庭上的。

杨武察言观色

金都御史杨北山公名武，关中康德涵之姊丈也，为淄川令，善用奇。邑有盗市人稷米者，求之不得。公摄其邻居者数十人，跪之于庭，而漫理他事不问。已忽厉声曰："吾得盗米者矣！"其一人色动良久。复厉声言之，其人愈益色动。公指之曰："第几行第几人是盗米者。"其人遂服。又有盗田园瓜瓠者，是夜大风雨，根蔓俱尽。公疑其仇家也，乃令印取夜盗者足迹，布灰于庭，摄村中之丁壮者，令履其上，而曰："合其迹者即盗也！"其最后一人辗转有难色，且气促甚。公执而讯之，果仇家而盗者也，瓜瓠宛然在焉。又一行路者，于路旁枕石睡熟，囊中千钱人盗去。公令舁其石于庭，鞭之数十，而许人纵观不禁。乃潜使人于门外候之，有窥觇不入者即擒之。果得一人，盗钱者也。闻鞭石事甚奇，不能不来，入则又不敢。求其钱，费十文尔，余以还枕石者。

译文

金都御史杨北山，单名杨武，是关中康德涵的姊夫，在任淄川县令时，擅长运用奇计破案。有一次，城中有一个盗窃市民米的盗贼，但一直抓不到。杨公下令将失主住处附近的几十名邻居带到府衙问话，邻居们都跪在庭院中，而杨公自己却慢条斯理地处理其他的公文不理不问。过了一会儿，只听见杨公厉声说道："我找到那个偷米的人了！"这时跪在庭下的人群中有一人神色大变。杨公又重复喊了一遍，那人的神色越来越惊惶。杨公指着他说："第几行第几个人就是盗米的人。"盗米者一听，立即坦承罪行。又有一个盗窃他人田园瓜的人，失瓜的那晚风雨交加，瓜田中的根叶和藤蔓全部被人连根拔起。杨公怀疑是仇家所干，就要手下的人采集盗瓜者遗留下的脚印，然后在庭中铺上细沙，要村中的壮丁一一在沙上留下脚印比对，说："脚印相合的人就是盗瓜贼！"当最后一名壮丁准备留脚印时，他总是借故推脱并且呼吸急促。杨公抓住他并讯问，果然是因仇隙而盗瓜，所盗取的瓜果全堆放在他家中。又有一位路人，在路旁枕着一块大石头睡着了，醒来后，发现行囊中的一千钱被人盗走。杨公接获报案后，就命人将那块大石头抬到院子中，然后鞭打几十下，并且允许百姓观看。暗中则派人在官府门外监视，如果发现在府门外探头探脑，却不敢入府看个究竟的人，就立即擒下。果然抓到一个人，就是那个偷钱的人。原来他听说县令居然要鞭打石头，觉得好奇，忍不住想来观看，但又不敢进官府看个究竟。于是杨公命他交出所偷的钱，那人只花费了十文钱，其余全部还给枕着石头睡觉的人。

解评

杨武的断案，多是利用嫌疑人做贼心虚的心理，所以仔细观察和研究嫌疑人的心理和表现，对于问案会有很大帮助。

蒋恒留妪引真凶

贞观中，衡州板桥店主张迪妻归宁，有卫三、杨真等三人投宿，五更早发。夜有人取卫三刀杀张迪，其刀却内鞘中，真等不知之。至明，店人追真等，视刀有血痕，囚禁拷讯，真等苦毒，遂自诬服。上疑之，差御史蒋恒覆推。恒命总追店人十五已上毕至，为人不足，且散。唯留一老婆，年八十，至晚放出，令狱典密觇之，曰："婆出，当有一人与婆语者，即记其面貌。"果有人问婆："使君作何推勘？"如此三日，并是此人。恒令擒来鞫之，与迪妻奸杀有实。上奏，敕赐帛二百段，除侍御史。

译文

唐太宗贞观年间，衡州板桥店主张迪的妻子回娘家探亲时，卫三、杨真等三人到店投宿，在第二天五更天就出发上路了。那天夜里，有人拿着卫三的刀杀了店主张迪，然后再把刀放回刀鞘中，杨真等人毫不知情。等到天色大亮时，店里的一群人前来追捕杨真等人，看到卫三的刀上有血迹，就将他三人逮捕并严刑拷问，杨真等人在严刑逼供下，只得自承有罪。唐太宗见了报告，很是怀疑，就派御史蒋恒重新审案。蒋恒下令要那天由客店出发追捕凶手十五岁以上的人全部来到县衙，等人员到达县衙后又借口人数不足，要他们暂且先回去。只单独留下一名八十多岁的老妇问话，一直到晚上才让老妇离开府衙，并要典狱长暗中监视，并对他说："老婆婆步出衙门后，一定会有人上前跟老婆婆说话，这时一定要牢记对方的长相。"果然有人上前询问老婆婆："御史大人都问了你些什么？"一连三天，都是同一人。于是蒋恒下令逮捕此人来审讯，原来这人与张迪的妻子通奸，所以共同商议谋害张迪，再嫁祸卫三等人。蒋恒将案情上奏太宗，太宗赐他帛二百匹，并任命蒋恒为侍御史。

梦龙评

张松寿为长安令，治昆明池侧劫杀事，亦用此术。

解评

　　人们惊奇于蒋恒断案如神，其实，蒋恒正是抓住凶手关心案件进展的心理，留一个老婆婆作诱饵，果然使得无头案真相大白。

符融占梦破案

　　秦苻融为司隶校尉。京兆人董丰游学三年而反，过宿妻家。是夜妻为贼所杀，妻兄疑丰杀之，送丰有司。丰不堪楚掠，诬引杀妻。融察而疑之，问曰："汝行往还，颇有怪异及卜筮否？"丰曰："初将发，夜梦乘马南渡水，反而北渡，复自北而南，马停水中，鞭策不去。俯而视之，见两日在水下，马左白而湿，右黑而燥，寤而心悸，窃以为不祥，问之筮者。云：'忧狱讼，远三枕，避三沐。'既至，妻为具沐，夜授丰枕。丰记筮者之言，皆不从，妻乃自沐，枕枕而寝。"融曰："吾知之矣。《易》：坎为水，马为离。乘马南渡，旋北而南者，从坎之离，三爻同变，变而成离；离为中女，坎为中男；两日，二夫之象。马左而湿，湿，水也，左水右马，冯字也；两日，昌字也——其冯昌杀之乎？"于是推验获昌，诘之，具首服，曰："本与其妻谋杀丰，期以新沐枕枕为验，是以误中妇人。"

译文

　　前秦人苻融任司隶校尉时，有个叫董丰的京都人，在外游学三年后返乡，途中路过

妻子娘家就睡在了妻家。当晚妻子被人谋害，妻子的兄弟怀疑是董丰杀的，于是将董丰送官治罪。董丰禁不住拷打逼问，承认有罪。符融查看后觉得很可疑，就问董丰说："你启程返乡前，有没有发生一些怪异的征兆，或者你曾经卜卦算命？"董丰说："我将要出发时，晚上做梦骑马渡水向南走，不料却朝北行，接着又由北往南走，马站在水中，怎么鞭打它就是不走。我低头一看，见水中有两个太阳，马的左脚是白色的，而且被河水沾湿，马的右脚却是黑色，而且没有沾到水。我醒来后心中发慌，暗中认为是不祥的征兆，就请教卜卦的相士。相士说：'我担心你会有牢狱之灾，你要远离枕头三次，避开沐浴三次。'我回到家里，妻子已为我准备好洗澡水，夜里为我准备好睡觉的枕头。董丰因牢记相士的话，不肯洗澡也坚持不用枕头，妻子就自行洗了澡，枕着枕头睡觉了。"符融听了董丰的话，说："我明白了。在《易经》中坎代表水，马代表离。骑马渡水往南，不久又由北往南，是从坎离卦。三爻同变，变而成离。离是中女，坎是中男。梦中两个太阳是表示有二夫的卦象。马左脚沾湿，湿是表示水。左水右马合成一字是'冯'，两日合成'昌'字——难道是冯昌杀了你的妻子？"于是派人缉捕冯昌，冯昌被捕后坦承说："本来与董丰的妻子商议好要谋杀董丰，想趁董丰洗完澡后用枕头闷死他，不料却误杀他的妻子。"

解评

古代圣贤提倡"仁义礼智信"，其中的"智"，不仅包括知识与真理，也包括智慧与聪明。符融就是一个运用智慧扬善惩恶的人。他在缺乏材料和线索的情况下，精心推理分析，紧紧抓住董丰偶然说出来的案发前后的心理状态，包括他说的卜筮、做梦的情况，研究董丰的惶惶不安，研究他们的夫妻关系，终于发现董丰的妻子与人有奸。他设法揭露了奸夫，案情也就迎刃而解了。原来是奸夫、奸妇合谋要杀害董丰，黑夜慌乱中，错杀了董妻。就这样，他平反了一桩冤案。

王明以卦知真情

西川费孝先善轨革，世皆知名。有客王旻因售货至成都，求为卦。先曰："教住莫住，教洗莫洗；一石谷，捣得三斗米；遇明则活，遇暗则死。"再三戒之，令"诵此足矣"！旻受乃行，途中遇大雨，趋憩一屋下，路人盈塞，乃思曰："教住莫住，得非此邪？"遂冒雨行。未几，屋倾覆，旻独免。旻之妻与邻之子有私，许以终身，侯夫归毒之。旻既至，妻约所私曰："今夕但洗浴者，乃夫也。"及夜，果呼旻洗浴，旻悟曰："教洗莫洗，得非此耶？"坚不肯沐。妇怒，乃自浴，壁缝中伸出一枪，乃被害。旻惊视，莫测其故。明日，邻人首旻害妻，郡守酷刑，旻泣言曰：

"死则死矣，冤在覆盆，何日得雪？但孝先所言无验耳！"左右以是语达上，郡守沉思久之，呼旻问曰："汝邻比有康七否？"曰："有之。"曰："杀汝妻者，必是人也。"遂捕至，果服罪，因语僚佐曰："一石谷舂得三斗米，得非康七乎？"此郡守，乃王明也。

译文

西川人费孝先善于占卜，远近知名。有个叫王旻的商人因为做买卖来到成都，求费孝先替他卜上一卦。费孝先说："教住莫住，教洗莫洗；一石谷，捣得三斗米；遇明则活，遇暗则死。"临走前，费孝先再三告诫他"要牢记这些话"！王旻答应后上路，途中碰上大雨，便赶紧找了间空屋避雨，路上的行人也来到空屋，一时之间屋子挤满了人。王旻心想："教住莫住，莫非就是指这件事？"于是坚持冒雨赶路。不多久，那间空屋塌了，只有王旻幸免。王旻的妻子与邻居的儿子有奸情，两人互许终身，想等王旻返家后伺机谋害他。王旻回到家后，他妻子对奸夫说："今晚在浴室洗澡的就是我丈夫。"到了夜里，王旻的妻子要王旻洗澡，王旻突然想到："教洗莫洗，是不是指的就是这事？"于是坚持不肯洗。他妻子一怒之下自己进入浴室洗澡，突然由壁缝中伸出一支长矛，王妻被杀。王旻害怕得不得了，根本无法推测到底是怎么回事。第二天，邻人告发王旻谋害妻子，郡守对王旻严刑拷问，王旻哭着说："我死就死了，只是我的冤情要到什么时候才能得到昭雪呢？只怕费孝先所卜的卦无法应验了！"吏卒把这话上报郡守，郡守沉思了许久，然后叫来王旻问道："你的邻居中有叫康七的人吗？"王旻回答说："有。"郡守说："杀害你妻子的一定是他。"于是就命人逮捕康七，康七果然认罪。事后郡守对僚属说："一石谷磨了三斗米，那不是得米糠七斗吗？"这位郡守就是王明。

解评

如果我们能像费孝先一样，穿透历史的时空，站在未来回过头来看现在，不失为一种好方法。但关键是能不能清晰准确地洞察一切。以卦象来判断是没有科学根据的，以相来判决也没有多大的根据。只有根据构成事物的一些基本因素来判断事物发展的主要趋势，再因势利导才行。

刘崇龟换刀破命案

刘崇龟镇海南。有富商子少年泊舟江岸，见高门一妙姬，殊不避人。少年挑之曰："黄昏当访宅矣。"姬微哂。是夕，果启扉候之，少年未至，

有盗入欲行窃，姬不知，就之。盗谓见执，以刀刺之，遗刀而逸。少年后至，践其血，仆地，扪之，见死者，急出，解维而去。明日，其家迹至江岸，岸上云："夜有某客船径发。"官差人追到，拷掠备至，具实吐之，唯不招杀人。视其刀，乃屠家物。崇龟下令曰："某日演武，大犒军士，合境庖丁，集毬场以俟。"烹宰既集，又下令曰："今日已晚，可翼日至。"乃各留刀，阴以杀人刀杂其中，换下一口。明日各来请刀，唯一屠者后至，不肯持去，诘之，对曰："此非某刀，乃某人之刀耳。"命擒之，则已窜矣。乃以他死囚代商子，侵夜毙于市。审者知囚已毙，不一二夕果归，遂擒伏法。商子拟以奸罪，杖背而已。

译文

刘崇龟镇守海南时，当地有位年轻的富商子弟，一日将船停泊在江岸，看见一大户人家门前站着一位美貌妇人，见了陌生人也毫不避讳。富商子弟挑逗她说："黄昏后到府上拜访你。"妇人听了微微一笑。当晚，妇人果然大门半掩等候富商子弟。富商子弟还没到，就有小偷进门行窃，妇人不知来人是小偷，就迎了上去。小偷以为是要抓他，就一刀杀了妇人，留下凶刀后逃跑了。富商子弟依约而至，不留神踏到血迹摔倒在地，这才发现妇人已被人杀死，他急忙跑出妇人家，回到船上解缆匆匆离去。第二天，少妇的家人顺着血脚印追踪到岸边，岸边百姓说："昨晚半夜有艘客船匆匆离去。"官府派人追捕到富商子弟，经过严刑拷问，富商子弟据实回答，只是不承认杀人。检视凶刀，是屠夫所用的刀。刘崇龟下令说："某日要举行比武，要犒赏军士，全县所有屠夫厨师都要到球场集合，准备到时宰杀牲畜做菜。"到了集合的日子，又下令说："今天时间已晚，明天再来。"并命令每人将所携带的屠刀一律留下，刘崇龟暗中将那把凶刀与其中一把屠刀调换。第二天，屠夫们各自来领取自己的刀，只有一名屠夫迟迟不肯领刀，问他原因，他说："这不是我的刀，是某某人的。"刘崇龟下令追捕，那屠夫已逃走。于是刘崇龟故意用其他死囚犯假冒富商子弟，在天黑时拉到刑场上正法。那逃走的屠夫知道富商子弟已被正法，以为不再有事，所以过了一两天就回来了，这时刘崇龟才将他逮捕治罪。至于富商子，也因意图不轨被判鞭打了事。

解评

要不是刘崇龟精心侦查，那名富商子可能难逃杀人罪责。从集合收刀、换刀查人，到设计擒凶，刘崇龟的谋略和智慧令人拍案叫绝。

胆智部

冯子曰：凡任天下事，皆胆也；其济，则智也。知水溺，故不陷；知火灼，故不犯。其不入不犯，其无胆也，智也。若自信入水必不陷，入火必不灼，何惮而不入耶？智藏于心，心君而胆臣，君令则臣随。令而不往，与夫不令而横逞者，其君弱。故胆不足则以智炼之，胆有余则以智裁之。智能生胆，胆不能生智。刚之克也，勇之断也，智也。赵思绾尝言"食人胆至千，刚勇无敌"。每杀人，辄取酒吞其胆。夫欲取他人之胆，益己之胆，其不智亦甚矣！必也取他人之智，以益己之智，智益老而胆益壮，则古人中之以"威克"、以"识断"者，若而人，吾师乎！

译文

冯梦龙说：要担负天下的大事，需要有足够的勇气；而能否获得成功，则取决于智慧。知道水会淹死人而不进入水中；知道火会烧伤人而不靠近火边。躲开水和火，并不是缺乏勇气，而是有智慧。然而若自信能入水而不淹死，近火而不被烧伤，又为什么害怕而不敢接近呢？智慧藏在心中，智慧如同帝王，而勇气如同臣子，君王发布命令而臣子要坚决执行。如果君王下令前进，而臣子却裹足不前，这是勇气不足，有待智慧的锻炼；若是君王没有发布命令，而臣子逞强蛮干，则是勇气有余而需要以智慧来约束。智慧能产生勇气，勇气却不能产生智慧。所以真正刚强勇敢的人，必然是智慧过人。赵思绾曾说"生食人胆上千个，就可以增加勇气而成为不可战胜的人"。因此他每回杀死一人，便挖出他的胆来下酒。这样妄想以他人之胆来增加自己的勇气，实在是太愚昧了！必须学习他人的智慧来增加自己的智慧，越是具有久经磨炼的智慧，勇气也就越大。而古人中以"威力战胜敌人"，靠"智慧做出正确决断"的人，不正是我们的老师啊！

威克卷十一

履虎不咥，鞭龙得珠。岂曰溟涬，厥有奇谋。集《威克》。

译文

踩住老虎的尾巴，它就不能再咬人；鞭打龙的脑袋，它就会吐出口中的宝珠。这哪里是靠神明的保佑，是因为他们有制服龙虎的智谋。因此集《威克》卷。

班超出使西域

窦固出击匈奴，以班超为假司马，将兵别击伊吾，战于蒲类海，多斩首虏而还。固以为能，遣与从事郭恂俱使西域。超到鄯善，鄯善王广奉超礼敬甚备，后忽更疏懈。超谓其官属曰："宁觉广礼意薄乎？此必有北虏使来，狐疑未知所从故也。明者睹未萌，况已著耶！"乃召侍胡，诈之曰："匈奴使来数日，今安在？"侍胡惶恐，具服其状。超乃闭侍胡，悉会其吏士三十六人，与共饮，酒酣，因激怒之曰："卿曹与我俱在西域，欲立大功以求富贵，今虏使到数日，而王广礼敬即废，如令鄯善收吾属送匈奴，骸骨长为豺狼食矣，为之奈何？"官属皆曰："今危亡之地，死生从司马。"超曰："不入虎穴，焉得虎子！当今之计，独有因夜以火攻虏，使彼不知我多少，必大震怖，可殄尽也！灭此虏，则鄯善破胆，功成事立矣！"众曰："当与从事议之。"超怒曰："吉凶决于今日，从事文俗吏，闻此必恐而谋泄，死无所名，非壮士也！"众曰："善。"初夜，遂将吏士往奔虏营，边批：古今第一大胆。会天大风，超令十人持鼓，藏虏舍后，约曰："见火然后鸣鼓大呼。"余人悉持弓弩，夹门而伏，边批：三十六人用之有千万人之势。超乃顺风纵火，前后鼓噪。虏众惊乱，超手格杀三人，吏兵斩其使及从士三十余级，余众百许人，悉烧死。明日乃还告郭恂，恂大惊，既而色动，超知其意，举手曰："掾虽不行，班超何心独擅之乎？"恂乃悦，超于是召鄯善王广，以虏使首示之。一国震怖，超晓告抚慰，遂纳子为质，还奏于窦固。固大喜，具上超功效，并求更选使使西域，帝壮超节，诏固曰："吏如班超，何故不遣而更选乎？今以超为军司马，令遂前功。"超复受使，边批：明主。因欲益其兵，超曰："愿将本所从三十余人足矣。如有不虞，多益为累。"是时于阗王广德新攻破莎车，遂雄张南道，而匈奴遣使监护其国。超既西，先至于阗，广德礼意甚疏，且其俗信巫，巫言神怒："何故欲向汉？汉使有騧马，急求取以祠我。"广德乃遣使就超请马，超密知其状，报许之。而令巫自来取马，有顷，巫至，超即斩其首以送广德，因辞让之。广德素闻超在鄯善诛灭虏使，大惶恐，即攻杀匈奴使而降超。超重赐其王以下，因镇抚焉。

译文

东汉窦固攻打匈奴时，任命班超为代理司马，另率一支部队攻打伊吾，与匈奴军大战于浦类海，斩杀了很多匈奴人回营。窦固认为班超很有才能，就派他与郭恂一起出使西域。班超到了鄯善，鄯善王很热烈地欢迎他。后来突然变得疏远冷淡。班超就对部下说："难道你们没有感觉鄯善王对我们疏远冷淡吗？一定是因有匈奴使者来到，使得鄯善王犹豫不决，不知道要亲善哪一方的缘故。明于事理的人在事情还没有发生时就能感觉到，更何况现在事情已经很明显了呢！"于是，班超召来招待汉朝使臣的侍卫官，欺骗他说："匈奴使者已经来了好几天，现在他们人在哪里？"侍卫官听了吓一跳，只好把事情的原委全部说了出来。班超将侍卫官关了起来，立即召集所有部属，一共三十六人共同饮酒。当大家喝到半醉时，班超突然慷慨激昂地说："诸位跟我一同来到西域，目的是为建立大功以求富贵。现在匈奴使者才到几天，鄯善王对我们的态度就变得冷淡，如果鄯善王把我们逮捕后交给匈奴，那我们的骨骸就会成为豺狼的食物。你们说这事该怎么办？"部属一听，立即一致地说："如今我们身陷危亡险地，是生是死一切全部听从司马的指挥。"这时班超起身说："不入虎穴，焉得虎子！为今之计，只有在半夜火攻匈奴使者，让他们摸不清我们有多少人，趁他们心生恐惧时，将他们全部消灭。只要除去匈奴使者，鄯善王就会吓破胆，那么我们也就功成名就了。"然而部属都说："这事应当和从事郭恂商量一下。"班超生气地说："成败就在今晚。郭恂是文官，他听说此事后一定会害怕而泄露机密，那么我们死得就没有价值、没有道理，就不算英雄好汉了！"众部属听了后说："好。"于是，班超在午夜时刻，率领所有部属一起杀进匈奴使者的营地。正

巧这时刮起大风，班超派十个人手持战鼓躲在营地后面，约定见到火光就击鼓高声大叫，其余人则各拿弓箭，埋伏在营地大门两侧。部署完毕，班超顺着风势放火，指挥击鼓并大声喊叫。匈奴使者惊慌失措，纷纷夺门而逃。班超亲手杀死三人，部属斩杀匈奴使者及部属三十多人，其余一百多人则全被大火烧死。第二天，班超把夜袭匈奴营地的事告诉郭恂，起先郭恂大为惊讶，后来又改变脸色。班超已经看出郭恂的心意，于是举起手说："你虽没有参加昨夜的战役，但我班超又怎么能独居其功？"郭恂听了，顿时又面露喜色。于是班超再次要求见鄯善王，把匈奴使者的头颅拿给他看，鄯善国上下为之震惊。这时班超极力安抚开导鄯善王，终于说动他把儿子送到汉朝为质。班超回朝将事情奏于窦固。窦固听了非常高兴，向皇上详奏班超的功绩，并恳求朝廷另派使者前往西域。明帝对班超的胆识极表嘉许，于是诏令窦固："像班超这样的官吏为什么不任命为正式的西域使者而要另选他人呢？"于是正式任命班超为军司马，以嘉勉他在西域所立的奇功。班超再次出任西域。窦固想增加班超手下的兵力，班超却说："我只要带领以前的三十多人就足够了。如果有什么事，人多反而成为拖累。"当时于阗的国王广德刚刚攻占莎车，正想向南扩张势力，而匈奴却派使者来，准备保护莎车。班超到了西域之后，先来到于阗国。于阗王广德对他们态度冷淡，而且当地风俗笃信巫术，有位巫师说天神正在发怒："为什么我们要投靠汉朝？汉朝使者有浅黑色的马，你们赶紧要汉使献马祭神。"于阗王广德就派人向班超要马，班超早知对方意图，便答应了，但要巫师亲自来取马。不多时，巫师来到，班超却将巫师的头砍下送给于阗王广德，并大声斥责他。于阗王广德早就听说班超在鄯善国杀死匈奴使者，如今又亲眼目睹，内心非常害怕，就派兵杀了匈奴使者，并向班超请降。班超赏赐了许多礼物给予于阗王广德及其部下，于阗国因此才被镇服。

梦龙评

必如班定远，方是满腹皆兵，浑身是胆。赵子龙、姜伯约不足道也。辽东管家庄，长男子不在舍，建州房至，驱其妻子去。三数日，壮者归，室皆空矣。无以为生，欲佣工于人，弗售。乃谋入虏地伺之，见其妻出汲，密约夜以薪积舍户外焚之，并积薪以焚其屋角。火发，贼惊觉。裸体起出户，壮者射之，贼皆死。挈其妻子，取贼所有归。是后他贼惮之，不敢过其庄云。此壮者胆勇，一时何减班定远？使室家无恙，或佣工而售，亦且安然不图矣。人急计生，信夫！

解评

先下手为强，而"先下手"，讲究的是快攻，即以迅雷不及掩耳之势进行的闪电战。因此，贵在出其不意，攻其不备。

哥舒翰、李光弼除恶

唐哥舒翰为安西节度使，差都兵马使张擢上都奏事，逗留不返，纳贿交结杨国忠。翰适入朝，擢惧，求国忠除擢御史大夫兼剑南西川节度使。敕下，就第①谒翰。翰命部下捽②于庭，数其罪，杖杀之，然后奏闻。帝下诏褒奖，仍赐擢尸，更令翰决尸一百。边批：圣主。

译文

唐玄宗时，哥舒翰出任安西节度使，有一次派都兵马使张擢进京奏事，张擢竟逗留不归，并贿赂结交杨国忠。正巧哥舒翰有事要入朝奏报，张擢心虚害怕，就要求杨国忠任命他为御史大夫兼剑南西川节度使。朝廷的诏命下达后，张擢就亲自到哥舒翰的府第拜见。哥舒翰一见张擢来，就命令手下将他抓到庭中，一一陈述他的罪状，再将他杖打而死，然后将处死张擢的经过奏报朝廷。玄宗下诏褒奖他处理得当，还把张擢的尸首赐还他，让他亲手再鞭打尸首一百下。

注释

①就第：指张擢亲自到哥舒翰在都之府第。②捽（zuó）：揪，抓。

太原节度王承业，军政不修。诏御史崔众交兵于河东，众侮易承业，或裹甲持枪突入承业厅事，玩谑之。李光弼闻之，素不平。至是交众兵于光弼，众以麾下来，光弼出迎，旌旗相接而不避。李光弼怒其无礼，

又不即交兵，令收系之。顷中使至，除众御史中丞，怀其敕，问众所在，光弼曰："众有罪，系之矣。"中使以敕示光弼，光弼曰："今只斩侍御史；若宣制命，即斩中丞；若拜宰相，亦斩宰相。"中使惧，遂寝之而还。翼日，以兵仗围众至碑堂下，斩之。威震三军，命其亲属吊之。

译文

太原节度使王承业治军散漫。皇帝命御史崔众奉诏接管王承业的军队，转交给河东节度使李光弼，崔众十分轻视王承业，甚至纵容自己的部下全副武装地闯进王承业的府衙，开玩笑戏弄他。李光弼听说这件事后，一直愤愤不平。等到崔众将王承业的军队转交给李光弼时，由于崔众是打着御史的旗号而来，所以李光弼只得出营迎接，两军旗帜相遇，崔众却不回避。李光弼对于崔众的傲慢无礼非常气愤，再加上崔众又不立即交出军队，于是就派兵将崔众抓了过来。这时皇宫宦官来到河东，要任命崔众为御史中丞，并手持诏书问李光弼，崔众在什么地方，李光弼答道："崔众犯法，我已经将他逮捕治罪。"宦官把诏书拿给李光弼看，李光弼说："现在只是斩杀了一位侍御史；如按诏命，那就等于杀了一位御史中丞；如果他被任命为宰相，也就等于杀死一位宰相。"宦官一听心里非常害怕，就带着诏书回京。第二天，李光弼用兵仗将崔众押到碑堂下斩杀，威震三军，还让崔众的亲属来吊祭。

梦龙评

或问擢与众诚有罪，然已除西川节度使及御史中丞矣，其如王命何？盖军事尚速，当用兵之际而逗留不返、拥兵不交，皆死法也。二人之除命必皆夤缘得之，而非出天子之意者，故二将得伸其权，而无人议其后耳。然在今日，莫可问矣。

解评

斩草除根的目的是稳当地消除危险因素，使其不能继续为害，而不能简单地从个人目的上理解。如果把斩草除根简单地理解为灭口了事，那就还没有理解这一智谋的实质。

张咏善治

张咏在崇阳，一吏自库中出，视其鬓旁下有一钱，诘之，乃库中钱也。咏命杖之，吏勃然曰："一钱何足道，乃杖我耶！尔能杖我，不能斩我也！"咏笔判云："一日一钱，千日千钱，绳锯木断，水滴石穿。"自仗剑下阶斩其首，申府自劾。崇阳人至今传之。

译文

张咏在崇阳为官时，有一次，一名官员从府库中走出，张咏见他鬓发下夹带一枚钱币，就责问他，原来是府库中的钱。张咏命人杖打这名官员，官员生气地说："一枚钱币有什么了不起，竟然要鞭打我！量你也只敢打我，总不能杀我吧！"张咏提笔判道："一天取钱一枚，千日后就已取得千枚，长时间地累积，即使绳索也能锯断木条，滴水也能穿透石块。"写完，亲自提着剑走下台阶，斩下那名官员的头，然后再到府衙自我弹劾。崇阳百姓至今仍传诵此事。

咏知益州时，尝有小吏忤咏，咏械其颈，吏恚曰："枷即易，脱即难。"咏曰："脱亦何难？"即就枷斩之，吏俱悚惧。

译文

张咏任益州知府时，有一名小吏冒犯张咏，张咏命人在他脖子上戴上刑具，小吏生气地说："你给我戴上刑具容易，但要我脱下就难了。"张咏说："脱下来有何难处？"说完就砍下仍戴着枷锁的小吏的脑袋，其他官吏看后都悚惧不安。

梦龙评

若无此等胆决，强横小人，何所不至？

贼有杀耕牛逃亡者，公许自首。拘其母，十日不出，释之；再拘其妻，一宿而来。公断曰："拘母十夜，留妻一宿，倚门之望何疏？结发之情何厚？"就市斩之。于是首身者继至，并遣归业。

译文

有名贼人杀了耕牛后畏罪逃逸，张咏答允贼人如果出面自首就不再追究。张咏拘留贼人的母亲十天，见贼人仍不出面，就下令释放他的母亲；再拘留他的妻子，仅一夜，贼人就投案自首。张咏判道："拘留母亲十天都不来，拘留妻子一夜就前来自首，为什么母亲的养育之恩如此淡薄，夫妻结发之情如此浓厚？"于是在市集处斩贼人。而其他被判死罪的人纷纷出面自首，张咏也实践诺言，命他们各自返乡种田。

梦龙评

袁了凡曰："宋世驭守令之宽，每以格外行事，法外杀人。故不肖者或纵其恶，而豪杰亦往往得借以行其志。今守令之权渐消，自笞十至杖百仅得专决，而徒一年以上，必申请待报，往返详驳，经旬累月。于是文案益繁，而猘狂之淹系者亦多矣！"子犹曰："自雕虫取士，资格困人，原未尝搜豪杰而汰不肖，安得不轻其权乎？吾于是益思汉治之善也！"

解评

世上如果少了这些有胆量又果断的官员，强横小人更会为所欲为了，正所谓"杀鸡给猴看"。

黄盖肃石城　况钟镇苏州

黄盖尝为石城长。石城吏特难检御，盖至，为置两掾，分主诸曹，教曰："令长不德，徒以武功得官，不谙文吏事。今寇未平，多军务，一切文书，悉付两掾，其为检摄诸曹，纠摘谬误。若有奸欺者，终不以鞭朴相加！"教下，初皆怖惧恭职，久之，吏以盖不治文书，颇懈肆。盖微省之，得两掾不法各数事，乃悉召诸掾，出数事诘问之，两掾叩头谢，盖曰："吾业有敕，终不以鞭朴相加，不敢欺也。"竟杀之，诸掾自是股栗，一县肃清。

译文

黄盖曾担任石城县令。石城的属吏特别难以统领管束。黄盖到任后，就设置两个助手，主管各曹事务。黄盖召集所有僚属说："我的德行浅薄，只是因为立了战功才得官职，所以根本不懂公文及官场。现在贼寇还没有平息，军务繁重，所以一切文书全交付两个

胆
智
部
威
克
卷
十
一

助手处理，并负责督导各部门，纠举僚属失误。如果有人虚伪欺瞒，我是不会只用鞭杖之刑的。"命令宣布后，刚开始各僚属还能尽忠职守，时间长了，有些属吏认为黄盖看不懂公文，就开始怠惰放肆。黄盖略加注意后，发觉两个助手各有几件不法的事，于是召集所有僚属，举出不法的事，两个助手吓得叩头认错，黄盖说："我早就有话在先，我不会只用鞭杖打你们，我不敢诬骗你们。"说完，竟下令斩首，各僚属吓得两腿发抖，官府从此变得政治清明。

况钟，字伯律，南昌人，始由小吏擢为郎，以三杨特荐为苏州守。宣庙赐玺书，假便宜。初至郡，提控携文书上，不问当否，便判"可"。吏貌其无能，益滋弊窦。通判赵忱百方凌侮，公惟"唯唯"。既期月，一旦命左右具香烛，呼礼生来，僚属以下毕集，公言，有敕未宣，今日可宣之：内有"僚属不法，径自拿问"之语，于是诸吏皆惊。礼毕，公升堂，召府中胥，声言"某日一事，尔欺我，窃贿若干，然乎？某日亦如之，然乎？"群胥骇服，公曰："吾不耐多烦！"命裸之，俾隶有力者四人，舁一胥掷空中。立毙六人，陈尸于市。上下股栗，苏人革面。

译文

况钟，字伯律，南昌人，最初由一名小吏提升为郎中，最后由于杨士奇、杨溥、杨荣的推荐，当上了苏州太守。宣宗曾赐他玺书，准他可持玺书自行处理事务。况钟初到任时，小吏拿着文书来请示，况钟不问事件对否，一律批示"可以"。属吏都认为他无能，以致诸弊丛生，漏洞越来越多。当时的通判赵忱，更是对他百般嘲弄，但况钟却仍频频点头称是。况钟到任满一个月后，一天，他命左右的人准备香烛并召来礼官，命全体僚属集合，况钟说有一封诏书还没有宣布，今天就向大家宣布。当大家得知诏书中有"所属官员如果有不法之事，况钟有权自行审问"时，全都吓呆了。行礼完毕后，况钟升堂，召来府中书记官，厉声质问道："某日发生某事，你背着我曾收受贿款若干，可有此事？某日也是如此，对吗？"群吏不由既怕又服。况钟说："我这个人最没耐性！"说完，命人剥下贪吏的衣服，再命四名力士将贪吏抛举空中摔地而死，一会儿就处死了六人，并将尸首陈列市集。大小官员都吓得腿打哆嗦，此后苏州的官吏都洗心革面，改正前非。

梦龙评

盖武人，钟小吏，而其作用如此。此可以愧口给之文人、矜庄之大吏矣！王晋溪云："司衡者，要识拔真才而用之，甲未必优于科，科未必皆优于贡，而甲与科、贡之外，又未

必无奇才异能之士。必试之以事，而后可见。如黄福以岁贡，杨士奇以儒士，胡俨以举人，此皆表表名臣也。国初，冯坚以典史而推都御史，王兴宗以直厅而历布政使，唯为官择人，不为人择官，所以能尽一世人才之用耳！"

况守时，府治被火焚，文卷悉烬，遗火者，一吏也。火熄，况守出坐砾场上，呼吏痛杖一百，喝使归舍，亟自草奏，一力归罪己躬，更不以累吏也。初吏自知当死，况守叹曰："此固太守事也，小吏何足当哉！"奏上，罪止罚俸。公之周旋小吏如此，所以威行而无怨。使以今人处此，即自己之罪尚欲推之下人，况肯代人受过乎？公之品，于是不可及矣！

解评

黄盖为武将出身，况钟为小吏出身，但他们的做法和见识使那些只会说不会做的人感到惭愧。人才并不难得，每个人都有自己的才能和能力。但是否是人才，一定要经由事实的验证才能得知。

宗汝霖平抑物价

金寇犯阙，銮舆南幸。贼退，以宗公汝霖尹开封。初至，而物价腾贵，至有十倍于前者。郡人病之，公谓参佐曰："此易事，自都人率以饮食为先，当治其所先，缓者不忧于平也。"密使人问米麦之值，且市之。计其值，与前此太平时初无甚增，乃呼庖人取面，令作市肆笼饼大小为之，乃取糯米一斛，令监军使臣如市估酤酒，各估其值，而笼饼枚六钱，酒每觚七十足，出勘市价，则饼二十，酒二百也，公先呼作坊饼师至，讽之曰："自我为举子时来京师，今三十年矣，笼饼枚七钱，而今二十，何也？岂麦价高倍乎？"饼师曰："自都城经乱以来，米麦起落，初无定价，因袭至此，某不能违众独减，使贱市也。"公即出兵厨所作饼示之，且语之曰："此饼与汝所市重轻一等，而我以目下市直，会计薪面工值之费，枚止六钱，若市八钱，则有二钱之息，今为将出令，止作八钱，敢擅增此价而市者，罪应处斩，且借汝头以行吾令也。"边批：出令足矣，斩之效曹瞒故智，毋乃太甚？即斩以徇，明日饼价仍旧，亦无敢闭肆者。次日呼官沽任修武至，讯之曰："今都城糯米价不增，而酒值三倍，何也？"任恐悚以对曰："某等开张承业，欲罢不能，而都城自遭寇以来，外居宗室及权贵亲属私酿甚多，不如是无以输纳官曲之值与工役油烛之费也。"公曰："我为汝尽禁私酿，汝减值百钱，亦有利入乎？"任叩额曰："若尔，则饮者俱集，多中取息，足办输役之费。"公熟视久之，曰："且寄汝头颈上，出率汝曹即换招榜：一瓯止作百钱，是不患乎私酤之挽夺也！"明日出令："敢有私造曲酒者，捕至不问多寡，并行处斩。"于是倾糟破瓠者不胜其数。数日之间，酒与饼值既并复旧，其他物价不令而次第自减，既不伤市人，而商旅四集，兵民欢呼，称为神明之政。时杜充守北京，号"南宗北杜"云。

译文

北宋时，金人进犯京师，皇帝逃到南方。金人退兵后，宗汝霖奉命任开封府尹。初到开封时，物价暴涨，价钱几乎要比以前贵上十倍，百姓很是担忧。宗汝霖对属下说："这是很容易的事情，人以食为先，先从解决日常饮食开始，等民生物资价格平稳后，其他的物价还怕不回跌吗？"于是暗中派人到市集购买米面，回来估算价格，和以前太平时相差无几。于是召来府中厨役，命他制作市场销售的各种大小尺寸的糕饼，另外取来一斛糯米，然后命人到市集购买一斛糯米所能酿成的酒，结果计算出每块糕饼的成本是六钱，每瓯酒是七十钱，但一般市价却是糕饼二十钱，酒二百钱。宗汝霖先召来作坊间制饼的师傅，质问他说："从我中举人后入京，到今天已经三十年了。当初每块糕饼七钱，现在却涨到二十钱。这是为什么呢？难道是谷价涨了好几倍？"糕饼师傅说："自从京师遭逢战火后，米麦的价格时起时落没有定数，但糕饼的价格却一直沿袭过去的高价而没有改变，我也不能扰乱市场，独自降价。"宗汝霖命人拿出厨役所做的糕饼给他看，对那名师傅说："这饼和你所卖饼的重量相同，而我以现今成本加上烧的柴重新计算后，每块糕饼的成本是六钱，如果卖八钱，那么就有二钱的利润。所以从今天开始我下令，每块糕饼只能卖八钱，敢擅自加价者就判死罪，现在请借给我你的人头，以执行我的命令。"说完下令处斩，并将其人头挂在市场里，第二天，饼价回复旧价，也没有任何一家商户敢罢市。又过了一天，宗汝霖召来掌官酒买卖的任修武，对他说："现在京师糯米价格并没有涨，但酒价却涨了三倍，是什么原因呢？"任修武惶恐地答道："我们开张做买卖，想不干都不行。自从京师遭金人入侵后，皇室及有权有势的人的亲属私自酿酒的很多，不加价无法缴纳官税，发放工人工资、照明烛火等开支费用。"宗汝霖说："如果我为你取缔私酒，而你减价一百钱，是否还有利润呢？"任修武叩头说："如果真能取缔私酒，那么百姓都会向我买酒，薄利多销，应该足够支付税款及其他费用。"宗汝霖审视他许久后，说："你这颗脑袋暂且寄存在你的脖子上，你赶紧带着你的手下换贴公告：一觚只卖一百钱，那你所担心的私酒猖獗的情形就不会再危害你了。"第二天，宗汝霖贴出告示："凡敢私自酿酒者，一经查获，不论数量多少，一律处斩。"于是酿私酒者纷纷将酒倒掉并捣毁酒器。短短几天之内，饼与酒都恢复旧价，其他商品的物价没有发出告令就次弟下跌，这样一来，既不干扰市场交易，又吸引各地商人云集，士兵和民众高兴地称之为"神明之政"。当时杜充防守大名府，治理得也很好，人称两人为"南宗北杜"。

梦龙评

借饼师头虽似惨，然禁私酿、平物价，所以令出推行全不费力者，皆在于此。亦所谓权以济难者乎？当湖冯汝弼《祐山杂说》云："甲辰凶荒之后，邑人行乞者什之三，逋负者什之九。明年，本府赵通判临县催征，命选竹板重七斤、楼长三寸者，邑人大恐，或诳行乞者曰：'赵公领府库银三千两来赈济，汝何不往？'行乞者更相传播，须臾数百人相率诣赵。赵不容入，则叫号跳跃，一拥而进，逋负者随之，逐隶人，毁刑具，呼声震动。赵惶惧莫知所措。余与上莘辈闻变趋入，赵意稍安，延入后堂。则击门排闼，势益猖獗。问欲何为，行乞者曰：'求赈济。'逋负者曰：'求免征。'赵问为首者姓名，余曰：'勿问也，知其姓名，彼虑后祸，祸反不测，姑顺之耳。'于是出免征牌，及县备豆饼数百以进，未及门辄抢去，行乞者率不得食。抵暮，余辈出，则号呼愈甚，突入后堂矣！赵虑有他变，逾墙宵遁。自是民颇骄纵无忌。又二月，太守郭平川应奎推为首者数人于法，即惕然相戒，莫敢复犯矣。向使赵不严刑，未必致变；郭不正法，何由弭乱？宽严操纵，唯识时务者知之。"

解评

宗汝霖借糕饼师傅的人头的做法，虽然看来有些残忍，但日后能禁酿私酒、平稳物价，使命令得以彻底执行，毫不费力，都是因为有这事例在先。这也正是所谓的"权以济难"。但是也不能一味地严酷，一定要把握好尺度。

苏不韦复仇

东汉苏不韦，父谦，尝为司隶校尉，李暠挟私忿论杀。不韦时年十八，载丧归乡，瘗而不葬，仰天叹曰："伍子胥独何人也！"遂藏母武都山中，边批：要紧。变姓名，尽以家财募剑客，邀暠于诸陵间，不值。久之，暠迁大司农。时右校刍橧①在寺北垣下，不韦与亲从兄弟潜入橧中，夜则凿地，昼则伏匿，如是则经月，遂达暠寝室。出其床下，会暠如厕，杀其妾及小儿，留书而去，边批：好汉。暠大惊，自是布棘于室，以板籍地，一夕九徙。不韦知其有备，即日夜驰至魏郡，掘其父阜冢，取阜头以祭父，又标之市曰："李暠父头。"暠心痛不敢言，愤恚呕血死。不韦于是行丧，改葬父。

译文

东汉人苏不韦的父亲苏谦，曾任司隶校尉。李暠由于跟苏谦有私怨，竟诬告苏谦，使苏谦含冤被杀。苏不韦当时才十八岁，他将父亲的遗体运回乡，掩埋在土里并没有举行葬礼，仰天长叹说："伍子胥是何等样人！"于是他就把母亲安顿在武都山中，然后隐姓埋名，散尽家财来招募剑客，等候李暠到诸陵参拜，但一直没有碰上。不久，李暠调任为大司农，手下一名右校官家中存放草料的仓库就位于府衙北侧，右校官跟苏不韦的拜把兄弟很要好。于是苏不韦等人就潜伏在仓库中，为避人耳目，他们晚上挖掘地道，白天不出门，大约经过一个多月，终于打通一条通往李暠寝室的地道。一天，苏不韦从李暠的床下出来，正巧李暠去厕所，于是苏不韦杀死他的侍妾和儿子，然后留下一封信离去。李暠回房后大惊失色，但是又找不出凶手，只好在屋舍布满荆棘，并在地面铺上木板，一夜之间竟然换九个地方睡觉。苏不韦见李暠已有所防备，就连夜骑马前往魏郡，挖开李暠父亲的坟墓，砍下李父的头来祭奠自己的父亲，然后又在李父头上写上"李暠之父"四个大字，挂在城内。李暠看了，痛楚万分，可又不敢说，最后竟因激愤、吐血而死。这时苏不韦才为父亲行丧礼，改葬在祖坟。

注释

①橧（kuài）：存放草料的房舍。

梦龙评

郭林宗论曰："子胥犹见用强吴，凭阖闾之威，而苏子力止匹夫，功隆千乘，比子胥尤过云。"子犹曰："李暠私忿不戢，辱及墓骨，妻子为戮，身亦随之，为天下笑，可谓大愚！然能以私忿杀其父，而竟不能以官法治其子，何也？将侠士善藏，始皇之威，犹不行于博浪，况他人乎？顾子房事秘，无可物色，而兹留书标市，显行其意，莫得而谁何之，不独过子胥，且过子房矣！东汉尚节义，或怜其志节而庇护之未可知。要之一夫含痛，不报不休，死生非所急也，不韦真杰士哉！"

楚悼王薨，贵戚大臣作乱，攻吴起。起走之王尸而伏之，击起之徒因射起并中王尸。既葬，肃王即位，使令尹尽诛为乱者，坐起夷宗者七十家。齐大夫与苏秦争宠，使人刺之，不死，殊而走，齐王求贼不得，苏秦且死，乃谓齐王曰："臣即死，车裂臣以徇于市，曰：'苏秦作乱于齐。'如此则臣之贼必得矣。"于是如其言，而杀苏秦者果自出，齐王因而诛之。若起与秦，身死而能以术自报其仇，智更足多矣。

解评

苏不韦仅凭一人之力，报了杀父之仇。而李暠由于挟怨诬告，竟然祸及妻子儿女，并且辱及父亲尸骨，到最后连自己也被气得吐血而死。苏不韦在报仇的同时，并非一味蛮干，也充分利用了智慧。

陈星卿惩治恶霸

嘉定、青浦之间有村焉。陈星卿者，年少高才，贫不遇，训蒙村中，人未之奇也。村有寡妇，屋数间，田百余亩，有子方在抱。侄欺之，阴献其产于势家子，得蝇头，遁去。势家子择吉往阅新庄，而先期使干仆持告示往逐寡妇。寡妇不知所从来，抱儿泣于门，乡人俱愤愤，而爱莫能助。星卿适过焉，叩得其故，谓邻人曰："从吾计，保无恙。"邻人许之，令寡妇谨避他处。明日，势家子御游船，门客数辈，箫鼓竞发，从天而下。既登岸，指挥洒扫、悬匾，召谕诸佃，粗毕，往田间布席野饮，星卿率乡之强有力者风雨而至，举枪撺其舟，舟人出不意，奔告主人。主人趋舟，舟既沉矣，边批：快。遥望新庄，所悬匾已碎于街，众汹汹索斗，乃惧而窜，方召主文谋讼之，而县牒已下。边批：又快。盖嘉定新令韩公颇以扶抑为己任，星卿率其邻即日往控，呈词既美，情复惨激，使捕衙往视，则匾及舟在焉。势家子使人居间，终不听，竟置诸干仆及寡妇之侄于法。寡妇鬻其产而他适，星卿遂名重郡邑间。边批：张君山谈，是万历年间事。

译文

嘉定、青浦之间有个小村落，住着一位叫陈星卿的人，他虽年纪轻学识高，但一直怀才不遇，所以生活贫困，平日靠在村中教人读书习字维持生活，村民也看不出他有异于常人的地方。村里有位寡妇，有几间屋舍及百亩田地，还有一名在襁褓中的儿子。寡妇的侄子常常欺负他们，竟暗中将寡妇的房舍田产献给当地有权势的恶霸之子，得了点小利，然后自己逃跑了。恶霸之子选了个吉日前往接收新产业，并事先命手下拿着告示到寡妇家，要寡妇搬走。寡妇不清楚到底发生了什么事，只好抱着儿子，站在门外哭泣。乡人知道此事后，都为寡妇感到愤愤不平，却又爱莫能助。正巧陈星卿经过此地，问明原因，对乡人说："只要肯听我的话，保证寡妇没事。"乡人点头表示愿意配合。陈星卿要寡妇先暂时住在其他地方。第二天，恶霸之子带着一群门客搭乘游船，鼓乐齐奏，仿佛从天而降。上岸后，恶霸之子就指挥仆人打扫屋舍，悬挂匾额，召集佃农训话，一切结束后，便到乡间席地野宴。陈星卿带领一批强壮的村夫，如急风暴雨般地来到岸边，拿着长矛捣毁他们的船只，船夫在仓皇中飞奔告知主人，等到主人赶到岸边时，船早已沉入水中了。恶霸之子远望田庄，只见所悬挂的匾额已被人砸烂，又见众人气势汹汹地要与他们搏斗，就害怕地拔腿就跑。正想召来师爷谋求对策，县府的公文已经下达。原来新上任的县令韩公，以扶弱抑强为己任，陈星卿率领村民毁船后，立即赶往官府告状，诉状用辞典雅，情节感人。县令于是命衙役前去查证，见匾额及船只等证物俱在。恶霸之子虽托人调停，但韩公根本不予理会，终于将一批恶人及寡妇的侄子绳之以法。此后，寡妇变卖了产业迁居到他地，而陈星卿的名声也在州县大噪。

梦龙评

郡中得星卿数辈，势家子不复横矣。保小民，亦所以保大家也。虽然，星卿之敢于奋臂者，乘新令扶抑之始，用其胆气耳，星卿亦可谓智矣！

解评

胆量与智谋并存，是取胜的法宝。郡中如果多几个像陈星卿这种人，那么恶霸也不敢到处横行了。保护百姓就是保护自己，然而，陈星卿能及时把握新上任县令有扶弱抑强之心，敢放胆惩治恶徒，也真可说是一位智者。

识断卷十二

智生识，识生断。当断不断，反受其乱。集《识断》。

译文

智慧能产生见识，有了见识遇事才能做出正确的判断。应该当机立断时千万不能优柔寡断，否则还有可能反受其害。因此集《识断》卷。

高洋持刀斩乱丝

高洋内明而外晦，众莫知也，独欢异之。曰："此儿识虑过吾。"时欢欲观诸子意识，使各治乱丝。洋独持刀斩之，曰："乱者必斩。"

译文

高洋内心很聪明，而外表显得很糊涂，大家都不了解他，只有高欢看出高洋与其他儿子不同。他曾说："这个儿子的智慧思虑在我之上。"当时高欢为测试儿子们对事物的应变能力，就交给每个儿子一把乱丝，要他们整理。只有高洋拿起刀斩断乱丝，说："乱了就一定要斩断它。"

解评

这个故事是快刀斩乱麻的来源。人们在做事情的时候，往往会想前思后，这是很重要的，但有时候却会因此错过一些机遇，所以还是干脆利落一点的好。

周瑜平曹　寇准请战　康伯劝帝

　　曹操既得荆州，顺流东下，遗孙权书，言"治水军八十万众，与将军会猎于吴"。张昭等曰："长江之险，已与敌共。且众寡不敌，不如迎之。"鲁肃独不然，劝权召周瑜于鄱阳。瑜至，谓权曰："操托名汉相，实汉贼也。将军割据江东，兵精粮足，当为汉家除残去秽。况操自送死而可迎之耶？请为将军筹之。今北土未平，马超、韩遂尚在关西，为操后患；而操舍鞍马，仗舟楫，与吴越争衡；又今盛寒，马无藁草；中国士众，远涉江湖之险，不习水土，必生疾病。此数者，用兵之患也。瑜请得精兵五万人，保为将军破之！"权曰："孤与老贼誓不两立！"因拔刀砍案曰："诸将敢复言迎操者，与此案同！"竟败操兵于赤壁。

译文

　　曹操取得荆州后，顺流东下，写信给孙权，说"将率领八十万水军，与将军您在东吴交战"。东吴的张昭等人说："我们所凭借的只有长江天险，曹操取得荆州后，长江天险已经成为敌我双方所共有。再说敌众我寡，双方兵力悬殊，不如投降曹操。"只有鲁肃不这样认为，他劝孙权立即召回在鄱阳的周瑜商议大计。周瑜赶回后，对孙权说："曹操虽名为汉朝丞相，其实却是汉朝的奸贼。主公占据江东，地域宽阔，兵精将广，粮草充足，应当为汉室除去奸贼。再说曹操现在正自掘死路，我们哪有归顺他的道理？请主公听我详说平曹的计划。现在北方并没有完全平定，关西的马超和韩遂是曹操的后顾之忧；如

今曹操竟舍弃善战的骑兵，而想与擅长水战的吴军在水上决战；再加上现在正值隆冬季节，马草军粮的补给都不方便；而中原地区的曹军长途跋涉来到南方，水土不服、一定会生病。刚才所列举的，都是曹操用兵的不利情况。周瑜请求主公给我精兵五万人，我保证会击败曹操！"孙权听了周瑜这番话后说："我与曹操这老贼势不两立！"说完抽出宝刀砍断桌子一角，说："诸位再有敢说归顺曹操的，就会和这桌子同样下场！"后来东吴果然在赤壁打败了曹操。

契丹寇澶州，边书告急，一夕五至，中外震骇。寇准不发，饮笑自如。真宗闻之，召准问计，准曰："陛下欲了此，不过五日。边批：大言。愿驾幸澶州。"帝难之，欲还内，准请毋还而行，乃召群臣议之。王钦若临江人，请幸金陵；陈尧叟阆州人，请幸成都。准曰："陛下神武，将臣协和，若大驾亲征，敌当自遁，奈何弃庙社稷远幸楚、蜀？所在人心崩溃，敌乘势深入，天下可复保耶？"帝乃决策幸澶州，准曰："陛下若入宫，臣不得到，又不得见，则大事去矣。请毋还内。"驾遂发，六军、有司追而及之。临河未渡，是夕内人相泣。上遣人目间准，方饮酒鼾睡。明日又有言金陵之谋者，上意动。准固请渡河，议数日不决。准出见高烈武王琼，谓之曰："子为上将，视国危不一言耶？"琼谢之，乃复入，请召问从官，至皆嘿然，上欲南下。准曰："是弃中原也！"又欲断桥因河而守，准曰："是弃河北也！"上摇首曰："儒者不知兵。"准因请召诸将，琼至，曰："蜀远，钦若之议是也，上与后宫御楼船，浮汴而下，数日可至。"众皆以为然，准大惊，色脱。琼又徐进曰："臣言亦死，不言亦死，与其事至而死，不若言而死。今陛下去都城一步，则城中别有主矣，吏卒皆北人，家在都下，将归事其主，谁肯送陛下者？金陵亦不可到也。"准又喜过望，曰："琼知此，何不为上驾？"琼乃大呼"逍遥子"①，准掖上以升，遂渡河，幸澶渊之北门。远近望见黄盖，诸军皆踊跃呼万岁，声闻数十里。契丹气夺，来薄城，射杀其帅顺国王挞览，敌惧，遂请和。

译文

宋真宗时，契丹人出兵攻打澶州，战况紧急，一夜之间竟收到五次告急文书。消息传到京师，朝野震惊。当时宰相寇准却不慌不忙，仿佛平常般谈笑饮酒。真宗接获军情紧急的报告，就召来寇准，与他商议对策。寇准说："想要解除这种危急的状况，只要五天的时间就够了。臣恳请陛下亲驾澶州。"真宗听了颇感为难，想返回内宫。寇准却再恳请不要回宫，立即出发，真宗于是召集群臣商议。临江人王钦若请求真宗避难金陵，阆州人陈尧叟则请求真宗前往成都。寇准奏道："陛下英明威武，才使得群臣齐心效命，如果陛下能御驾亲征，敌军必会闻风丧胆，为什么要舍弃宗庙，远逃到楚、蜀呢？陛下无论幸临金陵或成都，一则路途太过遥远，二则将会导致人心溃散，给予敌兵可乘之机，那又如何指望能保住大宋江山？"真宗听了这些话，才下定决心前往澶州。寇准说："请陛下即刻启程，不要再转回宫内，陛下若回宫，臣奏请不方便，怕误了大事。"于是真宗下令立即启驾。军队、朝廷百官随后才赶了上来。临近黄河却没有渡过。这晚，嫔妃个个哭成一团。真宗又派人询问寇准的意见，不料寇准因喝醉了酒，竟鼾睡不醒。第二天，又有大臣向真宗建议迁都金陵，真宗有些心动，所以虽然寇准一再恳求真宗渡江，但讨论了几天真宗仍下不了决心。一天，寇准碰到烈武王高琼，对他说："你身为大将军，见国家的情势已到如此危急的地步，难道不会向皇上进言吗？"高琼向寇准谢罪。于是寇准再入宫，建议真宗不妨问问其他随从官员的意思，没想到在朝的官员竟然个个哑口无言。这时真宗表示希望南下，寇准说："这种做法简直是舍弃中原。"真宗又想毁坏桥梁，凭借江河天险来防守。寇准说："这样河北也就舍弃了。"真宗不由地摇头说："你是读书人，不懂得用兵之道！"于是寇准建议真宗召来各位将军来商议。高琼到后说："我赞同王钦若的看法，蜀地远，但陛下若乘坐宫廷楼船顺着汴江而下，几天就可抵达成都。"在场的大臣纷纷表示赞同，寇准不由大吃一惊，脸色立刻变了。高琼又不慌不忙地接着说："臣说也是死，不说也是死，与其到事情发生时丧命，不如今日直言而死。今天只要陛下离开京城一步，那么城中就另有主人了。士兵们都是北方人，从小都在京城附近，若京城不保，他们都会归顺后主，到时有谁肯护送陛下？即使金陵再近，陛下也到不了呀！"寇准听高琼如此说，顿时大喜过望地说："你能明白这道理，为什么不自请为皇上护驾呢？"高琼大喊"竹舆"，要轿夫起轿，寇准立刻将真宗请入轿中，全军于是顺利渡河。真宗抵达澶州北门时，远近的士兵们看见皇帝的车驾，不由欢声雷动，高呼万岁，数十里外都听得到阵阵的欢呼声。契丹人气势大减，等攻城时，元帅顺国王挞览也被宋兵射杀。契丹人害怕了，于是向宋请和。

注释

①逍遥子：竹舆的别称。

梦龙评

按是役，准先奏请：乘契丹兵未逼镇、定，先起定州军马三万南来镇州，又令河东兵出土门路会合，渐至邢、洺，使大名有恃，然后圣驾顺动。又遣将向东旁城塞牵拽，又募强壮入虏界，扰其乡村，俾虏有内顾之忧。又檄令州县坚壁，乡村入保，金币自随，谷不徙者，随在瘗藏。寇至勿战，故虏虽深入而无得。方破德清一城，而得不补失，未战而困。若无许多经略，则渡河真孤注矣。

金主亮南侵，王权师溃昭关，帝命杨存中就陈康伯议，欲航海避敌。康伯延之入，解衣置酒。帝闻之，已自宽。明日康伯入奏曰："闻有劝陛下幸海趋闽者，审尔，大事去矣！盍静以待之？"一日，帝忽降手诏曰："如敌未退，散百官。"康伯焚诏而后奏曰："百官散，主势孤矣。"帝意始坚。康伯乃劝帝亲征。

译文

南宋时，金主完颜亮南侵，王权的军队败于昭关，高宗命杨存中到陈康伯家中共商渡海避敌的大计。陈康伯见了杨存中，立即请他入屋脱去外衣，两人便喝起酒来。高宗听说两人还有心情喝酒，放心了不少。第二天，陈康伯入宫奏道："臣听说有人劝陛下渡海前往福建，这样的话，我们就要失败了！陛下何不静心等待？"一天，高宗突然颁下手谕："如果无法击退金兵，文武百官可各自疏散。"陈康伯见后，立刻将诏书焚毁，然后启奏说："百官一旦离散，陛下的势力将更孤单。"高宗听了才又重振信心，于是陈康伯趁机力劝高宗亲征。

梦龙评

迟魏之帝者，一周瑜也；保宋之帝者，一寇准也；延宋之帝者，一陈康伯也。

解评

看问题不能只看表面，而要经过认真分析，把可能性全都列举出来，经过观察、比较，才能知道问题的本质所在。所以我们应该看事物的本质，因为决定事物发展的是本质而不是表象。

刘玺除弊　唐侃拒避

嘉靖中，戚畹郭勋怙宠，率遣人市南物，逼胁漕统领俵各船，分载入都以牟利。运事困惫，多缘此故。都督刘公玺时为漕总，乃预置一棺于舟中，右手持刀，左手招权奸狼干①，言："若能死，犯吾舟。吾杀汝，即自杀卧棺中，以明若辈之害吾军也！吾不能纳若货以困吾军！"诸干惧而退，然终亦不能害公。

译文

明朝嘉靖年间，外戚郭勋等人仗恃皇帝的恩宠，常率领属下大肆搜购南方货物，然后胁迫漕运官分派船只载运入京，获取暴利。当时水道运输疲惫，多半都是因为这个缘故。都督刘玺任漕运总官以后，为根除弊端，就事先在船中放置一副棺木，然后右手拿刀，左手指着奸臣的爪牙说："如果想胁迫我的船为你们载货，我就先杀了你们，然后我躺在棺木中自杀，让世人明白你们是如何损害我们的军队的！我不能为接受你们的船货而使我们的军队受害！"奸臣的爪牙听了，因害怕出事就退走了，最终也没能加害于刘玺。

注释

①狼干：凶恶的仆人。

梦龙评

权奸营私，漕事坏矣。不如此发恶一番，弊何时已也！从前依阿酿弊者，只是漕总怕众狼干耳。众狼干岂敢与漕总为难、决生死哉！按刘玺，字国信，居官清苦，号"刘穷"，又号"刘青菜"。御史穆相荐剡中曾及此语。及推总漕，上识其名，喜曰："是前穷鬼耶？"亟可其奏。则权奸之终不能害公也，公素有以服之也。公晚年禄入浸厚，自奉稍丰。有觎代其职者，啜言官劾罢之，疏云："昔为青菜刘，今为黄金玺。"人称其冤。因记陈尚书奉初为给谏，直论时政得失，不弹劾人，曰："吾父戒我勿作刑官枉人；若言官，枉人尤甚！吾不敢妄言也！"因于刘国信三叹。

　　章圣梓宫葬承天，道山东德州。上官裒民间财甚巨以给行，犹恐不称。武定知州唐侃丹徒人奋然曰："以半往足矣！"至则舁一空棺旁舍中，诸内臣牌卒奴叱诸大吏，鞭挞州县官，宣言"供帐不办者死"，欲以恐吓钱。同事者至逃去，侃独留。及事急，乃谓曰："吾与若诣所受钱。"乃引之旁舍中，指棺示之，曰："吾已办死来矣，钱不可得也！"于是群小愕然相视，莫能难。及事办，诸逃者皆被罢，而侃独受旌。

译文

　　章圣太后的灵柩，要在承天安葬，沿途要经过山东德州。官员们为了壮大场面，大肆搜刮民财，但是仍担心仪式不够隆重。武定知府唐侃是今江苏丹徒人，激愤地说："以现在所征收的一半财力就足够了。"于是他抬了一副棺木放在屋旁。当时宫廷宦官嫌诸官办事不力，不但对官员大声叱责，甚至鞭打州府官员，扬言"如果再有不得力者，一律处死"，想借此恐吓州官以敛取更多的钱财。有些府吏受不了宦官的威逼，竟弃职逃逸，只有唐侃留下。等宦官逼急了，唐侃说："我带你去看我所募集的钱。"于是带宦官来到屋外的棺木旁，指着棺木说："我已尽力，你杀了我吧，钱，我无法再收到！"宦官们一听，不由一愣，也不敢再为难他。等丧事办完以后，凡是弃职逃逸的官员都被免职，只有唐侃受到朝廷表扬。

梦龙评

　　人到是非紧要处，辄依阿徇人，只为恋恋一官故。若刘、唐二公，死且不避，何有一官！毋论所持者正，即其气已吞群小而有余矣。蔺之渑池，樊之鸿门，皆是以气胜之。

解评

　　人很多时候不能理直气壮、坚定信念，是因为名和利的左右。如果像刘玺、唐侃二公连死都不怕，那么在很多时候就不会因为名利而失去做人的原则。

段秀实除恶　孔太守去贼

段秀实以白孝德荐为泾州刺史。时郭子仪为副元帅，居蒲。子晞以检校尚书领行营节度使，屯邠州。邠之恶少窜名伍中，白昼横行市上，有不嗛[1]，辄击伤人，甚至撞害孕妇。孝德不敢言。秀实自州至府白状，因自请为都虞侯，孝德即檄署府军。俄而晞士十七人入市取酒，刺杀酒翁，坏酿器。秀实列卒取之，断首置槊上，植市门外。一营大噪，尽甲。秀实解去佩刀，选老躄一人控马，径造晞门。甲者尽出，秀实笑而入，曰："杀一老兵，何甲也？吾戴吾头来矣。"甲者愕眙[2]。俄而晞出，秀实责之曰："副元帅功塞天地，今尚书恣卒为暴，使乱天子边，欲谁归罪乎？罪且及副元帅矣！今邠恶子弟窜名籍中，杀害人藉藉如是，人皆曰'尚书以副元帅故不戢士'，然则郭氏功名，其与存者几何？"晞乃再拜曰："公幸教晞。"即叱左右解甲，秀实曰："吾未晡食，为我设具。"食已，又曰："吾疾作，愿一宿门下。"遂卧军中。晞大骇，戒候卒击柝卫之。明日，晞与俱至孝德所陈谢，邠赖以安。

译文

唐朝人段秀实因白孝德的推荐，当上了泾州刺史。当时郭子仪为副元帅，驻守蒲州。儿子郭晞任检校尚书兼行营节度使，屯兵邠州。邠州的恶少混在军中，白天横行街市，稍有不满足就出手伤人，甚至故意冲撞孕妇。白孝德虽深知这些士兵的暴行，但却不敢言。段秀实由泾州陈状至府军上报这一情况，自己请调为都虞侯，白孝德立即发文批准。正巧郭晞手下的十七人到街市买酒，借故滋事，杀了卖酒的老头，还砸坏店中酿酒的器皿。段秀实得知，命人抓捕了他们，当场砍下他们的脑袋，悬挂在长矛上，竖立在门外示众。消息传到郭晞的营地，全营士兵立即全副武装准备向段秀实讨个公道。段秀实自行解去身上的佩刀，再选一名跛脚老人为他驾车，径直来到郭晞的营地。全营的士兵听说段秀实来到，全都武装而出。段秀实笑着走入营地，说："杀一名老兵，何必要如此全副武装呢？我带着我的脑袋来了。"士兵们听他这么说，不禁惊愕地瞪大眼睛看着他。不久，郭晞出来了，段秀实责备他说："副元帅功盖天地，而今尚书却骄纵士兵横行暴虐。一旦发生暴乱，这罪该由谁来承当呢？说不定还会连累到副元帅。今天邠州的恶少在你的名册上挂个名，借你的名杀害如此众多的老百姓，人们都说你这尚书是仗着父亲是副元帅，所以才不严格约束手下。那么郭氏一生的功名，还能为世人称颂多久呢？"郭晞听了，拜了再拜说："多谢教诲。"说完立即命士兵放下武器。段秀实说："我还没有吃饭，你为我准备一些吃的东西。"等吃完饭后，段秀实又说："我的病又发作了，今晚就在此地暂住一夜。"说完，就睡在营中。郭晞非常害怕，告诫士兵严加巡行，保卫段秀实。第二天，郭晞与段秀实两人一同来到白孝德的公署，向他拜谢，从此邠州安宁无事。

注释

①不嗛（qiàn）：满足。②愕眙（è yí）：亦作"愕怡"，惊视。

　　孝宗时，以孔镛为田州知府。莅任才三日，郡兵尽已调发，而峒獠仓卒犯城，众议闭门守，镛曰："孤城空虚，能支几日？只应谕以朝廷恩威，庶自解耳。"众皆难之，谓"孔太守书生迂谈也"。镛曰："然则束手受毙耶？"众曰："即尔，谁当往？"镛曰："此吾城，吾当独行。"众犹谏阻，镛即命骑，令开门去。众请以士兵从，镛却之，贼望见门启，以为出战，视之，一官人乘马出，二夫控络而已。门随闭，贼遮马问故，镛曰："我新太守也，尔导我至寨，有所言。"贼叵测，姑导以行。远入林菁间，顾从夫，已逸其一。既达贼地，一亦逝矣。贼控马入山林，夹路人裸胃于树者累累①，呼镛求救。镛问人，乃庠生赴郡，为贼邀去，不从，贼将杀之。镛不顾，径入洞，贼露刃出迎，镛下马，立其庐中，顾贼曰："我乃尔父母官，可以坐来，尔等来参见。"贼取榻置中，镛坐，呼众前，众不觉相顾而进。渠酋问镛为谁，曰："孔太守也。"贼曰："岂圣人儿孙邪？"镛曰："然。"贼皆罗拜，镛曰："我固知若贼本良民，迫于冻馁，聚此苟图救死，前官不谅，动以兵加，欲剿绝汝，我今奉朝命作汝父母官，视汝犹子孙，何忍杀害？若信能从我，当宥汝罪，可送我还府，我以谷帛赉汝，勿复出掠；若不从，可杀我，后有官军来问罪，汝当之矣。"众错愕曰："诚如公言，公诚能相恤，请终公任，不复扰犯。"镛曰："我一语已定，何必多疑。"众复拜，镛曰："我馁矣，可具食。"众杀牛马，为麦饭②以进，镛饱啖之，贼皆惊服。日暮，镛曰："吾不及入城，可即此宿。"贼设床褥，镛徐寝。明日复进食，镛曰："吾今归矣，尔等能从往取粟帛乎？"贼曰："然。"控马送出林间，贼数

十骑从。镛顾曰："此秀才好人，汝既效顺，可释之，与我同返。"贼
即解缚，还其巾裾，诸生竞奔去。镛薄暮及城，城中吏登城见之，惊曰：
"必太守畏而从贼，导之陷城耳。"争问故，镛言："第开门，我有处分。"
众益疑拒，镛笑语贼："尔且止，吾当自入，出犒汝。"贼少却，镛入，
复闭门，镛命取谷帛从城上投与之，贼谢而去，终不复出。

译文

　　明孝宗时，孔镛任田州知府。到任才三天，郡中的守备兵士全部被调往他地，而这时峒地的山民又乘隙攻城。众人提议闭城固守，孔镛却说："我们兵力薄弱，势力孤单，能支持多久呢？如今只有对贼人晓谕朝廷的恩德，或许能感化贼人，解除危机。"众人觉得这想法太天真了，认为"孔太守所说完全是书生迂腐的论调"。孔镛说："难不成我们该束手投降，让贼人杀了我们？"众人说："即使采纳你的建议，那么该派谁去向贼人宣示恩德呢？"孔镛说："这是我管辖的城池，我当一个人去。"众人还想劝阻，孔镛却下令准备车驾，打开城门只身离去。临行前，众人请求孔镛带卫兵随行，孔镛一概拒绝。贼人见城门打开，以为城中士兵准备出城迎战，再仔细一看，只见一位官员乘马车出城，车上只有两名控马的马夫随行。他们出城后，城门又随即关闭。贼人拦下车驾盘问，孔镛说："我是新上任的太守，你带路引我去你们的营寨，我有话要对你们的首领说。"那名贼人摸不清底细，故意带着孔镛在树林中绕路。孔镛回头看看马夫，已跑了一名。等到达贼营时，另一名马夫也不见了。贼人带孔镛在树林绕路时，见途中有一男子被绑在树上，样子憔悴而颓丧，向孔镛求救。孔镛问贼人，才知那男子是赴郡参加考试的书生，被贼人劫持，因为不答应贼人的要求，所以贼人准备要杀他。孔镛没有再说话，直接进入贼人营寨。贼人带着兵器出寨迎接。孔镛下马，站在屋内对贼人说："我是你们的父母官，等我坐下后，你们就向我参拜。"贼人取来坐榻，放在屋子中间，孔镛坐定后要众贼上前，众贼相互对望后不觉走向前。贼首问孔镛的身份，孔镛说："我是孔太守。"贼首问："难道你是孔圣人的后辈子孙？"孔镛说："正是。"于是贼人纷纷行礼叩拜。孔镛说："我一直深信你们本性善良，只因生活困苦迫于无奈，才沦为盗匪苟且求活。前任太守不能体谅你们的处境，派官兵围剿，想要将你们赶尽杀绝。如今我奉朝廷之命，身为你们的父母官，待你们就像是我的子孙，怎么忍心杀害你们？如果你们相信我，肯归顺我，我自当赦免你们的罪。你们可护送我回府城，我会以稻谷布帛相赠，希望你们不要再抢掠。若是不肯归顺，也可以杀了我，日后自然会有官军前来问罪，这后果你们要自行负责。"众贼怀疑地说："果真如太守所说，能体恤我等处境，我等发誓在孔公任内，不再侵扰地方。"孔镛说："我说话算数，你们不必多疑。"众贼又再拜谢。孔镛说："我饿了，你们替我准备饭菜吧。"众贼急忙杀牛做饭，为孔镛做麦饭。孔镛一顿饱餐，众贼都对孔镛的胆量大感惊异和佩服。黄昏时，孔镛说："今晚我已赶不及入城，就在此地暂住一夜吧。"贼人立即铺床整褥，孔镛从容地入睡。第

二天吃过饭后，孔镛说："今天我要回去了，你们可愿随我回府城搬运米粮布帛？"贼人说："好。"于是拉马护送孔镛走出树林，数十名贼人在后面骑马跟随。孔镛回头对贼人说："那位秀才是好人，你们既然已决定归顺我，就放了那秀才，让他跟我一起回府城。"于是贼人解开秀才身上的绳索，把衣物还给他们，众秀才奔逃而去。快到黄昏时孔镛才抵达府城。城中官员登城望见，都吃惊地说："一定是太守怕死降贼，引导贼人攻城。"于是争相探问孔镛，孔镛命他们只管开门，他自有打算。众人一听更加疑惧。孔镛笑着对贼人说："各位暂且先在此稍候，我进城后一定会犒赏你们。"贼人后退一段距离。孔镛进城后，又关闭城门。孔镛命人取来米粮布帛，由城楼丢给贼人。众贼叩谢离去，从此不再为害地方。

注释

①累累：憔悴颓丧的样子。②麦饭：磨碎的麦煮成的饭。

梦龙评

晞奉汾阳家教，到底自惜功名。段公行法时，已料之审矣。孔太守虽借祖荫，然语言步骤，全不犯凶锋。故曰："天下之至柔，驰骋天下之至刚。"

解评

郭晞自幼秉承庭训，养成爱惜名声的观念，所以段秀实在执法前，早已有审慎的评估了；孔太守虽借祖先威名震慑贼人，但他言行举止丝毫不冒犯对方，所以说"柔能克刚"。

陆光祖正义果断

平湖陆太宰光祖，初为濬令。濬有富民，枉坐重辟，数十年相沿，以其富，不敢为之白。陆至访实，即日破械出之，然后闻于台使者，边批：先闻则多掣肘矣。使者曰："此人富有声。"陆曰："但当问其枉不枉，不当问其富不富。果不枉，夷、齐无生理；果枉，陶朱无死法。"台使者甚器之。后行取为吏部，黜陟自由，绝不关白台省。时孙太宰丕扬在省中，以专权劾之。即落职，辞朝，遇孙公，因揖谓曰："承老科长见教，甚荷相成。但今日吏部之门，嘱托者众，不专何以申公道？老科长此疏实误也！"孙沉思良久，曰："诚哉，吾过矣。"即日草奏，自劾失言，而力荐陆。陆由是复起。时两贤之。

译文

平湖的太宰陆光祖，最初任濬县县令。濬县有一位很富有的人，含冤入狱，数十年历任县令相沿袭，由于他有钱，为了避嫌，都不敢为他洗刷冤屈。陆光祖到任后查得实情，当日就放他出狱，然后才呈报御史。御史说："这人的富有很出名。"陆光祖答道："应当只问这人冤不冤枉，而不应该问他富不富有。如果他没有被冤枉，即使生活如伯夷、叔齐般贫困也没有让他苟活的道理；如果他确实冤枉，纵使如陶朱公般富甲一方，也没有理由判他死罪。"御使听了，从此更器重他。后来，陆光祖升为吏部官，问案判决全凭自己见解，完全不须经御史台批阅。当时太宰孙丕扬在中书省，以独断专权的罪名弹劾他。陆光祖随被免官，辞别时遇到孙丕扬，对他行礼长拜后说："承蒙您的教训，罢去我的官职。但现今吏部人情关接近不断，如果不独断专权，怎么能伸张公正？孙公上疏弹劾我，实在是误解我了。"孙丕扬沉思许久，才说："你说得有理，是我的过失。"说完立即起草上奏，弹劾自己失言的过失，而极力推荐陆光祖。陆光祖于是又被重新起用。陆光祖与孙丕扬被时人称为两大贤人。

梦龙评

为陆公难，为孙公更难。

葛端肃以秦左伯入觐，有小吏注考"老疾"，当罢。公复为请留，太宰曰："计簿出自藩伯。何自忘也？"公曰："边吏去省远甚，注考徒据文书，今亲见其人甚壮，正堪驱策，方知误注。过在布政，何可使小吏受枉？"太宰惊服，曰："谁能于吏部堂上自实过误？即此是贤能第一矣！"此宰与孙公相类。葛公固高，此吏部亦高。因记万历己未，闽左伯黄琮，马平人，为一主簿力争其枉。当轴者甚不喜，曰："以二品大吏为九品官苦口，其伎俩可知。"为之注调。人之识见不侔如此！

解评

陆光祖认理不认人，颇具正义果断，而孙丕扬自己承认错误，更是勇气难得。所以评价一个人或者一件事情，一定要弄清楚再说话，否则会伤害别人或使事情更糟。

智囊精粹

吕端识断不糊涂

太宗大渐^①，内侍王继恩忌太子英明，阴与参知政事李昌龄等谋立楚王元佐。端问疾禁中，见太子不在旁，疑有变，乃以笏书"大渐"二字，令亲密吏趣太子入侍。太宗崩，李皇后命继恩召端，端知有变，即绐继恩，使入书阁检太宗先赐墨诏，遂锁之而入，皇后曰："宫车已晏驾，立子以长，顺也。"端曰："先帝立太子，正为今日。今始弃天下，岂可遽违命有异议耶。"乃奉太子。真宗既立，垂帘引见群臣。端平立殿下，不拜，请卷帘升殿审视，然后降阶，率群臣拜呼"万岁"。

译文

宋太宗病危，内侍王继恩忌惮太子英明，暗中勾结参知政事的李昌龄等人，想扶立楚王元佐为太子。吕端进宫探望太宗，见太子不在旁边，怕有人借机生变，就在手板上写上"大渐"二字，命亲信交给太子，并召太子进宫服侍太宗。太宗驾崩后，李皇后命王继恩召吕端入宫。吕端知道一定有变故发生，就骗王继恩进御书房，说要检视先皇遗墨、诏命等物件，随即将王继恩反锁在御书房，这才入内宫。李皇后见到吕端，便对他说："先皇已驾崩，应立长子为帝才合于礼制。"吕端答："先帝曾预立太子，为的就是今日。现在先皇才驾崩，怎么能着急违抗先皇遗命而另行安排，引起其他大臣的非议呢？"于是奉太子为帝，即宋真宗。真宗即位后，垂帘接见群臣。吕端直身站立不叩拜，他请真宗卷起帘幕，然后登上殿阶仔细端详，看清楚的确是真宗本人，才走下殿阶，率群臣叩拜并高呼万岁。

注释

①大渐：病危。渐，病重。

梦龙评

不糊涂，是识；必不肯糊涂过去，是断。

解评

平日不糊涂，是识；遇大事一定不肯糊涂搪塞过去，是断。平时稀里糊涂可以，关键的事情上一点点也马虎不得。

辛起季智斗内臣

　　辛参政起季守福州。有主管应天启运宫内臣武师说，平日群中待之与监司等。起季初视事，谒入，谓客将曰："此特监珰耳，待以通判，已为过礼。"乃令与通判同见。明日，郡官朝拜神御，起季病足，必扶掖乃能拜。既入，至庭下，师说忽叱候卒退，曰："此神御殿也。"起季不为动，顾卒曰："但扶，自当具奏。"边批：有主意。雍容终礼。既退，遂自劾待罪。朝廷为降师说为泉州兵官云。边批：处分是。

译文

　　参政辛起季镇守福州时，有个主管应天启运宫的宦官武师说，平日属僚把他奉为监司。辛起季刚上任时，武师说就前来拜见，辛起季就对僚属说："武师说只是个宦官，以后只要以对通判的礼节对他就足够了。"于是让通判与辛起季一同前来参见。第二天，郡守的官员都去朝拜先帝的祀庙，不巧辛起季脚痛，一定要人扶着他才能参拜。来到祀庙后，武师说突然叱令伺候的士兵退下，说："这是供奉先帝肖像的殿堂！"辛起季不为所动，回头对士兵说："你们只管扶我，我自当呈奏朝廷请罪。"说完神情从容地行礼参拜。离殿后，辛起季立即上奏自陈罪状，等皇帝降罪。结果皇上反而把武师说贬为泉州兵官。

解评

　　智慧能产生见识，有了见识遇事才能做出正确的判断，才不至于被打败。见识决定人生，见识决定了你人生的处境和高度。

祝知府廉能

　　南昌祝守以廉能名。宁府有鹤，为民犬咋死，府卒讼之云："鹤有金牌，乃出御赐。"祝公判云："鹤带金牌，犬不识字；禽兽相伤，岂干人事？"竟纵其人。又两家牛斗，一牛死。判云："两牛相争，一死一生；死者同享，生者同耕。"

译文

南昌的祝知府以廉洁能干闻名。宁王府有一只仙鹤，被老百姓家所饲养的狗咬死。府吏把狗主人送入官府，说："仙鹤的脖子上套有皇上御赐的金牌。"祝公看后判道："鹤戴着金牌，狗不认识字；禽兽互相争斗而伤，与人有什么关系？"于是放了狗的主人。又有一次，两家人所养的牛相斗，其中一头牛死了。祝知府判道："两头牛相争，一死一活；死的牛两家一起吃，活的牛两家共同用它耕种。"

解评

祝知府在审判工作中机智地遵循和坚守法律伦理，使判决既符合法律，又顺应民意。

术智部

冯子曰：智者，术所以生也；术者，智所以转也。不智而言术，如傀儡①百变，徒资嘻笑，而无益于事。无术而言智，如御人舟子，自炫执辔如组②，运楫如风，原隰关津，若在其掌，一遇羊肠太行、危滩骇浪，辄束手而呼天，其不至颠且覆者几希矣。蠖之缩也，蛰之伏也，麝之决脐也，蚺之示创也，术也。物智其然，而况人乎？李耳化胡，禹入裸国而解衣，孔尼较猎，散宜生行贿，仲雍断发文身，裸以为饰，不知者曰："贤之智，有时而殚。"知者曰："贤之术，无时而窘。"婉而不遂，谓之"委蛇"；匿而不章，谓之"谬数"；诡而不失，谓之"权奇"。不婉者，物将格之；不匿者，物将倾之；不诡者，物将厄之。呜呼！术神矣！智止矣！

译文

冯梦龙说：智慧是方法产生的根本，而方法是从智慧转化而来的。没有智慧而只强调方法，就如同木偶戏一样，虽变化多端，也只是一场闹剧罢了，最终也是无益于事；只有智慧而没有方法，就像驾车行船的人，自我炫耀驾车执缰如挥舞丝带，摇橹自由如风，如走平地、越关临渡口，一切好像得心应手，然而一遇上羊肠小道或大风大浪，就会束手无策，向天喊叫求救，想不倾覆也难。尺蠖缩身，昆虫伏藏，麝咬断自己的脐，蟒蛇翻身显示自己的伤口，都是一种保护自己的方法。动物的智慧都能够如此，何况是人呢？相传老子出关，教化胡人；大禹到了裸国也要脱光衣服；孔子在鲁国时也前去狩猎；散宜生为了解救周文王，也要向商纣王的亲信行贿；仲雍避位蛮夷，也要剪掉头发，裸体文身。无知的人会说："圣人的智慧，也有穷尽的时候。"但智慧的人会说："圣人的智慧，没有一刻会穷尽。"有时婉转而不直行，称之为"委蛇"；有时暂时隐匿不表现，称之为"谬数"；有时诡谲而不失原则，称之为"权奇"。如果不懂婉转，你做事就很困难；如果不懂隐匿，你做事就要受伤害；如果不懂得诡谲，你做事就要遭受灾难了。唉！方法要是运用如神，智慧也就发挥到顶峰了！

注释

①傀儡：木偶戏中的木头人。②组：丝带。

委蛇卷十三

> 道固委蛇，大成若缺。如莲在泥，入垢出洁。先号后笑，吉生凶灭。集《委蛇》。

译文

应懂得委婉曲折之道，完满之中看上去似乎有缺陷。正如同生长在污泥中的莲花，在污泥中生长出来的却是一身的洁净。经历痛哭，最后才能微笑，如果运用得法，就能趋吉避凶。因此集《委蛇》卷。

孔融谏僭伪

> 荆州牧刘表不供职贡，多行僭伪①，遂乃郊祀天地，拟斥乘舆。诏书班下其事，孔融上疏，以为"齐兵次楚，唯责包茅，今王师未即行诛，且宜隐郊祀之事，以崇国体。若形之四方，非所以塞邪萌。"

译文

东汉献帝时，荆州牧刘表不仅不向朝廷进献分派进贡的土物，并且干了许多越礼不轨的事，甚至还大胆祭祀天地，自比天子。献帝想下诏斥责刘表，孔融上书劝谏说："如今王师正如齐桓公兵伐楚国时，只能责备楚国不上贡茅包一样，并没有力量惩罚刘表。

陛下郊祭时不能提及此事，以维护朝廷尊严。如果轻易张扬此事，不但不能收到遏阻的效果，反而更加助长他邪恶的气焰。"

注释

①僭伪（jiàn）：指越礼不轨之事。

梦龙评

凡僭叛不道之事，骤见则骇，习闻则安。力未及剪除而章其恶，以习民之耳目，且使民知大逆之遭诛，朝廷何震之有？召陵之役，管夷吾不声楚僭，而仅责楚贡，取其易于结局，度势不得不尔。孔明使人贺吴称帝，非其欲也，势也。儒家"虽败犹荣"之说，误人不浅。

解评

面对分崩离析的现实，保留住自己的底线是当务之急。此时强行前进的结果就比委曲求全差许多了。

魏勃扫门见齐相

勃少时，尝欲见齐相曹参，家贫无以自通，乃尝独早扫齐相舍人门，相舍怪，以为物而伺之，得勃。曰："愿见相君无因，故为子扫，欲以求见耳。"于是舍人见勃于参。

译文

魏勃年轻时，想求见齐相曹参，但因家境贫穷，求见无门，于是他每天早上都到曹参侍从官的府邸门前洒水扫地。侍从官觉得很奇怪，就躲在一旁窥伺，终于抓住了魏勃。魏勃说："我只是求见相国，但没人为我引见，所以才在府邸门前打扫。"于是侍从官引见魏勃参拜相国曹参。

梦龙评

曹相国最坦易，不为崖岸者，魏勃犹难于一见如此，况其他乎！吁！

解评

历朝的相国中，曹参算是最平易近人、没有官架子的一位，魏勃想求见一面尚如此困难，其他做官的就可想而知了。

叔孙通换服

叔孙通初以儒服见，汉王憎之。通即变服，服短衣楚制，王喜。时从弟子百许，通无所言，独言诸故群盗壮士进。诸儒皆怨。通闻之曰："诸生宁能斗乎？且待我，毋遽。"

译文

叔孙通初次拜见汉王刘邦时，穿着儒者的服饰，汉王见了觉得很讨厌。于是叔孙通立即更换服装，全部是楚国人的短衣打扮，汉王看后很高兴。当时叔孙通门下有一百多名弟子，他不教这些弟子任何东西，只讲旧时的强盗、游侠如何升官发财。弟子们听了都纷纷抱怨。叔孙通听说后，就对弟子们说："你们有人家强盗，游侠的本领吗？那就等我找机会推荐你们，不要着急。"

术智部 委蛇卷十三

解评

古人云：变则通，通则久。只有学会变通，才能带来成功。历史是不断运动变化发展的，我们要用发展的观点看问题，使思想和实际相符合。

周文襄送毯　唐顺之除倭

周文襄巡抚江南日，巨珰王振当权，虑其挠己也。时振初作居第，公预令人度其斋阁，使松江作剪绒毯，遗之，不失尺寸。振益喜。凡公上利便事，振悉从中赞之，江南至今赖焉。

译文

明朝人周文襄任江南巡抚期间，正值宦官王振当权，他担心王振借机刁难自己。当时王振刚开始兴建宅第，周文襄就事先命人暗中测量厅堂的大小宽窄，然后命人到松江按尺寸定做地毯送给王振。由于尺寸大小丝毫不差，王振非常高兴。以后，凡是周文襄上书呈报江南兴利除弊的公文，都在王振的赞同下顺利通过。江南的百姓到今天还蒙受这样的福泽。

梦龙评

秦桧构格天阁。有某官任江南，思出奇媚之，乃重赂工人，得其尺寸，作绒毯以进，铺之恰合。桧谓其伺己内事，大怒，因寻事斥之。所献同而喜怒相反，何也？谓忠佞意殊，彼苍者阴使各食其极，此恐未然。大抵振暴而骄，其机浅，桧险而狡，其机深；振乐于招君子以沽名，桧严于防小人以虑祸，此所以异与？

世之訾文襄者，不过以媚王振，及出粟千石旌其门，又为子纳马得官二事，皆非高明之举，愚谓此二事亦有深意。时四方灾伤荐告，司农患贫，而公复奏免江南苛税若千万，唯是劝输援纳为便宜之二策，公故以身先之。明示旌门之为荣，而纳官之不为辱，欲以风励百姓。此亦卜式助边之遗意，未可轻议也。

倭躏姑苏，戟婴儿为戏。唐公顺之时家居，一见痛心，愤不俱生。时督师海上者赵文华，严分宜幸客也，公挺身往谒，与陈机略，且言非专任胡梅林不可。赵乃首荐起职方郎中，视师浙直，因任胡宗宪。宗宪亦厚馈严相以结其欢，故无掣肘之虞，始得展布，以除倭患。

译文

明朝时，倭寇肆意践踏姑苏城，把婴儿用利刃挑起来取乐。唐顺之当时闲居在家，看到倭贼的凶残后非常痛心，愤怒地想与倭贼同归于尽。当时海上督军赵文华很受丞相严嵩的宠幸，唐顺之冒死前去求见，向他陈述制敌的战略，并说如果不启用胡梅林就不能成功。赵文华于是保荐唐顺之为职方郎中，督率两浙军队，接着又任用胡梅林。胡梅林当时也曾厚礼奉迎严嵩，以讨严嵩欢心，所以才能使他们从容布置计划，平息倭寇的祸患。

梦龙评

焦弱侯曰：应德，边批：顺之字，晚年为分宜所荐，至今以为诟病。尝观《易》之《否》，以"包承小人"为大人，吉，甚且包畜不辞，洁一身而委大计于沟渎，固志天下者所不忍也。汉人有言：中世选士，务于清悫谨慎，此妇女之检柙，乡曲之常人耳。呜呼！世多隐情，惜己之人，殆难与道此也。正德时逆瑾鸱张，刘健、谢迁皆逐去，而李东阳独留，益务沉逊，时时调剂其间，缙绅之祸，往往恃以获免。人皆责东阳不去为非，不思孝宗大渐时，刘、谢、李同在榻前，承受顾命，亲以少主付之，使李公又随二人而去，则国事将至于不可言，宁不负先帝之托耶？则李义不可去，有万万不得已者。李晚年，有人谈及此，辄痛哭不能已。呜呼！大臣心事，不见谅于拘儒者多矣，岂独应德哉？

解评

君子有时候要用一些小人的手段，这样才能维护国家。不能为保持自己的名声，而置国家和民族危亡于不顾，要能识别小人并利用小人的手段保全国家。

杨一清借力除瑾

杨文襄一清，与内臣张永同提兵讨安化王。杨在军中语及逆瑾事。因以危言动永，边批：可惜其言不传。即于袖中出二疏，一言平贼事，一言内变事，嘱永曰："公班师入京见上，先进宁夏疏，上必就公问，公诡言请屏人语，乃进内变疏。"永曰："即不济，奈何？"公曰："他人言，济不济未可知，公言必济。顾公言时，须有端绪，万一不信公，公可顿首请上即时召瑾，没其兵器，劝上登城验之：'若无反状，杀奴喂狗。'又顿首哭泣，上必大怒瑾。瑾诛，公大用，尽矫其所为。吕强、张承业，与公千载三人耳。但须得请即行事，勿缓顷刻。"永勃然作曰："老奴何惜余年报主乎？"已而永入见，如公策，事果济。瑾初缚时，得旨降南京奉御，瑾上白帖，乞一二敝衣盖体，上怜之，令与故衣百件。永惧，谋之内阁，令科道劾瑾，劾中多波及阿瑾诸臣。永持疏至左顺门，谓诸言官曰："瑾用事时，我辈亦不敢言，况尔两班官？今罪止瑾一人，勿动摇人情也！可领此疏去，急易疏进。"此疏入，瑾遂正法，止连及文臣张彩一人、武臣杨玉等六人而已。

译文

明武宗时，杨一清与宦官张永同时率军讨伐安化王。杨一清曾在军中与张永谈到刘瑾叛逆的事，并劝说张永举发刘瑾。接着从衣袖中取出两道奏疏，一道陈述平定安化王谋反的战略，另一道则是分析刘瑾有专权谋逆的意图。杨一清叮嘱张永说："您率军回京觐见皇上时，先呈平定安化王的奏章，皇上一定会再进一步详细询问，这时您趁机请皇上屏退左右，再呈刘瑾叛逆的奏章。"张永说："如果不管用，怎么办？"杨一清说："如果是别人上奏，我不敢断言是否管用，但如果是您，只要论事有条有理，一定管用。万一皇上不相信您所说的话，您就叩头请皇上立即召见刘瑾，下令先没收刘瑾的兵器，劝请皇上亲自登城查验，并有言在先说：'如果找不到刘瑾谋反的证据，愿意让皇上杀了自己，拿去喂狗。'接着再一面痛哭一面连连叩头，这时皇上对刘瑾一定大为生气。刘瑾被杀后，您一定受皇上重用，可以尽全力矫正以往朝政的缺失，那么吕强、张承业与您可说是千年来的三大忠臣。但这事一定要立即行事，千万不要有所拖延。"张永慷慨地说："我为皇上尽忠，怎么会在乎自己的余年？"不久，张永回京觐见皇上，一切按照杨一清的计划行事，果然很顺利。刘瑾初当被收押时，奉圣旨被降为南京奉御。刘瑾上奏自承罪状，乞求武宗赐一两件旧衣蔽体。武宗不忍，就下令赐予他旧衣百件，张

永见武宗仍怜惜刘瑾，非常害怕，就与内阁中的好友商议，让都察院弹劾刘瑾。然而都察院弹劾的奏章中，牵连到许多阿附刘瑾的大臣。张永立即拿着奏章来到都察院，说："刘瑾专权时，我们也都不敢挺身直言，更何况是其他官员呢？今天弹劾的只是刘瑾一人的罪状，不要再波及他人，动摇人心。请立即收回这道奏章，赶紧再呈报一道。"当奏疏呈上后，刘瑾便被正法，受牵连的只有文臣张彩一人，武将杨玉等六人而已。

梦龙评

除瑾除彬，多借张永之力。若全仗外庭，断不济事！永不欲旁及多人，更有识见，然非杨文襄智出永上，永亦不为之用。吁！此文襄所以称"智囊"也！

解评

刘瑾是明武宗时期的大宦官，朝臣们受其压迫很重。杨一清能除去刘瑾，很大程度上靠了原先为刘瑾一党的张永。明代大臣多不愿跟宦官结交，但杨一清却利用他们做了一件大好事，既除去了刘瑾，又没有牵连很多人，所以杨一清在这件事情上是很有智慧的。

许武让名

阳羡人许武，尝举孝廉，仕通显；而二弟晏、普未达。武欲令成名，一日谓二弟曰："礼有分异之义，请与弟析资，可乎？"于是括财产三分之，武自取肥田广宅、奴婢强者，而推其薄劣者与弟。时乡人尽称二弟克让，而鄙武贪；晏、普竟用是名显，并选举。久之，武乃会宗亲，告之曰："吾为兄不肖，盗声窃位。二弟年长，未沾荣禄，所以向求分财，自取大讥，为二弟地耳。今吾意已遂，其悉均前产。"遂出所赢，尽推二弟。

译文

阳羡人许武，被推举为孝廉后，仕途一帆风顺；而他的两个弟弟许晏和许普，却没有显达。许武想让两个弟弟成名。有一天，就对两个弟弟说："从礼仪上讲，到一定时候就应该分家，因此我想和你们分家，你们看如何？"两个弟弟表示无异议，于是许武将家产分成三份，把肥田、大宅、强壮的女仆都分在自己名下，而将贫瘠的田地房屋、体弱多病的奴仆分给弟弟。当时乡人都称赞两个弟弟克己谦让，而鄙视许武的贪婪。不久，许晏和许普果然盛名远播，并被乡人推举为孝廉之士，并分派官职。过了很长时间后，许武就召集宗亲族人，对他们说："我这做哥哥的很不好，曾侥幸被推举为孝廉任官，但我两个弟弟却都无法沾上荣禄。所以我才要求分家并且多分家产，自取讥讽，替弟弟们打响贤能的知名度。现在我的愿望都已达成，我希望能重新平分家产。"于是许武把自己以前多取的部分，全部还给两个弟弟。

梦龙评

让财犹易，让名更难。

解评

许武这么做可以说是做出了巨大的牺牲，把自己两个弟弟的出名，建立在自己被人轻视的基础上。这种让名的行为比让什么东西都要难。

王翦求赏免疑　萧何自污免祸

秦伐楚，使王翦将兵六十万人，始皇自送至灞上。王翦行，请美田宅园地甚众，始皇曰："将军行矣，何忧贫乎？"王翦曰："为大王将，有功终不得封侯；故及大王之向臣，臣亦及时以请园地，为子孙业耳。"始皇大笑。王翦既至关，使使还请善田者五辈，或曰："将军之乞贷亦已甚矣！"王翦曰："不然，夫秦王恒中粗而不信人，今空秦国甲士而专委于我，我不多请田宅为子孙业以自坚，顾令秦王坐而疑我耶？"

译文

秦始皇派王翦率六十万大军征伐楚国，始皇亲自到灞上送行。临行前，王翦请求始皇赏赐大批田宅。秦始皇说："将军即将率大军出征，为什么还要担忧生活的贫穷呢？"王翦说："臣身为大王的将军，立下汗马功劳，却始终得不到封侯，所以趁大王派遣臣重任时，才敢请大王赏赐田宅，作为子孙后代的家业。"秦始皇听了放声大笑。王翦率军抵达潼关后，派使者五次向始皇要求封赏。有人劝王翦说："将军要求封赏的举动已经有些过分了。"王翦说："你错了。大王疑心病重，用人不信任，现在将秦国所有的兵力委交给我，我如果不用为子孙求日后家业为借口，多次向大王请赐田宅，难道要大王坐在宫中对我产生怀疑吗？"

汉高专任萧何关中事。汉三年，与项羽相距京、索间，上数使使劳苦丞相，鲍生谓何曰："今王暴衣露盖，数劳苦君者，有疑君心也，边批：晁错使天子将兵而居守，所以招祸。为君计，莫若遣君子孙昆弟①能胜兵者，悉诣军所。"于是何从其计，汉王大悦。

吕后用萧何计诛韩信，上已闻诛信，使使拜何为相国，益封五千户，令卒五百人，一都尉为相国卫。诸君皆贺，召平独吊。曰："祸自此始矣！上暴露于外，而君守于内，非被矢石之难，而益封君置卫，非以宠君也，以今者淮阴新反，有疑君心，愿君让封勿受，悉以家财佐军。"何从之，上悦。其秋黥布②反，上自将击之。数使使问相国何为，曰："为上在军，拊循勉百姓，悉取所有佐军，如陈豨时。"客又说何曰："君灭族不久矣！夫君位为相国，功第一，不可复加。然君初入关中，得百姓心十余年矣，尚复孳孳③得民和，上所为数问君，畏君倾动关中，今君胡不多买田地，贱贳贷④以自污？ 边批：王翦之智。上心必安。"于是何从其计。上还，百姓遮道诉相国，上乃大悦。

译文

汉高祖任用萧何镇守关中。汉高祖三年（前204年）时，与项羽在京、索一带相持不下，汉高祖屡次派使者慰问宰相萧何。鲍生对萧何说："在战场上备尝野战之苦的君主，屡次派使者慰劳您，是因为君王对您心存疑虑。为您着想，丞相最好选派善战的兄弟和子孙，亲自率领他们到前线和君主一起并肩作战。"于是萧何采纳鲍生的建议，从此汉王对萧何非常满意。

汉高祖十一年（前196年），吕后用萧何的计谋诛灭韩信。高祖知道韩信被杀，就派使臣任命萧何为相国，加封五千户邑民，另派士兵五百人和一名都尉为相国的护卫兵。群臣都向萧何道贺，唯独陈平向萧何表示忧虑之意。他说："相国的灾祸就要从现在开始啦！皇上在外率军征战，而相国留守关中，没有被射杀的危险，却又赐相国封邑和护卫兵，这并不是宠信您，主要是因淮阴侯刚谋反被平，所以皇上也怀疑相国的忠心。希望您恳辞封赏不要接受，并且把家中财产全部捐出，充作军费，这样才能消除皇上对相国的疑虑。"萧何采纳陈平的建议，高祖果然大为高兴。汉高祖十二年（前195年）秋天，英布叛变，高祖御驾亲征，几次派使者回长安打探萧何的动静。萧何对使者说："因为皇上御驾亲征，所以我在内鼓励百姓捐献财物支援前方，和皇上上次讨伐陈稀叛变时相同。"这时，有一门客对萧何说："你灭门之日已经不远啦！你身为相国，功冠群臣，皇上没法再继续提升你的官职。但自从相国入关中，这十多年来深得民心，而且还在孜孜不倦地致力于国家兴旺之事。皇上多次派使臣慰问相国，就是担心相国的威望影响整个关中。现在相国您为什么不多购买百姓的田地，并且支付很少的利息来借贷，用以贬低自己的声望呢？皇上一定会安心。"萧何采纳了他的建议。高祖在平定英布之乱归来后，百姓纷纷沿途拦驾上奏，控告萧何廉价强买民田，高祖不由心中窃喜。

注释

①昆弟：兄和弟。②黥布：即英布，秦末汉初名将。汉族，今安徽六安人，因受秦律被黥，又称黥布。初属项羽，为霸王帐下五大将之一，被封为九江王，后叛楚归汉，被封为淮南王。与韩信、彭越并称汉初三大名将。③孳孳：同"孜孜"，勤勉，努力不懈。④贳贷：借贷。

梦龙评

汉史又言，何买田宅必居穷僻处，不治垣屋，曰："令后世贤，师吾俭；不贤，无为势家所夺。"与前所云强买民田宅似属两截，不知前乃免祸之权，后乃保家之策，其

智政不相妨也。宋赵韩王普强买人第宅，聚金欠财贿，为御史中丞雷德骧所劾。韩世忠既罢，杜门绝客，口不言兵，时跨驴携酒，从一二奚童，纵游西湖以自乐。尝议买新淦县官田，高宗闻之，甚喜，赐御札，号其庄曰"旌忠"。二公之买田，亦此意也。夫人主不能推肝胆以与豪杰功，至令有功之人，不惜自污以祈幸免。三代交泰之风荡如矣！然降而今日，大臣无论有功无功，无不多买田宅自污者，彼又持何说耶？陈平当吕氏异议之际，日饮醇酒，弄妇人；裴度当宦官熏灼之际，退居绿野，把酒赋诗，不问人间事。古人明哲保身之术，例如此，皆所以绝其疑也。国初，御史袁凯以忤旨引风疾归。太祖使人觇之，见凯方匍匐往篱下食猪犬矢，还报，乃免。盖凯逆知有此，使家人以炒面搅砂糖，从竹筒出之，潜布篱下耳，凯亦智矣哉！

解评

其实心胸狭隘、不信任大臣的又何止秦始皇一人呢。即使是以大气宽宏、知人善任而著称的汉高祖刘邦，也难脱类似的情结。"伴君如伴虎"，部属位高权重的时候，还是会不放心，因此，随时表示忠诚是不够的，还必须根据对人性的分析充分发挥自卫之道。

阮籍酣饮自全

魏、晋之际，天下多故，名士鲜有全者。阮籍托志酣饮，绝不与世事。司马昭初欲为子炎求昏[①]于籍，籍一醉六十日，昭不得言而止。钟会数访以时事，欲因其可否致之罪，竟以酣醉不答获免。

译文

魏晋时，天下政局多变，名士中很少有人能保全自己的。阮籍寄托情志于畅饮中，绝口不与人谈天下时事。司马昭想为儿子司马炎向阮籍的女儿求亲，阮籍为逃避司马昭，竟大醉六十天，司马昭得不到提亲的机会，只好打消念头。钟会曾多次拜访阮籍请教时事，想从阮籍的话中挑出毛病，加上罪名，而阮籍每次都醉得不能答话，也因此而免去了灾难。

注释

①昏：同"婚"。

解评

司马昭派人去向阮籍的女儿说亲，阮籍并不乐意，但又不能直接回绝，于是，开怀放饮，大醉六十多天，使者因不能与之说话，只好作罢。人生中总会有许多让你为难之事，如果你不想或不好意思拒绝，不妨学学阮籍。

郭德成露金

洪武中，郭德成为骁骑指挥。尝入禁内，上以黄金二锭置其袖，曰："第归勿宣。"德成敬诺。比出宫门，纳靴，佯醉，脱靴露金。边批：示不能为密。阍人以闻，上曰："吾赐也。"或尤之，德成曰："九阍严密如此，藏金而出，非窃耶？且吾妹侍宫闱，吾出入无间，安知上不以相试？"众乃服。

译文

洪武年间，郭德成被任命为骁骑指挥。有一天，他进宫参拜太祖，太祖就放了两锭黄金在郭德成的袖子里，并对他说："回去后不可张扬此事。"郭德成恭谨地答应了。等他出了宫门，便把黄金放在靴子里，假装喝醉，并脱下靴子，故意把黄金露出来。守宫门的禁卫军捡到后，就把这两锭黄金呈奏太祖，太祖说："这是朕赏赐给他的。"有人责备郭德成，郭德成说："皇宫守备森严，身怀黄金走出宫门，怎么会不被认为是偷来的呢？况且我妹妹在宫里侍奉皇上，我出入宫中的机会更多。怎么知道陛下是不是在试探我呢？"众人听了，不由佩服他的谨慎。

解评

一个人做事谨慎，考虑周详，才能避免祸患，不招惹是非。处事的不谨慎，往往会带来反效果，更会导致一发不可收拾之残局。所以我们在处理事情的同时多留一个心眼，才能看清楚事情的来龙去脉。

谬数卷十四

似石而玉，以镎为刃。去其昭昭，用其冥冥。仲父有言，事可以隐。集《谬数》。

译文

宝玉有时看上去像石头，戈戟的柄套有时也能作为兵刃。去掉明显可见的一面，运用幽深隐秘的一面。管仲说过：成事要有所隐蔽。因此集《谬数》卷。

周武王假设戍名

武王立重泉之戍，令曰："民有百鼓①之粟者不行。"民举所最［聚］也。粟以避重泉之戍，而国谷二十倍。见《管子》。

译文

周武王征调百姓赴重泉戍守，并下令说："凡百姓中有人捐谷一百鼓的，可以免征调。"百姓为免征调，纷纷捐出家中所有积谷来避免去重泉防守，一时国库的米粮暴增二十倍。事见《管子》一书。

注释

①鼓：约为先秦的量器。

梦龙评

假设戍名，欲人惮役而竟收粟，倘亦权宜之术，而或谓圣王不应为术以愚民，固矣！

至若《韩非子》谓，汤放桀欲自立，而恐人议其贪也，让于务光，又虞其受，使人谓光曰："汤弑其君，而欲以恶名予子。"光因自投于河；文王资费仲而游于纣之旁，令之间纣以乱其心，此则孟氏所谓"好事者为之"。非其例也。

解评

武王假借征调百姓戍守远地为名，想借百姓恐惧离乡的心理，征收谷粟充实国库，这只是一时权宜的做法。可见有时隐藏自己的目的，用另一种方法来达到目的，也不失为一种权宜之计。

东方朔喻上罢方士

武帝好方士，使求神仙、不死之药。东方朔乃进曰："陛下所使取者，皆天下之药，不能使人不死；唯天上药，能使人不死。"上曰："天何可上？"朔对曰："臣能上天。"上知其谩诞，欲极其语，即使朔上天取药。朔既辞去，出殿门，复还曰："今臣上天似谩诞者，愿得一人为信。"上即遣方士与俱，期三十日而返。朔既行，日过诸侯传饮，期且尽，无上天意，方士屡趣之，朔曰："神鬼之事难豫言，当有神来迎我。"于是方士昼寝，良久，朔觉之："呼君极久不应，我今者属从天上来。"方士大惊，具以闻，上以为面欺，诏下朔狱，朔啼曰："朔顷几死者再。"上曰："何也？"朔对曰："天帝问臣：'下方人何衣？'臣朔曰：'衣虫。''虫何若？'臣朔曰："虫喙髯髯类马，色邠邠类虎。'天公大怒，以臣为谩言，使使下问，还报曰：'有之，厥名蚕。'天公乃出臣。今陛下苟以臣为诈，愿使人上天问之。'上大笑曰："善。齐人多诈，欲以喻我止方士也。"由是罢诸方士不用。

译文

汉武帝喜好长生不老之术，派遣方士到各地访求长生不老药。东方朔于是上奏道："陛下派人访求的仙药，其实都是人间之药，不能使人不死。只有天上的药才能使人不死。"武帝说："天怎么能上得去？"东方朔说："臣能上天。"武帝知道东方朔在胡说吹牛，想借机让他出丑难堪，于是下令命东方朔上天取药。东方朔领命拜辞离宫，刚走出殿门

又返回宫说："现在臣要上天取药，皇上一定会认为臣胡说吹牛，所以希望皇上能派一个人随臣同往，作为人证。"武帝就派一名方士与东方朔一起上天取药，并约好三十天后返回。东方朔离宫后，日日与大臣们赌博饮酒。眼看三十天的期限就要到了，他还没有上天的意思，随行的方士就多次催促他。东方朔说："神鬼行事凡人难以预料，神会派使者迎我上天的。"方士无可奈何，只好白天睡大觉。过了很久，东方朔猛然将他摇醒，说："我叫你很长时间你都不醒，我刚从天上返回。"方士一听大吃一惊，立即进宫上奏武帝。武帝认为东方朔一派胡言，犯欺君之罪，下诏将东方朔下狱。东方朔哭着说："臣两度徘徊在生死关口险些丧命。"武帝问："怎么回事？"东方朔回答说："天帝问臣：'老百姓穿的是什么衣服？'臣回答说：'虫皮。'又问：'虫长什么样子？'臣说：'虫嘴长有像马鬃般的触须，身上有虎皮般彩色斑纹。'天帝听了大为生气，认为臣胡言欺骗他，派使者下凡界探问。使者回来报告说：'确有此事，虫子名叫蚕。'这时天帝才释放臣返回凡间。现在陛下如果认为臣欺骗皇上，请派人上天查问。"武帝听了大笑："好了。齐人生性狡诈，你不过是想用譬喻的方法劝朕不要再听信方士之言罢了。"从此武帝罢免诸方士，不再重用他们。

解评

有人评价汉武帝"内多欲而外施仁义"，是说汉武帝内心中有很多想要的东西，但满嘴又是仁义道德。汉武帝想长生不老，被东方朔这么一番戏弄也起了作用，不再迷信方术。人的欲望是无限的，所以我们一定要学会克制。

傅珪巧遏赐田

康陵好佛，自称"大庆法王"。外廷闻之，无征以谏。俄内批礼部番僧请腴田千亩，为大庆法王下院，乃书"大庆法王，与圣旨并"。傅尚书珪佯不知，执奏："孰为大庆法王者，敢并至尊书，亵天子、坏祖宗法，大不敬！"诏勿问，田亦竟止。

译文

明朝武宗笃信佛法，自称"大庆法王"。官员们虽有耳闻，却无法证实而加以劝谏。不久，礼部接到宫中传来的圣旨，说西番和尚请求赏赐良田千亩，作为大庆法王专用的寺院，署名为"大庆法王的圣旨"。尚书傅珪故意假装不知谁是大庆法王，上书启奏："有人自称大庆法王，竟敢与皇上并列下圣旨，亵渎天子，破坏祖宗国法，大大不敬！"武宗看了傅珪的奏章，下令不可再追问此事，而赐良田事也无人再提起。

解评

傅珪不动声色，遏制了赐田之事，这与他隐蔽的智慧是分不开的。他巧妙地运用隐藏的智慧达到目的，在某种程度上说，就如同棋手一样，每一盘总有输赢，输赢的关键就在于你隐藏得深不深。

老胥为妓免死

洪武中，驸马都尉欧阳某偶挟四妓饮酒。事发，官逮妓急。妓分必死，欲毁其貌以觊万一之免。一老胥闻之，往谓之曰："若予我千金，吾能免尔死矣。"妓立予五百金。胥曰："上位神圣，岂不知若辈平日之侈，慎不可欺，当如常貌哀鸣，或蒙天宥耳。"妓曰："何如？"胥曰："若须沐浴极洁，仍以脂粉香泽治面与身，令香远彻，而肌理妍艳之极。首饰衣服，须以金宝锦锈，虽私服衣裙，不可以寸素间之。务尽天下之丽，能夺目荡志则可。"问其词，曰："一味哀呼而已。"妓从之。比见上，叱令自陈，妓无一言。上顾左右曰："榜起杀了。"群妓解衣就缚，自外及内，备极华烂，缯采珍具，堆积满地，照耀左右，至裸体，装束不减，而肤肉如玉，香闻远近，上曰："这小妮子，使我见也当惑了，那厮可知。"遂叱放之。

译文

明太祖洪武年间，有个姓欧阳的驸马都尉，有一次召了四名妓女陪酒。不料消息外泄，官府奉命搜捕陪酒的妓女。由于官府搜捕很急，妓女们料想自己必死无疑，就想毁容，希望能侥幸保住一命。有一位年老的胥吏听说妓女们的遭遇，就对她们说："只要肯给我一千两银子，我就能免你们不死。"妓女们立即先付了五百两银子。老胥吏说："当今圣上英明，哪会不清楚干你们这行的人平日奢侈挥霍的情形，所以千万不可欺瞒。你们的言行打扮应和平常一样，见了皇上，只要哭泣，或许可得到皇上的宽恕。"妓女们问："具体怎么做呢？"老胥吏说："先彻底洗净全身，再用香水脂粉调理颜面和身体，让远近的人都能闻到你们身上的香味，使全身的肌肤散发出动人艳丽的光泽。身上所穿戴的衣物首饰，更是非绫罗绸缎、金玉珠宝不可，即使是贴身的内衣，也丝毫马虎不得。务必要极尽华丽，让男人见了无不心荡神驰。"妓女们问应该说什么，老胥吏说："一味低头哭泣就行了。"妓女们都按照他的计划来做。等见了皇上，皇上叱令妓女自陈罪状，妓女没有一个说话的。皇上对左右侍卫说："把她们绑起来杀了。"妓女们听了宽衣就缚，只见她们从外服到贴身衣裤，无不华丽至极，身上所佩戴的饰物更是堆了一地，光彩夺目，等到快脱光衣服时，装扮仍然华丽，而肌肤如玉，阵阵香气袭人。皇上说："这些女子，即使是朕见了都不免被迷惑，欧阳驸马也就可想而知了。"于是下令释放了那四名妓女。

解评

老胥吏可谓深沉老练，他偏重于行为方式及特点，即看待问题、处理问题的方法和价值取向，因此能够从中洞察他人的心理，其智可谓高也。

王振造佛之计

北京功德寺后宫像极工丽。僧云：正统时，张太后常幸此，三宿而返。英庙尚幼，从之游。宫殿别寝皆具。太监王振以为后妃游幸佛寺，非盛典也，乃密造此佛。既成，请英庙进言于太后曰："母后大德，子无以报，已命装佛一堂，请致功德寺后宫，以酬厚德。"太后大喜，许之，命中书舍人写金字藏经置东西房。自是太后以佛、经在，不可就寝，不复出幸。

译文

北京城的功德寺，后宫供奉着一座极其巍峨华丽的佛像。和尚说：明英宗正统年间，张太后常游幸功德寺。有一次在寺中住了三夜才回宫。当时英宗年纪还小，常随太后游寺，寺内宫殿中的住宿用品全都有。太监王振认为后妃常游幸佛寺不合朝廷礼制，于是暗中命人打造佛像。佛像完成后，王振请英宗呈给太后，说："母后大德，儿臣无以为报，特命人打造一尊佛像，请母后恩准将佛像安置于功德寺后宫，以酬谢母后的深厚恩德。"太后听了非常高兴，立即答应，并命中书舍人用金字抄写经书放在东西两侧厢房。从此太后因厢房供有佛经，不适合住宿，就不再游幸功德寺。

梦龙评

君子之智，亦有一短。小人之智，亦有一长。小人每拾君子之短，所以为小人；君子不弃小人之长，所以为君子。

解评

即便是被尊称为君子，他们的大智中也难免会有短处，而那些受人唾弃的小人，他们的小智中也会有长处。所以，我们不要片面去看待一个人或一件事。

苏秦激将显才华

苏秦、张仪尝同学，俱事鬼谷先生。苏秦既以合纵显于诸侯，然恐秦之攻诸侯败其约，念莫可使用于秦者，乃使人微感张仪，劝之谒苏秦以求通。仪于是之赵，求见秦。秦诚门下人不为通，又使不得去者数日。已而见之，坐之堂下，赐仆妾之食，因而数让之曰："以子才能，乃自令困辱如此！吾宁不能言而富贵子，子不足收也。"谢去之，仪大失望，怒甚，念诸侯莫可事，独秦能苦赵，乃遂入秦。苏秦言于赵王，使其舍人微随张仪，与同宿舍，稍稍近就之，奉以车马金钱，张仪遂得以见秦惠王。王以为客卿，与谋伐诸侯，舍人乃辞去，仪曰："赖子得显，方且报德，何故去也？"舍人曰："臣非知君，知君乃苏秦也。苏君忧秦伐赵，败从约，以为非君莫能得秦柄。故感怒君，使臣阴奉给君资，今君已用，请归报。"张仪曰："嗟乎！此吾在术中而不悟，吾不及苏君明矣；吾又新用，安能谋赵乎？为我谢苏君，苏君之时，仪何敢言？且苏君在，仪宁渠能乎？"自是终苏秦之世，不敢谋赵。

译文

苏秦与张仪两人曾一同求学，而且都是鬼谷先生门下的学生。苏秦虽以说动六国君王同意缔结合纵盟约来抗秦而扬名于诸侯国，但仍担心秦国会抢先攻打诸侯，使盟约在缔结前就遭破坏。考虑到没有可派遣去阻止秦国发动战事的人，苏秦就暗中派人指引张仪，劝他拜谒苏秦，以求显达。于是张仪来到赵国求见苏秦。苏秦一面命门客不许为张仪引见，一面又暗中想尽各种法子使张仪不能离开赵国。几天后，苏秦终于答应接见张仪，见了面却让他坐在堂下，赐他与仆妾同样的食物，接着责备他说："以你的才能，竟让自己落得如此穷困潦倒的地步！凭我今天的地位，难道不能向赵王推荐你，使你富贵显达吗？只是你实在不值得我收留在赵国罢了！"说完命张仪离开。张仪大失所望，非常愤怒，他心想各诸侯中没有一个值得他投奔效力的，只有秦国能羞辱赵国，于是就去投靠秦国。苏秦一面向赵王禀告张仪入秦之事，一面派家人暗中尾随张仪，和他投宿同一客栈，慢慢接近他，并供给他车辆、马匹及金钱。张仪才得以见到秦惠王。秦惠王奉张仪为客卿，与他商议如何攻打诸侯之事。这时那位帮助张仪的友人却向他辞别。张仪说："靠您的帮助，

我才得以显贵，现在正是我报答您的时候，您为什么要离去呢？"友人说："我并不是您的知己，您的知己是苏秦。苏秦担心秦国攻打赵国会破坏合纵的盟约，认为非您不能掌握秦国政权，所以故意激起你奋发的心志，派我暗中资助您。现在您已得到秦王重用，请让我回去向苏秦报告。"张仪听完友人的这番话，说："唉，这都是我们一起学过的谋术，现在苏先生应用在我身上，而我竟然一直没有领悟到，我实在不如苏先生聪明啊！现在我刚被任用，怎么会图谋攻打赵国呢？请您替我谢谢苏先生，只要苏先生在，我怎敢奢谈攻打赵国，又怎么有能力和他作对呢？"果真，苏秦在世时，张仪不敢图谋攻打赵国。

梦龙评

绍兴中，杨和王存中为殿帅。有代北人卫校尉，曩在行伍中与杨结义。首往投谒，杨一见甚欢，事以兄礼，且令夫人出拜，款曲殷勤。两日后忽疏之，来则见于外室，卫以杨方得路，志在一官，故间关赴之，至是大失望。过半年，疑为人所谮，乃告辞。又不得通，或教使伺其入朝回，遮道陈状，杨亦略不与语，但判云："执就常州于本府某庄内支钱一百贯。"卫愈不乐，然无可奈何，倘得钱，尚可治归装，而不识杨庄所在，正彷徨旅邸，遇一客，自云："程副将，便道往常、润，陪君往取之。"既得钱，相从累日，情好无间，密语之曰："吾实欲游中原，君能引我偕往否？"卫欣然许之，迤逦至代郡，倩卫买田："我欲作一窟于此。"卫为经营，得膏腴千亩，居久之，乃言曰："吾本无意于斯，此尽出杨相公处分，初虑公贪小利，轻舍乡里，当今兵革不用，非展奋功名之秋，故遣我追随，为办生计。"悉取券相授，约直万缗，黯然而别。此与苏秦事相类。

按苏从张衡，原无定局。苏初说秦王不用，转而之赵，计不得不出于从。张既事秦，不言衡不为功，其势然也。独谓苏既识张才，何不贵显之于六国间，作自己一帮手，而激之入秦，授以翻局之资，非失算乎？不知张之狡谲，十倍于苏，其志必不屑居苏下，则其说必不肯袭苏套，厚嫁之于秦，犹可食其数年之报，而并峙于六国，且不能享一日之安，季子料之审矣。若杨和王还故人于代北，为之谋生，或豢之以待万一之用也。英雄作事，岂泛泛哉！

杨和王有所亲爱吏卒，平居赐予无算，一旦无故怒而逐之，吏莫知其罪，泣拜而去，杨曰："无事莫来见我。"吏悟其意，归以厚资俾其子入台中为吏，居无何，御吏欲论杨干没军中粪钱十余万，其子闻之，告其父，父奔告杨。即县札奏，言军中有粪钱若干，桩管某处，惟朝廷所用。不数日，御史疏上，高宗出存中札子示之，坐妄言被黜，而杨眷日隆。其还故人于代北，亦或此意。

解评

一个人的发展过于顺利，那么他的才能就不易显露出来。只有让他在曲折中发展，才能够激发他的斗志，展现他的才能。

王忠嗣应付安禄山

王忠嗣，唐名将也。安禄山城雄武，扼飞狐塞，谋为乱，请忠嗣助役，欲留其兵。忠嗣先期至，不见禄山而还。

译文

王忠嗣是唐朝名将。当初安禄山筑雄武城，扼守飞狐要塞，预谋反叛，他希望王忠嗣助他早日完工，并想征调王忠嗣的兵力来增加自己的兵力。王忠嗣不便直接拒绝，只好比两人约定见面的日期早到，事后再宣称因碰不到安禄山，只好率军而回。

解评

生活中，总会有一些事让你不便直接拒绝，你不妨学学王忠嗣的方法，既不违背承诺，也不去做自己不愿意做的事。

王守仁大度明智

逆濠反，张忠、朱泰诱上亲征，而守仁擒濠报至。群奸大失望，肆为飞语中公，又令北军肆坐慢骂，或故冲导以起衅。公一不为动，务待以礼，预令巡捕官谕市人移家于乡，而以老羸应门。始欲犒赏北军，泰等预禁之，令勿受。守仁乃传谕百姓：北军离家苦楚，居民当敦主客礼。每出遇北军丧，必停车问故，厚与之椟，嗟叹乃去。久之，北军咸服。会冬至节近，预令城市举奠。时新经濠乱，哭亡酹酒者，声闻不绝。边批：好一曲楚歌。北军无不思家，泣下求归。

译文

明朝时，朱宸濠谋叛，张忠、朱泰极力劝诱武宗亲征，而这时王守仁擒获朱宸濠的捷报已传抵京城。奸臣们不免大失所望，一面大肆在朝中散播流言中伤王守仁，一面又纵容北军肆意谩骂，甚至故意冲撞王守仁的仪仗，想挑起事端。王守仁面对这种情况不为所动，反而更加以礼相待。他先命巡捕官通知城中百姓搬迁到乡下暂住，而派老弱体衰的人看守屋舍。继而犒赏前来的北军，但朱泰等人事先已训令北军，不得接受王守仁的犒赏。于是王守仁便下达指示告诉百姓：北军远离家乡，生活艰苦，百姓应尽地主之礼仪，厚待北军。王守仁每次外出遇北军有丧亡时，一定停车问明缘故，并给钱厚葬，长声叹息后才离去。经过一段日子，北军都被王守仁的盛情所感动。当时冬至将到，王守仁命百姓在城中举行祭奠，哀悼亡灵。当时因刚经历朱宸濠兵变的战乱，因此以酒祭拜死者的哀泣声不绝于耳。北军听了，没有不想念家乡的，纷纷流着泪要求返乡。

解评

北军的到来，本来气势汹汹，但王阳明用人之常情来感化他们，使得他们无心再待在南方。所以，事情有时候要用手段来解决，有时候却要用人情来感化。

田成子负传随子皮

鸱夷子皮[1]事田成子。田成子去齐，走而之燕。鸱夷子皮负传而从，至望邑。子皮曰："子独不闻涸泽之蛇乎？涸泽，蛇将徙，有小蛇谓大蛇曰：'子行而我随之，人以为蛇之行者耳，必有杀子，不如相衔负我以行，人必以我为神君也。'今子美而我恶，以子为我上客，千乘之君也；以子为我使者，万乘之卿也。子不如为我舍人。"田成子故负传而随之，至逆旅，逆旅以君待以甚敬，因献酒肉。

译文

鸱夷子皮侍奉田成子时，一天，田成子离开齐国前往燕国。鸱夷子皮带着符信一路随行，来到望邑。子皮说："您没有听说过涸泽之蛇的故事吗？沼泽干涸了，蛇将要迁移，有一条小蛇对大蛇说：'你在前走，我跟随在后，人们见了只会认为我们是逃难的，一定会抓来杀了你；不如你背着我走，那么人们一定会以为我是神君，就不敢随意冒犯我们了。'今天您体面而我卑微，如果您是我的上客，那么别人就会认为我是一位千乘之国的君主；如果您是我的使者，别人就会以为我是万乘之君的公卿。所以您不如充当我的门客吧。"于是田成子带着符信跟随在子皮之后一路前行，两人来到一家旅店，旅店老板见这随从仪表不凡，对他们非常恭敬，并立即拿出酒肉殷勤招待。

注释

①鸱夷子皮：齐田氏之党人。

解评

这是用反常之举来暗示自己的身份不同寻常，其根本在于摸透了人们的惯性思维，因而才会取得成功。

唐太宗调和之智

薛万彻尚丹阳公主。太宗尝谓人曰："薛驸马村气。"主羞之,不与同席数月。帝闻而大笑,置酒召对握槊,赌所佩刀。帝佯不胜,解刀以佩之。罢酒,主悦甚,薛未及就马,遽召同载而还,重之逾于旧。

译文

唐朝人薛万彻娶丹阳公主为妻。有次唐太宗李世民对人说："薛驸马有些土气。"公主听后觉得很羞愧,竟然几个月都不和驸马一起吃饭。太宗听说这事不由大笑,一日设宴召驸马与公主前来饮酒,宴中,太宗与驸马赌博,并以身上所戴佩刀为赌注。太宗故意输了比赛,解下身上佩刀挂在薛万彻身上。酒宴结束后,公主非常高兴,驸马还没有来得及骑上坐骑,公主就召驸马与她同车回府,从此两人重归于好,感情更胜往日。

梦龙评

省却多少调和力气。

解评

太宗此举,省却了很多调和的力气。

狄青宽宏大量

陕西豪士刘易多游边,喜谈兵。韩魏公厚遇之。狄青每宴设,易喜食苦马菜,不得,即叫怒无礼。边地无之,狄为求于内郡。后每燕集,终日唯以此菜啖之。易不能堪,方设常馔。

译文

陕西豪士刘易常游边境,喜欢谈论兵事。深得韩魏公的厚爱。狄青每次设宴款待,刘易喜欢吃苦马菜,如果席中没有这道菜,就会大声叫骂,甚是无礼。可是边境一带没有苦马菜,于是狄青派人专程到内地寻找。后来,每次请刘易吃饭,餐餐都只有这道苦马菜。直到刘易不能忍受,狄青才下令菜色恢复正常。

解评

这正是狄青为人处世的智慧之处。他如果与刘易斤斤计较,在刘易大闹军营时处治他,不仅难以收到预期的效果,还会影响自己负责的边防事业。他现在这样做,不仅收服了刘易,而且收服了其他将领、士兵。

王安石还藤床

王舒王越国吴夫人①性好洁成疾,王任真率,每不相合。自江宁乞骸归私第,有官藤床,吴假用未还,郡吏来索,左右莫敢言。王一旦跣而登床,偃仰良久。吴望见,即命送还。

译文

王安石的夫人越国夫人吴氏有洁癖,王安石则任其自然,不假修饰,常常与她合不来。王安石自江宁辞官回到故居旧宅居住,他家有张官府的藤床,吴夫人借来后就一直没有归还,郡吏多次前来索讨都空手而回,左右侍从之人没有一个敢说话。有一天,王安石光着脚跳上床,并在上面躺了很久。吴夫人见了,立即命人将床送还。

注释

①王舒王越国吴夫人:宋徽宗崇宁间,追封王安石为舒王,其妻吴氏封越国夫人。

解评

夫人占着江宁府衙的藤床不肯还,这时,如果王安石硬和她要的话,一定会吵起来。可是王安石利用夫人有洁癖这一点,光脚踩藤床,还在上面躺着(王安石不喜沐浴,身常有虱),使夫人一看就觉得恶心。这样,夫人果然把藤床还了回去。因此,当我们在生活中遇到类似的事情,用普通的方法无法解决,就可以采用像王安石一样灵活的方法,不必一条路走到黑,一种办法不成,就换另一种,一题多解嘛!对待不同的人要针对他们不同的特点,采用不同的方法,唯有这样,才能做到有的放矢,轻松解决问题。

权奇卷十五

尧趋禹步，父传师导。三人言虎，逾垣叫跳。亦念其仪，虞其我暴。诞信递君，正奇争效。嗤彼迂儒，漫云立教。集《权奇》。

译文

尧舜开辟的道路，大禹在后面跟随；父亲传授、老师教导我们应认真学习。本来没有老虎，可三个人都说老虎来了，人们就越墙逃跑。既要考虑自己的言行可能会触犯礼教，又要防备敌人对自己的进攻。荒诞和诚实都摆在你面前，看看正统的办法和奇谋哪个效果更高。可笑那些迂腐的儒生泛泛空谈，拘泥于呆板的说教。因此集《权奇》卷。

孔子过蒲

孔子居陈，去，过蒲，会公叔氏以蒲叛。蒲人止孔子，谓之曰："苟无适卫，吾出子。"与之盟，出孔子东门。孔子遂适卫，子贡曰："盟可负耶？"孔子曰："要盟也，神不听。"

译文

孔子居住在陈国，离陈适卫，路过蒲国，正碰上公叔氏在蒲国叛乱。蒲人拦住孔子，并对孔子说："只要你不去卫国，我们就让你平安离去。"孔子只好与蒲人订下不去卫国的盟约。孔子出了城东门后，却立即转往卫国。子贡问孔子："订下的盟约可以违背吗？"孔子回答说："在受胁迫的情况下所订的盟约，神是不会听的。"

梦龙评

大信不信。

解评

　　孔子是宣扬"王道"，主张大信。孔子认为对蒲人的承诺是小信，因此大信是不受小信约束的。

宋太宗认刀慎狱

　　宋太宗即位初年，京师某街富民某，有丐者登门乞钱，意未满，遂詈骂不休。众人环观，靡不忿之。忽人丛中一军尉跃出，刺丐死，掷刀而去。势猛行速，莫敢问者。街卒具其事闻于有司，以刀为征，有司坐富民杀人罪。既谳狱，太宗问："其服乎？"曰："服矣。"索刀阅之，遂纳于室，示有司曰："此吾刀也，向者实吾杀之，奈何枉人？始知鞭笞之下，何罪不承，罗钳结网，不必浊世。"乃罚失入者而释富民。谕自今讯狱，宜加慎，毋滥！

译文

　　宋太宗即位的第一年，京城某街有一位富人某某，有个乞丐去他家乞讨，因没有满足其要求，就骂个不停。围观的众人对乞丐愤愤不平。突然从围观的人群中冲出一位军官，当即刺死乞丐，然后丢下刀就离去了。他来势凶猛，没有人敢询问。巡街士兵将此事呈报有关部门，以刀为证据，官府判富人犯了杀人罪。狱成定案后，太宗问："这人可服罪？"

有司说："服了。"太宗要来凶刀一看，然后带回内室，对有关官吏说："这是我的刀，乞丐实际是我杀的，为何要冤枉好人呢？现在我才明白，严刑逼供下，没有不承认的罪行，罗织罪名，不只是黑暗的世道才有的。"于是太宗将有关官吏治罪，而将富人释放，并下令从今以后，审犯断案要更加谨慎，不可滥用刑罚。

梦龙评

此事见宋小史。更有一事：金城夫人得幸于太祖，颇恃宠。一日宴射后苑，上酌巨觥劝晋王，晋王固辞。上复劝，晋王顾庭中曰："金城夫人亲折此花来，乃饮。"上遂命之，晋王引弓射杀之，抱太祖足泣曰："陛下方得天下，宜为社稷自重。"遂饮射如故，夫投鼠忌器，晋王未必卤莽乃尔，此事恐未然也。

解评

宋太宗一时义愤击杀乞丐，事后能悟出治世也会出现罗织罪名的冤狱，并以此警诫有关部门，因此算得上一个明白人。

公孙申诈立新君

鲁成公时，晋人执郑伯。公孙申曰："我出师以围许，示将改立君者，晋必归君。"故郑人围许，示不急君也。晋栾书曰："郑人立君，我执一人焉，何益？不如伐郑而归其君以求成。"于是诸侯伐郑而归郑伯。

译文

鲁成公时，晋人扣留了郑伯。郑国大臣公孙申说："我们出兵攻打许国，并宣布将另立国君，晋人一定会归还君王。"于是郑国出兵围攻许国，表示不急于救郑伯。晋国的栾书说："郑人将另立新君，我们扣留一个普通人，有什么用呢？不如讨伐郑国归还他们的国君，和郑国议和。"于是诸侯讨伐郑国并将其归还给郑伯。

梦龙评

子鱼立而宋襄返，叔武立而卫成还，此春秋之已事，亦非自公孙申始也。国朝土木之变，也先挟上皇为名，邀求叵测，于肃愍谢之曰："赖社稷之神灵，已有君矣。"虏计窘，竟归上皇，识者以为得公孙申之谋。

王旦从真宗幸澶州，雍王元份留守东京，遇暴疾，命旦驰还，权留守事，旦曰："愿宣寇准，臣有所陈。"准至，旦曰："十日之内无捷报，当如何？"帝默然良久，曰："立皇太子。"此又用廉颇与赵王约故事。大臣谋国，远虑至此，亦由君臣相得，同怀社稷之忧而无猜忌故也。

项羽欲烹太公，高帝曰："我翁即若翁，必欲烹而翁，愿分我一杯羹。"陈眉公谓太公以此归汉，亦瓦注之意也。

解评

处乱不惊，给敌人制造一定的假象，那么敌人就会在迷雾中兜圈子，分不清东西，你才能掌握主动权。

杨云才巧制砖模

杨云才多心计，每有缮修，略以意指授之，人不知所为，及成，始服其精妙。为荆州同知日，当郡城改拓，时钱谷之额已有成命，而台使者檄下，欲增二尺许。监司谋诸守令，欲稍益故额，云才进曰："某有别画，不烦费一钱也。"次日驰至陶所，命取其模以献，怒曰："不佳！"尽碎之，而出己所制模付之，曰："第如式为之！"诸人视其式，无以异也，然云才实于中阴溢二分许，积之得如所增数。城成，白其故，监司乃大服。

译文

杨云才有很多心机，每当有修缮之事时，只会略微将意思传授给别人，人们不知如何去做，直到修缮之事完成，才不得不佩服杨云才的计谋精妙。杨云才任职荆州同知时，州中的城墙要改建扩展，修缮费用也有定额，但台使的檄文传下，想将城墙再增加二尺左右。监司和州太守商议，想比原来的费用稍微增加一些，杨云才进言说："我另有一个办法，不须多花一个钱。"第二天，杨云才骑马来到制砖厂，命厂主取来砖石的模子察看，他生气地说："不好。"然后将砖模全部摔碎，而将自己制好的砖模交给厂主说："照这规格烧制。"众人看那样式和原先的没有什么差别。事实上，杨云才已暗中加宽二分，累积起来的砖块厚度，恰好是朝廷所要求增加的尺寸。等城墙完工，杨云才才说明其中的原因，监司大为佩服。

梦龙评

砖厚而陶者不知，城增而主者不费。心计之妙，侔于思神！

解评

砖厚增加但厂主不知，扩墙工程圆满完成却不须再增费用，杨云才可说用计如神。所以规规矩矩办不成的事，灵活变通一下也许就会达到预期的目的。

雄山智僧搬瓦

雄山在南安，其上有飞瓦岩。相传僧初结庵时，因山伐木，但恐山高运瓦之难，积瓦山下，诳欲作法，飞瓦砌屋，不用工师。卜日已定，远近观者数千人。僧伪为佣人挑瓦上山。观者欲其速于作法，争为搬运，顷刻都尽。僧笑曰："吾飞瓦只如是耳。"

译文

南安有座雄山，山上有飞瓦岩。相传当初僧人在山上建寺时，在山上砍伐树木，但害怕山高运瓦困难，所以大批的瓦材只能囤放在山下，僧人想出一个办法，谎称自己有"飞瓦建屋"的法术，砌屋时不用工匠。表演的日子到了，远近赶来观看的有几千人。僧人假扮成奴仆，挑着瓦块往山上走，众人想早些看到表演，都争着搬瓦上山，不多久，瓦块就都搬运完了。这时僧人笑着说："我的飞瓦法术也只是这样罢了。"

解评

僧人"飞瓦建屋"的法术，虽然是一种骗局，但他变通的智慧却不得不让我们佩服。

秦王祯等借死囚克敌

魏秦王祯为南豫州刺史。大胡山蛮时出抄掠，祯计召新蔡、襄城蛮首，使观射。先选左右能射者二十余人，而以一囚易服参其间。祯先自射，皆中，因命左右以次射，及囚，不中，即斩，蛮相视股栗，又预令左右取死囚十人，皆着蛮衣以候，祯临坐，会微有风动，辄举目瞻天，顾望蛮曰："风气少暴，似有钞贼入境，不过十许人，当在西角五十里。"即命驰骑掩捕十人至，祯告诸蛮曰："非尔乡里耶？作贼合死不？"即斩之。蛮慑服，不知其为死囚也。自是境无暴掠。

译文

北魏时，秦王祯任南豫州刺史，大胡山的蛮人常出来骚扰百姓。秦王祯于是用计谋邀请来新蔡、襄城的蛮人首领，让他们观看射箭。他先选左右善射箭的二十多人，然后让一名死囚换上军服混在射手中。秦王祯先发箭，结果都命中目标，接着命军士按顺序射箭，轮到死囚时，没有射中，秦王祯立即下令斩首。蛮人相互对视，吓得浑身发抖。秦王祯又命左右带来十个死囚，都穿上蛮人的衣服在一边待命。秦王祯高坐在参观台上，恰巧一阵微风吹过，秦王祯就抬头看看天，又回头看看蛮人说："刚才那阵风有一股暴气，好像有贼人闯入境内，不过十来个人，就在西边五十里处。"即刻命人快马追捕，果然捕获十人。秦王祯对捕获的蛮人说："这是你们的家乡吗？当强盗不该死吗？"于是就地处决。蛮人因畏惧而屈服，并不知所杀的是死囚。从此境内再没有发生骚扰百姓的事。

回纥还国，恃功恣睢。所过皆剽伤，州县供饩不称，辄杀人。李抱玉将馈劳，宾介无敢往，马燧自请典办具，乃先赂其酋，与约得其旌章为信，犯令者得杀之。燧又取死囚给役左右，小违令，辄戮死。虏大骇，至出境，无敢暴者。

智囊精粹

译文

回纥登里可汗归国的途中，仗着平定史朝义之功放纵暴戾，所过之处无不掠夺残害。州县接待稍不称意就杀人。将军李抱玉奉旨慰劳回纥军，宾客属僚竟无人敢去，只有马燧自愿请求承办此事。马燧先贿赂回纥人的渠帅，与他约好，拿到他的令旗和印章作为信符，凡违反命令的人可以处死。接着马燧又自牢中挑出一批死囚为公差，稍有违令立刻处死。回纥人看了大为惊骇，直到出境，没有人再敢闹事。

真宗幸澶渊，丁谓知郓州，兼齐、濮等州安抚使。时契丹深入，民大惊，争趋杨刘渡[①]。舟人邀利，不急济，谓取死罪囚，诈作驾舟人，立命斩之。舟遂集，民乃得渡，遂立部分，使沿河执旗帜，击刁斗自卫，契丹乃引去。

译文

宋真宗巡视澶州时，丁谓任郓州知府，兼齐、濮等州的安抚使。这时契丹人深入内地，百姓大为惊慌，纷纷来到杨刘渡想渡河避难。船家为获取利益，故意拖延不开船。丁谓就从狱中找来一名死囚，装扮成船夫，并下令将这船夫斩首示众。于是船家们都不敢怠慢，百姓也都得以顺利渡河。丁谓又命船家成立自卫队，让他们沿河手执旗帜，敲打行军用具以自卫。不久契丹人就退去了。

注释

①杨刘渡：黄河渡口，在山东省东阿故杨刘镇。

梦龙评

死罪也，而亦不令徒死，禛借之以威蛮，燧借之以威虏，谓借之以威兵。其大者为携李之克敌，而最下供御囚，亦假之以代无辜之命。正如圣药王，尘垢土木，皆入药料。

解评

虽是死囚，也不让他们白死。秦王禛借死囚阻吓蛮人，马燧借死囚威震回纥，丁谓借死囚显示权威。死囚大可以用来击败敌人，也可以替代无辜者的性命。懂得政治的人就好比善于用药的医师，尘埃、土木都可以是治病的药材。

术智部 权奇 卷十五

韩雍以愚制愚

公镇两广，防患甚严，心腹一二人外，绝不许登阶，亦多以权术威镇之。一日与乡人宴于堂后，蹴鞠为戏。既散，潜使人置石炮，有观者，因指示曰："此公适所蹴戏也。"众吐舌，咸以公为绝力。所张盖内藏磁石，以铁屑涂毛间，每出坐盖下，须鬓翕张不已，貌既魁岸，复睹兹异，惊为神明焉。

译文

韩雍镇守两广时，防备非常严密，除了一两名心腹外，其他人绝对不准登上他厅堂的台阶，他也喜欢用权术统驭部下。一天，韩雍与乡人在堂后饮宴，并以踢球助兴。踢球结束后，韩雍暗中派人在后堂放一石球，并指示如果有人看到那石球，就说："这是韩公刚才踢的球。"于是看到石球的人都吃惊得吐舌头，都以为韩雍力大无比。韩雍还在伞盖下暗藏磁石，将铁屑涂在头发间，所以每当韩雍外出坐在伞盖下时，胡须鬓发不停地一张一合。韩雍的体型本来已经很魁梧，人们又见到这样奇异的现象，都惊骇地将他视为神明。

梦龙评

夷悍而愚，因以愚之。

解评

夷人勇猛而愚昧，韩雍也就利用了他们的无知欺骗他们。

陈子昂购琴图扬名

子昂初入京，不为人知。有卖胡琴者，价百万，豪贵传视，无辨者。子昂突出，顾左右曰："辇千缗市之！"众惊问，答曰："余善此乐。"皆曰："可得闻乎？"曰："明日可集宜阳里。"如期偕往，则酒肴毕具，置胡琴于前，食毕，捧琴语曰："蜀人陈子昂，有文百轴，驰走京毂，碌碌尘土，不为人知。此乐贱工之役，岂宜留心？"举而碎之，以文轴遍赠会者，一日之内，声华溢都下。

译文

　　陈子昂刚到京城时，人们都不认识他。一天，有个卖胡琴的人，要价一百万，一些豪门富商相互传看那胡琴，没有人能够识得这个胡琴。陈子昂突然走出来，看了看身边的人，说："我出一千缗钱买了。"大家听了，惊异得不得了。陈子昂说："我擅长弹奏胡琴。"众人都说："可以听你弹奏一曲吗？"陈子昂说："明天请到宜阳来听我弹奏。"第二天，众人果然依约前往，陈子昂准备好酒菜，将胡琴放在桌上。用过酒菜后，陈子昂捧着琴说："我是四川人陈子昂，写过上百篇的文章，奔走在赶往京城的路上，碌碌尘土，不为人们所知。这胡琴是低贱的乐工所弹奏的，哪值得我留心去钻研呢？"于是举起胡琴摔碎在地，然后将自己所写的文章分赠给在场的宾客。一天之内，陈子昂的名声和才华就轰动了整个京城。

梦龙评

　　唐人重才，虽一艺一能，相与惊传赞叹，故子昂借胡琴之价，出奇以市名，而名果成矣。若今日，不唯文轴无用处，虽求一听胡琴者亦不可得。伤哉！

解评

　　唐朝重视人才，有任何的技艺才能，都很容易得到人们的赞叹和传颂，陈子昂借高价买琴，出奇招引人注意而获致名声，果然立刻名震长安。如果事情发生在今天，不要说文章没有人看，就是请人听胡琴弹奏，人们也一定兴趣缺乏，又怎能借此制造名声呢？唉！可悲呀。

司马懿等称疾制敌

曹爽擅政，懿谋诛之，惧事泄，乃诈称疾笃。会河南尹李胜将莅荆州，来候懿，懿使两婢侍持衣，指口言渴，婢进粥，粥皆流出沾胸，胜曰："外间谓公旧风发动耳，何意乃尔？"懿微举声言："君今屈并州，并州近胡，好为之备，吾死在旦夕，恐不复相见，以子师、昭为托。"胜曰："当忝荆州，非并州。"懿故乱其词曰："君方到并州。"胜复曰："忝荆州。"懿曰："年老意荒，不解君语。"胜退告爽曰："司马公尸居余气，形神已离，不足复虑。"于是爽遂不设备。寻诛爽。

译文

曹爽独揽朝政，司马懿想谋杀他，又怕事情泄露，就假装得了重病。这时正巧河南尹李胜将要到荆州上任，前来探访司马懿。司马懿让两个婢女扶着出来，又拉着婢女的衣角指着嘴表示口渴。婢女端来一碗粥，司马懿却喝得满脸满身都是粥汁。李胜说："外边人认为您是痛风病发作，哪里料想会这样？"司马懿发出微弱的声音说道："听说你现在在并州，并州靠近胡人，你要好好防备。我快要死了，恐怕再也见不到你了，小儿司马师、司马昭，就托付给你了。"李胜说："我任职荆州，不是并州。"司马懿故意语无伦次地说："你刚到并州吗？"李胜又说："我在荆州。"司马懿说："我年纪大了，精神恍惚，不明白你在说什么。"李胜离开司马府后，告诉曹爽说："司马懿只剩下一口气息，神智已离开他的身体，不足以担忧了。"于是曹爽不再设防备，司马懿最终寻找到机会杀了曹爽。

安仁义、朱延寿，皆吴王杨行密将也，延寿又行密朱夫人之弟。淮徐已定，二人颇骄恣，且谋叛，行密思除之。乃阳为目疾，每接延寿使者，必错乱其所见以示之，行则故触柱而仆，朱夫人挟之，良久乃苏，泣曰："吾业成而丧明，此天废我也！诸儿皆不足任事，得延寿付之，吾无恨矣。"朱夫人喜，急召延寿。延寿至，行密迎之寝门，刺杀之，即出朱夫人，而执斩仁义。

译文

安仁义、朱延寿都是吴王杨行密的大将，朱延寿又是杨行密夫人的弟弟。自从平定淮南后，安、朱二人很是骄傲放纵，并图谋叛乱。杨行密想除去二人，就假称得了眼病。每次接见朱延寿派来的使者，都把使者所呈报的公文乱指一通，走路也故意碰到屋柱而跌倒。朱夫人在一旁扶他，过了许久他才苏醒过来，杨行密哭着说："我的基业已成却丧失光明，这是天要废我呀！我的儿子们都还没有足够的能力继任我的事业，幸好有延寿可托付后事，我也没有什么好遗憾的了。"朱夫人听了非常高兴，立刻召来朱延寿。朱延寿到了时，杨行密已在寝宫门口迎接，就一剑杀了他，随即将朱夫人赶出宫去，并将安仁义抓来斩首。

> 孙坚举兵诛董卓，至南阳，众数万人，檄南阳太守张咨，请军粮，咨曰："坚邻二千石耳，与我等，不应调发。"竟不与，坚欲见之，又不肯见，坚曰："吾方举兵而遂见阻，何以威后？"遂诈称急疾，举军震惶，迎呼巫医，祷祠山川，而遣所亲人说咨，言欲以兵付咨。咨心利其兵，即将步骑五百人，持牛酒诣坚营。坚卧见，亡何起，设酒饮咨。酒酣，长沙主簿入白："前移南阳，道路不治，军资不具，太守咨稽停义兵，使贼不时讨，请收按军法。"咨大惧，欲去。兵阵四围，不得出，遂缚于军门斩之。一郡震栗，无求不获，所过郡县皆陈糗粮以待坚军。君子谓："坚能用法矣。法者，国之植也，是以能开东国。"

译文

孙坚发兵讨伐董卓，到了南阳，军队已经有数万人，他就发文给南阳太守张咨，请张咨支援军粮。张咨说："孙坚和我一样是二千石的太守职位，不应该向我调发军粮。"于是不加理会。孙坚想见他，张咨也不肯见。孙坚说："我才起兵就遇到阻碍，以后怎么建立威信呢？"于是他就假称得了急病，全军士兵非常震惊恐慌，不但延请医生诊治，并且焚香祝祷。孙坚派亲信告诉张咨，说准备将大军交由张咨统领。张咨很想得到他的军队，就立即率领兵士五百人，带着美酒来到孙坚的营地看望。孙坚躺在床上接见他，过了一会才起身，设酒款待张咨。喝到尽兴时，长沙主簿入营报告孙坚说："日前大军来到南阳，前行的道路还没有修好，军中物资又缺乏，太守张咨又拒绝提供军粮，使得大军无法及时讨伐贼人，请拘捕张咨，按军法处置。"张咨大为惊惶，想离去，但四周都是孙坚的部队，出不去，于是张咨被绑到军营门前斩首。全郡震惊，从此对孙坚的要求无不照办，孙坚所经过的郡县都准备好粮食等待孙坚的军队。后人认为："孙坚懂得用法。法是立国的根本，因此孙坚后来能开创吴国基业。"

术智部 权奇 卷十五

　　正德五年，安化王寘鐇反，游击仇钺陷贼中。京师讹言钺从贼，兴武营守备保勋为之外应。李文正曰："钺必不从贼，勋以贼姻家，遂疑不用，则诸与贼通者皆惧，不复归正矣。"乃举勋为参将，钺为副戎，责以讨贼。勋感激自奋，钺称病卧，阴约游兵壮士，候勋兵至河上，乃从中发为内应。俄得勋信，即嗾人谓贼党何锦："宜急出守渡口，防决河灌城，遏东岸兵，勿使渡河。"锦果出，而留贼周昂守城。钺又称病亟，昂来问病，钺犹坚卧呻吟，言旦夕且死。苍头卒起，捶杀昂，斩首。钺起，披甲仗剑，跨马出门一呼，诸游兵将士皆集，遂夺城门，擒寘鐇。

译文

　　明武宗正德五年（1510年），安化王寘鐇造反，游击将军仇钺身陷贼营。京师谣传仇钺投降贼人，而兴武营守备保勋则是外应。李文正说："仇钺一定不会投降贼人。至于保勋，如果因为他和寘鐇有姻亲关系，就怀疑而不任用，那么凡是和贼人有过交往的，都会害怕而不敢投效我们了。"于是推荐保勋为参将，仇钺为副总兵，将讨贼的任务交给他们。保勋非常感激，暗自发誓定要灭贼，而仇钺在贼营中假称生病，暗中却约集属下在河岸边等候保勋部队，伺机从中接应。不久仇钺就得到保勋的书信，他嗾使人告诉贼将何锦："应该赶紧调派军队防守渡口，严防朝廷大军决堤灌城，阻拦东岸的军队，不让他们渡河。"何锦果然带兵出城，只留周昂守城。仇钺又假称病情加重，周昂前来问候病情，仇钺正躺在床上呻吟，说自己将要死了。仇钺的士兵突然起身，用锤子杀了周昂，并斩下他的首级。仇钺随即起身，披上盔甲拿上剑，骑上快马冲出营门一喊，众将士全都聚集而来，他就率领将士一举夺下城门，擒获寘鐇。

解评

有的人就是不甘示弱，觉得向别人示弱就是屈服。其实不然。有时候假装示弱，不仅可以保护自己，也可使对方放松警惕，以便你找到制胜的最佳时机。

司马相如卖酒

卓文君既奔相如，相如与驰归成都，家居徒四壁立。卓王孙大怒，不分一钱，相如与文君谋，乃复如临邛，尽卖其车骑，置一酒舍酤酒，而令文君当垆，身自穿犊鼻裈，与庸保杂作，涤器市中，王孙闻而耻之，不得已，分予文君僮百人、钱百万。乃复还成都为富人。

译文

卓文君和相如私奔后，就和相如一起回到成都，相如家中十分贫困，一无所有。文君的父亲卓王孙非常生气，一文钱也不给文君。相如与文君商量，又回到临邛，将马匹车辆全部卖掉，买下一间酒铺卖酒。相如让文君打酒卖酒，而自己穿着形状像犊鼻的裤子，与雇佣的酒保在一起干活，并当街洗酒器。卓王孙听说这些事，觉得脸上无光，只好派一百个奴仆去侍候文君，并给钱百万。于是他们又回到成都，成了成都的富人。

梦龙评

卓王孙始非能客相如也，但看临邛令面耳；终非能婿相如也，但恐辱富家门面耳。文君为之女，真可谓犁牛骍角矣！王吉始则重客相如，及其持节喻蜀，又为之负弩前驱，而当垆涤器时，不闻下车慰劳如信陵之于毛公、薛公也，其眼珠亦在文君下哉。

解评

卓王孙并不是真的能接纳司马相如，而是不愿有损豪门富家颜面罢了。所以，为了解决这个问题，司马相如就抓住卓王孙最在乎的东西："脸面"，然后以此为切入点，取得了最后的成功。

术智部 权奇卷·十五

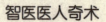

智医医人奇术

唐时京城有医人，忘其姓名。有一妇人，从夫南中，曾误食一虫，常疑之，由是成疾，频疗不瘥，请看之。医者知其所患，乃请主人姨妳中谨密者一人，预戒之曰："今以药吐泻，即以盘盂盛之。当吐之时，但言有一小虾蟆走去，然切不得令病者知是诳语也。"其妳仆遵之，此疾永除。

又有一少年，眼中常见一小镜子，俾医工赵卿诊之。与少年期，来晨以鱼脍奉候。少年及期赴之，延于内，且令从容，候客退后方接。俄而设台，止施一瓯芥醋，更无他味，卿亦未出。迨久促不至，少年饥甚，闻醋香，不觉屡啜之，觉胸中豁然，眼花不见，因啜尽。赵卿乃出，少年惭谢。卿曰："郎君先因吃脍太多，饮醋不快，又有鱼鳞于胸中，所以眼花。适来所备芥醋，只欲郎君因饥以啜之，今果愈疾。烹鲜之会，乃权诈耳！请退谋朝餐。"

译文

唐朝时，京城有位医生，忘了他叫什么名字。有一位妇人随丈夫到南方时误吃了一只虫子，常常担心虫子在肚子里作怪，因此忧郁成病，看了许多医生也没有医好，于是就请这位医生诊治。医生知道妇人患病的原因后，就召来妇人家中谨慎细致的奶妈，事先警告奶妈说："待会儿我用药让你家夫人呕吐时，你赶紧用盆盂接着，并告诉你家夫人说看见有一只小蛤蟆被吐出来跑掉了，但万万不可让她知道这是骗她的。"奶妈答应一定遵照他的话做，从此妇人的病就彻底好了。

　　另有一少年，常觉得眼前有一面小镜子，请一位姓赵的医生诊治。赵医生和少年约定，第二天早晨请少年吃鱼。少年准时赴约，赵医生请少年进屋，请他稍候，说等送走客人后立即招呼他。一会儿，仆人摆上桌子，但桌上只放了一瓶芥醋，再没有其他的菜，赵医生也没有出来。少年等了许久，要仆人催请，仍不见赵医生来，少年非常饥饿，闻到桌上芥醋的香味，不知不觉就喝了起来，突然感到胸口很舒服，也不再眼花，于是一口气把剩下的芥醋全喝了。这时赵医生才走出来，少年感到很惭愧，并向赵医生道歉，赵医生说："你因为吃鱼太多，吃醋不够，加上又有鱼鳞梗在胸口，所以才会觉得眼花。刚才我准备的芥醋，就是想让你因为肚子饿而去喝它，现在果然痊愈。鲜鱼之约，是我骗你的，现在请回去吃早饭吧。"

解评

　　妇人误吃虫子而患病，完全就是一种心理作用。它是人的一种感性认识，这种认识有时是错误的，也是不切实际的。在日常的学习、工作和生活中，我们千万不能只跟着感觉走，要把感性认识上升到理性认识，客观科学地评判万事万物。

捷 智 部

冯子曰：大事者，争百年，不争一息。然而一息固百年之始也。夫事变之会，如火如风。愚者犯焉，稍觉，则去而违之，贺不害斯已也。今有道于此，能返风而灭火，则虽拔木燎原，适足以试其伎而不惊。尝试譬之足力，一里之程，必有先至，所争逾刻耳。累之而十里百里，则其为刻弥多矣；又况乎智之迟疾，相去不啻千万里者乎！军志有之，"兵闻拙速，未闻巧之久。"夫速而无巧者，必久而愈拙者也。今有径尺之樽，置诸通衢，先至者得醉，继至者得尝，最后至则干唇而返矣。叶叶而摘之，穷日不能髡一树；秋风下霜，一夕零落：此言造化之捷也，人若是其捷也。其灵万变，而不穷于应卒，此唯敏悟者庶几焉。呜呼！事变之不能停而俟我也审矣，天下亦乌有智而不捷、不捷而智者哉！

译文

冯梦龙说：成大事的人，争的是百年，而不是片刻。然而，一时正是百年的开始。尤其在事物突变时，形势的发展就像大火大风一样一发不可收。愚昧的人面对这种形势，往往会遭受其害，而稍微明智者则能远离灾害，但也会庆贺灾难没有降临到自己头上而已。掌握其中规律的人，必能把风挡回去，把火灭掉，即使面对能拔掉大树的风、能燎原的火，也不会惊慌，相反正好可以施展其才智。这如同以一里路程跑步为例子，先到后到相差的虽然往往只有很短的时间，但十里百里的长路累积下来，差别便大了起来，更何况智者和愚者的智力，差距何止千万里啊！兵法说，"用兵之道，只听说过虽然笨拙，但也要抓紧速度的，却从未听说因为灵巧而不妨行动迟缓的"。速度快而不灵活，时间一长就越显笨拙了。正像把一坛美酒摆在大街之上，先到的人能痛饮大醉，其次到来的人也还能分到几杯，至于最后来的人便只能口干舌燥地返回去。满树的叶子你要一片一片来摘，一整天下来也摘不完一棵树；而秋风一起，霜雪一降，一夜之间叶子全部掉落：这就是天地造化的速捷。人若能如此敏捷，他就能应付世间万物的千变万化，而不会在仓促之间束手无策，这只有真正智慧的人才可能做得到。唉！变化的事物是不会停下来等人想办法应对它的，天底下没有聪明而不敏捷、敏捷而不聪明的人！

灵变卷十六

一日百战，成败如丝。三年造车，覆于临时。去凶即吉，匪夷所思。集《灵变》。

译文

一日之内虽百次作战，但成败的关键只是在一刹那间。花三年的时间造好一辆马车，往往因一刹那的疏忽而翻覆。趋吉避祸不是根据常理所能想到的。因此集《灵变》卷。

管仲为役人唱

齐桓公因鲍叔之荐，使人请管仲于鲁，施伯曰："是固将用之也。夷吾用于齐，则鲁危矣！不如杀而以尸授之。"边批：智士。鲁君欲杀仲，使人曰："寡君欲亲以为戮，如得尸，犹未得也！"边批：亦会话。乃束缚而槛之，使役人载而送之齐。管子恐鲁之追而杀之也，欲速至齐，因谓役人曰："我为汝唱，汝为我和。"其所唱适宜走，役人不倦，而取道甚速。

译文

　　齐桓公因为鲍叔牙的极力推荐，派人到鲁国去请管仲。施伯对鲁庄公说："这一定是要重用管仲。如果管仲为齐国效命，鲁国就危险了！不如杀了管仲，把尸首交还给齐国。"鲁庄公准备杀掉管仲，但齐国的使者说："我国的君王想亲手杀死管仲，如果得到管仲的尸体，就如同没有得到他一样。"于是，鲁庄公命人把管仲绑起来装入囚笼中，派车夫用车把他送往齐国。管仲怕鲁君追上来杀了他，想尽快到达齐国，就对车夫说："我唱歌给你听，你为我打拍子。"管仲所唱的歌节拍轻快，适合马车快步疾行，车夫也不感到疲倦，于是越走越快，管仲也平安到达齐国。

梦龙评

　　吕不韦曰："役人得其所欲，管子亦得其所欲。"陈明卿曰："使桓公亦得其所欲。"

解评

　　管仲这一唱歌，车夫得到好处，忘了推车的辛劳；管仲自己得到更大的好处，平安快速地到达齐国。在生死一线间，管仲运用自己的智慧终于逃得一劫。

延安老校头安众心

　　宝元元年，党项围延安七日，邻于危者数矣。范侍御雍为帅，忧形于色。有老军校出，自言曰："某边人，遭围城者数次，边批：言之有据。其势有近于今日者。虏人不善攻，卒不能拔，今日万万无虞。某可以保任，若有不可，某甘斩首。"范嘉其言壮人心，亦为之小安。事平，此校大蒙赏拔，言知兵、善料敌者，首称之。或谓之曰："汝敢肆妄言，万一不验，须伏法。"校曰："若未之思也，若城果陷，谁暇杀我耶？聊欲安众心耳。"

译文

　　宋仁宗宝元元年（1038年），党项人围攻延安城七天，延安城数次濒临陷落。侍御范雍当时任统帅，面有忧虑之色。有个老校头来见范雍，自告奋勇地说："我是边境人，遇到围城的情况已有多次，危急的情势和今天差不多。党项人不善于攻城，最后还是不能攻破，现在没有什么可担忧的，我可以担保，如有任何闪失，我甘愿被斩。"范雍赞许老校头的一番话鼓舞了士气，军心也因此稍微稳定下来。平定党项后，老校头受到很大的奖赏和提拔，说懂得军事、善于料敌的人，首推这个老校头。有人对老校头说："你敢放肆说大话，万一不应验，你就必须接受惩罚。"老校头说："我不担心这个，如果长安城果真被攻陷，谁还有时间杀我呢？我不过是安定人心罢了。"

解评

　　"党项人不善攻城"，是不是真的这样呢？不见得。将对手的行为路径进行虚拟的弱化，来达到稳定军心的作用。老校头的聪明之处在于他敢于这么做，也是因为他看到了自己这种行为的相对利益。他尽管知道万一敌兵不退，自己的脑袋就没了。但是如果敌兵真的破城，人人逃命不及，谁还有时间杀他呢？

王羲之诈眠保命

　　王右军幼时，大将军甚爱之，恒置帐中眠。大将军尝先起，须臾，钱凤入，屏人论逆节事，都忘右军在帐中。右军觉，既闻所论，知无活理，

> 乃剔吐污头面被褥，诈熟眠，敦论事半，方悟右军未起，相与大惊曰："不得不除之。"及开帐，乃见吐唾纵横，信其实熟眠，由是得全。

译文

王羲之幼年时，大将军王敦非常宠爱他，常常让王羲之在自己的帐中睡觉。有一次，王敦先起床，不久钱凤进来，王敦屏退左右，与钱凤共同商议谋反的事，竟忘了王羲之还睡在帐中。王羲之醒来，听见他们谈论的内容，知道这两个人会杀自己灭口，于是用手指抠嗓子引起呕吐，把污物沾满头、脸、被褥，假装一副熟睡的样子。王敦谈话谈到一半时，才想起王羲之还没起，两人大惊道："不得不杀了他。"等两人掀开帷帐，看到王羲之吐得到处都是，以为他喝醉了，王羲之因而保全了性命。

解评

王羲之之所以能够脱身，首先是他非常冷静，在听到王敦要叛乱的阴谋后，没有慌乱，而是积极想应对之策。其次，假装熟睡是唯一可以脱身的办法。王羲之"吐唾纵横"，可见他装得非常像。

徐敬业马腹藏身

徐敬业十余岁，好弹射。英公每曰："此儿相不善，将赤吾族。"尝因猎，命敬业入林趁兽，因乘风纵火，意欲杀之。敬业知无所避，遂屠马腹伏其中。火过，浴血而立，英公大奇之。

译文

徐敬业十多岁时，喜欢射弹丸。他的祖父英公徐勣曾多次感叹地说："这孩子的面相不好，恐怕日后使我的家族被诛灭。"一次，徐勣去打猎，命徐敬业到树林中去驱赶野兽，然后顺着风势纵火，想以此杀了徐敬业。徐敬业知道自己很难安然逃出大火，便杀了马躲在马腹中。等大火熄灭后，他一身血污地站在那里，徐勣见后大为惊奇。

梦龙评

凡子弟负跅弛之奇者，恃才不检，往往为家门之祸。如敬业破辕之兆，见于童年。

英公明知其为族祟，而竟不能除之，岂终惜其才智乎？抑英公劝立武氏，杀唐子孙殆尽，天故以敬业酬之也！诸葛恪有异才，其父瑾叹曰："此子不大昌吾宗，将赤吾族！"其后果以逆诛。隋杨智积文帝侄有五男，止教读《论语》《孝经》，不令通宾客。或问故，答曰："多读书，广交游，才由是益。有才亦能产祸。"人服其识。弘、正间，胡世宁［字永清，仁和人］。有将略，按察江西时，江西盗起。方议剿，军官来谒，适世宁他出，乃见其幼子继。继曰："兵素不习，岂能见我父哉？"边批：语便奇。军官跪请教，继乃指示进退离合之势，甚详。凡三日，而世宁归，阅兵，大异之，顾军官不辨此，工"谁教若者"以实对。继初不善读书，父以愚弃之，至是叹曰："吾有子自不知乎？"自此每击贼，必从继方略。世宁十不失三，继十不失一也。世宁上疏，乞以礼法裁制宁王。继跪曰："疏入，必重祸。"不听，果下狱。继因念父，病死。世宁母独不哭，曰："此子在，当作贼，胡氏灭矣。"此母亦大有见识。

解评

这一故事带有先知的色彩。只因徐敬业面相不好，徐勣就想杀掉自己的儿子一事，殊不可信。但徐敬业急中生智，危难之时藏在马肚子里免祸，实在令人钦佩。

顾守换一字省事　耿公添两字活命

顾岕为儋耳郡守，文昌海面当五月有大风飘至船只，不知何国人，内载有金丝、鹦鹉、墨女、金条等件。地方分金坑女，止将鹦鹉送县，申呈镇巡衙门。公文驳行镇守府，仍差人督责，原地方畏避，相率欲飘海，主其事者莫之为谋。岕适抵郡，咸来问计，岕随请原文读之，将"飘来船"作"覆来船"改申，遂止。

译文

顾岕任儋耳郡守时，文昌海面正当五月时刮起大风漂来一艘船，不知道是哪个国家的人，船上载有金丝鹦鹉、黑女人、金条等物。当地人把金条分了，女人埋了，只将鹦鹉送到县里，申文呈报给巡抚衙门。公文被驳回到镇守府，仍旧派人督责此事，但地方人畏惧而躲避，准备相继逃亡海外。主事的官员也不知如何是好。正巧顾岕来到文昌县，大家都来向他请教对策，顾岕随即请人将原先呈送的公文读一遍，将原公文中的"飘来船"

改为"覆来船"，改定后再呈县衙，于是事情才作罢。

> 益民乔蠢，小眚累累大辟。耿恭简公〔定力〕为守，多所平反。有男子妇死而论抵者，牍曰："妇詈夫兽畜。"庭讯之，则曰："詈侬为兽畜所生耳。"遂援笔续二字于牍，而投笔出之。盖妇詈姑嫜，律故应死也。

译文

益州的百姓爱耍小聪明，而实则愚蠢，往往因小的过错而造成死罪。耿恭简任太守时，平反了许多案件。有一个男子打死了妻子，依法应抵命，供状上说："妻子骂丈夫是禽兽畜生。"耿恭简当庭审讯男子，男子说："她骂我是禽兽畜生所生。"于是耿恭简拿起笔在供状上多添了"所生"两个字，扔下笔就出了厅堂。原来媳妇骂公公和婆婆，按律法应该处死。

梦龙评

只换一字，便省许多事；只添两字，便活一性命。是故有一字之贫，亦有一字之师。

解评

顾岕只改一个字，省却了上级追查的麻烦；而耿恭简只加两个字，便救回一条人命。所以有因为一个字而成人师的。

> ### 张乖崖三呼　中山三叩头
>
> 张乖崖守成都，兵火之余，人怀反侧。一日大阅，始出，众遂嵩呼①者三。乖崖亦下马，东北望而三呼，复揽辔而行。众不敢哗。边批：石敬塘斩三十余人犹不止，咏乃不劳而定。

译文

张乖崖戍守成都时，战火刚过，人心浮动。一天，张乖崖校阅军队，他刚出现，军士们就高呼三声万岁。张乖崖也下马，面向东北高呼三声万岁，然后再上马继续校阅。

军士们见此举动，不敢再喧哗。

注释

①嵩呼：臣下祝颂帝王，高呼万岁，称"嵩呼"。

上尝召徐中山王饮，迨夜，强之醉。醉甚，命内侍送旧内宿焉。旧内，上为吴王时所居也。中夜，王酒醒，问宿何地，内侍曰："旧内也。"即起，趋丹陛下，北面再拜，三叩头乃出。上闻之，大说。

译文

有一次，明太祖召中山王徐达饮酒，到了夜晚，还不停地强让徐达喝酒。徐达大醉，太祖命内侍送徐达到旧皇宫内去休息。旧皇宫是太祖为吴王时所住的宫殿。半夜，徐达酒醒，问内侍自己住在什么地方，内侍答："旧皇宫。"徐达立即起身，快步走到台阶下朝北面拜了再拜，三叩首后才离去。太祖听说这件事后，非常高兴。

梦龙评

乖崖三呼而军哗顿息；中山三叩头而主信益坚。仓卒间乃有许大主张，非特恪谨而已！

解评

张咏高呼三声万岁，平息了军士们急躁反叛的情绪；徐达三叩首，坚定了太祖对他的信任。这两人都是在极短的时间内做出对日后影响甚大的决定。看他们二人的作为，岂止是行事谨慎而已。

妙用隐姓埋名

安禄山反，破东都，遣段子光传李憕、卢奕、蒋清首，以徇河北。真卿绐诸将曰："吾素识憕等，其首皆非是。"乃斩子光而藏三首。

译文

安禄山谋反，攻陷东都，命段子光带着李憕、卢奕、蒋清三人的人头，到河北示众。颜真卿欺骗诸将军说："我原来就认识李憕等三人，这都不是他们的头颅。"于是颜真卿斩了段子光，而把李憕、卢奕、蒋清三个人的头藏起来。

> 李尚书揆素为卢杞所恶，用为入蕃会盟使。揆辞老，恐死道路，不能达命。帝恻然。杞曰："和戎当择练朝事者，非揆不可，揆行，则年少于揆者，后无所避矣。"边批：佞口似是。揆不敢辞，揆至蕃。酋长曰："闻唐有第一人李揆，公是否？"揆畏留，因绐之曰："彼李揆安肯来耶？"

译文

尚书李揆一向被宰相卢杞所厌恶，他被朝廷任命为到番邦签订盟约的特使。李揆以年老推辞，怕死在路上，不能完成使命。德宗也很同情。卢杞说："与戎人议和一定要挑选熟悉政务、善于应对的大臣，此事非李尚书不可。李揆与戎人议和，而那些比李揆年轻的以后就没有什么可回避的了。"于是李揆不敢再推辞。李揆来到番邦后，番王问："听说唐朝有位人称第一的李揆，您是不是？"李揆怕被留下来，就骗番王说："那个李揆怎么肯来呢？"

解评

李揆如果不是具有超人的应变能力，又怎能离开番邦安然返回唐朝呢？

李迪用墨笔搅水

真宗不豫，李迪与宰执以祈禳宿内殿。时仁宗幼冲，八大王元俨素有威名，以问疾留禁中，累日不出。执政患之，无以为计，偶翰林司以金盂贮熟水，曰："王所需也。"迪取案上墨笔搅水中尽黑，令持去，王见之，大惊。意其毒也，即上马驰去。

译文

宋真宗病重，李迪与宰相为祈神消灾而留宿宫中。当时仁宗年幼，八大王赵元俨一向很有威望，以探真宗病为由进住宫中，住了很长时间也不离去。辅政大臣为此非常担忧，却也无计可施。凑巧有一天，翰林司用金盆盛了开水，说："这是八大王所要的。"李迪拿起案桌上的毛笔将盆中的水全部搅黑，然后命翰林司端去。赵元俨见了那盆黑水，大吃一惊，以为有人暗中下毒想谋害他，立刻骑马离宫。

解评

李迪利用人性的"恐惧"弱点，巧妙设局，通过一个小的细节，对八大王内心造成了严重的威慑。成功操控了八大王，让其不由自主地按照自己规划的方向行事。

王安还箱

神庙虽定储，而郑贵妃权谲有宠，东宫不无危疑，侍卫单微，资用多匮，弥缝补救，司礼监王安力为多。福邸出藩，贵妃倾宫畀之。或迎附东宫，勒止最后十箱，舁至宫门。安知之，谏曰："此非太子之道也。"或曰："业已舁至，奈何？"安曰："即舁还之。"更简箱之类此者十枚，实以器币而赠之。乃谓妃曰："适止箱于宫门，欲以仿箱制也。"上及贵妃皆大喜。

译文

明神宗虽已册立太子，但郑贵妃为人诡诈，甚得神宗宠爱，太子非常疑惧，不但侍卫少，日常开支更是窘困，补给救助全靠司礼监王安尽力为太子筹措。福王要出京城去自己的封地，郑贵妃倾尽宫中所有帮助他。有的人为讨好太子，把最后十箱留了下来，堆放在太子宫门口。王安知道后，劝谏太子说："这种行为不是太子该有的。"有的人说："已经抬来了，该怎么办？"王安说："立刻抬去还给他！"更换十个和抬来的箱子样式相似的箱子，里面装满钱币和珍玩赠送给福王。并对贵妃说："刚才留贵妃的箱子在太子宫门，只是想按照那种箱子的样式仿制。"神宗和贵妃听了都非常高兴。

解评

这是积弱为强术的典型事例。积弱为强术是指在社会事件中，政治斗争暂时处于劣势的弱者，只要善于思考，善于使用计谋，善于调动内部的积极因素，励精图治，以此来发展壮大自己，便会从弱变强，战胜对手取得成功。

应卒卷十七

西江有水，遐不及汲。壶浆箪食，贵于拱璧。岂无永图，聊以纾急。集《应卒》。

译文

长江虽然水很多，但相距太远，来不及汲取。一箪食一壶水，虽然物卑量少，但对饥饿的人来说，却贵似宝玉。这并非是不做长久的打算，只是用来暂时解救急难。因此集《应卒》卷。

赵从善造桌　辛弃疾赁瓦

赵从善尹京日，宦寺欲窘之，敕降设醮红桌子三百只，内批限一日办集。从善命于酒坊茶肆取桌相类者三百，净洗，糊以白纸，用红漆涂之。又两宫幸聚景园，夜过万松岭，立索火炬三千，从善命取诸瓦舍妓馆，不拘竹帘芦帘，实以脂，卷而绳之，系于夹道松树，左右照耀，比于白日。

译文

赵从善任京兆尹时，宫中宦官想让他难堪，就将皇帝下令设坛祭祷所需的三百张红桌交给他筹办，并限令一日内要办齐。赵从善派人到京城各酒楼、茶馆搜购式样相仿的桌子三百张，清洗干净后，在桌面糊上白纸喷上红漆。又有一次，皇帝和太后驾临聚景园，晚上将路过万松岭，需要三千支火把照路。赵从善立即派人到各瓦舍妓院，不论竹帘、芦席都取来，涂上油脂卷起后用绳拴牢，中间用油脂填实，绑在万松岭道路两边的松树上，点燃后如同白天一样明亮。

高宗南渡，驻跸临安，草创行在。方造一殿，无瓦，而天雨，郡与漕司忧之。忽一吏白曰："多差兵士，以钱锱分俵关厢铺店，赁借楼屋腰檐瓦若干，旬月新瓦到，如数赔还。"郡司从之，殿瓦咄嗟而办。

辛幼安在长沙，欲于后圃建楼赏中秋，时已八月初旬矣，吏曰："他皆可办，唯瓦不及。"幼安命先于市上每家以钱一百，赁檐瓦二十片，限两日以瓦收钱，于是瓦不可胜用。

译文

高宗南渡后，暂住在临安，临安就开始匆忙搭建皇帝临时居住的宫室。刚盖一座宫殿，就没有了瓦，而天又下起了雨，郡守与漕司都非常担忧。忽然有一名小官说道："不如多派些士兵，给每个关厢铺店分发钱，借用楼屋腰檐瓦若干，等一个月新瓦运到后再如数赔偿给他们。"郡守照这方法，殿瓦霎时就备齐了。

辛弃疾在长沙时，想在后花园建一座塔楼观赏中秋的月亮。当时已是农历八月初了，小吏说："其他材料都可以置办，只有瓦片来不及制作。"辛弃疾命人到街市上，每家给钱一百，借瓦二十片，限两日内以瓦收钱，于是瓦片用也用不完。

梦龙评

二事皆一时权宜，可为吏役之法。

解评

要做一个机智灵活的人，才能应对一切。在生活之中，平时要用心去观察，仔细地体会，得出经验，然后运用到生活中。

张恺造炉架马槽

张恺，鄞县人，宣德三年，以监生为江陵令。时征交趾大军过，总督日晡立取火炉及架数百，恺即命木工以方漆桌锯半脚，凿其中，以铁锅实之。已又取马槽千余，即取针工各户妇人，以棉布缝成槽，槽口缀以绳，用木桩张其四角，饲马食过便收卷，前路足用。遂以为法。

译文

张恺是鄞县人，在明宣宗宣德三年（1428年），以监生身份被任命为江陵县令。当时出征交趾的军队路过，总督要张恺在正午以前准备好数百具火炉及架子。张恺立即命木工把方桌桌脚锯去一半，再在桌面中央凿一个洞，中空部分刚好可放置铁锅。后来又要马槽一千多，张恺立即召来各家会针线的妇女，用棉布缝成槽状，槽口系上绳索，四边用木条架起，成为简便马槽，喂过马匹后，就可将槽架折叠后收起，路上也可以使用。后来大家都来效仿这种方法。

梦龙评

后周文襄荐为工部主事，督运大得其力。嗟乎！此监生也，用人可以资格限乎？

解评

解决问题的方法有很多种，关键就在于你懂不懂得变通，会不会对知识进行灵活地运用。懂得"变通"，是成为一名成功者的必要条件。

冰炮退敌之术

宋真宗时，李允则知沧州。虏围城，城中无炮石，乃凿冰为炮，虏解去。近时陈规守安州，以泥为炮，城亦终不可下。

译文

宋真宗时，李允则任沧州知州。胡人包围了沧州城，城内有大炮，没有炮弹，李允则就命人凿冰块作为炮弹，结果胡人退去。近来，陈规镇守安州时，用泥作为炮弹，安州城也没有被攻破。

解评

以冰为炮、以泥为炮，想象可谓出奇，但它确实也起到了应有的作用。做事情，不管用什么方法，只要可以达到目的，又为什么舍弃不用呢？

曹操说梅励众

魏武尝行役，失汲道，军皆渴。乃令曰："前有大梅林，饶子甘酸，可以解渴。"士卒闻之，口皆出水，乘此得及前源。

译文

曹操有一次在率兵出征时没有找到水源，士兵们都口渴得不愿再继续前进。曹操就下令说："前面有一片梅树林，梅子酸中带甜，可以解渴。"士兵们听了这番话，不由全都流口水，曹操乘机前行，终于找到一处水源。

解评

在境遇十分惨淡的情况下，运用虚构的远景可以让人看到生机，激起勇气，不失为一种有效的激励术。曹操的这一举动就是对士兵的一种心理引力，激发士兵的动机，达到调动人的积极性的目的。

孙权受箭平船

濡须之战，孙权与曹操相持月余。权尝乘大船来观公军，公军弓弩乱发，箭著船旁，船偏重，权乃令回船，更一面以受箭，箭均船平。

译文

濡须之战时，孙权与曹操相持了一个多月。有一天，孙权乘大船前来观察曹营，曹营弓箭手一时万箭齐发，面向曹营的船身全插满了箭，导致船倾斜，孙权就下令调转船头，让另一面来接受箭，于是船两面的箭相等，船身也恢复了平衡。

解评

实力的不足可以用智慧的充沛来弥补。在本故事中，孙权就是借对方的实力来弥补自己的不足，真是极具智谋。

韩琦镇定应变

英宗即位数日，挂服柩前，哀未发而疾暴作，大呼，左右皆走，大臣骇愕痴立，莫知所措。琦投杖，直趋至前，抱入帝，以授内人，曰："须用心照管。"仍戒当时见者曰："今日事唯众人见，外人未有知者。"复就位哭，处之若无事然。

捷智部 应卒卷十七

译文

宋英宗即位才几天，穿着孝服立在宋仁宗的灵前，还没等哭，英宗就突然发病，大声呼喊，英宗身边的人都吓跑了，守灵大臣也都惊吓得呆立在原地不知所措。韩琦扔掉手杖，立即上前将英宗抱入内室交给宫里的人，说："要精心照顾。"然后告诫当时见到的人说："今天所发生的事只有各位看到，外面的人没有知道的，不要乱说。"说完就又回到灵前哭先帝，好像不曾有事发生。

解评

我们不能在遇危难之时先乱了阵脚，那样非但不能解决问题，反而会越发难以收局。从容镇定是应对仓促之事的最好办法。

众臣应榆木川之变

榆木川之变，杨荣、金幼孜入御幄密议，以六师在外，离京尚远，乃秘不发丧，亟命工部官括行在及军中锡器，召匠人销制为椑，敛而锢之，杀匠以灭口。亟命光禄官进膳如常仪，号令加肃，比入境，寂无觉者。梓宫至开平，皇太子即遣皇太孙往迎，濒行启曰："有封章白事，非印识无以防伪。"时行急，不及制。侍从杨士奇请以大行皇帝初授东宫图书权付皇太孙，归即纳上。皇太子从之，复谓士奇曰："汝言虽出权宜，亦事几之会。昔大行临御，储位久虚，浮议喧腾。吾今就以付之，浮议何由兴也。"

译文

明成祖在榆木川突然驾崩，大学士杨荣、金幼孜进入皇帝的帐篷中秘密商议，认为六军在外，榆木川离京师还很远，便决定秘不发丧，并下令工部官员当即在皇帝住处和军中搜寻锡器，召集工匠制成内棺，装入成祖尸体后再密封，然后杀了工匠以灭口。命光禄官照常送进御膳，由于军纪号令严明，直到入境，竟没有人察觉成祖已驾崩。皇帝的灵柩运到开平后，皇太子即命皇太孙前去迎接，临行前奏报说："奉旨迎灵，若无印识证明身份，恐难服众。"当时由于行动仓促，来不及制印识，侍从杨士奇请求以先帝当初授予东宫的图书交给皇太孙以明身份，等太孙回京再呈送给皇上。皇太子于是听从了杨士奇的意见。然后对杨士奇说："你所说的虽然是一时权宜之计，但想来也算是机缘凑巧。从前，先皇对太子位悬虚不决，引起大臣们的许多猜疑。我今天就把东宫印交付太孙，日后该不会为立太子而流言四起了。"

解评

面对仓促之事，能够做到处乱不惊，这才是智者的表现。

盛文肃乞平面子

　　盛文肃在翰苑日，昭陵尝召入，面谕："近日亢旱，祷而不应，朕当痛自咎责，诏求民间疾苦。卿只就此草诏，庶几可以商量，不欲进本往复也。"文肃奏曰："臣体肥，不能伏地作字，乞赐一平面子。"上从之，逮传旨下有司而平面子至，则诏已成矣。上嘉其敏速，更不易一字。或曰："文肃属文思迟，乞平面子，盖亦善用其短也。"边批：反迟为疾，妙妙！

译文

　　盛文肃在翰林院时，宋仁宗曾经召他进宫，当面对他说："近日连续干旱，祈祷上天而不应验。朕当深刻地引咎自责，下诏了解民间疾苦。你就在此起草诏书，也好当面商量改定，不用来回送奏本了。"盛文肃奏道："我身体肥壮，不能伏地写字，乞请皇上赐臣一张桌子。"皇帝答应了他的请求，于是传旨给有关人员将桌子送入宫，等桌子送到时，文肃的草诏已拟好。皇帝夸奖文肃才思敏捷，一字都没有改便作为正式诏书发了下去。有人说："文肃写文章一向迟缓，向皇帝请求赐桌子，这也是他善于规避自己的短处啊。"

解评

　　文肃写文章一向迟缓，但他却没有拒绝皇上当面起草诏书的要求，而是用请求赐桌子等闲杂之事来掩盖自己的缺点，从而有更充裕的时间来写诏书。文肃这一应变之法，也提醒我们在遇到此种事时一试。

敏悟卷十八

剪彩成花，青阳笑之。人工则劳，大巧自如。不卜不筮，匪虑匪思。集《敏悟》。

译文

用彩绸剪成的花朵再美丽，春天也会讥笑她。尽管人花费了很多工夫，也不如大自然的美景天成。聪明智慧的人不算不卜、不思不虑，也能顺应自然的变化。因此集《敏悟》卷。

司马遹大智识人

晋惠帝太子遹，自幼聪慧。宫中尝夜失火，武帝登楼望之，太子乃牵帝衣入暗中。帝问其故，对曰："暮夜仓卒，宜备非常，不可令照见人主。"时遹才五岁耳，帝大奇之。尝从帝观豕牢，言于帝曰："豕甚肥，何不杀以养士，而令坐费五谷？"帝抚其背曰："是儿当兴吾家。"后竟以贾后谗废死，谥愍怀。吁！真可愍可怀也！

译文

晋惠帝的太子司马遹，从小就聪明机智。宫中有一天夜里失火，晋武帝登楼观看火势，太子拉着武帝的衣角，要武帝藏在暗处。武帝问太子原因，太子说："黑夜忙乱中，应该防备万一，不能让火光照到皇帝。"这时司马遹才五岁，武帝大感吃惊。还有一次，司马遹随同武帝去检查猪圈，他指着满栏的肥猪问武帝："这些猪已养得很肥了，为什么不杀了来犒劳将士，反而让它们白白浪费粮食呢？"武帝听后，轻抚太子的背说："这孩子一定会使我的国家兴盛。"后来司马遹竟因贾后的谗言而被废惨死，谥号愍怀。唉！实在是一位值得怜悯、值得怀念的太子啊！

梦龙评

此智识人，何以不禄？噫！斯人而禄也，司马氏必昌，而天道僭矣。遹謚愍怀，而继惠世者，一怀一愍，马遂革而为牛，天之巧于示应乎？

解评

这里提到的两件事，虽然都极为细小，但从中也可以看出司马遹的聪慧、细心。

李德裕公辅之器

李德裕神俊，父吉甫每向同列夸之。武相元衡召谓曰："吾子在家，所读何书？"意欲探其志也。德裕不应，翌日，元衡具告吉甫，吉甫归责之。德裕曰："武公身为帝弼，不问理国调阴阳，而问所读书。书者，成均、礼部之职也。其言不当，是以不应。"吉甫复告。元衡大惭。

捷智部 敏悟卷十八

译文

李德裕早熟聪明，他的父亲李吉甫常常向同朝官员夸赞儿子。宰相武元衡有一次召来李德裕并问他："孩子，你在家都念些什么书？"想借此试探德裕的志向，不料李德裕竟不回答。第二天，武元衡把这件事告诉李吉甫，李吉甫回家后责备儿子。李德裕说："武公身为宰相，不问治理国家、调和阴阳的大事，却问我读什么书。读书是太学、礼部管的事，他问的不当，所以我没有回答他。"李吉甫又将原委告知武元衡，武元衡大为惭愧。

梦龙评

便知是公辅之器。

解评

李德裕小小年纪能说出这番话，从他的胆识、聪慧就知道他日后必为相才。

文彦博灌水取毬　司马光砸缸救人

彦博幼时，与群儿戏击毬，毬入柱穴中，不能取，公以水灌之，毬浮出。

译文

文彦博幼年时和同伴一起玩球，有一次，球滚入洞中拿不出来，文彦博就提水灌洞，不久球就浮出洞口。

司马光幼与群儿戏，一儿误堕大水瓮中，已没，群儿惊走，光取石破瓮，遂得出。

译文

司马光小时候和同伴嬉戏，有个玩伴不小心失足掉入大水缸中，全身已被水缸淹没，大家惊惶地一哄而散。司马光拿起一块大石头把水缸打破，这个小孩才得以出来。

梦龙评

二公应变之才，济人之术，已露一斑。孰谓"小时了了者，大定不佳"耶?

解评

文彦博和司马光应变的机智、救人的本领，在儿童时就已显现出来，谁说"小时候聪明，长大就一定不出色呢"?

曹冲称象

曹冲字仓舒自幼聪慧。孙权尝致巨象于曹公，公欲知其斤重，以访群下，莫能得策。冲曰："置象大船之上，而刻其水痕所至，称物以载之，一较可知矣。"冲时仅五六岁，公大奇之。

译文

曹冲（字仓舒）从小就聪明而有智慧。孙权曾送给曹操一头大象，曹操想知道大象有多重，问遍所有官员，都想不出称大象的方法。曹冲说："把大象放到船上，刻下船身水迹到达的位置，再换载其他已知重量的物品，一比较就会知道大象的重量。"当时曹冲只有五六岁，曹操听了十分惊奇。

解评

细心观察微小事物，善于分析思考就能发现其中深奥的科学秘密，或者能在一些看来很平凡的科学领域中产生重大的突破。

杨佐设水盘

陵州有盐井，深五十丈，皆石作底，用柏木为干，上出井口，垂绠而下，方能得水。岁久，干摧败，欲易之，而阴气腾上，入者辄死。唯天雨则气随以下，稍能施工，晴则亟止。佐官陵州，教工人用木盘贮水，穴隙洒之，如雨滴然，谓之水盘。如是累月，井干一新，利复其旧。

译文

陵州有口盐井，深达五十丈，井底都是岩石，井壁用柏木筑成，并高出井口，再由井口垂下绳索汲取盐水。由于使用多年，柏木已腐朽，想更换新木，但井中阴气上升，进入井中的人就会死去。只有雨天时阴气随着雨水下降，勉强才能施工，一旦天气放晴就要立即停工。杨佐当时在陵州做官，就教工人用木盘盛水，让水由木盘缝隙中像雨滴般漏出，称为水盘。这样过了几个月，井壁中的柏木终于修复一新，盐井又恢复了原来的功效。

解评

如果只是一味坐等固守，就永远不会找到解决问题的方法。

尹见心断木

尹见心为知县。县近河，河中有一树，从水中生，有年矣，屡屡坏人舟。见心命去之，民曰："根在水中甚固，不得去。"见心遣能入水者一人，往量其长短若干，为一杉木大桶，较木稍长，空其两头，从树杪穿下，打入水中，因以巨瓢尽涸其水，使人入而锯之，木遂断。

译文

尹见心任知县时，县城附近有条河流，河中有棵树，树根生于水中，树木已有多年，常常撞坏河中的船。尹见心命人砍去大树，但民工说："树根在河中，非常牢固，砍不断。"尹见心派一名能潜水的人潜入河底测量树根的大小尺寸，然后用杉木做成一个木桶，比树身稍微大一些，上下两端开口，从树顶传下套入水中。再用大瓢将桶中河水舀尽，命人进入木桶中锯树，树木终于被砍断。

解评

一切推理都必须从观察与思考中得来。遇到难题，只有在思考的实践中才能不断提高思考的能力，找到解决问题的方法。

怀丙捞铁牛

宋河中府浮梁，用铁牛八维之，一牛且数万斤。治平中，水暴涨绝梁，牵牛没于河。募能出之者。真定僧怀丙以二大舟实土，夹牛维之，用大木为权衡状钩牛，徐去其土，舟浮牛出。转运使张焘以闻，赐之紫衣。

译文

宋代河中府的浮桥，用八头铁牛牵系着，一头铁牛有数万斤。治平年间河水暴涨，冲毁浮桥，铁牛沉没在河中。官府招募能使铁牛浮出水面的人。真定寺有个叫怀丙的僧人，用两艘大船装满泥土，再将船夹住水中的铁牛并系住，用大木头做成秤的样子钩住铁牛，然后慢慢减去船中的泥土，船渐渐浮起，铁牛也就出了水面。转运使张焘听说这件事后，赐给怀丙一件紫色袈裟。

解评

其实怀丙"请"的"大力神"就是水的浮力。装满泥沙的大船很沉，吃水很深，排水量也很大，向上的浮力与大船和泥沙的总重力相等。把泥沙铲去以后，浮力就大于船的重力，船应当向上浮，可是又被那铁牛拖住了。于是浮力"大力神"便去拉铁牛了。铲去的泥沙越多，多余的浮力就越大。当多余的浮力超过铁牛的重力和淤泥对铁牛的吸力时，铁牛就离开了河底，船就可以拖着它在河里前进了。在当时条件下，怀丙就能运用浮力，可见智慧的高深。

汉高祖柏人不宿　唐太宗牛口擒窦

汉高祖过柏人，欲宿，心动，询其地名，曰"柏人"。"柏人者，迫于人也。"不宿而去。已而闻贯高之谋。（高祖不礼于赵王，故贯高等欲谋弑之。）

译文

汉高祖有一次路经柏人县，想住下来，但心头总觉不妥，就问别人这里的地名，回答说是"柏人"。柏人是被人迫害的意思。于是高祖没有住宿就离开了。不久就听说贯高的阴谋。原来，刘邦曾经对自己的女婿赵王张敖非常倨傲，结果惹怒了赵王相贯高，贯高预备在柏人县刺杀刘邦。

窦建德救王世充，悉兵至牛口。李世民喜曰："豆入牛口，必无全理。"遂一战擒之。

译文

窦建德率兵救援王世充，大军行至牛口。李世民高兴地说："豆入牛口，必无生还之理。"结果一战生擒窦建德。

梦龙评

后汉岑彭伐蜀，至彭亡，遇刺客而死。唐马燧讨李怀光，引兵下营，问其地，曰"埋光村"。喜曰："擒贼必矣。"果然。辽主德光寇晋，回至杀胡林而亡。宋吴璘与金人战，大败于兴州之杀金坪。弘治中，广西马参议玹与都司马某征瑶，至双倒马关，皆为贼所杀。宁王反，兵败于安庆，舟泊黄石矶，问左右："此何地名？"左右以对，江西人呼"黄"如"王"音，濠叹曰："我固应'失机'于此。"无何就擒，谶其可尽忽乎？文皇兵至怀来城，毁五虎桥而进。又如狼山、土墓、猪窝等处，俱不驻营，恶其名也。弘治乙丑，昆山顾鼎臣为状元。尹阁老值家居，谓人曰："此名未善。"盖"臣"与"成"声相似，鼎成龙驾，名犯嫌讳。至五月，果验。人谓尹之言亦有本同音。景泰辛未状元乃柯潜，时人云"柯"与"哥"同音。未几，英庙还自北，退居南宫，固"哥潜"之谶。

解评

把一些本来不相关的事物比附在一起，造成它们之间好像有必然的联系，在日常生活中这是不可取的。但这作为一种文化已经渗透到中国人的心中。很多人在做事情之前都或多或少地会有这种思想。

杨修聪颖太露

杨修为魏武主簿。时作相国门，始构榱桷。魏武自出看，题门作"活"字，便去。杨见，便令坏之，曰："门中活，'阔'字，王正嫌门大也。"

人饷魏武一杯酪，魏武啖少许，盖头上题"合"字以示众，众莫能解，次至杨修。修便啖之，曰："公教人啖一口也，复何疑？"

魏武尝过"曹娥碑"下，杨修从。碑背上见题作"黄绢幼妇外孙齑臼"八字。魏武谓修曰："解否？"答曰："解。"魏武曰："卿未可言，俟我思之。"行三十里，魏武乃曰："吾已得。"令修别记所知，修曰："黄绢，色丝，于字为'绝'；幼妇，少女，于字为'妙'；外孙，女子，于字为'好'；齑臼，受五辛之器，于字为'辞'。所谓'绝妙好辞'也！"魏武亦记之，与修同，叹曰："吾才去卿乃三十里。"

操既平汉中，欲讨刘备而不得进，欲守又难为功。护军不知进止，操出教，唯曰："鸡肋。"外曹莫能晓，杨修曰："夫鸡肋，食之则无所得，弃之则殊可惜。公归计决矣。"乃私语营中戒装，俄操果班师。

译文

杨修任曹操主簿时，有一次曹操整修府邸大门，刚开始搭椽子。曹操由内室走出察看，在门上题一"活"字后便离去。杨修看见后就命人将门拆毁，说："门中活为'阔'字，这是大王嫌门太宽了。"

有人献给曹操一杯乳酪，曹操吃了一口，在杯盖上写了一个"合"字后，拿给其他官员。众官不知曹操用意，杨修见了，便拿起杯子喝了一口，说："曹公教'人'各喝'一口'，还有什么好迟疑的呢？"

杨修有一次随曹操经过"曹娥碑"，见碑上题有"黄绢幼妇外孙齑臼"八字。曹操问杨修："能否解释此意？"杨修答回答说："能。"曹操说："你先不要说，让我想想。"走了三十里路后，曹操才说："我明白了。"要杨修写下他的答案，杨修写道："'黄绢'

是色丝，合为'绝'字；'幼妇'是少女，合为'妙'字；'外孙'是女儿之子，合为'好'字；'董臼'，是受辛之器，合为'辞'字。所以是'绝妙好辞'！"曹操也写下他的答案，所写和杨修的一样。曹操感叹地说："我的智慧与你相差有三十里远。"

曹操平汉中后，想继续讨伐刘备，却无法向前推进，想坚守汉中，又很难防御得住。将军们也不知该守该战。一天，曹操走出营帐，只说："鸡肋。"将军个个不知曹操的意思。杨修说："鸡肋，吃起来肉不多，没什么好吃，但丢掉又觉得可惜，我看曹公已经决定班师回朝。"于是私下要士兵整理装备，不久曹操果然下令班师回朝。

梦龙评

德祖聪颖太露，为操所忌，其能免乎？晋、宋人主多与臣下争胜诗、字，故鲍照多累句，僧虔用拙笔，皆以避祸也。

解评

这几则故事充分体现了杨修的聪明才智，然而正如冯评所说，杨修因为锋芒太露而被曹操杀害。因此，看这些故事后，应知道聪明才智的施展也要看客观条件是否允许，做人不可锋芒太露。

成天子

北齐文宣将受禅，梦人以笔点额。王昙哲贺曰："'王'上加点，乃'主'字，位当进矣。"边批：吴祚《国统志》载熊循占吴大帝之梦同此。

隋文帝未贵时，尝夜泊江中，梦无左手，觉甚恶之。及登岸，诣一草庵，中有一老僧，道极高，具以梦告之。僧起贺曰："无左手者，独拳也，当为天子。"后帝兴，建此庵为吉祥寺。

唐太宗与刘文静首谋之夜，高祖梦堕床下，见遍身为虫蛆所食，甚恶之。询于安乐寺智满禅师，师曰："公得天下矣！床下者，陛下也；群蛆食者，所谓群生共仰一人活耳。"高祖嘉其言。

译文

北齐文宣帝高洋在即将称帝之时，梦到有人用笔在他额头上点了一下。王昙哲听说后立即恭贺，说："'王'上加点是'主'，是应当称帝的征兆。"

隋文帝还没有显贵时，有一次将船停泊在江中，梦到自己没了左手，醒后很是觉得厌恶。等到上岸后，他来到一所草庵，庵中有一老和尚，道行极高，文帝就将自己的梦告诉了老和尚。和尚起身恭贺道："没有了左手就是独拳，一定能成为天子。"后来文帝登帝位，重新整修庵堂，赐名吉祥寺。

唐太宗与刘文静起事的那天夜里，高祖梦到自己掉下床来，全身被蛆虫啃食，很是觉得厌恶。于是就前去询问安乐寺的智满禅师，智满禅师说："你定能取得天下，床下则为台阶，台阶即陛下，群蛆啃食，表示天下众生全仰仗你一人而活。"高祖听了他的话，对他夸奖了一番。

解评

单单从文字游戏的角度来看，这些故事也是比较有意思的。

语 智 部

冯子曰：智非语也，语智非智也。喋喋者必穷，期期者有庸，丈夫者何必有口哉！固也，抑有异焉。两舌相战，理者必伸；两理相质，辨者先售。子房以之师，仲连以之高，庄生以之旷达，仪、衍以之富贵，端木子以之列于四科，孟氏以之承三圣。故一言而或重于九鼎，单说而或强于十万师，片纸书而或贤于十部从事，口舌之权顾不重与？"谈言微中，足以解纷"；"言之无文，行之不远"。君子一言以为智，一言以为不智。智泽于内，言溢于外。《诗》曰："唯其有之，是以似之。"此之谓也。

译文

冯梦龙说：智慧不等于语言，语言的智慧不是智慧。喋喋不休的人一定会有词穷的时候，口吃的人反而有成功的机会。从这点看来，智慧的人，又何必又要有口才啊！确实如此，然而也有不一样的。两方争辩，通常是有理的一方获胜；两种不同的道理冲突，也往往是能言善辩的一方的道理得以采用。张良以口才而成为皇帝的老师，鲁仲连以口才被人称为高士，庄生以自己的口才博得了旷达的名声，张仪、公孙衍凭着能言善辩享受了富贵，子贡因此被老师孔子夸赞，孟子以文辞雄辩被人尊为圣亚。所以，一句话的力量可以重于九鼎，一个说客可以胜过十万军队，一封书信有时比众多官吏的作用还大。由此看来，能言善辩的口才不是很重要吗？"精微的言论，可以解开纷杂的困境"；"言论没有文采，也不能让智慧广为传扬"。君子说一句话就会显示出智慧，平庸之辈的一句话就能看出其蠢笨。智慧充溢在内心，言辞就会自然流出。《诗经》说："只要有这样的本质，才能有这样的表象。"说的正是这个意思。

辩才卷十九

> 侨童有辞，郑国赖焉；聊城一矢，名高鲁连；排难解纷，辩哉仙仙；百尔君子，毋易繇言。集《辩才》。

译文

子产善于辞令，郑国依靠他得以免祸；鲁仲连以一封绑在箭上的信，说服燕军退兵夺回聊城，成为战国时期有名的高士；排除困难，解决纠纷，都在智者的辩才之中了；众多的君子，不可看轻语言的作用。因此集《辩才》卷。

子贡纵横诸侯

吴征会于诸侯，卫侯后至，吴人藩卫侯之舍。子贡说太宰嚭曰："卫君之来，必谋于其众，其众或欲或否，是以缓来。其欲来者，子之党也；其不欲来者，子之仇也。若执卫侯，是堕党而崇仇也。"嚭说，乃舍卫君。

田常欲作乱于齐，惮高、国、鲍、晏，故移其兵，欲以伐鲁。孔子闻之，谓门弟子曰："夫鲁，坟墓所处，二三子何为莫出？"子路请出，孔子止之。子张、子石请行，孔子弗许。子贡请，孔子许之。遂行至齐，说田常曰："君之伐鲁，过矣！夫鲁，难伐之国：其城薄以卑，其地狭以泄，其君愚而不仁，大臣伪而无用，其士民又恶甲兵之事，此不可与战。君不如伐吴，夫吴城高以厚，地广以深，甲坚以新，士选以饱，重器精兵，尽在其中，又使明大夫守之，此易伐也。"田常忿然作色，曰："子之所难，人之所易；子之所易，人之所难，而以教常，何也？"边批：正是辞端。子贡曰："臣闻之：'忧在内者攻强，忧在外者攻弱。'

今君破鲁以广齐，战胜以骄主，破国以尊臣，而君之功不与焉，则交日疏于王。是君上骄主心，下恣群臣，求以成大事，难矣！夫上骄则恣，臣骄则争，是君上与主有隙，下与大臣交争也，如此则君之立于齐，危矣！故曰不如伐吴。伐吴不胜，民人外死，大臣内空，是君上无强臣之敌，下无民人之过，孤主制齐者，唯君也。"田常曰："善。虽然，吾兵业已加鲁矣，去而之吴，大臣疑我，奈何？"子贡曰："君按兵无伐，臣请往使吴王，令之救鲁而伐齐，君因以兵迎之。"田常许之，使子贡南见吴王，说曰："臣闻之：'王者不绝世，霸者无强敌。''千钧之重，加铢而移'。今以万乘之齐，而私千乘之鲁，与吴争强，窃为王危之。且夫救鲁，显名也；伐齐，大利也。以扶泗上诸侯，诛暴齐而服强晋，利莫大焉，名存亡鲁，实困强齐，智者不疑也。"吴王曰："善。虽然，吾尝与越战，栖之会稽。越王苦身养士，有报我心，子待我伐越而听子。"子贡曰："越之劲不过鲁，强不过齐，王置齐而伐越，则齐已平鲁矣。且王方以存亡继绝为名，夫伐小越而畏强齐，非勇也；夫勇者不避难，仁者不穷约，智者不失时。今存越示诸侯以仁，救鲁伐齐，威加晋国，诸侯必相率而朝，吴霸业成矣。且王必恶越，臣请东见越王，令出兵以从，此实空越，名从诸侯以伐也。"吴王大说，乃使子贡之越。越王除道郊迎，身御至舍，而问曰："此蛮夷之国，大夫何以惠然辱而临之？"子贡曰："今者吾说吴王以救鲁伐齐，其志欲之而畏越，曰：'待我伐越乃可。'如此破越必矣。且夫无报人之志而令人疑之，拙也；有报人之意使人知之，殆也；事未发而先闻，危也。三者举事之大患。"勾践顿首再拜，曰："孤尝不料力，乃与吴战，困于会稽，痛入于骨髓，日夜焦唇干舌，徒欲与吴王接踵而死，孤之愿也。"遂问子贡，子贡曰："吴王为人猛暴，群臣不堪，国家敝于数战，士卒弗忍，百姓怨上，太宰嚭用事，顺君之过，以安其私，是残国之治也。今王诚发士卒佐之，以徼其志，重宝以说其心，卑辞以尊其礼，其伐齐必也。彼战不胜，王之福矣；战胜，必以兵临晋。臣请北见晋君，令共攻之，弱吴必矣。其锐兵尽于齐，重甲困于晋，而王制其敝，此灭吴必矣。"越王大说，许诺，送子贡金百镒、剑一、良矛二。子贡不受，遂行。报吴王曰："臣敬以大王之言告越王，越王大恐，曰："孤不幸，少失先人，内不自量，抵罪于吴，军败身辱，栖于会稽。国为虚莽，赖大王之赐，使得奉俎豆而修祭祀，死不敢忘，何谋之敢虑！"

后五日，越使大夫种顿首言于吴王曰："东海役臣孤勾践使者臣种，敢修下吏问于左右，今窃闻大王将兴大义，诛强救弱，困暴齐而抚周室，请悉起境内士卒三千人，孤请自被坚执锐，以先受矢石，因越贱臣种奉先人藏器甲二十领、屈卢之矛、步光之剑，以贺军吏。"吴王大说，以告子贡曰："越王欲身从寡人伐齐，可乎？"子贡曰："不可，夫空人之国，悉人之众，又从其君，不义。君受其币，许其师，而辞其君。"吴王许诺，乃谢越王。于是吴王乃遂发九郡兵伐齐。子贡因去之晋，谓晋君曰："臣闻之：'虑不先定，不可以应卒；兵不先辨，不可以胜敌。'今夫吴与齐将战，彼战而胜，越乱之必矣；与齐战而胜，必以其兵临晋！"晋君大恐，曰："为之奈何？"子贡曰："修兵休卒以待之。"晋君许诺。子贡去而之鲁，吴王果与齐人战于艾陵，大破齐师，获七将军之兵而不归，果以兵临晋，与晋人相遇黄池之上。吴、晋争强，晋人击之，大败吴师。越王闻之，涉江袭吴，去城七里而军，吴王闻之，去晋而归，与越战于五湖。三战不胜，城门不守，越遂围王宫，杀夫差而戮其相。破吴三年，东向而霸。故子贡一出，存鲁、乱齐、破吴、强晋而霸越，十年之中，五国各有变。

译文

　　吴王发帖邀约诸侯，卫侯到的最晚，太宰伯嚭就派吴兵包围了卫侯所住的行馆。子贡对伯嚭说："卫侯赴约前，一定和众臣商议过，众臣中一定有人赞成，有人反对，所以卫侯才到的晚。赞成卫侯前来的大臣是您的朋友，持反对意见的就是您的敌人。如果您抓了卫侯，这是背弃朋友而帮助仇敌的做法。"伯嚭听了子贡这番话，就放弃了抓卫侯的打算。

　　田常准备在齐国作乱，但因害怕高固、国佐、鲍叔牙、晏婴等齐国的大臣，所以转移兵力准备攻打鲁国。孔子听说后，对门下弟子说："鲁国是祖宗坟墓所在的地方，你们这些人怎么不出来想办法呢？"子路请求出使齐国，孔子制止了他。子张、子石也请求入齐，孔子也不答应。子贡请求行动，孔子就答应了。于是子贡就来到齐国，对田常说："您出兵攻打鲁国是一个严重的错误。鲁国是个难以进攻的国家，它的城墙既薄又矮，护城河既窄又浅，君王愚昧而不知仁义，大臣只是凑数而毫无用处，军民都厌恶战争，因此不能和它打仗。您不如攻打吴国，吴国城墙既高又厚，护城河既宽又深，兵器尖锐又是新造的，士兵经过挑选又吃得饱饱的，贵重武器和精锐军队都在那里，又有贤明的大夫守卫，这种国家容易进攻。"田常一听，气愤得变了脸色说："您说的困难，是一般人说的容易；您说的容易，却是一般人说的困难。拿这样的话来教导我，这是为什么呢？"子贡说："我听说：'忧患在国内的进攻强国，忧患在国外的进攻弱国。'如今您攻下

243

鲁国以扩大齐国的疆土，打了胜仗使国君骄傲，攻破别国使大臣们尊贵，而您的功劳却不在里面，您和国君的交往会一天天疏远。这样您对上使国君内心骄傲，对下使群臣恣肆，要想成大事，难啊！君王一骄傲就会无所顾忌，群臣一放纵就会争权夺利，这样您对上与国君有嫌隙，对下与群臣有矛盾，如此的话您在齐国的处境，很危险！所以我说不如出兵攻打吴国。进攻吴国无法取胜，百姓在外战死，大臣在国内势力架空，这样您上边没有强横的大臣为敌，下边没有百姓责难，只有您可以孤立国君，控制齐国了。"田常说："很对。虽然如此，但我的军队已经开到鲁国边境，要离开鲁国而去吴国，大臣们对我起疑心，该怎么办呢？"子贡说："您先让军队按兵不动，我请求前往吴国，说服吴王救鲁国而进攻齐国，您乘机派兵迎战。"田常答应了。派子贡南去见吴王。子贡对吴王夫差说："臣听说，真正的王者不会灭绝别人的世族，真正的霸主没有可畏惧的敌人。千钧虽重，但是加一铢就可动摇。如今拥有万辆兵车的齐国要侵占千辆兵车的鲁国，与吴国争强，我私下为大王感到危险。况且救援鲁国，可以显扬名声；进攻齐国，对吴国极为有利。借此机会镇抚泗水一带的诸侯，诛灭残暴的齐国，征服强大的晋国，再没有比这更大的好处了。名义上保全将要灭亡的鲁国，实际上是削弱了强大的齐国，聪明人对此不会有什么疑虑。"吴王说："好。虽然如此，但我曾经与越国打仗，使越王退守会稽。越王正苦其心志，训练军士，对我有报复之心，您等我攻下越国之后再按您说的去做。"子贡说："越国的实力不如鲁国，越国的强大不如齐国，大王如放下齐国而攻打越国，齐国就要踏平鲁国了。况且大王正好可以用保存将要灭亡的国家来树立名声，那么进攻弱小的越国而畏惧强大的齐国，这不是勇敢的表现。真正的勇者不怕困难，真正的仁者不在人穷困时而毁约，真正的智者不会错失良机。今天保存越国，是对诸侯显示大王的仁德，救助鲁国攻打晋国，其他诸侯也必然会相继归顺吴国，那么大王就可以成就霸业了。如果大王对越国实在放心不下，我请求东去见越王，让他出兵随大王出征，这样做实际上是使越国兵力空虚，而名义上却是跟随诸侯出征。"吴王非常高兴，就派子贡前往越国。越王清扫道路，在郊外迎接子贡，并亲自驾车到旅舍，问子贡："这里是偏僻荒远的国

家，大夫您怎么肯屈尊光临这里呀？”子贡说："现在我劝说吴王救鲁伐齐，吴王虽有心这样做却又担心越国，说：'等我打败越国再说'，这样一来，攻破越国就是必然的了。再说，没有报复别人之心，而让人怀疑，是愚笨的；有报复别人的心，而被人知道，是不安全的；事情还没做，就走漏了消息，是危险的。这三点都是成就大事的兵家大忌。"勾践又一再叩头说："我曾经不自量力，和吴国开战，以致被困于会稽。当年战败的惨状痛入骨髓，我日夜操劳，只想与吴国同归于尽，这就是我的心愿。"他向子贡问计，子贡说："吴王为人残暴，群臣不堪忍受；国家因连年争战，士兵们无法忍耐，百姓怨恨吴王；大臣内部发生变乱，伍子胥固诤谏被杀，太宰伯嚭专断朝政，迎合吴王的过失，以图保住自己的私利。这一切都是快要灭亡的国家的表现。如今只要大王肯发兵帮助他来实现心志，献上贵重宝物让他高兴，用谦卑的言辞对他表示尊敬，他必然会去攻打齐国。如果他伐齐失败，这自然是大王的福气。如果他战胜了齐国，必然会率军进逼晋国。我请求北上去见晋王，劝说他一起攻打吴国，吴国必然被削弱。吴国的精锐部队都开进齐国，重兵被困在晋国，这时大王乘机攻打吴国，这样一定会灭掉吴国。"越王听后大喜，答应了子贡，赠给子贡黄金百镒、宝剑一把、良矛两支，子贡不接受，即刻动身。子贡离开越国后，又回到吴国，向吴王报告说："臣把大王的话转告勾践，勾践惶恐万分，说：'我十分不幸，年少时失去了父母，不自量力，又得罪了吴国，以致军队被打败，自己受辱，栖身于会稽，国家更险些灭亡。全靠吴王的恩赐，才能保有祖先的宗庙和国家，对于吴王的恩德，至死不敢遗忘，怎么还有什么报复之心呢？"五天后，越王派大夫文种来到吴国，文种叩头对吴王说："东海贱臣勾践的使者文种特地前来拜见大王，并问候各位大臣。如今我们听说大王将伸张正义，讨伐强国解救弱国，围困残暴的齐国，以安抚周天子的宗室。我们请求将国内士兵三千人全部征发，恳请准许贱臣勾践亲自披甲带剑，率军随大王出征，为大王先锋，率先杀敌。因此特派下臣文种奉上先人所收藏的盔甲二十副，还有屈卢之矛、步光之剑，为大王壮军威。"吴王听了非常高兴，告诉子贡说："越王想亲自跟从我去攻打齐国，可以吗？"子贡说："不行。让别人的国家空虚，让别人的军队全部出动，还让别人的国君随你作战，这是不义。您可以接受他的礼物，答应他的军队出征，但要辞谢他的国君跟随。"吴王答应了，谢绝了越王的要求。于是吴王终于出动九郡的兵力去攻打齐国。子贡离开吴国回到晋国，对晋国国君说："我听说，不预先考虑事情的后果，就无法应付突发事变；不预先分析军事形势，就不可能战胜敌人。如今吴国与齐国将要开战，如果齐国获胜，越国必然随之进攻吴国；如果吴国获胜，一定会趁势加兵晋国。"晋君大惊，问子贡："那怎么办才好？"子贡说："您应该立刻召集军队，以逸待劳来应付强敌。"晋君听取了子贡的计策。子贡离开晋国回到鲁国。吴王果然与齐兵战于艾陵，大破齐军，俘获了七名齐将而不回国，果真率军逼近晋国，与晋军相遇于黄池。吴晋两军争强，晋军勇猛攻击，大败吴军。越王听说后，立即出兵偷袭吴国，在离吴都七里的地方扎营。吴王听说勾践发兵攻吴，离开晋国回军，与越王在五湖交战。三次作战吴军都失败，吴国城门失守，越王包围了王宫，杀了夫差及伯嚭。攻破吴国三年后，越王在东方称霸。因为子贡这一次出使保全了鲁国，搞乱了齐国，灭掉了吴国，使晋国强盛，越国称霸。十年之间五国的情势都起了剧烈的变动。

直是纵横之祖，全不似圣贤门风。

解评

　　这是一篇精彩的外交辞令。子贡充分抓住了齐、吴、越、晋等国的心理，他唯一的目的是使鲁国免于战祸。当时齐国大臣田常想推翻君主以自立，但又忌惮国中大臣不服，于是想出伐鲁以增大自己声威的方法。子贡以鲁国太弱不足服众说之，建议田常讨伐更强大的吴国，但田常已经发兵，不好掉头。于是子贡又去游说吴国。当时吴国实力强大，有争霸的想法，但由于后方不稳，生怕越国乘机偷袭。于是子贡建议吴国救援鲁国以获得争霸的机会，并保证说服越国服从吴王。越国自从被吴国灭国后，一直休养生息准备复仇，但自己的力量又不足以灭掉吴国。子贡就劝说越王勾践先假装服从吴王，乘吴国攻齐之际，从背后偷袭。此外，子贡又提醒晋国，提防吴国的进攻，事态向子贡所设计的方向发展。结果吴国打败齐国，进攻晋国，被晋国打败，越国从后面偷袭并灭掉吴国，鲁国得以保存。这篇文章读起来酣畅淋漓，生动形象。

陈轸辩忠

　　陈轸去楚之秦。张仪谓秦王曰："陈轸为王臣，常以国情输楚，仪不能与从事，愿王逐之，即复之楚，愿王杀之！"王曰："轸安敢之楚也？"王召陈轸告之曰："吾能听子，子欲何之？请为子约车。"对曰："臣愿之楚。"王曰："仪以子为之楚，吾又自知子之楚，子非楚且安之也。"轸曰："臣出，必故之楚，以顺王与仪之策，而明臣之楚与否也。楚人有两妻者，人诮其长者，长者詈之；诮其少者，少者许之。居无几何，有两妻者死。客谓诮者曰：'汝取长者乎，少者乎？''取长者。'客曰：'长者詈汝，少者和汝，汝何为取长者？'曰：'居彼人之所，则欲其许我也，今为我妻，则欲其为詈人也。'今楚王，明主也；而昭阳，贤相也。轸为人臣，而常以国情输楚，楚王必不留臣，昭阳将不与臣从事矣，以此明臣之楚与不。"轸出，张仪入，问王曰："陈轸果安之？"王曰："夫轸，天下之辩士也，熟视寡人曰：'轸必之楚。'寡人遂无奈何也。寡人因问曰：'子必之楚也，则仪之言果信矣。'轸曰：'非独仪之言，行道之人皆知之。昔者子胥忠其君，天下皆欲以为臣；孝己爱其亲，天下皆欲以为子。故卖仆妾不出里巷而取者，良仆妾也；出妇嫁于乡里者，善妇也。臣不忠于王，楚何以轸为忠？忠且见弃，轸不之楚而何之乎？’"王以为然，遂善待之。

译文

陈轸离开楚国前往秦国。张仪对秦惠王说："陈轸身为臣子，经常把秦国的国情透露给楚国，臣不愿和他同朝共事，希望大王把他赶走，如果他又要回楚国，希望大王将他杀掉！"秦惠王说："陈轸怎么敢回到楚国去呢？"秦惠王召见陈轸，对他说："我愿意听从你的意见，你想到哪里去？我愿意为你准备车马。"陈轸回答说："我愿意回到楚国去。"秦惠王说："张仪认为你一定会去楚国，我也知道你要去楚国。你如果不去楚国，又去哪里安身呢？"陈轸说："我从这里出去，一定会再回到楚国去，好顺从大王和张仪的计策，以表明我是否和楚国有私下的交道。有个楚国人娶了两个妻子，有人去挑逗年长的妻子，她就痛骂了那个人；那人又去挑逗年轻的妻子，她答应了他的要求。没多久，她们的丈夫死了。有个客人对那个挑逗妇人的人说：'你愿娶她们中那个年长的，还是年轻的？'那人回答说：'娶年长的。'客人问：'年纪大的那个骂过你，而年轻的那个顺从过你，你为什么反倒要娶那个年长的呢？'那人回答说："当她是别人的妻子时，我希望她能顺从我，如今要是成了我的妻子，我就希望她能为我去骂别人了。现今的楚王是位英明的君王，而昭阳是位贤德的相国。我作为秦国的臣子，如果经常把秦国的机密透露给楚国，那么楚王必定不会收留我，昭阳也不会与我共事。凭着这些，就可以证明我是否和楚国有私通了。"陈轸离宫后，张仪就进宫见秦惠王说："陈轸到底要去哪里呢？"秦惠王回答说："陈轸实在是天下能言善辩之士，他集中目光注视着我说：'我一定要去楚国。'我对他也无可奈何，就问他：'你一定要去楚国，那么张仪的话果然是真的了？'陈轸说：'不只是张仪这样说，连路上的行人也都知道这一点。从前伍子胥忠于他的国君，天下的诸侯都希望他做自己臣下；孝己爱戴他的双亲，天下的父母都希望他做自己儿子。所以，被卖的仆人婢妾不出里巷就被买走的，是好的仆人婢妾；被休了的妻子能改嫁到原乡里的，是好妇人。如果我不忠于大王，那楚王又怎么会把我当成忠臣呢？忠心耿耿，尚且遭到抛弃，我不到楚国，又能到哪里去呢？'"秦惠王认为陈轸说得在理，于是就善待他了。

解评

要想让语言具有强大的杀伤力，必须要学会逆向思维，这样才能成为一个辩才。敢于"反其道而思之"，让思维向对立面的方向发展，从问题的相反面深入地进行探索，树立新思想，创立新形象。

触龙说赵太后

秦攻赵，赵王新立，太后用事，求救于齐。齐人曰："必以长安君为质。"太后不可，齐师不出。大臣强谏，太后怒甚，曰："有复言者，老妇必唾其面。"左师触龙请见，曰："贱息舒祺最少，不肖，而臣衰，窃爱之，愿得补黑衣之缺，以卫王宫。愿及臣未填沟壑而托之。"太后曰："丈夫亦爱少子乎？"对曰："甚于妇人。"太后笑曰："妇人异甚。"对曰："老臣窃以为媪之爱燕后，贤于长安君。"太后曰："君过矣，不如长安君之甚。"左师曰："父母爱其子，则为之计深远。媪之送燕后也，持其踵而哭，念其远也，亦哀之矣。已行，非不思也，祭祀则祝之曰：'必勿使反。'岂非为之计长久，愿子孙相继为王也哉？"太后曰："然。"左师曰："今三世以前，至于赵王之子孙为侯者，其继有在者乎？"曰："无有。"曰："此其近者祸及身，远者及其子孙，岂人主之子，侯则不善！位尊而无功，奉厚而无劳，而挟重器多也。今媪尊长安之位，封以膏腴之地，多与之重器，而不及今令有功于赵，一旦山陵崩，长安君何以自托于赵哉？"太后曰："诺，恣君之所使之。"于是为长安君约车百乘，质于齐。齐师乃出，秦师退。

译文

秦国攻打赵国时，赵王刚刚即位，太后掌理朝政，赵国向齐国求援。齐王说："一定要用长安君作人质。"太后不答应，齐国就没有出兵。大臣们都极力劝谏，太后非常愤怒地说："如果再有人劝说，我一定往他脸上吐口水。"这时左师触龙请见赵太后，说："老臣的儿子舒祺是最小的一个，没有出息，但臣年纪大了，很疼爱他，希望能让他当一名卫士，来保卫王宫。在臣还没有死之前，我先把他托付给太后。"赵太后说："丈夫也会疼爱小儿子吗？"左师说："比做母亲的还要疼爱。"赵太后笑着说："妇人疼爱小儿子是谁也超不过的。"左师说："臣以为太后疼爱燕后远超过长安君。"赵太后说："你错了，我疼爱燕后远不如爱长安君。"左师说："父母既然疼爱子女，就要替他们作的长远打算。太后送燕后出嫁燕国时，抱着她的腿痛哭不已，想到此去遥远，所以才悲伤。她出嫁以后，并不是不想她，祭祀时，您总是为她祈祷说：'千万不要返回赵国。'这难道不是为她作长远的打算，希望她的子孙能相继为王吗？"赵太后说："是的。"左师说："现在追溯三代以前，赵国的子孙被封侯的，还有继续担任王侯的吗？"赵太后说："没有了。"左师说："这就是近者祸及身，远者祸及子孙的缘故。难道国君的子孙就一定不好吗？

只因为他们爵位高而无功绩，俸禄厚而没有劳绩，又拥有很多权力的缘故。现在太后让长安君有尊贵的地位，封给他肥沃的土地，赐给他很多权力，假如不趁现在让他为国立功，一旦太后崩逝，长安君如何在赵国立足呢？"太后说："你说得对。那就听凭你派遣吧。"于是赵国替长安君准备了一百辆兵车，随长安君到齐国作人质。齐国就发兵救赵，秦军也就退兵了。

解评

这个故事讲赵国太后因疼爱自己的儿子长安君，不愿让其到齐国为人质。虽然赵国面临强敌压境，随时都有战败的危险，但触龙没有大谈国家利益高于一切这样的官话，而是从作为一个父亲的立场出发，以真情打动太后，最终使太后心甘情愿地派长安君出质齐国。

庸芮说秦太后殉葬

秦宣太后爱魏丑夫。太后病将死，出令曰："为我葬，必以魏子为殉。"魏子患之。庸芮为魏子说太后曰："以死者为有知乎？"太后曰："无知也。"曰："若太后之神灵，明知死者之无知矣，何为空以生所爱葬于无知之死人哉？若死者有知，先王积怒之日久矣，太后救过不赡，何暇私魏丑夫乎？"太后曰："善。"乃止。

译文

秦宣太后特别宠爱魏丑夫。太后重病将死，下令说："为我办后事时，必须让魏丑夫为我殉葬。"魏丑夫听后很害怕。庸芮为魏丑夫劝说太后说："太后认为人死了还能有知觉吗？"太后说："没有知觉。"庸芮说："像太后这样圣明的人，明知人死后没有知觉，那为什么要把自己生前所宠爱的人殉葬在已经毫无知觉的死人旁边呢？假如人死后有知觉，那先王郁积的愤怒已经很久了，太后连补救过失恐怕都来不及，哪还有空闲去宠爱魏丑夫呢？"太后说："你说得很对。"于是打消了要魏丑夫殉葬的念头。

解评

统治阶级为了满足自己无穷无尽的欲望，何等拙劣可笑，何等利令智昏！

陆贾等辅危之智

平原君朱建，为人刚正而有口。辟阳侯得幸吕太后，欲知建，建不肯见。及建母死，贫未有以发丧。方假贷，陆贾素善建，乃令建发丧，而身见辟阳侯，贺之曰："平原君母死。"边批：奇语。辟阳侯曰："平原君母死，何乃贺我？"贾曰："前君侯欲知平原君，平原君义不知君，以其母故。夫相知者，当相恤其灾危，今其母死，君诚厚送丧，则彼为君死矣。"辟阳侯乃奉百金祝，列侯贵人以辟阳侯故，往赙凡五百金。久之，人或毁辟阳侯，惠帝大怒，下吏，欲诛之。吕太后惭不可言，大臣多害辟阳侯行，欲遂诛之，辟阳侯困急，使人欲见建，建辞曰："狱急，不敢见。"建乃求见孝惠幸臣闳孺，说之曰："君所以得幸帝，天下莫不闻；今辟阳侯下吏，道路皆言君谗欲杀之，今日辟阳侯诛，旦日太后含怒，亦诛君，君何不肉袒，为辟阳侯言于帝？帝听，出辟阳侯，太后大欢，两主俱幸，君之富贵益倍矣。"于是闳孺大恐，从其计，言帝，帝果出辟阳侯。辟阳侯始以建为背己，大怒，及其出之，乃大惊。吕太后崩，大臣诛诸吕。辟阳侯于诸吕至深，而卒免于诛，皆陆生、平原君之计画也。

译文

汉朝人平原君朱建，为人刚正而且能言善辩。深受吕太后宠爱的辟阳侯想结交平原君，

平原君却不肯与他见面。后来平原君的母亲去世，因家中贫困无钱发丧，正准备借钱。陆贾一向与平原君要好，就要平原君先料理丧事，而他自己去见辟阳侯，祝贺他说："平原君的母亲死了。"辟阳侯说："平原君的母亲死了，为什么要祝贺我呢？"陆贾说："从前你想结交平原君，平原君出于道义不与你相见，就是因为他母亲的缘故。真正的朋友，应当在对方危难之时给予帮助。现在他的母亲死了，你如果能送去钱财为他母亲发丧，那么他日后一定会为你效命的。"于是辟阳侯赠送一百金给平原君。王侯贵人们因为辟阳侯的缘故，也前往馈赠，总共有五百金之多。过了很久，有人密告辟阳侯与吕太后私通，汉孝惠帝大怒，罢了他的官，还想下令杀他。吕太后内心羞愧，自己不好意思出面为辟阳侯求情，而朝中大臣大多受过辟阳侯的伤害，恨不得他立即被处死。辟阳侯眼看危在旦夕，急忙派人向平原君求救。平原君推辞说："他犯的是死罪，我不敢与他见面。"然而平原君却立即去求见惠帝的宠臣闳孺，游说他说："你受惠帝宠爱的原因，天下人没有不知道的。现在辟阳侯被罢官，街头巷尾都在议论皇上是因为听了你的谗言想杀他。今日辟阳侯若被杀，日后太后一定怨你在心，也会找机会杀你。你何不脱去上衣裸露肢体，在皇上面前为辟阳侯求情呢？皇上要是能听你的话释放辟阳侯，太后一定非常高兴，日后你岂不是得皇上、太后两个人的宠爱，你所享的荣华富贵，更要胜过今日不知多少倍呀！闳孺害怕为此得罪太后，于是就依平原君所说游说惠帝，惠帝果然释放辟阳侯。当初辟阳侯想见平原君被拒绝时，以为平原君忘恩负义背弃自己，非常生气。等到出狱后，知道事情的经过，对平原君的计谋大为惊叹。吕太后驾崩后，大臣们诛杀吕姓的党羽，辟阳侯虽和吕姓诸侯往来密切，而最终能免于被诛杀，都是因为陆贾、平原君为他出谋划策的结果。

梦龙评

不但陆贾、朱建智，辟阳侯亦智。

梁孝王既刺杀袁盎，事觉，惧诛，乃赍邹阳千金，令遍求方略以解。阳素知齐人王先生，年八十余，多奇计，即往求之。王先生曰："难哉！人主有私怨深怒，欲施必行之诛，诚难解也，子今且安之？"阳曰："邹、鲁守经学，齐、楚多辩智，韩、魏时有奇节，吾将历问之。"王先生曰："子行矣，还，过我而西。"阳行月余，莫能为谋者，乃还过王先生，曰："臣将西矣，奈何？"先生曰："子必往见王长君。"邹阳悟，辄辞去，不过梁，径至长安，见王长君。长君者，王美人兄也。阳乘间说曰："臣愿窃有谒也。臣闻长君弟得幸后宫，天下无有，而长君行迹多不循道理。

今陛下穷竟袁盎事，即梁王恐诛，太后怫郁，无所发怒，必切齿侧目于贵臣，而长君危矣！"长君瞿然曰："奈何？"阳曰："第能为上言，得无竟梁事，则太后必德长君，金城之固也。"长君如其计，梁事遂寝。

译文

汉朝时，梁孝王派人刺杀了袁盎，事情被人举发，他害怕因罪被杀，就请邹阳带着白银千两，寻访天下的谋士商讨对策。邹阳早就听说齐人王先生，虽已八十多岁，但足智多谋，就前去拜访他。王先生说："难啊！君臣间有私怨，臣下多半会遭到诛杀的命运，实在很难化解，你打算到哪里去呢？"邹阳说："邹、鲁不乏经学之士，齐、楚以辩士多而闻名，韩、魏也常有出奇谋的人，我将一一拜访他们。"王先生说："那你就去吧，回来时先到我这儿一趟再往西去。"邹阳寻访了一个多月，但是没有找到能为他出谋划策的人。于是返回时又去见王先生，说："我将西行回国了，您还有什么对我说的吗？"王先生说："你一定要去见见王长君。"邹阳突然领悟到了什么，立刻告辞，不回梁国，直接到长安去见王长君。长君是王美人的哥哥。邹阳对王长君说："我很早就想来拜访您，听说您妹妹甚得皇上的宠幸，天下没有第二个人可比，而您做事大多不循规蹈矩。如今皇上追究梁孝王杀袁盎的事，梁孝王怕获死罪，太后心中郁闷不乐，又无法发怒，必然会对贵臣切齿痛恨，先生的处境就危险了。"王长君十分恐惧地说："我该怎么做呢？"邹阳说："假如您妹妹能说服皇上，不要再追究梁孝王杀袁盎的事，那么太后一定会非常感激你，您在朝中的地位就会更加稳固。"王长君按照邹阳的建议去办，梁孝王的事就平息了。

梦龙评

朱建一篇程文抄得恰好，不唯王先生智，邹阳亦智。

解评

陆贾等人真是辩才，总是将与别人无关的事说成与他的切身利益密切相关，使得他不出手相救都不行。

杨善智救英宗

土木之变，上皇在虏岁余，虏屡责奉迎，未知诚伪，欲遣使探问，而难其人。左都御史杨善慨然请往。边批：尊官难得如此，其胸中已有主张矣。虏将也先密遣一人黠慧者田氏来迎，且探其意。相见，云："我亦中国人，被虏于此。"因问："向日土木之围，南兵何故不战而溃？"善曰："太平日久，将卒相安，况此行只是扈从随驾，初无号令对敌，被尔家陡然冲突，如何不走？虽然，尔家幸而得胜，未见为福。今皇帝即位，聪明英武，纳谏如流，有人献策云：'虏人敢入中国者，只凭好马扒山过岭，越关而来。若今一带守边者，俱做铁顶橛子，上留一空，安尖头锥子，但系人马所过山岭，遍下锥橛，来者无不中伤。'即从其计。又一人献策云：'今大铜铳，止用一个石炮，所以打的人少，若装鸡子大石头一斗打去，迸开数丈阔，人马触之即死。'亦从其计。又一人献策云：'广西、四川等处射虎弩弓，毒药最快，若傅箭头，一着皮肉，人马立毙。'又从其计，已取药来。天下选三十万有力能射者演习，曾将罪人试验。又一人献策云：'如今放火枪者，虽有三四层，他见放了又装药，便放马来冲踩，若做大样两头铳，装铁弹子数个，擦上毒药，排于四层，候马来齐发，俱打穿肚。'曾试验三百步之外者皆然。献计者皆升官加赏，天下有智谋者闻之，莫不皆来，所操练军马又精锐，可惜无用矣！"边批：收得妙。虏人曰："如何无用？"善曰："若两家讲和了，何用？"虏人闻言，潜往报知。次日，善至营，见也先，问："汝是何官？"曰："都御史。"曰："两家和好许多年，今番如何拘留我使臣，减了我马价，与的段匹，一匹剪为两匹，将我使臣闭在馆中，不放出，这等计较如何？"善曰："比先汝父差使臣进马，不过三十余人，所讨物件，十与二三，也无计较，一向和好。汝今差来使臣，多至三千余人，一见皇帝，每人便赏织金衣服一套，虽十数岁孩儿，也一般赏赐，殿上筵宴为何？只是要官人面上好看！临回时，又加赏宴，差人送去，何曾拘留？或是带来的小厮，到中国为奸为盗，惧怕使臣知道，边批：都是揄扬其美。从小路逃去，或遇虎狼，或投别处，中国留他何用？若减了马价一节，亦有故。先次官人家书一封，着使臣王喜送与中国某人。

会喜不在，误着吴良收了，进与朝廷，后某人怕朝廷疑怪，乃结权臣，因说'这番进马，不系正经头目，如何一般赏他'，以此减了马价，及某人送使臣去，反说是吴良诡计减了，意欲官人杀害吴良，不想果中其计。"也先曰："者！"胡语"者"，然词也。又说买锅一节："此锅出在广东，到京师万余里，一锅卖绢二匹，使臣去买，只与一匹，以此争斗，卖锅者闭门不卖，皇帝如何得知？譬如南朝人问使臣买马，价少便不肯卖，岂是官人分付他来？"也先笑曰："者。"又说剪开段匹："是回回人所为，边批：跟随使人者。他将一匹剪将两匹，若不信，去搜他行李，好的都在。"也先又曰："者，者！都御史说的皆实，如今事已往，都是小人说坏。"善因见其意已和，乃曰："官人为北方大将帅，掌领军马，却听小人言语，忘了大明皇帝厚恩，使来杀掳人民。上天好生，官人好杀，有想父母妻子脱逃者，拿住便剜心摘胆，高声叫苦，上天岂不闻知。"答曰："我不曾着他杀，是下人自杀。"善曰："今日两家和好如初，可早出号令，收回军马，免得上天发怒降灾。"也先笑曰："者，者！"问："皇帝回去，还做否？"善曰："天位已定，谁再更换？"也先曰："尧、舜当初如何来？"善曰："尧让位于舜，今日兄让位于弟，正与一般。"有平章昂克问："汝来取皇帝，将何财物来？"善曰："若将财物来，后人说官人爱钱了；若空手迎去，见得官人有仁义，能顺天道，自古无此好男子。我监修史书，备细写上，着万代人称赞。"也先笑曰："者，者！都御史写的好者！"次日，见上皇。又次日，也先遂设宴，与上皇送行。

译文

　　土木之变后，英宗被瓦剌人囚禁了一年多，瓦剌人屡次要求朝廷奉迎英宗，朝廷不知真假，想派使者去探听情况，却很难找到合适的人选。左都御史杨善主动请求前往瓦剌。瓦剌部首领也先秘密派遣聪明机灵的田氏来迎接杨善，并且探听杨善的来意。二人见面后，田氏说："我也是内地人，被瓦剌人俘虏后留在此地。"接着便问杨善："当年土木之战，明军为什么会不交战就溃散了？"杨善说："太平的日子过久了，将帅士兵都习惯了安逸的生活，何况当年只是英宗的护卫随从。起初没有接到迎敌的军令，就遭到你们的突然袭击，怎么能不溃散？虽然你们侥幸获胜，但未必是福气。如今新皇帝即位，聪明英武，广泛采纳各方忠言。有人献计说：'瓦剌人胆敢侵犯朝廷，只是凭着好马翻山越岭，

经过关口闯入境内。如果命令边境守卫士兵，都做铁顶橛子，上面留一个小孔，安上尖头锥子，凡是瓦剌人马要翻越的山岭，就遍地埋上锥橛，那么来犯者没有不受伤的。'皇帝立即采纳了他的计策。又有一人献计说：'现在我军使用的大炮，每次只能发射一枚石弹，所以杀伤力小；如果装上一斗鸡蛋大的石头发射出去，石头四处飞进可达几丈宽，人马一碰上就会丧命。'皇帝也采纳了他的计策。又有一人献计说：'广西、四川一带射杀老虎都用毒药，如果涂在箭头上，一触到皮肉，人马立即毙命。'皇帝又采纳了这个计策。毒药已取来，还在天下选拔了三十万善于射箭的人，曾经用罪犯做过试验。还有人献计说：'现在火枪手虽有三四排，但敌人每次都趁我军填装子弹时，骑马冲入我军阵地。如果做成大型的双筒火枪，装上数发铁弹子，涂上毒药，排成四层，等敌人骑马冲杀过来时一齐发射，一定会让敌人肠穿肚破。'经过试验，在三百步之外也能射中。凡是献计的人，都可升官加赏。天下有智谋的人听说后，没有不争相前来献计的。训练的军马又十分精锐，可惜现在全用不上。"田氏问："怎么用不上呢？"杨善说："如果双方讲和了，哪里还用得着这些？"田氏听了这些话，偷偷地回去告诉了也先。第二天，杨善来到瓦剌部军营，拜见也先。也先问："你是什么官职？"杨善说："都御史。"也先说："我们双方和好许多年，这次为什么要拘留我的使臣，削减我的马价，给我们的锦缎一匹剪成两匹，把我的使臣扣押在行馆中，不让他们自由行动，这笔账该怎么算呢？"杨善说："从前您父亲派遣使臣来进贡马匹，使臣不过十多人，你们所讨要的东西，十件给了两三件也不计较，双方一向和好。如今您派遣来的使臣多达三千多人，见了皇帝，每人就赏给一套织金衣服，即使十几岁的小孩，也是一样的赏赐。在殿上设宴席为了什么？只是让您的面子上好看。临走时，皇帝义赐宴席，还派人护送，哪里拘留过使臣？可能是随使臣同来的奴仆，在中原行奸偷盗，害怕使臣知道，从小路逃走，或者遇到虎狼，

或者投奔了别处，朝中留这种人又有什么用？至于削减马价也是有原因的。先前您曾写了一封信，托使臣王喜送交您的中原朋友，正巧王喜外出，信件让吴良误收，呈给了朝廷。后来您的朋友怕朝廷生疑，就巴结权臣，说这次瓦剌前来献马的使臣不是您所派，马也不是好马，不能依照往常一样赏赐，所以赏赐就比以往少。后来您的朋友为使臣送行时，却诬赖说是吴良的计谋，想借您的手杀了吴良，没想到您果然中计杀了吴良。”也先说：“者。”胡语中“者”就是“对”。杨善又说：“再说到买锅的事，这种锅只有广东才出产，广东距京师有一万多里，所以一只锅定价两匹绢。使臣买锅，只肯出一匹绢，双方讨价还价争斗起来，卖锅的人索性关门不做生意，这种事皇帝又怎么会知道？就好比中原人向使臣买马，出价太低使臣当然不肯卖，难道能说是您的授意不成？”也先笑着说：“说得对。”极善又说：“剪断锦缎都是回回人做的，他们将一匹锦缎剪成两段，若您不信，去搜他们的行李，整匹完好的锦缎都在他们的行李中。”也先又说：“是的，是的！都御史所说的都是事实。如今事情都已经过去了，都是小人使坏。”杨善见也先态度有些缓和，就说：“您是瓦剌大将军，统领军马，却听信小人谗言，忘了皇帝的恩德，常常杀掳百姓，上天有好生之德，您却好杀戮，所俘的士兵，有些因思念家人而逃跑，你们抓到便挖心摘胆，他们痛苦万分凄厉的惨叫声，上天哪有听不到的？”也先说：“我并不曾让他们杀人，都是手下人自己干的。”杨善说：“现在我们双方和好如初，可否请您早点发出号令，收回军马，免得上天发怒降灾。”也先笑着说：“是，是！”又问：“英宗回去后，还会做皇帝吗？”杨善说：“景帝已登帝位，怎能再更位？”也先说：“当初尧、舜帝位是如何传承的？”杨善说：“尧让位给舜，和今天兄让位给弟是相同的道理。”有个平章昂克的瓦剌人问：“你前来迎接皇帝，带了什么礼物来？”杨善说：“若携带礼物来，后世的人会嘲笑您贪财；若空手前来迎奉皇上，就可以让人看到您有仁义之心，能顺应天道；从古至今没有这样顶天立地的男子汉。臣监督史官修史，到时一定详细记载此事，让后世万代人人称颂您的作为。”也先笑着说：“是的，是的！就请都御史好好为我写吧！”第二天，杨善见英宗。再隔一天，也先设宴款待杨善，并为英宗饯行。

梦龙评

杨善之遣，止是探问消息，初未有奉迎之计。被善一席好语，说得也先又明白，又欢喜，即时遣人随善护送上皇来归，奇哉！晋之怀、愍，度其必不得而不敢求者也；宋之徽、钦，求之而不得者也。庶几赵之厮养卒乎，然机有可乘者三：耳、余辈皆欲归王，一也；继使者十辈之后，二也；分争之际，易以利害动，三也。虏狃于晋、宋之故事，方以为奇货可居。而中朝诸臣，一则恐受虏之欺，二则恐拂嗣立者之意，相顾推诿而莫敢任。善义激于心，慨然请往，不费尺帛半锃，单辞完璧，此又岂厮养卒敢望哉？土木是一时误陷，与晋、宋之削弱不同；而也先好名，又非胡刘、女直残暴无忌之比。其强势亦远不逮，所以杨善之言易入。使在晋、宋往时，虽百杨善无所置喙矣。然尔时印累累，绶若若，而慨然请往，独一都御史也！即无善之口舌，独无善之心肝乎？

解评

这则故事是讲土木之变后，明代宗代替被蒙古人俘虏的英宗为帝，代宗派杨善打探消息，而鬼使神差地说服蒙古人的首领也先，放英宗回朝。杨善到达虏处后，先介绍明朝政府为对抗蒙古而采取的种种措施，给蒙古人一个下马威。然后对双方贸易中的摩擦问题，给予了很有信服力的回答。这时蒙古人看到明朝政府在新皇帝的带领下已经稳定下来，再囚禁英宗也无利可图，便放英宗回朝。

秦宓对吴使

吴使张温聘蜀，百官皆集。秦宓字子敕独后至。温顾孔明曰："彼何人也？"曰："学士秦宓。"温因问曰："君学乎？"宓曰："蜀中五尺童子皆学，何必我？"温乃问曰："天有头乎？"曰："有之。"曰："在何方？"曰："在西方。《诗》云：'乃眷西顾。'"温又问："天有耳乎？"曰："有。天处高而听卑，《诗》云：'鹤鸣九皋，声闻于天。'"曰："天有足乎？"宓曰："有。《诗》云：'天步艰难'，非足何步？"曰："天有姓乎？"宓曰："有姓。"曰："何姓？"宓曰："姓刘。"曰："何以知之？"宓曰："以天子姓刘知之。"温曰："日生于东乎？"宓曰："虽生于东，实没于西。"时应答如响，一坐惊服。

译文

吴国派遣张温前往蜀国访问，蜀国官员都到齐了，只有秦宓（字子敕）后到。张温回头对孔明说："这人是谁？"孔明答："学士秦宓。"张温便问秦宓说："你读过书吗？"秦宓说："在蜀国连五尺的孩童都念过书，何况是我。"张温接着问："天有头吗？"秦宓说："有。"张温说："天的头在哪个方向。"秦宓说："在西方。《诗经》上说：'天朝西方眷顾。'"张温又问："天有耳朵吗？"秦宓说："有。天在高处而能听到低处的声音。《诗经》上说：'水泽深处的鹤鸣声能传达到上天。'"张温问："天有脚吗？"秦宓说："有。《诗经》上说：'天步艰难'，若没有脚，怎么走路？"张温又问："天有姓氏吗？"秦宓说："有。"张温问："姓什么？"秦宓说："姓刘。"张温说："怎么知道姓刘？"秦宓说："因天子姓刘而得知的。"张温说："太阳是不是由东方升起？"

秦宓说："太阳虽由东方升起，却由西方落下。"当时秦宓对答如流，在场百官无不惊奇叹服。

梦龙评

其应如响，能占上风，故特录之。他止口给者，概无取。

解评

因秦宓的对答如流，句句占尽上风，所以才特别予以选录。

善言卷二十

> 唯口有枢，智则善转。孟不云乎，言近指远。组以精神，出之密微。不烦寸铁，谈笑解围。集《善言》。

译文

虽然善言者的嘴巴像有转轴一样灵活，但要靠智慧才能转动它。孟子不是说过吗，言辞浅显往往含义深刻。语言要用精神去组织，出口要注意微妙的变化。这样，不需要任何武器，就能在谈笑间化解危机。因此集《善言》卷。

晏子谏景公

齐有得罪于景公者，公大怒，缚置殿下，召左右肢解之："敢谏者诛。"晏子左手持头，右手磨刀，仰而问曰："古者明王圣主肢解人，不知从何处始？"公离席曰："纵之，罪在寡人。"时景公烦于刑，有鬻踊者。踊，刖者所用。公问晏子曰："子之居近市，知孰贵贱？"对曰："踊贵履贱。"公悟，为之省刑。

译文

齐国有人得罪了齐景公，景公非常生气，命人把他绑在大殿下，准备处以分尸的极刑，并说："敢于劝谏的一律斩杀。"晏子左手抓着人犯的头，右手拿着刀在犯人身上作磨刀状，抬头问景公："古时圣明的君王肢解人时，不知先从哪个部位开始下刀？"景公离开座位说："放了他吧，这是寡人的错。"景公时，刑法繁杂而又严酷，以致街市出现了很多贩卖踊的人。（踊，就是受了刖刑的人所用的假肢）景公就问晏子："你居住的地方靠近市集，可知道什么贵什么贱？"晏子回答说："假肢贵鞋子贱。"景公有所领悟，于是就下令废除刖刑。

梦龙评

晏子之谏，多讽而少直，殆滑稽之祖也。其他使荆、使吴、使楚事，亦皆以游戏胜之。觉他人讲道理者，方而难入。晏子将使荆，荆王与左右谋，欲以辱之。王与晏子立语，有缚一人过王而行，王曰："何为者？"对曰："齐人也。"王曰："何坐？"对曰："坐盗。"王曰："齐人故盗乎？"晏子曰："江南有橘，取而树之江北，乃为枳。所以然者，其地使然。今齐人居齐不盗，来之荆而盗，荆地固若是乎？"王曰："圣人非所与戏也，只取辱焉。"晏子使吴，王谓行人曰："吾闻婴也，辩于辞，娴于礼。"命傧者："客见则称天子。"明日，晏子有事，行人曰："天子请见。"晏子愀然者三，曰："臣受命敝邑之君，将使于吴王之所，不佞而迷惑，入于天子之朝，敢问吴王乌乎存？"然后吴王曰："夫差请见。"见以诸侯之礼。晏子使楚，晏子短，楚人为小门于大门之侧而延晏子。晏子不入，曰："使狗国者，从狗门入；臣使楚，不当从此门。"傧者更从大门入。见楚王，王曰："齐无人耶？"晏子对曰："齐之临淄三百闾，张袂成帷，挥汗成雨，何为无人？"王曰："然则何为使子？"晏子对曰："齐命使，各有所主。其贤者使贤主，不肖者使不肖主，婴最不肖，故使楚耳。"

解评

晏子劝谏君王多半以讽喻代替直言，他可算是滑稽一派的开山祖师了。日后晏子出使楚、吴等国，都在谈笑间占上风，世间的事往往就是这样，有时正正经经地和对方讲道理，反而很难让对方接受。

东方朔巧救奶妈

武帝乳母尝于外犯事，帝欲申宪，乳母求东方朔。朔曰："此非唇舌所争，尔必望济者，将去时，但当屡顾帝，慎勿言，此或可万一冀耳。"乳母既至，朔亦侍侧，因谓之曰："汝痴耳！帝今已长，岂复赖汝乳哺活耶？"帝凄然，即敕免罪。

译文

汉武帝的奶妈曾经在宫外犯了罪，武帝想依法处理，奶妈向东方朔求救。东方朔说："这件事不是用言辞就可以争辩的，你如果真的想免罪，在你向皇上辞别时，只需频频

回头看皇上，但千万不要开口说话，这样或许能有一线希望。"奶妈被带到武帝面前时，东方朔也在一旁侍奉，就对奶妈说："你别犯傻了！现在皇上已长大成人，难道还要靠你的奶水养活吗？"武帝听了，显出很悲伤的样子，立即下令赦免了奶妈的罪。

解评

在这则故事这里，东方朔知道强谏是不可行的，于是改变策略，用情打动武帝，结果奏效。

简雍趣谏先主

先主时天旱，禁私酿。吏于人家索得酿具，欲论罚。简雍与先主游，见男女行道，谓先主曰："彼欲行淫，何以不缚？"先主曰："何以知之？"对曰："彼有其具。"先主大笑而止。

译文

刘备在位时，有一年益州大旱，谷物减产，他便下令禁止百姓私自酿酒。有个官吏在一户百姓家中搜出酿酒的器具，便想对他定罪处罚。一天，简雍与刘备一同出游，见一对男女在路上行走，简雍对刘备说："他们想做淫乱之事，为什么不命人把他们抓起来？"刘备说："你是怎么知道的？"简雍回答说："因为他们身上都带着奸淫的器官。"刘备听了大笑，于是下令废除了以酿酒器具治罪的刑罚。

解评

简雍采取幽默诙谐的类比手法劝谏刘备,是为了更容易为人主接受。当你劝谏别人时,也不妨使用一下此方法。

长孙晟使突厥芟草

炀帝幸榆林,长孙晟从。晟以牙中草秽,欲令突厥可汗染干亲自芟艾,以明威重,乃故指帐前草谓曰:"此根大香。"染干遽嗅之,曰:"殊不香也!"晟曰:"天子行幸,所在诸侯躬亲洒扫,芸除御路,以表至敬。今牙中芜秽,谓是留香草耳。"染干乃悟,曰:"是奴罪过。"遂拔所佩刀,亲自芟草,诸部贵人争效之,自榆林东达蓟,长三千里,广百步,皆开御道。

译文

隋炀帝巡幸榆林,长孙晟随同前往。长孙晟看到牙帐中杂草丛生,想让前来迎驾的突厥可汗染干亲自锄草,以显示天子的声威,于是长孙晟故意指着帐前的野草对突厥可汗染干说:"这草的根很香。"染干立即闻草,并说:"没有什么特殊的香味啊!"长孙晟说:"天子所临幸的地方,当地诸侯都亲自洒扫,清除道路,以表示尊敬。现在帐前杂草丛生,我认为是因草香才没被割除。"染干这才明白长孙晟的意思,说道:"这是奴才的罪过。"说完拔出佩刀亲自割草,染干的部下也争相效仿他割草,于是自榆林向东至蓟县,开辟了一条宽百步、长三千里的御道。

解评

有时候,很委婉地说出自己的意图,比直接要求他人为自己效劳更容易让人接受。

解缙敏对

解缙应制题"虎顾从彪图",曰:"虎为百兽尊,谁敢触其怒。唯有父子情,一步一回顾。"文皇见诗有感,即命夏原吉迎太子于南京。

文皇与解缙同游。文皇登桥,问缙:"当作何语?"缙曰:"此谓'一步高一步'。"及下桥,又问之,缙曰:"此谓'后面更高似前面'。"

译文

解缙受成祖之命作诗《虎顾众彪图》，诗句是："虎为百兽尊，谁敢触其怒。唯有父子情，一步一回顾。"成祖看了诗句，不由百感交集，立即命夏原吉到南京迎接太子回宫。

成祖与解缙一同出游，成祖登桥后，问解缙："这应该用什么话来说？"解缙说："这叫'一步高一步'。"等到下桥时，成祖又问解缙，解缙说："这叫'后面更高似前面'。"

解评

纳谏，既很有必要，也是很有技巧的，其中的基本规律，是要准确把握听者的心理，特别是要充分了解对方的思想价值体系，唤起对方更高、更大的价值追求，辅之以情感的触动和思想的启迪。如果能这样，就肯定能一语击中。

谷那律谏言

高宗出猎遇雨，问谷那律曰："油衣若为不漏？"对曰："以瓦为之则不漏。"上因此不复出猎。

译文

唐高宗狩猎时遇到大雨，就对谷那律说："如果穿了油布衣服就不会被雨淋湿了？"谷那律说："如果用瓦做衣服，就更不会被雨淋湿了。"高宗因此不再出去狩猎。

解评

谷那律用机智与冷幽默的谏言方式打动了唐高宗，让唐高宗在想笑又不能笑出来的愉悦中接受了谏议，这是一种非常高明的进谏方式。运用这种方法进谏的人，往往需要急智，脑袋反应要快，要能够超越对方的反应半拍儿，要能够使对方感同身受地体会到此中真意。这种进谏方式好在它不是直接就对方的错误进行驳斥，而是给了对方一个思考的空间，让对方去发现自己真实的意图，他把这个看透问题的"聪明"让给了被谏议者，给了对方足够的面子，让对方自己去矫正自己的过失。就如说相声时的一个包袱，让对方自己抖开，那种感觉是很痛快的，由此看来，谷那律是一个高明的心理学家和幽默大师。

苏子由善语

《元城先生语录》云："东坡下御史狱，张安道致仕在南京，上书救之，欲附南京递进，府官不敢受，乃令其子恕至登闻鼓院投进。恕徘徊不敢投。久之，东坡出狱。其后东坡见其副本，因吐舌色动。人问其故，东坡不答。后子由见之，曰："宜吾兄之吐舌也，此事正得张恕力！"仆曰："何谓也？"子由曰："独不见郑昌之救盖宽饶乎？疏云：'上无许、史之属，下无金、张之托'，此语正是激宣帝之怒耳。且宽饶何罪？正以犯许、史辈得祸，今再讦之，是益其怒也。今东坡亦无罪，独以名太高，与朝廷争胜耳。安道之疏乃云'实天下之奇才'，独不激人主之怒乎"？仆曰："然则尔时救东坡者，宜为何说？"子由曰："但言本朝未尝杀士大夫，今乃是陛下开端，后世子孙必援陛下以为例，神宗好名而畏义，疑可以止之。"

译文

《元城先生语录》记载：苏东坡被御史弹劾下狱后，辞官家居南京的张安道上书解救苏东坡，本想借南京官府递送京师的公文而进呈给皇帝，但官府不敢受理，于是张安道就命儿子张恕到登闻鼓院投递奏本。张恕徘徊不敢投递。过了很久，东坡出狱了。后来东坡见到张安道为他求情的奏章副本时，不禁吐出舌头，脸色都变了。人们问他其中的原因，东坡没有回答。后来东坡的弟弟子由看了副本，说："难怪哥哥要吐舌头，他能平安出狱，实在要感谢张恕的胆子小！"仆人问："这是为什么呢？"子由说："你难道没听说过郑昌营救盖宽饶的事吗？郑昌在奏本上说：'盖宽饶上没有许伯、史高这样的亲戚，下没有金日、张安世的委托'，这些话正是激怒宣帝愤怒的原因。况且盖宽饶有什么罪？正是因为他冒犯了许伯、史高才被获罪。如今再揭发他们的短处，只能是更增加了他的愤怒。现在东坡也没有罪，只是因名气太高，和朝廷争高低罢了。张安道的奏章上说'东坡实在是天下奇才'，怎能不激怒皇上呢？"仆人说："那么当时如果要救东坡应该怎么说？"子由说："只说本朝从没杀过士大夫，如今是陛下开的例，后世子孙肯定以陛下为先例。神宗爱惜名声而畏惧道义，或许就会放了东坡。"

梦龙评

此条正堪与李纲荐张所于黄潜善语参看。

解评

　　多亏张恕没有将父亲的奏章呈交皇帝，不然中国可能就会少一位大文豪了。由此可见，说话做事之前要先了解对方的性格。宋神宗好名，他嫉妒苏轼的文采，如果上书中大谈苏轼才能，无疑是火上浇油。

诸人取捷供奉

　　晋武始登阼，采策得一。王者世数，视此多少。帝既不悦，君臣失色。侍中裴楷进曰："臣闻：天得一以清，地得一以宁，侯王得一以为天下贞。"帝悦，君臣叹服。

译文

　　晋武帝刚登皇位时，占卜抽到签数为"一"。王者所传的世代之数，都要看占卜数字的多少而定。武帝非常不高兴，众臣吓得脸色也变了。侍中裴楷奏道："微臣听说：天得一就清平，地得一就四方安宁，侯王得一可做天下主。"武帝听了转怒为喜，众臣们很是叹服裴楷的机智。

　　梁武帝问王侍中份："朕为有耶、为无耶？"对曰："陛下应万物为有，体至理为无。"

译文

　　梁武帝问侍中王份："朕是'有'呢？还是'无'呢？"王份回答说："陛下顺应万物是有，体察至极的道理是无。"

> 宋文帝钓天泉池，垂纶不获，王景文曰："良由垂纶者清，故不获贪饵。"

译文

宋文帝去天泉池钓鱼，钓了许久都没有钓到，王景文说："这是因为钓鱼者清明，所以鱼儿不敢贪吃饵食。"

> 元魏高祖名子恂、愉、悦、怿，崔光名子劭、勖、勉。高祖曰："我儿名旁皆有心，卿儿名旁皆有力。"对曰："所谓君子劳心，小人劳力。"

译文

元魏高祖为皇子们分别取名为恂、愉、悦、怿，崔光则分别为儿子们取名为劭、勖、勉。高祖说："我儿子的名字旁都有心，贤卿的儿子的名字都有力。"崔光回答说："这就是所谓的君子劳心，小人劳力。"

梦龙评

王弇州曰："诸人虽以捷供奉，然语不妨雅致。若桓玄篡位，初登御床而陷，殷仲文曰："将由圣德深厚，地不能载。"梁武宫门灾，谓群臣曰："我意方欲更新。"何敬容曰："此所谓先天而天弗违。"又，武帝即位，有猛虎入建康郭，象入江陵，上意不悦，以问群臣，无敢对者。王莹曰："昔'击石拊石，百兽率舞。'陛下膺箓御图，虎象来格。"纵极赡辞，不能不令人呕秽。

解评

这四则故事比较类似，都是大臣对皇帝的巧对，虽然有溜须拍马之嫌，但他们才思的敏捷与机智还是值得我们佩服和借鉴的。

众臣巧语

辛巳，肃庙入继大统，方在冲年。登极之日，御龙袍颇长，上府视不已。大学士杨廷和奏云："陛下垂衣裳而天下治。"圣情甚悦。

译文

明武宗正德十六年（1521年），肃宗进宫继承帝位，当时还是幼年。即位那天，龙袍太长，肃宗不停地低头看。大学士杨廷和启奏说："陛下穿着长大的衣服而天下大治。"肃宗的表情极为愉快。

嘉靖初，讲官顾鼎臣讲《孟子》"咸丘蒙"章，至"放勋殂落"语，侍臣皆惊，顾徐云："尧是时已百有二十岁矣。"众心始安。

译文

明嘉靖初年，讲官顾鼎成有一次讲解《孟子》中的"咸丘蒙"章时，讲到"放勋殂落"一句时，身边的大臣都惊惧不已。顾鼎成不慌不忙地说："尧这时已有一百二十岁了。"众臣的心才开始安定下来。

梦龙评

世宗多忌讳，是时科场出题，务择佳语，如《论语》"无为而治"节，《孟子》"我非尧、舜之道"二句题，主司皆获谴。疑"无为"非有为，"我非尧、舜"四字似谤语也。又命内侍读乡试录，题是"仁以为己任，不亦重乎"，上忽问："下文云何？"内侍对曰："下文是'兴于诗'云云。"此内侍亦有智。

解评

这虽是应对之语，但其中不乏急智。

朱文公为高弟释梦

廖德明，字子晦，朱文公高弟[1]也。少时梦谒大乾，阍者索刺，出诸袖，视其题字云"宣教郎廖某"，遂觉。后登第改秩，以宣教郎宰闽。思前梦，恐官止此，不欲行。亲友相勉，为质之文公。公沉思良久，曰："得之矣。"因指案上物曰："人与器不同。如笔止能为笔，不能为砚；剑止能为剑，不能为琴。故其成毁久远有一定不易之数。唯人不然，有朝为跖暮为舜者，故其吉凶祸福亦随而变，难以一定言。今子赴官，但当力行好事，前梦不足芥蒂。"廖拜而受教，后把麾持节，官至正郎。

译文

廖德明，字子晦，是朱文公的得意弟子。年轻时曾梦到自己谒见大乾惠神，守门吏卒索取名帖，他从袖中抽出一张署名"宣教郎廖某"的名帖，然后就醒了。后来廖德明中榜提升，被任命为宣教郎，治理福建。廖德明想起当年的梦境，怕自己官职仅止于宣教郎，便不想赴任。但亲友都劝勉他，于是他就去请教朱文公。朱文公沉思良久后说："我知道了。"接着指着桌上的东西说："人和器物不同，像笔只能是笔，不能当砚台用；剑只能是剑，不能当琴弹，所以不论它的年限有多长，它的功用是不变的。只有人不同，也许早上是凶残的盗跖，到晚上就成了尧舜，所以一个人的吉凶祸福也会随时间变化，很难说固定不变。现在你奉命治理福建，只要尽心竭力为百姓做好事，以前的梦不必耿耿于怀。"廖德明接受了朱文公的教诲拜谢离去，后来廖德明握旌旗持符节，官至正郎。

注释

①高弟：谓门弟子之成绩优良者。

解评

梦只是一种生理反应，没有我们想象中的那么神奇，但有人还是对它深信不疑，朱文公也只是抓住了人的这种心理加以引导，不过他所说的为官治理之道，正是一个正直廉明的官员所必备的。

兵　智　部

冯子曰：忠武论兵曰："仁、智、信、勇、严，缺一不可。"愚以为"智"尤甚焉。智者，知也。知者，知仁、知信、知勇、知严也。为将者，患不知耳。诚知，差之暴骨，不如践之问孤；楚之坑降，不如晋之释原；偃之迁延，不如罃之斩嬖；季之负载，不如孟之焚舟。虽欲不仁、不信、不严、不勇，而不可得也。又况夫泓水之襄败于仁，鄢陵之共败于信，阆中之飞败于严，邲河之縠败于勇。越公委千人以尝敌，马服须后令以济功，李广罢刁斗之警，淮阴忍胯下之羞。以仁、信、勇、严而若彼，以不仁、不信、不严、不勇而若此，其故何哉？智与不智之异耳！愚遇智，智胜；智遇尤智，尤智胜。故或不战而胜，或百战百胜，或正胜，或谲胜，或出新意而胜，或仿古兵法而胜。天异时，地异利，敌异情，我亦异势。用势者，因之以取胜焉。往志之论兵者备矣，其成败列在简编，的的可据。吾于其成而无败者，择著于篇：首"不战"，次"制胜"，次"诡道"，次"武案"。岳忠武曰："运用之妙，在乎一心。"武案则运用之迹也。儒者不言兵，然儒者政不可与言兵。儒者之言兵恶诈；智者之言兵政恐不能诈。夫唯能诈者能战；能战者，斯能为不诈者乎！

译文

冯梦龙说：岳飞谈论兵法说："仁、智、信、勇、严，缺一不可。"我个人以为，最重要的还是"智"。所谓智，就是知。所谓知，就是知道仁、知道信、知道勇、知道严。带兵作战的人就怕不知道这些。如果知道，吴王夫差的穷兵黩武，使将士抛尸荒野，不如越王勾践的抚死问孤以取民心；楚王项羽活埋投降的秦国士兵，不如春秋时晋文公取信于军队而从原邑撤军；春秋时苟延姑息迁就部下，不如知罃的治军严明；季孙氏作战之前就做好逃跑的准备，不如孟明渡河焚舟背水一战。虽然想要不仁、不信、不严、不勇，也是不可能的。又如宋楚的泓水之战，宋襄公失败是因为考虑到仁，晋楚的鄢陵之战，楚共王失败是因为考虑到信；张飞在阆中被部下杀害是败于严厉；晋楚邲河之战，晋军失败，是因为晋将先縠过于蛮勇。越国王杨素用一千名士兵的性命去试探敌人的虚实，赵奢欺骗秦军的使者才获得了胜利，李广解除刁斗警报使士兵能够安心地休息，淮阴侯韩信当年能忍受胯下之辱以等待将来能成就大业。前面那些人虽然仁、信、严、勇，却遭到失败，后面这些人虽然不仁、不信、不严、不勇，却因此而获胜，原因是什么呢？就是有智慧和没有智慧的差别！愚蠢的人碰上智慧的人，则智慧的人获胜；而智慧的人遇上更智慧的人，则更智慧的人获胜。历史上的战争，有不战即胜的，有百战百胜的，有正大光明地获胜，也有以诈取胜的，有以没有前例的战法获胜，更有仿效古人兵法而获胜的。天时不同，地利不同，敌情不同，因此对敌作战的方式也不同。这种种应敌获胜的方法如何选择，便靠智慧。历史上的兵书很多，其成败得失也都有明确的记载，我这里只实录历史上一些用兵不败的故事，分为"不战""制胜""诡道""武案"四卷。岳飞说："运用之妙，在乎一心。"这些故事便是巧妙运用的真实例子，或可供做印证启发之用。儒者不屑谈军事，这正是儒者没能力谈论兵法的缘故。儒者总说用兵不可诈胜；真正有用兵智慧的人，正唯恐不能想出各种诡诈的作战方法来。只有能行诈的人才能作战；能战的人，能不使用奸诈的手段啊！

不战卷二十一

> 形逊声，策绌力；胜于庙堂，不于疆场；胜于疆场，不于矢石。庶可方行天下而无敌。集《不战》。

译文

有形的武力不如无形的影响力，用策谋也远胜过蛮力。能在庙堂上取胜，就不必到战场上决出胜负。临战前如果将帅善于谋略、谨慎决断，就可以减少士兵在战场上的厮杀。这样才能打遍天下无敌手。因此集《不战》卷。

荀偃、伍员疲楚

鲁襄时，晋、楚争郑。襄公九年，晋悼公帅诸侯之师围郑，郑人恐，乃行成。荀偃曰："遂围之，以待楚人之救也，而与之战不然，无成。"边批：亦是。知蓥曰："许之盟而还师以敝楚：吾三分四军，与诸侯之锐，以逆来者，于我未病，楚不能矣。犹愈于战，暴骨以逞，不可以争。大劳未艾。君子劳心，小人劳力，先王之制也。"乃许郑成，后三驾郑，而楚卒道敝，不能争，晋终得郑。

译文

鲁襄公时，晋国和楚国争夺郑国。鲁襄公九年（前564年），晋悼公联合其他诸侯的军队围攻郑国，郑国人非常恐慌，就派人求和。荀偃说："继续围攻郑国，等楚救郑时，就可以与楚国交战否则就无法求和。"知蓥说："应该答应与郑结盟，然后撤兵回国，如此使楚国疲惫。然后我们将四军分成三路，联合其他诸侯的精锐，一起迎战楚军。

对我们来说并没多大损失，但楚国的损失可就大了。这样比直接和楚军交战要好得多。假如与楚国拼命死战，反而无法取胜，这种劳苦永无休止。聪明的人以智慧取胜，愚笨的人以蛮力克敌，这正是先王克敌制胜之道。"群臣都表示赞成，于是接受郑国的求和。后来楚国果然三度出兵讨伐郑国，但是由于长途行军而精疲力竭，根本无法作战，最后晋国终于取得郑国。

> 吴阖闾既立，问于伍员曰："初而言伐楚，余知其可也，而恐其使余往也，又恶人之有余之功也。今余将自己有之矣，伐楚何如？"对曰："楚执政众而乖，莫适任患。若为三师以肄焉，一师至，彼必皆出；彼出则归，彼归则出，楚必道敝。亟肄以罢之，多方以误之。既罢，而后以三军继之，必大克之。"阖闾从之，楚于是乎始病。

译文

吴王阖闾即位后，问伍员说："当初你劝我攻打楚国，我知道是可行的，但又怕派我前往，我又不愿意让别人占了我应得的功劳。现在我自己已登上王位，攻打楚国怎么样？"伍员回答说："楚国执政的人很多，意见不合，所以不能处理突发事件。如果大王派三支军队突然袭击又急退，每一支部队到达，他们都会全军应战；楚国出兵，大王退兵，楚国退兵，大王再出兵，楚军必然疲于奔命。用多次袭击和急退的方法使他们疲惫，用各种方法使他们上当。等楚军疲乏之后，再派三军跟上，一定能大败楚军。"阖闾采纳了伍员的建议，从此楚军开始一天不如一天。

梦龙评

晋、吴敝楚，若出一辙。然吴能破楚，而晋不能者，终少柏举之一战也。宋儒乃以城濮之战咎晋文非王者之师。噫！有此议论，所以养成南宋为不战之天下，而竟奄奄以亡。悲夫！

按：吴璘制金，亦用此术。虏性忍耐坚久，令酷而下必死，每战非累日不决。于是选据形便，出锐卒，更迭挠之，与之为无穷，使不得休暇，以沮其坚忍之气，俟其少怠，出奇胜之。

解评

一鼓作气，再而衰，三而竭。这个小故事就是采用了消耗对手实力的办法。

周德威妙算胜梁

晋王存勖大败梁兵，梁兵亦退。周德威言于晋王曰："贼势甚盛，宜按兵以待其衰。"王曰："吾孤军远来，救人之急，三镇乌合，利于速战。公乃欲按兵持重，何也？"德威曰："镇、定之兵，长于守城，短于野战；吾所恃者骑兵，利于平原旷野，可以驰突。今压城垒门，骑无所展其足；且众寡不敌，使彼知吾虚实，则事危矣。"王不悦，退卧帐中，诸将莫敢言。德威往见张承业，曰："大王骤胜而轻敌，不量力而务速战，今去贼咫尺，所限者一水耳，彼若造桥以薄我，我众立尽矣，不若退军高邑，诱贼离营，彼出则归，彼归则出，别以轻骑，掠其馈饷，不过逾月，破之必矣！"承业入，褰帐抚王曰："此岂王安寝时邪？周德威老将知兵，言不可忽也。"王蹶然而兴，曰："予方思之。"时梁王闭垒不出，有降者，诘之，曰："景仁方多造浮桥。"王谓德威曰："果如公言。"

译文

晋王李存勖大败梁兵，梁兵也退走了。周德威对晋王说："现在敌人气势很盛，我军应该按兵不动，等敌人士气衰退后再进攻。"晋王说："我率军远征，救人危急，再说我军是三镇士兵拼凑起来的，适合速战。现在将军想按兵不动，这是为什么呢？"周德威说："镇州、定州的士兵，擅长防守不善于野外作战。我军仗恃的是骑兵，适合在平原旷野作战，可以驰骋突袭。但现在面对城门堡垒，骑兵根本无法施展，再说敌众我寡，假使让敌人摸清了我军的兵力，那么我军就危险了。"晋王听了很不高兴，就退回帐中休息，其他将军也都不敢再多说什么。周德威就前去拜见张承业说："大王速胜以后有轻敌之心，不考虑自身的实力，只想速战。现在敌我双方近在咫尺，仅一水之隔，敌人若造浮桥偷袭我军，我军立即全军覆没。不如退守高邑，引诱梁兵离开军营，敌出我归，敌归我出。另外派骑兵抢夺梁兵的军饷粮食，不出一个月，一定能打败梁军。"张承业于是来到晋王的营帐，掀起帘帐拍着晋王说："这哪是大王安寝的时间呢？周德威是老将，深懂用兵之道，他的话不可忽视。"晋王突然从床上坐起来说："我正在想这件事。"当时梁王闭门不出，有个投降的梁兵，经过盘问，他供说："梁王正命人建造多座浮桥。"晋王对周德威说："果然如将军所说。"

解评

周德威思虑周全，懂得避开自己的弱点来攻打敌人，如果只是一味蛮干，那最后的下场只能是失败，可见策谋的效益远胜过蛮力。

高仁厚用谍平叛

邛州牙将阡能叛，侵扰蜀境，都招讨高仁厚帅兵讨之。未发前一日，有黥面者到营中，逻者疑，执而讯之，果阡能之谍也。仁厚命释缚，问之，**边批：善用间者，因敌间而用之。**对曰："某村民，阡能囚其父母妻子于狱，云汝诇事归，得实则免汝家，不然尽死，某非愿尔也。"仁厚曰："诚知汝如是，我何忍杀汝？今纵汝归，救汝父母妻子，但语阡能云：'高尚书来日发，所将止五百人，无多兵也。'然我活汝一家，汝当为我潜语寨中人，云：'仆射愍汝曹皆良人，为贼所制，情非得已。尚书欲拯救渝洗汝曹，尚书来，汝曹各投兵迎降，尚书当以'归顺'二字书汝背，遣汝还复旧业。所欲诛者，阡能、罗浑擎、句胡僧、罗夫子、韩求五人耳，必不使横及百姓也。'"谍曰："此皆百姓心上事，尚书尽知而赦之，其谁不舞跃听命！"遂遣之。

明日仁厚兵发，至双流，把截使白文现出迎。仁厚周视堑栅，怒曰："阡能役夫，其众皆耕民耳，竭一府之兵，岁余不能擒，今观堑栅，重复牢密如此，宜其可以安眠饱食，养寇邀功也！"命引出斩之，监军力救，

乃免。命悉平堑栅，留五百兵守之，余兵悉以自随。又召诸寨兵，相继皆集。阡能闻仁厚将至，遣浑掔立五寨于双流之西，伏兵千人于野桥箐，以邀官军。仁厚訚知，遣人释戎服，入贼中告谕如昨所以语谍者。贼大喜呼噪，争弃甲来降，仁厚因抚谕，书其背，使归语寨中未降者。寨中余众争出，浑掔狼狈逾堑走，其众执以诣仁厚，仁厚械送府，悉命焚五寨及其甲兵，唯留旗帜。

明旦，仁厚谓降者曰："始欲即遣汝归，而前途诸寨百姓未知吾心，借汝曹为我前行，过穿口、新津寨下，示以背字，告谕之，比至延贡，可归矣。"乃取浑掔旗倒系之，每五十为队，授以一旗，使前扬旗疾呼曰："罗浑掔已生擒，送使府，大军且至，汝寨中速如我出降，立得为良人，无事矣。"至穿口，句胡僧置十一寨，寨中人争出降。胡僧大惊，拔剑遏之，众投瓦石击之，共擒以献仁厚，其众五千人皆降。明旦又焚寨，使降者又执旗先驱，至新津，韩求置十三寨，皆迎降。求自投深堑死。将士欲焚寨，仁厚止之，曰："降人皆未食，先运出资粮，然后焚之。"新降者竞炊爨，与先降来告者共食之，语笑歌吹，终夜不绝。明日，仁厚候双流、穿口降者先归，使新津降者执旗前驱，且曰："入邛州境，亦可散归矣。"罗夫子置九寨于延贡，其众前夕望新津火光，已待降不眠矣。及新津人至，罗夫子脱身弃寨奔阡能。明日，罗夫子、阡能谋悉众决战，计未定，日向暮，延贡降者至，阡能走马巡塞，欲出兵，众皆不应，明旦大军将近，呼噪争出，执阡能、罗夫子，泣拜马首。出军凡六日，五贼皆平。

兵智部 不战卷二十一

译文

唐朝时，镇守邛州的副将阡能反叛，侵扰四川县境，都招讨使高仁厚率军征讨。在发兵的前一天，有个卖面的小贩来到营中，守卫的士兵觉得小贩形迹可疑，抓起来审问，果真是阡能派来的间谍。高仁厚命人为他松绑，并且问他为什么会做间谍，对方说："我是某村的百姓，阡能因禁了我的父母妻小，逼着我当间谍，说如果探得的情报属实，就释放我的家人，否则杀我全家，我并不想做这种事情。"高仁厚说："我相信你说的是实话，我不会狠心杀你的，现在我就放你回去，救你的父母妻子，你回去对阡能说：'高元帅明天发兵，但士兵人数不多，只有五百名左右。'可是我救了你全家性命，你应当帮助我暗中对营寨里的人说：'高元帅体恤你们都是善良百姓，被阡能所胁迫，并非自愿为敌，元帅想解救你们的困境，等元帅来的时候，你们只要扔下兵器投降，元帅就会派人在你们的背上写'归顺'二字，然后遣送你们回乡重操旧业。元帅想杀的，只是阡能、罗浑擎、句胡僧、罗夫子、韩求这五个叛党而已，并不想殃及无辜的百姓。'"那个间谍说："这些都是百姓的心愿，元帅能了解我们的苦衷，并且赦免我们，哪一个不欢欣雀跃地听元帅吩咐呢？"于是高仁厚就放他走了。

第二天，高仁厚发兵，行军到双流，把截使白文现亲自迎接。高仁厚环顾军营四周的栅栏堑道，非常生气地骂道："阡能不过是个役夫，手下的士兵也多半是耕田的农夫，你率领全府的士兵，一年多都没有办法擒服阡能，今天看到你营地重重的堑壕栅栏如此牢固严密，大概可以高枕无忧，饱食终日，坐视贼寇壮大，厚着脸皮向朝廷邀功吧！"于是下令立即将白文现拉出去斩首，后经其他将领一再求情，高仁厚才收回成命。然后，高仁厚命人拆去所有栅栏，填平壕沟，留五百士兵守卫，其余士兵都编入自己部队。高仁厚又召集其他营寨的部队，一同出发征讨阡能，阡能听说高仁厚将到，就派遣罗浑擎在双流地区设立五个营寨，另外在野桥菁埋伏士兵一千人，准备迎战官军，高仁厚得知阡能的计谋，就命士兵换上便服，偷偷混入敌营，暗中散布那天高仁厚曾对间谍所说的那番话。敌兵听说可以赦免罪行回家团聚，高兴地大声欢呼，纷纷丢下武器投降，高仁厚对投降者都亲切地慰问，命人在他们背上写上"归顺"二字，好让他们再去告诉营寨中没有投降的人。寨子里剩余的士兵纷纷出来投降，罗浑擎跃过堑壕狼狈逃走，被众人擒住，押到高仁厚面前。高仁厚给他带上刑具，将他押送督府，然后下令焚毁五个寨子，只留下旗帜。

第三天早晨，高仁厚对降兵说："我本想立刻送你们回家，但前面各寨的百姓并不了解我的心意，我想请你们为我军先锋，经过穿口、新津两处营寨时，将你们背上的字给当地守军看到，并将我的话告诉他们，等到达北边的延贡，你们就可以回家了。"于是取来罗浑擎的军旗倒挂着，每五十人编为一队，每队发给一面军旗，让他们走在前面，挥舞着旗子大声疾呼道："罗浑擎已被活捉，押送督府。官军马上就到，营寨里的官兵们，赶快像我们一样出来投降，马上就可恢复良民的身份，平安无事了。"行至穿口，句胡僧在此设立了十一个营寨，寨中士兵听到喊话争相出来投降，句胡僧大为震惊，还想拔剑阻止众人投降，没想到众人反倒用石块丢掷他，并且齐心协力擒下句胡僧献给高仁厚，其余五千人也全部向高仁厚投降。第四天早晨，高仁厚下令焚毁营寨，又命降兵举着倒挂的旗子为先锋。到了新津，韩求在此所设置的十三个营寨的官兵全部投降，并出寨欢迎高仁厚，韩求无路可逃只好投深沟自杀身亡。军士本想烧毁营寨，高仁厚却阻止说："降兵还没有吃东西，先把寨中存粮和财物运出后再焚寨。"新降的士兵竞相生火做饭，与前来招抚的士兵同桌共食，欢歌笑语处处可闻，彻夜不绝。第五天，高仁厚命在双流、穿口等寨投降的士兵先回家，而以新津的降兵掌旗为前导，对他们说："等进入邛州县境内，你们就可以解散回家了。"罗夫子在延贡设置了九个营寨，在官军抵达延贡的前一天晚上，罗夫子寨中的士兵看见新津的营寨被火点燃时，就兴奋得整夜睡不着觉，准备投降了。等新津降兵到了之后，罗夫子只好弃寨投奔阡能。第六天，罗夫子和阡能两人想率领全部士兵与高仁厚决一死战，但计划一时没有定下来。傍晚时，延贡降兵来到阡能营地前，阡能正骑在马上巡视营寨，想率兵攻击，众士兵全不听阡能指挥。第七天早上，官军到达营地时，众士兵呼喊着争相冲出营寨，抓住阡能、罗夫子，两人哭泣着跪拜在高仁厚的马前。高仁厚出兵作战六天，就把阡能等五人全部歼灭。

梦龙评

只用彼谍一人，而贼已争降矣；只用降卒数队，而二十四寨已望风迎款矣，必欲俘馘为功者，何哉？

解评

高仁厚可谓善用反间计。他先说服敌人打入自己军队中的一个奸细，使之为己所用，利用他去鼓动大批的敌人投降。对于投降的人，他也是优待有加。特别是攻占一个山寨后，因降人皆未食，就先运出资粮，然后焚之，达到了收买人心的目的。

岳忠武八日平杨幺

杨幺为寇。岳飞所部皆西北人，不习水战。飞曰："兵何常，顾用之何如耳！"先遣使招谕之。贼党黄佐曰："岳节使号令如山，若与之敌，万无生理，不如往降，必善遇我。"遂降。飞单骑按其部，拊佐背曰："子知逆顺者，果能立功，封侯岂足道，欲复遣子至湖中，视其可乘者擒之，可劝者招之，如何？"佐感泣，誓以死报。时张浚以都督军事至潭，参政席益与浚语，疑飞玩寇，边批：庸才何知大计？欲以闻。浚曰："岳侯忠孝人也。兵有深机，何可易言？"益惭而止。黄佐袭周伦砦，杀伦，擒其统制陈贵等。会召浚还防秋。飞袖小图示浚，浚欲待来年议之。飞曰："王四厢以王师攻水寇，则难；飞以水寇攻水寇，则易。水战，我短彼长，以所短攻所长，所以难；若因敌将用敌兵，夺其手足之助，离其腹心之托，使孤立，而后以王师乘之，八日之内，当俘诸酋。"浚许之。飞遂如鼎州。黄佐招杨钦来降，飞喜曰："杨钦骁悍，既降，贼腹心溃矣！"表授钦武义大夫，礼遇甚厚，乃复遣归湖中。两日，钦说全琮、刘锐等降，飞诡骂曰："贼不尽降，何来也？"杖之，复令入湖。是夜掩敌营，降其众数万。幺负固不服，方浮舟湖中，以轮激水，其行如飞；旁置撞竿，官舟迎之，辄碎。飞伐君山木为巨筏，塞诸港汊，又以腐木乱草，浮上流而下。择水浅处，遣善骂者挑之，且行且骂。贼怒来追，则草壅积，舟轮碍不行，飞亟遣兵击之，贼奔港中，为筏所拒，官军乘筏，张牛革以蔽矢石，举巨木撞其舟，尽坏，幺投水中，牛皋擒斩。飞入贼垒，余酋惊曰："何神也！"俱降。飞亲行诸砦慰抚之，纵老弱归籍，少壮为军，果八日而贼平。浚叹曰："岳侯神算也！"

译文

南宋时，杨幺聚众造反。岳飞奉命前去征讨，他所带领的部队多是西北人，不习水战。岳飞说："士兵的习惯并非不可改变，关键在于如何使用！"于是他先派使者去招降。杨幺的同党黄佐说："岳帅号令如山，若是与岳帅为敌，最后一定命丧黄泉，不如投效岳帅，他一定会善待重用我。"于是黄佐归降岳飞。岳飞独自一人骑马来到黄佐营地探视他，并且轻轻地抚摸黄佐的肩膀说："你能识时务归顺朝廷，如果能立大功，日后何止是封侯拜爵而已！我想派你再回洞庭湖，见了有用的将领就活捉他，见到可规劝的就招降，你看如何？"黄佐感动地流下眼泪，发誓要以死相报。这时枢密使张浚以都督军事来到潭州，参政席益对张浚说，怀疑岳飞有轻敌之心，还想奏报朝廷。张浚说："岳帅为人忠信诚正，他用兵老谋深算，怎么可以随便议论他呢？"席益听了很惭愧，于是放弃了上奏的打算。黄佐袭击了周伦的营寨，杀死周伦，擒获统制陈贵等人。这时，皇帝召张浚回朝商议秋季防务之事，临行前，岳飞取出袖中的战略图给张浚看，想与他商议讨平杨幺的计划。张浚想等来年再商议，岳飞说："王四厢用朝廷正规军打水寇，当然难打，而我用水寇打水寇，这仗就容易打了。水战是我军的短处，敌人的长处，以我之短攻敌之长，所以很难取胜，若是能通过敌人的将领利用敌人的士兵，就好比削去敌人的手足，再离间敌人的心腹，使其孤立无援，继之以官兵围剿，八天之内一定能擒服杨幺。"张浚同意了。岳飞于是来到鼎州。黄佐已说服杨钦前来归降，岳飞高兴地说："杨钦是杨幺身边的悍将，现在归降我军，杨幺已众叛亲离了。"于是岳飞上奏朝廷，皇上下旨授杨钦武义大夫的官职，待遇非常优厚，岳飞又命杨钦遣回洞庭湖以反间，过了两天，杨钦说服了全琮、刘锐等人归降，岳飞见了他们，故意大声骂道："贼人没有全部投降，你们来此地做什么？"命人鞭打他们，又命他们重新回洞庭湖。当天晚上岳飞率兵偷袭敌营，降服杨幺的士兵达数万人。杨幺依仗防守坚固不服输，仍然浮乎湖中，用轮子击水，船行驶如飞，旁边设有撞竿，官船一靠近就被击碎，岳飞命人从君山上砍伐树木做成大木筏堵住港口，又用腐木乱草从上游漂流而下，再选择水浅的地方，派那些善于骂阵的士兵，对着杨幺边走边骂。杨幺盛怒之下，派船追击。结果船只的水轮被杂草缠住，动弹不得。岳飞立刻下令官兵攻击，贼兵纷纷窜逃入港，又被港口的木筏挡住去路。官兵乘着木筏，披着牛皮以挡箭石，举起大木桩撞击贼船，贼船全部被撞坏。杨幺逃入水中，被牛皋擒获斩首。岳飞率兵突然进入贼营，残余的贼军将领吃惊地说："这是哪来的神啊！"立刻全部投降。

岳飞亲自到各营寨安抚众人，释放老弱的贼兵回家，而年轻力壮的贼兵则编入朝廷的正式部队，果然如他所说，八天内平服贼人。张浚十分叹服地说："岳侯真是神机妙算啊！"

梦龙评

按杨幺据洞庭，陆耕水战，楼船十余丈，官军徒仰视，不得近。岳飞谋亦欲造大舟，湖南运判薛弼谓岳曰："若是，非岁月不胜。且彼之所长，**边批：名言可以触类。**可避而不可斗也。今大旱，河水落洪，若重购舟首，勿与战，遂筏断江路。藁其上流，使彼之长坐废，而精骑直捣其垒，则彼坏在目前矣。"岳从之，遂平幺。人知岳侯神算，平幺于八日之间，而不知计出薛弼。从来名将名相，未有不资人以成功者。岳忠武善以少击众，尝以八百人破群盗王善等五十万众于南薰门；以八千人破曹成十万众于桂岭；其战兀术于颍昌，则以背嵬八百，于朱仙镇则以五百，皆破其众十余万。凡有所举，尽召诸统制与谋，谋定而后战，故有战无败。猝遇敌，不动，敌人为之语曰："撼山易，撼岳家军难！"其御军严而有恩，卒有取民麻一缕以束刍者，立斩以徇。卒夜宿，民开门愿纳，无敢入者。军虽冻死不拆屋，饿死不卤掠。卒有疾，则亲为调药；诸将远戍，则遣妻问劳其家；死事者，哭之而育其孤，或以子婚其女；凡有颁赏，分给军吏，秋毫不私；每有功，必归之将士。吁！此则其制胜之本也。近日将官事事与忠武反，欲功成，得乎？

岳飞所率领的都是西北人，不习水战，要对抗精于此道的杨幺，只能扬长避短。他先利用投降自己的黄佐，使其离间杨幺部下，并采取有效方法破坏杨幺引以制胜的楼船，这样打败杨幺就是顺理成章然了。

王德用不战而胜

王德用为定州路总管，日训练士卒，久之，士殊可用。会契丹有谍者来觇，或请捕杀之。德用曰："第舍之，吾正欲其以实还告，百战百胜，不如以不战胜也。"明日故大阅，士皆踊跃思奋，乃阳下令："具糗粮，听吾旗鼓所问。"觇者归告，谓："汉兵且大入。"遂来议和。

译文

王德用任定州路总管时，每天训练士卒，经过长期训练，士卒都成为可用之兵。正巧这时有契丹间谍来侦察，有人请求捕杀这些间谍。王德用说："先放了他，我正想要他回去以实禀告。百战百胜，不如不战而胜。"第二天，王德用故意操练演习士卒，士卒们都龙腾虎跃，精神振奋，王德用假装下令说："准备好马草军粮，全体军士照我的旗鼓行动。"间谍回去报告说："宋军将要大举攻打契丹了。"于是契丹王立刻派人向宋朝求和。

解评

越是在情理之中威胁越显得真实，所以要尽量把思考留给对方去做。

陆逊全军而退

　　嘉禾三年，孙权北征，使陆逊与诸葛瑾攻襄阳。逊遣亲人韩扁赍表奉报，还遇敌于沔中，钞逻得扁。瑾闻之甚惧，书与逊云："大驾已旋，贼得韩扁，具知我阔狭，且水干，宜当急去。"逊未答，方催人种葑豆，与诸将奕棋射戏如常，瑾曰："伯言多智略，其当有以。"自来见逊，逊曰："贼知大驾已旋，无所复虑，得专力于吾，又已守要害之处，兵将已动，且当自定以安之，施设变术，然后出耳。今便示退，贼当谓吾怖，仍来相蹙，必败之势！"乃密与瑾立计，令瑾督舟船，逊悉上兵马，以向襄阳城，敌素惮逊，遽还赴城，瑾便引舟出，逊徐整部伍，张拓声势，走趋船。敌不敢干，全军而退。

译文

　　嘉禾三年（234年），孙权北征，命陆逊与诸葛瑾攻打襄阳。陆逊派亲信韩扁专程持表章奏报孙权，途径沔中时遇到敌兵，被敌人的巡逻兵俘获。诸葛瑾听说后非常害怕，写信给陆逊说："吴主已班师回营，贼人俘获韩扁，已知我军虚实。现在汉水将要干枯，应迅速退兵。"陆逊未予回答，而正在催人种蔓菁菜，并与诸将像平常一样下棋、射箭。诸葛瑾说："陆逊足智多谋，他一定有办法解决。"于是亲自来见陆逊，陆逊说："贼人已知吴王班师，再也没有其他的顾虑，就会专心对付我们。加上他们又据守险要，我

军士兵军心已动摇。现在应当保持镇静，以稳定军心，然后运用灵活战术，缓慢退出。如果现在便退兵，贼人就会知道我们害怕而加紧进攻，那么我军一定溃败！"于是他便与诸葛瑾秘密商议大计，令诸葛瑾留督舟船，陆逊率领全部兵马，朝襄阳方向推进。敌人一向惧怕陆逊，立即退兵返回襄阳，诸葛瑾便率船队出发，陆逊慢慢整顿队伍，虚张声势，登上舟船。敌人不敢进逼，于是全军安然退回。

解评

在危险的时候，处于弱势反而要显示出强者的姿态，这未尝不是一种保护自己的好谋略。

高仁厚攻东川

高仁厚攻东川杨师立。夜二鼓，贼党郑君雄等出劲兵掩击城北副使寨。杨茂言不能御，帅众弃寨走；其旁寨见副走，亦走。贼直薄中军，仁厚令大开寨门，设炬火照之，自帅士卒为两翼，伏道左右。贼见门开，不敢入，还去，仁厚发伏击之。贼大败。仁厚念诸弃寨者所当诛杀甚众，乃密召孔目官张韶，谕之曰："尔速遣步探子将数十人，分道追走者，自以尔意谕之曰："仆射幸不出寨，皆不知，汝曹速归，来旦，牙参如常，勿忧也。"边批：不唯省事，且积德。韶素长者，众信之，边批：择而使之。至四鼓，皆还寨，唯杨茂言走至张把，乃追及之。仁厚闻诸寨漏鼓如初，喜曰："悉归矣。"诘旦，诸将牙集，以为仁厚诚不知也，坐良久，谓茂言曰："昨夜闻副使身先士卒，走至张把，有诸？"对曰："闻贼攻中军，左右言仆射已去，遂策马骈随，既而审其虚，乃复还耳。"曰："仁厚与副使俱受命天子，将兵讨贼，若仁厚先走，副使当叱下马，行军法，代总军事，然后奏闻，边批：近日辽阳之役，制阃者若识此一看，何至身名俱丧？今副使既先走，又为欺罔，理当何如？"茂言拱手曰："当死。"仁厚曰："然。"命左右扶下斩之。诸将股栗，仁厚乃召昨夜所获俘虏数十人，释缚纵归。群雄闻之惧，曰："彼军法严整如是，又可犯乎？"自是兵不复出。（后君雄斩师立，出降。）

兵智部 不战 卷二十一

译文

高仁厚攻打东川杨师立。夜晚二更时分，敌将郑君雄等出动精兵突击城北副使寨。副使杨茂言无法抵御，率领众人弃寨逃走，其他营寨见副使逃走，也纷纷逃走。贼人直攻中军，高仁厚命人大开寨门，并且点燃火炬，亲自领士兵埋伏在道路两侧，贼人见寨门大开，反而不敢入寨，正准备离去时，高仁厚立即命埋伏的士兵攻击他们，贼人大败。高仁厚考虑到众多弃城逃走的军士如果按律处置，会诛杀很多人，于是就秘密召见孔目官张韶，对他说："你赶快派探子带领数十人，分头追赶逃走的士兵。就用你的话对他们说：'幸好元帅那晚没出营寨，什么都不知道，你们赶紧回营，明天早上照常参拜元帅，不要担心。'"张韶一向是宽厚长者，众人都相信他的话。到了四更时分，溃逃的士兵都已回营，只有杨茂言把张把追上。高仁厚听到各营寨的鼓声如平常，很高兴地说："他们都回来了。"第二天早上，各将领来到高仁厚的寨中，认为高仁厚完全不知昨夜的事。坐了很久以后，高仁厚对杨茂言说："听说昨晚副使身先士卒，逃到张把，可有此事？"杨茂言回答说："听说贼人攻打中军，左右说元帅离营，于是末将才骑马追赶保护元帅，不久发觉传闻错误，就立刻回营。"高仁厚说："我与副使都受皇命率兵讨贼，若我先离营，副使该叱责我下马，以军法论处，然后代行本帅统军之职，然后将此事上报朝廷。现在副使逃走在先，又说谎欺骗，该当何罪？"杨茂言拱手说："该死。"高仁厚说："好。"于是命左右拖下将其斩首。其他将领见了不禁两腿发抖。高仁厚召来前夜所俘获的数十名贼兵，命人松绑，放他们回去。郑君雄听说后很害怕，说："高帅军纪如此严明，怎能随意攻打？"从此不再出兵。不久后，郑君雄斩杀了杨师立，率部投降高仁厚。

梦龙评

孙武戮宠姬以徇阵，穰苴斩幸臣齐景幸臣庄贾以立法，法行则将尊，将尊则士致死。士有必死之气，则敌有必败之形矣。仁厚用法固善，尤妙在遣张韶一事，不尽杀之，威胜于尽杀，更驱而用之，不患逃卒不尽为死士也！

孙武子齐人，以兵法见于吴王阖庐，阖庐曰："子之十三篇，吾尽观之矣，可以小试勒兵乎？"对曰："可。"阖庐曰："可试以妇人乎？"曰："可。"于是出宫中美女，得百八十人，孙子分为二队，以王之宠姬二人各为队长，皆令持戟。令之曰："汝知而心与左右手、背乎？"妇人曰："知之。"孙子曰："前则视心，左视左手，右视右手，后即视背。"妇人曰："诺。"约束既布，乃设斧钺，即三令五申之，于是鼓之右，妇人大笑。孙子曰："约束不明，申令不熟，将之罪也。"复三令五申，而鼓之左，妇人复大笑。孙子曰："约束不明，申令不熟，将之罪也。既已明，而不如法者，吏士之罪也。"乃欲斩左右队长。吴王从台上观，见且斩爱姬，大骇，趣使使下令曰："寡人知将军能用兵矣，寡人非此二姬，食不甘味，愿勿斩也。"孙子曰："臣既已受命为将，将在军，君命有所不受。"遂斩队长二人以徇，用其次为队长，于是复鼓之，妇人左右前后跪起皆中规矩绳墨，无敢出声。于是孙子使使报王曰："兵既整齐，王可试下观之。唯王所欲用，虽赴水火犹可也。"吴王曰："将军罢休就舍，寡人不愿下观。"孙子曰："王徒好其言，不能用其实。"于是阖庐知孙子能用兵，卒以为将，西破强楚，入郢，北威齐、晋，显名诸侯，孙子与有力焉。

齐景公时，师败于燕、晋，晏婴荐司马穰苴，公以为将军。穰苴曰："臣素卑贱，人微权轻，**边批：实话。** 愿得君之宠臣以监军。"**边批：少不得下此一着。** 公使庄贾往。

苴与贾约，日中会于军门，苴先驰至军，立表下漏待贾，夕时贾始至，苴曰："何后期？"贾曰："亲戚送之，故留。"苴曰："将受命之日，则忘其家；临军约束，则忘其亲；援枹鼓之急，则忘其身。何相送乎？"召军正问曰："军法期而后至，云何？"对曰："当斩。"贾始惧，使人驰报景公求救。未及返，遂斩贾以徇三军。久之，公遣使者持节赦贾，驰入军中，穰苴曰："将在军，君命有所不受。"问军正曰："军中不驰。今使者驰，云何？"对曰："当斩。"苴曰："君之使不可斩。"乃斩其仆、车之左驸，马之左骖，以徇三军。乃阅士卒，次舍井灶饮食，问疾医药，身自抚循之，悉取将军之资粮飨士卒，而自比其羸弱者，三日而后勒兵，于是病者皆求行，争出赴战，大败晋师。

解评

高仁厚带军可谓能伸能缩，相时而动。由于贼人的突然袭击，营中官兵皆惊走。按军法都应该杀掉，高仁厚考虑到正值作战之际，不宜大杀以削弱自己的实力，于是使人传言敌人袭击时高仁厚不在营中不知道官兵逃跑的事，意即逃跑的人不会被处罚，既顾全了营中官兵的脸面，又保住了他们的性命。但军法也是要执行的，于是高仁厚抓了一个典型，把身居副师要职的杨茂言正法，起到了杀一儆百的作用。

李光弼巧得降将

　　史思明屯兵于河清，欲绝光弼粮道。光弼军于野水渡以备之。既夕，还河阳，留兵千人，使将雍希颢守其栅，曰："贼将高廷晖、李日越，皆万人敌也，至勿与战，降则俱来。"诸将莫谕其意，皆窃笑之。既而思明果谓日越曰："李光弼长于凭城，今出在野，汝以铁骑宵济，为我取之，不得，则勿反。"日越将五百骑，晨至栅下，问曰："司空在乎？"希颢曰："夜去矣。"日越曰："失光弼而得希颢，吾死必矣！"遂请降，希颢与之俱见光弼，光弼厚待之，任以心腹。高廷晖闻之，亦降。或问光弼："降二将何易也？"光弼曰："思明常恨不得野战，闻我在外，以为可必取。日越不获我，势不敢归；廷晖才过于日越，闻日越被宠任，必思夺之矣。"

译文

　　史思明屯兵在河清，想借此阻断官军李光弼的粮道。李光弼的军队驻扎在野水渡防备。到了晚上，李光弼回到河阳，只留下一千多名士兵，命大将雍希颢守卫营寨，李光弼对他们说："贼将高廷晖、李日越都是力敌万人的勇将，千万不要同他们交战，如果他们投降，就与他们一起来。"众将官不理解李光弼的意思，都暗自窃笑。不久，史思明果

真对李日越说："李光弼善于守城，现在在野外驻扎。你今夜带骑兵渡河，替我把他抓来，抓不到就不要回来了。"第二天李日越带了五百骑兵，早晨来到李光弼的营寨前，问道："司空在吗？"希颢说："昨晚已经离去。"李日越暗想："失去李光弼而擒获雍希颢，我一定会死啊！"于是李日越请求投降。雍希颢和他一同去见李光弼，李光弼隆重款待他，让他做心腹。高廷晖听说后，也主动投降，有人问李光弼："降服二将为什么这么容易？"李光弼说："史思明常埋怨没有与我野战的机会，听说我在野外驻扎，认为一定能抓到我。李日越抓不到我，势必不敢回营见史思明，只有投降；高廷晖的才略胜过李日越，听说李日越投降后被宠信重用，一定想来取代李日越。"

梦龙评

《传》云："作事威克其爱，虽小必济！"然过威亦复偾事，史思明是也。

解评

做事威严胜过爱心，才能无事不成。但是过于威严，往往会坏事，史思明就是一个例证。过于在乎自己的威严，会使双方陷于尴尬局面，进而扼杀对方的积极性。

制胜卷二十二

> 危事无恒，方随病设。躁或胜寒，静或胜热。动于九天，入于九渊①。风雨在手②，百战无前。集《制胜》。

译文

兵事变化无常，犹如医生为病人开处方时，必须依据不同的病情。急躁有时可以消解风寒，安静有时可以战胜炎热。神龙飞舞于九天之高，入于九渊之深。兵家论战也要像神龙一样呼风唤雨，才能百战百胜，一往无前。因此集《制胜》卷。

注释

①动于九天，入于九渊：神龙虽动于九天之高，也会突然入于九渊之深。此以龙来比喻智者对急剧变化的形势的应付。动，发动。②风雨在手：传说神龙能兴风雨。此仍以龙比喻智者。

赵奢智勇破秦军

秦伐韩，军于阏与。赵王问廉颇："韩可救否？"对曰："道远险狭，难救。"又问乐乘，如颇言。及问赵奢①，奢对曰："道远险狭，譬之两鼠斗于穴中，将勇者胜。"乃遣奢将而往。去邯郸三十里，而令军中曰："有以军事谏者，死。"边批：主意已定，不欲惑乱军心也。秦军军武安西，鼓噪勒兵，屋瓦皆振。军中候有一人言急救武安，奢立斩之，坚壁留二十八日，不行，复益增垒。边批：坚秦人之心。秦间②来入，奢善食而遣之，间以报秦将，秦将大喜曰："夫去国三十里而军不行，乃增垒，阏与非赵地也！"奢既遣秦间，乃卷甲而趣之，一日一夜至。边批：

出其不意。令善射者去阏与五十里而军，军垒成，秦人闻之，悉甲而至。军士许历请以军事谏，奢曰："内之。"许历曰："秦人不意赵师至，此其来气盛，将军必厚集其阵以待之，不然必败。"奢许诺，许历请就诛，奢曰："胥③后令，至邯郸。"历复请谏，曰："先据北山上者胜，后至者败。"奢许诺，即发万人趋之，秦兵后至，争山不得上，奢纵兵击之，大破秦军，遂解阏与之围。

译文

秦国攻打韩国时，把军队驻扎在阏与。赵王问廉颇："韩国能救吗？"廉颇回答说："路途遥远，地势艰险狭隘，难以救援。"赵王又问大臣乐乘，回答和廉颇的完全一样。等到赵王问赵奢时，赵奢回答说："道路确实遥远，地势也确实艰险狭隘，就好像是两只老鼠在洞穴里打斗，结果将会是勇敢者取胜。"于是赵王便派遣赵奢率兵前往阏与救韩，赵奢率军行进到距邯郸三十里处时，赵奢下令军中说："凡敢以这次军事行动进谏的，一律处死。"当时秦军驻扎在武安的西部，战鼓响彻云霄，士兵喊杀的声音，几乎把武安城内的屋瓦都震落下来。赵军中有一名武官建议赵奢赶快发兵救武安，赵奢立刻将他处死。全军加强防御，增修营垒，一连二十八天按兵不动，只是一味加强防备。秦军派间谍混入赵营，赵奢招待他吃喝后，又送他回去，间谍回到秦军后据实以告，秦将十分高兴地说："赵军刚离开国境三十里就不前进了，只是增修营垒，看来阏与不会属于赵国了！"赵奢送走秦军间谍后，立即下令士兵整装疾速向阏与逼近，仅一天一夜就到了。赵奢命令擅长射箭的人在距离阏与五十里处驻扎，建成了军营。秦军接到情报，下令全军进攻。军士许历请求以作战之事进谏，赵奢说："召他进来。"许历说："秦人绝对料想不到我军兵马会到达此地，他们此次的攻击一定来势凶猛，将军一定要严阵以待。否则，这一仗一定会失败。"赵奢答应了他的请求。许历说完就请求处以死刑，赵奢说："回去听后命令。"到了邯郸，赵奢又准备出战，许历又请求进谏，说："两国军队谁能先占领北山头，谁就胜利，谁迟一步谁就失败。"赵奢听从了他的意见，马上派一万士兵占领北山头，秦军后到，也想攻占山头却无法攻上去，这时赵奢下令全面攻击，秦军大败，于是解除了阏与之围。

注释

①赵奢：战国时赵国名将，因大破秦军有功，赐号马服君。②间：间谍，暗探。③胥：同"须"，等待。

梦龙评

孙子曰："反间者，因敌间而用之。"又曰："我得亦利，彼得亦利，为争地。"阏与之捷是也。许历智士，不闻复以战功显，何哉？于汉广武君亦然。

解评

赵奢的成功得益于反间计的准确运用。采用反间计的关键是"以假乱真"，造假要造得巧妙，造得逼真，才能使敌人上当受骗，信以为真，做出错误的判断，采取错误的行动。

周亚夫平七国之乱

吴、楚反，景帝拜周亚夫[①]太尉击之。既发，至霸上，赵涉遮说[②]之曰："吴王怀辑死士[③]久矣，此知将军且行，必置人于淆、渑厄陕[④]之间。且兵事尚神密，将军何不从此右去，走蓝田，出武关，抵洛阳，间不过差一二日，直入武库，击鸣鼓，诸侯闻之，以为将军从天而下也。"太尉如其计，至洛阳，使搜淆、渑间，果得伏兵。

太尉会兵荥阳，坚壁不出。吴方攻梁急，梁请救，太尉守便宜，欲以梁委吴，不肯往。梁王上书自言，帝使使诏救梁，太尉亦不奉诏，而使轻骑兵绝吴、楚后，吴兵求战不得，饿而走，太尉出精兵击破之。

译文

汉景帝时吴、楚等国谋反，景帝任命周亚夫为太尉带兵平乱。大军出发来到灞上，赵涉拦马进谏说："吴王招抚敢死之士很久了，这次他如果知道将军率兵而来，一定会在殽山、渑池等狭隘的山道间埋伏狙击。况且他用兵崇尚神秘，将军为什么不由此地朝右进发，经蓝田、武关到洛阳，其间不过相差一两天，然后直接率军攻入武库。诸侯们听到将军部队所发出的军鼓声，会以为将军是从天而降呢。"周亚夫接纳赵涉的建议，到了洛阳后，派人到殽山、渑池等山道四处搜查，果然抓获了吴王的伏兵。

太尉在荥阳集合了各路军队后，坚守壁垒不出兵。当时吴国正在紧急攻打梁国，情势危急，梁国向朝廷求救，太尉在外有见机处置的权力，想把梁给吴，不肯去救。梁王上书向汉景帝请求援助，汉景帝派使者宣召救梁，太尉也不奉命前去，而是派轻骑兵断绝了吴、楚军队的后路。吴军求战不成，粮食又运不到，许多人因饥饿而逃跑了。太尉出动精兵打败了吴国。

注释

①周亚夫：西汉沛县人，周勃的儿子，以军令严整闻名，平七国之乱后，官至丞相，后因其子私买御物下狱，绝食而死。②遮说：拦马而进辞。③怀辑死士：招纳聚敛敢死之士。④陜（xiá）：古同"狭"。

梦龙评

吴王之初发也，其大将田禄伯曰："兵屯聚而西，无他奇道，难以立功，臣愿得五万人，别循江、淮而上，收淮南、长沙，入武关，与大王会，此亦一奇也。"边批：魏延子午谷之计相似。吴太子谏曰："王以反为名，若借人兵，亦且反王。"边批：何不谏他勿反。于是吴王不许。少将桓将军说王曰："吴多步兵，利险；汉多车骑，利平地。愿大王所过城不下，直去疾西，据咸阳武库，食敖仓粟，阻山河之险，以令诸侯，虽无入关，天下固已定矣；大王徐行，留下城邑，汉军车骑至，弛入梁、楚之郊，事败矣。""吴老将皆言：此少年摧锋可耳，安知大虑。"吴王于是亦不许。假令二计得行，亚夫未遽得志也。亚夫之功，涉与吴王分半，而后世第功亚夫，竟无理田、桓二将军之言者，悲夫！

李牧、周亚夫皆不万全不战者，故一战而功成；赵括以轻战而败，夫差以累战而败。君知不可战而不禁之，子玉之败是也；将知不可战而迫使之，杨无敌之败是也。

解评

从上面的故事可以看出，行军打仗，不单单需要勇敢、计谋，还需要主帅多多听取部下的意见，弥补自己的不足。

唐太宗待机杀敌

唐兵围洛阳，夏主窦建德悉众来援，诸将请避其锋。郭孝恪曰："世充穷蹙，垂将面缚，建德远来助之，此天意欲两亡之也。宜据武牢①之险以拒之，伺间而动，破之必矣。"记室②薛收曰："世充府库充实，所将皆江淮精锐，但乏粮食，故为我持；建德自将远来，亦当挫其精锐。边批：亦是朱序破苻秦之策。若纵之至此，两寇合从③，转河北之粟以馈洛阳，则战争方始，混一无期。今宜分兵守洛阳，深沟高垒，勿与战；大王亲帅骁锐，先据成皋，以逸待劳，决可克也。建德既破，世充自下，不过二旬，两主就缚矣。"世民从之。由是夏主迫于武牢，不得行。

译文

唐朝大军包围洛阳，窦建德发兵援救洛阳，众将请求先避开窦建德军队的锐锋。郭孝恪却说："王世充处境困顿，很快就要被迫投降，窦建德从远处赶来救援，这是天意要灭亡他们。我们应当凭借武牢的险要地势来抵抗窦建德，等待机会出兵，一定能打败他们。"记室薛收说："王世充府库充实，率领的军队都是江、淮的精锐，但因缺乏粮食，所以才被我军围困；窦建德亲率大军远来救援，我军应迅速出击，挫其锐气。若是让窦建德顺利到达此地，两军联合，转运河北的粮食补给洛阳，那么战争结束的日期，就会遥遥无期。现在应当分一部分军队继续围困洛阳，挖深沟，筑高垒，不与王世充交战；大王亲自率领精兵，抢先占据成皋，以逸待劳，一定可以战胜他们。窦建德被打败，王世充也就自然不攻而破，我估计不出二十天，就能擒获两贼。"李世民听从他的建议，于是窦建德大军被围困在武牢，不得前来救援洛阳。

注释

①武牢：通常叫作虎牢，唐时避李渊的爷爷李虎的讳，称武牢。虎牢在今河南荥阳汜水西北。②记室：官名，亲王府属官，又称计室参军，掌书写笺奏。③合从：联合。从，读"纵"。

梦龙评

按是时，凌敬言于建德曰："大王宜悉兵济河，攻取怀州、河阳，使重将守之，遂建旗鼓，逾太行，入上党，徇汾晋，趣薄津，蹈无人之境，拓地收兵，则关中震惧，而郑围自解矣。"妻曹氏亦曰："祭酒之言是也。"夫此特孙子旧策，妇人犹知之，而建德不能用，以至败死。何哉？

谍告："夏主伺唐牧马于河北，将袭武牢。"世民乃北济河，南临广武而还，故留马千余匹，牧于河渚以疑之。建德果悉众出牛口，置阵亘二十里，鼓行而进，诸将皆惧。世民升高望之，谓诸将曰："贼起山东，未尝见大敌，今度险而嚣，是无纪律。逼城而阵，有轻我心。我按兵不出，彼勇气自衰，阵久卒饥，势将自退，追而击之，无不克矣！"建德列阵，自辰至午，士卒饥倦，皆坐列，又争饮水。世民命宇文士及将三百骑，经建德阵西，驰而南上，建德阵动。世民曰："可击矣！"帅轻骑先进，大军继之，直薄其阵。方战，世民又率史大奈等卷斾而入^①，出于阵后，张唐旗帜。夏兵见之，惊溃。

秦王世民至高墌，薛仁杲^②使宗罗睺将兵拒之，世民坚壁不出。诸将请战。世民曰："我军新败，士气沮丧，贼恃胜而骄，有轻我心，宜闭垒以待之。彼骄我奋，可一战而克也。"乃令军中曰："敢言战者，斩！"相持六十余日，仁杲粮尽，所部多降，世民乃命梁营营于浅水原以诱之。罗睺大喜，尽锐攻之。数日，世民度其已疲，谓诸将曰："可以战矣。"使庞玉阵于原南，罗睺并兵击之，玉几不能支，世民乃引大军自原北出其不意，自帅骁骑陷阵，罗睺军溃，世民帅骑追之，窦轨叩马苦谏，世民曰："破竹之势，不可失也。"遂进围之，仁杲将士多叛，计穷出降，得其精兵万人。诸将皆贺，因问曰："大王一战而胜，遽舍步兵，又无攻具，直造城下，众皆以为不可，而卒取之，何也？"世民曰："罗睺所将，皆陇外骁将悍卒，吾特出其不意破之，斩获不多；若缓之，则皆入城，仁杲抚而用之，未易克也。急之则散归陇外，高墌虚弱，仁杲破胆，不暇为谋，此吾所以克也。"众皆悦服。

译文

间谍报告说："窦建德探知唐军牧草已尽，在河北牧马，打算偷袭武牢。"李世民于是北渡黄河，到广武侦察敌军形势，故意留下一千多匹战马，放牧于黄河上用来迷惑敌人。窦建德果然全军出牛口，布阵绵延二十里，击鼓进军，将领们不禁心生恐惧。李世民登高眺望，对众将说："贼人从山东起兵后，不曾遇到过强敌，今天行军在险地而喧哗，这是没有纪律的表现。临近都城布阵，是有轻视我军的念头。我军按兵不动，他们的士气自然会衰竭，长时间地列阵等待敌人，士兵们一定口干舌燥、饥饿难忍，势必会自行退兵，那时我军再追击，一定能胜！"窦建德的士兵排列阵式，从早晨直到中午，士兵饥饿疲倦，纷纷坐了下来，又相互争着喝水。李世民命宇文士及率领三百骑兵，经过窦建德队伍的西面，急驰南上。窦建德的阵队开始骚动。李世民说："可以攻击了！"于是率领轻骑先行发动攻势，大军紧随其后，直逼敌阵。双方交战时，李世民又率领史大奈等人卷着大旗冲进敌阵的后方，扬起唐军的旗帜。窦建德的士兵见了唐军的旗帜，大为吃惊，溃散而逃。

秦王李世民领军来到高墌，薛仁杲派宗罗睺领兵抗御，李世民坚守营垒不出战。诸将都请李世民下令攻击，李世民说："我军刚刚打了败仗，士气沮丧，敌人恃胜骄傲，有轻视我军心理，这时应该坚守营垒等待机会。一旦他们骄傲轻敌，我军奋力备战，就可以一战而胜。"于是在军中下令说："再有人敢说出战，立刻斩首！"两军相持六十多天，薛仁杲粮食用尽，手下部将纷纷率兵投降，李世民于是命梁营在浅水原扎营以引诱敌兵。宗罗睺看了很高兴，派出所有的精兵进攻。几天后，李世民估计敌兵已经疲惫，对诸将说："可以出战了。"于是派将军庞玉在浅水原南边布阵，宗罗睺集合兵力攻打他，庞玉几乎抵挡不住敌军的攻势，李世民亲自率领大军从浅水原北边出其不意地袭击，宗罗睺的士兵大败，李世民率领骑兵乘胜追击，窦轨拦马劝阻，李世民说："现在的情势有如破竹，机不可失。"于是进兵包围了敌人。薛仁杲的将领纷纷叛变，薛仁杲无计可施，只好向官军投降。李世民虏获薛仁杲精兵一万多人，诸将们纷纷向李世民道贺，趁机问道："大王一战而胜，不用步兵，又没有攻城装备，轻骑直逼城下，大家都认为一定会失败，而您竟然成功，这是为什么呢？"李世民说："宗罗睺所率领的士兵多是陇西人，将领骁勇，兵卒凶悍，我先前出其不意地打败他，斩杀俘获的兵士并不多；如果我放慢攻势，那么敌兵都会逃入城中，只要薛仁杲加以安抚重用，日后就难以对付，立即追赶他们，士兵就会溃逃回陇西，高墌城内变得虚弱了，薛仁杲吓破了胆，就顾不上思考应敌之计，这就是我战胜的原因。"众将都心悦诚服。

注释

①卷旆（pèi）而入：卷起旗帜而冲入敌阵，可减少敌人注意力。②薛仁杲：又作薛仁果，唐朝和乐人，薛举的长子，善骑射，军中号"万人敌"。

解评

李世民与窦建德之战又是采纳部下的建议而获得胜利的经典战例。而与宗罗睺之战，则可以看出李世民善于把握战机，敢于做别人认为不可为之事。但他并不是仅凭感觉进攻，而是仔细分析了敌人的情况，做到了知己知彼。由此可见，李世民不仅是个政治家，也是一个不可多得的优秀的军事家。

李靖巧战萧铣

萧铣①据江陵，诏李靖②同河间王孝恭③安辑，阅兵夔州。时秋潦，涛濑涨恶。铣以靖未能下，不设备，诸将亦请江平乃进。靖曰："兵事以速为神，今士始集，铣不及知，若乘水傅垒，是震雷不及塞耳，仓卒召兵，无以御我，此必擒也。"孝恭从之，帅战舰二千余艘东下，拔其荆门、宜都二镇，进至夷陵。萧铣之罢兵营农也，才留宿卫数千人，闻唐兵至，大惧，仓卒征兵，皆在江岭之外，道途阻远，不能遽集，乃悉见兵出拒战。孝恭将击之，李靖止之曰："彼救败之师，策非素立④，势不能久，不若且驻南岸，缓之一日，彼必分其兵，或留拒我，或归自守，兵分势弱，我乘其懈而击之，蔑⑤不胜矣！今若急之，彼则并力死战。楚兵剽锐，未易当也。"孝恭不从，留靖守营，自帅锐师出战，果败走，趣南岸。铣众委舟，收掠军资，人皆负重。靖见其众乱，纵兵奋击，大破之，乘胜直抵江陵，入其外郭，大获舟舰。李靖使孝恭尽散之江中，诸将皆曰："破敌所获，当借其用，奈何弃以资敌？"靖曰："萧铣之地，南出岭表，东距洞庭，吾悬军深入，若攻城未拔，援兵四集，吾表里受敌，进退不获，虽有舟楫，将安用之？今弃舟舰，使塞江而下，援兵见之，必谓江陵已破，未敢轻进，往来窥伺，动淹旬月，吾取之必矣。"铣援兵见舟舰，果疑不进。

译文

唐朝时，萧铣占据江陵，皇帝诏命李靖同河间王李孝恭率兵征讨，并在夔州集结兵力。当时正值秋雨连绵，江水高涨，波涛汹涌。萧铣认为李靖不可能顺江而下，因此不设防备，而唐军的将领也都请求等潮水退后再进攻。李靖说："用兵讲求的是兵贵神速，

现在我军刚集合，萧铣还未获得情报，若是趁着江涨突袭进攻，正是迅雷不及掩耳之势，他们仓促之间集合的军队，没有能力抵御我们的攻击，我军必能擒获敌人。"李孝恭听从了他的意见，率领战舰两千多艘东下，果然攻下荆门、宜都二镇，进兵到夷陵。这时萧铣已经解散了军队，令兵士正在务农，仅留下几千人守卫，听说唐兵到来，大为恐惧，仓促间征兵，兵士却都在长江以外或山区之中，路途艰险遥远，不能立即聚集，只好组织现有兵力出兵抵抗。李孝恭想继续进攻，李靖阻止说："他们是为救援而来，没有既定的作战计划，势必不能久战，我军不如暂时在南岸驻扎，等待一天，敌军必会分兵部署。有的留下抵抗，有的回营自守，兵力一分散，势力自然就衰弱，我军趁敌军势弱松懈时进攻，没有不取胜的！现在如果紧逼，敌兵一定合力拼死一战。楚兵生性剽悍，是不容易抵挡的。"李孝恭不听劝阻，留下李靖守营，亲自率精锐部队出击，果然战败，退守南岸。萧铣的部众丢弃战船，抢夺唐军的军需用品，人人背负重物。李靖见敌兵阵势纷乱，立即下令攻击，大败敌兵，乘胜直抵江陵城下，并攻占了外城，获得了大批战船。李靖要李孝恭将战船抛之江中，任其流向下游，诸将都说："这是打败敌人所缴获的，应当善加利用，为何要白白弃置，反而资助敌人呢？"李靖说："萧铣的地盘，南出岭南，东到洞庭湖。我们孤军深入敌境，若攻城不下，他们援军从四方集合，我军里外受敌，进退两难，即使有战船又有什么用？现在丢弃战船，使它沿江而下，援军看见这些战船，一定会以为江陵已破，不敢贸然进兵，并不断派遣间谍窥探军情，这一拖延可能就是十多天，这期间我军一定可以攻下敌城了。"萧铣的援兵看见散置江面的舟船，果然心生怀疑，不敢进兵。

注释

①萧铣：后梁宣帝的曾孙。②李靖：本名药师，唐朝名将，用兵善于料敌，临机果断，封卫国公，谥景武。③孝恭：李孝恭，唐高祖的堂侄，封河间郡王。④策非素立：并非预先制定好的战策。⑤蔑：无。

李靖击败萧铣，显示了他非凡的军事才能，史家称李靖"临机果，料敌明"，是战绩与理论俱丰的军事家。所以面对敌人要当机立断，根据不同的情况做出不同的决策。

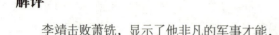

韦叡智用兵

梁天监四年，王师北伐，命韦叡①督军，攻小岘城。既至，城中忽出数百人，阵于门外。叡曰："城中二千余人，闭门坚守，足以自完，而无故出人于外，此必其骁劲者也，先挫其劲，城一鼓可拔。"诸将疑不前，叡指其节②曰："朝廷授此，非以为饰，法不可犯也！"兵遂进，殊死战，魏兵大溃，急攻之，城遂拔。

进攻合肥，先按行山川，曰："吾闻之：'汾水可灌平阳，绛水可灌安邑。'"乃为之堰肥水。堰成，而魏援兵大至。诸将俱，请表益兵。叡笑曰："贼已至而请兵，虽鞭之长，能及马腹乎？"初战不利，诸将议退巢湖，又议走保三叉，叡怒曰："将军死绥③，有前无却，妄动者斩！"乃取伞扇麾幢树堤下，示无动意，而更筑垒于堤以自固。久之，堰水满，魏救兵无所用，城竟溃。

魏中山王元英④，以百万众寇北徐州，围刺史昌义之于钟离。帝遣曹景宗将大兵往救，敕叡帅所部往会之。叡自合肥径进，时魏兵声势甚盛，诸将惧，请缓行。叡曰："钟离望救甚急，车驰卒奔，犹恐其后，而可缓乎？魏兵深入，已堕吾腹中，勿忧也。"不旬日，至，遂于景宗营前二十里，一夜掘长堑，树鹿角，截土为城，比晓而营立，元英惊以为神。英先于邵阳洲两岸为桥，树栅数百步，跨淮通道。叡乃装大舰，乘淮水暴涨，竟发以临其垒，而令小船载苇藁，灌之膏油，乘风纵火，烟焰障天，倏忽之间，桥栅尽坏。我军乘势奋勇，呼声动天地，无不一当百。魏兵大溃，元英仅以身免。昌义之得报，不暇语，但直叫曰："更生！更生！"

译文

南北朝后梁天监四年（505年），梁武帝的军队北伐，豫州刺史韦叡奉命率军攻击魏军小岘城。来到城外时，城里忽然出来几百人，在城外列阵。韦叡说："城中虽只有两

千多人，但只要闭门坚守，完全可以自保，现在无故派人出城，这一定是他们最勇敢善战的军士，如果先挫败他们，小岘城一鼓就能攻破。"诸将却犹豫不前，韦叡指着符节说："朝廷授予我这个符节，不是用来做装饰的，军法不可违抗！"于是士兵就开始攻击，拼死作战，魏兵大败，韦叡乘胜攻击，小岘城很快就被攻了下来。

韦叡进兵合肥，先观察山川地势，说："我听说：'汾水可淹没平阳，绛水可淹没安邑。'"于是就率部众在淝水上筑堤，堤筑成后，魏国大批援兵也到了。众将十分恐惧，想上书奏请增派援兵。韦叡笑着说："敌人已经兵临城下才要求请援，怎么来得及呢，鞭子再长又怎能打到马腹？"初次交战失利，众将想要退守巢湖，又想回守三叉，韦叡生气地说："军法规定临阵退却要处死罪，只有前进没有后退，轻举妄动者处斩！"于是命人拿来伞扇及指挥作战的将旗和仪仗，树立在堤坝下，表示绝不后退的决心，同时在堤上修筑营垒巩固防御。不久，拦河坝中的水溢满，困住了城池，魏军的援兵无法发挥作用，合肥城终于被攻破。

北魏中山王元英率部众百万人侵犯徐州北方一带，在钟离城包围刺史昌义之。皇帝派遣曹景宗率大军前往救援，并命韦叡率领部队前往会合。韦睿直接从合肥赶到钟离。当时北魏军队声势浩荡，众将很害怕，请求放慢行军速度。韦叡说："钟离急切地盼望救援，车马疾行，士兵奔跑，都还嫌太迟，怎么能慢慢地走呢？魏兵孤军深入，已落入我军腹中，你们不用担心。"不到十天，就与曹景宗会合，韦叡趁夜在曹景宗的营前二十里处掘了一条长沟，树立木桩，垒土为城，天亮时，营寨已筑好，元英见此大吃一惊，以为是神人。先前元英曾派人在邵阳洲的两岸架设便桥，树立围栅数百步，作为跨越淮河的通道。韦叡装备好大船，乘着淮水大涨时，登上战舰来到魏军营垒下，另外利用小船载着干草，灌上油脂，顺着风势放火，一时烟尘迷漫，火势冲天，刹那间便桥围栅都化为灰烬。韦叡的军队乘势奋勇杀敌，喊声震天动地，个个以一当百。魏兵大败，仅元英一个人侥幸逃走。昌义之得到魏军大败的报告，高兴得顾不上说其他的话，只是喊道："得救了！得救了！"

注释

①韦叡：字怀文，史称韦虎，京兆杜陵（今陕西蓝田附近人），南北朝时期梁朝名将。②节：节杖。③死绥：绥，退却。谓军败退，将军当死。④元英：拓跋桢之子，字虎儿，谥献武。

梦龙评

时魏人歌曰："不畏萧娘与吕姥，但畏合肥有韦虎！"韦即叡；吕，吕僧珍；萧者，临川王宏也。

解评

韦叡之所以用兵如神，是因为他善于分析战场情况。在第一个故事中，他认为敌人是派出了自己的精锐出战，于是决定彻底击溃他们。第二个故事，韦叡分析了战场周围的地形，决定用水淹的战术，收到了奇效。在第三个故事中，他充分发挥了兵贵神速的优点，未战先夺敌之气。

韩世忠假借良臣之口

世忠^①驻镇江，金人与刘豫^②合兵分道入侵。帝手札命世忠饬守备，图进取，辞旨恳切。世忠遂自镇江渡师，俾统制解元守高邮，候金步卒；亲提骑兵驻大仪，当敌骑。伐木为栅，自断归路，会遣魏良臣使金，世忠撤炊爨，绐良臣："有诏移屯守江。"边批：灵变。良臣疾驰去，世忠度良臣已出境，而上马令军中曰："视吾鞭所向。"于是引军至大仪，勒五阵，设伏二十余所，约闻鼓即起击。良臣至金军，金人问王师动息，具以所见对。聂儿孛堇^③闻世忠退，喜甚，引兵至江口，距大仪五里，别将挞孛也引千骑过五阵东，世忠传小麾，鸣鼓，伏兵四起，旗色与金人旗杂出。金军乱，我军迭进，背嵬军各持长斧，上椹人胸，下斫马足。敌披重甲，陷泥淖，世忠麾劲骑四面蹂躏，人马俱毙，遂擒挞孛也等。

译文

韩世忠镇守镇江时，金人与刘豫相互勾结，并分头入侵宋朝边境。宋高宗亲笔下诏，命韩世忠整顿军队严加守备，谋划进取，诏书言辞恳切。于是韩世忠率军由镇江渡河，命令统制官解元防守高邮，等候金人的步兵；韩世忠亲率骑兵驻守大仪，抵挡金人骑兵。韩世忠命人伐木做成栅栏，自己阻断了退路，正遇到魏良臣奉命出使金国，世忠即刻命令撤去炊爨，对魏良臣说："皇帝下诏移军江边驻守。"于是，魏良臣策马疾驰而去，韩世忠估计魏良臣已出边境后，就上马对全军士兵说："看我马鞭所指的方向前进。"于是引领全军到达大仪地区，排列成五个军阵，并在二十多处险地埋伏士兵，约定以鼓声为出击信号。魏良臣到达金人营地后，金人询问魏良臣有关宋军部署的情形，魏良臣都一一据实相告。聂儿孛堇听说韩世忠退守江，非常高兴，率兵来到江口，距大仪大约有五里路，这时副将挞孛也率领一千名骑兵，正经过宋军五阵的东面，韩世忠传令挥旗击鼓，埋伏的士兵蜂拥而出，宋军的旗帜与金人的旗帜混杂一起，金兵顿时大乱。宋军乘胜猛攻，韩世忠督令背嵬兵每人各持长斧一把，上刺人胸，下砍马脚，金兵穿着笨

重的盔甲，陷在泥地中，这时韩世忠再率领精锐骑兵由四方冲杀陷在泥地里的金兵，人和马都死了，于是擒获挞孛也等人。

注释

①世忠：韩世忠，字良臣，卒谥忠武，绥德（今陕西东北）人。②刘豫：字彦游，高宗南渡后，金人册立刘豫为皇帝，国号齐。③聂儿孛堇：聂儿，人名。孛堇，金部族酋长名号。

解评

大仪之战中，韩世忠运用了将计就计的策略。他利用使臣魏良臣将信息带给金人，并制造一些假象，造成敌方指挥官判断上的失误。

狄青夜夺昆仑关

狄青字汉臣，汾州人。在径原，常以寡当众。密令军中闻钲①一声则止，再声则严阵而阳却，声止即大呼驰突。士卒皆如教，才遇敌，未接，遽声钲，士卒皆止，再声再却。虏大笑曰："孰谓狄天使勇？"钲声止，忽前突之，虏兵大乱，相蹂多死。追奔数里，前临深涧，虏忽壅遏山隅，青遽鸣钲而止。虏得引去，时将佐悔不追击，青曰："奔命之际，忽止而拒我，安知非谋②？军已大胜，残寇不足贪也。"侬智高反邕州，诏以青为宣抚使击之，或言："贼标牌不可当。"青曰："标牌，步兵也，遇骑兵必不能施，愿得西边蕃落民自从。"或又言："南方非骑兵所宜。"青曰："蕃部善射，耐艰苦，上下山如平地，当瘴未发时，疾驰破之，必胜之道也。"及行，日不过一驿，所至州，辄休士一日。边批：未战养力。至潭州，遂立行伍，明约束，军人有夺逆旅菜一把者，立斩以徇，于是一军肃然。时智高还守邕州，青惧昆仑关险厄为所据，乃按兵不动，下令宾州具五日粮，休士卒。值上元节，令大张灯烛，首夜宴将佐，次夜宴从军官，三夜飨军校。首夜乐饮彻晓，次夜大风雨，二鼓时，青忽称病，暂起如内，久之，使人谕孙沔，令暂主席行酒，少服药乃出。数使劝劳座客，至晓，客未敢退。忽有驰报者云："夜时三鼓，元帅已夺昆仑关矣。"边批：自营中且不知，况敌人乎？青既渡，喜曰："贼不知守此，无能为也。"已近邕州，贼方觉，逆战于归仁铺，青登高望之，贼据坡上，我军薄之，青使步卒居前，匿骑兵于后。蛮使骁勇者当前，尽执长枪。前锋孙节战不利，死。将士畏青，莫敢退。边批：畏主将，必不畏敌矣。青登高山，执五色旗，麾骑兵为左右翼，出其后，断蛮军为三，旋而击之。左者右，右者左，已而右者复左，左者复右，贼不知所为。贼之标牌军，为马军所冲突，皆不能驻，枪立如束，我军又纵马上铁连枷击之，遂皆披靡。智高焚城遁去。

译文

北宋名将狄青（字汉臣，汾州人）戍守泾原时，常能以寡敌众。他密令全军士卒在听到第一声锣响时就停止前进，两声锣响就摆好严整的阵势假装退却，锣响停止，则立即大喊向前奔驰突击。全军士卒都能遵守狄青的教令。有一次与敌人刚刚相遇，还没有交战，突然听见一声锣音，士兵们都止步不前，两声锣音响起，士卒们就往后退，敌人大笑说："谁说狄青勇威？"锣音停止，宋兵突然向前攻击，敌人阵势大乱，竞相践踏，死伤惨重。宋兵追击敌人几里后，前面遇到一道深涧，敌人一下子被堵在山崖边，狄青立即鸣锣示意停止追击，敌人才得以逃脱。事后，副将们都后悔当时没有继续追击落败的敌人，狄青说："亡命奔逃的敌人，突然停止前进而与我军对抗，怎知这其中没有别的诈谋？我军已大获全胜，这些残兵败寇也不必再贪功计较了。"依智高在邕州谋叛，仁宗命狄青为宣抚使出兵征讨。有人认为依智高的"标牌兵"锐不可当，狄青说："标牌是依智高的步兵，步兵碰到骑兵就无法充分发挥战力，我将征调西边的蕃民随我出征。"又有人说："南方的地形不适宜骑兵作战。"狄青说："蕃人善于射箭，能吃苦耐劳，

上高山下险坡如行走平地，只要趁着当地瘴气没有起来前快马驰冲，一定能破敌。"等大军出发时，每天行军的路程不超过一个驿站，每到一州，狄青就下令士卒休息一天。来到潭州后，狄青就重新整编部伍，严明军纪，有一士兵在旅馆里抢了百姓一把青菜，狄青当场斩首示众，于是全军无人敢违抗军令。当时侬智高退守邕州，狄青担心昆仑关位居险要被侬智高所占据，于是按兵不动，命令宾州准备好五日的军粮，并让士兵们就地休养。这时正逢元宵佳节，狄青命人张灯结彩，第一晚宴请副将，第二晚宴请各营军官，第三晚宴请各营军吏。第一晚，宾主欢饮直至天明破晓，第二晚正碰上大风雨，大约二更时分，狄青突然说身体不舒服，暂时离座入内室。过了很久，命人告诉孙沔，请他暂代主人招待宾客，等他服过药休息一会儿就出来。席中，狄青更数次派人劝客饮酒，一直到天亮，客人都不敢离席告辞。这时忽然有人骑着马前来禀报说："昨夜三更时分，元帅已经攻占了昆仑关。"狄青过了昆仑关，高兴地说："昆仑险要，敌人不知防守，日后想必也没有多大作为。"狄青率军逼近邕州时，敌人方才发觉，两军交战于归仁铺，狄青登高观望，发现敌人据守土坡，宋军进逼，狄青命步兵在前，骑兵隐藏在后。敌人派善战者在阵前，手执长枪抵御，前锋孙节出战不利，被敌人刺死。将士们畏于狄青的军纪严明，不敢退却。狄青登上高山，手执五色旗，指挥骑兵分为左、右两翼，冲出敌后，将敌人队伍截成三段，轮番攻击，右军攻左，左军攻右，不久又交替攻击，弄得敌人不知该怎么办才好。敌人的标牌军也被宋军骑兵冲散，都不能驻守。敌人的长枪树立起来排列如林，宋军在马匹上加装铁连枷冲击，于是敌兵溃散。侬智高焚城逃逸。

注释

①钲：军中所用乐器。此实指锣。②安知非谋：怎么知道不是好办法呢？

梦龙评

按：是役，谏官韩绛言："青武人，不足专任，请以侍从文臣为之副。"边批：顾其人何如，岂在文武！时庞籍独为相，边批：赖有此人。对曰："属者王师屡败，皆由大将轻，偏裨自用，不能制也。今青起于行伍，若以侍从之臣副之，号令复不得行。青昔在鄜、延，居臣麾下，沉勇有智略，若专以智高事委之，必能办贼。"边批：兵法，将能而君不御者胜。于是诏岭南用兵，皆受节制。边批：成功在此。青临行，上言："古之俘馘奏凯，割耳鼻则有之，不闻以获首者，秦、汉以来，获一首，赐爵一级，因谓之'首级'。故军士争首级，以致相杀。又其间多以首级为货，售于无功不战之人，边批：大弊。愿一切皆罢之。"二条皆名言，可为命将成功之法。

又青行时，有因贵近求从者。青谓之曰："君欲从行甚善，然智高小寇，至遣青行，可以知事急矣。从青之士，击贼有功，当有厚赏；不然，军中法重，青不能私，君自思之，愿行则即奏取君矣。"于是无复敢言求从行者，即此一节，知青能持法，必能成功。

又青既入邕州，敛积尸内有衣金龙之衣者，又得金龙循于其旁，或言"智高已死，当亟奏！"青曰："安知非诈，宁失智高，敢欺朝廷耶？"合观二事，不唯不敢使人冒功，即己亦不敢冒不可知之功。

解评

狄青以钲号令士兵，采用虚虚实实、真真假假的办法，在敌人疏于防守时突然进攻。面对不同的对手他采用不同的对策，敌人的标牌兵厉害，并且地形多山，不便于骑兵作战，他便派善于爬山、善于射箭的吐蕃人出战，这就是有针对性地出兵。另外，他作战极具隐蔽性，利用过节的机会，偷袭对方。他办事非常谨慎，严于律己，不肯随便虚报战功。

刘江智勇破敌

建文三年七月，平安①自真定率兵攻北平，营于平村，离城五十里，扰其耕牧。世子②督众固守。上闻北平被围，召刘江③边批：宿迁人问策。江慷慨请行，遂与上约曰："臣至北平，以炮响为号，一次炮响，则决围；二次则进城。若不闻第三次炮响，则臣战死矣。臣若得入城，守城者闻救至，勇气自倍，宜令军士人带十炮，俟三次炮响后，为殿者放炮常不绝声，则远近皆谓大军继至，平安必骇散矣。"江遂进兵，与安战，悉如其策，大败之。

永乐十七年，江为左都督，镇守辽东，巡视诸岛，相度地形，以金州卫金线岛西北之望海埚，地高可望，诸岛寇所必由，实滨海襟喉④之地，请筑城堡，立烟墩瞭望。一日，瞭者言："东南夜举火有光"。江计寇将至，亟遣马步官军赴埚上小堡备之，令犒师秣马，略不为意。以都指挥徐刚伏兵于山下，百户姜隆帅壮士潜烧贼船，截其归路，乃与之约曰："旗举炮鸣，伏兵奋击，不用命者，斩！"翌日倭贼二千余人，乘海鳅⑤直逼埚下登岸，鱼贯而行，如入无人之境。江被发举旗鸣炮，伏兵尽起，为两翼而进，贼大败，横尸草莽，余众奔樱桃园空堡中。官兵环而攻之，将士欲入堡剿杀，江不许，故开西壁以纵之，俾两翼夹击，生擒数百，斩首千余级，有遁入鳅者，悉为隆所缚，无一人得免。师还，诸将请曰："明公见敌，意思安闲。及临阵披铠而战，追贼入堡，不杀而纵之，何也？"

江曰："寇远来必饥且劳，我以逸待劳，以饱待饥，固兵家治力之法耳。贼始鱼贯而来，成长蛇阵，故作真武阵以镇服之。贼既入堡，有死之心，我师攻之，宁无伤乎？故纵之出路而后掩击，即围城必缺之意耳。此皆在兵法，诸君未察乎？"

译文

明惠帝建文三年（1401年）七月，平安从真定率兵进攻北平，大军驻扎在平村，平村离北平城只有五十里路，常常扰乱当地百姓的耕种和放牧。燕太子率军坚守。燕王听说北平被围，便召见刘江（宿迁人）询问对策。刘江慷慨陈词，请求率兵救援，并且与燕王约定："臣到了北平，以炮声为信号，第一声炮响表示已经突破了包围；第二声炮响表示已经进入城中；若是听不到第三声炮响，就表示臣已经战死。臣若是能进入城中，守城的士兵听到援兵到来，勇气自然倍增，应命军士每人携带十枚炮弹，等第三次炮声响过后，令殿后的部一枚接一枚发炮，让远近都认为援军源源不断地来到，如此一来，平安一定恐惧害怕而溃散。"刘江于是进兵，和平安决战，全部如他策划的一样，大败平安。

明成祖永乐十七年（1419年），刘江担任左都督，镇守辽东，巡视各岛，观测地形，发现金州卫金线岛西北的望海埚地势高，可以瞭望，是众倭寇必经之地，确实是滨海的要害地方，于是请求修筑城堡，设立烽火台瞭望。一天，瞭望员报告说："东南方在夜晚有火光出现。"刘江估计倭寇就要到了，立即派遣兵马到望海埚戒备，命令犒赏士兵，给战马喂足草料，一点都不在意的样子。让都指挥徐刚率兵在山下埋伏，百户姜隆带领勇士暗中烧毁倭船，阻断倭寇的退路，刘江与各军约定："以举旗发炮为信号，所有埋伏的士兵奋起攻击，不听命令的，一律斩首！"第二天，倭寇两千多人，乘坐小船直逼望海埚下，上岸后倭兵鱼贯而行，就像进入无人之境。刘江出其不意地举旗鸣炮，埋伏的士兵全体奋起，由两翼包夹倭寇，倭兵大败，山野里横陈着倭寇的尸体，残余的倭寇逃入樱桃园空堡中。官兵包围城堡进行攻击，将士们想冲入堡中剿灭倭兵，刘江不准许，故意撤去西边的围兵，让倭兵逃跑，然后命令官兵由两翼包抄，生擒倭寇几百人，杀死一千多人，也有倭寇想登战船逃走，也都被姜隆擒获，无一人能幸免。得胜归来后，诸将问刘江说："您见到倭兵，表现出一副意态安闲的样子，等到倭寇上岸，才披甲上阵，当追击倭寇进入城堡，您不但不允许我军进入堡中追杀，反而故意让他们逃跑，这是为什么呢？"刘江说："倭寇远道而来一定又饿又累，我军以逸待劳，以饱待饥，这是兵家理论中常用的方法。倭寇开始鱼贯而行，摆成长蛇阵，所以要摆出真武阵来镇压使他们服从。倭寇逃进城堡，已有拼死一战的决心，我军如果攻堡，怎么能没有伤亡？所以放开出路使他们逃跑，而后出兵追击，这就是'围城必留缺口'的意思。这些都在兵法之中上都有，各位没有看到吗？"

注释

①平安：小名保儿，为明太祖养子。②世子：指朱高炽，朱棣之子。③刘江：初名江，后改为荣，攻击倭人有功，封广宁伯。④襟喉：衣领和咽侯。比喻要害之地。⑤海鳅：生于海中的一种形如泥鳅的鱼。此指小型战船。

解评

刘江行军作战，先占据有利地形，然后以逸待劳，以饱待饥，大破敌军。当敌人准备负隅顽抗时，刘江却给他们一条出路，趁他们出逃时，再两翼夹击消灭他们。

马隆请命战羌戎

晋太始中，凉州刺史杨欣失羌戎之和，马隆陈其必败。俄而欣败后，河西断绝。帝每有西顾之忧，临朝叹曰："谁能为我讨此虏，通凉州者？"隆进曰："陛下若能任臣，臣能平之。"帝曰："必能灭贼，何为不任？顾卿方略何如耳。"隆曰："陛下任臣，当听臣自任。边批：名言。臣请募勇士三千人，无问所从来。率之鼓行而西，禀陛下威德，丑虏不足灭也！"乃以隆为武威太守。公卿金谓不宜横设赏募，帝不听。隆募限要引弩三十六钧、弓四钧，立标简试，自旦至申，得三千五百人，隆曰："足矣。"因请自至武库选仗，并给三年军资，隆随西渡温水，虏树机能等众万许，乘险遏隆，边批：要紧。或设伏以绝隆后。隆依"八阵图"作扁箱车，地广则为鹿角车营，路狭则为木屋施于车上，且战且前，弓矢所及，应弦而倒。奇谋间发，出敌不意，转战千里，河西遂通。

译文

晋武帝太始年间，凉州刺史杨欣与羌戎发生战争，马隆向晋武帝上疏说杨欣一定会失败。不久，杨欣果然战败，羌戎阻断了京城通往河西的道路。武帝每次想到西部之事就忧虑不已，上朝时叹息说："谁能为朕征讨羌戎，打通京城与凉州之间的通路啊？"马隆进奏说："陛下若是能任用臣，臣一定能平定羌戎。"武帝说："如果你一定能平定羌戎，为什么不任用呢？只是想听听你有什么对策。"马隆说："陛下既然任用臣，就应当听凭臣自己处置。臣请求招募三千名勇士，不问他们从何而来。臣率领他们击鼓向西行进，凭借着陛下的威德，消灭羌戎算不得什么！"于是，晋武帝任命马隆为武威

太守。朝中大臣都认为不应当让马隆用自己的标准去招募士卒，武帝没有采纳他们的意见。马隆规定应募的勇士要能拉开三十六钩弩、四钩的弓，马隆立下靶标进行测试，从早晨到下午一共募得勇士三千五百人，马隆说："人数够了。"接着请求自己到军械库挑选武器，并要求供给军队三年用的物资，马隆随即率兵西渡温水，羌戎约有一万大军，依仗险要地势来迎战马隆，有的设下埋伏来断绝马隆的后路。马隆依照"八阵图"布扁箱车阵，遇到宽广的地形就用鹿角车阵，碰到狭窄的路面就在车上架设木屋，一边与羌人作战，一边向前推进，弓箭所到之处，敌人纷纷应弦而倒。马隆还常常出敌不意地发动奇兵攻击羌戎，就这样转战千里，通往河西的道路终于打通了。

解评

要想战胜敌人，就必须选择有利地形，出奇制胜。

沈希仪使瑶攻贼

沈都督希仪[①]，初为右江参将。右江城外五里即贼巢，贼诇者耳目遍官府，即闺闼中稍动色，贼在溪数百里外辄知。希仪至，顾令熟瑶[②]恣出入，嬉游城中，而求得与瑶通商贩者数十人，厚抚之，使为诇。边批：军中用诇，是第一义。于是贼动静声息，顾往往为我所先得。每出剿，即肘腋亲近不得闻。至期鸣号，则诸兵立集听令，边批：曹玮后身。令曰："出某门。"旗头即引诸军贸贸行。问旗头，旗头自不知。顷之扎营，贼众至，战方合而伏又左右起，贼大败去。已贼寇他所，官军又已先在，虽绝远村聚，贼度官军所不至者，寇之，军又未尝不在，贼惊以为神。即官军亦不知希仪何自得之也。所剿必其剧巢，缚管绳为记，无妄杀。得妇女牛畜，果邻巢者，悉还之，唯阴助贼者，还军立剿，曰："若奈何阴助贼战？"或刀弩而门眮者，曰："罚若牛五，若奈何刀弩眮我师？"于是贼惊服，无敢阴助贼及门眮者。常欲剿一巢，乃佯卧病，所部入问病，谢不见。明日入问，希仪起曰："吾病，思鸟兽肉，若辈能从我猎乎？"边批：裴行俭袭都支。即起出猎。出贼一二里而止营，军中乃知非猎也。最后计擒其尤黠猾善战者，支解之，四悬城门，见者股栗。常以悲风凄雨、天色冥冥夜，察诸贼所止宿，散遣人赍火若炮，衣毳帽，与草色同，潜贼巢中，夜炮举，贼大骇曰："老沈来矣！"挈妻子逃至山顶，儿啼女眺，往往寒冻死，或触崖石死，妻子相怨："汝作贼何利至此？"明诇之，则寂无人，已相闻，愈益惊；阴诇之，则老沈固在参府不出也。边批：的是鬼神不测。自此贼胆落。或易面为熟瑶，而柳城旁一童子牵牛行深山，无敢诇者矣。后熟瑶既闻公威信，征调他巢，虽惧仇，不敢不往，甚而大雨，瑶惧失期，泅溪水以应。论者以为自广西为将，韩观、山云之伦，能使瑶不为贼，希仪则使瑶人攻贼，前此未有也。

译文

沈希仪官拜都督，最终任命为广西柳州参将。那时右江城外五里处就是贼巢，贼人密探遍布官府，官府中稍微有一点动静，在数百里外山洞里的盗匪就都一清二楚。沈希仪到任以后，首先准许汉化较深的瑶族人自由出入，并在城内游玩，接着招抚与瑶族人有交易的数十名商人，给予他们优厚的报偿，让他们充当间谍。从此盗贼的一举一动，官府也都能了解得一清二楚。沈希仪每次出兵剿贼，事先连最亲信的部属也不知道消息，到时鸣号通知全军将士集合听令，命令道："由某个城门出城。"掌旗官带领士兵茫然地行走，有人问掌旗官目的地是哪里，连掌旗官也不知道。不一会就命令扎营，大批盗匪来到时，沈希仪才快速部署，完成埋伏，再突然从左右发兵，让盗匪措手不及，大败而逃。当贼兵移军他处，袭击某个村落时，却发觉官军早已先一步在村落守候了，即使是最偏远的村落，贼兵估计官军不会前来围剿，可是只要贼兵一到，官军就没有不到的，贼军大为吃惊，以为是神军。就连官军自己也不明白沈希仪从哪得到的消息。沈希仪所剿灭的都是贼人的重要巢穴，在剿灭时，用管绳做记号，以避免杀错，掳获的妇女和牲畜，如果查明确属邻村的，全部遣还，只有暗中勾结、协助贼人的人，才会立刻予以剿灭，并责备他们说："为什么暗中去帮助贼匪攻击百姓呢？"有人在门后拿着武器偷偷地窥伺，

沈希仪就会告诫道："罚你出五头牛，你为什么要拿着武器窥视我们呢？"于是贼匪惊服，再也没人敢私下通敌和偷窥了。有时想剿灭贼人巢穴，沈希仪就假装生病，部下前来探视，他都推辞不见。第二天，进去再问，希仪起身说："我生病了，想吃点山野里的飞禽走兽，你们能跟随我打猎吗？"于是立即率领部下出去打猎，在离贼营一二里处扎营，这时将士才明白沈希仪根本不是真的要打猎，最后终于用计擒服贼营中最狡猾善战的贼兵，把他们的尸首肢解后，悬在四个城门上示众，看见的人都为之心惊胆战。沈希仪经常在风雨交加的昏暗夜晚侦查贼人宿营的地方，然后派遣军士携带火炮、戴上细毛做的帽子，与草的颜色相同，潜入贼营，到午夜时就点火发炮，贼兵非常害怕，大喊："老沈来了！"带着妻子儿女逃到山顶，儿啼女哭，再加上正是天寒地冻的季节，很多贼人都被活活冻死，也有的被落石砸死，因此不少贼人的妻子和孩子埋怨道："你做贼究竟有什么好处？"第二天天亮，贼兵派人回巢查探，发现老巢中竟空无一人，惊讶究竟昨夜是谁偷袭。再派人到城中打探，老沈仍高坐参将府衙，根本不曾外出。从此贼人更为丧胆，有的洗心革面做了归顺朝廷的瑶民，即使是柳城旁的一个孩童牵牛入山，都不会有瑶族骚扰。后来，瑶族人听说了沈希仪的威望信誉，每当听到沈希仪征调他们攻击其他瑶贼时，虽然害怕与其结仇，但也不敢不去，有时候碰到下大雨，他们怕误了集合时间，游溪水也要去。评论的人都认为，到广西做将领的人，韩观、山云等人能使瑶人不成为盗匪，沈希仪却能使瑶人攻打盗匪，这是前所未有的。

注释

①沈都督希仪：明将领。广西贵县人，字唐佐，号紫江。嗣世职为奉仪卫指挥使，机警有胆略，智计绝人。正德中进署都指挥同知，旋以参将驻柳州，历江淮督捕总兵官等职。后被劾罢官。②熟瑶：汉化很深的瑶族人。

解评

沈希仪在攻打瑶族人时，忽隐忽现，诡行迷踪，一时让瑶族人难以猜测，更无法布置作战。所以无论是战争，还是商战，诡行迷踪，或运用"多变"手法使自己的行为不为别人所揣摩，是战胜对手的好方法。

赵臣以计说岑璋

岑璋①者，归顺州土官也，多智略，善养士。田州岑猛②，其婿也。猛不法，督抚上反状，诏诸土官能擒贼猛者，赐秩一级，畀半地；党助者并诛。都御史姚莫③将举兵，而虑璋合谋，咨于都指挥沈希仪。沈知部下千户赵臣与璋善，召臣问计，曰："微闻璋女失宠，璋颇恨猛，吾欲役璋破猛，如何？"臣对曰："璋多智而持疑，直语之，必不信，可以计遣，难以力役也。"沈曰："计将安出？"臣曰："镇安、归顺，世仇也。公使人归顺，则镇安疑；使人镇安，则归顺疑。公若遣臣征兵镇安，璋必邀臣询故，而端倪可动也。"沈如计遣臣，臣枉道诣璋所，坐而叹息，璋叩之，不言，明日，璋置酒款臣，固叩之："军门督过我耶？璋受侮邻仇，将逮勘耶？"臣皆曰："否，否。"璋愈疑，乃挽臣卧内，跪叩之，臣潸然泣下，璋亦泣，曰："嗟乎赵君！璋今日死即死耳，君何忍秘厄我？"臣曰："与君异口骈心，有急不敢不告，今日非君死，即我死矣！"璋曰："何故？"臣曰："军门奉旨征田州，谓君以妇翁党猛，将檄镇安兵袭君。我不言，君必死矣；我言之，而君骤发，败机事，我必死，是以泣耳。"璋大惊，顿息曰："今日非赵君，我族矣！"遂强臣称病，留传舍，而亟遣人驰军门，备陈猛反状，恐波及，愿自效。沈许之，遂以白莫，莫始专意攻猛。猛子邦彦守关隘，璋阳遣千人助之，使为内应，皆以寸帛缀裾为识，而潜以告沈。时田州兵死守隘，众莫敢前，沈独往，战三合，沈以奇兵千余骑间道绕隘侧，旗帜闪闪，归顺兵呼曰："天兵从间道入矣！"边批：朱序间秦兵类此。田州兵惊溃，沈乘之，斩首数千，邦彦死。猛闻败，欲自经，璋诱之，使走归顺，奉以别馆。边批：多事。而别将胡尧元等嫉沈功，边批：可恨。欲以万人捣归顺。璋先觉之，遣人持百牛千酝，迎军三十里，谓尧元曰："昨猛败，将越归顺走交南，璋邀击之，猛且集流矢南去，不知所往，急之，恐纠虏为变，幸缓五日，当搜致。"尧元许之。璋复构茅舍千间，边批：有用之才。一夕而讫。诸军安之，无进志，璋还诡猛曰："天兵退矣，然非陈奏不白。"猛曰："然，顾安得属草者？"璋即令人为猛具草，促猛出印封之，既知猛印所在，乃置酒贺猛，鼓乐殷作，酒半，璋持鸩饮猛曰："天兵索君甚急，不能相庇。"猛大呼曰："堕老奸矣！"遂饮药死。璋斩其首，并印从间道驰诣军门。而斩他囚贯猛尸，诣掷诸军，诸军嚣争，击杀十余人，飚驰军门，则猛首已枭一日矣。诸将大恚恨，遂浸淫毁璋，而布政某等复阴害莫，倡言猛实不死，死者道士钱一真也。御史石金遂劾莫落职，边批：好御史。而希仪等功俱不叙。璋怏怏，遂黄冠学道。见田艺蘅《留青日札》

译文

　　岑璋是明朝归顺州的土官，足智多谋，善于任用足智多谋之人。田州的岑猛是他的女婿。岑猛触犯律令，督抚奏告岑猛罪行，皇帝下诏给各州土官若能擒获岑猛，加爵一级，另赐岑猛一半的田地；若与岑猛勾结，则一律格杀。都御史姚莫准备出兵征讨岑猛，考虑到岑璋会与岑猛合作，于是与都指挥沈希仪商议。沈希仪知道部属中有一个千户长赵臣，和岑璋交情不错，于是召来赵臣商议说："我听说岑璋的女儿婚后很是失宠，为了女儿的事，岑璋对岑猛非常愤恨，我想借岑璋助我俘获岑猛，你看如何？"赵臣说："岑璋为人聪明但生性多疑，若是直说，他一定不相信，所以只能用计劝服，不能强行命令。"沈希仪说："该怎么办呢？"赵臣说："镇安、归顺两州世世代代为仇，大人派人前往归顺州，那么镇安一定起疑；派人到镇安，那么归顺又会疑心。若大人派我到镇安征兵，岑璋一定会问我去镇安做什么，我就可见机行事了。"沈希仪就照计派遣赵臣前去征兵，赵臣故意绕道拜访岑璋，但见了岑璋却只是不断叹气，却不说话，岑璋问他，他也不回答。第二天，岑璋准备了酒菜款待赵臣，再问赵臣："沈都指挥史要追查我的过失吗？还是我受到仇人的诬陷犯了罪，您要逮捕我？"赵臣连连说："不是，不是。"岑璋就更加疑心，挽着赵臣进入内室，跪在赵臣面前，赵臣流着眼泪，岑璋也哭着说："唉！赵君，今日就是要我岑璋死，那我也认了，你怎么忍心要瞒我呢？"赵臣说："我与您虽非一家人，但也相交甚深，有紧急事不敢不告诉你，今天恐怕不是你死，就是我亡了！"岑璋说："为什么？"赵臣："沈都指挥史接到圣旨要出征田州缴杀岑猛，有人说你是岑猛的岳父，一定是岑猛同党，现在发公文到镇安，征兵攻打你，我不告诉你，你一定死；我现在告诉你，万一你突然发兵叛变，那么是我泄露军机，我也一定被按军法处死，所以我才流泪。"岑璋大惊，顿脚叹息说："今天要不是赵君，我全族的人都完了！"于是强留要赵臣称病在他的家中住宿，一面急忙派人前往沈希仪那里，列举岑猛的罪状，说明不愿受岑猛连累，愿意投效官军。沈希仪接受岑璋的请求，将此事告诉都御史姚莫，于是姚莫全力攻伐岑猛。岑猛的儿子邦彦，率众防守隘道，岑璋表面派一千人相助，实际是做官军内应，以在衣摆缝上一寸的帛布为识别标志，并暗中向沈希仪通风报信。当时田州兵死守隘道，官军不敢贸然进攻，沈希仪独自前往，相互间战了三个回合后，沈希仪带着一千名骑兵由小道绕路从隘道侧边进攻，看到飘动的官军军旗，再听到做内应的归顺兵大声叫道："官军从小路攻入隘道了！"田州兵不由得惊慌逃散，沈希仪乘胜追杀，斩杀数千人，岑邦彦也难逃一死。岑猛听说战败，想自杀，岑璋却说服他先到归顺，住在别馆中，而副将胡尧元等人嫉妒沈希仪的战功，想带兵一万直捣归顺。岑璋察觉后，立即派人带着百头牛及千坛好酒，在三十里外迎接胡尧元的军队，对胡尧元说："昨天岑猛大败，他打算率残众经由归顺往交南方向走，我出兵攻击，他眼睛中箭后，现在不知逃往哪个方向，官军若是急着追捕，我怕他又纠集残兵造事，能否给我五天的时间，我一定将他擒下送给将军。"胡尧元点头答应。岑璋命人搭盖一千余间茅舍，一夜之间就建成了。官军安置下来后，就没有再进发的念头。而后岑璋回到别馆，骗岑猛说："官军暂时撤退了，但若是不上书奏报，就不能表明你的清白。"岑猛说："有道理，但谁能为我起草奏章呢？"岑璋立即命人为岑猛起草，并且一直催促岑猛盖上印鉴封口，因而也就知道岑猛藏放印鉴的地方，接着命人准备酒菜向岑猛道贺，一面命人弹奏乐曲助兴，酒宴进行一半时，岑璋手拿毒酒说："官军全面紧急搜捕你，我实在保护不了你。"岑猛大叫说："我上了你这老奸贼的当了！"于是喝下毒酒而死。岑璋砍下岑猛的脑袋，连同印鉴一并由小路快马送交沈希仪，却将岑猛的尸体与他人调包，丢到胡尧元的军前，众人为争功竟自相残杀，死伤十余人，好不容易取得尸体，快马来到军门，却发现岑猛的首级早已悬挂在城门上一天了。诸将都非常憎恨岑璋，就相互勾结诋毁岑璋，另有一布政使也暗中陷害姚莫，散布岑猛其实并没有死的谣言，死的是一名叫钱一真的道士。御史石金竟以此弹劾姚莫，免去他的官职，而沈希仪等人的战功也没有被记载下来。岑璋闷闷不乐，也就上山学道去了。（见田汝成《留青日札》）

注释

①岑璋：明朝归顺州（今广西靖西）的土官，足智多谋，而且深谙用兵之道。②岑猛：明广西田州（治今田阳）土官。字济夫。壮族。正德三年，袭父职为土知府。七年，参加镇压江西华林起义，迁指挥同知。嘉靖四年，明政府以其屡侵邻部，不听征调，命都御史姚莫率兵进击。他逃匿归顺州（今广西靖西），被杀。③姚莫：字东泉，一作英之，慈溪人。弘治进士。曾任右副都御使，巡按延绥。世宗嘉靖年间以右都御史提督两广军务，讨伐岑猛，大破其众，进左都御史。后任兵部尚书。

梦龙评

田汝成曰："岑猛之伏诛也，岑璋掎之，赵臣启之，沈希仪主之，而功皆不录，其何以劝后？两广威令浸不行于土官，类此。书生无远略，琐琐戚戚，兴逸参嫉，宁惜军国重轻哉！"王弇州一代史才，其叙岑猛事，亦云猛实不死，岂惑于石侍御之言耶？李福达之狱，朝是暮非，迄无确见。不知异日又何以定真伪也！

解评

田汝成说："岑猛伏法被诛，岑璋、赵臣、沈希仪各有其功，但都略而不提，日后要如何劝勉后人呢？大明书生没有远大抱负，只知听信谗言，嫉妒他人功劳，不知国事轻重。"王弇州是一代史家，在叙述岑猛一事时，竟也认为岑猛并没有死，难道是被御史石金的一番话所迷惑了吗？今人李福达的刑狱，至现在还没有一个定案，日后真不知要如何辨明事实真假了。

诡道卷二十三

道取其平，兵不厌诡。实虚虚实，疑神疑鬼。彼暗我明，我生彼死。出奇无穷，莫知所以。集《诡道》。

译文

为人之道要取平和，用兵打仗却不能排斥诡诈。只有实中有虚，虚中有实，才能让敌人疑神疑鬼，防不胜防。只有敌方糊涂我方明白，才能使我方生存而敌人死亡。出奇制胜，变化无穷，敌人就会不知所措。因此集《诡道》卷。

田单纵反间于燕

燕昭王卒，惠王立，与乐毅[1]有隙。边批：肉先腐而虫生。田单[2]闻之，乃纵反间于燕，宣言曰："齐王已死，城之不拔者二耳。乐毅畏诛不敢归，以伐齐为名，实欲连兵南面而王齐。齐人未附，故且缓攻即墨，以待其事。齐人所惧，唯恐他将来，即墨残矣。"燕王以为然，使骑劫代毅。毅归赵，燕军共忿。而田单乃令城中，食必祭其先祖于庭，飞鸟悉翔舞下食。燕人怪之，田单因宣言曰："神来下教我。"乃令城中曰："当有神人为我师。"有一卒曰："臣可以为师乎？"边批：此事通窍。因反走，田单乃起，引还，东向坐，师事之，卒曰："臣欺君，实无能也。"单曰："子勿言。"因师之，每出约束[3]，必称神师，乃宣言曰："君唯惧燕军之劓所得齐卒，置之前行与我战，即墨败矣。"燕人闻之，如其言。城中人见齐诸降者悉劓，皆坚守，唯恐见得。单又宣言："君惧燕人掘吾城外冢墓，戮先人，可为寒心。"燕军尽掘垄墓、烧死人。

311

边批：骑劫一至墨即此。即墨人从城上望见，皆涕泣，俱欲出战，怒自十倍。田单知士卒之可用，乃身操版锸，与士卒分功，妻妾编于行伍之间，尽散饮食飨士，令甲卒皆伏，使老弱女子乘城，遣使约降于燕。燕皆呼"万岁"，田单乃收民金，得千镒，令即墨富豪遗燕将，曰："即墨即降，愿无掳掠吾族家妻妾。"燕将大喜，许之，燕军由此益懈。单乃收城中，得千余牛，为绛缯衣，画以五采龙文，束兵刃于其角，而灌脂束苇于尾，烧其端，凿城数十穴，夜纵牛，壮士五千人随其后，牛尾热，怒而奔，燕军夜大惊，牛尾炬火光炫耀，燕军视之，皆龙文，边批：应神师。所触尽死伤，五千人因衔枚击之，城中鼓噪从之，老弱皆击铜器为声，声动天地。燕军大骇，败走，遂杀骑劫。

译文

　　战国时，燕昭王去世，他的儿子惠王即位，惠王和乐毅有矛盾。田单听说此事，就施行反间计，在燕国散布谣言，说："齐王已经去世，攻不下的城池只有莒和即墨两城罢了。乐毅怕被杀而不敢回国，借着攻打齐国的名义，实际上是想联络各方势力到齐国称王。只是因为齐人不肯归附，所以暂缓攻打即墨，以等待时机的成熟。齐人所害怕的是派其他将军来，那即墨就要受到摧残了。"燕王信以为真，就派骑劫代替乐毅为将军。乐毅怕昭王对他不怀好意，于是投奔赵国，燕国的将士都为乐毅愤愤不平。这时田单命城中百姓，吃饭时要在庭院中祭拜祖先，于是飞鸟都聚集飞旋在即墨城的上空，不时飞落觅食祭物。燕人觉得很奇怪。田单散布谣言说："有神人下来教我。"并向城里下令说："会有神人来做我的军师。"有一名士兵说："我可以当你的神师吗？"说完转身就跑，田单立即起身叫他回来，请他面东而坐，以神师之礼对待他。士兵说："刚才我是骗将军的，实际上我没有当神师的能力。"田单说："你什么也不要说。"仍以神师礼待他，每次发布命令时，都说是神师的主意。接着，田单又散布谣言说："我们只怕燕国军队把所俘虏的齐兵割掉鼻子，放在队伍最前列与我们作战，那么即墨一定会失败。"燕人听说后，果真按着去做，城中人见到齐国众多投降的人都被割掉鼻子，更加坚定守城的决心，唯恐被燕军擒获。田单又派人散布谣言说："我们怕燕国人挖掘齐人城外的祖坟，侮辱我们的祖先，这样会使我们心惊胆寒。"结果燕军就挖开齐人所有的坟墓，烧毁死人的尸骨。即墨人从城上看见燕军的所为，痛哭流涕，都想出城与燕军决一死战。田单知道士兵可以上阵作战了，就亲自拿着工具和士兵一同修筑工事，还将自己的妻妾也编在队伍中，把好吃的食物都拿出来与士兵分享。田单命令武装的士兵都埋伏起来，改派老弱妇女登城守卫，并且派使者去燕国商议投降。燕军都高呼万岁。田单又募集民家的捐款，筹集到千镒黄金，请即墨城的富豪赠送给燕国将军，并且说："即墨马上就要投降了，希望你们不要掳掠我们家族中的妻妾。"燕将十分高兴，答应了他们的请求，

智囊精粹

从此燕军防备越来越松懈。田单在城中征集一千多头牛，为牛缝制大红色丝衣，画上五颜六色的蛟龙花纹，在牛角上绑上锋利的刀刃，在牛尾上扎上灌满油脂的苇草，点燃它的末梢。然后在城墙上挖掘几十个洞穴，夜里从洞穴里把牛驱赶出来，派五千士兵跟在牛后面。牛尾烧得发烫，牛便发怒向前狂奔，直冲燕军营地，燕军在夜里更是惊慌失措。牛尾上的火把光明耀眼，燕军看到的全是龙纹，被牛碰到全都死伤。这时齐军五千人口含竹片悄悄袭击燕军。而城中百姓喊杀声震天，不能作战的老弱病残不断敲击铜器，声音惊天动地。燕军大为惊骇，溃散而逃，齐军乘胜追击杀了骑劫。

注释

①乐毅：字永霸，中山灵寿（今河北灵寿西北）人，汉族人。战国后期杰出的军事家，为燕将军，曾伐齐，攻齐七十多城，封昌国君。②田单：临淄人，汉族，战国时田齐宗室远房的亲属，任齐都临淄的市掾。后来到赵国作корол相。前284年，燕国大将乐毅出兵攻占临淄，接连攻下齐国七十余城。最后只剩了莒城和即墨，田单率族人以铁皮护车轴逃至即墨。③约束：军中之命令。

梦龙评

胜、广假妖以威众。陈胜与吴广谋举事，欲先威众，乃丹书帛曰："陈胜王"。置人所罾鱼腹中。卒买鱼，烹食，得腹中书，怪之。又令广于旁近丛祠中，夜篝火作狐鸣，呼曰："大楚兴，陈胜王。"于是卒皆夜惊，旦相率语，往往指目胜。世充托梦以誓师。王世充欲击李密，恐众心不一，乃假托鬼神，言梦见周公，乃立祀于洛水之上，遣巫言"周公欲令仆射急讨李密，当有大功，不则兵皆疫死"。世充兵皆楚人，信巫，故以惑之，众皆请战。遂破密，皆神师之遣教也。

王德征秀州贼邵青，谍言将用火牛，德曰："此古法也，可一不可再，彼不知变，只成擒耳。"先命合军持满，阵始交，万矢齐发，牛皆反奔，我师乘之，遂残贼众，此可为徒读父书者之戒。陈涛斜之车战亦犹是。

伯比嬴师以张之，贾则累北以诱之。至于田单，直请降矣，其诈弥深，其毒弥甚。勾践以降吴治吴，伯约以降会谋会。真降且不可信，况诈乎？汉王之诳楚，黄盖之破曹，皆以降诱也！岑彭、费祎，皆死于降人之手。噫，降可以不察

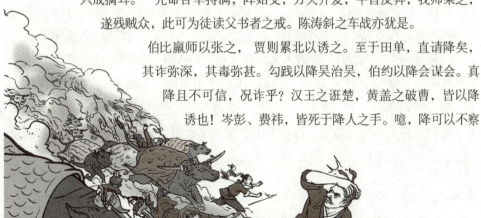

哉？必也，谅己之威信可以致其降者何在？而参之以人情，揆之以兵势，断之以事理，度彼不得不降，降而必无变计也。——斯万全之策矣！

解评

投降有时并不是失败的表现，因此投降是军事行动中最值得玩味的一种策略。

明太祖以石换木

陈友谅①既陷太平，据上流，遣人约张士诚②同侵建康。或劝上自将击之，上曰："敌知我出，以偏师缀我，而大军顺流，直趋建康，半日可达，吾步骑急回，百里趋战，兵法所忌。"乃召康茂才③，谓曰："二寇相合，为患必深，若先破友谅，则东寇胆落矣，汝能速之使来乎？"茂才曰："家有老阍④者，旧尝事友谅，今往必信。"遂令阍者赍书，乘小舸径至伪汉军中，许以内应。友谅果信之，甚喜，问康公，曰："今何在？"曰："见守江东桥。"又问："桥何如？"曰："木桥也。"赐食遣还，嘱曰："吾即至，至则呼老康为号。"阍者还告，上曰："虏落吾彀中矣！"乃使人撤木桥，易以铁石，一宵而成。冯胜、常遇春率三万人，伏于石灰山侧，徐达等军于南门外，杨璟驻兵大胜港，张德胜、朱虎率舟师出龙江关外，上总大军于卢龙山，令持帜者偃黄帜于山之右，偃赤帜于山之左，戒曰："寇至则举赤帜，闻鼓声则举黄帜，伏兵皆起。"是日，友谅果引舟师东下，至大胜港，水路狭，遇杨璟兵，即退出大江，径以舟冲江东桥，见桥皆铁石，乃惊疑，连呼"老康"。莫应，始觉其诈，即分舟师千余向龙江，先遣万人登岸立栅，势甚锐。时酷暑，上度天必雨，令诸军且就食，时天无云，忽风起西北，雨大至，赤帜举，诸军竞前拔栅，友谅麾军来争，战方合，适雨止，命发鼓，鼓声震，黄帜举，伏发，徐达兵亦至，舟师并集，内外合击，友谅军大败，乘胜逐之，遂复太平。

译文

元朝末年，陈友谅攻陷太平后，占领整个长江上游，于是派人邀约张士诚一同攻打建康。有人建议明太祖亲自率兵迎战，太祖说："敌人知道我率兵迎战，就会用一部分

兵力来牵制我，而主力部队顺着长江而下，直接进攻建康，半天的时间就可抵达。我若是率兵急忙赶回建康，让士兵奔波百里再与敌人交手，这是犯了兵家大忌。"于是召见康茂才，对他说："陈友谅与张士诚如果真的联合起来对付我，对我军情势将会相当不利；如果先击败陈友谅，那么张士诚就会闻风丧胆。你可有办法引诱陈友谅先进攻此地吗？"康茂才说："我府里有个老门房，他跟随过陈友谅，派他去，陈友谅一定会相信。"于是命老门房前去送信，老门房乘小船来到陈友谅的营中，告诉他康茂才愿做内应的事，陈友谅果然深信不疑，喜出望外，并询问门房："康公如今在哪里？"门房回答："镇守在江东桥。"又问："江东桥结构如何？"门房说："是一座木桥。"于是陈友谅命人准备丰盛的酒食招待老门房，再送他回去，临行前叮嘱说："我的大军随后就到，到时我们以老康为暗号。"门房返回之后，把经过情形一一详报，明太祖说："陈友谅已落入我的圈套了！"立即命人拆除木桥，在一夜之间赶搭一座铁石造的桥，命令冯胜、常遇春率三万人埋伏在石灰山旁，徐达等人镇守南门外，杨璟率军驻守大胜港，张德胜、朱虎率水军驶出龙江关外，太祖亲自坐镇卢龙山指挥三军，并且命手持黄旗者埋伏在山的右侧，持红旗者埋伏在山的左侧，并告诫三军："敌军来犯时就挥动红旗，听到战鼓声就高举黄旗，这时所有埋伏的军队全面出击。"当天，陈友谅果然率兵船顺江东下，进入大胜港后，因江面狭窄，遇到杨璟军队的阻击后，立即退出港口，想直接用兵船撞击江东桥，等发觉江东桥都是铁石时，不由心惊起疑，再连喊"老康"没有回应，才知上当了。陈友谅立刻兵分两路，一路率千艘兵船直驶龙江，一路带领一万士兵上岸构筑栅栏，气势仍锐不可当。这时正值暑天，酷热难耐，太祖预测将有大雨，下令士兵先吃饭，这期间，天空万里无云。没想到突然刮起一阵西北风，顷刻间大雨滂沱，太祖立刻下令挥动红旗，军士们奋勇上前拔取陈友谅营前的栅栏，陈友谅的军队奔来抢夺。战斗刚开始，大雨正好停了，太祖立刻命人击鼓，霎时间鼓声震天，黄旗高举，伏兵全面出击，徐达也率军前来会合，于是水陆联合，内外夹击，大败陈友谅，太祖乘胜追击，收复了太平城。

注释

①陈友谅：初为小吏，元顺帝时，徐寿辉起兵，陈友谅投效麾下，后杀徐寿辉自立为帝，国号汉。与张士诚合谋攻取建康，败于明太祖朱元璋，中箭而死。②张士诚：小字九四，初自称诚王，国号大周，又改称吴王，后被明朝大将徐达、常遇春所擒，自缢而死。③康茂才：字寿卿，元末举兵抗元，后追随明太祖，谥武毅。④老阍：看门仆人而老者。

解评

兵不厌诈，两军交战要真真假假，随机应变，把握战机，迅速行动。

吕蒙擒关羽　马隆破成奚

吕蒙①既领汉昌太守，与关羽分土接境。知羽有并兼之心，且据上流，乃外倍修好。后羽讨樊，留兵将备公安、南郡，蒙上疏曰："羽讨樊，而多留备兵，必恐蒙图其后故也。蒙常有病，乞分士从还建业，以治病为名，羽闻之，必撤备兵尽赴襄阳，昼夜驰上。袭其空虚，则南郡可下，而羽可擒也。"遂称病笃，权乃露檄②召蒙还，阴与图计，蒙以陆逊才堪负重而未有远名，乃荐逊自代。逊遗书与羽，极其推让。羽意大安，稍撤兵以赴樊。权闻之，遂行。先遣蒙在前，蒙至浔阳，尽伏其精兵䑽艟中，使白衣摇橹，作商贾人服，昼夜兼行。羽所置江边屯候，尽收缚之，故羽不闻知，直抵南郡。傅士仁，糜芳皆降。蒙人据城，尽得羽及将士家属，皆抚慰。有取民一笠以覆官铠者，其人系蒙乡里，垂涕斩之。于是军中震栗，道不拾遗，蒙旦暮使亲近存恤耆老，问所不足，病者给医药，饥寒者赐衣粮，府藏财宝，皆封闭以待权至。羽还，在道路数使人与蒙相问，蒙辄厚遇其使，周游城中，家家致问，或手书示信，使还，私相参信，咸知家门无恙，见待过于平时，故吏士无斗心，羽遂成擒。

译文

三国时，吕蒙被任命为汉昌太守，汉昌与关羽管辖的江陵地区接壤。吕蒙认为关羽有兼并天下的雄心，再者关羽占据长江上游，所以表面上与关羽特别亲近友好。后来关羽攻打樊城，留下一些将士守卫公安和南郡，吕蒙上奏说："关羽讨伐樊城，却留下许多后备部队，这一定是为防备臣从他背后袭击，臣一向体弱，请求主上准许臣带上部分士兵以治病为名回到建业，关羽听说此事，一定会撤走后备部队，全部开往襄阳，这时我军就可日夜兼程，趁他后方防卫空虚，袭击南郡，关羽也就可以擒获了。"于是吕蒙宣称病重，孙权就发布命令召回吕蒙，在暗中与他谋划打败关羽的计划，吕蒙认为陆逊虽没有大的名气，但颇有将才，能担大任，于是推荐陆逊接替自己的职务。陆逊写了一封信给关羽，信中推崇关羽的功债，表达自己对他的崇敬，关羽见信大为心安，就撤走后备部队开往樊城。孙权接获报告，就发动军队攻击关羽。孙权先派遣吕蒙到浔阳，把精兵全部埋伏在船舱中，让百姓摇橹，伪装成商人，日夜赶路，而关羽派往长江沿岸的侦察员，全部被吕蒙捉住，所以关羽一点消息都没听到，吕蒙的军队长驱直入南郡。守城将士傅士仁、糜芳都出城投降。吕蒙进城后，拜访关羽及士兵们的家属，并安抚他们。吕蒙的部队军纪严明，有一吕蒙的同乡抢了城中百姓的一顶斗笠来覆盖将领的盔甲，吕蒙流着眼泪把他斩首。于是军中震惊，以致路不拾遗。吕蒙每天早晚都派亲信去慰问老年人，询问他们缺少什么，凡是生病的都予以治疗，饥寒的也派人赐予衣食，城中府库的财宝，吕蒙也下令贴上封条，等孙权来后再处理。关羽听说南郡失守，立刻回奔，沿途多次派人向吕蒙打听情况，吕蒙总是礼貌周到的招待使者，让他在城中到处参观，拜访各家百姓，或者请士兵的家属亲笔写信托使者带回，等使者回来后，士兵们私下探问，知道家中平安无事，而生活又比以前安定，都失去战斗的意志，终于一举擒获关羽。

注释

①吕蒙：字子明，汝南富坡（今安徽阜南市东南）人，东汉末年三国时代东吴的重要将领。继任鲁肃成为吴军前线指挥官，其最重大的功绩是击败了当时威震华夏的关羽，不久后病逝。②露檄：发布公告。

太康初，南虏成奚每为边患，西平太守马隆帅军讨之。虏据险拒守。隆令军士皆负农器，将若田者，虏以隆无征讨意，御众稍息。隆因其无备，进兵击破之，毕隆之政，不敢为寇。

译文

太康初年，南虏成奚常常侵扰边境，西平太守马隆奉命率兵平乱，虏人凭恃险要的地形进着顽强的抵抗。马隆命士兵背着农具，好像要下田耕作的样子。虏人以为马隆已经不再有斗志，也稍稍松懈防备，马隆趁着虏人没有防备时，进兵攻击，大败虏人。在马隆镇守期间，虏人不敢再骚扰边境。

解评

这两个故事都体现了向强敌示弱，以麻痹敌人的战术。

孙膑虞诩以灶诱敌

魏庞涓攻韩。齐田忌救韩，直走大梁①。涓闻之，去韩而归，齐军已过而西矣。孙子谓田忌曰："彼三晋之兵，素悍勇而轻齐，齐号为怯。善战者，因其势而利导之。兵法：'百里而趣利者，蹶②上将；五十里而趣利者，军半至。'"使齐军入魏地，为十万灶，明日为五万灶，又明日为三万灶。涓行三日，大喜曰："吾固知齐军怯，入吾地三日，士卒亡者过半矣！"乃弃其步军，与其轻锐兼程逐之。孙子度其行，暮当至马陵。马陵道狭，而旁多阻隘，可伏兵，乃斫大树，白而书之，曰："庞涓死此树下。"边批：奇计独造。于是令齐军善射者万弩夹道而伏，期曰："暮见火举而俱发。"涓果夜至斫木下，见白书，乃钻火烛之。读未毕，齐军万弩俱发，魏军乱，大败，庞涓自刭。

译文

魏国庞涓发兵攻打韩国。韩国向齐求救，齐国派田忌率军直奔魏都大梁救韩。庞涓听到消息后，立即由韩撤军回国，而齐国的部队已入魏境向西开进。孙膑对田忌说："庞涓所率领的都是三晋的士兵，素来凶悍勇猛轻视齐军，而齐军以胆怯闻名。善于作战的人，就在于他能因势利导。兵法上说，奔波一百里去攻打敌人，会损失主将，奔波五十里去攻打敌人，可能会损失一半的兵力。"因此，孙膑命令齐军在进入魏境之后，下令士兵砌炉灶时，第一天建十万个炉灶，第二天减为五万，第三天再减为三万。庞涓在齐军后面尾随了三天，高兴地说："我就知道齐军胆小如鼠，进入魏境才只三天，士兵就已逃亡过半了！"于是留下步兵，自己只带领轻装骑兵，急驰追击齐军。孙膑推算魏军的行军速度，估计他们在黄昏时分就可抵达马陵。马陵是一道峡谷，路面狭窄，两侧都是险峻的山隘，最适合埋伏突袭，于是孙膑就把路旁的一棵大树的树皮削平露出白底，在上面写下六个字："庞涓死此树下"。然后在附近埋伏上万名弓箭手，并约定说："傍晚，看到树下有火光就万箭齐发。"到黄昏时，庞涓果然率军来到树下，看到树白上模糊的字迹，就命人点燃火把来看。还没读完树上的字，齐军就万箭齐发，一时间魏军阵势大乱，大军溃败，庞涓自刎而死。

318

注释

①直走大梁：走，急趋。大梁，魏国首都。②蹶：折损。

梦龙评

李温陵曰："世岂有十万之师，三日之内减至三万，而犹不知其计者乎？"

　　羌寇武都，迁虞诩为武都太守。羌乃率众数千，遮诩于陈仓崤谷。诩军停车不进，而宣言，上书请兵，须到乃发。羌闻之，乃分钞^①旁县。诩因其兵散，日夜进道，兼行百余里，令军士各作两灶，日增倍之。羌不敢逼，或问曰："孙膑减灶，而君增之，兵法曰：'行不过三十里。'而今且二百里，何也？"诩曰："虏众我寡，徐行则易为所及，速进则彼所不测；虏见吾灶日增，必谓郡兵来迎，众多行速，必惮追我。孙膑见弱，吾今示强，势不同也。"既到郡，兵不满三千，而羌众万余，攻围赤亭数十日，诩乃令军中使强弩勿发，而潜发小弩。羌以为矢力弱不能至，并兵急攻，诩于是使二十强弩共射一人，发无不中，羌大震退。诩因出城奋击，多所杀伤，明日悉阵其众，令从东郭门出，北郭门入，贸易衣服[2]，回转数周，羌不知其数，更相恐动。诩计贼当退，乃潜遣五百余人，浅水设伏，候其走路。虏果大奔，因掩击，大破之。

译文

羌人进犯武都，皇帝任命虞诩为武都太守。羌人派数千人在陈仓的崤谷列阵等候虞诩，虞诩命令士兵停止前进，并表示要上书请求皇帝派兵增援，等援兵到达后，才继续往前推进。羌人听说后，就分兵去袭击其他县城。虞诩利用羌人兵力分散的机会，日夜兼程行军一百多里，并下令士兵在架设炉灶时，分两批垒灶，每天以倍数增加，使羌人不敢进攻。有人问虞诩说："孙膑每日减少炉灶数，而您却每天增加炉灶的数目。兵法上说：'每日行军不得超过三十里。'而现在我们每日行军却将近二百里，这是为什么呢？"虞诩说："敌众我寡，假使我军再放慢行军速度，很容易遭到敌人攻击，快速行进敌人就很难预测我军的虚实。羌人见我军每天增加炉灶数，一定认为其他州郡的士兵已经集结会合，羌人见我军队人数众多，行动快速，必会有所顾忌不敢轻易出击。孙膑以强扮弱为诱敌之计，今天我以虚张兵力为退敌之道，完全是因情势不同。"到达武都后，虞诩的兵力还不足三千人，而羌兵有一万多人，围攻了赤亭数十日。虞诩下令士兵留下强弩不发，用射程较短的小箭射杀敌人，羌人以为官军弓箭力道不强，射不到他们，就下令进攻，这时虞诩才下令士兵用强弩杀敌，每二十支弓箭共同射一人，没有不命中目标的，羌人震惊之下急忙退兵。虞诩出城追击，羌人死伤惨重。第二天，虞诩召集所有将士，命令他们列队从东城门出，北城门进，不断更换衣服，如此反复多次，羌人不知城中有多少官军，心中更是害怕。虞诩推断羌人一定会撤退，就暗中派遣五百多人埋伏在浅水边，等羌人逃跑时拦截。羌人果然溃逃，这时埋伏的士兵趁机掩杀，大破羌人。

注释

①钞：掠取，抢掠。后作"抄"。②贸易衣服：更换衣服。

解评

从孙膑败庞涓、虞诩退羌军的智计看，可见运用兵法要根据实际情况随机应变。孙膑退军减少炉灶是向敌示弱，使其以为齐军怯战逃亡，以诱敌追击，在预先埋伏好的阵地以歼之。而虞诩兵少，羌军兵多，要越过敌人的拦阻，只能设法使其分散，而在急行军前进时，便反孙膑之法而行之，即增加炉灶使羌军疑其增军而不敢追击。显然，孙膑减灶是诱敌追击，而虞诩增灶是为慑敌，情况各异，目的不同，方法也就应该有所不同。

祖檀饥而示饱　岳飞饱而示饥

　　祖逖[①]将韩潜与后赵将桃豹分据陈川故城，相守四旬。逖以布囊盛土，使千余人运以馈。潜又使数人担米息于道，豹兵逐之，即弃而走，豹兵久饥，以为逖士众丰饱，大惧，宵遁。

译文

　　晋朝名将祖逖手下将领韩潜与后赵的将领桃豹，分别据守陈川（在今河南开封南部）的旧城，双方相持四十多天，眼见粮食即将告罄。祖逖遂用布袋填装泥土，命一千多名士兵运送给韩潜。韩潜又派数十人挑着米粮在路边休息，等桃豹的士兵追来时，立即丢弃米袋逃跑。桃豹的士兵饿了很久，见祖逖士兵留下的米袋，以为祖逖军中粮食充裕，心中非常恐惧，连夜撤兵逃跑。

注释

　　①祖逖：字士稚，曾闻鸡起舞、击楫渡江。

宋檀道济①伐魏，累胜。至历城，魏以轻骑邀其前后，焚烧谷草。道济军食尽，引还。有卒亡降魏，具告之。魏人追之，众汹惧将溃。道济夜唱筹量沙②，以所余少米覆其上，及旦，魏兵见之，谓道济资粮有余，以降者为妄而斩之，道济全军以归。

译文

南北朝时，南朝宋将檀道济多次打败北魏军。攻打到历城后，魏军以骑兵时而攻击檀道济的先锋部队，又时而突袭殿后的士兵，又焚毁城中的粮草。檀道济军中缺粮，只有撤军。有一名投降魏军的士兵，把檀道济的窘境告诉魏军，魏人出兵追击，人数众多，气势汹汹，檀道济的军队非常恐惧，眼看要溃败。檀道济于是在夜晚命人高声地喊着粮米的数量，实际上却是以沙代米，另外用仅剩的米，覆盖在沙堆上。第二天早上，魏军见了，以为檀道济营中粮食充裕，而被降兵骗了，就怒斩降兵，而檀道济全军也得以返回。

注释

①檀道济：山东金乡人，南朝著名将领。屡建战功，后因见疑于朝廷，被杀。②唱筹量沙：把沙当作米，量时高呼数字。比喻安定军心，制造假象来迷惑敌人。

岳飞奉诏招抚岭表贼曹成，不从，乃上奏："群盗力强则肆横，力屈则就招，不加剿而遽议招，未易也。"遂率兵入。会得成谍者，缚之帐下。飞出帐，调兵食。吏白曰："粮尽矣，奈何？"边批：飞使之。飞阳曰："且反茶陵。"已而顾谍作失意状，顿足而入。阴令逸之，计谍归告，成必来追。即下令蓐食，潜趣绕岭。未明，已逼贼垒。出不意，惊呼曰："岳家军至矣！"飞乘之，遂大溃。自是连夺其险隘，贼穷，飞乃曰："招今可行矣。"

译文

岳飞奉皇帝诏命安抚岭南一带的曹成，曹成悍然拒绝，岳飞奏报说："盗匪势力强大，就会肆意横行，等到力量削弱时，就容易招抚。现在如果不先围剿贼匪，骤然招抚，盗匪是不会轻易接受的。"于是岳飞派兵围剿。正好曹成派来的间谍被俘获绑缚在帐下，

岳飞故意出帐去筹调军需食粮，官吏报告说："城中的粮食已经用尽了，该怎么办呢？"岳飞说："看来只有先撤回茶陵了。"接着在间谍面前表现出失望的表情，顿脚进入帐内，暗中命令部下制造机会让间谍逃脱。岳飞料定间谍一定会把所听见的消息告诉曹成，而曹成一定会乘机攻击官兵，于是下令立即开饭，连夜悄悄绕过山岭向曹成进军。第二天天还没亮，岳飞就已到达贼营，贼人大感意外，惊呼道："岳家军来了！"岳飞乘机攻击，贼人溃散。岳飞连连夺下贼人据守的险要关口，贼人被逼得走投无路，岳飞说："现在可以进行招抚了。"

梦龙评

孙膑强而示之弱，虞诩弱而示之强，祖逖、檀道济饥而示之饱，岳忠武饱而示之饥。

解评

当战斗陷入困境时，适时地制造假象也可以使自己从困境中解脱出来。

古人巧用反间计

东魏将段琛据宜阳，遣其扬州刺史牛道恒煽诱边民。韦孝宽患之，乃遣谍人访获道恒书迹，令善学书者习之。因伪作道恒与孝宽书，论归款意，又为落烬烧迹，若灯下书者。还令谍人送琛。琛得书，果疑道恒，不用其谋，遂相继被擒。

译文

魏晋南北朝时，东魏将军段琛据守宜阳，命扬州刺史牛道恒煽动边民滋事。韦孝宽十分担忧，于是暗中派人秘密偷取牛道恒的手迹，命令善于模仿笔迹的人临摹牛道恒的字迹，伪造一封牛道恒写给韦孝宽的书信，表明归降的意愿，并且故意在信纸上留下蜡迹，好像是在烛火下写成的，再命间谍将信送交段琛。段琛得到信件，果然对牛道恒起了疑心，不再采用他所提出的谋略。于是两人先后被擒。

梦龙评

齐相斛律明月多智用事。孝宽令参军曲岩作谣曰："百升飞上天，明月照长安。"百升，斛也。又言"高山不摧自崩，槲树不扶自竖。"令谍人广传于邺下。时祖孝征正与明月隙，既闻，复润色奏之，明月竟坐诛。孝宽真熟于用间者！

> 岳飞知刘豫①结粘罕②，而兀术恶刘豫，可以间而动。会军中得兀术谍者，飞阳③责之曰："汝非吾军中人张斌耶，吾向遣汝至齐，约诱致四太子，汝往不复来，吾继遣人间齐，已许我今冬以会合寇江为名，致四太子于清河，汝所持书竟不至，何背我耶？"谍冀缓死，即诡服。乃作蜡书，言与刘豫同谋诛兀术事，因谓谍曰："吾今贷④汝，复遣至齐，问举兵期。"刲股纳书，戒勿泄。谍归，以书示兀术。兀术大惊，驰白其主，遂废豫。

译文

岳飞知道刘豫与粘罕相勾结，但金兀术却讨厌刘豫，可以利用间谍挑拨。正巧军中抓到一名金兀术派来卧底的间谍，岳飞假装责问他说："你不是我军中的张斌吗？我上次派你去齐国，约定诱擒四太子金兀术，你去了之后就没回来，后来我又派人去齐国，齐主已经答应我今年冬天，以与金兵联合攻打临安为名，在清河诱擒四太子金兀术。而你却没有将我的书信交给齐王，你为什么要背叛我呢？"金兀术的间谍希望能够不被杀死，就假装承认了。于是岳飞写了一封与刘豫商议如何谋刺金兀术的书信，用蜡封好。对间谍说："我今天宽恕你，再派你到齐国，询问齐主出兵的日期。"割开间谍的大腿把蜡丸放进去，并告诫他千万不要泄露此事。间谍回去之后，将书信呈交给金兀术，金兀术大为惊恐，急忙奏报金主，于是金人废了刘豫齐帝的称号。

注释

①刘豫：南宋叛臣，金傀儡政权伪齐皇帝。字彦游，景州阜城人。北宋时历任殿中侍御使、河北提刑等职。金兵南下时弃官潜逃。建炎二年杀宋将降金。四年九月，被金人立为"大齐"皇帝，建都大名，后迁汴京。②粘罕：即完颜宗翰。本名黏没喝，又名粘罕，小名鸟家奴，国相完颜撒改的长子，金国开国功臣，历侍金太祖、金太宗、金熙宗三朝皇帝。智勇双全，辽天庆五年，拥立完颜阿骨打，建议举兵灭辽，大败辽军于达鲁古城。金太宗嗣位，建策攻宋。③阳：假装。④贷：宽恕，饶恕。

　　元昊有腹心将，号野利王、天都王者，各统精兵，最为毒害。种世衡谋欲去之。野利尝令浪里、赏乞、媚娘三人诣世衡乞降，世衡知其诈，曰："与其杀之，不若因以为间。"留使临税出入，骑从甚宠。有紫山寺僧法崧，世衡察其坚朴可用，延致门下，诱令冠带。因出师，以获贼功白于帅府，表授三班阶职，充指挥使。又为力办其家事，凡居事骑从之具，无不备。崧酗酒狎博[①]，无所不为。世衡待之愈厚，崧既感恩，一日世衡忽怒谓崧曰："我待汝如子，而阴与贼连，何相负也？" 边批：苦肉计。械系数十日，极其楚毒，崧终不怨，曰："崧，丈夫也，公听奸人言，欲见杀，有死耳。"居半年，世衡察其不负，为解缚沐浴，延入卧内，厚抚谢之，曰："汝无过，聊相试耳。欲使为间，其苦有甚于此者，汝能为我卒不言否？"崧泣允之，世衡乃草野利书，膏蜡致衲衣间，密缝之，仍祝之曰："此非濒死不得泄，若泄时，当言：'负恩不能成将军之事也！'"又以画龟一幅，枣一蔀[②]遗野利。野利见枣、龟，边批：影"早归"。度必有书，索之，崧目左右，又对"无有"。野利乃封信上元昊，元昊召崧并野利至数百里外，诘问遗书，崧坚执无书，至箠楚[③]极苦，终不说，又数日，私召至其宫，乃令人问之，曰："不速言，死矣。"崧终不说，乃命曳出斩之，崧乃大号而言曰："空死，不了将军事矣！吾负将军！吾负将军！"其人急追问之，崧于是襭衲衣，取书进入。边批：书中必以及浪里等三人，使视之而可信。移刻，命崧就馆，而阴遣爱将假为野利使，使世衡。世衡疑是元昊使，未即相见，只令官属日即馆舍劳问，问及兴州左右则详，至野利所部多不悉。边批：可知非野利使。适擒生虏数人，世衡令于隙中密觇之，生虏因言使者姓名，果元昊使。乃引见使者，厚遣之，边批：只觉恶草具进项王使其策未工。世衡度使返，崧即还，而野利报死矣。世衡既杀野利，又欲并去天都，因设祭境上，书祭文于版，述二将相结，有意本朝，悼其垂成而败，其祭文杂纸币中，有虏至，急之以归，版字不可遽灭，虏得之以献元昊，天都亦得罪。元昊既失腹心之将，悔恨无及，乃定和议。崧复姓[④]为王嵩，后官至诸司使，至今边人谓之"王和尚"。

译文

　　西夏主李元昊有两名心腹大将，外号分别是"野利王"和"天都王"，各统领精锐的部队，危害最为严重。种世衡想用计除去他们。野利王曾派遣浪里、赏乞、媚娘三名手下，向种世衡投降。种世衡知道他们故意诈降，心想："与其杀了他们，不如利用这三人行反间计。"就派他们为监税官，就连他们的手下也非常受宠。紫山寺有个和尚，法名法崧，种世衡曾暗中观察，认为他心志坚贞，可担大任，于是延揽他为手下，说服他还俗，接着以他出兵俘获敌人有功，请帅府表扬他，授予他三班阶职，暂代指挥使。又为他张罗家中大小事，举凡家具、器物、车马无一不料理妥当。法崧却吃喝嫖赌，不干正事。种世衡仍礼遇厚待，法崧感激不尽。一天，种世衡突然很生气地对法崧说："我待你有如自家儿子，想不到你却暗中与敌人勾结，为什么辜负我？"随即命人为他戴上枷锁，一连数十天对他严刑拷打。法崧始终没有怨恨，只说："法崧是男子汉大丈夫，您既然听信谗言，要杀我，我只有以死相报。"半年后，种世衡观察法崧没有变心，就亲自为他解下刑具，沐浴更衣后，请他进入内室，极力安抚劝慰说："其实你根本没有错，这一切都是我故意试探你的。我想命你出使西夏，充当间谍，若被敌人查获，所受的苦刑要比你现在所受的要厉害得多，你能为我不泄军机吗？"法崧流泪答应了。种世衡就写了一封给野利王的信，信口以蜡密封，藏在法崧衣服夹缝里，叮嘱法崧说："这信不到生死关头千万不可泄露。万一泄露时，一定记得高喊：'我对不起将军，不能完成将军所交托的任务了！'"又命人准备龟图一幅，枣一包，送给野利王。野利王一见枣、龟，猜测一定还有信函，就询问法崧，法崧看了看野利王的左右，回答"没有"。野利王于是写了一封信送呈李元昊，李元昊召法崧及野利王到数百里外，质问法崧信函在哪里，法崧始终坚持没有任何信函，虽一再遭到苦刑毒打，仍不吐实情，又过了几天。李元昊私下召法崧入宫，命人劝他说："如果不说实话，就难逃一死。"法崧仍不说出信函的下落。于是李元昊命人把他拖出去斩首，法崧这才大声哭叫着说："我白死了，无法完成将军交付的任务！我对不起将军！我对不起将军！"执刑官急忙追问，法崧于是拆开衣服缝线取出信函，交给李元昊。过了一会儿，李元昊命法崧在别馆住下，暗中派心腹爱将，假扮成野利王的使者，前去拜见种世衡。种世衡猜测他是李元昊派来的使者，没有马上接见，只令属下每天到宾馆探问使者起居，并闲话家常。当问到兴州的情势时，使者回答得很详尽，而对野利王的动向却知道得不多。正好这时俘虏了几名西夏兵，种世衡命人在暗中观察俘虏和使者见面时的情形，俘虏叫出使者姓名，果然是李元昊派遣的。于是种世衡就立即召见他，把他当作野利王的使者，再赠送他许多贵重的财物让他返回西夏。种世衡猜测使者返回后，法崧也该回来了，并且还会带回野利王的死讯。种世衡用借刀杀人计除去野利王后，还想将天都王一并除去，于是在边境设立祭坛，在木板上刻下祭文，文中叙述西夏两名大将有与自己结交的心意，不料却功败垂成，所以写下这篇祭文祝祷上苍。种世衡故意将祭文与纸钱放在一处，这时突然有西夏兵来，种世衡忙点燃纸钱就回去了，但字一时无法尽毁，于是西夏兵拿去呈给李元昊，天都王也因此获罪。李元昊损失两名心腹爱将，心中悔恨无比，只好与宋议和。法崧恢复了自己的俗名王嵩，后来官至诸司使，到现在边境一带的百姓还称呼他为"王和尚"。

注释

①狎博：无节制地赌博。②蔀（bù）：古代计算单位。③箠（chuí）楚：本指棍杖之类，引申为拷打。④复姓：恢复其俗姓。

梦龙评

沈存中《补笔谈》亦载此事，云："世衡厚遣崧，以军机密事数条与之，曰：'可以此借手。'临行，解所服絮袍赠之，曰：'虏地苦寒，以此为别，至彼须万计求见遇乞，即野利王。非此人无以得其心腹。'崧如所教，间关求通遇乞，虏人觉而疑之，执于有司，数日，或发其袍领中，得世衡与遇乞书，词甚款密，崧初不知领中书，虏人苦之备至，终不言情，虏人因疑遇乞，杀之，迁崧于北境，亡归。"事稍异。据《笔谈》则领中书并崧不知，崧胆才壮，似更奇。世衡又尝以罪怒一悉将，杖其背，僚属为请，皆莫能得，其人杖已，即奔元昊，元昊甚亲信之，岁余，尽得其机密以归，乃知世衡能用间也。

解评

这三则都是运用反间计成功的战例。

韩信制敌之谋

　　汉王以信为左丞相，击魏。魏盛兵蒲坂，塞临晋。信乃益为疑兵，陈船欲渡临晋，而伏兵从夏阳以木罂①渡军，袭安邑，遂虏魏王豹，定河东。

　　信既破魏、代，遂与张耳东下井陉击赵。赵王歇、成安君余闻之，聚兵井陉口，号二十万。广武君李左车说成安君曰："信乘胜远斗，其锋不可当，臣闻'千里馈粮，士有饥色，樵苏后爨②，师不宿饱'。今井陉之道，车不得方轨，骑不得成列，行数百里，其势粮食必在其后，愿假臣奇兵三万人，从间道绝其辎重，足下深沟高垒，勿与战，彼前不得斗，退不得还，吾奇兵绝其后，野无所掠，不十日，而两将之头可致麾下。"成安君不听。信使间视，边批：精细。知其不用，乃敢引兵遂下。未至井陉口三十里，止舍。夜半传发，选轻骑二千人，人持一赤帜，从间道望赵军，诫曰："赵见我走，必空壁逐我，若疾入赵壁，拔赵帜，立汉帜。”令其裨将传飧食曰："今日破赵会食。"诸将皆莫信，佯应曰：
"诺。"乃使万人先行，出背水阵，边批：创法。赵兵望见大笑。平旦，
信建大将旗鼓，鼓行出井陉口，边批：欲以致敌。赵开壁击之。大战，
良久，信、耳佯弃鼓旗，走水上军。水上军开入之。赵果空壁争汉旗鼓，
逐信、耳。信、耳已入水上军，军皆殊死战，不可败。于是赵军还归
壁，见壁皆汉帜，大惊，以为汉皆已得赵王将矣，遂乱走。汉兵夹击，
大破之。斩陈余，擒赵王歇。诸将效首虏③毕，因问信曰："兵法：'右
倍山陵，前左水泽'，今反以背水阵取胜，何也？"信曰："此在兵法，
顾左右不察耳。法不曰：'陷之死地而后生，投之亡地而后存'乎？
且信非得素拊循士大夫也，所谓驱市人④而战之，其势非置之死地，使
人人自为战。即予之生地，皆走，宁尚得而用之乎？"诸将乃服。

译文

　　汉王刘邦任命韩信为左丞相，出兵攻打魏国。魏国大军在蒲阪一带布阵，控制了临晋河域。于是韩信故设疑兵，摆出战船准备抢渡临晋，而暗地里派遣军队去夏阳，以木罂渡江，袭击魏国首都安邑。于是韩信掳获了魏王豹，平定了河东地区。

　　韩信攻破魏、代以后，便与张耳东下井陉，继续攻击赵国，赵王歇与成安君陈余听到这消息，就在井陉口聚集兵马，号称大军有二十万。广武君李左车劝陈徐说："韩信乘胜远征，锐气难以抵挡。臣听说'要从千里外补给粮饷，士兵不但常面有饥色，甚至要自己动手砍柴烧饭，还不能保证每天都有饭吃'。现在井陉道路狭窄，车辆无法并行，

骑兵也不能成列而行。行军数百里后，粮车势必落在队伍的后面，希望能拨给臣三万兵马，从小路阻断他们的物资供给，只要命人挖掘壕沟，架高营垒，坚守而不出战。他们在前方无法交战，向后又不得退还。我们用骑兵断绝他们的后路，野地又没有什么东西可以掠夺，不到十天就可取下韩信、张耳的脑袋，呈献给您。"但成安君陈余却没有采纳李左车的建议。韩信派人暗中探听，知道成安君不用广武君的计策，就放胆率军前进，在离井陉口三十里处扎营。半夜时传令军中出发，挑选两千名装备轻便的骑兵，每人手持一面红色军旗，从小路上山窥伺赵军的动静。韩信告诫士兵说："赵军见我军败退，一定会出动全营的兵力追击，这时你们就快速进入赵营，拔掉赵军的旗帜，插上汉军的红旗。"又命令副将分送口粮给士兵，对他们说："今天击败赵军之后，举行大会餐。"将士们都不相信，只好假意回答："遵命。"韩信派一万人为先头部队，出发后，背对着河水排开阵势，赵军看到后都哈哈大笑。天亮后，韩信插上大将军旗，敲击战鼓，从井陉口出发。赵军大开营门迎击，双方交战。许久，韩信、张耳假装不敌，丢下战鼓、军旗，逃向河边的军阵，原先在水边布阵的先头部队，开营门接纳韩信的退兵。赵军果然倾巢而出，纷纷前来争夺汉军的旗鼓，全力追击韩信、张耳。韩信、张耳进入军阵后，所有士兵都拼死作战，赵军无法击败他们。于是赵军想退兵回营，但回头一望，整个营寨都插满了汉军的旗帜，不由大惊失色，以为汉军俘虏了赵王的将领，因而阵脚大乱，纷纷逃走。汉兵两路夹击，大破赵军，杀了陈余，活捉赵王歇。众将把敌人的首级及擒获的数目呈报给韩信后，问道："兵书上说：'选择阵地，右边要有山陵做依托，阵地前的左方要面对水泽。'但今天将军却命令我们背水排开阵势，居然得胜，这是什么原因呢？"韩信说："这种战术在兵法中也有，只是你们没有注意罢了。兵法上不是说'置之死地而后生，投之亡地而后存'吗？况且我韩信平素也没有机会训练和抚慰士兵和将领，而让他们甘心为我效力。就如别人所说，是'驱赶百姓上战场'。在这种情势下，不能不设法置士兵于死地，使他们各自为自己的生存而力战到底。如果置士兵于生地，他们一定会怕死而逃走，难道还有士兵来作战吗？"诸将听了都非常佩服。

注释

①木罂：木制的盛流质容器。②樵苏后爨：等着先打柴草然后再做饭。樵，打柴；苏，取草。③效首虏：呈报斩首及擒获数目。④市人：指市井流俗之人。此指人品杂凑，未经训练者。

梦龙评

秦姚丕守渭桥以拒晋师。王镇恶溯渭而上，乘蒙冲小舰，行船者皆在舰内。秦人但见舰进，惊以为神。至渭桥，镇恶令军士食毕，皆持仗登岸，后者斩。既登，即密使人解放舟舰，渭水迅急，倏忽不见。乃谕士卒曰："此为长安北门，去家万里，舟楫衣粮，皆已随流，今进战而胜，则功名俱显；不胜，则骸骨不返矣。"乃身先士卒，众腾踊争进，大破丕军。李复乱，宣抚使檄韩世忠追击，所部不满千人。乃分为四队，布铁蒺藜，自塞归路，令曰："进则胜，退则死，走者命后队剿杀。"于是莫敢反顾，皆死战，大败之。斩复。此皆背水阵之故智也。

沈存中曰："韩信袭赵，先使万人背水阵。乃建大将旗鼓，出井陉口，与赵人大战。佯败，弃旗鼓走水上军。背水而阵，已是危道，又弃旗鼓而趋之，此必败势也。而信用之者，陈馀老将，不以必败之势邀之，不能致也。信自知才过馀，乃敢用此策。设使馀少黠于信，信岂得不败？此所谓知己知彼，量敌为计。后之人不量敌势，袭信之迹，决败无疑。又曰："楚、汉决胜于垓下。信将三十万，自当之；孔将军居左，费将军居右，高帝在其后，绛侯，柴武在高帝后。信先合不利，孔将军、费将军纵楚兵不利，信复乘之，大败楚师。信时威震天下，籍所惮者独信耳。信以三十万人不利而却，真却也，然后不疑，故信与二将得以乘其隙。信兵虽却，而二将维其左右，高帝军其后，绛侯，柴武又在其后，异乎背水之危。此所以待项籍也。用破赵之迹，则歼矣。此皆信之奇策。班固为《汉书》，乃削此一事，盖固不察所以得籍者，正在此一战耳。

信已袭破齐临淄，遂东追齐王。楚使龙且将兵救齐。或说龙且曰："汉兵远斗穷战，其锋不可当。齐、楚自居其地战，兵易败散，不如深壁，使齐王遣其信臣招所亡城。亡城闻其王在，楚又来救，必反汉。汉兵二千里居齐，齐城皆反之，其势无所得食，可不战而降也。"龙且轻韩信为易与，遂战。与信夹潍水而阵。信乃夜令人为万余囊，盛沙，壅水上流，引兵半渡击龙且，佯不胜，还走，龙且果喜曰："固知信怯。"遂追信，渡水，信使人决壅囊，水大至，龙且军大半不得渡，即急击，杀龙且。

译文

韩信攻破齐国临淄后，立即往东追捕齐王。楚人派龙且率军援救齐国。有人劝龙且说："汉军拼死远征，其锋锐不可当。齐、楚两军在本国作战，士兵斗志容易瓦解。不如挖深沟垒壁，加强防御，请齐王派亲信的大臣去招抚那些失陷的城邑。失陷的百姓听说齐王还在，又有楚兵来救援，一定会反叛汉军。汉军离国两千里，驻扎齐地，得不到齐人的支持，势必无法补给粮食。这么一来，不须作战汉军就要举手投降了。"但龙且却认为韩信根本不是自己的对手，便决定与韩信交战。于是双方隔潍水布阵。韩信在夜里命手下缝制一万个袋子，盛满沙子，堵住上游河水，另外带领一半的兵力渡水攻打龙且，

故意败阵退走。龙且高兴地说："我早就知道韩信胆子小。"于是下令全军渡水追击韩信。韩信派人移走堵水的沙袋，水势一涌而下，龙且的军队大半不能渡河，韩信迅速反击，杀了龙且。

梦龙评

使左车之谋行，信必不能得志于赵。使或人之说用，信必不能得志于龙且。绕朝曰："子无谓秦无人，吾谋适不用也！"士固有遇不遇哉。

解评

与其说是时代造就了这些风云人物，不如说这些英雄人物用他们自己的自信与智慧改变了时代。

勾践以罪人败吴　柴绍以女子诱虏

吴阖闾伐越，越子勾践御之，陈于槜李①。勾践患吴之整也，使死士再禽②焉，不动。使罪人三行，属剑于颈，而辞曰："二君有治，臣奸旗鼓③，不敏于君之行前，不敢逃刑，敢归死！"遂自刭也。吴师属目，越子因而伐之，大败之。

译文

春秋末期，吴王阖闾发兵攻打越国，越王勾践亲自率兵抵抗。当时越军在槜李严阵以待。勾践对吴军严整的阵容感到担忧，就派敢死队一连发动两次攻击，但吴军的阵容丝毫没有被打乱。于是勾践就让越国的死囚排成三行，全部把剑放在脖子上，一起走向吴军阵地说："现在两国君主统帅军队会战，我们触犯军令，但不敢逃避刑罚，现在只有死在阵前！"说完，拔剑自刎而死，吴军看得目瞪口呆，越王勾践乘机发动猛攻，把吴军打得大败。

注释

①槜李：今浙江省嘉兴县。②禽：攻打。③奸旗鼓：谓违犯军令。古代军队以旗鼓发号令，故以为喻。

吐谷浑寇洮、岷二州。遣柴绍救之，为其所围。虏乘高射之，矢如雨下，绍遣人弹胡琵琶，二女子对舞。虏怪之，相与聚观。绍察其无备，潜遣精骑，出虏阵后，击之，虏众大溃。

译文

唐朝时，吐谷浑入侵洮、岷两州。皇帝派柴绍前往救援，却反被胡人围困。胡人利用高地的有利形势射击，一时箭如雨下。柴绍命令众工弹奏胡人的琵琶曲，又命两名女子随着音乐相对起舞，胡人大感惊讶，不由聚集围观。柴绍察觉胡人没有戒备，便暗中派遣精锐的骑兵，包抄到胡人的后方反击，结果胡人大败。

梦龙评

罪人胜如死士，女子胜如劲卒，是皆创奇设诱，得未曾有。

解评

敢死的勇士不如列队自杀的罪犯能动摇敌人军心，女子曼妙的舞姿却胜过悍勇善战的士兵。这些都是出奇谋、计诱敌人的招数。

宇文泰舍近袭远

高欢督诸军伐魏，遣司徒高昂趣上洛，窦泰趣潼关。欢军蒲阪，造三浮桥欲渡河。宇文泰军广阳，谓诸将曰："贼犄吾三面作浮桥，以示必渡。此欲缀①吾军，使窦泰西入耳。欢自起兵以来，窦泰常为前锋，其下多锐卒，屡胜而骄，今袭之必克。克泰，则欢不战自走矣。"诸将皆曰："贼在近，舍而袭远，脱有蹉跎②，悔何及也？不如分兵御之。"泰曰："欢再攻潼关，吾军不出坝上。今大举而来，谓吾亦当自守，有轻我之心。乘此袭之，何患不克？贼虽作浮桥，未能径渡。不过五日，吾取窦泰必矣。"乃声言欲保陇右，而潜军东出，至小关。窦泰猝闻军至，自风陵渡河。宇文泰击破之，士众皆尽，窦泰自杀，传首长安。

译文

　　东魏丞相高欢督导各路军队征伐西魏，派遣司徒高昂前去上洛，大都督窦泰前往潼关。而高欢自己率军驻扎蒲坂，在河上搭建三座浮桥，想要渡河。西魏宇文泰的军队当时驻守在广阳，并告诉众将领说："敌人在我军三面都搭建了浮桥，就已表示他们一定要渡河。这是想牵制我军，让窦泰的军队能够向西人侵罢了。高欢自起兵以来，窦泰一直是他的先锋部队，窦泰的手下也多是身经百战的勇士。由于屡屡得胜，因此显得很骄傲。如果我们现在发动突袭，一定可以击败他。打赢了窦泰，那么高欢就会不战而退。"众将都说："高欢的军队离我们最近，现在却要舍近求远攻打窦泰，万一有个失误，后悔都来不及了，不如分兵防守。"宇文泰说："高欢两度攻打潼关，我军都只在坝上防守而没有出战，现在他大规模的带兵前来，也是料定我军会再坚守，这已经存有轻敌的心理。趁此机会偷袭，怎能会不胜利呢？敌人虽造了浮桥，还不会这么快渡河攻击。不出五天，我一定能活捉窦泰。"于是宇文泰公然扬言要保护陇右地区，暗中却率军朝东进发，到达小关，窦泰突然听说宇文泰的军队到了，仓促中由风陵渡河迎战。宇文泰大破窦泰军，窦泰军死伤殆尽，窦泰自杀，他的脑袋被送至长安。

注释

　　①缀：牵制。②蹉跎：失误。

解评

　　小关之战是宇文泰打得最精彩的一场战役，在这一战中充分显示了他的智慧和气魄。从战斗的决策过程我们就可以看出来，很多人并不支持他的做法，稍有不慎则满盘皆输。而宇文泰力排众议、匠心独运，集中使用优势部队专攻敌之一路。管它几路来，我只一路去！挫敌锋芒，一战而胜。小关之战堪称古代运动战的典范。

裴行俭粮车伏兵

调露元年，大总管裴行俭讨突厥。先是馈粮数为虏钞，行俭因诈为粮车三百乘，车伏壮士五辈，赍陌刀劲弩，以羸兵挽进，又伏精兵蹑其后。虏果掠车，羸兵走险，贼驱就水草，解鞍牧马，方取粮车中。而壮士突出，伏兵至，杀获几尽。自是粮车无敢近者。

译文

唐高宗调露元年，大总管裴行俭征讨突厥。先前朝廷派人送的粮饷都被突厥人抢走。裴行俭便命人准备三百辆假粮车，每辆车里埋伏五名壮士，每人都拿着长刀、弓箭，用羸弱的士兵驾车，又暗派精兵埋伏在后。突厥兵果然前来劫粮，羸弱的士兵故意丢下粮车四处逃逸，突厥兵把粮车赶到水边，解下马鞍，放马吃草，正要搬运车上粮食时，埋伏的壮士忽然由车中跳出，奋力攻击突厥兵。后面的精兵也冲杀而至，突厥兵几乎全军覆没。此后，突厥兵便不敢再抢劫粮车了。

解评

孙子说："三军之众，可使必受敌而无败者，奇正是也；兵之所加，如以锻投卵者，虚实是也。" 裴行俭用粮车运粮这是以"正"用兵，粮车中藏兵这是以"奇"对敌，运粮为"虚"，运兵是"实"，"奇正""虚实"一旦结合，击敌简直就是以卵击石。

孔镛大胆任用王陈

阿溪者，贵州清平卫部苗也，桀骜多智，雄视诸苗。有养子曰阿剌，膂力绝伦，被甲三袭，运二丈矛，跃地而起，辄三、五丈。两人谋勇相资，横行夷落。近苗之弱者，岁分畜产，倍课其人；旅人经其境者，辄诱他苗劫之。官司探捕，必谒溪请计。溪则要我重贿。而捕远苗之不可用者，诬为贼以应命，于是远苗咸惮而投之，以为寨主。监军、总帅，率有岁赂，益恣肆无忌。时讧官、苗，以收鹬蚌之利。弘治间，都御史孔公镛巡抚贵州，廉得其状。询之监军、总帅[①]，皆为溪解，公知不可与共事，乃自往清平，访部曲之良者，得指挥王通，厚礼之，扣以时事，通亹亹[②]

条答，独不及溪。公曰："闻此中事，唯阿溪为大，若何秘不言也？"通不对，固扣之，通曰："言之而公事办，则一方受福；不则公且损威，而吾族赤矣。"公笑曰："第言之，何患弗办！"通遂慷慨陈列始末，公曰："为阿溪通赂上官者，谁也？"通曰："指挥王曾，总旗陈瑞也，公必劫此两人方可。"公曰："诺。"翌日，将佐庭参，公曰："欲得一巡官，若等来前，吾自选之。"乃指曾曰："庶几可者。"众既出，公私诘曾曰："若何与贼通？"曾惊辩不已，公曰："阿溪岁赂上官，汝为居间，辩而不服，吾且斩汝矣！"曾叩头不敢言。公曰："勿惧，汝能为我取阿溪乎？"曾因阿溪，刺谋勇状，且曰："更得一官同事乃可。"公令自举，乃曰："无如陈总旗也。"公曰："可与偕来。"少选，瑞入，公讯之如讯曾者。瑞屡顾曾，曾曰："勿讳也，吾等事公已悉知，第当尽力以报公耳。"瑞亦言难状，公曰："汝第诱彼出寨，吾自能取之。"瑞诺而出。苗俗喜斗牛，瑞乃觅好牛，牵置中道，伏壮士百人于牛旁丛薄间，乃入寨见溪。溪曰："何久不来？"瑞曰："都堂新到，故无暇。"溪问："都堂何如？"曰："懦夫，无能为也。"溪曰："闻渠在广东时杀贼有名，何谓无能？"瑞曰："同姓者，非其人也。"溪曰："赂之何如？"瑞曰："姑徐徐，何以遽舍重货？"溪遂酌瑞，纵谈斗牛事，瑞曰："适见道中牛，恢然巨象也，未审比公家牛若何？"溪曰："宁有是，我当买之。"瑞曰："贩牛者似非土人，恐难强之入寨。"溪曰："第往观之。"顾阿刺同行，瑞曰："须牵公家牛往斗之，优劣可决也。"苗欲信鬼，动息必卜，溪以鸡卜，不吉，又言："梦大网披身，出恐不利。"瑞曰："梦网得鱼，牛必属公矣！"遂牵牛联骑而出，至牛所，观而喜之，两牛方作斗状，忽报："巡官至矣！"瑞曰："公知之乎，乃王指挥耳！"溪笑曰："老王何幸，得此荣差，俟其至，吾当嘲之！"瑞曰："巡官行寨，公当往迎，况故人也！"溪，刺将策骑往，瑞曰："公等请去佩刀，恐新官见刀，以为不利。"溪、刺咸去刀见曾。曾厉声诘溪，刺曰："上司按部，何不扫廨③舍，具供帐④，而洋洋至此，何为？"溪、刺犹谓戏语，漫拒之，曾大怒曰："谓不能擒若等耶？"溪、刺犹笑傲。曾大呼，伏兵起丛薄间，擒溪、刺。刺手搏，伤者数十人，竟系之。驰贵州见公，磔⑤于市，一境始宁。

译文

阿溪是贵州清平卫部的苗人，性情凶悍但才智过人，称霸于苗族部落。他有个养子名叫阿剌，具有超乎常人的体力，身上披着三层盔甲，手持二丈的长矛，纵身一跃，就有三五丈高。父子俩智谋与勇力相互配合，横行于苗族部落。附近弱小的苗族部落，每年都要分给他们牲畜物产，还要加倍上缴赋税。对于往来路经苗地的旅客，阿溪也常诱使其他部落的苗人打劫。官府要打探搜捕，都要谒见阿溪，向他请教，阿溪每次都要求重金酬谢，然后从远处的苗寨抓一些不可任用的苗人，诬陷为盗贼，要官府抓来治罪。于是远地的苗人也都畏惧阿溪的威名而纷纷归附，奉阿溪为寨主。监军、总帅每年也可得到阿溪的大量贿赂，所以阿溪更加横行无忌，还不时挑拨官府和苗人间的矛盾，借以坐收渔利。弘治年间，都御史孔镛巡察贵州，听说了阿溪的胡作非为。但询问监军、总帅时，他们却都为阿溪辩解，孔镛知道这些官员都不是能共事的人，就亲自前往清平，私访官军中的公正人士，终于访得了一位名叫王通的指挥，孔镛对王通以礼相待，常向他请教，王通也都一一详尽地回答，唯独闭口不谈阿溪的事。孔镛说："听说在这些事中，只有阿溪的事最为重大，你为何闭口不谈呢？"王通依然一言不发。孔镛再三逼问，王通才说："如果我说了，御史能秉公处理，地方百姓就会因此得福；否则不但损及御史威名，我的族人也必遭其害。"孔镛笑着说："你尽管直说，不要担心我不办理！"于是王通才慷慨陈词，详说始末。孔镛问："为阿溪行贿上级长官的人是谁？"王通答："是指挥王曾与总旗陈瑞，御史一定要先收服这两人，案情才能有进展。"孔镛说："对。"第二天，各官员如往日般入府议事。孔镛说："我需要一名巡官，你们都上前来，我要亲自挑选。"说完指着王曾说："我看你可以。"众官员离府后，孔镛私下质问王曾说："你为什么要和贼人勾结呢？"王曾大吃一惊，急忙辩解。孔镛说："阿溪每年贿赂官员，都是你在中间联系，如今你还狡辩不服气，我先杀了你！"王曾连连叩头谢罪，不敢再多说。孔镛说："不要怕，你能为我擒下阿溪吗？"王曾便把阿溪的智谋和阿剌的勇力情况陈述一遍，接着说："得再有一个人帮忙才行。"孔镛要他自己推荐人选，王曾说："没有比总旗陈瑞更适合的人。"孔镛说："你可以叫他一起来。"一会儿，陈瑞入府，孔镛也如先前质问王曾般质问他。陈瑞频频回头看王曾，王曾说："不必再隐瞒了，我俩所做的事情大人全都知道了，现在我们只有立功赎罪，尽力来报效大人。"陈瑞也向孔镛说明要除去阿溪，可能会遇到的困难。孔镛说："你们只要诱他们走出营寨就可，我自有办法擒住他们。"陈瑞答应后就离开了。苗人有斗牛的习俗，陈瑞先挑选一只上好的牛，把它放在路上，再命一百名壮士埋伏在牛群附近的草丛里，等布置妥当后，就入苗寨见阿溪。阿溪说："怎么这么久都没有见到你？"陈瑞说："新任的都御史刚到此地，实在抽不出空来。"阿溪又问："新任的都御史是怎样一个人？"陈瑞说："懦弱的人，没有什么能力。"阿溪说："听说他在广东时，以杀贼出名，怎么说他无能呢？"陈瑞说："那是同名同姓的人，并不是现在这位都御史。"阿溪说："依你看，能不能贿赂他呢？"陈瑞说："这事慢慢来，何必急着把宝物送出去呢？"于是阿溪替陈瑞斟酒，两人开始谈论斗牛的事。陈瑞说："刚才在路上看到一头牛，猛一看像头大象，不知比起你养的牛如何？"阿溪说："果真是好牛的话，我就买下它。"陈瑞说："牛贩好像不是本地

人，恐怕很难强邀他入寨。"阿溪说："那我们去看看。"回头叫阿剌一起去，陈瑞说："要不把你所养的牛牵去，让它们较量一番，一比就知道好坏了。"苗人迷信鬼神，无论有何举动，都要占卜，阿溪用鸡卜卦，结果不吉利，又说："梦到大网覆盖在自己身上，害怕出寨不吉利。"陈瑞说："梦到网就说明要有鱼了，表示那头牛非你莫属了。"于是两人牵着牛并肩骑马出了苗寨，来到那头牛所在的地方，阿溪一看非常高兴。两头牛正要打斗时，忽然有人上前报告说："巡官到了！"陈瑞说："你知道吗，新的巡官就是那个王指挥！"阿溪笑着说："老王怎会有这个荣幸得到这差使，等他来了，我一定要好好取笑他一番！"陈瑞说："巡官视察苗寨，你应当亲自前去迎接，更何况还是老朋友呢！"阿溪、阿剌准备驱马前去迎接。陈瑞说："请两位先解下佩刀，恐怕新官见刀是件不吉利的事。"于是两人解下佩刀后去见王曾。王曾见了两人，厉声质问阿溪、阿剌："上级长官视察苗部，为何不清扫屋舍，准备酒食，而洋洋得意到达此地，到底想干什么？"阿溪等人以为王曾对他们开玩笑，根本不予理会，王曾大怒道："你们以为我不敢抓你们吗？"阿溪、阿剌还是大笑不止。只听王曾大喝一声，左右伏兵都冲出草丛，前来捉拿阿溪、阿剌。阿剌空手伤了数十名士兵，最后还是被捆了起来。陈瑞、王曾将二人快马解送到贵州交给都御史孔镛，孔镛下令在市集将其斩杀，贵州境内从此又获得安宁。

注释

①监军、总帅：此为明朝廷委派之官吏。总帅，即总兵。②亹亹（wěi wěi）：勤勉不倦的样子。③廨（xiè）：官署，旧时官吏办公处所的通称。④供帐：指供宴饮之用的帷帐、用具、饮食等物。⑤磔：古代一种酷刑，把肢体分裂。

解评

此番生擒贵州贼首，没有劳师动众，而是不动声色，仅用了百余壮士就让两贼人伏法。但是如果不是用王曾、陈瑞两个间谍，抓住这一个似虎、一个似狐的贼人恐怕还是不容易的。因为王曾、陈瑞两人了解贼人的喜好，才能引诱他们出寨门，从而擒之。

武案卷二十四

学医废人，学将废兵。匪学无获，学之贵精。鉴彼覆车，借其前旌。青山绿山，画本分明。集《武案》。

译文

死读医书的医生会造成病人的伤残，死读兵书的将军会造成士兵的死亡。不学习将一无所获，学习贵在精通。要汲取别人的教训，依靠前人的指引。那么一望青山绿水，前途无限光明。因此集《武案》卷。

李纲论古制

李纲云：古者自五、两、率、旅，积而至于二千五百人为师，又积而万二千五百人为军，其将、帅、正、长皆素具。故平居恩威，足以相服，行阵节制，足以相使，若身运臂，臂使指，无不可者，所以能御敌而成功。今宜法古，五人为伍，中择一人为伍长；五伍为甲，别选一人为甲正；四甲为队，有队将正副二人；五队为一部，有部将正副二人；五部为军，有正副统制官；节制统制官有都统，节制都统有大帅。皆平时选定，闲居则阅习，有故则出战，非特兵将有以相识，而恩威亦有以相服。又置赏功司，凡士卒有功，即时推赏，后有不实，坐所保将帅；其败将逃卒必诛，临阵死敌者，宽主帅之罚，使必以实告而优恤之。又纳级计功之法，有可议者，如选锋精骑，陷阵却敌。神臂弓、强弩劲弓射贼于数百步外，岂可责以斩首级哉？若此类，宜令将帅保明，全军推赏。

译文

李纲说：古时军队编制以每五人为伍，五伍为两，四两为率，五率为旅，每二千五百名士兵编为一师，一万二千五百名士兵编为一军，军中的将、帅、正、长都有良好的素质，平日对士兵既严格又照顾，因此士兵们太平时能服从将帅命令，作战时能遵行将帅指挥，就好像身体运用手臂，手臂驱使手指一般，没有不得心应手的，所以能成功的抵御敌人。今天我们也应当效法古代军人的编制，每五人编为一伍，选择其中一人为伍长；五个伍为一甲，再另选一人为甲正；四甲为一队，设有正、副队长各一人；五队为一部，有正副部将二人；五部为一军，有正副统制官；节制统制官的有统帅；节制统帅的有大帅。这些将帅都在平时择定，没有战争时就阅兵练武，战争爆发时就率兵出战。不但将帅和士兵之间彼此熟悉，而且将帅们对士兵施以威严、恩德，使士兵感佩、服从。另外可设置专门掌管功赏的机构，凡是士卒有功，就立即行赏；若虚报战功，连带将帅一并受罚。作战失败的将帅，临阵脱逃的士兵一律格杀。但士卒能奋勇御敌，上下一心，宁死不屈至于死者，将帅免受战败之罪，但要如实报告，给牺牲的士兵以优厚的抚恤。至于古制中有按斩敌人首级计功的方法，我认为有值得议论的地方。如果挑选精锐士卒冲锋陷阵，能用强弓的力士及能射敌人于百步之外的神箭手等，怎能要求他砍下敌人首级来计算功劳呢？类似这种情形，就该由各军将帅推荐说明，在全军行赏。

梦龙评

其法本于《管子》，但彼寄军令于内政，犹是"井田"遗意，此则训练长征，尤今日治兵第一务。

解评

这个故事告诉我们对于下属，除了要赏罚分明，要认清领导者的决策是否正确、是否公正，还要在赏罚上适时适度加上大众的意见、大众的参与，让大众真正地参与到赏罚的活动中去。

吴玠驻矢　吴璘叠阵

吴玠每战，选劲弓强弩，命诸将分番迭射，号"驻队矢"，连发不绝，繁如雨注，敌不能当。

译文

　　宋朝人吴玠每次作战前，都要挑选强弓劲弩，命诸将轮流举射，把这种强劲的弓箭取名为"驻队矢"。这种"驻队矢"能连续发射不间断，箭一射出看起来就像倾盆大雨一般，使敌人无法阻挡。

　　吴璘仿车战余意，立"叠阵法"，每战以长枪居前，坐不得起；次最强弓，次强弩跪膝以俟，次神臂弓，约贼相搏[1]，至百步内，则神臂先发，七十步，强弓并发。次阵如之，凡阵，以拒马[2]为限，铁钩相连。伤则更代之，遇更代则以鼓为节。骑为两翼蔽于前，阵成而骑退，谓之叠阵。战士心定，则能持满，敌虽锐，不能当也。

　　璘著《兵法》二篇，大略谓，金人有四长，我有四短。当反我之短，制彼之长。四长曰骑兵，曰坚忍，曰重甲，曰攻矢。吾集番、汉所长，兼收而用之：以分队制其骑兵，以番休迭战制其坚忍，以劲弓强弩制其重甲，以远克近、强制弱制其弓矢。布阵之法，则以步军为阵心，翼以马军，为左右肋，而拒马布两肋之间。

译文

吴璘模仿古代车战的战法，研究出一种"叠阵法"，每次作战时，就把长枪兵列在兵阵最前排，坐着不许站起来；第二排是最强的弓箭手；第三排则是强弩手，都必须以跪姿等待战机；然后就是神箭手。与敌人交战时，百步之内由神箭手先发射，七十步之内由所有的弓箭手一起射。后面的布阵，也是如此。所列军阵距离都以拒马身长为准，铁钩相连。如果有人受伤，就要立即替换，替代以鼓声为信号，这时两侧的骑兵就会上前掩护。完成军阵部署后骑兵才退下，这就叫叠阵。由于战士对这阵法深具信心，因此对敌作战时都能勇猛奋战，任何强敌都无法抵抗。

吴璘著有《兵法》两篇，内容大意是说：金人有四个长处，我军有四个短处，所以我军应回避我军的短处，抑制敌人的长处。金人的四个长处是：骑兵骁勇，步兵坚忍，盔甲坚固，弓箭杀伤力强。我军应该兼采敌我双方的优点，并加以灵活运用：用分散部队来牵制敌人骑兵；用轮换休息的方法消耗敌人坚忍的体力；用劲弓强弩来对付敌人坚固的盔甲；用远攻近守使敌人弓箭无法发挥。布阵的方法，是以步兵为兵阵的核心，以骑兵为两翼，有如人的左右肋骨，最后再把拒马设置在两肋骨之间。

注释

①相搏：肉搏。②拒马：古代防御用战具，用以布阵立营、据险塞要，使人马不得奔突，故曰拒马。

解评

没有不可战胜的对手，关键在于为将者的战争意识和策略是否运用得当。要时刻保持头脑清醒，抓住敌人的弱点，避免我方的弱点，用我方的优势，准确地命中敌军的要害。

郭固论九军阵法

熙宁中，使六宅使郭固等讨论"九军阵法"，著之为书，颁下诸帅府，副藏秘阁。固之法："九军共为一营阵，行则为阵，住则为营。以驻队绕之。若依古法，人占地二步，马四步，军中容军，队中容队，则十万人之阵，占地方十里余，天下岂有方十里之地，无丘阜沟涧林木之碍者？兼九军共以一驻队为篱落，则兵不复可分，如九人共一皮，分之则死，此正孙武所谓"縻军"也。予再加详定，谓九军当使别自为阵，虽分列左右前后，而各占地利，以驻队外向自绕，纵越沟涧林薄，不妨各自成营，金鼓一作，则卷舒合散，浑浑沦沦，而不可乱。九军合为一大阵，则中分四衢，如"井田"法，九军皆背背相承，面面相向，四头八尾，触处为首。上以为然，亲举手曰："譬如此五指，若共为一皮包之，则何以施用？"遂著为令。出《补笔谈》。

译文

熙宁年间，宋神宗命六宅使郭固等人研究"九军阵法"，著述成书，发给各帅府，副本典藏于秘阁。郭固的阵法是：九军共组成一个营阵，阵外以驻队环绕。如果依照古代兵法，每人的间隔距离是两步，每匹马的间隔距离是四步，每个军中有军，每个队中有队，那么十万人的阵式，占地要方圆十多里，天底下哪有一处占地十多里，而没有任何沟涧、树林阻挡呢？再者，九个军的人马共用一个营垒，而士兵不能分散行动，就好比九个人共同用一层皮包着，分割后九个人都无法存活，这就是孙武兵法上所说的被捆住的军队。我经过详细审定，认为九个军应该各自组成一个阵，虽然分列在前后左右，却各占地利，从驻地向外，自然环绕，纵越沟涧、林木各种障碍，不妨碍各自为营。战鼓一响，九军或收缩或舒展或集合或离散，虽然混乱纷纭，却始终不乱。九军聚合就成为一个大军阵，其间用四条走道区隔，就像"井田"法一般。九军彼此间背靠背、面对面，四头八尾，不论敌人从哪个方向进攻，受攻击的一方就是阵首。神宗看后，认为颇有道理，便亲自举手说："就好像这五根手指，如果用一张皮将它们紧紧包住，哪一根手指能动呢？"于是便颁布命令，以"九军阵法"为准。

解评

创新是使现有技术不断更新的基础，不唯书，不唯上，不唯古，尽情释放自身的创新激情和创新活力，努力发挥自身的"头脑风暴"效应，不受或少受外界的不利干扰，独立有序地开展自身的创新工作，才能在原有的基础上创造出更适合现有状况的东西。

戚继光设鸳鸯阵

戚继光每以"鸳鸯阵"取胜。其法：二牌平列，狼筅^①各跟一牌；每牌用长枪二支夹之，短兵居后。遇战，伍长低头执挨牌前进，如已闻鼓声而迟留不进，即以军法斩首。其余紧随牌进。交锋，筅以救牌，长枪救筅，短兵救长枪；牌手阵亡，伍下兵通斩。

译文

戚继光经常靠"鸳鸯阵"取胜。它的阵法是：先置放两个并列的盾牌，每个盾牌之后各跟一个狼筅；盾牌用两支长枪相夹，手持短刀的士兵跟随在后面。作战时，伍长低着头手持大盾牌向前挺进，如果听到鼓声，却停留不向前进，就以军法论斩。其余士兵紧随盾牌之后前进。双方正式交战时，狼筅兵负责救护盾牌兵，长枪兵负责救护狼筅兵，短刀兵负责救护长枪兵；一旦盾牌兵阵亡，那么伍长以下士兵统统斩首。

注释

①狼筅（xiǎn）：古兵器名。相传为明时戚继光所创制。用大毛竹制，前有利刃。

解评

戚家军之所以在历史上享有盛名，其主要是因为它是一支英勇善战的铁军，并且有它独特的战术——鸳鸯阵。它是戚继光在不断的作战中总结出来的一种应敌之术。这种阵法可以互相照应，远的用标枪，近的用长矛、大刀，后面还有做扫尾的，真是让敌人无处遁形。可见，只要善于总结，积极吸取教训，就一定能战胜敌人。

安万铨凯口囤奇计

嘉靖十六年，阿向与土官王仲武争田构杀。仲武出奔，阿向遂据凯口囤为乱。囤围十余里，高四十丈，四壁斗绝，独一径尺许，曲折而登。山有天池，虽旱不竭，积粮可支五年。变闻，都御史陈克宅、都督金事杨仁调水西兵剿之。宣慰使安万铨，素骄抗不法，邀重赏乃行，提兵万余，屯囤下。相持三月，仰视绝壁，无可为计者。独东北隅有巨树，斜科偃塞半壁间，然去地二十丈许。万铨令军中曰："能为猿猱上绝壁者，与千金！"边批：重赏之下，无不应者。有两壮士出应命。乃锻铁钩傅手足为指爪，人腰四徽[1]一剑，约至木愒足，即垂徽下引人，人带铳炮长徽而起。候雨霁，夜昏黑不辨咫尺时，爬缘而上，微闻刺刺声，俄而崩石，则一人坠地，骸骨泥烂矣。俄而长徽下垂，始知一人已据树。乃遣兵四人，缘徽蹲树间，壮士应命者复由木间爬缘而上，至囤顶。适为贼巡檄者鸣锣而至，壮士伏草间，俟其近，挥剑斩之，鸣锣代为巡檄者，贼恬然不觉也。垂徽下引树间人，树间人复引下人，累累而起，至囤者可二三十人，便举火发铳炮，大呼曰："天兵上囤矣！"贼众惊起，昏黑中自相格杀，死者数千人。夺径而下、失足坠崖死者又千人。黎明，水西军蚁附上囤，克宅令军中曰："贼非斗格而擅杀、及黎明后殿者、功俱不录。"边批：非严也，刻也，所以表功。自是一军解体，相与卖路走贼。阿向始与其党二百人免。囤营一空，焚其积聚，乃班师。留三百官兵戍囤。

译文

嘉靖十六年（1537年），阿向与土官王仲武因争田地而相互杀斗，结果王仲武逃走，阿向便占据凯口囤，聚众叛乱。凯口囤占地方圆十多里，高四十丈，四面是陡峭的山崖，只有一条一尺多宽的小路蜿蜒而上，山顶有一座天池，即使天旱也不会干枯，囤内积存的粮食可以吃上五年。作乱的消息传出以后，都御史陈克宅、都金事杨仁征调水西兵前往围剿。宣慰使安万铨平素骄傲抗命，在重赏下才前去围剿。他率领一万多名士兵，驻守在凯口囤的山下，与阿向对峙三个月。安万铨抬头仰视高山绝壁，却想不出一个登山的计策。一天，安万铨看见山崖的东北角处有一棵巨大的老树，斜立在悬崖峭壁的中间，离地约有二十多丈。安万铨下令军中说："能像猴子般爬上崖壁的，赏赐千金！"有两名壮士出来接受命令。于是做了铁钩，绑在二人手上和脚上作为手脚用，每人腰上系着四根绳子和一把剑，约定爬到大树上，可以落脚后，就垂下绳索接应山下的人，山下的人带着铳炮沿着长绳攀登。等到雨停了，天色黑暗，咫尺之间都分辨不清，两名壮士攀援而上，只听见微微的刺刺声，一会儿土石崩塌，一名壮士坠地，骸骨摔得像烂泥一样。一会儿，长绳垂下，才知道一名壮士已攀上大树。于是派遣四名士兵，顺着垂下的长绳攀爬上来蹲在大树中间，壮士再继续向上攀爬，来到囤顶。正碰上贼人巡逻兵敲着锣来到，壮士立即藏在草丛间，等到巡逻兵走近，就挥刀杀了他，然后继续敲锣假冒巡逻的人，贼兵却全然不知。壮士垂下绳索，将藏在树间的士兵拉上来，树间的士兵再拉上下面的人，这样循环往复，到达囤顶的人达二三十人，于是他们高举火把，连发铳炮，大声呼喊道："天兵上囤了！"贼兵被惊醒以后，在黑暗中自相残杀，死了几千人。其余贼人纷纷由小路逃命，失足坠下悬崖的又有一千多人。第二天天亮后，水西军像蚂蚁般沿着小路攻上山，陈克宅下令军中说："贼兵没有主动攻击而擅自杀戮，以及天亮后仍落在登囤行军中后面的，战功都不予记录。"于是士兵全无杀贼之心，纷纷给贼兵让路，让其逃跑。阿向才和他的党羽两百多人侥幸逃过一死。囤营空无一人，官军烧毁贼人的积聚的粮食，就班师回营了。只留下三百名士兵驻守凯口囤。

注释

①徽：绳索。

梦龙评

凯口之功奇矣！顾都御史幕下岂乏二壮士？而必令出自水西乎！宜土官之恃功骄恣，乱相寻而不止也。至于阿向之局未结，而遽尔班师，使薄成孤悬，全无犄角，善后万全之策果如是乎？其后月余，阿向复纠党袭囤，尽杀戍卒。向以中敌，今还自中。复忽按察金事田汝成之戒，轻兵往剿，自取挫衄。昔日奇功，付之煨烬。吁！书生之不足与谈兵也久矣，岂独一克宅哉！田汝成上克宅书，谈利害中綮，今略附于左。

汝成闻克宅复勒兵剿囤，献书曰："窃料今日贼势，与昔殊科；攻伐之策，亦当异应。往往一二枭獍，负其窟穴，草窃为奸者，皆内储糇精，外翼党与，包藏十有余年，乃敢陆梁，以延岁月。今者诸贼以亡命之余，忧在沟壑，冒万死一生之计，欢呼而起，非有旁寨渠酋，通谍结纳，拥群丑以张应援也。守弹丸之地，蹴伏其中，无异瓮缶；裸升斗之粮，蹑尺五之道，束脯而登，无异哺觳。非素有红粟朽贯积之仓庾，广畜大豕肥牛以资击剥也，失此二者，为必败之形。而欲摄枵腹，张空拳，瞋目而前，以膺貔虎，是曰：'刀锯之魂'，不足虑也！然窃闻之，首祸一招，而合者三四百人，课其十日之粮，亦不下三四十石，费亦厚矣。而逾旬不馁者，无乃有间道捷径偷输潜车免以给其中者乎？不然何所恃以为生也？夫蛮陬夷落之地，事异中原。譬之御寇于洞房委巷之中，搏击无所为力。故征蛮之略，皆广列伏候，扼险四塞以困之。是以诸贼虽微，亦未可以蓐食屠剪。唯在据其要害，断其刍粟之途，重营密栅，勤其间觇，严壁而居，勿与角利，使彼进无所乘，退无所逸，远不过一月，而羸疲之尸藁磔麼下矣。若夫我军既固，彼势益孤，食竭道穷，必至奔突，则溃围之战，不可不虑。相持既久，观望无端，我忽而衰，彼穷而锐，或晨昏惰卧，刁斗失鸣，则劫营之虞不可不备也。防御既周，奸谋益窘，必甘辞纳款，以丐残息，目前虽可安帖，他日必复萌生，则招抚之说不可从也。肤见宵人，狃于诡道，欲出不意以徼一获；彼既鉴于前车，我复袭其故辙，不唯徒费，抑恐损威，则偷囤之策不可不拒也。至于事平之后，经画犹烦"云云。

解评

攻取平凯口囤是出于奇计，只是环顾御史手下的士兵，难道找不到一两名勇士，非要借重水西兵不可？也难怪当地土官会恃功骄横，不断生事作乱了。至于阿向的事件，在还没有全部处理完毕就草率班师，只留下三百名官兵戍守，缺乏完善的善后、守备措施，果然在几个月后，阿向又纠集余党袭击囤寨，杀死所有戍守的官兵。过去曾败于官军之手，今天全还给官军。陈克宅又不把按察佥事田汝成的忠告放在心上，仍只率少数官兵前去剿贼，终于自取败辱，致使往日战功，毁于一日。唉！不能和书生谈论兵事，这已是长久以来的一个事实，又何止是一个陈克宅呢？

浮梁之便

晋副总管李存进造浮梁于德胜。旧制浮梁须竹笮、铁牛、石囷。存进以苇笮维巨舰，系于土山巨木，逾月而成。浮梁之简便，自存进始。

译文

唐末晋王养子副总管李存进在德胜建造浮桥。按照原来的规定建浮桥须用竹索、铁牛、巨石。但李存进却用苇索系住大船，另一头系在土山的大树上，一个多月便把浮桥造好了。这样简便的造浮桥法，是从李存进开始的。

　　南唐池州人樊若水，举进士不第，因谋归宋。乃渔钓于采石江上，乘小舟，载系绳维南岸，疾棹抵北岸，以度江之广狭。因诣阙上书，请造浮梁以济。议者谓江阔水深，古未有浮梁而济者，帝不听，擢若水右赞善大夫，遣石全振往荆湖，造黄黑龙船数千艘。又以大舰载巨竹絙，自荆渚而下，先试于石碑口。移置采石，三日而成，不差寸尺。

译文

　　后唐池州人樊若水，参加进士考试落榜后，便企图归附宋朝。于是他故意在采石江上钓鱼，他乘着小船，先把绳索系在南岸，然后急调船头划向北岸，以此测量江面的宽窄。接着再上书宋太祖，请求建造浮桥以方便渡江。人们议论说，采石江江面广阔，江水又深不可测，自古以来从没有人在此建浮桥渡河的。太祖不听从，擢升樊若水为右赞善大夫，派石全振前往荆湖，建造黄黑龙船几千艘。又用大船装载粗大的竹索，从荆湖顺流而下，先在石碑口试搭浮桥。然后移到采石江上搭建，三天就建造成功，浮桥与江面宽窄相差无几。

解评

　　李存进、樊若水造浮桥，都是在很短的时间就完成了，那是因为他们心中早已经算计好了如何应付的办法。面对困难，不要畏缩不前，应该冷静思考，想出对策，沉着应对，时时刻刻做好准备。

韦孝宽智守玉壁

　　魏韦孝宽镇玉壁。高欢倾山东之众来攻，连营数十，直至玉壁城下。城南起土山，欲乘之以入城。城上先有两楼，直对土山，孝宽更缚木接之，令极高。欢遂于城南凿地道，又于城北起土山，攻具昼夜不息。孝宽掘长堑，简战士屯堑，每穿至堑，战士辄擒杀之，又于堑外积柴贮火，敌人有在地道者，便于柴火，以皮排吹之，火气一冲，咸即灼烂。城外又造攻车，车之所及，莫不摧毁。虽有排楯，亦莫能抗。孝宽令缝布为幔，随其所向，布悬空中，车不能坏。城外又缚松于竿，灌油加火，欲以烧布焚楼。孝宽使作长钩利刃，火竿一来，钩刃遥割之。城外又四面穿地，作二十一道，分为四路，于其中各施梁柱，以油灌柱，放火烧之，柱折，城并崩陷。孝宽随其崩处，竖木栅以捍之，敌终不得入。欢智勇俱困，因发疾遁去，遂死。

译文

　　南北朝时，西魏韦孝宽镇守玉壁。高欢率领山东全部的兵力来攻，营地绵长数十里，一直到玉壁城下。高欢在城的南面堆起土山，想借此进入城中。城上本来就有两座楼台，正对着土山，韦孝宽就在楼台上再搭建木梁，让它更高。高欢于是在城南挖掘地道，又在城北堆土山，白天晚上轮番进攻。韦孝宽就挖掘了一条很长的深沟，挑选战士驻守，每次高欢的军队挖到深沟时，韦孝宽的士兵就将他们擒获并杀掉。又命人在深沟外堆积木柴、火种，见敌人留在地道内，就向下丢木柴、火把，并用皮排吹火，烟火冲进地道，敌人都被烧得焦烂。高欢又在城外制造攻车，攻车所到的地方，没有不被撞坏的，虽然有巨型盾牌，但也不能抵挡。韦孝宽就命人把布缝接起来做成帐幕，随着敌人的来势张开帐幕，帐幕悬在空中，攻车不能撞坏。高欢又在竹竿上绑上松枝，浇上油脂点火，想烧毁帐幕，接着烧毁城楼。韦孝宽命人制造长钩，用尖利的刀刃为钩刀，一见敌人的火竿，就用长钩远远地把它割断。敌人又在城四面挖地道，共挖了二十一条，分为四路，中间立有梁柱，再将油浇灌到梁柱上，放火焚烧，梁柱断了，城也就会塌陷。韦孝宽在崩塌的地方架设木栅来抵御敌人，敌人始终还是没有攻入城内。高欢用尽所有智谋攻城，仍不能攻入，高欢因旧病复发，只好撤退，不久就病死了。

解评

　　玉壁之战是中国古代城邑保卫战中以少胜多、以弱制强的著名战例。作战中，韦孝宽足智多谋，因敌设防，指挥果断，纵使高欢精疲力竭，也未能攻克玉壁。所以无论做什么事情，不能一味蛮干，要懂得巧干。

王禀随机应变

　　金粘没喝攻太原，悉破诸县，独城中以张孝纯、王禀固守不下。其攻城之具，曰炮石、洞子、鹅车、偏桥、云梯、火梯，凡有数千。每攻城，先备克列炮三十座，凡举一炮，听鼓声齐发，炮石入城者大于斗，楼橹中炮，无不坏者。赖总管王禀先设虚栅，下又置糠布袋在楼橹上，虽为所坏，即时复成。粘罕填壕之法，先用洞子^①，下置车转轮，上安居木，状如屋形，以生牛皮缦上，又以铁叶裹之；人在其内，推而行之，节次相续，凡五十余辆，人运土木柴薪于中。粘罕填壕，先用大板薪，次以荐覆，然后置土在上，增覆如初。王禀每见填，即先穿壁为窍，致火糒在内，俟其薪多，即便放灯于水中，其灯下水寻木，能燃湿薪，火既渐盛，令人鼓鞴，其焰亘天，至令不能填壕。其鹅车亦如鹅形，下亦用车轮，冠之以皮铁，使数十百人推行，欲上城楼。王禀于城中亦设跳楼，亦如鹅形，使人在内迎敌，鹅车至，令人在下以搭钩及绳拽之，其车前倒，又不能进。其云梯，火梯亦用车轮，其高一如城楼，王禀随机应变，终不能攻。

译文

　　宋朝时，金将粘没喝进兵太原，各县都已攻破，只有在攻打张孝纯、王禀所固守的太原城时攻打不下。粘没喝攻城的战具有炮石、洞子、鹅车、偏桥、云梯、火梯等，总数有上千件之多。每次攻城时，粘没喝预备"克列炮"三十座。每次发射，听到鼓声一起发射，每颗石炮都有斗般大，所以被击中的城垣，没有不被毁坏的。幸好总管王禀事先就设置了栅栏，并在城垣上堆积了许多装糠的布袋，所以栅栏虽被炮石击中，仍能立即修复。粘没喝填沟的方法是先用洞子，下面装上可以转动的轮子，然后在上面架设像屋状的木板，外面罩上牛皮，再用铁皮包裹，士兵在里面推车前进，一辆接着一辆，共有五十多辆板车，金兵可在车上运送土木柴草。粘没喝填壕沟，先把大木板当在底层，板上覆盖草席，然后倒上沙土，接着再是木板，草席，沙土。王禀每次见金人填壕沟，就先在城墙挖凿孔洞，放置吹火用的皮排在里面，等金兵在壕沟中堆积的木柴多了，就下令宋兵将油灯放置在水中，油灯进水后就会找到木柴，并将湿的木柴点燃，火越来越大，王禀就命人用皮排扇火，烈焰冲天，让金兵无法再填壕沟。金兵的鹅车，形状也像鹅，下面也是用车轮转动，外包牛皮和铁皮，每辆鹅车都由数十人或百名金兵推动，想利用鹅车登城。王禀同样在城内设立跳楼，形状也类似鹅，命人在跳楼中迎战，鹅车一到，王禀就命人在城下用铁钩套住鹅嘴，用绳拽鹅，使鹅车向前倾倒，不能前进。金兵的云梯、火梯也是用车轮推动前进，高度就像城楼那么高，王禀都能随机应敌，金兵始终不能攻破。

注释

①洞子：一种攻城器械。以木为框架，上覆牛皮，士卒躲避其下，称洞子。

解评

王禀面对粘没喝一次一次的进攻，并没有妥协退让，而是沉着应对，随机应变地化解了金人的进攻，最终保卫了太原。由此可见随机应变的重要性。

盛昶分敌而战

盛昶为监察御史，以直谏谪罗江县令。为政廉明，吏畏而民信之。时邑寇胡元昂啸集称叛，昶行檄谕散其党。邻邑德阳寇赵铎者，僭称赵王。所至屠戮，攻成都，官军覆陷，杀汪都司，势叵测。罗江故无城，昶令引水绕负县田。边批：以水为城，亦一法。昼开市门，市中各闭户，藏兵于内，约炮响兵出。又伏奇兵山隈，阳示弱，遣迎贼入室，未半，昶率义勇士闻炮声，兵突出，各横截贼，贼不相救；山隈伏兵应声夹攻，殊死斗，贼大北，斩获不记数，俘获子女财物尽给其民。邑赖以完，父老泣曰："向微盛公，吾属俱罹锋镝矣。"

译文

盛昶任监察御史，因直言上谏被贬为罗江县令。他为官廉正，政绩清明，贪官污吏都怕他，而百姓都很信赖他。当时贼寇胡元昂聚众叛乱，盛昶发文晓谕贼寇解散党羽。邻近的德阳地区有个叫赵铎的贼寇，自称赵王，所到之处，烧杀抢掠。赵铎攻打成都，官军失败，城邑沦陷，赵铎杀了汪都司，贼兵的发展形势不可推测。罗江县本身并没有城墙，盛昶下令引江水环绕县城，白天大开县门，县中百姓紧闭门户，命士兵埋伏在房屋内，约定听到炮声就现身出击。又在山边埋伏士兵，却故意兵败引贼寇入县城。贼人入城不到一半时，盛昶率领的勇士听到炮声突然出击，将贼兵从中拦截，使贼寇首尾不能相救。这时山边埋伏的士兵也应声夹攻，与贼兵殊死作战。贼人大败，被斩杀、虏获的贼兵不计其数。所虏获的财物，全部分给百姓。整个罗江县得以保全。县中百姓都感激地流着泪说："如果没有盛公，我们全都落难于刀枪弓箭之下了。"

解评

盛昶这是运用分割敌人的方法。从分敌原则中可以看到，将对手一个整体看作或分为几个部分，然后挑我能够取胜的部分首先进行打击，是一种战胜和削弱对手同时进行的好办法。

杨素船中置草

杨素袭蒲城，夜至河际，收商贾船，得数百艘，置草其中，践之无声，遂衔枚而济。

译文

杨素率军突袭蒲城，夜晚时来到河边，先向商家买了几百艘船，然后在里面放上草，使士兵在上面走时没有声音，于是全军口中衔着枚无声无息地渡过了河。

解评

兵法上说，隐匿我方的行迹，出其不意袭击敌人，往往可以取胜，说的就是这个道理。

岳飞破"拐子马" 刘锜败"铁浮图"

兀术有劲兵，边批：骑兵。皆重铠，贯以韦索，三人为联，名"拐子马"，又号"长胜军"。每于战酣时，用以攻坚，官军不能当。郾城之役，以万五千骑来，岳飞戒兵率以麻扎刀入阵，勿仰视，但斫马足，拐子马相连，一马仆，二马不能行，官军奋击，大败之。

译文

金兀术有一支骑兵，每个士兵都身披铠甲，用皮革所制成的绳索，把三匹马连在一起，取名"拐子马"，又叫"长胜军"。每次与宋军交战激烈时，用它常能突破宋军坚强的守备，使宋军不能抵挡。堰城之战，金兀术率一万五千骑兵来袭，岳飞命士兵用麻扎刀冲入敌阵，并命令士兵不要抬头看，只需低头砍金人骑兵的马脚。拐子马是三马相连，一马倒地，另外两匹马也就无法行走。宋军奋勇冲杀，大败金兵。

梦龙评

慕容绍宗引兵十万击侯景。旗甲耀日，鸣鼓长驱而进。景命战士皆被甲，执短刀，入东魏阵。但低视，斫人胫马足。边批：此即走板桥，戒勿旁视之意。飞不学古法，岂暗合乎？

兀术有牙兵，边批：步卒。皆重铠甲，戴铁兜牟，周匝缀长檐，三人为伍，贯以韦索，号"铁浮图"。顺昌之役，方大战时，兀术被白袍，乘甲马，以三千人来。刘锜令壮士以枪摽去其兜牟，大斧断其臂，碎其首。

译文

金兀术的步兵，都身穿盔甲，头戴铁帽，盔甲下也缀有铁裙边，每三名士兵为一伍，用皮革所制成的绳索连在一起，号称"铁浮图"。顺昌之役，两军正打得难解难分时，金兀术身穿白袍，骑着战马，率三千铁浮图来攻。刘锜命士兵用长枪挑去金兵的铁帽，用大斧砍断金兵的手臂，剁碎金兵的脑袋。

解评

古希腊有个神话故事说：战神阿喀琉斯浑身刀枪不入，只有脚后跟是他的死穴，后来果然被敌人射中脚后跟而死。这个故事告诉我们，无论多么强大的军队，都有他的软肋，只要善于抓住敌人的软肋，就能克敌制胜。

钱传瓘逆攻

吴越王镠遣其子传瓘击吴。吴人拒之，战于狼山。吴船乘风而进，传引舟避之。既过，自后随之。边批：反逆为顺。吴回船与战，传使顺风扬灰，吴人不能开目，及船舷相接，传使散沙于己船，而散豆于吴船，豆为战血所渍，吴人践之皆僵仆。因纵火焚吴船，吴兵大败。

译文

吴越王钱镠派儿子钱传瓘攻打吴国。吴国奋起抵抗，两军大战于狼山。吴国的船舰乘风前进，钱传瓘却率船舰避开他们。等吴国的船舰开过后，钱传瓘就率船舰紧紧跟在吴船后面。吴船调转船头迎战，钱传瓘下令士兵顺风散扬灰土，弄得吴国人睁不开眼睛。到了两军的船舷靠在一起后，钱传瓘命士兵先在自己的船上洒上沙子，却在吴军的船舰上洒上豆子，豆子沾上血水之后更易滚动，吴国的士兵踩上去都像僵尸一样滑到在地。于是钱传瓘放火焚烧吴船，吴军大败。

解评

交战中，智慧往往比蛮力更能起到决定性的作用，使我方的弱点化为优势，使敌方的优势变为弱点，这样，就能使原本的失败变为最终的胜利。

晁错制虏之策

匈奴数苦边。晁错上言兵事曰："臣闻用兵临战，合刃之急有三：一曰得地形，二曰卒服习，三曰器用利。故兵法：'器械不利，以其卒予敌也；卒不可用，以其将予敌也；将不知兵，以其主予敌也；君不择将，以其国予敌也。'四者兵之至要也。臣又闻以蛮夷攻蛮夷，是中国之形也。今匈奴地形技艺与中国异：上下山阪，出入溪涧，中国之马弗与也；险道倾仄，且驰且射，中国之骑弗与也；风雨罢劳，饥渴不困，中国之人弗与也；此匈奴之长技也，若夫平原易地，轻车突骑，则匈奴之众易挠乱也；劲弩长戟，射疏及远，长短相杂，游弩往来，什伍俱前，则匈奴之兵弗能当也；材官驺发，矢道同的，则匈奴之革笥木荐弗能支也；下马地斗，剑戟相接，去就相薄，则匈奴之足弗能给也。此中国之长技也。以此观之，匈奴之长技三，中国之长技五。帝王之道，出于万全，今降胡义渠来归者数千，长技与匈奴同，可赐之坚甲利兵，益以边郡之良骑；平地通道，则以轻车材官制之，两军相为表里，此万全之术也。"错又上言："胡貉之人，其性耐寒；扬粤之人，其性耐暑。秦之戍卒，不耐水土，见行如往弃市，陈胜先倡，天下从之者，秦以威劫而行之之敝也。不如选常居者为室庐、具田器，以便为城墼丘邑，募民免罪拜爵，复其家，予衣廪。胡人入驱而能止所驱者，以其半予之，如是则邑里相救助，赴胡不避死，非以德上也。欲生亲戚而利其财也，此与东方之戍卒，不习地势而心畏胡者，功相万也。"上从其言，募民徙塞下。

译文

汉朝时，匈奴屡次侵扰边境。晁错上书皇上议论有关对匈奴作战的策略，他说："臣听说，两军临阵交兵，最要注意的有三点：一是占领有利地势，二是士兵受过专门训练，三是武器装备精良。所以兵法上说：'武器不精良，等于把士兵送给敌人；士兵不能作战，等于把将领送给敌人；将领不懂用兵之道，等于把国君出卖给敌人；国君不能选择优秀的将帅，等于把国家拱手奉送给敌人。'在这四种情况中，用兵是最重要的。臣还听说，用蛮夷之道攻击蛮夷，是中原的治理方法。今天匈奴的地理形势、战斗技巧和中原不同：上山下坡，涉水渡河，中原的马匹比不上匈奴；在崎岖狭窄的险道上，一面骑马一面射箭，中原的骑兵比不上匈奴；在风雨中忍饥挨渴，不畏艰难，中原的步兵比不上匈奴，这些都是匈奴兵的优势。如果在平原、平地，利用轻便的战车、骁勇的骑兵突然袭击，那么匈奴兵就容易被我们打乱；用劲弩、长戟，远射近刺，长攻短突，游动的弓弩手往来射击，士兵列阵向前推进，那么匈奴兵就很难阻挡我们；如果将官突发信号，万箭攻向同一目标，那么匈奴兵防身的皮甲、木盾就不管用了；下马在地上战斗，剑戟相接，近身相搏，那么匈奴兵的两脚就更不听使唤了，这些都是中原兵的优势。由此看来，匈奴兵的优势有三项，中原兵的优势有五项。帝王之道，在于各方面考虑周全。今天前来投降或归附的少数民族有几千人之多，他们的战技专长和匈奴兵一样，可以赐给他们坚硬的盔甲和

锐利的武器，再加上边境上的良马，在平地作战，就用汉人的战车、勇士制敌，两军互相配合，互相策应，这才是万全之计。"晁错又上书说："北方胡、貉地方的人能耐寒冷，南方扬、粤地方的人能耐暑热。秦国守边的士卒不服水土气候，所以士兵们都把长途行军去戍守边境看成前往死亡之地。陈胜首先揭竿而起，天下人都投奔他的旗帜下，这是秦朝靠武力强迫他们戍守边境的弊病之处。不如选择那些常居住在当地的人，在边境建好房舍，提供耕田的农具，让他们一边耕田，一边利用地形修建城墙，挖深沟堑，建立城镇。招募百姓，有罪的可以免罪，无罪的可以封爵，再帮助他们建立家园，赐给他们衣服、食物。遇到胡人来犯，凡能杀死或赶走胡人的，就把一半的战利品奖赏给他。如此一来，各乡里的百姓能够相互救助，胡人来犯也能勇敢抵御，这不是为了感谢皇上的恩德，而是为了保全自己的身家性命，还能得到财物。这和从东方被逼而来不得不戍守边境的士卒，由于不习惯西北地区的气候习惯，而对胡人产生畏惧相比，二者的功效相差万倍。"皇上接受晁错的这个建议，招募百姓迁居到边塞。

梦龙评

万世制虏之策，无能出其范围。

解评

以己之长，克敌之短，是兵法中不二的制胜法宝。

闺智部

冯子曰：语有之："男子有德便是才，妇人无才便是德。"其然？岂其然乎？夫祥麟虽祥，不能搏鼠；文凤虽文，不能攫兔。世有申生、孝己之行，才竟何居焉？成周圣善，首推邑姜，孔子称其才与九臣埒，不闻以才贬德也。夫才者，智而已矣，不智则懵，无才而可以为德，则天下之懵妇人毋乃皆德类也乎？譬之日月：男，日也，女，月也。日光而月借，妻所以齐也；日殁而月代，妇所以辅也。此亦日月之智，日月之才也！今日必赫赫，月必噎噎，曜一而已，何必二？余是以有取于闺智也。贤哲者，以别于愚也；雄略者，以别于雌也。吕、武之智，横而不可训也。灵芸之属智于技，上官之属智于文：纤而不足，术也。非横也，非纤也，谓之才可也，谓之德亦可也。若夫孝义节烈，彤管传馨，则亦闺阃中之麟祥凤文，而品智者未之及也。

译文

冯梦龙说：有人说"男人有德便是才，妇人无才便是德。"是这样吗？难道真是这样吗？像麒麟这样的吉祥之物，不能用来捕鼠；凤凰虽是美丽的象征，但不能猎兔。而像春秋时申生这样的仁孝，也不代表他有治国定乱的才能。周朝最被称誉的女子，首推邑姜，孔子赞她不下于当时一干功臣豪杰，哪里会有因为邑姜的才华洋溢而有损于她个人的德行这种事。所谓的才能，基本上便是智慧，没有智慧便是无知，没有才干若等于有德，是不是等于说天下那些无知的村姑村妇，皆是德行高洁的人呢？用太阳和月亮来比喻：男子如日，女子如月，太阳发光而月亮凭借它的光辉，妻子因此和丈夫平等：太阳落山而月亮升起，妻子因此而辅助丈夫。这也可以说是男子和女子共同的智慧、共同的才能吧。假如说太阳一定要光芒万丈，月亮一定要黯淡无光，那么有太阳就行了，何必再有月亮呢？因此，我对女子的智慧有所择取。贤明区别于愚蠢；雄武区别于柔弱。西汉吕后和唐代武则天的智慧表现在专横上，不足为训。三国时薛灵芸这类女子在技艺上有才能：唐代上官婉儿这类女子在诗文上有才能，她们的智慧都太细小了，只能算是

有些技艺。既不专横又不细小的智慧，可以称之为才，也可以称之为德。至于那些孝义节烈的女子，已经载入史册，她们也是女子中难得的贤才，但品评智慧的人还没有涉及她们。

贤哲卷二十五

> 匪贤则愚，唯哲斯尚。嗟彼迷阳，假途闺教。集《贤哲》。

译文

一个人如果没有才能就会变得愚蠢，只有明白事理才是聪明可贵的。可叹那些迷迷糊糊的男子，有时也要从妇人那里得到一些教益。因此集《贤哲卷》。

赵威后见齐使

齐王使使者问赵威后。书未发，威后问使者曰："岁亦无恙耶？民亦无恙耶？王亦无恙耶？"使者不悦，曰："臣奉使使威后，今不问王而先问岁问民，岂先贱而后尊贵者乎？"威后曰："不然。苟无岁，何有民？苟无民，何有君？有舍本而问末者耶？"乃进而问之曰："齐有处士钟离子，无恙耶？是其为人也，有粮者亦食，无粮者亦食，有衣者亦衣，无衣者亦衣，是助王养其民者也，何以至今不业也？叶阳子无恙乎？是其为人，哀鳏寡，恤孤独，振困穷，补不足，是助王息其民者也，何以至今不业也？北宫之女婴儿子①无恙耶？撤其环瑱，至老不嫁，以养父母，是皆率民而出于孝情者也，胡为至今不朝也？此二士不业，一女不朝，何以王齐国，子万民乎？于陵子仲尚存乎？是其为人也，上不臣于王，下不治其家，中不索交诸侯，此率民而出于无用者，何为至今不杀乎？"

译文

齐王派使者去看望赵威后。书信还没有取出来，赵威后就问使者："齐国的收成好吗？百姓生活是否都好？齐王也好吗？"使者很不高兴地说："我奉齐王之命前来向王后请安，王后不先问大王近况，却先问农地的收成和百姓的生活，把大王的事放在最后，这不是有些尊卑颠倒吗？"赵威后说："不能这么说。如果没有收成，哪里有百姓？国家如果没有百姓，又怎会有君王呢？哪里有把根本问题丢在一边不问，而先问细枝末节的呢？"接着赵威后又问使者说："齐国有位叫钟离子的隐士，他还好吧？这个人的为人，有粮的他给人家粮吃，没粮的他也给人家粮吃，有衣服的他给人家衣服穿，没衣服的人他也给人家穿，这是个帮助齐王养育齐国百姓的人，为什么至今还不给他安排个官职呢？业阳子还好吗？这个人的为人，同情那些丧妻丧夫的人，抚恤那些失去父母或者子女的人，救济贫困穷苦的百姓，补助他们衣食的不足，这是帮助齐王的百姓休养生息，为什么这个人也至今不在官位呢？北宫之女婴儿子也好吗？她摘掉自己的首饰，到老不嫁，来奉养父母，这样做是引导百姓一心向孝，为什么至今不召她入朝为命妇呢？这样的两个贤士没有任职，一个孝女没有受封，齐王如何能统治齐国，做万民的父母呢？于陵的子仲还在吗？这个人的为人，对上不尊王称臣，对下不治理其家，对中不结交诸侯，这是带领百姓去做对国家无用的人，为什么至今还不杀了他呢？"

注释

①北宫之女婴儿子："婴儿子"为"北宫之女"之名。

解评

男人总会忽略很多事情，有时候静下心来就会发现，女人的见地并非那么短浅。

李邦彦母解羞

李太宰邦彦父曾为银工。或以为诮，邦彦羞之，归告其母。母曰："宰相家出银工，乃可羞耳；银工家出宰相，此美事，何羞焉？"

译文

太宰李邦彦的父亲曾是制作银器的工匠。有人用李父的职业讥讽李邦彦，李邦彦觉得很羞愧，回到家就把这件事告诉了母亲。母亲说："宰相家出了制作银器的工匠，这才是羞愧的事情；但制作银器的工匠家，出了个宰相，却是件好事，有什么可羞愧的呢？"

梦龙评

狄武襄不肯祖梁公，我圣祖不肯祖文公，皆此义。

解评

看事情，不能只从不好的方面看，有时候换一个角度，就会看到不一样的结果。可见换角度看问题的重要性。

房景伯母以理之智

房景伯为清河太守，有民母讼子不孝。景伯母崔氏曰："民未知礼，何足深责？"召其母，与之对榻共食，使其子侍立堂下，观景伯供食。未旬日，悔过求还，崔曰："此虽面惭，其心未也，且置之。"凡二旬余，其子叩头出血，母涕泣乞还，然后听之，卒以孝闻。

译文

房景伯任清河太守时，有位民妇控告她的儿子不孝。房景伯的母亲崔氏说："百姓们不知道礼仪，哪里值得严厉责罚呢？"于是召来那位民妇，与她对坐着一起吃饭，要民妇儿子侍立在堂下，观看房景伯侍奉母亲。不到十天，民妇的儿子便表示悔过，要求与母亲一同回家，崔氏说："这个孩子虽然面有惭愧的神色，但心中并没有真正悔改，暂时再留他们一段时间。"大约过了二十多天，民妇的儿子不断磕头，连额头都磕出血来，民妇也哭着要求回家，然后才同意他们回家，后来，民妇的儿子果然成为一位有名的孝子。

梦龙评

此即张翼德示马孟起以礼之智。

解评

有些事情不需要通过严苛的法律来起到教化的作用，亲身示范同样也能起到此作用，而且这种做法会让对方在内心深处受到感化。

乐羊子妻贤孝双全

乐羊子尝于行路拾遗金一饼，还以语妻。妻曰："志士不饮盗泉，廉士不食嗟来，况拾遗金乎？"羊子大惭，即捐之野。

乐羊子游学，一年而归。妻问故，羊子曰："久客怀思耳。"妻乃引刀趋机而言曰："此织自一丝而累寸，寸而累丈，丈而累匹。今若断斯机，则前功尽捐矣！学废半途，何以异是？"羊子感其言，还卒业，七年不返。

乐羊子游学，其妻勤作以养姑。尝有他舍鸡谬入园，姑杀而烹之，妻对鸡不餐而泣。姑怪问故，对曰："自伤居贫，不能备物，使食有他肉耳。"姑遂弃去不食。

译文

乐羊子有次在走路时捡到一块金饼，回家后把这件事告诉了妻子。妻子说："有志气的人不喝盗泉的水，廉洁的人不吃乞讨来的食物，更何况是捡来的金子呢？"乐羊子听了大为惭愧，立即将金子放回路边。

乐羊子离家求学，一年就回来了。妻子问他原因，乐羊子说："久居异乡想家了。"妻子就拿着剪刀走到织布机旁，对乐羊子说："这匹绢布是由一丝一线累成寸，再由寸累成丈，丈累计成匹。今天若是剪掉织布机上的布，那么前些日子所织的布就全部废弃了！现在你求学半途而废，和我剪断布有什么不同吗？"乐羊子被妻子这番话所感动，于是又回去完成了学业，七年没有返家。

乐羊子离家求学期间，妻子辛勤持家，照顾婆婆。有一次，邻家所养的鸡误闯入乐羊子的园中，婆婆便抓来杀了做菜吃。到吃饭时，乐羊子妻看着那鸡不但不吃，还不住地流泪，不吃饭。婆婆奇怪地问她原因，乐羊子妻说："我是难过家里太穷，不能诸物齐备，致使饮食之中还掺有别人家的肉食。"婆婆听后，当即把鸡肉丢弃不吃了。

梦龙评

返遗金，则妻为益友；卒业，则妻为严师；谕姑于道，成夫之德，则妻又为大贤孝妇。

解评

此又为明大理的贤妇。从这几个小故事中，展现出一个有尊严、有志气的人的形象，人穷但志不穷，令人由衷起敬。

陶侃母待客

陶侃母湛氏，豫章新淦人。初侃父丹聘为妾，生侃。而陶氏贫贱，湛每纺绩赀给之，使交结胜己。侃少为浔阳县吏，尝监鱼梁，以一封鲊遗母，湛还鲊，以书责侃曰："尔为吏，以官物遗我，非唯不能益我，乃以增吾忧矣。"鄱阳范逵素知名，举孝廉，投侃宿。时冰雪积日，侃室如悬磬，而逵仆马甚多，湛语侃曰："汝但出外留客，吾自为计。"湛头发委地，下为二髲，卖得数斛米。斫诸屋柱，悉割半为薪，剉卧荐以为马草，遂具精馔，从者俱给，逵闻叹曰："非此母不生此子。"至洛阳，大为延誉，侃遂通显。

译文

陶侃的母亲湛氏是豫章新淦人。当初，陶侃的父亲陶丹将湛氏纳为妾，生下了陶侃。陶家穷困，湛氏每日纺织供给陶侃日常所需，要他结交才识高的朋友。陶侃年轻时当过浔阳县衙小吏，监管捕鱼的事，一次，他派人送给母亲一条大腌鱼，湛氏退还腌鱼，并且写了封信责备陶侃说："你身为官吏，拿公家的东西送给我，非但不能让我高兴，反而增加我的忧虑。"鄱阳的范逵以孝闻名，被举为孝廉，一次，他投宿陶侃家。正逢连日冰雪，陶侃家中空无所有，而范逵随行的仆人和马匹很多，湛氏对陶侃说："你只管请客人留下，我自有打算。"湛氏的头发长度及地，她剪下头发做成两个假发换钱，买得好几斗米回来。然后她又叫儿子砍下一半屋柱当柴烧，铡碎睡觉用的草垫做马匹的粮草，就这样准备了丰盛的饭食，随行的仆人也都吃饱了。范逵知道这事感叹地说："没有湛氏这样的母亲，生不出陶侃这样的儿子。"范逵到洛阳后，对陶侃的名声大加赞誉，极力推荐，陶侃终于当了大官，显扬天下。

解评

付出与回报总是成正比的，付出越多，得到的回报越多。

两母以父决子

　　秦、赵相距长平，赵王信秦反间，欲以赵奢之子括为将而代廉颇。括平日每易言兵，奢不以为然，及是将行，其母上书言于王曰："括不可使将。"王曰："何以？"对曰："始妾事其父，时为将，身所奉饭饮而进食者以十数，所友者以百数，大王及宗室所赏赐者，尽以予军吏，受命之日，不问家事。今括一旦为将，东向而朝，军吏无敢仰视之者；王所赐金帛，归藏于家，而日视便利田宅可买者买之。父子异志，愿王勿遣。"王曰："母置之，吾已决矣。"括母因曰："王终遣之，即有不称，妾得无坐。"王许诺，括既将，悉变廉颇约束，兵败身死，赵王亦以括母先言，竟不诛也。

译文

　　秦、赵两国军队在长平对阵，赵王中了秦国的反间计，想派赵奢的儿子赵括为将代替廉颇。赵括平日总爱谈论军事，他的父亲总是不以为然。等到赵括率兵启程时，他的母亲上书赵王说："赵括不可以担任将军之职。"赵王问："为什么？"赵母说："当初我侍奉他父亲时，他父亲是将军，他亲自供给饮食吃饭的人就有十几个，和他结交为友的就有一百多位；国君及皇室所赏赐的东西，他全都分给官兵；每当接受君命之日起，便不再问家事。现在赵括一旦做了将军，便面向东面召见部下，军官无人敢抬头看他；君王赏赐的金帛，就统统拿回家收藏起来；每天看到便宜的田宅，

能买的便把它买下来。父子二人的心志不同，希望大王不要派他去。"赵王说："你不用再多说了，孤王已经决定。"赵母于是说："大王终究还是要派他为将，如果赵括有不称职的事情发生，请不要牵连于我。"赵王答应了。赵括做了将军后，完全改变廉颇的作战方式，最后兵败身死，赵王也因为赵母有言在先，所以没有诛杀她。

梦龙评

括母不独知人，其论将处亦高。

> 后唐龙武都虞侯柴克宏，再用之子也。沈嘿好施，不事家产，虽典宿卫，日与宾客博奕饮酒，未尝言兵，时人以为非将帅才。及吴越围常州，克宏请效死行阵，其母亦表称克宏有父风，可为将，苟不胜任，分甘孥戮。元宗用为左武卫将军，使救常州，大破敌兵。

译文

后唐的龙武都虞侯柴克宏，是柴再用的儿子。他沉着冷静，乐善好施，不经营家产，虽然掌管禁宫警卫，但每天和宾客们饮酒赌博，从来没谈论过军事，当时的人都认为他不是将帅之才。后来吴越王围攻常州，柴克宏请求效命疆场，准许随军御敌，他的母亲也上表章说儿子有父亲的风范，可以任命为大将，如果不能胜任，愿意分担儿子的死罪。于是元宗任命他为左武卫将军，命他救援常州，果然大破敌兵。

梦龙评

括唯不知兵，故易言兵；克宏未尝言兵，政深于兵。赵母知败，柴母知胜，皆以其父决之，异哉！

解评

反观赵括和赵括母亲的故事，真是知子莫若母啊。

叔向母拒儿娶美妻

初，叔向晋大夫羊舌肸欲娶于申公巫臣氏，其母欲娶其党。叔向曰："吾母多而庶鲜，吾惩①舅氏矣。"其母曰："子灵之妻夏姬也杀三夫、一君、一子，而亡一国两卿矣，可无惩乎？吾闻之，甚美必有甚恶。昔有仍氏生女，发黑而美，光可以鉴，名曰玄妻。乐正后夔取之，生伯封，实有豕心，贪惏无厌，忿颣无期，谓之封豕。有穷后羿灭之，夔是以不祀。今三代之亡，共子之废，皆是物也，汝何以为哉？夫有尤物，足以移人，苟非德义，则必有祸。"叔向惧，不敢取。平公强使取之，生伯石。伯石始生，叔向之母视之，及堂，闻其声而还，曰："是豺狼之声也！狼子野心，非是，莫丧羊舌氏矣。"遂弗视。

译文

春秋时，叔向（晋大夫羊舌肸）想娶申公巫臣的女儿为妻，但叔向的母亲想让他娶自己娘家的人。叔向说："我母亲族人很多但旁支很少，这种近支之间的婚姻令我非常苦恼。"他母亲说："子灵的妻子（夏姬），害死了三个丈夫，一个国君，一个儿子，又灭亡了一个国家和两位卿大夫，难道没有受苦吗？我听说，特别美丽的女人必然会有可恶之处。古时有仍氏生了个女儿，一头青丝又黑又美，光可鉴人，人称她为玄妻。后来乐正后夔娶她为妻，生下伯封。伯封实有猪心，贪得无厌，凶狠无度，称为封豕。后来有穷国的后羿把伯封杀了，从此夔氏断了香火。如今三代的灭亡，晋太子申生的废立，都是女色造成的，你为什么还要娶美女呢？有美貌的女子，足以让人动心，假如没有完美的品德，就一定会招致灾祸。"叔向听了十分害怕，就不敢娶申公巫臣的女儿为妻，可是晋平公却强逼叔向娶了她，婚后生下伯石。伯石出生时，叔向的母亲前去探视，她刚走到堂前，听见婴儿的哭声就转身返回，说："这哭声简直像豺狼的声音！狼子野心，会使羊舌家灭亡的非他莫属了。"从此便不再来探视。

解评

叔向母亲的看法虽然有些偏激，但也不无道理。

李新声劝言

　　李新声者，邯郸李岩女。太和中，张谷纳为家妓，长而有宠。刘从谏袭父封，谷以穷游佐其事。新声谓谷曰："前日天子授从谏节钺，非有拔城野战之功，特以先父挈齐还我，去就间未能夺其嗣耳。自刘氏奄有全赵，更改岁时，未尝以一履一蹄为天子寿，且章武朝①数镇倾覆，彼皆雄才杰器，尚不能固天子恩，况从谏擢自儿女子手中耶！以不法而得，亦宜以不法而终，公不幸为其属，若不能早折其肘臂以作天子计，则宜脱旅西去，大丈夫勿顾一饭烦恼，以骨肉腥健儿衣食。"言毕悲泣不已。谷不决，竟从逆死。

译文

　　李新声，是邯郸人李岩的女儿。唐文宗太和年间，张谷把李新声纳为家妓，她受了很长时间宠爱。刘从谏承袭父亲的官职后，张谷因为穷困潦倒，只得辅佐刘从谏做事。李新声对张谷说："前些日子天子授予刘从谏大将军的符信，并不是因为他有攻城略地的战功，只是因为他父亲收复了齐地并归还朝廷的缘故，仓促之间没有来得及夺回他的继承权而已。自刘氏占有整个赵地，每次新岁，从不见刘从谏进献贺礼为天子祝寿，而且唐宪宗时有好几座城镇丧失，那些守城的将领都是英雄豪杰，尚且不能长久蒙受天子皇恩，更何况刘从谏只是个从诸多兄弟中挑选出来继承官位的人呢？用不合法的手段获取的东西，也会以不合法的方式失去它，您不幸身为刘从谏的属下，如果不能尽早与他断绝关系而尽心效忠天子，就该脱离军队向西去投奔中央政府，大丈夫千万不要只顾念别人对您有一饭之恩，而使亲人蒙受血腥的灾难。"说完后，难过得不停地流泪。张谷犹豫不决，最终跟随刘从谏因叛逆而死。

注释

　　①章武朝：唐宪宗尊号为昭文章武大圣至神宗皇帝。章武朝指唐宪宗之时。

解评

　　用不合法的手段得来的东西，到头来也会以同样的方式失去它，所以踏踏实实做人，老老实实做事，才是长远发展之计。

妻广夫志

　　楚王聘陈子仲为相。仲谓妻曰："今日为相，明日结驷连骑、食方于前矣。"边批：陋甚。妻曰："结驷连骑，所安不过容膝；食方于前，所甘不过一肉。今以容膝之安、一肉之味，而怀楚国之忧，乱世多害，恐先生之不保命也。"于是夫妻遁去，为人灌园。

译文

　　楚王聘陈子仲为宰相。陈子仲对妻子说："今天我成为相国，明天我出门就可以乘坐四匹马拉的车，每餐摆在我面前的都是山珍美味了。"他的妻子说："乘坐四匹马拉的车，使你觉得舒适的不过是容纳双腿的地方；满桌的山珍海味，使你觉得鲜美的不过是一味肉。如今只是乘车时双腿的舒服、一味肉的鲜美，就担负楚国兴亡的重责，乱世多灾祸，恐怕你连性命都保不住。"于是夫妻两人隐姓埋名，为人浇灌果园去了。

王霸与同郡令狐子伯为友。子伯为楚相，子为郡功曹。子伯遣子奉书于霸，客去，久卧不起。妻怪问之，霸曰："向见令狐子容甚光，举措自适；而我儿蓬发历齿，未知礼则，见客而有惭色。父子恩深，不觉自失耳。"妻曰："君少修清节，不顾荣禄，今子伯之贵孰与君之高？奈何忘夙志而惭儿女子！"霸决起而笑曰："有是哉！"遂共终身隐遁。

译文

王霸和同郡人令狐子伯是好朋友。子伯是楚国的丞相，他的儿子是州郡的属官。有一天令狐子伯要儿子送封信给王霸，令狐子伯的儿子走后，王霸一直躺在床上不肯起来。他的妻子觉得奇怪，就问他原因。王霸说："刚才看令狐子伯的儿子容光焕发，举止得体，而自己的儿子头发蓬乱，牙齿不整，不懂礼仪，见到客人而面有惭色。父子情深，看到儿子不如别人，不禁觉得是自己的过失。"妻子说："你从小就注重修炼清廉的节操，不贪慕荣华官禄。今天令狐子伯的显贵与你的清廉相比，哪一个更高呢？怎么能因此而忘记原来的志向而为子女感到羞愧呢！"王霸由床上一跃而起，笑着说："夫人说得好！"于是夫妻二人决定从此隐居。

梦龙评

孟光梁鸿妻、桓少君鲍宣妻得同心为匹，皆能删华就素，遂夫之高；而子仲、王霸之妻，乃能广其夫志，使炎心顿冷，化游无患，丈夫远不逮矣。

解评

陆子仲、王霸的妻子，能用道理打消丈夫追逐名利的野心，这种见识是世间一般男人所比不上的。

漂母激励韩信

韩信始为布衣时，贫无行，尝从人寄食，人多厌之。尝就南昌亭长食数月，亭长妻患之，乃晨炊蓐食，食时信往，不为具食。信觉其意，竟绝去。信钓于城下，诸母漂。有一母见信饥，饭信，竟漂数十日。信喜，谓漂母曰："吾必有以重报母。"边批：信之受祸以责报故。母怒曰："大

丈夫不能自食，吾哀王孙而进食，岂望报乎？"信既贵，酬以千金。

译文

　　韩信当初做平民时，家境贫寒，品行不好，常去别人家混饭吃，人们大多都很讨厌他。他曾在南昌亭长家白吃了好几个月，亭长的妻子厌烦他，于是就早早地吃完早饭，到吃饭的时候韩信来了，亭长的妻子也不给他拿吃的。韩信察觉了她的意思，从此就再也没有去过亭长家了。有一天，韩信在城下钓鱼，有许多老妇人在漂洗衣物，有一个老妇人见韩信饥饿，就拿饭给他吃，一连几十天都这样。韩信很高兴，对老妇人说："我将来一定要重重报答您。"老妇人很生气地说："男子汉大丈夫不能养活自己，我是可怜你才给你饭吃，难道是希望你报答我吗？"后来韩信显贵后，以千金酬谢那位老妇人。

梦龙评

　　刘季、陈平皆不得于其嫂，何亭长之妻足怪！如母厚德，未数数也。独怪楚、汉诸豪杰，无一人知信者，虽高祖亦不知，仅一萧相国，亦以与语故奇之，而母独识于邂逅憔悴之中，真古今第一具眼矣！淮阴漂母祠有对云："世间不少奇男子，千古从无此妇人。"亦佳，惜祠大隘陋，不能为母生色。

　　刘道真少时尝渔草泽，善歌啸，闻者莫不留连。有一老妪识其非常人，边批：具眼。甚乐其歌啸，乃杀豚进之。道真食豚尽，了不谢。最非常人。妪见不饱，又进一豚，食半而去。后为吏部郎，妪儿时为小令史，道真超用之。不知其故，问母，母言之。此母亦何愧漂母，而道真胸次胜淮阴数倍矣！

解评

　　韩信早年落魄，只是听了漂母的数落，才有所醒悟，日后终成大事。可知漂母是韩信真正的伯乐。

潘炎妻阅世之智

　　潘炎侍郎，德宗时为翰林学士，恩渥①极异，妻刘晏女。有京兆谒见不得，赂阍者三百缣②。夫人知之，谓潘曰："为人臣，而京兆尹愿一谒见，遗奴三百缣，其危可知也！"劝潘公避位。子孟阳初为户部侍郎，夫人忧惕，谒曰："以尔人材，而在丞郎之位，吾惧祸之必至也！"户部解喻再三，乃曰："试会尔同列，吾观之。"因遍召客至，夫人垂帘观之。既罢会，喜曰："皆尔俦也，不足忧矣。"边批：轻薄。问末座惨绿少年何人，曰："补阙杜黄裳。"夫人曰："此人全别，必是有名卿相。"

译文

礼部侍郎潘炎，在德宗时任翰林学士，极受德宗恩宠，娶了刘晏的女儿。有一次，京兆尹有事想求见潘炎，但未得到通报，他便贿赂门仆三百匹丝绢。夫人知道后，对潘炎说："你只是一名臣子，京兆尹想见你一面，竟要贿赂门仆三百匹丝绢，你的危险可想而知了！"于是劝潘炎辞去官位。潘炎的儿子潘孟阳在刚担任户部侍郎时，夫人十分忧虑地说："以你的学识才能，担任侍郎之职，我担心大祸一定会降临。"潘孟阳再三解释，她才说："让你的同事相聚一次，我观察一下。"于是潘孟阳请所有同事到家作客，夫人在帘后观看。聚会结束后，夫人高兴地说："他们的才识和你不相上下，不用担心了。"接着又问席间坐在最后面的那位穿浅绿色衣服的年轻人是谁，潘孟阳说："是补阙杜黄裳。"夫人说："这人和其他人不同，日后一定是位有名的卿相。"

注释

①恩渥：谓帝王给予的恩泽。②缣（jiān）：双丝的细绢。

解评

人常说：近朱者赤，近墨者黑。所以与人交往，首先要学会识人，并从中选择优秀的人与之交往。

李文姬为弟避祸

李固既策罢，知不免祸，乃遣二子归乡里。时燮年十三，姊文姬为同郡赵伯英妻，贤而有智。见二兄归，具知事本，默然独悲，曰："李氏灭矣，自太公以来，积德累仁，何以遇此？"密与二兄谋，豫藏匿燮，托言还京师，人咸信之。有顷难作，下郡收固三子，二兄受害，文姬乃告父门生王成边批：知人。曰："君执义先公，有古人之节，今委君以

智囊精粹

六尺之孤，李氏存灭，其在君矣。"成感其义，乃将燮乘江东下，入徐州界内，令变姓名为酒家佣，而成卖卜于市。名为异居，阴相往来，燮从受学。酒家异之，意非常人，以女妻燮。燮专精经学。十馀年间，梁冀既诛，为灾眚屡见。明年，史官上言："宜有赦令，又当存录大臣冤死者子孙。"于是大赦天下，并求固后嗣。燮乃以本末告酒家，酒家具车，重厚遣之，皆不受。遂还乡里，姊弟相见，悲感旁人。既而戒燮曰："先公正直，为汉忠臣，而遇朝廷倾乱，梁冀肆虐，令吾宗祀血食将绝。今弟幸而得济，岂非天耶？宜杜绝众人，勿妄往来，慎无以一言加于梁氏，加梁氏则连主上，祸重至矣，唯引咎而已。"

译文

李固被罢官后，知道自己不能躲过灾祸，就将两个儿子遣返回乡。当时李燮才十三岁，姐姐文姬是同乡赵伯英的妻子，贤德而有智慧。李文姬见两个哥哥回乡，知道了事情的原委，就在一旁独自哀伤，心想："李氏一门从此要断绝香火了，李氏自太公以来，行善积德，怎会遭到这种报应呢？"于是暗中与两个哥哥商议，事先将小弟李燮藏起来，假装说是要送他到京师父亲那儿，人们都相信了。不久，灾祸发生，朝廷下令收押李固的三个儿子，两个哥哥遇害了。李文姬对父亲的门生王成说："你跟随先父秉持正义，有古人气节。现在将没有成年的孤儿李燮托付给你，李氏的存亡，就全靠你了。"王成被李文姬的节义所感动，就带着李燮顺江东下来到徐州境内，要李燮改名换姓，在一酒家作酒保，而王成则在市场中为人卜卦算命。他俩表面上分别居住，暗中却保持联系，李燮跟着王成学习。酒家老板看李燮绝非普通人，就把女儿嫁给李燮为妻。李燮潜心研究经学。十多年过去了，大将军梁冀被诛杀，而自然灾害却频繁发生。第二年，史官上书天子，请求准许颁布特赦令，又建议应当慰问并录用当年含冤而死的大臣的子孙，并访求李固的后代。这时李燮才将自己的身世告诉丈人，丈人准备车辆、礼物为他送行，李燮都没接受。他回到故乡，姊弟相见，悲喜交集，连一旁观看的人也被感动。接着李文姬告诫弟弟说："先父为人正直，是汉朝忠臣。只是遭逢朝廷变乱，梁冀任意残害，令我李氏几乎断绝。如今弟弟有幸而得救，难道不是天意吗？从今日起你要断绝与众人的往来，更应小心交友，不要随便往来，不要对梁氏说一句不好听的话，因为谈到梁氏就要牵连皇上，灾祸又会再度招致，你只有时时引咎自责而已。"

解评

李文姬可谓才识过人，如果她没有过人的才识，又怎能在乱世中保全自己的弟弟免遭杀害，又怎能在李家重新被任用时教弟弟为官之道。

雄略卷二十六

士或巾帼，女或弁冕。行不逾阈，谟能致远。睹彼英英，惭余谫谫。集《雄略》。

译文

男人有时像女子一样，而女子有时又好似男子。她们虽然大门不出，但谋划却极为深远。看到她们那样才智出众，真让男子们为自己的浅薄而感到羞愧。因此集《雄略》卷。

君王后解玉连环

秦王使人献玉连环于君王后，齐襄王之后，太史氏。曰："齐人多智，能解此环乎？"君王后取椎击碎之，谢使者曰："已解之矣。"

译文

秦王派使者拿玉连环献给王后，（齐襄王的王后，太史氏）说："齐国人都很聪明，能解开这玉连环吗？齐襄王后拿起金锤，一举把玉连环击碎，然后对使者说："已经解开了。"

梦龙评

君王后识法章于佣奴之中，可谓具眼。其椎碎连环，不受秦人戏侮，分明女中蔺相如矣。汉惠时，匈奴为书以谑吕后，耻莫大焉，而乃过自贬损，为好语以答之。平、勃皆在，无一君王后之智也，何哉？

解评

秦齐争霸，秦人献玉连环，无非是想试探齐国的态度。齐王后锤击玉连环，正是给秦人响亮的回答。

孟昶妻助夫起事

孟昶妻周氏，昶弟觊妻，又其从妹也，二家并丰财产。初，桓玄尝推重昶，而刘迈毁之，昶深自惋失。及刘裕将建义，与昶定谋，昶欲尽散财物以充军粮。其妻非常妇，可语大事，乃谓曰："刘迈毁我于桓公，便是一生沦陷，决当作贼。卿幸可早尔离绝，脱得富贵，相迎不晚。"周氏曰："君父母在堂，欲建非常之谋，岂妇人所谏？事之不成，当于奚官中奉养大家，义无归志也！"昶怆然久之而起，周氏追昶坐云："观君举厝，非谋及妇人者，不过欲得财物耳。"因指怀中所生女曰："此儿可卖，亦当不惜，况资财乎？"遂倾资给之，而托以他用。及将举事，周氏谓觊妻云："吾咋梦殊恶，门内宜浣濯沐浴以除之，且不宜赤色，当悉取作七日藏厌。"觊妻信之，所有绛色者，悉敛以付焉。乃置帐中，潜自剔绵，以绛与昶，遂得数十人被服。赫然，悉周氏所出，而家人不之知也。

译文

孟昶的妻子周氏，孟昶的弟弟孟觊的妻子是周氏的堂妹，两家都有丰厚的家产。当初，桓玄极为推崇孟昶，但刘迈却毁谤他，孟昶曾深为错失良机而惋惜。后来刘裕想起兵讨桓玄，来与孟昶商议，孟昶想拿出自己的家财来充当军粮。孟妻不是一般的妇女，可以和她谈论大事，孟昶就对妻子说："刘迈在桓玄面前谗毁我，使我一生沉沦潦倒，我决定反叛为寇。希望你早一点和我分离隔绝，假如我得到富贵，再接你回来也不晚。"周氏说："您的父母还在，您既然想做一番非常的事业，又岂是妇人所能劝阻的？万一起兵失败，我情愿做奴婢奉养一家人，从道义上讲，我根本没有回娘家的打算！"孟昶听了很悲伤，呆默许久才起身。周氏追上孟昶，让他坐下来，接着说："观察您的举止，并不是想和我商量什么事情，不过是想取得财物罢了。"接着指着怀中女儿说："这孩子可以卖，我也会毫不吝惜，何况是家财呢？"于是她将所有家用都交给孟昶，而对家人假说有其他用。等到快起事时，周氏对孟觊的妻子说："我昨晚做了一个特别不好的梦，家里应该洗刷、沐浴以驱逐邪气，而且不该有红色的东西，应当把他们收藏起来，七天后再拿出来用。"孟觊的妻子信以为真，就把家中所有红色的衣服、被褥、布帐等，统统收集起来交给周氏。周氏就把他们放在帐子里，自己偷偷地挑出丝棉，缝制成几十人穿用的大红色衣服、棉被交给孟昶。这些都是周氏做出来的，而家人都不知道。

梦龙评

周氏非常妇，其夫犹知之未尽。

解评

周氏的远见以及做事缜密，不是一般妇女所能做到的。

邓曼劝君镇抚莫敖

楚屈瑕伐罗。斗伯比送之，还，谓其御曰："莫敖官名，即屈瑕。必败。举趾高，心不固矣。"遂见楚子，曰："必济师。"楚子辞焉。入告夫人邓曼，邓曼曰："大夫其非众之谓，其谓君抚小民以信，训诸司以德，而威莫敖以刑也。莫敖狃于蒲骚之役，先是屈瑕败郧人于蒲骚。将自用也，必小罗。君若不镇抚，其不设备乎！夫固谓君训众而好镇抚之，召诸司而训之以令德，见莫敖而告诸天之不假易也。不然，夫岂不知楚师之尽行也！"楚子使赖人追之，不及，莫敖果不设备，师败而缢。

译文

楚国的屈瑕率军攻打罗国。斗伯比为他送行，回来后对车夫说："莫敖（官名，即屈瑕）一定会失败。因为他趾高气扬、心神不定。"于是他进见楚王，说："一定要增派援军。"楚王拒绝了他的建议。楚王回到宫中把此事告诉了夫人邓曼，邓曼说："斗伯比并非真的请求增派援军，而是要君王用诚信安抚民众，用德行训诫官吏，用刑罚震慑莫敖。莫敖自恃蒲骚之役的战功，（之前屈瑕在蒲骚击败过郧人）刚愎自用，一定会轻视罗国。君王如果不加以安抚，他一定不严设防备啊！所以斗伯比要君王训诫民众而安抚他们，召集官吏而用德行劝慰他们，召见莫敖而让他明白对谁都不宽纵。不然的话，他岂不是还不知道这次是全军出动！"楚王当即派人追赶莫敖，没能追到，莫敖果然因轻敌不设防，终因兵败而自缢。

解评

多么有哲理的话，邓曼简直就是一个哲学家。邓曼借国王来向自己咨询，用这种说法来劝国王放弃战争。但楚王最终还是带兵出征了。结果，还没有到达战场就死在了路上。真是出师未捷身先死，悔不当时信夫人。

王翠翘以国事杀夫

王翠翘，临淄妓也。初曰马翘儿，能新声，善胡琵琶。以计脱假母，而自徙居海上，更今名。倭寇江南，掠翠翘去。寨主徐海越人，号明山和尚。绝爱幸之，尊为夫人，凡一切计画，唯翘指使。乃翘亦阳昵之，实阴幸其败事，冀一归国以老也。会督府遣华老人招海降，海怒，缚老人将杀之，翘谏曰："降不降在君，何与来使事？"亲解其缚，而赠之金，且劳苦之。边批：示之以意。老人者，海上人，翘故识之；而老人亦私觑所谓"王夫人"似翘，不敢泄，归告督府曰："贼未可图也，第所爱幸王夫人者，臣视之，有外心，可借以磔贼耳。"督府曰："善。"乃更遣罗中军诣海说，而益市金珠宝玉以阴贿翘。翘日在帐中从容言："大事必不可成，不如降也。江南苦兵久，降且得官，终身共富贵。"海计遂决，督府大整兵，佯称逆降，迫海寨。海信翘言，不为备。边批：愚人。官兵突入，斩海首而生致翘。倭人歼焉。凯旋，督府设大飨于辕门，令翘歌而行酒，诸参佐皆起为寿。督府酒酣心动，降价与翘戏。夜深，席大乱。明日悔之。而以翘功高，不忍杀，乃以赐所调永顺酋长。翘去，渡钱塘，叹曰："明山遇我厚，我以国事诱杀之。杀一酋，更属一酋，何面目生乎？"夜半，投江死。边批：可怜。

闲智部 雄略卷二十六

译文

王翠翘是临淄城的妓女，本名马翘儿。能唱时新小曲，擅长弹琵琶。她用计摆脱妓馆鸨母的控制，独自搬到海边居住，改用了现在的名字。倭寇侵扰江南，掳走王翠翘。寨主徐海（越人，号明山和尚）对她宠爱有加，把她尊为夫人，凡事情都听从王翠翘的指使。于是王翠翘也就假意亲近他，实际上却暗中希望他的事情失败，盼望自己有朝一日回到故乡以安度晚年。适逢督府胡宗宪派华老人招降徐海，徐海大怒，擒下华老人打算杀了他。王翠翘劝阻说："愿不愿意投降在你，与使者有什么关系？"于是亲自为华老人松绑，并且赠送他金子，慰问他。华老人，也住在海边，王翠翘过去认识他。而华老人也私下偷看所谓的"王夫人"好像是王翠翘，但又不敢随便指认。回去后，华老人告诉督府说："徐海顽固不化，不能说降，但是他所宠爱的王夫人，臣看她似乎怀有外心，可以借助她来消灭倭寇。"督府说："好。"于是再派罗中军招降徐海，另外又买了大批珠宝，暗中收买王翠翘。王翠翘每天都在帷帐中怂恿徐海说："大事肯定不能成功，不如投降官军。江南苦于打仗已经很久了，投降以后还能谋得官职，我们就可以终身享有富贵荣华。"于是徐海决定投降。督府大肆整顿军队，假装声称要去迎接徐海投降，进逼徐海营寨。徐海相信王翠翘的话便不加防备。官兵突然冲入营寨，砍下徐海首级，生擒王翠翘。倭寇被全部歼灭了，官兵凯旋，督府在军营大开庆功宴，席间命王翠翘唱歌并给大家斟酒，各将领也频频举杯向督府敬酒道喜。督府酒喝多了，走下台阶调戏王翠翘。这时已是深夜，席间一片狼藉。第二天，督府对昨晚的行为深感后悔，但因为王翠翘对歼灭倭寇功劳很大，所以不忍心杀她，就将她赐给永顺酋长。王翠翘在奉命渡钱塘江时，感叹地说："徐海待我情意深重，我为了国家的大事诱杀他，没想到杀了一名贼人首领，又归属另一名贼人首领，我还有什么颜面活下去呢？"于是在半夜投江而死。

梦龙评

鸟尽弓藏，红颜薄命，翠翘兼之。始疑西子沉江，真有是事！胡梅林脱略边幅，其乱而悔，悔而使翘不得志以死，此举殊不脱酸腐气。吾谓翠翘有功，言于朝，旌之可也；若侠骨相契，虽纳之犹可也；不则开笼放雪衣，亦庶几不负其归老之初意乎？梅林之功而获罪，或者其天道与！

解评

这个故事中的王翠翘，是一个刚正有节操的女子，可称此女为智女、烈女。

沈襄妾助夫逃脱

锦衣卫经历沈炼，以攻严相得罪，谪佃保安。时总督杨顺、巡按路楷皆嵩客，受世蕃指"若除吾疡，大者侯，小者卿。"顺因与楷合策，捕诸白莲教通虏者，窜炼名籍中，论斩，籍其家。顺以功荫一子锦衣千户，楷侯选五品卿寺。顺犹怏怏曰："相君薄我赏，犹有不足乎？"取炼二子杖杀之，而移檄越，逮公长子诸生襄。至则日掠治，困急且死。会顺、楷被劾，卒奉旨逮治，而襄得末减问戍。襄之始来也，只一爱妾从行，及是与妾俱赴戍所，中道微闻严氏将使人要而杀之，襄惧欲窜，而顾妾

不能割，妾曰："君一身，沈氏宗祧所系，第去勿忧我。"_{边批：自度力能摆脱群小故。}襄遂绐押者："城中有年家某，负吾家金钱，往索可得。"押者恃妾在，不疑，纵之去。久之不返，押者往年家询之，云："未尝至。"还复叩妾，妾把其襟大恸曰："吾夫妇患难相守，无倾刻离，今去而不返，必汝曹受严氏指，戕杀我夫矣。"观者如市，不能判，闻于监司，监司亦疑严氏真有此事，不得已，权使妾寄食尼庵，而立限责押者迹襄。押者物色不得，屡受笞，乃哀恳于妾，言："襄实自窜，毋枉我。"因以间亡命去。久之，嵩败，襄始出讼冤，捕顺、楷抵罪，妾复相从。襄号小霞，楚人江进之有《沈小霞妾传》。

译文

　　锦衣卫经历沈炼，因指责丞相严嵩而获罪，被贬谪到保安耕种农田。当时总督杨顺、巡按路楷都是严府的座上客，严嵩的儿子严世蕃指使他们说："只要你们能为我除去心病，功大的封侯，功小的封卿。"杨顺就与路楷合谋，拘捕了很多有通敌嫌疑的白莲教徒，经过篡改，将沈炼的名字列入了死囚的名册，应当斩首，没收全部家产。杨顺因谋害沈炼有功，庇荫儿子当上锦衣卫千户；路楷晋升为候选五品卿寺。杨顺仍然不高兴地说："丞相对我的封赏太少，难道认为我不够尽力吗？"于是再下令抓来沈炼的两个儿子杖打而死，并且发公文到越地，逮捕沈炼的长子沈襄，把他抓来后，每日毒打逼供，沈襄命在旦夕。正巧此时杨顺与路楷遭人弹劾，皇帝下令逮捕两人治罪，沈襄才得以减罪，被发配边地戍守。当初沈襄被逮捕时，只有一名爱妾随行，这时沈襄也带着爱妾前往戍地。走到半途，沈襄听说严嵩要派人来杀他，非常害怕，就想逃逸，但又不忍心丢下爱妾。爱妾说："夫君之身，是沈家的宗族命根，你只管逃命，不要顾虑我的安危。"于是沈襄就骗押解的吏卒，说城中有户姓年的人家，欠沈家钱，他要去讨回来，愿将讨得的债款分送押解的大哥。吏卒见他爱妾在自己手上，就没有怀疑，放他去了。过了许久，不见沈襄回来，吏卒便前往年家询问，年家的人说根本没来过。吏卒找不到沈襄，吏卒又返回来询问他的爱妾，沈襄妾一把揪住吏卒的衣领，大哭着说："我们夫妻二人患难相守，从不曾有片刻的分离，今天他去了后就不见回来，一定是你们受了严嵩的指使，杀了我的丈夫。"在旁围观的人就像集市那么多，众人也无法断定谁是谁非，只好报告监司，监司也怀疑严嵩真的杀了沈襄，但又没有确实证据，只好暂时命沈妾寄住尼姑庵，下令吏卒在限期内找到沈襄。吏卒遍寻不着沈襄，又多次遭到鞭打，于是去哀求沈襄妾，说："沈襄实际上是自己逃逸的，不要冤枉我了。"接着吏卒也趁机逃跑了。很久以后，严嵩终于遭到弹劾，沈襄才露面申诉了自己的冤案，官府将杨顺，路楷下狱治罪，沈襄与爱妾两人又再度团圆了。沈襄，号小霞，楚人江进之著有《沈小霞妾传》。

闺智部 雄略卷二十六

严氏将要襄杀之，事之有无不可知。然襄此去实大便宜，大干净。得此妾一番撒赖，即上官亦疑真有是事，而襄始安然亡命无患矣！顺、楷辈死，肉不足喂狗，而此妾与沈氏父子并传，忠智萃于一门，盛矣哉！

解评

沈襄计骗吏卒逃逸，手段干净利落；加上沈妾一番啼笑撒赖，连官员都不得不信严嵩有意杀沈襄，这才使沈襄能安然逃亡在外，躲避了官府的追捕。

崔简妻取履击滕王

唐滕王极淫，诸官美妻，无得白者，诈言妃唤，即行无礼。时典签崔简妻郑氏初至，王遣唤。欲不去，则惧王之威；去则被王之辱。郑曰："无害。"遂入王中门外小阁。王在其中，郑入，欲逼之，郑大叫左右曰："大王岂作如是，必家奴耳！"取只履击王头破，抓面流血。妃闻而出，郑氏乃得还。王惭，旬日不视事。简每日参侯，不敢离门。后王坐，简向前谢，王惭，乃出。诸官之妻曾被唤入者，莫不羞之。

译文

唐朝滕王李元婴极为荒淫，众官员的妻眷如稍具姿色，没有不被他玷污的，他每次都是假传王妃召唤，只要人一入宫，就强行侮辱。当时典签崔简的妻子郑氏刚到京城，滕王便派人召唤郑氏。崔简不想让妻子去，但又畏惧王爷的权威；去的话会被滕王羞辱。郑氏说："不要紧。"于是郑氏来到王府宫门外的小阁楼上，王爷正在阁楼中，见郑氏来，就想强行逼郑氏就范。郑氏大叫左右随从说："王爷怎会做这样的事？你一定是王爷府中的奴仆！"说完脱下一只鞋子，将王爷的头打破，并且用手把王爷抓得满脸是血。王妃听到打骂声出来查看，郑氏才得以脱身返家。王爷觉得羞惭，十多天都不到官府处理公事。崔简每天参侯，不敢远离大门。后来，滕王升堂，崔简向王爷谢罪，王爷更感惭愧，就走出了王府。那些曾被王爷召入王府的众官员的妻眷，没有一个不感到羞惭的。

梦龙评

不唯自全，又能全人，此妇有胆有识。

解评

崔简的妻子不仅保全了自己的名节，也使别的妇女不再受王爷逼迫，郑氏不但有胆量，更有见识。

辽阳妇引绳发矢

辽阳东山虏剽掠，至一家，男子俱不在，在者唯三四妇人耳。虏不知虚实，不敢入其室，于院中以弓矢恐之。室中两妇引绳，一妇安矢于绳，自窗绷而射之。数矢后，贼犹不退，矢竭矣，乃大声诡呼曰："取箭来！"自绷上以麻秸一束掷之地，作矢声，贼惊曰："彼矢多如是，不易制也。"遂退去。

译文

辽阳东山的一伙强盗，抢劫到一户人家，男人都不在，只有三四名妇人在家。强盗不了解虚实，不敢贸然闯入室内，就在院中用弓箭恐吓她们，屋内的两名妇人分别拉着绳的两端，另一名妇人把箭放在绳的中央，由窗口向外射击强盗，发射几箭后，强盗还没有退走，但妇人手中的箭已经用完了，于是故意大声喊道："拿箭来！"接着把一束麻杆丢在地上，发出箭一样的声音，强盗吃惊地说："他们箭多，不容易制服。"于是退走。

妇引绳发矢，犹能退贼。始知贼未尝不畏人，人自过怯，让贼得利耳。

解评

遇事镇静，弱女子也可以有急智。

女扮男装闯江湖

秦发卒戍边，女子木兰悯父年老，代之行。在边十二年始归，人无知者。

译文

前秦派兵戍守边疆，女子木兰怜恤父亲年老，就改扮男装代父从军。戍守边疆十二年才返乡回家，但却没有人知晓她是女儿身。

韩氏，保宁民家女也。明玉珍①乱蜀，女恐为所掠，乃易男子饰，托名从军。调征云南，往返七年，人无知者，虽同伍亦莫觉也。后遇其叔，一见惊异，乃明是女，携归四川，当时皆呼为"贞女"。

译文

韩氏是保宁县的一位百姓家的女儿。明玉珍在蜀地作乱，韩氏怕被贼兵虏获，就改扮男子服饰，更换名字从军。她被调往云南作战，往返七年，没有人知道她是女扮男装，连一起征战的伙伴也未察觉。后来碰到她叔父，叔父见到大为惊讶，才道破她是女儿身，于是带她返回四川，当时乡人都称韩氏为"贞女"。

注释

①明玉珍：曾自立为帝，国号夏，后归降明朝。

黄善聪，应天淮清桥民家女，年十二，失母。其姊已适人，独父业贩线香。怜善聪孤幼，无所寄养，乃令为男子装饰，携之旅游庐、凤间者数年，父亦死。善聪即诡姓名曰张胜，边批：大智术。仍习其业自活。同辈有李英者，亦贩香，自金陵来，不知其女也，约为火伴。同寝食者逾年，恒称有疾，不解衣袜，夜乃溲溺[1]。弘治辛亥正月，与英皆返南京，已年二十矣，巾帽往见其姊，乃以姊称之。姊言："我初无弟，安得来此？"善聪乃笑曰："弟即善聪也。"泣语其故，姊大怒，边批：亦奇人。且詈之曰："男女乱群，玷辱我家甚矣！汝虽自明，谁则信之？"因逐不纳，善聪不胜愤懑，泣且誓曰："妹此身苟污，有死而已！须令明白，以表寸心。"其邻即稳婆[2]居，姊聊呼验之，乃果处子，始相持恸哭，手为易去男装。越日，英来候，再约同往，则善聪出见，忽为女子矣，英大惊，骇问，知其故，怏怏而归，如有所失，盖恨其往事之愚也，乃告其母，母亦嗟叹不已。时英犹未室，母贤之，即为求婚，善聪不从，曰："妾竟归英，保人无疑乎？"边批：大是。交亲邻里来劝，则涕泗横流，所执益坚。众口喧传，以为奇事。厂卫闻之，边批：好媒人。乃助其聘礼，判为夫妇。

译文

　　黄善聪是应天府淮清桥畔的一位民家女，十二岁时母亲去世。当时姐姐已嫁人，父亲以卖线香为生。父亲可怜黄善聪孤单年幼，没有地方寄养，就要她改扮成男孩模样，带着她在庐州、凤阳等地流浪了几年，后来父亲也去世了，黄善聪于是改名换姓叫张胜，仍以卖线香过日子。同行中有个叫李英的人，也是卖香的，从金陵来，不知道张胜是个女子，就约她做伙伴。两人同吃同住一年多来，只是张胜常称有病，不脱衣袜，夜里才大小便。弘治年间正月，张胜与李英一同回到南京，这时她已二十岁了。她头戴巾帽前去探望姐姐，见面就称呼姐姐。姐姐说："我从来就没有弟弟，你怎么会来到这里呢？"善聪就笑着说："小弟就是善聪。"然后哭着将这些年的情形告诉姐姐。姐姐听了非常生气，并责备地说："男女住在一起，简直玷污我家门风！你虽自称清白，但是谁会相信？"于是赶她出去，不接受她。黄善聪十分气愤，哭着发誓说："如果妹妹的身子遭到玷污，死了也就罢了！一定要弄明白，表明我的心意。"刚好邻居是一名产婆，姐姐请来产婆验身，证明妹妹仍是处女，这时姐姐才抱着妹妹痛哭不已，并亲手为妹妹脱去男装。过了一天，李英前来探望，想约张胜一同去卖香，忽然见到恢复女儿身的黄善聪，不禁大吃一惊，问明原因后，闷闷不乐地回去了，若有所失，大概悔恨自己过去愚蠢。回家后，就把此事告诉了母亲，他母亲听了也惊叹不已。当时李英还没有成家，他母亲认为善聪贤德，就托人说媒，黄善聪却拒绝说："如果我嫁给李英，还有人会相信我过去的清白吗？"两家的亲友，邻里纷纷劝说，但黄善聪泪流满面，决心更加坚定。众人把这事哄传开去，认为是件奇事。厂卫听说这件事后，就帮助李英送了聘礼，判二人为夫妇。

注释

①溲溺：尿，粪便。②稳婆：接生婆。

梦龙评

木兰十二年，最久；韩贞女七年，善聪逾年耳。至于善藏其用，以权济变，其智一也。若南齐之东阳娄逞、五代之临邛黄崇嘏，无故而诈为丈夫，窜入仕宦，是岂女子之分乎？至如唐贞元之孟妪，年二十六而从夫，夫死而伪为夫之弟，以事郭汾阳；郭死，寡居一十五年，军中累奏兼御史大夫。忽思茕独，复嫁人，时年已七十二。又生二子，寿百余岁而卒。斯殆人妖与？又不可以常理论矣！

解评

在古代由于礼教森严，有不少女扮男装的事情发生。黄善聪为了独自谋生不得已女扮男装，后来又用行动捍卫自己的贞洁，的确令人钦佩。

练氏救建州

章郇公得象之高祖，建州人，仕王氏为刺史，号章太傅。其夫人练氏，智识过人。太傅尝用兵，有二将后期，欲斩之，夫人置酒，饰美姬进之，太傅欢甚，追夜饮醉，夫人密释二将，使亡去。二将奔南唐，后为南唐将，攻建州。时太傅已死，夫人居建州，二将遣使，厚以金帛遗夫人，且以一白旗授之，曰："吾且屠城，夫人可植旗为识，吾戒士卒令勿犯。"夫人反其金帛，曰："君幸思旧德，愿全合城性命，必欲屠之，吾家与众俱死，不愿独生也！"二将感其言，遂止不屠。

译文

章郇公（得象）的高祖父是建州人，曾在闽王王审知手下任刺史，人称章太傅。他的夫人练氏智慧过人。有一次太傅出兵作战，有两名将领延误日期，太傅要处斩他们。于是夫人准备酒菜，并让美女陪太傅喝酒，太傅非常高兴，彻夜饮酒作乐。夫人暗中放了那两名将领，要他们逃走。这两名将领投奔了南唐，后来成了南唐大将，并率军围攻建州。那时太傅已去世，夫人住在建州，两名大将派人送给夫人很多金帛，并交给夫人一面白旗，对夫人说："我们将要攻城屠杀，夫人可以高挂白旗为标志，我们会命令士兵不可侵犯夫人。"夫人退还金帛说："将军幸而还记得往日救命之恩，希望将军能保全城内百姓性命，不要屠杀。如果一定要屠杀，那我宁可与大家一起死，也不愿独自活下来！"两位将军被练氏这番话所感动，于是决定不屠城。

梦龙评

夫人之免二将，必预知其为有用之才而惜之；或先请于太傅，不从，故以计释去耳。不然，军法后期者死，夫人肯曲法以市恩乎？至于后之食报，何其巧也！夫人免二将之死，而二将且因夫人以免一城之死，夫人之所收者厚矣。按，太傅十三子，其八为夫人出。及宋兴，子孙及第至达官者甚众，皆出八房。阴德之报，岂诬也哉？

解评

女人的仁慈，有时候可以换得丰厚的回报。

杂 智 部

冯子曰：智何以名杂也？以其黠而狡，慧而小也。正智无取于狡，而正智或反为狡者困；大智无取于小，而大智或反为小者欺。破其狡，则正者胜矣；识其小，则大者又胜矣。况狡而归之于正，未始非正；小而充之于大，未始不大乎？一饧也，夷以娱老，跖以脂户，是故狡可正，而正可狡也。一不龟手也，或以战胜封，或不免于洴澼洸，是故大可小，而小可大也。杂智具而天下无余智矣。难之者曰：智若愚，是不有余智乎？吾应之曰：政唯无余智，乃可以有余智。太山而却撮土，河海而辞涓流，则亦不成其太山河海矣！鸡鸣狗盗，卒免孟尝，为薛上客，顾用之何如耳。吾又安知古人之所谓正且大者，不反为不善用智者之贱乎？是故以杂智终其篇焉。得其智，化其杂也可；略其杂，采其智也可。

译文

　　冯梦龙说：智慧为何可称之为杂呢？这是因为一些智慧聪明而又狡诈、机智而又卑小。正大的智慧本来不应是狡诈的、卑小的，然而正大的智慧却往往被一些狡诈卑小的智慧所欺所困。因此，要让正大的智慧获胜，便有必要对那些狡诈、卑小的智慧加以认识理解。况且狡诈、卑小的智慧，也可以进一步扩充为正大的智慧。同样是饴糖，伯夷将其给老人吃，让他们快乐，而跖却用其涂于门轴，使之润滑而盗窃时无声，所以狡诈可以用于正道，好人也能用狡诈之术。同样是治疗皮肤干裂的药膏，有人用它于冬日战胜封冻，有人用它仅仅免去了漂洗之苦，所以大智可以转化为小智，小智也可存在于大智之中。要是连杂七乱八也都有了，那么天下就没有不可以使用的智慧了。对此种观点有非难的人说：大智若愚，这不是说有余智吗？我回答说：正是因为没有一种智慧是多余的，所以才能有多余的智慧。大山如果拒绝任何一撮沙石，河海如果拒绝任何一条小溪，也就不能成为大山、河海了。即使是鸡鸣狗盗，不仅可成为孟尝君的座上客，且可拯救孟尝君于暴秦的手中，只是看人们如何使用这些小智慧罢了。我又怎么知道古人所说的正且大的智慧，不反过来会成为人们不善于用智的危害呢？因此，我特别将杂智当成全书的结尾。让这些狡诈、卑小的智慧都被人转化，去掉其中的芜杂，采纳其中的智慧。

狡黠卷二十七

> 英雄欺人，盗亦有道；智日以深，奸日以老。象物为备，禹鼎在兹；庶几不若，莫或逢之。集《狡黠》。

译文

英雄可以欺人，盗匪也有其道。智慧能日益深沉，奸诈也会日益老练。古时大禹把万物铸在鼎上，使百姓能认识鬼神奸佞的形状。也许这样就不会遇到妖怪了。因此集《狡黠》卷。

吕不韦计立始皇帝

秦太子妃曰华阳夫人，无子。夏姬生子异人，质于赵。秦数伐赵，赵不礼之，困不得意。阳翟大贾吕不韦适邯郸，见之曰："此奇货可居。"乃说之曰："太子爱华阳夫人而无子，子之兄弟二十馀人，子居中，不甚见幸，不得争立。不韦请以千金为子西游，立子为嗣。"异人曰："必如君策，秦国与子共之。"不韦乃厚赍西见夫人姊，而以献于夫人，因誉异人贤孝，日夜泣思太子及夫人。不韦因使其姊说曰："夫人爱而无子，异人贤，自知中子不得为适，诚以此时拔之，是异人无国而有国，夫人

385

无子而有子也，则终身有宠于秦矣。"夫人以为然，遂与太子约以为嗣，使不韦还报异人。异人变服逃归，更名楚。不韦娶邯郸姬绝美者与居，知其有娠，异人见而请之，不韦佯怒，既而献之，期年而生子政。嗣楚立，是为始皇。

译文

秦太子妃华阳夫人没有儿子。而夏姬生了一个儿子，名叫异人，在赵国做人质，由于秦国屡次攻打赵国，赵国不以礼待他，他在赵国处境窘困，十分不得意。阳翟有位大商人吕不韦到赵都邯郸做买卖，见到异人说："这人是珍奇异宝，有厚利可图。"于是对异人进行游说："太子宠爱华阳夫人，但夫人没有儿子。你的兄弟有二十多位，你在兄弟中的排行居中，又不十分受宠，一旦太子即位，你就无法争立为嗣了。请让我带千金为你西行游说华阳夫人，请她说服太子立你为嗣子。"异人说："如果你的计划能实现，我愿意和你共同享有秦国。"于是吕不韦带着厚礼西入秦国，拜见华阳夫人的姐姐，请她将厚礼转献给华阳夫人，并乘机称赞异人的贤能孝顺，说他常日夜哭泣思念太子及华阳夫人。吕不韦还请她给华阳夫人带话说："夫人虽然受宠爱，但没有儿子；异人贤能，可是他自知是排行中间的儿子，不可能立为嗣子。如果夫人能在此时提拔他，使异人由无国成为有国，夫人由无子成为有子，那么夫人终身可受秦王尊宠了。"华阳夫人听了认为有理，就利用适当的时机向太子要求，与太子约定以异人为子嗣，请吕不韦转告异人。不久，异人乔装改扮逃回秦国，改名为楚。吕不韦在邯郸娶了一位美丽的女姬同居，知道她已经有了身孕，异人见了女姬后，就请吕不韦将女姬送给他，吕不韦先假装生气，接着又慨然答应。一年后，女姬生下儿子，取名为政。异人立他为嗣子，也就是日后的秦始皇。

梦龙评

真西山曰："秦自孝公以至昭王，国势益张。合五国百万之众，攻之不克。而不韦以一女子，从容谈笑夺其国于衽席间。不韦非大贾，乃大盗也。"

解评

智慧是成功的捷径。吕不韦的小智虽为人不齿，但却让他成功实现了由从商到从政的顺利转变，成为最成功的文化传播经纪人。

陈乞两面三刀

　　齐陈乞将立公子阳生，而难高、国，乃伪事之。每朝，必骖乘焉。所从，必言诸大夫曰："彼皆偃蹇①，将弃子之命，其言曰：'高、国得君必逼我，盍去诸？'固将谋子，子早图之！图之莫如尽灭之，需事之下也。"及朝，则曰："彼虎狼也，见我在子之侧，杀我无日矣，请就之位。"又谓诸大夫曰："二子恃得君而欲谋二三子，曰：'国之多难，贵宠之由。尽去之而后君定。'既成谋矣，盍及其未作也先诸？作而后悔，亦无及也！"大夫从之。夏六月，陈乞及诸大夫以甲入于公宫。国夏闻之，与高张乘如公，战败奔鲁。初，景公爱少子荼，谋于陈乞，欲立之。陈乞曰："所乐乎为君者，废兴由我故也。君欲立荼，则臣请立之。"阳生谓陈乞曰："吾闻子盖将不立我也？"陈乞曰："夫千乘之王，废正而立不正，必杀正者。吾不立子，所以生子也，走矣！"与之玉节而走之。景公死，荼立。陈乞使人迎阳生置于家。除景公之丧，诸大夫皆在朝，陈乞曰："常之母有鱼菽之祭，愿诸大夫之化我也。"诸大夫皆曰："诺。"于是皆之陈乞之家。陈乞使力士举巨囊而至于中霤，诸大夫见之皆色然而骇，开之，则闯然公子阳生也。陈乞曰："此君也已。"诸大夫不得已，皆逡巡北面再拜稽首而君之，自是往弑荼。

译文

　　齐人陈乞想拥立公子阳生为太子，但又怕高张、国夏不同意，于是就假装侍奉他们。每逢上朝，必定和他二人同坐一辆车。跟随他们出门时，总要说其他大夫的坏话："他们都是傲慢狂妄的家伙，日后一定不会听从二位贤公的命令，他们说：'高、国二人一旦得到君王宠信，一定会欺压我们，为什么不除掉他俩呢？'可见他们正在谋算二位贤公，二位应该早做防备！最好的防备不如把他们都杀掉，再迟疑就是下策了。"到了朝堂上，陈乞又说："他们都有虎狼一般的心肠，见我在二公身旁，随时都想杀了我，请允许我回到自己的座位上坐吧。"而另一方面，陈乞却又对各位大夫说："高、国二人仗恃君王的宠信想算计各位。他们说：'今天我们齐国之所以会多灾多难，都是那些尊贵而受宠的大夫们造成的，只有铲除他们，君王之位才能保住。'现在他们一切计划妥当，诸位为什么不在他们采取行动前就先发制人呢？一旦灾难临头，到那时后悔就来不及了。"大夫们听从了陈乞的话。夏六月，陈乞联合大夫们全副武装进驻齐君宫室。国夏得到消息，立刻跟高张去宫中求见齐孺公，结果双方交战，高、国二人战败，一起逃往鲁国。当初，齐景公喜爱小儿子荼，找陈乞商议，想立荼为太子。陈乞说："人们之所以愿做君主，就在于有权决定谁为太子。今天君王想立荼为太子，臣就请立荼。"阳生对陈乞说："我听说你不打算立我为太子了？"陈乞说："身为千乘之国的君王，废嫡长子而改立小儿子为太子，一定会诛杀嫡长子，我不请求立你为太子，正是为保全你的性命，现在你先离开齐国吧！"于是给他玉节帮他逃走。齐景公死后，荼继立为国君，陈乞便派人把阳生接到自己家中。等到景公丧期满后，诸大夫都在朝上，陈乞对大夫们说："陈常母亲在家设了鱼菽之祭，希望各位同我一起回家祭拜。"大夫们都说："好。"于是一同来到陈乞家中。陈乞命一位大力士双手高举一只巨大的口袋放在大堂中央，诸大夫目睹力士神力，都震惊得脸色大变。打开口袋，突然出现公子阳生。陈乞说："这位是齐国国君。"诸大夫在无可选择的情况下，只好叩首称臣，而陈乞则率军进宫杀了原来的国君荼。

注释

①偃蹇：骄横，傲慢。

梦龙评

自陈氏厚施，已有代齐之势矣，所难者，高、国耳。高、国既除，诸大夫其如陈氏何哉？弑荼立阳生，旋弑阳生立壬，此皆禅国中间过文也。六朝之际，此伎俩最熟，陈乞其作俑者乎？

解评

陈乞周旋于众人之间，最终实现了让太子阳生继位的愿望。他的手段虽有一点残忍，却不失为一种铲除异己的智慧。

曹操奸诈多疑

魏武常行军，廪谷不足，私召主者问："如何？"主者曰："可行小斛足之。"曹公曰："善。"后军中言曹公欺众，公谓主者曰："借汝一物，以厌众心。"乃斩之，取首题徇曰："行小斛，盗官谷。"军心遂定。

曹公尝云："我眠中不可妄近，近便斫人，亦不自觉，左右宜慎之。"一日阳眠，所幸一人窃以被覆之，因便斫杀，复卧。既觉，问："谁杀我侍者？"自是每眠人不敢近。

　　魏武言人欲危己，己辄心动，因语所亲小人曰："汝怀刃密来我侧，我必说必动，执汝使行刑，汝但勿言，保无他故，当厚相报。"亲者信焉，不以为惧，遂斩之。此人至死不知也。左右以为实，谋逆者挫气矣。

　　操少时，尝与袁绍观人新婚，因潜入主人园中，夜叫呼云："有偷儿贼。"青庐①中人皆出观，操乃入，抽刃劫新妇。与绍还出，失道，坠枳②棘中，绍不能得动，操复大叫云："偷儿在此！"绍惶迫，自掷出，遂以俱免。

译文

　　魏武帝曹操有次带兵出征，营中军粮短缺，于是私下召来军需官问："有没有解决之道？"军需官说："可用小斗来称量下发的军粮。"曹操说："好。"后来军中传出曹操在米斗中动手脚，欺骗众人的说法，曹操又召来军需官说："我想向你借一样东西，以安定军心。"于是把军需官杀了，并将军需官的首级示众，并题字说："军需官用小斗称米，盗取军粮。"军士不满的情绪才得到平息。

　　曹操曾说："我睡觉时不要随便接近我，只要有人走近我，我就会不自觉地杀人，你们要特别小心。"有一天，曹操假装睡觉，有个亲信悄悄上前替他盖被，曹操一刀就把那名亲信杀了，接着又继续睡觉。睡醒后，故意问旁人："谁杀了我的侍从？"自此以后，只要曹操睡觉，就没有人敢接近他。

　　曹操说要有人想谋害他，他必然会有预感，接着他便对他亲近的一位侍者说："你怀里揣着刀假装来行刺，我一定会说我心里已经预感到了，如果抓住你的人要对你用刑，只要你不说话，保证你没有任何危险，另外我还会重重地奖赏你。"那名亲信信以为真，于是毫无畏惧地前去行刺，结果被曹操下令给杀了。这个人到死都不相信自己会被杀。曹操身边的人以为曹操真会有预感，谋反者的气焰也因此大大受挫。

　　曹操年轻时，有一次和袁绍一起看人娶亲，趁机藏在主人家的花园中，夜里大声呼喊："有小偷。"新房中的人都跑出来察看，曹操趁机进入新房，持刀劫走了新娘子。曹、袁二人摸黑往回跑，一时迷路，坠入长满刺的枳树丛中，袁绍动弹不得，曹操又大声呼叫："小偷在这里！"袁绍一受惊吓，腾跃而出，于是二人得以脱身。

注释

　　①青庐：青布搭成的篷帐。古代北方民族举行婚礼时用。②枳：落叶灌木或小乔木，小枝多刺，果实黄绿色，味酸不可食，可入药。

梦龙评

《世说》又载,袁绍曾遣人夜以剑掷操,少下不着,操度后来必高,因帖卧床上,剑至,果高。此谬也!操多疑,其儆备必严,剑何由及床?设有之,操必迁卧,宁有复居危地、以身试智之理。

解评

"奸诈"一词,多是世人对曹操的评价。曹操本性虽奸诈多疑,也很会装糊涂,得人心,得天下。但正是如此,才使得他一次又一次地化险为夷。

田婴 刘瑾

田婴相齐,人有说王者曰:"终岁之计,王盍以数日之间自听之?不然,无以知吏之奸邪得失也。"王曰:"善。"田婴即遽请于王而听其计。王将听之矣,田婴令官具押券斗石参升之计。王自听计,计不胜听。罢食后复坐,不复暮食矣。田婴复请曰:"群臣所终岁日夜不敢偷怠之事也,王以一夕听之,则群臣有为劝勉矣。"王曰:"诺。"俄而王已睡矣,吏尽偷刀削其押券升石之计。王终不能听,于是尽以委婴。

译文

田婴在齐国任宰相时，有人对齐君说："有关国家一年来的各项财政税收，大王何不抽出几天时间听听官员的报告呢？如果不这样，就不会知道官吏的奸佞、财政的得失。"齐王说："好。"田婴就立即请齐王听取预算收支的报告，齐王答应了，田婴便命令官吏们准备好各种收支的详细单据文件。齐王亲自来过问财政结算，但这些报告听不胜听，吃过午饭再坐下听官员报告，连晚饭都没时间吃。田婴又请求齐王说："这些都是臣子们一年来日夜尽心督办的事，大王如果再用一个晚上听完，那么臣子们就会从中得到鼓励。"齐王说："好。"不久，齐王已经打瞌睡了，官吏们都偷偷用刀把竹简上的账目都涂改了。齐王终于听不下去了，于是把这些事情全部交由田婴处理。

> 刘瑾欲专权，乃构杂艺于武庙前，候其玩弄，则多取各司章奏请省决，上曰："吾用尔何为？而一一烦朕耶，宜亟去。"如此者数次，后事无大小，唯意裁决，不复奏。

译文

刘瑾想把持朝政，就制作了一批玩具给武宗，等武宗玩的时候，就拿来很多官署的公文奏章，请武宗裁决。武宗说："我任用你是做什么的，你却拿这一件件小事来烦朕！赶紧把这些东西拿走！"反复几次后，日后事情无论大小，都全由刘瑾裁决，不再呈奏武宗。

解评

不动声色地让领导心甘情愿地将权力交付于你，这可谓智慧中的最高之智。

秦唐两奸雄

赵高既劝二世深居，而己专决，李斯病之。高乃见斯曰："关东群盗多，而上益发繇治阿房宫，臣欲谏，为位卑，此真君侯之事，君何不谏？"斯曰："上居深宫，欲见无间。"高曰："请候上间语君。"于是待二世方燕乐，妇女居前，使人告斯："可奏事矣。"斯至上谒，二世怒。高因言丞相怨望欲反，下斯狱，夷三族。

赵高劝说秦二世身居深宫以后，自己就独断专权，李斯对此很担忧。赵高于是去见李斯说："关东盗匪猖獗，皇上却加调徭役修建阿房宫，我想进谏，但又顾虑到我官位卑微。这实在是你丞相的职责，你为何不进谏呢？"李斯说："皇上现在身居深宫，我想谒见皇上却没有机会。"赵高说："等皇上有空闲时我就通知丞相。"于是赵高等二世正在取乐，宫妃簇拥于前时，就派人告诉李斯说："可以向皇上启奏了。"李斯来到宫里谒见皇上，秦二世大为生气。赵高趁机说丞相心怀怨恨想谋反，秦二世便将李斯打入大牢，诛灭三族。

李林甫谓李适之曰："华山有金矿，采之可以益国，上未之知也。"边批：使金果可采，林甫何不自言？他日适之言之，上以问林甫，对曰："臣久知之，但华山陛下本命，王气所在，凿之非宜，故不敢言。"上以林甫为爱己，而疏适之，遂罢政事。

严挺之徙绛州刺史。天宝初，帝顾林甫曰："严挺之安在？此其才可用。"林甫退召其弟损之，与道旧，谆谆款曲，且许美官，因曰："天子视绛州厚要，当以事自解归，得见上，且大用边批：天子果欲大用，何待见乎。"因绐挺之使称疾，愿就医京师。林甫已得奏，即言挺之春秋高，有疾，幸闲官得养。帝恨咤久之，乃以为员外詹事，诏归东郡。挺之郁郁成疾。

帝尝大陈乐勤政楼，既罢，兵部侍郎卢绚按辔绝道去。帝爱其蕴藉，称美之。明日，林甫召绚子，曰："尊府素望，上欲任以交、广，若惮行，且当请老。"绚惧，从之，因出为华州刺史，绚由是废。

李林甫对李适之说："华山蕴藏金矿，开采后可以用来增加国家收入，皇上现在还不知道呢。"一天，李适之对皇上谈到华山有金矿的事，皇上问李林甫，李林甫回答说："臣早就知道了，但华山是陛下王气命脉所在之地，不适合开采，所以不敢禀告皇上。"皇上以为李林甫才是真正忠于自己，于是开始疏远李适之，最终罢免了他的相职。

严挺之调任绛州刺史。天宝初年，玄宗问李林甫："严挺之现在在哪里？他是个可以任用的人才。"李林甫退朝后，召见严挺之的弟弟严损之，与他拉家常叙旧事，摆出一副诚恳真挚的表情，并许给他高官厚禄，然后接着又说："皇上对令兄寄予厚望，令兄应找个理由回京，回京后不仅能常常见到皇上，又能受到皇上重用。"严挺之便写信告诉家兄，让他假称自己得病，奏请回京就医。李林甫得到奏章后，就说："严挺之年纪大了，又有病在身，希望得一闲职，好让他能养病。"玄宗听了，怅然叹息许久，于是任命严挺之为詹事，在东京养病。后来严挺之因此郁闷成疾。

一次，玄宗在勤政楼大设乐舞，观赏完毕，正巧兵部侍郎卢绚骑马离去，玄宗非常欣赏卢绚的温雅含蓄，对他称赞不已。第二天，李林甫召来卢绚的儿子，对他说："令尊一向德高望重，皇上想派他到交州、广州一带，如果他怕路途太远，不妨以年老为由推辞。"卢绚果真嫌路远，就听从了李林甫的建议，结果被任命为华州刺史，从此不再被重用。

梦龙评

三人皆在林甫掌股中，为所玩弄而不知。信奸人之雄矣！然使适之不贪富贵之谋，挺之不起大用之念，卢绚不惮交、广之远，则林甫虽狡，亦安所售其计哉？愚谓此三人之愚，非林甫之智也。

解评

李林甫将众臣玩弄于股掌之中，而众臣却一点也不知道，李林甫确实是奸臣中最厉害的了！他的这种智虽不提倡效仿，但如果将其转化为正智，必将成就大业。

因情获释

丁谓既窜崖州，其家寓洛阳，尝作家书，遣使致之洛守刘烨，祈转付家。戒使者曰："伺烨会僚众时呈达。"烨得书，遂不敢隐，即以闻，帝启视，则语多自刻责，叙国厚恩，戒家人无怨望。帝感恻，遂徙雷州。

译文

丁谓被贬为崖州司户参军，他的家人居住在洛阳，他写了一封家书，派使者交给洛阳郡守刘烨，请他转交家人。临行前叮嘱使者说："一定要等刘烨接见众僚属时，再将这信呈上。"刘烨收到信后，不敢隐瞒，立即呈交皇帝，皇帝打开信一看，丁谓信中言辞多是责怪自我责备，还谈到过去曾蒙受皇帝的恩宠，训诫家人不可对朝廷心怀怨恨。皇帝不禁心生怜悯，就下令将丁谓改迁雷州。

> 曹翰贬汝州，有中使来，翰泣曰："众口食贫不能活，以袄封故衣一包，质十千。"中使回奏之，太宗开视，乃一画障，题曰："下江南图"，恻然怜之，因召还。

译文

曹翰被贬谪到汝州，有一次太宗使臣路经汝州，曹翰流着泪对使臣说："家口众多，生活困难，活不下去了。这包袄中有以前穿过的旧衣服，烦您帮我典押十千钱。"使臣回宫把此事奏报太宗，太宗打开一看，里面是一幅题名为"下江南图"的画帷，不由想起当年曹翰随自己平定江南的往事，不由动了恻隐之心，于是召回了曹翰。

解评

如果在追求某个目标的时候，自己的实力不足以应对，借助外力和引进外力，就成为通向胜利的一种快捷方式，它不仅能弥补自己力量的不足，而且能强化自己的优势。

秦桧奸黠

秦桧用事，天下贡献先入其门，而次及官家。一日，王夫人尝出入禁中，显仁太后言："近日子鱼大者绝少。"夫人对曰："妾家有之，当以百尾进。"归告桧，桧咎其失言，明日进糟青鱼百尾，显仁拊掌笑曰："我道这婆子村，果然！"又程厚子山与桧善，为中舍时，一日邀至府第内阁，一室萧然，独案上有紫绫缥一册，写《圣人以日星为纪赋》，尾有"学生类贡进士秦埙呈"，文采艳丽。程兀坐静观，反复成诵，唯酒肴问劳沓至，及晚，桧竟不出，乃退，程莫测也。后数日，差知贡举宣押入院，始大悟，即以此命题，此赋擅场，埙遂首选。

译文

南宋秦桧把持朝政时，全国各地进贡皇帝的贡品，都要先送入相府，然后再呈给宫中。一天，秦桧的老婆王夫人到内宫，显仁太后说："这些日子，很少见到大鱼。"夫人说："臣妾家有，明日臣妾就呈上一百条大鱼给太后。"王夫人回来后把这事告诉了秦桧，秦桧

责怪她失言。第二天，秦桧进献了一百条腌青鱼，太后拍手大笑说："我就知道这婆子土气，果然如此！"另有一事，就是程厚之子程山与秦桧关系友善，程山在任中书舍人时，有一次秦桧邀请他到相府的内室，室内陈设非常简陋，只见桌上放着一本淡青封面外镶紫边的书，书名为《圣人以日星为纪赋》，书尾有"学生类贡进士秦埙呈"等字，文辞华美。程山不由坐下来默默地翻阅，反复看过以后，已能背诵下来，除了奴仆不断地送来酒菜，竟无人打扰。到了晚上，程山见秦桧仍未露面，便告退了，但心中仍猜不透秦桧的用意。几天后，程山奉命主掌有关贡举考试的事宜，才突然大悟，于是就以那天在内室中所见的那篇赋来命题。这篇赋的水平在众人之上，结果秦桧的孙子秦埙果真高中第一。

解评

秦桧的做法虽然属于弄权徇私的行径，但是他处理问题的手法，却充满了常人不及的智谋，下下人有上上智，不可不知。

土豪张以财致人死力

北京城外某街，有张姓者，土豪也，能以财致人死力，凡京中无赖皆归之。忽思乞儿一种未收，乃于隙地创土室，招群丐以居，时其缓急而周之。群丐感恩次骨，思一报而无地。久之，先用以征债，债家畏丐嬲[1]，无不立偿者。已而诇[2]人有营干之事，辄往拜，自请居间；或不从，则密喻群丐嬲之，复阴使人为之画策，谓非张某不解。乃张至，瞋目一呼，群乞骇散。人服其才，因倩[3]营干，任意笼络，得钱不赀。复以小嫌怒一徽人。其人开质库者，张遣人伪以龙袍数事质银，意似匆遽，嘱云："有急用，故且不索票，为我姑留外架，晚即来取也。"别使人首之法司，指为违禁，袍尚存架，而籍无质银者姓名，遂不能直，立枷而死。逾年，张坐他事系狱，徽人子讼父冤，尽发其奸状，且大出金钱为费，张亦问立枷，而所取枷，即上年所用以杀徽人者，封识姓名尚存。人或异之，张竟死。边批：天道不远，巧于示人，然则天更智矣。

译文

北京城外的一条街上有位姓张的人，是本地的土豪，他能用财物使别人为其卖命，京城中的无赖都归附于他。有一天，张某突然想到自己手下三教九流的人物都有，就是没有乞丐，于是就在一块空地上盖了间土屋，找来一群乞丐来居住，并且常根据他们困厄危急的处境周济他们。乞丐们对他感激入骨，总想找个机会报答他。过了一段日子后，张某先让乞丐们帮他讨债，债家害怕乞丐们骚扰，没有不立即清偿债款的。不久，张某听说有人想谋官职，就前往那人家中拜访，表示愿意充当中间人，那人不答应，张某就暗中要乞丐们前去那人家骚扰，又暗派他人为那人献计，说除了张某没人能解决此事。等张某一到，张大眼睛一声大喝，乞丐们便一哄而散，那人佩服张某的才能，于是央求张某为他谋官，至于所需花费任凭开口，张某因此获利不少。后来张某又因为一点仇怨而生一个安徽人的气，那人在街上开了一家当铺，张某派人故意拿着龙袍前去典押，表现出神色匆忙的神态，叮嘱安徽人说："我有急用，所以暂且不必开立票据，袍子放在外面衣架上就行了，晚上我就来赎袍。"另外张某又派人向官府告发，指称这家当铺违反禁令。袍子还放在衣架上，却没有登记典押者的姓名，安徽人百口莫辩，当即便被戴上枷锁，牵出斩首。一年以后，张某因受其他案件牵连下狱，安徽人的儿子为父申冤，全部揭发了张某的罪状，并且花钱买通狱卒。结果，张某也被戴上枷锁，而所戴的枷锁就是去年杀徽商所戴的，上面封条的罪犯姓名还存在。人们都大感觉奇异。张某竟也因此而死。

注释

①嬲（niǎo）：纠缠，搅扰。②诇（xiòng）：刺探。③倩：请，央求。

梦龙评

丐，废人也，而以智役之，能得其用。彼坐拥如林，而指臂不相运掉者何哉？张之憸狡不足道，乃其才亦有过人者。若虞诩设三科募士，堪作一队长矣！

解评

俗话说得好，善有善报，恶有恶报，害人最终也是害己，所以还是安分守己的好。

孙三易猫钱三百千

　　临安北门外西巷，有卖熟肉翁孙三者，每出，必戒其妻曰："照管猫儿，都城并无此种，莫令外人闻见，或被窃去，绝吾命矣。我老无子，此与我子无异也。"日日申言不已，乡里数闻其语，心窃异之，觅一见不可得。一日，忽拽索出到门，妻急抢回，其猫干红色，尾足毛须尽然，见者无不骇羡。孙三归，责妻慢藏，棰詈交至。已而浸淫达于内侍之耳，即遣人唊以厚直，孙峻拒，内侍求之甚力，反复数四，仅许一见，既见，益不忍释，竟以钱三百千取去。孙涕泪，复棰其妻，竟日嗟怅。内侍得猫喜极，欲调驯然后进御。已而色泽渐淡，才及半月，全成白猫，走访孙氏，已徙居矣。盖用染马缨法积日为伪。前之告戒棰怒，悉奸计也。

译文

　　临安城北门外西巷，有个卖熟肉的老头，名叫孙三，孙三每天出门前，一定要告诫他老婆说："好好照管我那只猫儿，全京城也找不出这种品种，千万不要让外人看见，如果被人偷走，那就要了我的命。我年老无子，这猫与我的儿子没有什么不同。"孙三每天都重复说个不停，邻居们屡次听到他的这番话，心里暗暗感觉奇怪，就想看一看那猫的长相，可是总是见不到。一天，猫忽然挣脱锁链跑到门外，孙三的老婆急忙将猫抱回屋内，那猫一身火红的颜色，尾巴和脚上的毛色也都是这样，看见猫的人，没有一个不感到吃惊和羡慕的。孙三回来后，责怪老婆没有看好猫，对老婆又打又骂。不久这事就传到一个宦官的耳中，宦官立即派人用高价来买那只猫，孙三一口拒绝，宦官求猫之心更是急切，前后四次拜访孙三，孙三只答应让宦官见一见猫。宦官见了猫之后，更是爱不释手，最后终于用三十万钱买下。孙三卖了猫后，涕泪俱下，又打起老婆来，整天唉声叹气。宦官得到猫后非常高兴，想将猫调教温驯后再进献给皇帝。但不久之后，猫儿的毛色愈来愈淡，才半个月，就完全变成了白猫。宦官去找孙三，孙三早已搬走了。原来，孙三是用染马缨的方法，把白猫染红的。而那些告诫、打骂老婆，全是奸诈的计谋。

解评

这个人为了使猫变得稀奇，先是故意秘不示人，又故意放出，借口打骂妻子，以使人相信。后来终于使猫的价格大增。这个人利用了人们的猎奇心理和人们的贪欲，可以为后人戒。

丹客以丹行窃

客有炫丹术者，舆从甚盛，携美妾日饮于西湖，所罗列器皿，望之灿然，皆黄白。一富翁见而艳之，前揖问曰："公何术而富若此？"客曰："丹成，特长物耳。"富翁遂延客并其妾至家，出二千金为母使炼之，客之铅药。练十余日，密约一长髯突至，绐曰："家罹内艰，求亟返。"客大恸，谓主人曰："事出无奈，烦主君同余婢守炉，余不日来耳。"客实窃丹去，又嘱妇私与主媾。而不悟也，遂堕计中，绸缪数宵而客至，启炉视之，大惊曰："败矣！似有触之者。"因詈[1]主人无行，欲掠治妾，主人不能讳，复出厚锾[2]谢罪，客作怏怏状去。主君犹以得遣为幸，而不知银器皆伪物，妾则典妓为骗局也。翁中于贪淫，此客亦黠矣哉。

嘉靖中，松江一监生，博学有口而酷信丹术。有丹士，先以小试取信，乃大出其金而尽窃之。生惭愤甚，欲广游以冀一遇。忽一日，值于吴之阊门，丹士不俟启齿，即邀饮肆中，殷勤谢过，既而谋曰："吾侪得金，随手费去，今东山一大姓，业有成约，俟吾师来举事，君肯权作吾师，取偿于彼，易易耳。"生急于得金，许之。乃令剪发为头陀，事以师礼，大姓接其谈锋，深相钦服，日与款接。而以丹事委其徒辈，且谓师在，无虑也。一旦复窃金去，执其师，欲讼之官，生号泣自明，仅而得释。及归，亲知见其发种种，皆讪笑焉。

译文

　　有一丹客夸耀自己会炼丹术，他的车马随从也非常多，每天携带着美貌的侍妾在西湖饮酒作乐，而陈列的器皿，看上去光彩照人，好像是用黄金白银铸造的。有个富翁看见了，非常羡慕丹客的财力，就上前行礼问道："先生是用什么方法才能这样富有呢？"丹客说："炼丹成功，这就是我的特长之物，故能发财致富。"富翁于是就请丹客及其妾来到自己家中，拿出两千两银子作为本钱，让他炼丹。丹客在丹炉中注入铅药，炼丹十多天后，暗中约一名蓄长胡子的人突然来到富翁家，欺骗说："先生家突遭丧忧，请先生赶紧回家。"丹客听后悲痛不已，对主人说："事出无奈，劳烦您与我的侍妾看守丹炉，过不了几天我就回来了。"事实上，丹客已将炉内的丹药偷走，临去前又叮嘱他的侍妾与主人私通，而这一切主人都蒙在鼓里，于是落入丹客的圈套中。主人与侍妾缠绵数日后，丹客回来了，他打开丹炉一看，惊叫道："失败了！好像有人动过仙丹。"接着责骂主人没有善行，还要拷打询问自己的侍妾。主人见无法隐瞒，只好拿出很多银子赔罪，丹客这才装作郁郁不乐的样子离去。那主人还为自己能平安送走丹客感到庆幸，却不知丹客的黄金器皿都是假货，至于那名侍妾，是由妓馆中租赁来作为骗局的道具。富翁因贪财好色，才落入丹客圈套，但这名丹客也是太狡猾了。

　　嘉靖年间，松江有一名监生，学问丰富，口才也不错，而且笃信炼丹术。有个丹士先施展一些小法术取得监生的信任，监生便拿出大量钱财，结果全被丹士偷走。监生既羞又恨，于是四处周游，希望有天能再碰上这个丹士。忽然有一天，两人相遇在苏州的阊门，丹士不等监生开口，就主动邀监生到酒馆喝酒，殷勤招待，表示赔罪，接着又和监生商议说："像我们这种人，钱一到手就随手花掉。如今山东有个大户，已经和我约好，等我师父回来后就开始炼丹，先生是否肯暂时冒充我师父，等我从他那儿拿了钱就还给你，这事非常容易。"监生急于得到钱，就答应了丹士。丹士于是要监生剃光头发，扮成僧人模样，而丹士也以老师之礼对待监生。大户将监生接到家中，与他交谈以后，对监生的博学佩服不已，每天都热忱款待，而把炼丹的事交给丹士，并且认为有师父在，没有什么可担心的。一天，丹士又偷了银子逃走了，大户抓住他的师父监生，要到官府告他，监生大哭表明自己的身份，才得以释放。监生回到故乡后，亲友见到他剃光头发的狼狈模样，都在背后嘲笑不已。

注释

　　①詈（lì）：骂，责骂。②镪（qiǎng）：钱串，引申为成串的钱。后多指银子或银锭。

梦龙评

　　以金易色，尚未全输，但缠头过费耳。若送却头发博"师父"一声，尤无谓也。近年昆山有一家，为丹客所欺，去千金，忿甚，乃悬重赏物色之。逾数日，或报丹客在东门外酒肆中聚饮，觇之信然，索赏而去。主人入肆，丹客欢然起迎，主人欲言，客遽止之，曰：

"勿扬吾短，原物在，且饮三杯，当璧还耳。"主人喜，正剧饮间，丹客起小便，伺间逸去。问同席者，皆云："偶此群饮，初不相识。"方知报信者亦其党，来骗赏银耳。

解评

他们设下圈套和陷阱，正在等着你去钻，所以狡黠之小人最恶，不可不防。

达奚盈盈救千牛①

达奚盈盈者，天宝中贵人之妾，姿艳冠绝一时。会同官之子为千牛者失，索之甚急。明皇闻之，诏大索京师，无所不至，而莫见其迹。因问近往何处，其父言："贵人病，尝往候之。"诏且索贵人之室，盈盈谓千牛曰："今势不能自隐矣，出亦无甚害。"千牛惧得罪，盈盈因教曰："第不可言在此，如上问何往，但云所见人物如此，所见帘幕帷帐如此，所食物如此，势不由己，决无患矣。"既出，明皇大怒，问之，对如盈盈言，上笑而不问。边批：错认了。后数日，虢国夫人入内，上戏谓曰："何久藏少年不出耶?"夫人亦大笑而已。边批：亦错认。

译文

达奚盈盈是唐朝天宝年间某贵人的侍妾，姿容秀美，当时无人能及。贵人有一位同僚的儿子任千牛卫，一天突然失踪了，官府寻找得很急。玄宗听说这事，就下诏书命令官府大肆搜索，可是搜遍整个京城，仍不见千牛卫踪影。玄宗就问他最近曾到哪里去过，他父亲说："有位贵人生病了，他曾去探望过。"玄宗就下诏搜寻贵人的家。原来千牛卫一直躲在达奚盈盈房里，达奚盈盈对千牛卫说："从如今的势头来看是不能再隐瞒下去了，你出去也没有什么危险。"千牛卫害怕会因此而获罪，达奚盈盈就教他说："你出去后不能说是躲在我这里，如果皇上问起你去哪里了，你只要回答说见到过如此艳丽的美人，如此华丽的帷帐和幔幕，吃到过如此丰盛的宴席，自己实在是身不由己，这样说就一定不会有什么祸害了。"千牛卫出来后，去见玄宗，玄宗生气地责问他，千牛卫就依照达奚盈盈教他的所说，玄宗果真只笑了笑，没有再继续追究。几天后，虢国夫人入宫，玄宗开玩笑地对她说："你为什么将一个年轻人藏那么久，都不放他回去呢?"夫人听了也只是大笑一下罢了。

注释

①千牛：唐武官名，掌御刀，为君主贴身侍卫。

梦龙评

妇人之智可畏。

解评

智慧是我们解决问题的能力。无论是男人还是女人，只要充分发挥自己的潜能，都能趋利避害，免除灾祸。

小慧卷二十八

熠熠隙光，分于全曜。萤火难嘘，囊之亦照。我怀海若，取喻行潦。集《小慧》。

译文

一丝光线虽然微弱，也是阳光的一部分。萤火虫所发出的微小光芒，可以以布囊收集后用来照明。我虽胸怀江海，也不嫌弃雨后的水洼。因此集《小慧》卷。

商太宰治市

商太宰使少庶子之市，顾反而问之曰："何见于市？"曰："无见也。"太宰曰："虽然，何见？"对曰："市南门之外，甚众牛车，仅可以行耳。"太宰因诫使者："毋敢告人吾所问于汝。"因召市吏而诮之曰："市门之外，何多牛屎？"市吏甚怪太宰知之疾也，乃悚惧其所也。

译文

商太宰派少庶子到市集转转。少庶子回来后，太宰问他："你在市集里看到了些什么？"少庶子回答说："没看到什么。"太宰说："虽然这样，但总能看到一些特别的事吧？"少庶子回答说："市场南门外聚集了许多牛车，堵住了道路，只能步行。"太宰便告诫他说："不要告诉别人我问过你什么话。"于是，太宰召来管理市场的官吏说："市场南门之外，为什么有那么多牛屎啊？"市场官吏奇怪太宰的消息如此灵通而惊惧不已，从此不敢再怠忽职守了。

解评

借题发挥是利用处界提供的各种情境，进行创造性的发挥，来达到自己的目的。这个情境，就好比体育竞技中的撑竿跳高中的撑竿，运动员撑竿一跳，顺势跳过横竿。但"撑杆"再好，如果"发挥"不好，也跳不出好成绩，这就是辩证。

江西术士辨贵贱

赵王李德诚镇江西。有日者，自称世人贵贱，一见辄分。王使女妓数人与其妻滕国君同妆梳服饰，立庭中，请辨良贱，客俯躬而进曰："国君头上有黄云。"群妓不觉皆仰视，日者因指所视者为国君。

译文

五代时，赵王李德诚镇守江西。有个卜卦的术士，自称对他人身份的贵贱，一眼就能看出来。赵王就让几名舞伎和自己的妻子滕国君一样地穿戴打扮，打扮好后站在庭院中，让术士分辨谁贵谁贱。术士俯身轻声说："夫人的头顶上有黄色的云。"话才说完，舞伎们不约而同地都朝滕国君头上看，术士立刻指出舞伎所看的人就是滕国君。

解评

"诈"也是一种智慧，关键是你如何加以正确使用。

江彪以情相感

诸葛令女庾氏妇既寡，誓云："不复重出。"此女性甚正强，无有登车理。恢既许江思玄彪婚，乃移家近之，初诳女云："宜徙。"于是家人一时去，独留女在后。比其觉，已不复得出。江郎暮来，女哭詈弥甚，积日渐歇。江暝入宿，恒在对床上。后观其意转帖，江乃诈魇，良久不寤，声气转急，女乃呼婢云："唤江郎觉！"江于是跃然就之，曰："我自是天下男子，魇何与卿事？而烦见唤，既尔相关，那得不共语？"女嘿然而惭，情意遂笃。

译文

东晋时，诸葛恢的女儿嫁给庾氏后不久就守寡了，她发誓说："再也不嫁人了。"这女子的个性非常倔强固执，没有办法让她改嫁。诸葛恢不久就把她许配给了江彪，还把家搬到了江彪家附近。开始时哄骗她说："家应该搬到这里。"搬过去不久，家人又全都离去，只留下她一人，等她发觉后，已经不能再出去了。江彪晚上来到诸葛女的住处，诸葛女哭骂得很厉害，一连好多天后，她的哭声才渐渐停息。江彪晚上进屋睡觉，总是躺在诸葛女对面的床榻上。后来见她的情绪安定了，就假装做噩梦，很久也醒不过来，连声音和气息都变得急促起来。诸葛女便叫来婢女说："快把江郎叫醒！"江郎于是一跃而起靠近她说："我是堂堂男子汉，做噩梦与你有什么干系，却烦劳你来叫醒我？既然你关心我，怎么不和我说话呢？"诸葛女羞惭得说不出话来，从此，两人的情感日渐深厚。

梦龙评

以情相感，虽铁石心肠，亦为之移，况夫妇乎？

解评

人非草木，孰能无情？只要用真情去感召对方，即使是铁石心肠的人也会被感化，更何况是夫妻呢？

孙绰嫁女

王文度坦之弟阿智处之，字文将恶乃不翅，当年长而无人与婚。孙兴公绰有女阿恒，亦僻错，无复嫁娶理。孙因诣文度，求见阿智，既见，便佯言："此定可，殊不如人所传，那得至今未有婚处！我有一女，乃不恶，但吾寒士，不宜与卿计，欲令阿智娶之。"文度欣然而启蓝田王述云："兴公欲婚吾家阿智。"蓝田惊喜，既成婚，女之顽嚚殆过阿智，方知兴公之诈。

译文

东晋王文度（坦之）的弟弟阿智（处之，字文将）个性怪诞，到了适婚年龄，却没有一家肯将女儿嫁给他。孙兴公有个女儿名叫阿恒，也因为性情古怪还没有出嫁。孙兴公于是来到王坦之家，请求见见阿智，见后，便假装对王坦之说："我看阿智还是很不错的，完全不像外面传说的那样，怎会到现在还没有娶媳妇呢！我有一个女儿，也很不错，只是我一个贫穷的读书人，不应该跟你商量这件事情，但我想让阿智娶阿恒。"王坦之听了这话非常高兴，赶紧给父亲蓝田侯（王述）写信说："孙兴公要把女儿嫁给我们家的阿智。"王述看了信大为惊喜，很快就答应这门亲事。两人成亲后，王坦之发现，原来阿恒的乖僻几乎超过了阿智，才知道上了孙兴公的当。

梦龙评

阿恒得夫，阿智得妻。一人有智，方便两家。

解评

智慧是一盏明灯，可为你在困难中指出一条光明的大道，帮你找出解决问题的最佳方法。它使阿恒嫁了丈夫，阿智娶了妻子，使两家人都得到了益处。

窦义与窦家店

扶风窦义年十五，诸姑累朝国戚，其伯工部尚书，于嘉令坊有庙院。张敬立任安州归，安州土出丝履，敬立赍十数纲[①]，散诸甥侄。咸竞取之，义独不取。俄而所剩之一纲又稍大，义再拜而受，遂于市鬻之，得钱半斤密贮之。潜于锻炉作二支小锸，利其刃。五月初，长安盛飞榆荚，义扫聚得斛余，遂往谐伯所，借庙院习业。伯父从之，义夜则潜寄褒义寺法安上人院止，昼则往庙中，以二锸开隙地，广五寸，深五寸，共四十五条，皆长二十余步，汲水喷之，布榆荚于其中。寻遇夏雨，尽皆滋长，比及秋，森然已及尺余，千万余株矣。及明年，已长三尺余，义伐其并者，相去各三寸，又选其条枝稠直者悉留之。所斫下者作围束之，得百余束。遇秋阴霖，每束鬻值十余钱。又明年，汲水于旧榆沟中，至秋，榆已有大者如鸡卵，更选其稠直者，以斧去之，又得二百余束。此时鬻利数倍矣。后五年，遂取大者作屋椽，约千余茎，鬻之，得三四万钱。其端大之材在庙院者，不啻千余，皆堪作车乘之用。此时生涯[②]已有百余，遂买麻布，雇人作小袋子。又买内乡新麻鞋数百纲，不离庙中。长安诸坊小儿及金吾家小儿等，日给饼三枚、钱十五文，付与袋子一口，至冬拾槐子实其内，纳焉。月余，槐子已积两车矣，又令小儿拾破麻鞋，每三纲以新麻鞋一纲换之。远近知之，送破麻鞋者云集，数日获千余纲。然后鬻榆材中车轮者，此时又得百余千。雇日佣人于宗贤西门水涧，洗其破麻鞋，曝干，贮庙院中。又坊门外买诸堆积弃碎瓦子，令工人于流水涧洗其泥滓，车载积于庙中，然后置石觜碓五具，剉碓三具，西市买油靛数石，雇人执爨[③]，广召日佣人[④]，令剉其破麻鞋，粉其碎瓦，经疏布筛之，合槐子、油靛，令役人日夜加工烂捣，从臼中熟出。命二人并手团握，例长三尺以下，圆径三寸，垛之。得万余条，号为"法烛"。建中初，六月，京城大雨，巷无车轮[⑤]，义乃取此法烛鬻之，每条百文，将燃炊爨，与薪功倍，又获无穷之利。先是西市秤行之南，有十余亩坳下潜污之地，目为"小海池"，为旗亭之内众污所聚，义遂求买之。其主不测，义酬钱三万。既获之，于其中立标悬幡子，绕池设六七铺，制造煎饼及团子，召小儿掷瓦砾，击其幡标，中者以煎饼团子啖，不逾月，两街小儿竞往，所掷瓦已满池矣。遂经度造店二十间，当其要害，日收利数千。店今存焉，号为"窦家店"。

译文

　　扶风人窦义年仅十五岁，他的几个姑姑都是朝廷的皇亲国戚，伯父是工部尚书，在嘉令坊有座祭祀祖宗的庙院。当时张敬立在安州任职回乡，安州出产丝鞋，张敬立带了十多双丝鞋回来，送给外甥和侄子们。大伙都争相挑选拿走了，只有窦义没有拿。过了一会儿，只剩下一双较大的丝鞋，窦义一再拜谢后才收下这双鞋，接着他拿着鞋到市集变卖，得到半斤铜钱，窦义把这些钱秘密地藏了起来。窦义又偷偷地去铁匠铺打了两只铁铲，非常锋利。五月初，长安城处处飘落榆树荚，窦义将地面的榆树荚扫作一堆，大约有一斛多。一切准备妥当后，窦义便前往伯父处，向伯父借用庙院来修习学业，伯父答应了窦义的要求。窦义晚上悄悄到褒义寺法安上人的住所寄宿，白天在庙院中，用两只铁铲开垦空地，一共开垦了四十五条长沟，宽五寸，深五寸，每条沟长二十多步，每天浇水灌溉，又把榆树荚埋入沟中。不久，遇上大雨，榆树荚都开始抽芽。到秋天时，只见榆苗已有一尺多高了，总计有上万株榆苗。到了第二年，榆树有三尺多高了，窦义把其中生长得较密集的榆树砍去，使每株榆树保持三寸的间隔，又挑选枝干挺直的榆树特别加以照料。砍下的榆枝一束束捆好，共有一百多束，碰到秋雨连绵的季节，每束榆枝可卖到十余钱。到了第三年，他打水浇灌原来的榆树沟。到了秋天，榆树围已粗如鸡蛋，窦义再挑选枝干稠密挺直的榆枝，用斧子砍下后又捆成二百多束，这时卖得价钱比以前多好几倍。五年后，窦义选最粗大的榆干做椽子，约有一千多根，卖得三四万钱，其他有可做车辆的榆干共有一千多株，都堆积在庙院中。到这时，窦义已有家财百余万，于是他又买进大批麻布，雇人做成小袋子，又从内乡买进几百双新麻鞋，存寄在庙中。窦义召来长安街许多百姓家和禁卫军家中的小孩，每天给他们每人三块饼及十五文钱，再给他们每人一个袋子，到冬天捡槐树籽装在里面，然后再聚集起来。一个多月后，槐子已有满满两车了。窦义又要小孩们拣拾破麻鞋，每三双破麻鞋换新麻鞋一双，消息传开后，远近居民纷纷拿破鞋来换，没几天就换得一千多双破麻鞋。然后，窦义又卖掉庙院所存可以制成车轮的榆材，共卖得百余缗。接着窦义雇用日工在宗贤西门外清洗破麻鞋，晒干后，储存在庙院中。又在城外购买他人丢弃废置的碎瓦片，要工人在河沟内把碎瓦片上的泥渣冲去，用车装载堆放在庙里。然后他添置了五台石靑碓，三台刳碓，再从西市买回来几石油靛，雇人做饭，广泛招募日工，让他们把破麻鞋捣烂，碎瓦片磨成粉状，用疏布筛拣后，加入槐子、油靛，命工人日夜不停地搅动，搅成糊状后从臼中倒出，再命两人将糊状物搓成长三尺，粗三寸的麻条，把他们垛起来，共有一万多条，称为"法烛"。建中初年六月，京城下大雨，街巷不通车，城外薪柴不能运入，窦义就乘机取出法烛来卖，每条卖百文钱，用法烛燃火煮饭，比木柴好用几倍，因此窦义又获利不少。最初西市秤行的南边，有十多亩低洼积水的地，人们称为"小海地"，是旗亭以内地区一切污水垃圾集中的地方。窦义想买下这块地，地的主人猜不出他的用意，于是窦义只用了三万钱就买下了。得到这块地以后，他就在注地中间设立标杆，挂上旗子，沿着注地四周设立六七个铺子，做煎饼及饭团，召集附近孩童扔掷瓦块，凡是击中旗标的，都可免费吃煎饼或饭团。不到一个月，两条街上的小孩竞相到这里来，所掷的瓦片很快将整个注地填满了。窦义就丈量测算，在此建造了二十家店铺，由于位置适宜，每天可获利几千。这

杂智部　小慧卷二十八

407

些店铺至今犹存，人们称为"窦家店"。

注释

①緉：古代计算鞋的单位，相当于"双"。②生涯：赖以维持生活的产业、财物。③爨（cuàn）：烧火做饭。④日佣人：以日为期的短工。⑤巷无车轮：街巷不通车，则城外薪柴不能运入城内。

解评

窦义半斤钱起家，利用自己的智慧，最终建立了被称作"窦家店"的商号。可见智慧并非像前面的江南士人那样去骗人，如果利用自己的智慧，加上辛勤劳作，也能获得成功。

石鞑子赶和尚

吴中有石子，貌类胡，因呼为石鞑子。善谑多智，尝困倦，步至一邸舍，欲少憩。有一小楼颇洁，先为僧所据矣。石登楼窥之，僧方掩窗昼寝。窗隙中见两楼相向，一少妇临窗刺绣。石乃袭僧衣帽，微启窗向妇而戏。妇怒，以告其夫，夫因与僧闹，僧茫然莫辨，亟移去，而石安处焉。

译文

吴中有个姓石的人，相貌长得像胡人，因此人们就称呼他石鞑子。石鞑子为人幽默机智，有一次他困乏疲倦，走到一家客店，想要稍微休息一下。客店中有座小楼十分洁净，但一位和尚已捷足先登了。石鞑子登上楼偷看，和尚关闭着窗户正在午睡。石鞑子从窗户的缝隙中看到对面另有一座楼，有位少妇正临窗刺绣。石鞑子就穿上和尚的袈裟，偷偷地打开窗户作状调戏少妇。少妇非常生气，就把事情告诉了丈夫，丈夫便与和尚吵闹，和尚不知缘由无法分辨，急忙离去，而石鞑子得以安稳地住在那座洁净的小楼上。

解评

要想得到自己想要的东西，就要巧妙运用自己的智慧。

黠竖子引同伴坠阱

西邻母有好李，苦窥园者，设阱墙下，置粪秽其中。黠竖子呼类窃李，登垣，陷阱间，秽及其衣领，犹仰首于其曹，曰："来，此有佳李！"其一人复坠，方发口，黠竖子遽掩其两唇，呼"来！来！"不已。俄一人又坠，二子相与诟病，黠竖子曰："假令三子者有一人不坠阱中，其笑我终无已时。"

译文

西边邻居大妈家有甜李子树，常有人翻墙进园子偷李子，于是她就在墙下设下了陷阱，并把粪便污水倒在陷阱内。有个心眼很多的坏小子招呼同伴去偷李子，他登上墙头往下一跳，正好掉入陷阱，秽物深及衣领，但他仍抬头向上对着同伴喊："快点下来，这里有好多甜李子！"另一位同伴也掉进陷阱，正要张口大叫，童子赶紧用手捂住他的嘴，还不停地叫道："下来！下来！"不久，第三位同伴也掉进了陷阱，二人同声骂童子，童子却说："假如我们三人中有一人不掉入陷阱，那我会被没掉入陷阱的这个人嘲笑个没完没了。"

梦龙评

小人拖人下浑水，使开口不得，皆用此术，或传此为唐伯虎事，恐未然。

解评

小人引诱别人和自己一起做坏事，好堵住别人的口，用的都是这种欺骗手段。

王阳明以术制继母

王阳明年十二，继母待之不慈。父官京师，公度不能免。以母信佛，乃夜潜起，列五托子于室门。母晨兴，见而心悸。他日复如之，母愈骇，然犹不悛也。公乃于郊外访射鸟者，得一异形鸟，生置母衾内。母整衾，见怪鸟飞去，大惧，召巫媪问之。公怀金赂媪，诈言："王状元前室责母虐其遗婴，今诉于天，遣阴兵收汝魂魄，衾中之鸟是也。"后母大恸，叩头谢不敢，公亦泣拜良久。巫故作恨恨，乃蹶然苏。自是母性骤改。

译文

　　王阳明十二岁时，继母对他不和善。他父亲远在京师做官，王阳明估计自己难以逃脱虐待之苦。但他看到继母笃信佛教，于是半夜悄悄起床，把五个茶盘放在佛堂门外。第二天早晨，继母起床看见后就感到非常害怕。王阳明每天都如此，继母更加害怕，但她对王阳明的态度依然如故。王阳明到郊外寻找捕鸟人，得到一只形象怪异的鸟，他把这只活鸟放在继母的被子里。继母整理床铺时，看见这只怪鸟飞出来，大为恐惧，便赶紧请来巫婆询问。谁知王阳明怀里揣着金子买通了巫婆，巫婆哄骗继母说："王状元前妻指责继母虐待自己留下来的儿子，今天告到天帝那里，现在天帝派阴兵下凡拘捕你的魂魄，被子中的怪鸟，就是阴兵的化身。"继母听后大哭不止连连磕头谢罪，说以后再也不敢了，王阳明也哭着跪拜了很久。巫婆故意发出愤愤不平的声音，然后才突然苏醒过来。从此继母对王阳明的态度马上改变了。

解评

　　对方的爱好是我们成功的制胜点，只要善加利用，就可反败为胜。

士人巧制忌妇

　　《艺文类聚》：京邑士人妇大妒，尝以长绳系夫脚，唤便牵绳。士密与巫妪谋，因妇眠，士以绳系羊，缘墙走避。妇觉，牵绳而羊至，大惊，召问巫。巫曰："先人怪娘积恶，故郎君变羊，能悔，可祈请。"妇因抱羊痛哭悔誓，巫乃令七日斋。举家大小悉诣神前祈祝，士徐徐还，妇见，泣曰："多日作羊，不辛苦耶？"士曰："犹忆瞰草不美，时作腹痛。"妇愈悲哀，后略复妒，士即伏地作羊鸣，妇惊起，永谢不敢。

译文

　　《艺文类聚》记载：京城有位士人，他的妻子忌妒心很强，经常用一根长绳绑在丈夫脚上，有事呼唤丈夫时，就拉动长绳。士人实在无法忍受，就暗中与巫婆商量，趁妻子熟睡时，将自己脚上的绳子解下来绑在羊腿上，偷偷爬墙离家躲避起来。妻子睡醒后，拉动绳子，过来的竟然是一只羊，她大吃一惊，就召来巫婆占卜。巫婆说："你家祖先怪你平日作恶多端，因此把你丈夫变成一只羊，如果你能悔过，我可以为你向神灵祈祷。"妻子便抱着羊痛哭，立誓悔过。巫婆于是把羊牵走，要妻子斋戒七天，斋戒期间全家大

小都要在神前祈祷谢罪。士人不慌不忙地回家中，妻子见了他，哭着问："你变成羊有好多天了，不辛苦？"士人说："我还记得吃的草味道一点也不鲜美，还时常肚子痛。"妻子听了更加伤心。以后，妻子只要稍显妒意，士人就趴在地上学羊叫，妻子立即惊慌地拉起士人，向天谢罪不敢再忌妒了。

解评

   对胜过自己的人心怀怨恨，无缘无故地忌妒，只能使我们在大是大非面前迷失方向，迷失自我。

陈五含青李揭女巫

京师间阎[1]多信女巫。有武人陈五者，厌其家崇信之笃，莫能治。一日含青李于腮，绐[2]家人疮肿痛甚，不食而卧者竟日，其妻忧甚，召女巫治之。巫降，谓五所患是名疔疮[3]，以其素不敬神，神不与救，家人罗拜恳祈，然后许之。五佯作呻吟甚急，语家人云："必得神师入视救我可也。"巫入案视，五乃从容吐青李视之，捽巫，批其颊而叱之门外。自此家人无信崇者。

译文

京城中的平民百姓有许多人信奉女巫。有个叫陈五的武人，厌恶家人对女巫的信奉，但又没有办法改变家人的想法。一天，陈五在嘴里含了一颗青李子，却骗家人口内生疮，又肿又痛，整天不吃不喝地躺在床上呻吟。陈五的妻子非常担心，请来女巫医治丈夫。女巫看过后，说陈五所得的病名叫疔疮，因为他平日不敬奉神明，神明不肯救治他。陈五的家人听女巫这样说，赶紧围于四周跪拜，恳请女巫搭救，女巫这才答应尽力。陈五躺在床上故意大声呻吟哀号，并对家人说："我的病一定要请神师亲自入室救治，才能医好。"女巫进入内室探视陈五的病情，这时陈五才不慌不忙吐出口中青李子给女巫看，接着便揪住女巫左右开弓打她的耳光，叱喝她滚出门外。从此陈五的家人便不再信奉女巫了。

注释

①间阎：借指平民。②绐（dài）：古同"诒"，欺骗；欺诈。③疔疮：病名。又名疪疮。因其形小，根深，坚硬如钉状，故名。多因饮食不节，外感风邪火毒及四时不正之气而发。

梦龙评

以舍利取人，即有借舍利以取之者；以神道困人，即有诡神道以困之者。无奸不破，无伪不穷，信哉！

解评

现实社会中，有些人总是装弄鬼神，运用一些骗术招摇撞骗，殊不知虚假之事终将败露。与其面对败露之后的尴尬，还不如一开始就将自己的智慧用在可用之处。

易术多系伪妄

凡幻戏①之术，多系伪妄②。金陵人有卖药者，车载大士像③问病，将药从大士手中过，有留于手不下者，则许人服之，日获千钱。有少年子从旁观，欲得其术。俟人散后，邀饮酒家，不付酒钱，饮毕竟出，酒家如不见也。如是三，卖药人叩其法，曰："此小术耳，君许相易，幸甚。"卖药人曰："我无他，大士手是磁石，药有铁屑则粘矣。"少年曰："我更无他，不过先以钱付酒家，约客到绝不相问耳。"彼此大笑而罢。

译文

凡是幻戏一类的法术，大都是虚假的。金陵有位卖药的人，在车上供奉大士法像为人看病。他把药从大士手上滑过，有留在大士手中没有掉下来的，就表示可以让病人服用，每天可赚取一千文钱。有个少年在旁观看，想知道其中的法术。等人群散去后，就邀卖药人到酒家喝酒，他不付酒钱，喝完酒就走，而酒家也好像没看见似的。这样连续吃了三次，卖药人便询问少年有什么法术，少年说："这是小法术，不知是否有幸与你的法术交换？"卖药人说："我没有什么法术，大士的手是一块磁石，药上沾有铁屑的，自然能黏附在大士手上。"少年说："我更没有什么法术，只不过事先付钱给酒家，再约客人到酒家喝酒，酒家当然就不过问了。"两人不禁相视大笑。

注释

①幻戏：魔术。②伪妄：虚假，不真实的。③大士像：指观世音菩萨法像。

解评

凡事做个有心人，就算凡夫俗子，也常常能够找到一些解决问题的好方法。

朱古民诱汤生出户

朱古民文学善谑，冬日在汤生斋中，汤曰："汝素多智术，假如今坐室中，能诱我出户外乎。"朱曰："户外风寒，汝必不肯出，倘先立户外，我则以室中受用诱汝，汝必信矣。"汤信之，便出户外立。谓朱曰："汝安诱我入户哉。"朱拍手笑曰："我今诱汝出户矣。"

译文

有个叫朱古民的学官喜欢开玩笑。有一年冬天，他在汤生的书房中，汤生说："你一向聪明机敏，假如现在我坐在室内，你能把我骗到门外去吗？"朱古民说："室外风大天寒，你一定不肯出去。倘若你先站到门外，我就用室内的温暖舒适来诱惑你，那时你肯定会相信我的话走进室内。"汤生相信了他的话，便走出室外站立等候，对朱古民说："你如何引诱我进屋呢？"朱古民拍手大笑，说："我已经把你骗出门外了。"

解评

世间之事，真真假假，纵使你是聪慧之人，也难免会在不经意间被人诱导，所以我们一定要时刻提高警惕，以免别人钻空子，令你猝不及防。